U0947743

白月光攻略大魔王

青花燃 著

上册

青岛出版集团 | 青岛出版社

图书在版编目（CIP）数据

白月光攻略大魔王/青花燃著. —青岛:青岛出版社,2022.3
ISBN 978-7-5552-3390-9

Ⅰ.①白… Ⅱ.①青… Ⅲ.①长篇小说－中国－当代 Ⅳ.①I247.5

中国版本图书馆CIP数据核字（2021）第169687号

BAIYUEGUANG GONGLUE DA MOWANG

书　　名　白月光攻略大魔王
作　　者　青花燃
出版发行　青岛出版社
社　　址　青岛市崂山区海尔路182号
本社网址　http://www.qdpub.com
邮购电话　18613853563　0532-68068091
责任编辑　龚雅琴
校　　对　李玮然
装帧设计　蒋　晴
照　　排　梁　霞
印　　刷　三河市科茂嘉荣印务有限公司
出版日期　2022年3月第1版　2024年5月第4次印刷
开　　本　16开（640mm×920mm）
印　　张　31.5
字　　数　425千
书　　号　ISBN 978-7-5552-3390-9
定　　价　65.00元（全2册）
编校印装质量、盗版监督服务电话　4006532017　0532-68068050

他将她拦腰一揽，
轻飘飘地从墙垛间跃了出去，
下落几丈之后，
光翼一展，
他们滑翔出数十丈，
悄无声息地落入
城外的一片白树林中。

“小桑果，将来，这些都是我的。”
“嗯嗯，都是你的！但你是我的！”

目录

上册

目录

下册

第一章 初见

桑远远觉得，自己大概会成为史上最短命的穿书者。

别人好赖还能活个一章半章，她倒好，这本书中开篇第一句就白纸黑字地写着——桑远远死了。

作者给她安排得明明白白的！

此刻，她正安安静静地躺在一张舒适度极高的云床上——等死。

云床四周垂着缀满了半透明幻彩晶线的鲛纱帐。纱帐薄如蝉翼，精美无比的绣图好像悬浮在空中一样。帐顶有一排小小的玉铃铛，偶尔发出悦耳的叮当声。整个床华贵又低调，奢侈得不显山不露水。

纱帐之外，有一团金光晃来晃去，看身形是个丰腴的女子。

桑远远知道这个女子的身份——幽州王的王妹幽盈月，一个飞扬跋扈、任性骄横、做事不计后果的“贵女”，书中男主角韩少陵的小夫人，恶毒的女二号。正是她，毒杀了韩少陵心中的“白月光”桑远远。

桑远远觉得自己可能是不小心扒了天道的祖坟，才会被一次次地收拾。她先是走在路上被雷劈得外焦里嫩，然后马不停蹄地穿越到了正在看的小说里面，成了文中男主角那个故事开篇就死了的短命的“白月光”。

过不了多久，幽盈月就会把一壶毒酒灌到她的嘴里。她一点儿也不想再死一回，谁能救她？

男主角韩少陵是指望不上了。

这个男人从外面带回了一个和桑远远长得几乎一模一样的女人，此刻正把那个女人压在自己的榻上宠幸。幽盈月正是因为这件事情邪火攻心，才会跑到桑远远这里来泄恨。

至于宫中侍卫，既然幽盈月能带着随从出现在这里，那就意味着她搞定了外面的侍卫，没有人会进来捣乱。

在原著中，桑远远死得无声无息，直到女主角梦无忧利用这件事彻底扳倒幽盈月之后，人们才知道桑远远是被毒杀的。

想要活命，桑远远只能自救。

“好了没有？磨磨蹭蹭的，直接毒死不就完了，韩郎又能拿我怎样？”幽盈月极度不耐烦地说道。

一个沙哑的女声恭敬地回道：“小夫人少安毋躁，此事事关重大，万万不可留下什么破绽。老身再炼一会儿，以确保将来任何人查验尸身都无法验出问题，这样才不会影响小夫人与主君的感情啊。”

老妪的脸上挂着苦笑。主子做事从来不计后果，做下人的可不敢跟着她发疯。

只见这老妪掌中燃着一团明火，把银酒壶烧得刺刺作响。

桑远远看着这玄幻的一幕，更加不想死了。

但死不死这个问题，桑远远说了不算，她此刻的状况连砧板上的鱼都不如。鱼还能蹦一蹦，而她就像是一只被困在空心木偶里面的猴子。这具身体受了重伤，还中了剧毒，魂魄早已散了，只是一直没有断气，便被好生地供养着。

桑远远从早晨扑腾到半夜，终于张开了嘴巴，还没来得及高兴，就见殿中的侍女一个接一个地倒在地上，然后幽盈月带着人闯了进来，准备毒杀她。

躺着等死的滋味，当真是一言难尽。

桑远远想再争取一下，但她的喉咙好像一整块硬木头，她积蓄了半天力气才吐出十几个干瘪又含混不清的字：“我若死，韩……惦记一辈子，得不到的……最好。”

她的声音虽小，却清清楚楚地传到了殿中另外两个人的耳朵里。

幽盈月一把扯开了鲛纱帐，一双瞪得溜圆的眼睛死死地盯住了桑远远。

幽盈月打扮得像只金灿灿的孔雀，方才隔着云雾般的纱帐还好，此刻帐子一掀，桑远远差点儿被闪瞎了眼。

幽盈月冷笑道：“醒了？你居然醒了？！很好！既然醒了，那就让你死个明白。”

桑远远真诚地眨了眨眼睛，表示自己愿意做一个耐心的听众。

幽盈月眯着眼盯了桑远远一会儿，丰润的红唇一动，字字都带着无尽恨意：“我嫁给韩郎五年，整整五年！我那么爱他，那么爱！我们当初那么那么好，结果呢？自从遇到你，一切都变了！若不是你故意勾引他，我的韩郎又怎会负心？！单这一条，你就该死！”

说起旧事，幽盈月美艳的面庞不禁微微扭曲。她伸出一根手指，用上面金灿灿的假指甲戳在桑远远的脸颊上：“长得好看了不起吗？你抢走韩郎的心还不够，还要抢走正夫人的位置，踩在我幽盈月的头上，做你的春秋大梦吧！”

她身上有浓重的脂粉香，一阵阵扑在桑远远的脸上。

桑远远设身处地想了想，发现幽盈月确实挺惨的，要换成自己这暴脾气，肯定连“渣男”带“小三”一块儿收拾了！

幽盈月继续冷笑着说道：“不怕告诉你，大婚那日的刺客正是我安排的，目标本不是韩郎，而是你！我倒是没想到你居然这么痴情，还没进门就能替韩郎挡刀，好了不起哦！怎么样，中了我幽氏的独门木毒，是不是生不如死？算了，我可怜一下你，这就帮你解脱吧！”

她不知是气愤还是激动，瞪着眼睛，身体不停颤抖，一身金光晃得桑远远头晕眼花。

桑远远用气声说道：“没用的，他会找替代品，永远忘不了我。”

幽盈月眯起眼睛，表情像只狐狸，说道：“我知道。他不是正在宠那个和你长得一样的女人梦无忧吗？我就是要让他知道，在他和那个女人颠鸾倒凤的时候，你桑远远死了！日后一见到那个女人的脸，他就会想起你，进而想起你的死，再想到你死在他宠幸那个女人的时候——我看他日后还睡不睡得下去！”

桑远远被她的话震惊了，谁说这是个无脑的恶毒女二号？！这个逻辑完全没毛病啊！

在原著中，桑远远死去之后，男主角韩少陵的确有一些日子没碰女主角梦无忧。只不过人算不如天算，女二号再怎么扑腾，也架不住作者给女主角安排了“金手指”。

"不是，"桑远远有气无力地说道，"你没有看到本质。你要从根源上解决问题。"

幽盈月眯起了眼睛。

幽盈月身后的老妪道："小夫人，毒已经备好了，可以送她上路了。"

桑远远感觉到自己的心脏猛地向下坠了一下。

"死"字到了头上，谁都会害怕的，像她这样死过一回的人，更是深知那生死之间有多恐怖。

幽盈月接过毒酒，慢慢地扯了下嘴角，道："我给你一句话的机会，若是你能将我哄满意了，我便饶了你。"

说这话的时候，她眼神平静，嘴角露出讥讽之意。

桑远远知道，在幽盈月的心里根本没有"放生"这个选项，那句话就是她桑远远的遗言。她要么死得硬气一点儿，要么无望地哀求后，再可怜巴巴地死去。

她只有一句话的机会。

桑远远深深地吸了一口气，然后几乎不带停顿地用气声说道："我根本不喜欢韩少陵，嫁给他都是被逼的，只要让他知道我心有所属，爱的是别人，他一定会恼羞成怒，连梦无忧都不屑要！"

桑远远说完了，一气呵成。

幽盈月呆了三秒，目光轻轻地闪了几下，随手把银酒壶递给了身后的老妪。

"当真？"她眸光幽暗，轻声问道。

"真！"桑远远坚定地回道。

幽盈月又看了桑远远一会儿，唇角勾起一抹讽刺的笑容："不可能。韩郎天下无双，如他有这般相貌、实力、财富、地位的人，世间再无第二个。就连天都帝君都曾戏言，若她再年轻二十岁，必不会错过这般好郎君！曾经沧海难为水，见过韩郎，你怎可能看上旁人？！你骗我，拿酒来！"

幽盈月向后伸出一只手，老妪急忙递上银酒壶。

“有！”桑远远坚定地说道。

幽盈月捏住桑远远的下巴，面庞凑到近处，一双美艳的眼淬了毒一般，在桑远远的脸上审视，慢悠悠地说：“好啊，你编一个名字我听听啊。我若没听过，或是什么阿猫阿狗，那可别怪我不客气。”

说话间，幽盈月的另一只手已摸到了银酒壶的手柄。

桑远远道：“那个人哪儿都比他好。”

这一回，笑的不止幽盈月一个，就连弓身侍奉在幽盈月身后的老妪也忍俊不禁，摇头道：“主君乃是公认的天下第一美男子，不到三十岁的年纪便接掌王位，君临一州，受万民俯首。他还是灵明境八重天的绝世强者，世间怎么可能有哪儿都比主君好的男人？这话说出来，可就平白惹人笑话了！”

“有。”桑远远坚持道。

她眼中的笃定之色让幽盈月的心头浮现了一丝不祥的预感。

不待幽盈月转过念头，桑远远木刻般的唇角已勾起了一丝儿不可见的笑容，道：“你哥。”

这两个字如同惊雷，幽盈月猛地打了个寒战，身后的老妪亦是猛地一抖。二人的手指相交处，装满毒酒的银壶当啷落地，地上的纯白毛绒毯子顷刻间脏了一大块。

这句话实在是惊悚！

幽盈月她哥——幽州王。

想到这个人，幽盈月丰腴的身体像风中落叶一般，开始簌簌地发抖。幽盈月身后的老妪急急地伏在了地上，好像听到了什么了不得的恐怖消息，即将要被灭口一般。

桑远远笑得很无害：“对吧？”

幽盈月猛地捂住了红唇，胸膛剧烈起伏，桃花眼中的瞳仁紧缩，连带着眼眶都在颤抖。

桑远远火上浇油道：“我心仪你哥，难道你觉得他哪里不如韩少陵？”

幽盈月几欲晕厥。

老妪的一双手在地上用力地推抹。她试图把渗入毯子里的毒酒拢起来，口中不住地喃喃道：“小夫人，快……快杀了她，这话若传出去……若传出去……”

幽盈月大约是惊骇过了头，倒是渐渐地平静下来。她深吸了几口气，望向桑远远的眼神就像是盯着什么洪水猛兽：“你……心仪……那个人？”

她不敢提名字，连“我哥”这两个字都不敢说。

“对。”桑远远道。

幽盈月得到肯定的答案后，翻了个白眼，一口气快要提不上来了。

那个人，怎么说呢？

与他相关的话题，绝大部分是禁忌。其中亲情、嫁娶，更是人人闻之色变的绝对禁区，连私底下都无人敢议论。

“幽州王”这三个字，只要在脑海中转一转，魂魄便像是被血腥味缠住了。可见这个大魔王给云境十八州罩上了多么厚重的阴影。

桑远远道：“小妹啊，你要是有木毒的解药，不如给我用一用？被困在这里这么久，我快想死你哥了。”

幽盈月一时竟无言以对，只能瞪着桑远远。半晌，她的眸中闪过一抹狠戾之色：“好，我这就帮你给……王兄传讯！你若敢耍我，我便一把火烧死你！去，将我的玉简取来！”

幽盈月的最后一句话是对身后的老妪说的。

这个世界远距离传讯用的是事先刻好符篆的玉简，点对点，每枚玉简只能用一次，用过当即报废。

离开幽州时，幽盈月将那枚还沾着血的玉简收在了妆奁最底下，五年都没碰过。幽州王王妹这个身份让她可以在外肆无忌惮地横行霸道，但在这个世间，若说谁最害怕那个男人，则非她莫属。那种心底最深处的恐惧将伴随她一生。

不过，要是有什么东西能让人暂时忘记恐惧，莫过于爱和嫉妒。

玉简很快被老妪送来了。

时隔五年，幽盈月终于颤抖着手，折断了那枚青莹莹的玉简。她冲着如地狱一般沉寂幽暗的另一头，颤声道："桑远远说，她……心仪王兄。"

说罢，幽盈月像避瘟疫一样，将玉简扔到了桑远远的脸上。

陈年旧血已沁入玉色之中，淡淡的腥味缭绕在桑远远的鼻尖。玉简散发出青色的微光，桑远远并没有别的选择。

"对，"桑远远轻轻地对着玉简说，"是这样的。我喜欢你，幽州王。"

许久许久之后，玉简中飘出了一个懒散清润的声音，极好听，仿佛还带着一点儿笑意："好。"

话毕，玉简当即碎去。

幽无命居然说"好"？

幽盈月觉得自己一点儿也不好。她瞪着桑远远，豆大的汗珠从发际线渗出来，顺着涂了香粉的白腻脸蛋往脖颈里面钻去。

"木毒的解药。"桑远远轻声说道。

桑远远知道自己还没有脱险，因为幽盈月随时有翻脸的可能——毕竟她和幽州王的身上流着一模一样的血，既然哥哥是个彻头彻尾的疯子、狂徒，那么妹妹自然也好不到哪里去。

用幽州王来震慑幽盈月，完全是以毒攻毒。

幽盈月愣了半晌，偏头示意老妪取药后，又说道："你若敢向韩郎告状，会死得比谁都惨，明白吗？那句话是你自己说的，你赖不着我！"

"知道，"桑远远继续刺激幽盈月，道，"我还要做你的王嫂呢。"

幽盈月快要窒息了。她觉得自己好像也中了木毒，捂着额头退开几步之后，示意老妪把解药交给桑远远。

服下解药，桑远远发现自己很快就恢复了。被困在一具无意识的躯体中的滋味，就像是身处永无止境的梦魇，四周一片黑暗，令人恐惧、绝望。此刻木毒一解，她终于真真切切地感受到这一切不是梦，也不是幻觉。

她是真的来到了这个世界。

“你别想耍什么花样！”幽盈月警告道，“你们桑州，王兄若想灭，随时都能灭掉！”

桑远远瞥了她一眼，发现她奓毛的样子很像一只大橘猫，这话说得好像她真敢让幽州王灭了谁似的。

桑远远应了一声，慢吞吞地坐了起来。

幽盈月警惕地瞪着她。

云絮般的被褥滑落，罗纱中衣之下，女子的身形略显清瘦，乌发松松地蓬在脑后，衬得她的颈部更加白皙纤长，显得优雅又脆弱，轻易便能激起男人心底的保护欲和占有欲。她的容貌仿佛遮了层纱雾一般，分明在近处看，却不大看得分明，好像每一眼的美丽都是变幻的、捉摸不定的。而她自己对这份美丽浑然不觉。

幽盈月瞪大了眼睛，妒火冲上脑门，正要发作，却见桑远远皱着眉，开始撸起云袖挠胳膊，动作有几分粗鲁。

胳膊被叮了个包，桑远远痒了一整天。植物人被蚊子咬，当真是人间惨剧。挠完胳膊，她又伸手去挠脚踝，结果体力不支，一头栽向云床下。

幽盈月可不会好心去扶人，闪到一旁，幸灾乐祸地等着看桑远远摔跤。

桑远远拽住了鲛纱帐，好险没跌下床。

帐顶的玉铃铛叮当作响，其中一只被扯落在地，摔成了两瓣，散发出淡淡的青光。

“你……你何时见过……王兄？”幽盈月又厌又好奇地问道。

桑远远头也不抬地说道：“没见过。”

幽盈月登时奓毛，道：“没见过？你敢骗我？！”

桑远远瞥了她一眼，无比淡定地说道：“神交。”

幽盈月：“……”

幽盈月觉得寝殿中的空气都不够用了。

平复心绪后，幽盈月说道："不管怎么样，反正王兄都已知道了。你不许在韩郎面前提到我，这一切与我无关，听见了没有？见到韩郎，你必须立刻告诉他你喜欢王兄，一刻都不许耽搁！"

桑远远意味深长地笑了笑，没接话。

"说话呀，听见了没有？！"幽盈月重重地推了桑远远一下。

木毒虽然已解，但桑远远的身体虚弱得很，被幽盈月一推，便软软地趴在了云枕上。

"嗯，听见了。"桑远远很顺从地回道。

幽盈月瞪着桑远远，目光渐渐变了。眼前这个女人，模样楚楚可怜，姿态柔美至极。这样的女人，无论做什么都会被男人喜欢吧？她喜欢别人又怎么样？谁知道韩郎会不会对她更好，试图挽回她的心呢？而且就算她喜欢那个人，那又怎么样？他们根本没有任何可能！

幽盈月忽然觉得自己好像做了蠢事。她应该杀掉桑远远，或者……她的眼里慢慢浮现出恶毒的光。

"灰衣，"幽盈月残忍地说道，"毁了她的脸，挖掉一只眼睛。"

桑远远不禁暗叹自己实在是有先见之明，幽氏两兄妹都有病，而且病得不轻。

"你说得对。"幽盈月的嘴角轻轻地抽搐着，她笑道，"你死了，韩郎是会惦记你一辈子。但我若毁了你这张脸，他永远只会记得你这副丑陋不堪的模样。要不了几年，他便会将你忘得干干净净！"

幽盈月缓缓地挺起了胸脯，恢复了傲慢跋扈的模样，道："韩郎忌惮王兄，不会把我怎么样。过一阵子，等他消了气，我只要打扮得漂漂亮亮的出现在他面前，他就会想起我有多好。

"就算他和我在一起有些对不住你，那又怎样？只有美人的眼泪才值钱。而你们桑州，谁都知道与幽州作对会是什么下场！桑州王和桑世子若是聪明人，一定不会妄想替你报仇。"

说完，幽盈月偏了偏头，示意老妪动手。

老妪张口想劝，看到幽盈月冷冰冰的眼神，便知道此事已无商量的余地。

桑远远赶紧用手肘支撑着身体，爬向云床里面一侧。如今能做的都做完了，她只能尽力拖时间，等人来救自己。

鲛纱帐上的玉铃铛其实是传讯玉简，这是韩少陵亲手布置的。多年之后，继承了桑远远的床铺、衣裳和男人的女主角梦无忧就被它救过性命。

方才假装跌下云床时，桑远远已成功扯落了一只玉铃铛，亲眼看着它摔成两瓣，散发出青光。现在她只希望韩少陵今夜不要把身上的玉带扔得太远。若是他从进殿门起就开始脱衣裳，一路脱到床榻边的话，那就太糟糕了。

桑远远一边躲避老妪那燃着火焰的手指，一边胡思乱想，很快就被逼到了绝境。火光燎过她的脸颊，引起阵阵刺痛。

就在危急关头，只听到一声惊天动地的巨响，厚重的镂花青铜殿门被人从外面一脚给踢开了。

一身玄色衣裳的男人出现在殿门口，长长的影子延伸到殿中，阵阵无形的压力弥漫开来，令人手足发软、喘不上大气。他身姿挺拔，黑发披在身后，随意地睨一眼倒了满地的侍女，气势更冷了三分。

幽盈月倒吸了一口凉气："韩……韩郎？"

他不是在宠幸那个梦无忧吗？

老妪连滚带爬地跪到地上，以额触地，大气也不敢出。

桑远远淡定地看着男主角朝自己走来。

路过幽盈月身边时，韩少陵脚步一顿，眉眼微垂，道："以下犯上，该罚。"

韩少陵的声音十分低沉，听着很有磁性。他的五官确实跟雕刻出来的一样，浓眉大眼、高鼻薄唇，无一处不精致。而他的气度自不必说，久居高位，年近三十，面容年轻，气质却成熟沉稳。现在的他正处于最好的时候，简直魅力非凡。这样的男人自然可以不费吹灰之力就让女子芳心暗许。

“韩郎！”幽盈月叫道，“你听我解释！”

桑远远饶有兴致地看着他们。生死危机已经解除，她心中那股不真实的感觉再次浮现。她觉得自己更像一个看客。

韩少陵会听幽盈月解释吗？他会。

他必须给彼此一个台阶。

云境十八州其实就是十八个诸侯国，关系复杂得很，牵一发而动全身。韩少陵绝不会在这个时候释放出任何与幽州交恶的信号。

幽盈月自然也知道其中的道理。她虽然惧怕幽州王，但亦深知在外面自己就是幽州的脸面。没有谁敢公然与幽州撕破脸，包括天都的帝君。

于是，幽盈月收敛了情绪，盈盈拜下，道：“妾寻觅多日，终于寻到了木毒的解药，第一时间赶到回云殿替桑姐姐治病，甚至来不及通知韩郎。”

幽盈月年纪比桑远远大，但因为桑远远是正夫人，所以她只能称桑远远“姐姐”。

韩少陵点了点头，嗯了一声。

幽盈月抹了下眼睛：“姐姐一醒便胡言乱语，说她对韩郎根本没有感情，还……还倾心于我王兄！妾……妾也是急昏了头，又气她对韩郎不忠，这才打算教训教训她！”

幽盈月急忙上前拉住韩少陵垂在身侧的手，哀声道：“妾并非黑心肠的人，只是想吓吓她，让她再不敢这般口吐妄语！妾之言句句属实，灰衣可以做证！”

韩少陵不动声色地抽回自己的手，走了两大步，来到云床边，向桑远远伸出手道：“来。”

“韩郎！”幽盈月既心虚又不忿地喊道，“她背叛你！这口气你能咽得下，我可咽不下！”

“够了，”韩少陵的语气冷了几分，“回殿中闭门思过，无令不得出。此事孤自会处理。”

韩少陵都称孤道寡了，幽盈月自然不敢违令，当即带着老妪退了出去。

回云殿中只剩韩少陵、桑远远以及倒了一地的侍女。

韩少陵看着桑远远，弯起唇角，露出进殿之后的第一个笑容。

桑远远望着这张笑得耀眼的面庞，心中暗想，她若是头脑稍微不清醒一些，恐怕就要以为他对自己用情颇深了。

“是她说的这样吗？”韩少陵问。

桑远远垂下眼帘，道：“我不知道。我刚醒来的时候十分迷糊，她与我说了什么，我又回了她什么，此刻完全不记得了。”

桑远远留了个心眼，在弄碎玉铃铛后一次也没有承认喜欢幽州王。剩下的事，就让韩少陵自己想象好了。反正她既没承认也没否认。而且幽州确实无人敢惹，但桑远远的娘家桑州也不是吃素的。韩少陵想要纵横捭阖，幽州和桑州，他哪个都不敢得罪。

“无事，只是误会，我绝无怀疑你之心。”韩少陵凝视着她，眼中溢出柔情，“不要怕，过来。

“桑儿，你终于带着我的心回来了。”

他嗓音低沉，充满男性魅力。举世无双的青年豪杰温柔起来，令人不禁动容。

但桑远远可不会相信他的鬼话！她不会忘记，他的床榻上还躺着一个被宠幸到一半的女人。他来得匆忙，根本没有时间清理，身上隐约飘散着女子特有的香味。

见桑远远不动，他宠溺地笑着爬上云床，伸出长臂便要揽住她。

他的动作令她浑身不适，她心想：早期虐恋小说的男主角果然欠揍得很！

韩少陵来得匆忙，身上随意地披着一件玄色外袍，胸襟半敞，可以看出里面什么也没有穿。这件玄色外袍质地华贵厚重，落在她的云床和云被上，立刻沉沉地陷了下去。他像山一般压过来，气息极富侵略性。

"不要碰我。"桑远远往后一躲，避开韩少陵的长臂。

他又笑了笑，唇角一挑，道："夫人也太害羞了。"

他唤她"夫人"，便是暗示她履行做夫人的义务。

桑远远的声音很轻柔，语气却十分坚定："你不是已经找到旁人代替我了吗？用一个乡野丫头取代桑州王女，笑话！此等奇耻大辱，你想让我硬生生地受着？就算我答应，桑州万万父老也不会答应！"

云境十八州的男人可以娶三个妻子，一正二副。

社会环境如此，和男人谈专一就是个笑话，所以桑远远只能拿身份说事。

韩少陵脸色一沉。他已经不记得有多少年没有被人忤逆过了，但发现面前的绝色佳人是在吃味儿，心中不禁有些得意。梦无忧虽然长得酷似她，但终究与她差了许多，有如鱼目与珍珠。桑州水土极好，桑远远是捧在云端养出来的美人，整个世间只有这么一个。

"幽盈月告诉你的吧？"韩少陵的眸中适时地浮现悲痛和眷恋之色，"我只是太思念你，见到那个女子像极了你，一时酒后失控……我这便将她送走，与她此生不复相见。"

桑远远垂下眼，遮住眼中的讥讽之色，暗道：你送得走她才怪。

桑远远思忖片刻，神色淡淡地对他说道："可以。我给你一个月的时间处理好这件事情。若一个月之后，我再也听不到半点儿风言风语，那便原谅你，与你做真夫妻。"

韩少陵浓眉微皱，满是不解："用不了一个月，我现在便可……"

桑远远打断他的话，笑道："我的身体需要时间恢复。"

韩少陵解释道："桑儿，我并非性急之人，今日也没想把你怎么样。我这便安排下去，明日你醒来之后，我保证不会再有任何令你烦心的人或事。"

"嗯。"桑远远随手把垂到额前的碎发撩到耳后，道，"我信你定不会与人藕断丝连。"

"自然。"韩少陵的眸中有痴情之色。

“若你言而无信，”桑远远半开玩笑半认真地说道，“那我便回桑州，与你……此生不复相见。”

韩少陵朗声大笑道：“大丈夫一言九鼎！桑儿，你是我的，这辈子都是我的。”

他定定地望着面前的绝色佳人，向来坚毅的眼神不禁软了又软，喉咙干得要命，呼吸也粗重了几分。眼前的女子就像一团清凉绵软的云，他难以想象将这样一片云拥在怀中是什么样的滋味，是不是会化了、散了，只余两手空空？

他还记得大婚那日，跟随他十几年的一名暗卫突然叛变行刺，在他失神的刹那，是她像一只火红的飞蛾一样扑到他的身前，替他挡了刀。在她昏迷的时候，他本该好好守着她的，可是那个女人……该死！那个叫梦无忧的女人怎么和她长得这般相像？

他倒是毫不后悔临幸了一个野女人，只是一想到要再苦等一个月，心中便觉得有些不值当。虽然那个女人滋味甚美，但眼前这个更是人间尤物，更重要的是，桑远远的身份将给他带来数不尽的益处。

他隐约觉得桑远远变了一些。

桑州是个很有意思的地方，男子极彪悍，女子极柔美，恰到好处地诠释了何为阴阳。作为桑州王女的桑远远，温柔雅静、举止端方、姿容绝世，是最适合做正妻的人选。这样的女人应当如水一般包容一切，如今竟有了小小的棱角。她变了一点儿，却更可爱了。

桑远远见他望着自己出神，轻咳一声，正色道：“还有一件事。”

“请说。”韩少陵的声音不自觉地温柔了许多。

“你该不会相信幽盈月真的只是吓吓我吧？”

韩少陵垂眸道：“此事我心中有数。那个灰衣，我不会让她活过今夜。安心，再无人能伤你半分。”

“我信不过。”桑远远直言，“幽盈月入主后宫已有整整五年，这里的人有多少是她的心腹，恐怕你心中也只知道个大概。我不放心，想要桑州的人进宫保护我。”

韩少陵略有迟疑。桑远远道：“幽盈月可以带幽州的人入宫，我不可以？”韩少陵无言以对，只能点头同意。

云境十八州的生存环境十分恶劣，每日都会有大量武者战死沙场。长此以往，男女比例严重失衡，造就了很森严的男尊女卑的局面。即使女帝君上位十年，也只是扭转了世人对她一人的看法——将她划出了“女子”之列。其他的女子，地位照旧低下。

女子出嫁后，便是夫家的财富和生育工具，即便贵为王女也是一样的，出嫁便从夫，生死荣华皆系于夫君之身。桑远远原身连贴身侍女都只带了两个，更别说带什么侍卫了。

带侍卫进王宫这件事其实挺离经叛道的。灰衣是个女人，与幽盈月渊源很深，加上五年前的那件事，韩少陵才会破例允许幽盈月把这个灵明境的强者带入宫中。也幸好前头有幽盈月这个“榜样”，桑远远的要求才不会显得那么突兀。

韩少陵思忖片刻，道：“在你父王派来的人进宫之前，我让韩十二和韩十三留下来保护你。”

被赐王族之姓的侍卫是死士中的死士，精英中的精英。排名越靠前，意味着修为越高，越受主君重用。韩十二和韩十三在外是要被尊称一声“将军”的。

他话音刚落，桑远远便看见两个黑衣人从殿外进来，站在韩少陵身后。

韩少陵定定地看了桑远远一会儿，温和地说道：“我去处理一些公务，明日一早来看你。桑儿，安心歇息，我会护你一生平安。”

大婚时韩五的叛变像一根刺，深深地扎在韩少陵的心中，已有月余。今日幽盈月拿出解药，已然露了马脚，韩少陵必定急着去彻查此事。

桑远远慢慢地躺下，闭上了眼睛。她是真的很累，而且目的达到后，也没什么心力再应付韩少陵。

两个侍卫弄醒了满殿侍女。

众侍女心头惶恐，也不敢多问，手脚麻利地收拾了那些被弄脏的物什，还替桑远远擦了背，换上了新衣。

桑远远一动不动地任她们倒饬，心中默默地计划着将来的事情。她该怎么说服这具身体的生父桑州王，让他同意派几个好手入驻韩州王的王宫呢?

想着想着，她不知不觉地进入了梦乡。

她这一觉睡到了正午，醒时发现韩少陵正坐在云床边上，笑吟吟地看着她。

“桑儿，早。”

他示意守在一旁的侍女上前伺候桑远远。

柔若无骨的美人被侍女小心翼翼地搀起来，洗漱、梳妆。坐到妆台前往镜中一看，桑远远差点儿惊呼出声。这不是凡人，是仙女！她演过很多美人，浓妆覆面时也曾误以为自己倾国倾城，直到现在看到镜中人，才知道何为真正的美人。

韩少陵高大俊朗的身影也出现在镜中。

他朝她笑道:“桑儿，不要难过，好生休养，不需几日便能恢复容颜。”

听他这意思，她还能更美些？桑远远缓缓地呼出一口气。

韩少陵陪她用过午饭便匆匆地离开了回云殿，继续去处理公务。他并不是那种有大把时间谈恋爱的、游手好闲的霸道总裁，忙得很。

桑远远站在巨大的雕花木窗边往外看，仿佛能看见西面的硝烟。看了一会儿，桑远远打发侍女离开后，独坐云床上，取出了妆匣中的玉简，有厚厚一叠。

她拈起一枚，刚捏断便听到一个粗犷豪迈的声音冲了出来，地动山摇般回荡在大殿内。

“闺女？！”

“嗯。”桑远远弱弱地回道。

对面立刻传出一个似公鸭被捏紧嗓门的怪声：“夫……夫……夫人！闺女醒了，闺女醒啦！”

一时间玉简中交织着野兽派的男低音、带着呜咽的女高音、流水叮咚般的男中音，“交响乐”刚开了个头，然后玉简就碎了。

桑远远扶着脑门，换了一枚玉简。

这一回，对面大约是商量好了，由女高音先发言：“我的好远儿，你爹天天咒你，说你醒不过来了，娘这几日正在与他闹和离……”

桑远远：“……”

“我早就说了，叫什么名字不好，偏要叫远远。嫁这么远，出了事爹娘都不能在身边陪你……呜呜呜……我偷用你爹的王印给韩州王那个兔崽子发了好几次信，他只一味地打太极，就是不答应把你送回来！”

果然，天下当娘的都一样。

“娘，小妹肯定有要紧事对我们说。”清朗的男声传出来：“小妹，换一个玉简，别被娘惹哭了。”

“就是，儿子说得对。”男低音瓮声瓮气地说道。

桑远远忽然觉得自己的要求很有戏。

玉简再一次接通，桑远远开门见山地说道：“爹、娘、哥哥，我的身体已无大碍，你们不必忧心。宫中近来好像混进了不少刺客，你们能不能派几个人过来保护我？两个就行，不方便的话，一个也可以。”

“哎呀，我的乖女儿，你终于想通了！好好好，爹这就去安排！”男低音不假思索地应下了。

桑远远心中悬起的大石头扑通一声落了地，没想到桑州王还挺开明的。

之后的日子，桑远远继续过着衣来伸手饭来张口的生活。能够送到她眼前的，都是整个韩州境内最好的。

韩少陵每日都会抽空过来陪她说话，举止守礼，一丝不苟地履行一月之约。

过了两三日，她忽然看到韩少陵神色怪异地走进殿中，眼角的肌肉轻轻地抽搐。他道：“你父王派来的人到了。”

桑远远心中一喜，道：“让我看看！”

韩少陵纠结地挥了下手，只见两排铁塔一般的黑壮汉子大步跑进殿

中，震得房梁扑簌簌掉金粉。

桑远远粗略一数，大概有四五十个人！

桑远远：“……”

为首那人声若洪钟：“桑大率桑二、桑三……桑四十八，奉命守护王女！”

桑州王这是把最亲的亲卫给派来了！桑远远的心中涌起了极复杂的情绪。

殿中侍女吓得瑟瑟发抖——这些野蛮人看起来实在太可怕了，拳头都有她们的脑袋大。

脸色最不好看的当属韩少陵。他本以为哪怕自己答应了，桑氏也该把握好分寸，不会闹得太过火，谁知桑州王竟然派了这么多人！这一行人风风火火地跋涉数千里，声势浩荡地赶过来，听说还跑死了近千头最好的云间兽。而且桑远远明明已嫁入韩州，他们为何还叫她“王女”？这是不承认他这个主君的意思？

韩少陵皱着眉，正要发作，忽有急信来报，说幽州王持帝君谕令率军越境，傍晚便会抵达韩州都城。

“幽无命？”韩少陵听到这个名字，瞳仁骤然紧缩，指节不自觉地攥得发白。

他还未缓过一口气，忽然又有侍从赶来。

“主君，天都那位小公子带着梦无忧梦姑娘闯进来了，说要娶她，属下不敢拦！”

这位小公子可不是寻常人，是女帝君的亲侄子姜谨元。

女帝君没有生孩子，所以姜谨元极可能是下一任帝君——如果他可以活得比女帝君久的话。

姜谨元隐瞒身份来到韩州，跟着韩少陵这位金属性的灵明境强者修行，至今已近两个月。

韩少陵的目中已有怒火：“怎么回事？”

不待侍从回话，姜谨元清亮的声音远远地传了过来：“我要见我的老师韩州王，谁人敢拦我？”

话音犹在，身穿金线白底华贵长袍的半大少年已拽着一个柔弱的女子冲了进来。

女子不断挣扎，带着哭腔喊道：“放开我，你放开我！姜谨元，你放开我！”

韩少陵只觉得一阵眩晕。姜谨元的身份本是秘密，这下可好，被梦无忧嚷得尽人皆知了。

韩少陵望向梦无忧，眼神中染上了浓浓的杀气。两天前韩少陵便让人把梦无忧送出都城，没想到她竟有这么好的手段，搭上了姜谨元。韩少陵这般想着，眸色更深了。

桑远远轻轻地挑了下眉。

原著中梦无忧并没有被打发出宫，姜谨元是在宫中邂逅她的，对她一见钟情。姜谨元带着梦无忧闹到韩少陵面前，请韩少陵吃了人生中的第一桶醋。

虽然当初追求桑远远的人更多，但这位桑州王女端庄守礼，待谁都温和疏离，叫人吃不起醋来。最终韩少陵成功抱得美人归，其他追求者失望归失望，却也没有心怀不忿，只盼这位明月一样的女子能过得好。

而梦无忧出身极低，身上毫无气度可言，平时咋咋呼呼的，还特别容易欠下桃花债，每次都弄得十分狼狈，哭哭啼啼地闹到韩少陵面前。

韩少陵一边唾弃自己，一边越陷越深。

对于这件事，桑远远心中毫无波澜，甚至悄悄地打了个哈欠。她才没兴趣掺和男女主角的这些破事，反正最后他们肯定会在一起。

姜谨元冲进来的时候猖狂得很，但对上韩少陵的眼睛，一腔热血顿时冷了一半。

姜谨元微微低头，喊道：“老师。”

韩少陵上前一步，气势逼人。

姜谨元明显尿了，却梗着脖子道：“老师，学生心悦这个女子，可她说她得罪了韩州王，只能孤独一生，否则必定会连累她身边之人！她究

竟犯了什么错，要孤独一生？她一个弱女子，究竟是做了什么，要被这般欺负？”

梦无忧一边哭一边摇头，道：“姜谨元，你别再说了，求求你别再说了！”

桑远远记得原著中韩少陵是这样回答的——“姜谨元，这是一个爬上过我的床的女人，是被我宠幸得死去活来的女人。”

这时，韩少陵偏头看了桑远远一眼。这位青年王者的黑眸中明显有两分心虚之色。

只听韩少陵冷淡地开口道：“你想娶她？不可能。此女身份卑贱，乃是叛奴之后，且非处子，你的家族绝不能容忍。你若实在喜欢她，便带回去，藏在院中宠着。若再让我听到半点儿消息，我便将她扔下冥渊。”

桑远远：“……”

这个画风是不是不太对？

姜谨元也没料到韩少陵会这么说。他与梦无忧纠缠的时候分明感觉她有难言之隐，且这份难言之隐与男女秘事有关。少年一时冲动，带她冲上门来，确实存着一两分与情敌置气的心思。此刻被韩少陵冷冰冰的几句话一激，姜谨元只觉得一阵阵透心的凉，开口道：“老师，我……”

“不必再说了，”韩少陵目光微冷地说道，“既然你的身份已经泄露，那你就不再是我的学生。我自会向帝君请罪。你准备准备，待接引使者到来，便随他们返回天都。”

“老师！”姜谨元急了。

他的修为卡在灵隐境九重天已有好长一段时间了，无论服下多少灵液都毫无破境之兆。姑母让他到韩州跟着韩少陵修行，短短两个月时间，境壁便有所松动，眼见即将踏入灵明境成为真正的强者，若是在这个节骨眼上被打发回去，肯定功亏一篑，境界又要跌回数月之前！想到这些，姜谨元那颗萌动的少年心登时被吓死了一半。

韩少陵微笑着说：“带上你心仪的女人，走吧。”

姜谨元：“……”

“韩少陵！”

落针可闻的大殿中突兀地响起了一道清亮的女声。

只见梦无忧倔强地仰起了小脸，带着泪的双眼直直地盯住了韩州王。她看起来怒极了，颇有些豁出性命的样子，声泪俱下地说道：“王族很了不起吗？你凭什么把我随随便便地送给别人？你强行夺去我的清白，毁了我一生的幸福！我确实身份低微，但这样你便可以随便糟践我吗？我告诉你，韩少陵，被你强暴是我一生中遇到的最恶心的事！”

桑远远被她嚷得有点儿头疼，正想建议他们到外面去吵，梦无忧忽然视线一转，发现了桑远远。

短暂的惊诧之后，梦无忧抬手指着桑远远，难以置信地道：“你拿我当她的替身？韩少陵，你卑鄙无耻，简直不是人！要不是张妈妈可怜我，偷偷放我出来，我这辈子都要被你蒙在鼓里！”

众人：“……”

桑远远由衷地觉得像梦无忧这样的女主角放到十几年后，绝对活不过三集。梦无忧太有勇气了，比那号称飞扬跋扈的幽盈月厉害多了，简直蠢破天际！

韩少陵的目光更冷了。王者一向喜怒不形于色，但他宽袖中的指甲已深深地嵌入了掌心。

梦无忧是他意外从叛奴营里捡回来的，一直被他藏得很好。他知道自己的所作所为有些上不得台面，却难以抵御那副姣好的面孔和身躯带来的诱惑。今日，他的脸面被丢尽了。

“什么东西，胆敢以下犯上，对王女不敬？！”一道青光掠进来，抓住了梦无忧指向桑远远的那根手指，眼见便要将其生生折断。

来者是个面容年轻、气质却异常沉稳的女子。桑远远用膝盖想都知道，一定是桑母怕这一堆“黑铁塔”照顾不好桑远远，又将贴身的女修行者派了过来。

“住手，别伤她。”桑远远有气无力地说道，“婢子不懂事，扔出去就好了，毕竟是服侍过主君的女人。”

韩少陵听到这句话，表情活像吞了只苍蝇。

桑远远冲他无奈地笑了笑，说："可否让我安静地养病？"

韩少陵面露痛苦之色，道："是我不好，桑儿，我发誓绝不会再……"

她温柔又坚定地打断他的话，道："不要发誓，以免再叫我失望。"

韩少陵重重地闭上眼。不久前他才信誓旦旦地说不会再让她听到烦心的消息，今日倒好，干脆闹到了她面前。他一时不知道该责问谁，挥挥手，令侍从把这堆乱七八糟的人带出回云殿。

桑远远冷淡的目光轻轻地避开了女主角梦无忧。实话实说，桑远远讨厌这个女主角。她能坚持看完这本狗血的小说，很大一部分原因是女主角梦无忧被男主角、女配角及各路男配角虐身和虐心时，桑远远感觉很爽——这也是一种很奇葩的心态了。

被雷劈死之前，桑远远每一步都走得很艰难，每一日都顶着巨大的压力逆流而上。即便成了万众瞩目的明星，桑远远也活得小心翼翼、如履薄冰。

每个人活着都不容易，在那些能够决定自己命运的人面前，说话、做事都得再三考虑，就连嚣张的幽盈月也深知这个道理。而梦无忧呢？梦无忧靠着作者给她的"金手指"横冲直撞，每天都在找死，但永远也死不掉。比如今日，姜谨元无论是因为爱情还是因为面子，都会拼尽全力保下她。

梦无忧不是坏人，但如此口无遮拦、无知无畏，会一次次害死周围的人，比如今天放她出来的张妈妈，比如今晚的姜谨元。

"韩少陵。"桑远远唤道。

青年王者急忙掉头，大步走到桑远远面前，眸光微闪，颇为心虚。

"不要杀人，"桑远远道，"一个也不要杀。"

"好！我保证。"

"也不要用刑。"桑远远又道，"这件事是你自己惹出来的，要罚就罚你自己。"

这种时候最适合刷愧疚值。

果然，韩少陵非但不恼，看向她的目光反而更柔和了。韩少陵说道：

“都听你的。桑儿，你太善良了。”

“嗯，去处理吧。”她挥了挥手，一州之主便老老实实地退下了。

看到这一幕，方才赶到殿中的那位女修行者面露欣慰之色。韩少陵离开后，女修行者急忙单膝跪在桑远远面前，道：“王女！”

她仰头看着桑远远，一双眼睛跟会说话一般，透着慈爱之色。

桑远远心想：不认识人，怎么办？

“请起，随我到内殿说话。”桑远远转身向大云床的方向走去。

这种情况也不难应对，桑远远说自己失忆就可以了。

“我醒时忘了许多事，”桑远远目露忧愁，轻轻地揉着额角，“请问你是？”

女修行者急忙道：“王女无须发愁，属下会帮王女一点点回忆。我叫青灵，荣赐桑姓，王女叫我灵姑便好。”

听到这个名字，桑远远心中轻轻一振。

桑青灵，桑州的女战神。

桑州灭国时，桑青灵死守桑都城门，拼尽一身血肉，到最后只剩了一具骨架子，仍坚守了足足一个时辰，令那十州联军胆寒不已。虽然作者只是寥寥几笔带过，但这位女战神是书中为数不多的，让桑远远真心实意地流过泪的角色。

桑远远的共情能力比一般人强很多，简短的几个字就可以让她深深地沉浸在戏里，正因为如此，她当初才会在一众花旦里脱颖而出，成为一名备受观众认可的实力兼偶像派演员。

“灵姑……”一开口，她竟不自觉地哽咽了起来。

“王女，没事了……没事了。”灵姑亦是十分动容，上前轻轻地揽住了她，“灵姑前些日子又突破了，如今修为在灵明境七重天。底下这些小子若是敢惹王女不痛快，灵姑帮你揍得他满地找牙！”

想起戳在外殿的那四十几座“黑铁塔”，桑远远不禁叹息：“父王真是……”

灵姑笑着说道：“主君本来只派了二十四人，另外一半是世子非要添

的。夫人不甘示弱，便让我带着手下那十二个不争气的姑娘也赶了过来。”

桑远远再次摇头叹息。

“王女这些日子成长了，定是受了不少罪。”灵姑感慨万千。

二人叙话片刻，桑远远状若无意地提了一句：“灵姑，我想修行。”

此话一出口，桑远远的心脏就怦怦地狂跳起来。

从凡入仙，先入灵隐境，共九重天。女子一入灵隐境，便会斩赤龙，基本上不可能再怀孕生子。而生育之后的妇人，骨骼、体质都会发生变化，根基半毁，再想修行，难如登天。

正因为这样，世间的女修行者才会寥寥无几。

桑远远自然知道作为王族之女，想要修行是一件多么离经叛道的事情，更何况她还嫁给了韩州王，如今是他名义上的正夫人。她佯装平静地注视着灵姑，其实也没抱多少希望，还在心里安慰自己被拒绝才是正常的，没事，自己回头再想别的办法。

灵姑果然怔住了。好半晌，那双分明十分年轻，眸光却满是沧桑的眼中忽然涌出大串大串的泪水。

桑远远一时头皮发麻。女战神流泪，这算是猛虎落泪吗？

“别，灵姑你别哭。”

“王女，你终于想通了！”灵姑哭得更大声了。

桑远远：“……”

“从您小时候，”灵姑抽咽着说道，“主君、世子便常说，嫁人有什么好的，这世间谁能配得上咱们小桑果，还不如早早修行，上哪儿都不会被欺负！若您遇上实在喜欢的，便招进门来做赘婿，还能天天陪主君、世子饮酒。”

桑远远：“那是娘不答应？”

灵姑道：“夫人有您和世子，自然觉得还是要有孩子才好。但夫人也不是十分反对修行，是王女您自己说，身为王族女，生为桑州，死为桑州，联姻生子是最好的结盟手段，如何能跟着主君、世子胡闹？”

桑远远：“……”

灵姑叹道："当初韩州王上门提亲，主君、夫人和世子其实并不满意，因为他宫中有人，还是个很麻烦的幽州人。奈何王女对韩州王一见倾心，决意要嫁，谁也拦不住。结果可好，他根本就没有用心护着王女！行刺之事，不必说，一定与那幽盈月有关，是不是？"

"对。"桑远远也无意隐瞒。

行刺那件事倒也罢了，韩少陵的确是被杀了个措手不及。但桑远远昏迷垂死时，他居然真当她死了，连近卫都不舍得派一个。这也是腹黑的男主角的共性，他们从来不会在无意义的事情上花费时间和精力。

灵姑的眼中闪过厉色："主君与世子早就猜到了。桑州如今全员备战，万一您真有个好歹，主君便要发兵了！只要杀了幽无命，幽盈月这条丧家之犬，想怎么收拾便怎么收拾。"

桑远远的心脏猛地一跳，这件事就是桑州灭国的起因。桑州王挑了个说好也好、说糟糕也很糟糕的时机对幽无命动手了——幽无命奉天都令，助韩州王平定西境魔祸。

桑州王与桑州世子率军越境，奇袭幽无命，令幽无命腹背受敌，险些将他置于死地，与他同行的韩少陵也受了重伤。说这个时机好，是因为幽无命修为太高，这恐怕是唯一一个可以杀死他的机会；说这个时机糟糕，是因为这样一来桑州便等于叛魔。若是两州之争引发兵祸，天都通常各打五十大板也就放过了，但幽无命和韩少陵是在奉令剿魔时被偷袭的，桑州此举等于拔了天都的逆鳞，是与整个云境为敌。一年之后，桑州彻底消失在了云境的版图上。

这件事情在原著只是一笔带过的小小插曲，主要作用就是让韩少陵受伤。他受伤了便需要人贴身照料。周遭服侍的人都不能令他满意，唯有活泼直率的梦无忧，从早到晚在他的床前叽叽喳喳，让韩少陵在病中也觉得满是生机。

桑远远当即说道："父王和兄长也太冲动了！我这就传讯，让他们千万不要做出什么傻事！"

灵姑掩唇一笑："王女少安毋躁。您平安醒来，主君和世子恐怕要连续数日醉个人事不省，哪儿还能发起战争？”

桑远远轻轻地舒了口气：“是啊，万幸。”

灵姑像是怕她反悔一样，当即将她从云床上扶了起来，道：“那属下现在就助王女洗髓！”

桑远远惊道：“什么？”

这么大的事，难道不需要先问一问桑州方面吗？也不需要考虑韩少陵那边的意见吗？

灵姑大步走到外殿，吩咐了一通。不过片刻，灵姑便扶着桑远远来到偏殿，三下五除二地扒了桑远远的衣裳，让她进了一只巨大的木桶中。

“王女现在可没法反悔了。”灵姑狡黠地笑着说道，“世子下了道死令，就算骗，也要骗王女把这洗髓液给用了！”

桑远远心想：那我是不是应该配合一点儿，假装半推半就地用了这洗髓液？

泡在那白色的洗髓液中时，她并不是很好受。

人身有五行，洗髓便是要将根基之中的五种属性去掉四个，唯留一脉。只有洗去杂余的属性，才能够感应到天地之间的同属灵蕴，将它们吸入体内，淬炼自身。

此刻，桑远远浑身又麻又痛，好像有无数钢针在体内横冲直撞。

眼见桑远远的小脸变得煞白，灵姑登时心疼了，安慰道：“王女请稍微忍耐，洗出属性来便好了，也不图王女去打天下不是？”

桑远远摇了摇头。其实目前的情况还好，远远没到她能承受的极限。这种感觉和她被雷劈中后躺在地上浑浑噩噩等死时有些相似。她经历过那样的事，眼下的折磨便显得有些儿戏。脸色惨白只是身体的本能反应，她的内心其实平稳得很。

灵姑一次次把手放在她眼前晃，桑远远哭笑不得，道：“灵姑，我没晕。”

灵姑盯着她看了半天，忽然用手蘸了些洗髓液，放在嘴里尝了尝：“没坏啊？”

桑远远：“……”

她的皮肤表面开始渗出杂质。

人食五谷杂粮，日常接触的东西多少带着些湿气和毒素，呼吸间也会吸入尘埃，是以年岁越大，体内越不洁净。

第一层垢物被洗髓液洗出之后，桑远远立刻感到心明眼亮，精气神十足，像是返回了孩提时代。同时，她也隐约察觉到了一种深层次的变化，呼吸之间草木的清香越来越浓郁，眼前倏尔看到有好似萤火虫一样的青色光点飘来飘去。

“王女？”灵姑时不时担忧地唤她。

灵姑从来没见过这么能忍的，就连外面那些黑塔般的壮汉在洗筋伐髓时都要鬼哭狼嚎，谁知娇弱的王女竟一声不吭。灵姑偶尔唤她一声，就怕她已死在这洗髓液里了。

“灵姑，我无事，不必担心。”桑远远能轻易地感知旁人的情绪，尤其是针对她的情绪。她知道眼前这个看似年轻的长辈是真心把她当珍宝看待的，一点儿也不嫌烦。

洗髓液由浊转清，桑远远的身体里再一次排出杂质。这一回不再是灰垢，而是混杂了赤、黄、白、黑四种颜色的奇怪物质。

“赤火、黄土、白金、玄水都出来了，”灵姑拍手道，“恭喜王女，您属木。”

桑远远轻轻地点了点头。她已感觉到了，有青色的生机在身体中慢慢地氤氲开。她没有马上离开洗髓液，而是持续浸泡，直到它们彻底变成了一桶清水。

灵姑小心地用一根细细的银针从桑远远的指尖取出血珠，放在一块小黑石上试了试，然后长舒一口气，面露喜色，欣慰地说道：“恭喜王女顺利踏入灵隐境一重天！从今往后，王女只要静心闭目，便能感觉到天地之间的木属灵蕴。”

灵姑知道欲速则不达的道理。今日桑远远能成功洗筋伐髓已是不易，灵姑便不着急引她修行，而是将她扶回云床上，向她细细地说一些桑州

的小事。

桑州是一个碧绿的、悠闲的地方，民风彪悍而朴实，不像韩州人，个顶个的精明。虽然桑远远对桑州这个地方并没有什么故土情怀，但听着听着，心中不禁多了几分向往。

用过晚饭，远处传来了低沉的鼓声，桑远远知道，那是幽州王幽无命进入韩都了。

她看着渐渐染上金色的窗棂，轻声道："灵姑，帮我做一件事。"

"是！"灵姑前一秒脸上还满是笑容，后一秒立刻正色拱手应道。

"把姜谨元打晕，扔到幽盈月的寝殿里，再把幽盈月也打晕。"

"是！"灵姑眼角重重地抽了两下，却也不多问，领了命便去了。

此刻，韩少陵已前往城门去迎接那个煞星大魔王。虽然幽无命持了天都谕令，说是来助韩州王荡平魔祸的，但幽无命是疯子，韩少陵不敢保证他发起疯来会不会直接率军屠了韩都。韩少陵必定是以迎战的态度去接幽无命的，将所有好手都带在身边，灵姑大可以在后宫横行无忌。

桑远远觉得自己只是搞了这么一点儿小事，已经很对得起韩少陵的连日款待了。况且，她这是在救姜谨元的命。

在原著中，幽无命进入韩王宫后，精准无比地戳中了梦无忧的神经。梦无忧不顾对方是一位灵耀境的强者，且身边高手如云，也不顾自己毫无灵力，不知从哪里找了把匕首，竟跑到宫宴上行刺幽无命，说要给当初因幽州之变而死的父母报仇。

这种事，真的只有"金手指"大开的女主角能干出来。

幽无命本要杀了这个不自量力的女人，结果姜谨元跳出来护着她，让她逃回了韩少陵身边。

幽无命是个疯子，哪里会顾忌什么天家子侄？于是他把姜谨元给杀了，气得韩少陵七窍生烟。而随手干了件大事的幽无命压根就不在意，继续坐在那满是鲜血的案桌后面，该吃吃、该喝喝。要不是打不过他，韩少陵一定会把这疯子杀了。

最终，韩少陵替幽无命瞒下了这件事情，向天都撒谎，说姜谨元除魔心切，尾随大军出征，在西部冥渊英勇战死。不然韩少陵自己也无法给天都一个交代。

应付完天都，韩少陵还得好生劝着幽无命，让他稍微顾着大局，不要自己把真相捅出去了。

韩少陵这个男主角，前期在大魔王面前可以说是非常憋屈了。

桑远远暗自想：没有姜谨元开道，不知道梦无忧还有没有能力夜闯宫宴。若她真有本事冲到幽无命面前，那么没了姜谨元这个替死鬼，她会不会就这么死在反派大魔王的手上？

桑远远倒是很想看看自己改变了剧情后，天道要怎么帮梦无忧。

若梦无忧真的死了，桑远远也不会有任何心理负担。大家都是成年人，该为自己的愚蠢行为负责。

低沉的鼓声渐渐接近王城，桑远远的心中不禁多了几分忐忑。

她是韩州王的正夫人，必须要出席今日的夜宴。她不确定幽无命这个疯子会不会记得她，一想到那日为了保命，贴着那枚玉简说了“我喜欢你，幽州王”，便觉得一阵牙疼。

算了，她不想了。要是真的闹出了什么事，那也是韩少陵和幽无命之间的事。云境十八州的女子地位低下，相应地，若是出了什么事，出面拼杀的只会是她们的男人。再退一万步说，就算韩少陵真的被幽无命灭了，灵姑和桑大等人也会趁乱护着她逃回桑州，她完全不用担心。

桑远远做好了心理准备，便坐到妆台前，让侍女们给她盛装打扮。毕竟是接待一州之主的宫宴，礼仪上她自然怠慢不得。

桑远远换上了一身玄色的华服。这衣服用料极其厚重，精致的绣图一重又一重地叠在前胸和后背，裙摆则绣着带火的凤鸟。她身后披了老长老长的披风，上面缀满亮闪闪的金线，足足拖到十步之外。她的头发被盘得死紧，头上戴了一顶又大又沉的金冠，左右有珠帘垂下，还好没挡住她的视线。

终于，桑远远艰难地出发赴宴了。

这些日子，她一次也没有离开自己的回云殿。踏出膝盖高的门槛的那刻，她心中有种奇怪的感觉。她终于真正地踏入了这个世界。

这个世界不再虚幻，她也不能再怀抱着玩票的心。无论前方有什么，她都必须迎难而上，就像她无数次做过的那样。那是的她，无论扮演什么角色都要做到最好。

既然重活一回，那么从今往后，她就是桑州王女。

几步之间，略显娇弱的女子身上慢慢展现出沉稳的王族气势。平日服侍桑远远的侍女不禁心头微惊，暗叹王族果然和常人不一样。

王城不算大。云境十八州以武立国，宫城虽然也气派十足，但更重要的是防御的功能。铸城的是一种奇异的黑色石头，泛着一点儿磨砂的光亮，地面亦是同样的材质。离开后宫便连雕刻的木饰也看不见了，每一间大殿只要合上黑石巨门，立刻便是一座小型的堡垒。

在侍者的带领下，桑远远很快来到了设宴的大殿。

殿内灯火辉煌，文武百官分列左右，韩少陵跪坐左面上首，与他对坐的想来便是人人闻之色变的幽州王幽无命。

进入大殿，桑远远便能感觉到一种沉重压抑的气氛。这种场合是不可以东张西望的，她在侍者的引领下入了座。侍女小心地将她的披风摘下，捧在木盘中，侍立一侧。她偏头，向着韩少陵轻轻地颔首。

韩少陵的眸中有惊艳之色一掠而过。他心中不禁感慨，唯有面前之人才像真正的王者之妻。幽盈月平时嚣张，但每到正经场合，气势便有些弱。梦无忧更不必说，若他将梦无忧带到这样的场合来，那完全是叫旁人看自己的笑话。幸好桑远远这个像是从天上下凡来的完美女人将成为他真正的妻子，与他共度一生。

这么想着，韩少陵不自觉地垂下头，唇角浮现出浅浅的痴笑。

众人起身向桑远远行礼。桑远远垂首回礼，然后将目光落在身前的案桌上。

甫一落座，她便察觉到有一道目光肆无忌惮地投了过来。

那道目光来自幽无命。

左侧的珠帘挡住了她的视线，她无法用余光观察幽无命，但依稀觉得他在笑。

原著中，作者从来没有正面描写过反派大魔王，幽无命自始至终都只活在所有人的恐惧之中，或者说他自己就是恐怖的代名词。只有在零星的几处文字间，读者得以稍微窥探他的真容。

譬如某配角临死时仰望着那个眉头也不皱地从自己的残躯上踏过去的魔头，心中不禁有些迷茫：为何这个恶魔竟生了天人般的脸庞？

譬如幽无命趁着大乱，缓步进入燃火天都，血与火的光芒映在他的脸上，让人不禁想起了一些关于恶鬼修罗的传说——它们的心有多恶，脸便有多俏。

说实话，桑远远还挺好奇幽无命长什么模样的。但她没有抬头看，目光依旧落在面前的桌案上。那上面摆放了几只玉碟，碟中的菜色精致无比，像是什么雕工大赛的获奖作品。

这种场合，除了两位君王之外，没有人会四下张望，那是极失礼的。

当然，这些古板迂腐的虚礼，在女主角梦无忧得宠之后将一次又一次地被打破。她会在宴席上盯着某位新晋才俊，拿对方的长相打趣；她会在祭天之时随便穿着，蹦蹦跳跳引得举国哗然。

桑远远一点儿也不觉得这些举动率真可爱，当初看到这些情节时，只想捶梦无忧的头。

宫宴上一直寂静无声，桑远远猜测应该是发生过一些不太美妙的事情，以致众人和幽无命同席吃饭时，说话变成了一种新的禁忌。

坐在桑远远正对面的是韩少陵麾下第一战将顾川风，桑远远注意到这位虎将已不知不觉地挪过了桌案的中线——能多远离幽无命一尺是一尺。

她有点儿想笑，红润的唇轻轻地抿了起来，随手拿起侍女无声满上的白玉酒杯，饮下一杯紫色果酒。放杯子时，她错估了桌案的材质，本

以为这带着黑色花纹的桌案是木质的，没想到是由铜和铁制成的。杯底落下时发出了清脆的响声，绕梁而去。

桑远远："……"

那一瞬间，无数道目光从各个方位向她投来！

桑远远有种错觉，这些人就像是在等待什么掷杯之令似的，都这么紧张吗？

斜对面传来了一声轻笑，旋即一个年轻悦耳的嗓音道："毛手毛脚。"

桑远远下意识地望过去，便看见一位身着白袍的男子用手指拈着酒杯，唇角含笑，冲她遥遥一敬，仰首饮尽杯中的酒。他看起来非常年轻，十八九岁的模样，姿态慵懒随意得很，半倚着桌案。

这是幽无命？他和她想象中的很不一样，看起来倒像那种被养成了纨绔的世家子弟。

她呆了一瞬，随即垂下眼帘，不再碰桌上的东西。

没多久，她瞥见一个侍女悄无声息地向侍首告罪，然后从銮柱后方绕出宫殿。又过了片刻，一个举止怪异的"侍女"匆匆赶来。

桑远远冷眼一瞥，赶来的侍女是梦无忧。桑远远的嘴角不自觉地勾出一抹讽刺的笑容。女主角无论要做多么匪夷所思的事，身前永远是绿灯。在这样的"锦鲤运"面前，旁人所有的努力和付出似乎都会变得十分可笑。

不，其实不是这样的。运气这种东西，既能被轻易赋予，亦能被随便夺走。只有脚踏实地地走好每一步，那些经历才会成为属于自己的宝贵财富，谁也拿不走。脚踏实地的人，跌倒之后依旧能爬起来；一路被好风送上青云的人，一旦摔下来，便很难东山再起。

桑远远从来只信概率，不信运气。就比如，行刺幽无命这件事情成功的概率为零。

桑远远冷眼看着梦无忧垂首走向幽无命。这样的气氛让梦无忧有些瑟缩，她走路时差点儿就同手同脚了。桑远远不禁淡淡一哂，在书中看到她得宠后大闹宫廷的模样，还以为她到了这种场合真的一点儿也不会害怕呢。

只见“英勇无畏”的女主角迅速靠近了反派大魔王，桑远远简直想为她鼓掌。

梦无忧佯装为幽无命奉酒，弓身时把托盘一扔，将藏在托盘底下的匕首直接刺向幽无命的心脏。

事发突然，韩少陵也只来得及缩了下瞳仁。看清行刺者是梦无忧的刹那，他身上不禁爆发出一股惊天的杀气，杀意引动装饰梁顶的金器，让其发出嗡嗡的声音。

桑远远此刻也顾不上什么礼仪了，偏头看着幽无命，一副等着看好戏的模样。

不知道反派大魔王会不会突然霸道总裁附身，放过梦无忧，再来一句“女人，你成功引起了我的注意”。桑远远暗暗想着，不禁扑哧笑出了声。

她的笑声极轻，幽无命却听到了。他无视了刺来的匕首，眉梢微挑，冲着桑远远轻笑。

发着颤的匕首已刺中了他的白袍，却不得寸进。

这个世界并不修丹田经脉，而是炼体——引自身属性契合的灵蕴，淬炼皮肤肌肉和骨骼。

简单来说就是，修为越高，身体越硬，命越长。凡间的兵器早已伤不到幽无命这样的高手了。

梦无忧连刺几下发现刺不动，又举起匕首扎向幽无命的脸，被幽无命随手抓住腕部一扔，整个人摔到了大殿正中，匕首当啷落地。

幽无命慢悠悠地取出一块绸布，细细地擦拭着那只碰到过梦无忧的手，低声笑道：“韩州王，若想施美人计就有诚意一点儿，弄个赝品糊弄谁？”

韩少陵气得面色发绿，身体微微地颤抖。

“不入眼，”幽无命遗憾地摇摇头，笑容温柔地说道，“那我就杀掉吧。”

说着，他慢慢地从身后抽出了一把极长的黑刀。

第二章 意外

桑远远饶有兴致地看着这一幕。她知道这里没人拦得住幽无命。书中他就是这样拔出刀来，说要杀了姜谨元，然后便杀了姜谨元，韩少陵完全无可奈何。

至于梦无忧，桑远远觉得，此刻的韩少陵应该也很想把梦无忧大卸八块。只不过身为女主角，梦无忧应该没那么容易死。

梦无忧摔倒在幽无命桌案的前方，裙摆被掀起一角，露出了半截白藕一样的小腿肚，也顾不得遮住。

眼见刺杀无望，梦无忧悲愤、绝望了，扭头冲着韩少陵喊道："幽无命丧尽天良、滥杀无辜、天理难容！韩少陵，你还是不是人！这样一个恶魔摆在面前，你还能面不改色地和他吃饭饮酒？你若是个男人，今日就杀了他，为那些枉死之人报仇！"

韩少陵一时竟被震住了，嘴唇微动。桑远远觉得他或许是想说：你没病吧？

幽无命的一只脚已踏到了桌案上。闻言，他笑出了声，缓缓地扬起手中半人多长的大黑刀。

就在这千钧一发之际，幽无命身后忽然蹿出一个影子般的人，挡住梦无忧，跪在幽无命身前，抬头喊道："主君，刀下留人！"

桑远远挑了挑眉，看着这个横空出世的"金手指"。

此人知道幽无命没空听他仔细解释，当即撩起了裤管，请幽无命看他那条毛茸茸的小腿。

桑远远清清楚楚地看到幽无命的眼角跳了两下。

此人压抑着激动的心情，说："主君，她……她是属下当年躲避追杀时不慎弄丢的妹妹！"

桑远远凝神望去，只见此人的脚踝上三寸处印着一枚紫红色的月牙胎记，形状很奇特，像是月牙着了火。在同样的位置，梦无忧也拥有一枚同款胎记。

所以姜谨元不在，梦无忧就一跤摔得露出了小腿上的胎记来，被亲哥哥看到了？

这是作者的另一重安排？这个故事很狗血，太狗血了！

不必想也知道，这位亲哥哥肯定是幽无命身边的大红人，幽无命再变态，也会给他几分情面。

果然，幽无命眯起了狭长的眼睛，将踏到桌案上的脚收了回去，长刀归鞘，不耐烦地嗯了一声。

只见那人朝幽无命重重地叩了几个头，偏过身，冲着一脸呆滞的梦无忧亲切地笑道："妹妹，你一定已经忘了哥哥吧？没关系，忘记了也不是什么坏事。"

梦无忧呆呆地看着这个人，脸上满是茫然和难以置信之色。她不自觉地喃喃道："不，你们这些刽子手，我和你们没有半点儿关系！"

那人的脸上似乎浮现出笑容，他道："好好活下去！活着，让血脉……延续……"

桑远远听着此人的话，感觉有些不对劲，还没想明白就见他反手抽刀，横刀自刎，血溅五尺。

桑远远不禁愣住了。她本以为要上演一出腻腻歪歪的戏码，比如兄妹相认抱头痛哭，求得主君原谅。说不定那人还要把梦无忧带去幽无命身边，让韩少陵吃醋什么的，没想到他说死就死了。

"桑王女，"幽无命笑着向她解释道，"我这儿的规矩便是这样，一命换一命，很简单、很公平吧？你喜欢吗？"

桑远远："……"

后知后觉的宫侍把梦无忧拖了出去，地上的尸首也被幽无命的人迅速地清理了。韩州方面根本不敢动幽无命的人，哪怕是死人。

大殿内又陷入了一种压抑沉闷的气氛。

韩少陵深吸一口气，低沉的声音回荡在殿中："幽州王，桑氏乃孤的正夫人，请注意言辞。"

幽无命笑得身躯发颤。半晌，他将双手撑着桌案，倾身向前，半开玩笑半认真地道："匹夫无罪，怀璧其罪。韩州王，命，可只有一条呢。"

他说到这儿，眼中仿佛燃起两点绿火，是赤裸裸的威胁之意。

韩少陵一时气结，但心知此刻绝不能与幽无命翻脸。

韩少陵沉默了一会儿，脸上露出笑容，道："说得是，生命是很宝贵的。幽州王不远千里来助我韩州荡平魔祸，可千万要保重贵体，若不幸折在了西境，孤可没法向帝君交代。"

幽无命看起来更开心了："冥魔算个什么东西？"

他拎起桌案上的酒壶，自斟自饮，喝了个痛快。

幽无命好像压根就不记得自己还有幽盈月那么个妹妹，韩少陵渐渐察觉不对劲了。幽盈月再怎么害怕幽无命，这种场合也必定不会缺席。韩少陵还需要幽盈月出面演一出兄妹久别重逢的戏码，让幽盈月拉着自己与幽无命并肩站一会儿，好向外界释放清晰的政治信号。可是都开宴这么久了，幽盈月怎么还没来？该不会出了什么事吧？

心中转过一个匪夷所思的念头，韩少陵双眼微微睁大，猛地转头望向桑远远——她该不会私自报复幽盈月吧？

震惊之下，韩少陵顾不上掩饰神情。

桑远远将他的神色尽收眼底，唇角微弯，坦然地冲着他笑。

韩少陵一时竟分辨不出这个笑容到底是什么意思，是问心无愧，是有恃无恐，还是根本没察觉他目光中那审视的意味？

他深吸了一口气，只觉得近日堵在胸口的那团乱麻好像更纷乱了。近来他时不时便觉得心浮气躁，此刻更生忧虑，耳旁似乎听到了梦无忧的聒噪声。

是了，他的心神忽然明了。自从他宠幸了那个梦无忧之后，便时不时有些胸闷气短，偶尔还会耳鸣幻听。对于一个灵明境强者来说，这是很不正常的事情。只是这几日事情实在太多，他才没顾上这点儿小毛病。

还没等他想明白，耳旁的聒噪声竟越来越大了。

藏在广袖中的手轻轻一抖，他只觉得胸口的乱麻抽离出来，化成了一股股邪火，直接向身下涌去，就像他吃了什么奇怪的药一样！

对面的幽无命仿佛感应到了他的心声。只见那个白袍少年举起了杯，笑吟吟地道："韩州王，我这个人呢，百无禁忌，你是知道的。方才死掉

的这个手下，其实是情族遗民，赝品若是他的妹妹，啧，但愿还没祸害哪个倒霉鬼吧。”

幽无命说这些话的时候，目光中满是幸灾乐祸之色。韩少陵则倒吸了一口凉气。

云境有三大异族，并称“三邪”，为世人不容。早在千年前，当权者就将三族都列入清剿名单。被血洗了千余年之后，“三邪”几乎已成了传说。情族便是“三邪”之一，其他族的人一旦与情族之人交合，便会身染剧毒，唯有他/她是解药。

二人一晌贪欢，将终身捆绑。

这就是梦无忧最大的“金手指”。

桑远远自然知道梦无忧是情族遗民。从一开始她就清楚地知道，韩少陵根本不可能甩掉梦无忧，这两个人注定要纠缠到死。所以当时她才会故意说，若再发现韩少陵与梦无忧藕断丝连，她就要回桑州去，与他老死不相往来。

两国联姻，不是桑远远想和离就能和离的。她只能抓住每个筹码，让韩少陵对她越来越愧疚，这样她才不会太被动。

原本桑远远还想看好戏，看韩少陵发现离不开梦无忧之后，会怎样瞒着自己与梦无忧私会。到时候桑远远“不小心”撞破真相，场面一定鸡飞狗跳，精彩得很。但这件事居然直接被捅破了，可惜了。

不过既然事情已经摆到了明面上，那便让韩少陵自己去发愁该怎么劝说她接受他不得不继续宠幸梦无忧这件硌硬人的事情吧。幸好她对这个男人没有半点儿感情，可以借这件事不让他近身，然后静观其变，走一步看一步。

理清现状后，她偏头淡淡地看了韩少陵一眼。

韩少陵一时顾不上桑远远。他的胸脯剧烈起伏，拳头握得发白，眼中有强行压抑的惊骇。他怎能不惊？方才梦无忧差一点儿就死了，要是她死了，待他毒发，便再无解药，他得给她陪葬！

惊骇过后，愤怒如潮水一般涌上他的心头，同时，他想到了另一件事情。

他迅速地冷静下来，动了动食指。

一个影子般的人立刻单膝跪在韩少陵身后，低声问：“主君有何吩咐？”

韩少陵的声音不辨喜怒，她吩咐道：“削去梦无忧的鼻、舌、四肢，给她灌下洗髓液，然后将她绑在清凉殿的卧榻上。切记不可以伤她性命，孤要她长命百岁。”

清凉殿就是韩少陵之前金屋藏娇的地方。

他语气平淡，声音不高不低，正好可以让他身旁的桑远远听见。

桑远远只觉得头皮发麻，这就是君王！

“桑儿，过来。”韩少陵唤道。他的声音里仿佛还染着血腥气。

桑远远深吸一口气，平静地起身，走到他身旁坐下。

“这样你便不会怪我违背誓言了吧？”他温柔地凝视着她，道，“桑儿，信我，我对那样一个东西绝不会有半点儿男女之情，只是偶尔用她来解毒罢了。”

桑远远的嗓音又干又哑，跟中了木毒时一样：“太残忍了。”

他的唇角扯出一抹冰冷的笑容，他说：“敢用身体算计我，便要付出代价。桑儿，不必替那种东西求情，谁来求情都没有用。”

桑远远蓦然惊觉自己似乎小看了韩少陵。

“桑儿，”韩少陵沉声道，“今夜陪我？”

他用的是疑问句，却没有给她留下丝毫抗拒的余地。

他道：“你的身体尚未康复，我不动你。”

他的眼睛里清清楚楚地写着：我只蹭蹭。

桑远远的心中忽然涌现一股冲动。她比任何时候都更想离开这个阴沉沉的地方，到桑州去，远离这些可怕的家伙。

韩少陵抬起手重重地压在她的肩膀上。

桑远远一动也不敢动，就跟被野兽咬住了咽喉的猎物一样。她知道如果韩少陵真的对梦无忧做出那样可怕的事情，那么他在她面前将再也

不会心虚。他会堂而皇之地将她彻底占有。她将陪伴在这样一个男人身边，和一具不人不鬼的躯体共享他，终此一生。

想到这些，她心底浮现一丝恐惧，身姿却依旧端正，神色全无波澜。事到如今，她只能祈祷梦无忧继续红运当头了。

韩少陵的面色仍有些发白，但脸上已不再有丝毫惊骇、颓靡之态。他挥退侍女，让桑远远替他斟酒。

“敬幽州王！”韩少陵笑着饮尽酒，朗声道：“桑儿，满上！”

桑远远奉过酒后便静静地坐在一旁。她觉得自己此刻很像一个被掳进山寨的良家女子。

坐在韩少陵身边，她只要稍稍抬眼就能看见对面的幽无命。他看起来有点儿意兴阑珊，微仰着头望着殿外的星空，自斟自饮。

“呵。”忽然，他轻轻地笑出了声，道，“韩州王，你就这么怕我？”

韩少陵浓眉微蹙，探询的目光落在对方略显秀气的喉结处。

幽无命漫不经心地说道：“这戏一出接一出，是怕我闲极无聊一时兴起，屠了你这韩都城吗？”

韩少陵顺着他的目光往外一望，便见到一股浓烟之下，狰狞的火光已蹿出檐角。

报信的内侍匆匆赶到：“报——清凉殿失火，火借风势波及凤虚殿！统领大人已在全力灭火！”

幽无命丝毫不拿自己当外人，闻言，撑着桌案站起来，懒懒散散地向外走去。

韩少陵深吸一口气，大步跟上。

殿中百官急忙推开桌案爬起来，尾随主君匆匆地赶往事发地。

灵姑从侍女的托盘中取出披风替桑远远系上，搀着她远远地看着热闹。

火是从清凉殿烧起来的，韩少陵刚命令贴身的亲卫对清凉殿中的梦无忧下手，这就出事了。

宫中侍卫都是修行者。他们扛着一只只巨桶从护城河中取了水，飞奔回来，把水哗哗地倒在燃火点上。

后宫木饰较多，有及顶的雕花木窗和木门，殿中还装饰着层层叠叠的帐幔，这才迅速烧了起来。

火很快就被扑灭了，只余滚滚黑烟。清凉殿被烧了个透彻，旁边的凤虚殿被烧毁了一小半。

众人齐齐松了一口气，准备善后。就在这时，侍卫统领押着两个落汤鸡似的人来到韩少陵面前，那两个人竟然是幽盈月和姜谨元。

韩少陵：“……”

桑远远：“……”

这个就纯属意外了。

桑远远只是想保住姜谨元的小命，顺便吓吓幽盈月，谁能想到会失火呢？

幽盈月是真吓坏了，跟只小鸡崽似的，抱住韩少陵不撒手，哭道：“韩郎！他……他跑到我的殿里放火烧我！韩郎，你要为我做主啊……我好害怕，呜呜呜……”

幽盈月从前那么嚣张，很大一部分原因是她身边有灰衣这个灵明境强者——她在前头杀人放火，灰衣总会给她善后。如今灰衣已被韩少陵处死，她就像失去了眼睛和臂膀，再遇上事，心神立即崩溃了。

姜谨元也被吓得不浅。他是被烟呛醒的，迷迷糊糊地睁开眼，便发现自己居然和韩少陵的小老婆躺在一张床上。帐外浓烟滚滚，吓得他从床上滚了下来，当即拍醒幽盈月，招呼她往外逃。结果这个女人竟拉扯着他大呼小叫，两个人正纠缠不清时，便见有人扛着巨桶冲进殿中，兜头浇了床榻上的他们一个透心凉。

他真是百口莫辩。

“老师，不是我放的火。我也不知道自己怎么就在那里了。我什么也没有做，真的，老师……”姜谨元像一只被暴雨打过的小山鸡，语无伦次地说道。

“韩郎，替我做主，呜呜呜……嗝！”幽盈月哭到一半，忽然发现幽

无命似笑非笑地站在一旁睨着自己，吓得眼泪、鼻涕、声音都憋了回去。她湿透的衣裳好像瞬间结了冰，冻得她筛糠般颤抖起来。

“王……王兄。”她松开韩少陵，两股战战，挪向幽无命。

她本欲盈盈一拜，没承想走到半途竟腿一软，直直地跪了下去，顺势行了个五体投地的大礼。

幽无命轻笑出声：“王妹，数年未见，倒是比从前更懂礼貌了。看来韩州王调教有方。”

这个人一开口，便像是自带“禁言”功能，周遭瞬息之间鸦雀无声。偶有焦木噼啪一响，显得异常突兀。

姜谨元也吓傻了。

所有人的目光都聚集在幽盈月的身上。大家全都沉默了，等待幽盈月打破僵局。

幽盈月干脆利落地……晕了过去。

幽无命上前两步，伸出一只手，用拇指和食指揪住幽盈月的后衣领，像拎一只小虫子一样把她拎了起来。他微微弓身，侧着头看了看幽盈月的脸，然后很无辜地望向韩少陵，道：“王妹见到我，开心到晕厥了。”

随后幽无命丢下幽盈月，站直身子，用另一条绸布擦了擦手，斜眼看向姜谨元。

姜谨元当即吓得缩到了韩少陵身后。

幽无命叹道：“韩州王真是大方，天都贵客到来，便让我这王妹盛情招待，真是礼仪周全。”

韩少陵当即脸色发青，但仍小心地将姜谨元护在身后，冷声道：“幽州王慎言，此事定是误会。”

韩少陵的亲卫围了上来，将姜谨元围在正中间，以防幽无命突然发难。

大家都觉得今日之事很难善了，却见幽无命笑吟吟地抱起胳膊，神情更加无害了，说：“幽某当比姜小侄更贵重几分，想来韩兄不会叫我失望。”

韩少陵的脸又绿了三分。

幽无命笑得像个小恶魔，继续道：“别再把赝品送过来了，孤就要桑王女。”说着，幽无命转头遥遥望向桑远远，目光意味深长。

韩少陵一口气憋在心里，正要发作，却见幽无命潇洒转身，扬长而去。

桑远远摁住了怒气冲冲的灵姑，说：“无事。”

桑远远浑不在意，转过身，向自己的回云殿走去。

韩少陵的声音远远地飘来：“全力保护正夫人！今夜若有人接近回云殿，格杀勿论！”

桑远远不觉得幽无命会上门抢人。他不是个满脑子只有女人的人，刚才那么说只是故意让韩少陵不痛快罢了。若她没有猜错，他今夜应该要做一些损人利己的事情，就是不知道被带到沟里的韩少陵还有没有余力考虑别的。

桑远远自然不会提醒韩少陵。这个男人是靠不住的。她给自己找准了定位，一切以桑州的利益为重。桑州是她的娘家，也会是她最终能倚仗的地方。至于韩州、幽州，反正都不是什么好东西，让他们狗咬狗去吧！

这一夜果然如桑远远猜测的那般风平浪静，就连韩少陵都没有出现。

天光微明时，在殿外打探了一整夜的灵姑带着消息回来了。

灵姑的脸色十分难看。原来昨日梦无忧行刺失败被关回清凉殿后立刻放了把火，在宫人手忙脚乱地灭火时逃了出去。等韩少陵派的亲卫赶到清凉殿时，火已经烧了起来，场面一片混乱。亲卫四下搜寻都没有找到梦无忧。

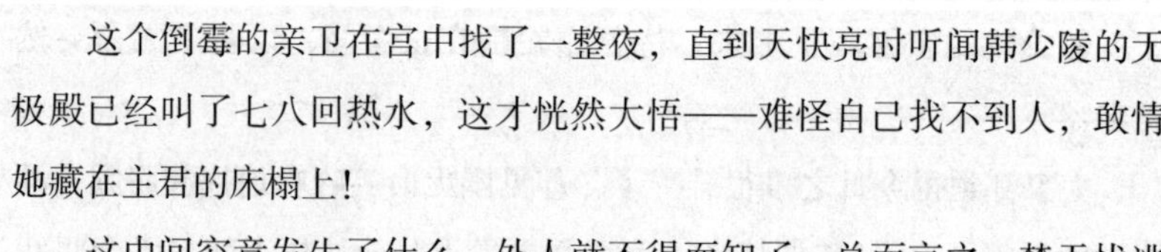

这个倒霉的亲卫在宫中找了一整夜，直到天快亮时听闻韩少陵的无极殿已经叫了七八回热水，这才恍然大悟——难怪自己找不到人，敢情她藏在主君的床榻上！

这中间究竟发生了什么，外人就不得而知了。总而言之，梦无忧逃出清凉殿，潜入了韩少陵的无极殿中。而韩少陵发现她后并没有把她削了，而是与她旧情复燃，足足宠了她一夜。

“不是东西！”灵姑气得身躯发颤，“韩州王这样做，置王女于何地？”

桑远远不以为意地说道：“他本来就是这样的人。”

昨日韩少陵在幽无命那里受了那么多气，一腔邪火总得有个地方发泄。桑远远身体未愈，这种时候梦无忧将自己送到了他的嘴边，他又怎么会放过？只是不知一夜温存过后，韩少陵还舍不舍得动梦无忧一根手指。

桑远远不由得讥笑起来。

她正与灵姑说话，忽闻外面传来了脚步声。

“王女，无论如何莫要与他置气。”灵姑虽极其不忿，却也强压火气，低声提醒道。

桑远远：“安心。”

韩少陵进来了，虽然极力压抑，但眼角眉梢的餍足之色怎么也压不下去。

桑远远平静地注视着他。

他疾步走过来，握住她的手，令左右退下。

桑远远示意灵姑放心。灵姑抿着唇离开大殿，轻轻地关上了雕花木门。

“桑儿，”韩少陵神色郁闷地说道，“昨夜我毒性发作，那女子竟阴错阳差地逃至我的殿中。我一时毒火攻心，险些要了她的性命。”

桑远远点头不语。

“桑儿，那绝非宠幸，”他解释道，“于她而言其实是酷刑。桑儿，我不能也绝对不会让你遭受那样的罪。”

桑远远心想：那可真是太好了，我谢谢您全家。

他把她的两只手都攥在掌心，说：“桑儿，信我，我对她绝无男女私情，只是用一用罢了。”

“哦，”桑远远平静地问道，“那还削吗？削了也能用啊。”

他愣了一下，揉了揉她的头发道：“桑儿是在取笑我吗？我知道桑儿绝不是那么残忍的人。你放心，往后这个人永远不会出现在你面前，外面也不会有人知道她的存在。”

桑远远笑了笑。

接下来的几日里，韩少陵不仅忙于备战，还要和幽无命拉锯扯皮。虽然忙得脚不沾地，但他依旧每日都抽空到回云殿陪桑远远一会儿，说上一些好听的话。夜里不必说，他自然是食髓知味，与梦无忧夜夜春宵。

桑远远难以想象，如果身处此地的不是自己而是痴恋韩少陵的那个“桑远远”，此刻会不会心如刀绞？

韩少陵之前与梦无忧在一起时，多少有些歉疚不安。桑远远重伤垂死，他却和一个替身颠鸾倒凤。如今桑远远活了，他像是鸟儿出了笼，渐渐地连餍足之色都懒得掩饰了，与桑远远说话也日渐露骨。

这日，他轻轻地抚着她的手背，道：“桑儿，待我出征归来，你的身体也该养好了吧？让我等了这么久，你该如何补偿我呢？等你能伺候了，我绝不多碰旁人一根手指头。桑儿，我的心是你的。”他信誓旦旦地说，“我只爱你一个人！”

这就是君王的爱。

桑远远笑得羞涩，温柔地说道：“出门在外，千万保重身体。除魔固然要紧，但安全才是最重要的，留得青山在，不怕没柴烧。还有，不要把后背交给幽无命，那个人我信不过。”

韩少陵欣慰地道：“得妻如此，夫复何求？这两日我着实是烦透了，幽盈月只知道哭哭啼啼，让我不要出征。梦无忧什么都不懂，又什么都要问，天天吵得我头疼。桑儿，只有你最好。”

桑远远垂眸浅笑，心中却把他的伎俩看了个透彻。他看似在贬低其他女人，其实是想让她潜移默化地接受其他女人的存在。下一步，他便会用她们身上的优点来打压她，一旦她中计，开始嫉妒，开始在自己的身上找不足之处，他便会彻底地占据主导地位，将这几个女人全部玩弄于股掌之中。你温柔贤惠，他嫌你不解风情；你爽朗大方，他嫌你没有女人味；你活泼，他嫌你不稳重；你体贴，他嫌你管得严。只要他心存恶意来找碴儿，哪里挑不出毛病来？这种男人，她见得太多了。这种方法对付那些少不更事的女孩儿一试一个准，但他遇上的是影后。

“我会好生将养。你不必记挂我，好好打仗，早日回家。你走后，我会到国寺住上几日，为你诵经祈福。”桑远远笑靥如花地说。

“桑儿，你真好。”韩少陵被深深地感动了。

次日，城门楼下战鼓响起，鼓声如闷雷一般碾过整座王城，将平日里那些散漫之气全部碾碎，整个城中一片肃然。

韩少陵要出征了！

桑远远站在门楼上，挥手送别。

大军驻扎在郊外，韩少陵和幽无命离开王城时身边都只有几百人随行。他们骑着毛发如雪的云间兽，黑色的战甲外还有大红色的披风，在风中猎猎作响。

眼看这一行人离开了，桑远远长长地舒了一口气，软软地倚在灵姑的臂弯里。

灵姑气鼓鼓的，像一只河豚。方才灵姑查到韩少陵竟然将梦无忧扮成亲卫带在身边。

“王女，您就一点儿都不生气吗？”灵姑愤愤不平，“您不会真信了他的屁话，也相信他只是拿那个女人解毒吧？什么毒要一天不歇地解？那不过是骗人的鬼话！”

“灵姑，这有什么好气的？”桑远远眉目舒展，说道，“他负我在先，他们前脚走，我们后脚便回桑州去！他若要闹，我们便给他扣个居心不良的帽子，说他窝藏‘三邪’，妄图让那个女人取代桑王女，其心可诛！”

灵姑震惊地张大了嘴巴，半晌，捂着嘴笑得没了眼睛，问：“王女，您这回是真的放下了？”

桑远远才没空掺和那些乱七八糟的事。让她和别的女人争抢这种男人？抱歉，她可是桑州王女。

这一次没有桑州在背后偷袭，想来韩少陵和幽无命会顺顺利利地荡平魔祸。

等归来时，韩少陵与梦无忧应该更加缠绵了。这两人最好一辈子彼此折磨，都别祸害旁人。

“也没什么要带的。”桑远远的声音十分平静。她环视回云殿，发现自己对这个居所以及日常用的东西都没有丝毫留恋。

灵姑率桑州四十八个壮汉站在桑远远身后，照她的安排行事。

“正好，我们轻装出行，什么也不必带，省得让人起疑。”桑远远点了点面前的地图，“明日寅时出王城，巳时便可以抵达南部湄水城，这是一座贸易城池，一应物品便在这里补足。未时离开湄水城，一夜不歇，次日卯时我们便会经过第一处严防的重镇葵仁。虽然可以用你们来时的手令出关，但消息一定会被报给韩少陵，所以我们得在郊外等。等到未时，韩少陵抵达西境，定会先与冥魔拼杀一番，试图拿一个首捷。此时他必定无暇分神，我们便在这个时候出关。等到韩少陵首战告捷，收到消息时，我们已过了葵仁，再经过一夜，抵达边境居临关。”

灵姑不禁蹙眉道：“但此时韩州王必定会下军令，居临关不可能放行。”

桑远远狡黠地笑道：“所以我们要明日才出发呀，稍后我便会与父王和王兄联络，让他们率军到居临关外接应。居临关若不放人，便把它打下来！”

灵姑看着桑远远，眼里满是震撼之色。这几日桑远远看似不经意地引导韩少陵与她高谈阔论，提及韩州以及战争事宜，原来不是在迎合韩少陵，而是在为离开做准备！

桑远远说完转身，发现灵姑及四十几位壮汉个个热泪盈眶。他们道：“誓死护卫王女归桑！”

桑远远眼鼻发酸，仍强自淡定地道：“好了，各自准备去吧。”

打发了众人，她有些忐忑地取出玉简。两国联姻并非儿戏，若桑州王无法出兵，她就只能另想办法。反正她是走定了。

桑远远没想到的是，灵姑早已把这些日子发生的事情原原本本地汇报给了桑州，桑州那边就等桑远远这句话了。

桑远远刚说到一半，便听到桑州王如雄狮般咆哮道：“居临关，什么居临关？爹这就点兵，趁韩少陵那龟孙子不在，直接打到韩都接闺女回家！”

桑远远：“……”

她头疼。

幸好还有个聪明理智的桑世子，道：“爹，您太冲动了，还是小妹的办法好。不过，只拿居临关会不会太便宜韩少陵那个小兔崽子了？不如我们直接打到葵仁吧？还省得小妹在山林里多躲几个时辰。”

桑远远：“……”

她刚刚说服这对父子只屯兵居临关，能不打就暂时不要打，韩少陵便通过玉简联系她了。

“桑儿，待你的身体好了，我定要带你出城来逛逛。我已经到西漠了，这儿的月亮特别大、特别圆，白日里有些热，不过视野极好，令人心情开阔。桑儿，我已经开始思念你了。”

桑远远漫不经心地应着，心思早已从及顶的雕花木窗飞了出去，飞向南面地域辽阔的桑州。

一道女子的惊叫声令桑远远蓦地回神，桑远远心中一凛，以为殿中藏了偷听的人，却听见韩少陵不耐烦地说道：“又怎么了？”

女子笑着回他：“没事，差点儿就撞到你了！骑云间兽好好玩，我再到前面跑一圈！”

桑远远听出这是梦无忧的声音，唇角勾起了一抹讽刺的笑容。

“脸遮好了吗？”桑远远淡定地道，“我可不希望听到什么风言风语，议论桑州王女当众失态。”

韩少陵不禁有些尴尬：“易容了，无人会说你的闲话，桑儿。”

桑远远完全不想再跟他说话，两人一时陷入沉默。

半晌，韩少陵道：“这个女人真是……桑儿，我这里有事，回头联络。”

直到桑远远整装出发之时，韩少陵都没再联络她。

桑远远忍不住想，若是原来的她，是不是会捧着玉简痴痴地等到天明？她不敢打扰他，生怕他在做什么要紧事，他身边另一个女人却敢疯、敢闹，行事肆无忌惮。那个默默等待着韩少陵的女人该多么可悲啊！

还好现在的桑远远不会。

桑远远的车队顺利地离开了王城。

主君出征，正夫人到南郊国寺为他祈福，这件事早在韩少陵还在王城时，桑远远便让他安排上了。

行出二十余里，桑远远回首望去，轻轻地呼了一口气。只见那黑沉沉的韩都伏在大地上，像囚笼，亦像凶兽。

这一路顺利得出奇，在湄水城补给之后，他们通过了第一处重镇葵仁。

一过葵仁，桑远远便把韩少陵的玉简全部扔到了官道旁的水沟里。她在心里默默地说了句：滚吧，臭男人！

这一夜，韩州境内的月亮也很圆，桑远远透过车窗，怔怔地看着那轮明月。

待天一亮，父兄就会兵临城下，助她出关。

“王女，早些歇息吧，明日闯关恐怕要费些力气。”灵姑说道。

桑远远笑道：“你们才要好好歇息，我就是个拖油瓶，没我什么事。”

灵姑摇头笑了笑，替她关好车窗和车门，退到外头与众人商量明日的闯关计划。

桑远远本以为自己会失眠，不料很快就沉沉地睡着了。她梦到了一

条蛇，一条指头般粗细的蛇在她的脸上爬来爬去。她艰难地睁开眼，却发现自己从一个噩梦坠入了另一个噩梦。

她的榻旁坐了一个鬼魅般的人。那人目光晦暗，正用手指细细地描摹她的轮廓。

幽无命！

看清眼前人的那瞬间，桑远远觉得自己可能疯了。

幽无命怎么会在这里？！

她刚要张口，一根冰冷的手指便轻轻地摁住了她的唇。

“嘘。”他说。

他俯下身贴着她的耳畔，气息冰冰凉凉的，像蛇一样。

“为什么紧张？”他问，“桑王女不是喜欢我吗？见到我，你不开心吗？”

“你怎么会在这里？”桑远远尽量表现得平静些，轻声问道。

幽无命笑道：“来救你啊。我不来，你就完了。”

桑远远疑惑地偏头看他。

“知道韩少陵是怎么说的吗？”幽无命笑了，学着韩少陵的腔调说道，“杀掉那些蛊惑夫人的桑州人，将夫人锁在无极殿，待孤归来后再处理。”

幽无命的气息很冰冷，冷到了她的骨缝里。他抓住她的胳膊将她拖起来，轻轻地挑开车帘，示意她往后看。

“你瞧，我路过的时候，借着风给他们撒了一些萤石粉。”他语气温柔，如同情人耳语。

桑远远一望，顿时头皮发麻。几里外的确有人潮在无声地涌动，是一支数千人的军队。萤石粉泛着微光，从极远处看可以清晰地看出整支大军的形状，像一头猛虎，准备吃掉他们这块小小的“肥肉”。

桑远远一时如坠冰窟，依然难以置信：“怎么这么快？！”

葵仁至居临关一线没有屯兵，韩少陵从葵仁整军出发，最快也要天明才赶得上来。这些她都计算过了。

幽无命贴上来，笑着轻声道："你若跟我走，你的人就不必死。"

"否则？"她问。

幽无命愉快地道："否则——我现在就杀了你，省得便宜韩少陵。"

他这般说着，当真伸手扼住了她纤细的脖颈。他的眼珠极黑，在月色下像是两个深不见底的旋涡。他的唇色极红，他笑起来时，好看的唇形浮在面色惨白的脸上，当真像是传说中画了皮的恶鬼修罗，带着一种极美丽的死亡气息。

桑远远只觉得头皮发麻。

"我跟你走，"她轻喘着道，"岂不是便宜了你？"

幽无命一怔，旋即笑得弯下了腰："那就便宜我咯。"

他松开她的脖颈，轻轻地替她拍背顺气。

"好。"桑远远说，"但你要帮他们逃走。"

"小事。"他不知从哪里取出一块带血的银色令牌，很嫌弃地用两根手指拈着，又取过矮桌上的那壶温茶，哗哗哗地冲刷了一会儿，弄得满地水渍。

看着变得干干净净的令牌，幽无命满意地点点头，随手把挂在脖颈处的面罩往上一扯，遮住了容颜。他一脚踢飞了车门，抓着桑远远走到辕座上。

灵姑等人惊得魂飞魄散，拿出兵器指向幽无命，问："什么人？！放开王女！"

桑远远缓声道："没事，是自己人。情况有变，即刻准备闯关。"

幽无命道："烟火一放，你们便各自逃命，不要回头！回头很可能会死哦。"

桑远远注意到他的声音变得低哑了许多。

此刻，灵姑等人也发现了身后那暗潮一般的大军。

"王女！属下拼上性命，必定能护住王女！"灵姑满脸抗拒，"此人……不是我们桑州人！属下不放心！"

桑远远轻轻摇头："就这样，保命第一！见到父王后告诉他，我无

事，迟些便回。”

灵姑还要再劝，桑远远温柔却坚定地说道：“韩少陵心机深沉，你们千万要替我劝住父王，让父王切勿冲动行事，以免落下把柄。”

幽无命满意地笑了笑，抓住她的手，轻松地飞了起来。

百丈外的草丛间伏着一头普通的云间兽。他揽住她的腰，骑上云间兽，向身后的大军奔去。

两人很快就到了大军附近。桑远远眼前的这支军队训练有素，行动寂静无声，恰好停在了一个既不会被发现，又不会放跑漏网之鱼的位置，显然不是那种被匆匆派出来的截杀队伍。

所以韩少陵到底是什么时候发现她想逃走的？他故意将她放到居临关外，是想引桑州王闯关，好拿桑州王的把柄吧！

桑远远瞬间感觉浑身冰凉，越是心中惊骇，越是绷紧了脊背，让自己坐得端端正正的。她身后便是幽无命的胸膛。他一只手握着缰绳，另一只胳膊松松地搭在她的腰间。他的呼吸时不时地从她的发顶拂过，带着冰冷的温度。

“知道吗？”他侧头在她的耳旁呢喃道，“很多人想要你，但他们都心思不纯。”

他跟哄骗她一样，轻声低语：“他们想要的不仅是你，还有利益。我不一样，我想要你，便是你，你这个人，活的死的都可以。你看，这才是真的喜欢。”

桑远远只觉得脊背发寒。

说话时，他已载着她来到了追兵面前。

“什么人？！”

火光一闪即逝，照亮了桑远远的容颜。

幽无命手一扬，把刚才在她车里洗干净的那块曾染血的令牌掷向对方将领。

将领接过令牌一看，急忙行礼：“十五将军！”

韩少陵要杀的是那些桑州人，不是自己的媳妇儿。这次行动中，负责劫走桑远远的正是神出鬼没、从不以真面目示人的韩十五。

一切与计划分毫不差，将领轻轻地舒了口气。接下来，将领便只需要收割人头了。

幽无命继续用略显低哑的嗓音说：“夫人我已经带出来了，我与她先行返回。”

“是！”

幽无命冷声下令道：“去，杀光那些桑州人。”

“是！”

大军骑上云间兽，向前方冲去。万蹄奔腾，大军如风雷般碾过，只余一片扬尘。

桑远远一动也没动。

“咦？”幽无命用食指挑起她的下巴，惊奇地问道，“你怎么不哭不闹？我方才还想，若你哭叫，我回头便缝上你的嘴巴。”

他看起来有些失望。

桑远远知道，这是一个真正的疯子。

她轻声说道：“幽州王言出必行，既然答应了救人，就一定会做到。”

他轻轻地眯了下眼睛，声音中带着笑意：“哦，那我常说要攻下天都，杀死姜雁姬，你觉得……我会做到吗？”

“姜雁姬”这个名字已经在云境消失许多年了，如今提到那个奇女子，人们只会称一声“帝君”。

桑远远看着他的眼睛，很认真地回道：“我觉得你现在实力还不够，得再等等。”

幽无命的眼中难得地浮现出诧异之色。半晌，他笑了，嘀咕：“难怪敢说喜欢我，原来你也病得不轻。好吧，那些人我都救，原本只想随便救一两个的。”

只见他手腕一翻，掌中多了一把小玉珠。玉珠在月色下发出青光，是传讯用的符玉。他慢慢地合拢五指，便听那些玉珠相互摩擦挤压，发出一声声清脆的玉碎声，像是爆豆子一样。带着青光的粉末顺着他的指缝簌簌地落下。

与此同时，一声声低沉的轰鸣声响彻四野，他们不必回头都能看见火光冲天。

“这……”桑远远震惊了。

幽无命愉快地扯了扯缰绳，待她回身望去，便见那支大军像是开了花一般——云间兽一头接一头地被爆上了天，变成一团团燃着橙色光芒的大火球。黑暗空旷的荒野中，竟然放起了一朵朵烟花。

居临关的人被惊动了。

城楼之上燃起无数火光，远远地便能听到城门开启的吱呀声。

幽无命又取出了一把玉珠，放到桑远远的掌心。

“试试。”他带着几分得意，怂恿她。

一只冰冷的大手裹住她的手背，握住她的五指，缓缓合上。青光从指缝间透出来，前方的烟火就更加灿烂了。

“好玩吧？”他附在她的耳畔说道。他语气轻快，带着浓浓的笑意，好像在炫耀什么玩具一样。

“你到韩都的第一天夜里做的，对吗？”桑远远尽力让自己的声音听起来平静。

幽无命动作一顿，胸腔轻轻地颤动。最后，他嗯了一声。

那天，一连串事令韩少陵焦头烂额。平时冷静理智的王者在那个夜里彻底放纵了自己。他窝在无极殿和梦无忧一夜鏖战，又将亲卫都派到回云殿保护桑远远，防着幽无命当真上门抢人。而他真正该盯紧的幽无命反倒没人管了。

她喃喃道：“在云间兽体内置入爆炸物，然后利用传讯玉简之间的灵蕴感应来引爆。”

他的思路可以说是很超前了。

他随手抚了下她的头发：“真聪明，我的小桑果。”

桑远远微缩瞳仁。灵姑只提到过一次“小桑果”这个桑远远幼时的昵称，当时在场的只有桑州王派来守护她的那些人。所以，这些人中有幽无命的人。

既然里面有幽无命的人，想必也会有韩少陵的人。

原来她是这样暴露的。

这就真的不能怪她了。父兄从桑州派过来的人，她根本无从查起，只能无条件地信任他们。

看来云境十八州的水比她想象中深得多。她忽然明白为什么那天之后，韩少陵便再也没有和她联络了。

“可以告诉我，你的人是谁吗？”她偏头看向幽无命。

他那双目光深邃的眼睛里倒映着一团团火光，像金色的重瞳，更有种别样的绮丽。

“桑三九。”幽无命没有一丝迟疑。

桑远远的眼前浮现出一张憨厚的脸。她不由得紧了紧握起的拳头，问道：“那韩少陵的人是谁？”

“桑四五、桑四六。”

桑远远的心猛地一跳。这两个人的身份很不一般，灵姑特意给她说过。

桑四五和桑四六其实是桑远远的堂兄，他们的父亲是桑州王的亲弟弟。这位王叔向来不以王族自居，打小便把自己的一对双生子扔进军营，令人待他们严苛些，该怎么收拾就怎么收拾。这对双生子争气得很，出类拔萃，年纪轻轻就立下不少功劳。他们拒绝闲职，而是进入近卫军做了桑州王的贴身亲卫。一家子风评极好。

他们怎么会是韩少陵的人？！

“该收取报酬了。”幽无命低声笑道。

五根冰冷的手指像蛇一般爬上了她的后脑勺，探入发丛间，控制住他的“猎物”。

她被迫仰起了头。

幽无命在漫天烟火下扯下面罩，重重地吻住了她。

他的唇是冰的，桑远远感觉就像在被毒蛇亲吻。毒蛇的尖牙咬破了

她的唇，铁锈般的味道弥漫开来，让她忽略了毒蛇本身的气味。

他又将一捧玉珠放到她的掌心，随后二人十指相扣，烟火更加绚烂。

半晌，他松开了她，像蛇收回了红芯一般，神色怪异地看着她道："毫无技巧可言，韩少陵没教过你吗？"

桑远远没接话。这种时候她出声解释，岂不是更加挑起他的兴趣？

其实他的技术也很烂，他还咬了她一下。

这个吻并没有持续很久。亲吻结束后，桑远远呆呆地望着远处那片火光，心中在想：这么乱，灵姑他们应该能顺利地逃出去吧？她的心情麻木中带着一丝庆幸，无论如何，眼下的情形总好过灵姑他们身死，而自己被韩少陵囚禁起来，充作禁脔。

身后那个像蛇一样冰冷的男人把脸贴在她的颈侧，时不时地轻轻嗅一下，双臂环着她，不知在想什么。半晌，他懒洋洋地直起身子，一扯缰绳，带着她风驰电掣般奔向西北方向。

桑远远侧过头，从幽无命的肩膀上往后望，只见大批官军举着火炬出关救援。旷野上人仰兽翻，处处燃着明火，阵阵惨叫声随着夜风飘出去很远，想来幽无命在里面加了不少奇怪的料。

直到火光消失她才恋恋不舍地转动着僵硬的脖颈，余光从他的脸上掠过。他又恢复了懒散的模样，脸上没有什么表情，微微蹙起的眉峰和下沉的唇角都代表着三个字——没意思。

看来他和她一样，对那个吻毫无感觉，桑远远松了一口气。她伸手碰到腰间的锦囊，里面还有两枚玉简。她想把叛徒的事告诉桑州王。

"我可以向父王报一声平安吗？"她定了定神，温柔地问道。

幽无命黑眸低垂，唇角挂着莫测的笑意："当然可以，我也顺便问个好。"

桑远远知道他这就是不答应。如果桑州王知道掳走她的人是幽无命，一定会当场发怒，领兵攻打幽州，根本顾不上什么叛徒不叛徒的事。

"算了。"她失落地垂下眼帘。

过了一会儿，她忽然想到了什么，身体微微地颤了一下，猛地抬头看他，眼中流露出浓浓的期待之意：“那……可以请你的人帮忙，让父王提防韩少陵的人吗？”

她觉得此刻自己的演技一定好极了，只要是个正常的男人，一定会感觉自己被信任、被依赖了，不自觉地和她站在同一阵线。

可惜的是，幽无命完全不正常。

他神色怪异地看着她，看了一会儿，忍不住咧嘴笑道：“小桑果，我的确不介意暴露桑三九。问题是你觉得桑成荫那个笨蛋会因为桑三九的一句话，而怀疑自己的亲弟弟和亲侄儿吗？”

桑远远顿时泄了气：“不会。”

她只能再找机会。

天将明时，云间兽停在了一条小溪旁边。

幽无命取溪水替她洗净了脸，动作温柔，唇角带着笑意。然后他用绸布擦干水珠，取出一小盒黄色的糊状物，用指腹蘸了涂抹在她的脸上。他的手指极灵活，像揉面团那样在她的脸上揉来揉去。他时不时身体后仰，眯着眼打量她一番，然后继续为她捯饬。折腾半天后，他把手中的玉盒一扔，拍了拍手，抓住她的肩膀将她摁到溪水的上方。

晨光洒落在溪水上，像是细碎的金屑。桑远远看见了一张陌生的脸。这张脸相貌平平，下唇还破了个不大不小的口子。

他把她抓起来，三下五除二地扒去她的外裳，从随身的包袱里取出一身近侍的衣裳套在她的身上，然后又把她摁到溪水上方，让她左左右右地照。

她骤然惊骇起来，道：“难道你要带我去……”

幽无命的脸随着水波轻轻地摇晃，他道：“很好玩，不是吗？”

他要带她去前线！

桑远远觉得这一点儿都不好玩，然而抗议无效。

二人继续上路。

天亮之后，桑远远吃惊地发现幽无命的这头云间兽看似平平无奇，

其实速度快得惊人。她的眼中刚浮现出一丝讶异之色，幽无命就敏锐地捕捉到了。他得意地说道：“我把‘短命’捡回来的时候，它被咬得没一块好肉。他们都说它活不过三天。三天啊，呵呵！”

桑远远也不知该吐槽坐骑的名字，还是该吐槽那个魔性的“呵呵”。

他继续道：“我说‘短命’肯定比他们活得久，他们不信。”

桑远远忍不住伸手抚了抚云间兽那身柔顺的白毛，心中有些欣慰，心想：它顽强地活下来了，还跑得这么快。幽无命的下一句话却令她的身体再度僵硬。

他笑道：“我把他们都埋在了兽栏下，他们当然活不过‘短命’了。”

桑远远：“……”

她觉得像幽无命这种病人，恐怕连最好的心理医师都束手无策，幸好他自己的命也不太长。

他们一路向西，空气渐渐变得干燥，西边吹来的风中染上了硝烟的味道。地平线渐渐变成了黑色，桑远远知道，自己将要看见这个世界的标志性建筑物了。

黑铁长城。

他们视野的尽头已经被黑线占据，它像一条诡异的切割线，把黄色的大地和蓝色的天空割开，像是世界的伤痕。但其实它是守护云境十八州不受冥魔侵害的钢铁防线。

云间兽不断向前，黑色的地平线飞速地在他们眼前隆起。

“第一次看见内长城？这有什么好看的？”幽无命道，“我带你上墙看那些血肉，那还有点儿意思。”

桑远远：“……”

她忍不住偏头看了看这个年轻的男人。他不说话的时候，面容看着有些清癯，像是白中泛着一点儿青的美玉。说来也神奇，他明明眼珠极黑、唇色艳红，却莫名有种仙气飘飘的出尘气质。当然，只要他一有表情，或者开口讲话，仙气就会不翼而飞。

内长城以东是大片荒原，绵延三百里。三百里外还有一道最终防线，防线再往东才会出现正常的城池和居民。

此刻，幽无命正带着她穿越荒原。

运送补给物品的后勤军像是搬运食物的蚂蚁，蜿蜒数百里，将一车车物资从东面运向前线。

“你看，”他在她的耳畔轻轻地道，“韩少陵多没用，送往前线的粮草也要被底下的人贪掉三成。”

隔着大老远，他是开了天眼吗？桑远远一边腹诽，一边举目望去，这一望便发现了问题。

那些粮车里确实有近三成莫名有些违和感。在近处一定看不出来，但她远远地望去，它们就像是一整片谷地里藏着的两三亩韭菜般，醒目得很，应该是以次充好。

“你们幽州就没有贪官吗？”桑远远问。

幽无命有些遗憾：“确实好一阵没杀过了。出行时，我给了他们许多机会，谁知他们一个个都那么胆小。”

桑远远：“……”

三百里的路途在“短命”的四蹄下飞速地缩短，二人一兽很快就到了内长城的一处门楼下。

到了近处，她更觉得震撼。

沉沉的黑铁仿佛把整块大地都压得向西面倾斜。内长城高达三十丈，人站在城下，不见阳光，空气湿冷，那恐怖的压迫感扑面而来。

城门下的小门被打开，士兵迎幽州王入内。

城墙下的士兵有条不紊地忙碌着，顺着开在城壁两旁的甬道将大量物资运上墙头。

幽无命的人显然对这个能骑在“短命”身上的女子很好奇，个个都下意识地一愣，然后呆呆地张着嘴，直到被身旁的人一推才回过神。这倒和桑远远想象中的情景有些不同。她原以为幽无命的人在他面前会像老鼠见了猫一样战战兢兢，没想到看着倒是十分平常心的样子。幽无命好像还不如韩少陵积威重。

她眼中的诧异之色被他尽收眼底，他看起来心情又好了几分，道：“本王爱民如子，深得幽州万民的敬重。”

桑远远：“……”

她已经懒得吐槽了。

云间兽顺着门洞下的黑铁阶梯登上了三十丈高的城墙，一踏上城墙，这里立刻像是换了一个世界。

桑远远说不清是那阵阵刺耳的哀号声先闯入耳朵，还是那浓烈无比的腥臭味先攻占了嗅觉，抑或是那密得如同沙砾般的硝烟熏痛了眼睛。

城墙下的人们是沉默且忙碌的，城墙之上则是一派热火朝天的景象。无数人在奔跑，黑铁长城的城墙极为宽阔，足够一百头云间兽并行。墙头架着一把把巨弩，面目冷肃的修行者将那些足有桑远远小腿粗的黑铁巨箭搭上巨弩，射向城下。依据各人的修行体质不同，弓弦与箭身上都会染着灵蕴的颜色，赤、黄、黑、白、青，五色箭矢如暴雨般砸下城墙。一轮铁箭疾出，底下便会传来新一轮的哀号。

幽无命跳下云间兽，抓着桑远远的胳膊带她走到城墙边上。

“没见过冥魔吧？”他用一只冰冷的手摁住她的后颈，将她的身体推到墙垛里。他弓了身，两个人头挨着头，亲热地挤在一把巨弩边上。

桑远远向下一望，隔得太远了，底下的情景看不清楚，入目只见一整片赤色，赤色之上扎满了簇簇黑箭，有些黑箭底下还有赤色的东西在挣扎蠕动，想来那就是冥魔。

战火蔓延到了城墙上，黑铁墙壁上留下了焦油的痕迹，城墙根下堆着许多烧焦的块状物。它们堆得老高，有些地方还燃着明火。

一拨箭雨过后，城门下飞快地冲出两支小队，一支小队负责将城墙底下的焦物搬运上车，把一小段城墙根清理得干干净净，另一支小队负责回收近处的箭矢。

他们的动作迅速到惊人，桑远远还没怎么看清楚，便见两支小队已聚集好，一起退回了门楼。层层铁门依次合上，轰隆震颤声传到了城墙上。

幽无命有些失望地松开了她，道：“没意思。真没用。”

桑远远很神奇地领会了这个大反派的想法——冥魔没有趁机攻击这两支队伍，害他没看成好戏，真没用。

也不知道桑远远的运气算好还是不好，那拨箭雨过后，城墙下一直没什么动静。

在这里的官兵都是修行者。他们抓紧空当，贴着墙垛坐下，开始调息。

战火之中的片刻闲暇显得异常珍贵，就连桑远远也忍不住松了口气。方才她总觉得像是被关在一个铁罐子里，好像一切知觉都被紧紧地束缚在城墙附近，只有心力关注眼前的方寸之地。此刻豁然开朗，她举目一望，看到了十里之外的外长城。那里才是迎接冥魔的第一战线。

数日前有一座城门被攻破，冥魔拥进了内外长城之间的缓冲带，是以天都才会这般重视，让幽无命协助韩少陵除魔。

她的脑子里刚转过“韩少陵”的名字，耳中便听到了那道磁性满满的声音。

“幽州王？”

说话的是刚刚来到她身后的韩少陵！

桑远远的心一沉，韩少陵会不会认出自己？！易容术不是什么稀奇的法术，梦无忧就是易容后随军出行的。

她深吸两口气，迅速调整好心态。

考验演技的时刻到了。

幽无命漫不经心地转身，桑远远紧随其后。她低下头，不卑不亢地站在幽无命身后。

韩少陵蹙眉道：“期限已至，幽州王可还记得你手下的军令状？昨日午时到现在，已足足有十二个时辰了。”

幽无命随意地取出一枚玉简，贴在嘴边问：“城墙还没拿下吗？”

玉简对面传出有些变态的笑声，那人道：“报主君，一炷香前已经拿下了！属下正带着小废物们清理墙头！”

阵阵恐怖的哀号声从玉简中传出，像是背景音乐一样绕耳不绝。

幽无命捏碎玉简，很不耐烦地揉着眉心，一脸逐客的表情对韩少陵说道：“满意了？”

韩少陵紧锁浓眉，举臂指向远处的外长城，只见有一处缺口就像是水库开启的闸门一样，大股赤潮蠕动着向他们奔来。

“分明仍有冥魔越过城门！幽州王，你的手下谎报军情，该当何罪？”韩少陵压抑着怒火说道。

幽无命好笑地抱起了胳膊：“昨日不是说得很清楚了吗？拿……回……城……墙。我说过要关城门吗？”

韩少陵难以置信地睁大了眼睛。大家派出精锐队伍，不就是为了关上被攻破的城门吗？只要他们关上了城门，冥魔的攻势将大大减缓，此时韩少陵再令大军出击，收复内外长城之间的缓冲地带，便能最大限度地降低伤亡，将冥魔封锁到外长城之外。在此之前，韩少陵早已数次派出精锐部队试图关闭城门，每一次都失败了，白白折了许多好手。

昨日，幽无命突然主动将手下最为精锐且神秘莫测的幽影卫派了出去，韩少陵十分吃惊，将桑州的事暂时搁置，一心关注着外长城的战况，还曾在心中嘲笑幽无命愚蠢——幽无命抢再多功劳，又有何用？韩少陵没想到这个疯子根本就是来要人的！

韩少陵眼眶微红，显然气得不轻。

桑远远的心轻轻一跳。幽无命这样做，恐怕正是为了把韩少陵的注意力牢牢地抓在外长城上，好方便他自己离开前线，前往居临关抢人。

“韩州王，”幽无命那讨嫌的声音又飘到了韩少陵的耳中，“我的桑王女真的被你给弄丢了？”

韩少陵强压着火气，冷声一字一顿地道：“幽州王，请你即刻下令，让他们关闭外城门！”

“拿人来换啊。”幽无命轻飘飘地说道。

韩少陵深吸一口气：“帝君有令……”

幽无命不耐烦地打断他：“我说韩少陵，别动不动就搬个女人出来压我。哦，也不是不可以，我要桑……”

韩少陵终于忍无可忍了，一掌轰在了身旁的城墙上，金属特有的轰鸣声回荡在整段内长城上。韩少陵微微喘着气，盯了幽无命一会儿，唇角浮现冷笑，点头道：“好。即刻起，韩某再也不劳烦幽州王了。孤还没把这小小冥魔放在眼里，事后定会如实向帝君禀告情况。”

幽无命淡笑不语，一脸无所谓的样子。

韩少陵正要拂袖离去，一个亲卫匆匆来报：“主君，属下疏忽，让梦姑娘混进了出城的队伍，此刻城门已经合上了！”亲卫的脸上急出了汗水。

一听到这话，桑远远顿时乐了。女主角不闯祸、不惹事，那还叫女主角吗？

韩少陵此刻已经是个一点就炸的火药桶，乍闻梦无忧又出了事，眼中的怒火几乎溢了出来，低吼道：“怎么回事？！”

亲卫无奈地道：“梦姑娘实在是……太活泼了，见不到主君，便四处……四处‘帮忙’。”

明白人一听便知道，梦无忧名为帮忙，实则捣乱。

亲卫继续道：“方才她不小心拆了一辆粮车，运粮的怕被责怪，让属下替他做证。结果我们说话的工夫，梦姑娘便没影儿了。”

闻言，韩少陵不由得掐住了眉心。

“属下遍寻不着，忽然有一人找过来，说是属下令一个女子代替他出城做事，那女子还叫他过来找属下报到。属下追到城门下，得知梦姑娘已混在出城的队伍中出去了……”亲卫的声音泛着苦涩。

他，堂堂一个灵明境五重天的强者，实在是很想上战场杀敌，而不是一直跟在一个疯疯癫癫的小姑娘身后，替她收拾各种烂摊子。

韩少陵猛地走到城墙边，从墙垛之间探身往下看。此刻他对梦无忧尚未情根深种，这般担心多半是为了自身的性命。

城门下，两列队伍已各自散开。一队回收黑铁箭矢，另一队清理堆积在城墙根底下的冥魔尸身。黑铁巨墙无从攀登，冥魔攻城都是用身躯

生生地往上堆。他们若不及时清理墙下的尸身，它们便会成为下一拨攻击者的梯子。

桑远远举目一望，只见远处已有一段赤潮像波浪一般冲过来。

出城的队伍训练有素，足以轻轻松松地完成任务，赶在冥魔抵达之前退回城中。

战鼓擂响，城墙上的守卫者们开始行动起来，将黑铁巨箭搭入弩中，凝神蓄力，对准了第一拨冥魔。

收拾箭矢的队伍撤回城门下，搬运冥魔尸首的队伍却停在了半途。远远望去，只见其中一人弓着身，似乎在呕吐。那个人正是梦无忧。显然，逞强的小姑娘实在受不了那血腥的场面。

黑箭如蝗，自三十丈高的城墙上射出去，划出冰冷的弧线，抵达第一战线！

箭矢落入赤潮，阵阵刺破耳膜的凄厉的哀号声顿时直冲天际。

出了状况的运尸队阵脚微乱。此刻他们距离城门足有百丈，再不赶回去恐怕就危险了！

桑远远十分纳闷，出城的都是修行者，把梦无忧抱回来或是扛回来不就好了吗？他们非得让梦无忧一个人拖住整支队伍的脚步，等待冥魔到来？

“放降索。”韩少陵咬牙切齿地说道，“她不会让别人碰她的。”

幽无命：“……”

桑远远：“……”

盘在墙垛下的黑铁大锁链一圈一圈地放了下去，韩少陵单手攥住铁锁，纵身一跃，像一只红背的大黑鹰，潇洒利落地向下飞去。

幽无命招了招手，“短命”立刻来到他身旁，腹下挂着那把大黑刀。幽无命慢吞吞地取了刀，一只手握住刀柄，另一只手轻轻地抚过刀鞘。

韩少陵的人顿时如临大敌，牢牢地护住了降索，就怕幽无命一刀斩下去。

幽无命把刀背到身后，随手揽住桑远远的肩膀，将她摁到墙垛边，附在她的耳畔低声问道："他救别人去了，伤心吗？"

这是道送命题。

桑远远瞥了幽无命一眼，轻声道："英雄救美的人又不是你，我有什么好伤心的。"

幽无命抖了一下，把她的脑袋拨到另一边，嘀咕道："要命的美人计，早晚害死我。"

揽在她肩膀上的那只大手迅速地滑向下方，揪住了她的腰带。

桑远远觉得他好像想把自己丢下去，赶紧扯住他的腰带，回头瞪他，却见他眉眼弯弯，笑得十分灿烂，略尖的白牙若隐若现。他道："唔，小果儿想与我一起死，想来是真心喜欢我。"

桑远远："……"

二人攥着对方的腰带对峙。等到韩少陵嗖嗖嗖地滑到了城墙底下了，幽无命终于松开了手。

桑远远忽然福至心灵，惊诧地问道："你该不会是想拿我去砸他吧？"

幽无命的眼中竟明明白白地闪过了一丝心虚之色。

桑远远气笑了，压低声音吼道："我可是桑州王女！这样的身份用来做什么不好，你就拿我当沙包吗？！"

她都被他气晕头了，一时忘了他是这个世界上最著名的疯子、狂徒，她居然吼了他，可真是吃了熊心豹子胆。

幽无命装模作样地望向远处。

桑远远深深地吸了一口气，故作平静地将视线投向下方。

城墙下，韩少陵已成功接到了人。他将梦无忧揽在怀中，然后单手抓住了降索。城墙上的亲卫绞动索盘，迅速将二人往上拖。

此刻，一批冥魔穿过箭雨，奔到了城墙下。当头的冥魔高高跃起，一口咬空，梦无忧的尖叫声回荡开来。

受她拖累，运尸队没来得及赶回城中。冥魔已到，城门被关闭，他们便被关在城外，十死无生。

始作俑者发着抖，缩在男人的怀抱中，平平安安地回了城墙上。

梦无忧战战兢兢地向下望了一眼，尖叫道：“啊！他们……他们被围住了！”梦无忧用尖锐无比的嗓音道，“快……快救人啊！怎么能把他们关在城外？快点儿开门救人啊，韩少陵！”

桑远远的脑海里顿时浮现十来部狗血偶像剧，心想：这些女主角都是从同一条流水线上生产出来的吧？

韩少陵扔开梦无忧，双手撑住墙垛，心中满是怒意。这虽然是件小事，但显然会有损他的名声。

桑远远感觉身旁有风刮过，只见幽无命像一道鬼影一般掠过三丈的距离，趁韩少陵不备，反手拎住梦无忧的腰带随手一掀。梦无忧当即脑袋朝下，栽了下去。

“去啊，救人啊！”幽无命笑着说道。

眨眼的工夫，就见梦无忧脑袋朝下翻出了墙垛，韩少陵差点儿气疯了。韩少陵左右一瞟，抓住还未彻底收紧的降索，毫不迟疑地纵身一跃。人们耳熟能详的剧情再次上演——韩少陵抓住了梦无忧的脚踝，二人吊在城墙外。

“韩少陵，你不要管我，快放手！这样下去你也会出事的！”梦无忧焦急地大喊道。

桑远远觉得她实在厉害，头朝下还能喊得中气十足。

韩少陵心想：要不是中了你的毒，我肯定放！

幽无命浑身上下散发出浓厚的反派气息。他阴笑了一下，跳到墙垛上，反手抽出大黑刀，干净利落地一刀劈下。降索应声而断。

桑远远忍不住鼓了两下掌：“干得漂亮。”

她不禁想：不知道三十丈的城墙能不能让一个灵明境八重天的强者摔死，要是韩少陵真的摔死了，婚契与同心契便能自动解除。

灵明境的强者可与天地间的同属灵蕴共鸣。韩少陵属金，只见他重重地将梦无忧向上一扯，夹在了左臂的臂弯中，右手泛起了明亮的白光，向着黑铁巨壁重重地一抓——刺耳的金属摩擦声顿时盖过了冥魔的哀号声，铁壁上顷刻之间出现了一道数丈长的深沟，金星四溅，脚下的黑铁似在隐隐发颤，韩少陵与梦无忧的下坠之势立刻减缓了许多。

城墙上，韩少陵的亲卫已拔刀相向，幽无命的人也不是吃素的，双方紧张地对峙。而幽无命高兴地揽住了桑远远的肩膀，冲着城墙下方兴奋地道：“下下下！”幽无命的样子像极了赌坊里那些狂热的赌徒。

城墙下已聚满了冥魔，那支来不及撤回城内的运尸队早已被冥魔淹没。在他们周围，冥魔的尸身越堆越高，无数冥魔前赴后继，扑向这支垂死挣扎的小分队。

韩少陵与梦无忧也直直地落进了冥魔堆。

主君出事，韩州方面自然不能作壁上观。城门被打开，一队正规军乘着云间兽冲出大门。铁骑踏过满地冥魔冲向韩少陵，掩护韩少陵回城，顺带救下了那支小分队。

桑远远初入修真一途，体质并没有明显地改善，站在三十丈高的墙头看下面就好像是在三十几层的高楼往下望一样，人好像变成了火柴棍，看不分明。桑远远隐约看到那支被围困许久的运尸队艰难地从尸堆下挣扎出来，跳上了骑兵的云间兽。

五十余人的小队，活下来的不到十个人。

冥魔的攻击更加疯狂，赤浪一道高过一道，轰然砸过来。许多冥魔来不及减速，直直地撞在城墙上，变成一摊摊血花。

在这阵狂浪之中，骑兵阵摇摇欲坠。幸好韩少陵自己争气，单手杀出了一条血路，顺利与大军会合，被护在正中退回了城内。

他们回城的代价便是满地新鲜的尸首。冥魔噬咬血肉、骨骼的声音传开，有的人与云间兽尚未断气，发出或高或低的呻吟声，瘆人得紧。

桑远远听得头皮发麻，身躯紧绷。

幽无命当即攥住她的胳膊道：“快走快走，姓韩的要找我算账了。”

他抓着她跃上“短命”的后背，像阵风一样跑下城墙，绕到了南面的幽州军驻地。

幽州的临时行宫是用大块的黑石砌成的，里面倒是一应俱全。幽无命扯着缰绳在外头停留了片刻，确定韩少陵没有追上来后又恢复了懒散

的样子，让人备好热水和食物。

他拖着她的手腕踏入偏殿。沉默的侍者已备好了一只大木桶，木桶中盛着白雾蒸腾的热水，一旁端端正正地摆放着透明的皂、纯白的棉布、两套干净的衣裳。

看到这些东西，桑远远的心脏在胸腔里怦怦地狂跳，他不会要和她共浴吧？

幽无命攥着她来到木桶边。

“幽无命，”桑远远垂眸，委屈地问道，“你真的想要我死吗？”

他开始扒她的衣裳，闻言后动作一顿。他上前一步，贴在她身前。他个子很高，两个人紧紧地挨着时，她只及他的锁骨。想要看他的表情，她就得仰起脑袋。

“你是说同心契？”他的声音中听不出情绪。

桑远远点了点头。君主娶妻，缔结同心契，存于天都。结了同心契的女子若在解契前与其他男子苟合，便会遭心毒反噬，疼痛至死。当然，它只约束女子。

夫妇二人想要解同心契和离，得同赴天都，得到帝君首肯后归还同心契，将之焚毁。这样才算真正了结了一段姻缘。

桑远远决定离开韩少陵时根本没想过会和哪个男人扯上关系，就想回到桑州过自己的日子。韩少陵愿意和离那最好不过，若他不愿意，那她就再等等，等到他和梦无忧生死相许了，他还得求着她给他的心上人腾位置。

她没想到中途会杀出个幽无命。

再一想，若是没有幽无命，她此刻也不知会落到何等境况。

她抬起头，眼中满是晶莹的泪水。她再问道：“你那么辛苦地把我救出来，现在就要我死吗？”

他的眼底闪过一丝暴躁之色。

“是。”他环住她轻身一跃，直直地落入水中，几件湿透的衣裳被掷出桶外。

他的眸色深得可怕，脸庞略显清秀，喉结上下滚动，显得他有几分狰狞。

“你不是喜欢我吗？”他捏住她的下颌，脸上挂着怪异的笑容，说道，“为喜欢的人而死不是很幸福吗？怎么，你是骗我的？”

桑远远被他圈在怀里，能清晰地感觉到他身上的温度正在迅速攀升。她仿佛看到了传说中的景象，他便是血与火的化身，要将眼前的一切通通焚毁。

而第一个被毁灭的就是她这具柔弱的、小小的躯体。

他个子高，大半身躯在水面上，看着有些瘦，但很有力量。他穿着衣服时总是一副懒散的样子，让人误以为他弱不禁风。

桑远远想：其实他是个很完美的男人，如果不是个疯子的话……

“敢骗我，你会死得更惨哦。”这个疯子狞笑着对她说。

“我更想为喜欢的人而活。”她直视他，伸出双臂大胆地环住他道，“哪怕活着很辛苦，我也想好好地活着，为我喜欢的人添些欢乐。”

她仰着小脸看他：“幽无命，给自己一次机会。我会陪你一起做很多有趣的事情，远胜这一刻的欢愉。”

他盯着她。

不怕他，还敢说喜欢他的女子，他从未见过，今后应该也不会再见到了。他想到这些，唇角的笑渐渐凝固了。

虽然身处热水之中，桑远远却感觉自己浑身发冷。她紧咬牙关，不让自己发出牙齿打战的声音。

“是吗？”薄唇一动，他淡淡地开口道。

桑远远赶紧点了点头，一滴失控的泪水滚了下来，直直地落进水中。

“从来没有人可以让我打消念头。”说话之时，他一把将她推在了桶壁上。

水波晃动，他欺身而上，将她逼得无路可退。

他身上的温度高得惊人，动作鲁莽得很。此刻他已无心遮掩，像只猛兽一样横冲直撞，凭本能寻找快乐。

桑远远的唇角浮现苦笑。是啊，幽无命就是这么一个行事干脆利落、绝不拖泥带水的疯子。他扔下梦无忧、斩铁锁时，她还替他叫好来着，现在轮到她了。好了，他也要干净利落地办了她。

她知道，挣扎只会让狩猎者更加兴奋，便不再躲避，环住了他的脖颈道：“我的心毒发作时你千万别停，但愿你给我的快乐能压过毒发之痛。”

他恰好在这刻找到了那秘藏之门，进与退，只在一念之间。

他迟疑了，晦暗的目光开始猛烈地闪烁。

桑远远倾身吻住他微凉的唇。这一次，她闻到了他的气味，是带着一点儿苦味的花香，很浓郁。

一滴泪水滑过她带笑的唇角，伴着丁香的芳香落入幽无命的唇间。

他轻轻地一震，忽然之间溃不成军。

幽无命没收了她的玉简，把她关在他的卧房内，神色阴郁得吓人。他指着她，凶狠地命令她不得发出任何声音打扰他，他要在隔壁书房处理公事。随后他故作镇定地逃离了现场。

桑远远觉得这一定是幽疯子人生中唯一一次露出窘态。她时不时地就会听到隔壁传来暴躁的脚步声。

她并没有老实地待在床榻上，而是轻轻下地察看他的房间。

幽无命毕竟是个绝世强者，修为已达到灵耀境，比韩少陵都高出了不少。她知道这次是个意外，下一次自己不会再有这么好的运气。当然，他会不会留下什么阴影就不得而知了。

桑远远都不知道自己后来是怎么强撑着演完这场戏的。

面对那双满是懊恼之色的黑眸，她装作一无所知地吻着他的唇角和脸颊，感谢他愿意放过她，还畅想了一下二人的未来。

不愧是拿过“小金人”的影后，桑远远毫不心虚地夸赞自己。

第三章 战场

虽然他们住在临时行宫，她却能看出幽无命平时对生活上的事情是非常不上心的。

侍者为他准备了质地上乘的薄丝被褥，他显然一次也没有用过，它们还维持着当初叠在榻上时的形状，唯有床头附近凹陷了一小块，桑远远甚至能想象出他坐在那里修炼的样子。

他会把一些奏报和兵书带到床榻上看，看过便随手乱扔，床头床尾都有。桑远远小心地拾起来看了看，然后放回原处。

这个世界的文字类似小篆，她能看懂七八成。但书面语看起来晦涩难懂，还不用标点符号，她看了半天才看了几页，根本找不出有用的东西。

其实她不知道自己要找什么，但如今身处绝境，若不想坐以待毙，就只能强迫自己动起来，随便做什么，说不定能找到一线生机。

墙边立着一个黑色大木柜，桑远远小心地握住了青玉凹槽，轻轻地打开了柜门。柜子里都是他的衣裳，黑、白、灰三种颜色，样式简单，上面绣着不醒目的无角螭龙。衣裳被叠得很整齐，一目了然，不像藏了东西的样子。她鬼使神差地弓身嗅了一下，没有任何味道。

木窗边有一张榻，榻上放着白玉矮桌，桌上有黑色的笔筒、纸张、砚和墨等。

她翻了一遍，仍然一无所获。

她得出了唯一的结论——幽无命身边确实没有其他女人。

她的目光回到床榻上，忽然定住了。她疾走几步，小心地抬起青色的玉枕，只见枕下端端正正地放着一只小小的、墨色的木盒子，看起来有些年份了。

心脏怦怦直跳，她凝神听了一会儿，听到隔壁传来幽无命把藤椅压出的咯吱声，这才放心地摸到扣环，轻轻地打开了这只木盒。

盒子里铺着精致的绸布，正中放着一枚通透的珠子——记灵珠。修行者注入灵蕴，就可以将一小段影像和声音保存在珠子里，再次注入灵蕴，就可以反复读取。

只有灵明境以上的强者能释放灵蕴。

桑远远看不了记灵珠里的内容，郁闷地合上木盒，将它放回原地。

珠子里一定有非常重要的信息，否则他不会将它放在枕头下面。像幽无命这样的人，除了刀，出行时还随身带着别的东西已经是一件很稀罕的事了。木盒陈旧，盒身被磨得通透光亮，显然时常被幽无命拿在手中。而那块绸布，桑远远一看便知是女子的东西。那是个明媚的女子，记灵珠一定与她有关，而她是幽无命非常在意的人。

幽无命这样的人也会有在意的人吗?

她想得出神，没发现不知何时鬼魅般的男人已经悄悄地站在了她面前。

“你在想什么？”他又一副漫不经心的样子。

桑远远定了定神，抬头看他。方才她已洗去了脸上的易容物，此刻夕阳的余晖为她上了淡淡的金妆，她一笑，便晃得幽无命眯了眯眼。

“我在想……等你打了胜仗，随我回去见父王时，该是何等鸡飞狗跳的景象。”

这是在浴桶中，她趁他失神时单方面勾勒的未来图景。

此刻的她是在刀尖上舞蹈。她必须让他对自己感兴趣，这样才能保住自己的小命，但她又不能让他对自己太感兴趣。

幽无命果然来了兴趣，唇角一勾，大大咧咧地坐到她身旁，拍着膝盖道：“肯定很有意思，桑成荫那个老家伙一定会提刀砍我。”

“还有哥哥。”桑远远侧头笑道，“你打得过他们两个吗？”

此刻，两人间竟莫名地有点儿岁月静好的感觉。

幽无命认真地思索了一会儿，敲着膝盖道：“难说。我不会打架，只会杀人。”

听他的意思，他是不想对桑氏父子动真格儿的，桑远远莫名被安慰到了。

他歪过头来看着她，眼睛里闪着光芒，问她：“你到底喜欢我什么？”

桑远远心想：这个真的有点儿难编。

“是这张脸？”他捏了捏自己的脸，旋即摇头，“不是，你从前没有见过我……”

“因为我杀人厉害？”他像是问她，又像在自言自语，然后堂而皇之地瞪着她，大声控诉道，“你没病吧，小桑果？！”

桑远远：“……”

“好吧，”他自认为得到了答案，看起来心情又好了几分，“既然你喜欢看我杀人，日后我便多杀给你看。”

桑远远一脸疑惑，心想：我不是，我没有，你别瞎说！

他指了指床榻，道：“你要睡觉吗？”

桑远远赶紧摇了摇头：“我洗筋伐髓了，可以用修行替代睡眠。”

“那就随我一起修行。”

他看起来开心极了，随手扒拉了几下，把那床薄丝被褥掀到了床榻里面，腾出了大片空位。随后他弯腰脱掉她的鞋，又抓着她的腿把她盘成了标准的打坐姿势。

他踢掉自己的靴子，跳上床榻。玉枕挡了他一下，被他随手丢到里面，那只墨色的木盒子就这么暴露了。他像被点了穴一样，顿住了。

他伸出手，指尖泛着淡淡的青光。修长的五指扣在墨色的木盒上，青光如水一般淌过，与木盒轻轻地共鸣。晃动的水波之中，木盒上清清楚楚地浮现了好几个手指印。小巧的、柔美的手指印，一看便不是他的。他把木盒抓在手中，回身看着她。

这一刻，桑远远感觉像是被人用电蚊拍重重地敲在后脑和脊背上。她感到身体僵硬、头皮发麻，想着该怎么办，和他拼了吗？

“难怪。”他忽然一笑。

桑远远紧紧地盯着他，心想：拼死也要在他的脸上挠出几道血印子！她最好能咬住他的喉咙，说不定就咬断了呢？

“难怪酸不溜秋的。”他笑弯了眉眼，“你以为这是我相好的东西？不是，是我……娘的。”

桑远远：“……”

他哪只眼睛看到她吃醋了？这想象力当真绝了。

不过，他好像没生气？

“过来。”他招了招手。

见她不动，他伸手把她拽了过去。他搂着她，在她的眼皮子底下打开了盒子，笑道：“发现了这个却看不了，是不是很气？”

桑远远只好顺着他的话道：“好气哦。”

幽无命愉快地大笑起来，一边笑一边朝那枚记灵珠注入青色的灵蕴。等待它发光需要一些时间，他把下巴搁在她的头上，一只手拿着那枚通透的珠子，另一只手不经意地向上一移，抓在她的胸前，不轻不重地捏了几下。

桑远远的脑海里传来嗡的一声。

她瞬间面红耳赤，气恼地向后缩。

“别动。”他的声音忽然又沙哑了，“难得我此刻平静。”

她咬住下唇，艰难地转头看他。他的那双眼睛看起来无比空洞，正直勾勾地盯着指尖的记灵珠。他像一截毫无生气的木头。

他犯病了？桑远远心想。

一道慵懒的女声缓缓地从记灵珠中传了出来：“可怜的儿，娘亲也是没有办法，只能舍弃你了。别难过，谁都会死，不是吗？你这样死，还能为娘亲做点儿事。娘亲日后无论到了哪里，都会记得你这个愿意为了娘亲而牺牲的好宝宝……”

珠子上一片漆黑，并没有出现当时的情景。

幽无命慢慢地把记灵珠握在掌心，另一只手放开了她。

桑远远顿时明白了，当时他就是这样把珠子攥在手中的。

所以，对他说话的是他的母亲？

难道五年前他并不是发疯，而是自卫？他偷偷用记灵珠记下了她对

他说的话，却没有替自己洗刷名声，而是用更血腥的手段无情地镇压那些胡乱议论的人。

桑远远一时喉咙发干，感觉幽无命身上的气息渐渐变冷。

他像潮水一样退后，离她远远的，然后把那枚珠子扔回木盒中，关上了盖子。之后他便坐在床头入定，再也不多看她一眼。

桑远远调整呼吸，找了个离他不远不近的位置坐下，但心绪杂乱，始终无法平静下来。

那件事是五年前发生的。

幽州王嫁女，世子幽无命发疯，率领心腹幽影卫血洗大殿，将前来道贺的幽氏一族屠了个干净，除了即将嫁往韩州的幽盈月，一个没留。

事后，幽无命并无半点儿悔意，踏着满地尸首继位称王，然后将一枚沾着新鲜王血的玉简交给了幽盈月，拍着她的肩温柔地叮嘱她到了韩州后，千万不要丢幽州的脸。染着至亲之血的手印被烙在大红色的喜服上，幽盈月是瘫软着被人架上迎亲车的。

谁也不知道幽无命用了什么手段来镇压反对的人，反正结果就是幽州境内一致拥护新王，而那些递向天都的弹劾的折子全部石沉大海。

自此之后，无论在哪儿，公然议论这件事的人总会死于非命。

幽无命这个名字渐渐成了禁忌。

桑远远难以置信地摇了摇头，这背后竟然藏着这种内情吗？老幽州王的夫人有什么理由要杀了自己的儿子？况且五年前的幽无命已经是绝世强者，且羽翼丰满，他的母亲在他面前不可能用这样的语气说话。这些话倒像是母亲对着年幼且毫无反抗之力的稚子说的。

幽无命的身边聚集了越来越多的青色光点，纵然桑远远心绪纷乱，也能清晰地感受到那股强大的木灵蕴。

他竟然是个木属性的强者，这倒是出乎了桑远远的意料。她本来以为幽无命属火或者属金，没想到竟和她一样属木。

在同属性强者身旁修行会事半功倍。他引来的灵蕴太多，在他身旁形成了小小的灵蕴风暴，稍微分一些给她，都抵得上她辛苦修行十天半个月了。这种机会她自然不会错过。

她压下心中那一堆问号，强迫自己入定。

令桑远远惊讶的是她对木灵蕴的吸引力竟然比幽无命还强，这些青色的小精灵很快就叛变了，从幽无命身边逃离，磨磨蹭蹭地飘向她。她有些受宠若惊，又有点儿发毛。她正犹豫时忽然感到耳旁有风拂动。那道阴森森的声音带着笑，在她的耳旁说道："全给你，好不好啊？"

桑远远一个激灵睁开了眼睛，便见他周身散发着明亮的青芒。

他冲她笑，双臂一展将她搂在怀里，浓郁的草木香味撞了个满怀。他抬起手，摁住她的眼皮："别走神。"

桑远远静下心来，如同沐浴一般，顿时沉浸在了青色的光的海洋里。她身边是汹涌的灵蕴，它们紧紧地包围着她，争先恐后地钻入她的毛孔，淬炼着她的身躯。

他似乎觉得这种哺育幼崽一样的举动很新奇、很有意思，时不时发出愉快的笑声，为她引来更多灵蕴。

桑远远铆足了劲儿，吸了个痛快。她能清晰地感觉到自己的骨骼、脏器、血肉和皮肤上都附着淡淡的青光。

这些灵蕴力量弱小，但生机勃勃，像是初生的嫩芽儿。最初它们是极浅的黄绿色，渐渐地像是刷上了一层薄漆一样，变成了淡绿色，再后来颜色更深了，变成了草绿色。终于，草绿色的灵蕴稳定下来，钻入她的肌理，变成了一股很实在的力量，藏在她的身体里。

幽无命拍了拍她的肩膀，把她从入定中唤醒。

"干吗？"桑远远下意识地皱眉，不悦地说道，然后便看见他直勾勾地望着她。

"有事。"他说。

桑远远一秒钟软了语气："啊，正事要紧，你去忙吧，不用管我。"

幽无命神色怪异地看着她，笑道："小桑果，别想用糊弄韩少陵的那套来对付我。想离开我，除非你死。不，你死了我也会将你制成标本带在身边，直到我烦了为止。"

桑远远："你还是带活的吧，这样比较方便。"

幽无命："……"

这话好像很有道理的样子。

她将脸凑到他身前，由着他捣鼓一通，替她易容。

"小桑果天赋卓绝，"他悠悠道，"一个晚上便已晋升至灵隐境二重天了，可喜可贺。"

桑远远吓了一跳："这么快？"

"嗯。"他漫不经心地说，"不过灵隐境没什么用，你还得再勤快些。"

桑远远赶紧顺杆爬："你这么厉害，肯定很快就能把我的修为带上去！若是我们回桑州时我的修为能晋升到灵明境的话，他们一定会惊掉下巴的！幽无命，你太厉害了！"

她不知道有没有忽悠到他，总之他看起来心情好了不少，出门前还把她揽在胸前拍了两下。

启明星刚把懒洋洋的红日拽出远山，空气中仍充斥着血与铁的味道。

踏出临时行宫，桑远远便听到了铺天盖地的号叫声。她仰头望去，只见城头上有了淡淡的硝烟。

冥魔攻上城墙了！

行宫外已有大军整整齐齐地列了阵，只待幽无命一声令下。

幽无命微微垂眸，脸上没什么表情，声音不大不小地道："杀红了眼时，想想家里还有没有人在等你。能活，就不要死！"

"是！"大军齐呼，"斩尽妖魔，扬我国威！"

幽无命意兴阑珊地挥了挥手，"短命"撒开四蹄跑在了大军最前方。

大军万蹄齐落，地面发出了很有规律的颤动。“短命”没有等待同类的意思，一路狂奔，很快就把大部队远远地甩在身后，单独跑到了城门附近。

幽无命附在桑远远的耳畔，很烦恼地说道：“你说这些人怎么这么不知好歹？非得让我说出‘你们别出力，让韩少陵的人去前面死’这样的话，他们才肯听话吗？”

“不然下次你试试？”桑远远真诚地建议道。

他拍了一下她的脑袋：“想什么呢，我可是一国之君，怎么能说那种话！”

桑远远回头瞪他，见他的眸中和唇角都浮着极浅的笑意，是那种从心底里散发出的笑意。她被感染了，不自觉地弯了弯唇角。

两人视线相触，幽无命像是被烫到一样打了个激灵，把她的脑袋转了回去。“没见过男人吗？！”他的声音中含着三分气急败坏之意。

桑远远道：“没见过你这么好看的。”

幽无命：“……”

骑在“短命”身上，他开始觉得哪儿哪儿都不对劲，一会儿嫌它的毛太软了，一会儿嫌它走得不稳，再过一会儿嫌它今日竟然没有放屁。

“短命”十分无奈。

他们到了城门下，忽然听到一声怪啸，便见铁城墙上有一个血肉模糊的东西直直地掉了下来！

这是冥魔？

若冥魔能上黑铁长城，岂不是意味着城墙已经被攻陷了？

冥魔摔在他们左前方，这是桑远远第一次近距离接触这种恐怖的生物。可惜从三十丈的高度摔下来，冥魔已被摔了个稀巴烂，看不出形状了。桑远远只能看到一摊红色的血肉，散发出极其浓烈的腥膻腐臭味。她不禁有些纳闷：“外长城不是也很高吗？就算城墙被攻陷，它们摔下来也必死无疑啊。如果不开城门，让它们自己摔下来呢？”

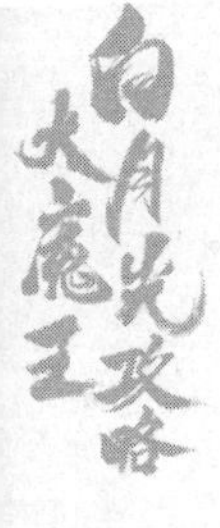

幽无命用手比了比：“一层叠一层，叠到摔不死，后面的不就进来了？”

桑远远打了个寒战，第一次意识到数量是件多么可怕的事。一只冥魔摔死在地，就像是拍在墙上的蚊子血一样，这得叠多少只才能摔不死？旋即她意识到了另一件可怕的事情。冥魔不会飞，既然能爬上城墙，那么城墙的那一面是不是已经堆满了这样的尸首？

她想到这儿，身体不自觉地轻轻战栗。

幽无命笑了起来：“怕什么？你连我都不怕，还怕冥魔？小桑果，你喜欢的男人可比冥魔凶残得多。”

他这般说着，单手从背后抽出了那把大黑刀，低低地压在身侧。

“短命”开始疾速奔跑，像流星般穿过城门。负责看守城门的士兵仿佛已经习惯了，见那刀尖抵着黑铁地面带着火星一路掠来，迅速地拉开了城门正中的小门，将幽无命放了过去。

韩州军正顺着两旁的甬道拥上城墙，幽无命却径直穿过重重城门，直达一线。

他们越往前，黑铁的气息越重，沉沉地压在身上，令桑远远感到窒息。她的心脏在胸腔中怦怦乱跳。

沉闷、黑暗的空间内只有一扇扇黑铁小门被打开和合上的咣咣声，左右铁壁上的铜灯照不亮这黑暗的地方。她不知何时把双手放在了幽无命的胳膊上，像抓着救命稻草般紧握着他的胳膊。

幽无命依然闲适得很。

他们穿过城墙其实只用了短短几秒，但在桑远远的感觉里像是一个世纪。

她的眼前忽然出现一片猩红的光，他们终于出来了！她瞬间紧缩又放大的瞳仁中映出一张血糊淋刺的脸。那张脸上只有一只眼睛和一张巨口，口中荡出一条黑色的长舌，长舌之上布满倒刺，两排锯齿状的尖牙延伸至耳侧，四肢和躯干与人相似，但浑身无皮，身上满是黏液。

它们腾身跃起一人多高，自上而下扑向这个胆敢一骑冲出城门的“送死者”，不料幽无命是它们的送葬者。

桑远远甚至看不清他是如何出刀的，一片刺耳的哀号声中，重刀轻易斩断魔躯的声音听起来尤为悦耳。低沉又清越的飒飒声随之响起，前路瞬间开阔无比，“短命”的奔跑速度没有受到丝毫影响。铺天盖地袭来的冥魔就像撞在了无形的杀戮之网上，轻易便被绞成碎片。

热血洒下来，在桑远远的脸颊上落了好几滴，那种烫意仿佛能够直接烙到心底去。她紧紧地抿着唇，呼吸也小心翼翼的。

幽无命在笑，笑得无比狂妄放肆。一骑碾过之处瞬间扫荡出一条满是残肢的大道。

桑远远偏头去看，见他的脸颊上也染了血，黑眸映出满地赤色，唇角噙着冰冷的笑意，露出一点儿尖利的白牙。他的心跳极其沉稳，他一只手握着缰绳，另一只手斜斜地举着刀，砍杀一切送到面前的魔物。

城门大开，战鼓震天，铁骑兵自城门冲出，像一股钢铁浪潮紧紧地追随着他们的王。

幽无命一时如虎添翼，轻易地在这血肉堆中冲杀了三个来回，城墙守军得以稍微松口气。幽无命令自己的军队继续在城墙下绞杀，而他径直冲杀到了外长城下方。

他的呼吸粗重了不少。他附在她的耳边，声音有些兴奋，道：“回去之后，死在我的手里可好？”

桑远远此刻亦热血激荡。真正的战场有神奇的魔力，它像是狂烈的毒素，令人热血冲头，既战栗又狂热，让人浑身颤抖，恨不得用牙咬、用手撕，将眼前的敌人绞成碎片。

在刺耳的哀号声中，她根本没听清幽无命对她说了什么，只知他在问她“可好”。他滚烫的气激得她热血翻涌，她点头道：“好！杀光它们，夺回城门！”

幽无命明显愣了一下，半晌失笑道：“这就是你的条件？可以。”

他低声笑了起来，笑得连“短命”都一起颤动起来。

蓬勃的木之灵蕴爆开，桑远远只觉得神清气爽，眼睛顿时明亮了许多。

随后，他的黑刀划过之处，留下了一道道青色的残影。

外长城已被冥魔攻占多日，城门之下挤满了赤红的魔躯，远远看去就像一只塞满了蛆虫的罐子，令人作呕。墙根堆了十余丈高的冥魔尸身，“短命”从这座恐怖的尸山下掠过，直直地奔向城门。

桑远远吃惊地发现，自从黑刀之上泛起青芒之后，幽无命每划出一刀都会有极其凛冽的刀风向四周荡开。但凡触到刀风的冥魔，立刻整整齐齐地被切成两段。青色的刀芒足足可以掠出七八丈远，这就是灵耀强者的实力！

对于桑远远来说，能像幽盈月身边的灰衣那样在掌心制造一团无根之火，已经非常厉害了。而此刻幽无命展现出的实力，再一次刷新了她对这个世界的认知。

他冲进了城门。城门便是那洪峰到来时，堤坝上被冲开的缺口。刚接触到城门，桑远远就感觉到了一股令人窒息的压力。这道外长城不知将多少冥魔挡在了外面，而这一处被攻破的缺口，足以令它们发狂。它们挤在城门下疯狂地向里面冲，近半数的冥魔在挤压中生生地炸开，令周遭的同类披上了更加骇人的血衣。

幽无命一把将桑远远摁在“短命”的背上，单手握住缰绳，身躯压低，小臂护着她的背，另一只手舞刀，浮现一道道华丽冰冷的刀影。

桑远远伏在“短命”染血的软毛上，余光瞥见阵阵刀光。只见无数残躯像是滴入了水中的红墨一样荡开，杀戮的王者寸步不退，如旋风一般卷上了城墙。

幽无命太厉害了，她也想变得这么厉害！

“主君！”前方传来了嘶哑兴奋的吼声。

幽无命的幽影卫仍在城墙上。他们封堵了一段城墙，留下小小的通道，将送上门来的冥魔一只只击杀。这里就像是狂风海浪之中的一处暂时安全的孤岛。

幽无命收刀归鞘，让桑远远坐直。只见“短命”的四蹄一纵，生生跃过三丈远的距离，从一群张牙舞爪的冥魔头顶飞过，落到一处黑铁战壕里。

桑远远的身躯难以抑制地颤抖着，眼神却丝毫不怯。她惊奇地看了看四周的景象，又将视线投向传说中最神秘莫测的幽影卫。

都说那些胆敢议论幽无命的人就是被幽影卫一个个处死的，她此刻看着他们，却觉得他们并非什么恐怖的家伙。这队人给她的感觉是活泼得惊人，每一个都是好动分子，一刻也停不下来。

因为幽无命绞杀了一路，所以这会儿甬道口十分平静，暂时没有冥魔冲上来。幽影卫行过礼，便在墙垛和筑起的临时战壕上跳来跳去，像一群不安生的猴子。

桑远远随幽无命一路拼杀过来，对血腥味已经免疫了。她抓着幽无命的胳膊从“短命”的背上跳下来，走到墙垛边向下看。

外长城以西，便是冥渊。

昨夜意外晋阶至灵隐境二重天，桑远远明显感觉自己的体质有所改良。她的视力比昨日好了一倍不止，她站在城墙上往下看，可以看清每一只冥魔的形状。

那赤色的浪潮延伸至左右视线的尽头，而正前方百余丈外却是一眼望不到头的黑暗深渊。深渊之上，雷云密布，道道惊雷从云中劈进渊底，却无法阻止密密麻麻的冥魔自渊下奔跑出来。云境十八州像是大海之中的孤岛，整座大陆的四周都被这样的深渊环绕，冥魔自渊底而来，随时可能发疯一样攻击任何一处防线，毫无规律可言。

桑远远收回视线，又走到另一面城墙边上。

这里与内长城遥遥相望。

这一夜，从渊底上来的冥魔的数量忽然激增十倍，小部分从破开的城门挤入缓冲地带，更多的冥魔却像叠罗汉一样一层叠一层，径直翻越了外长城。

除了被幽影卫占据的这一小段外，其余地段已沦陷得彻底。此刻就连内长城边上也堆满了尸体，根本来不及清理。

城墙上不断倾倒下熊熊燃烧的火油，大团大团的冥魔被点燃，从城墙上往下滚，就像是烧着的蚁球。

“报主君，‘涌潮’快结束了，‘尾啸’即将开始！”一个尖嘴猴腮的人上前来报。

“涌潮”便是这一拨超出平时十倍不止的冥魔攻势。而“尾啸”指的是结束之前最为凶猛的反扑行为。

他们都是从血海里滚出来的，和冥魔是老对手，十分了解它们的习性。

“嗯。”幽无命一脸无所谓地命令道，“关闭城门，撤！”

“是！”

众人忙碌起来，很快把架在面前的黑铁防御层拆了扛在肩上，噔噔噔地下楼。

桑远远喊了幽无命一声。

他走到她边上，只见又一队铁骑径直向外长城奔袭而来，领头的那位特别出众，像一只红背的黑鹰。

幽无命一时有些烦躁。

桑远远瞥见他的神色，感觉这个人有时候就像小孩儿，做事时百无禁忌，其实干了坏事还是知道心虚的。比如斩了降索之后，幽无命就一直躲着韩少陵。

桑远远忍不住莞尔一笑。

“见到他很高兴？”他阴森森的声音贴着她的耳朵响起。

她偏头看他，见他完美的面庞上染着血，一双眼睛深不见底，就那么直勾勾地盯着她。

“嗯，”她点点头，“我希望他死掉，这样我就不会被同心契束缚了。”

幽无命有些惊讶：“果然最毒妇人心。”

“有什么办法，谁让我喜欢你呢？”桑远远厚着脸皮道。

幽无命打了个冷战，落荒而逃。他想像平时一样潇洒地走路，脊背却难以抑制地紧绷起来，对属下说话的声音也比平常大了一些：“快点儿，别叫姓韩的抢了功劳！”

走了几步他才想起自己没带桑远远和“短命”，又折了回来，目光有点儿飘，随手把桑远远放到“短命”的背上，僵着身体指挥它下楼。

到了城门下，桑远远再一次见识了新鲜玩意儿。只见那道被拆下的黑铁防御圈又被他们装了起来，一层一层地往上搭，像是组装积木一样，很快就将城门封堵了近半。他们攀着这张既像墙又像网的东西爬到高处，一边将袭来的冥魔戳死，一边将下方递来的黑铁架子继续往高处垒，很快就垒好了一道网状的铁门，封住了门洞。

几个带着轱辘的小铁板被塞到了铁门下方，众人的手掌上灵蕴闪烁，抓住这扇活动门将它向外推去。无论是活的冥魔还是死的冥魔都被这股巨力推着，不由自主地倒退。

“嘿——嘿——嘿——”幽影卫喊着号子，鼓着劲，用肩顶、用手推，不多时便生生地顶住了万丈洪流，将这扇临时搭成的铁门推出了沦陷的门洞！

黑铁轰然向外倒下的瞬间，幽影卫急忙后撤，推动最外侧的两扇铁门，将之合拢。

猩红的光明在眼前不断收缩，随着黑铁的轰隆声，她眼前的光迅速收缩至一线——啪的一声，是铁销落下的声音。

轰的一声，外头的冥魔撞上黑铁城门，整座城都在震颤。

幽影卫后退，渐次关闭了所有的门，冥魔被隔绝在外。

他们身后，蹄声恰好到了。

幽无命懒洋洋地扯着缰绳转身，歪着头表现出一副无聊的样子。若不是有那满身血污做证，任何人都会以为他只是来这里看风景的浪荡子弟。

韩少陵一骑当先，见城门已合上，松了口气，憋了许久的那团火也灭了小半。

“‘尾啸’快到了吗？”韩少陵不计前嫌，颇为友好地问道。

幽无命正要说话，忽然看见韩少陵身前有个美人悠悠转醒。她还没立直身体就先吐了起来。

“咯……”幽无命丝毫没掩饰他的嫌弃。他扯着缰绳退出去老远，然后抬起一只手指了指桑远远，对韩少陵道：“看见没有？我的女人。”

他的语气里满是炫耀。

韩少陵的目光立刻落在了桑远远的身上。她坐得端端正正的，黑白分明的眼睛里没有半点儿惊惧之色。对上他的视线，她轻轻地点了下头。她易了容，此刻相貌普通。外头带着血色的光线落在她平静的脸上，伴着漫天的哀号声，韩少陵恍惚之间觉得自己看见了一朵圣洁的雪莲开在了血腥的炼狱之中。她仿佛是意外降临在这个恐怖世间的一束光。

韩少陵怔怔地看着桑远远，心里重重一震，眼睛里写满了“惊艳”二字。就算是那些身经百战的沙场将士，在这犹如炼狱的环中也很难镇定如常，譬如幽影卫，平日也不会像猴子一样。

除了幽无命这个疯子，韩少陵真的没见过第二个在冥魔战场上面不改色的人。现在，一个女人，一个看起来很弱的女人，面对战场竟平静如斯，不能不让他惊叹。

韩少陵阅人无数，一望便知这个女人不是故作镇定，更不是见惯了杀戮，变得麻木不仁。一个念头蓦然浮现在他的脑海里，他觉得她是过早结出的胜利之花——本该盛开在一切结束之后，带着全新的生机和希望。

他怔怔地望着桑远远，那张平凡的脸在这一刻仿佛散发着耀眼的光。失神之下，他不禁对幽无命道：“你不是惦记着桑王女吗，这个女人又是怎么一回事？”

此言一出，在场的每个人都惊呆了。

哪儿有韩少陵这样上赶着做王八的啊？！

桑远远觉得自己的世界观实在是受到了冲击。她名义上的丈夫是在替她吃醋吗？直到现在，她还是没有意识到自己的镇定有多么惊人。

其实她这样变态的心理素质是生生磨炼出来的。曾经的她被镁光灯一照就从心头虚到脚底，一个字都说不出来。她咬着牙，一点点克服恐惧，一次次杀死心中软弱的情绪，直到脱胎换骨。她有了人气后，伴随而来的是种种恶毒的谩骂声、不负责任的恶意揣测和诋毁，以及陷害、背叛……你登得越高，风霜越烈，没有人天然就习惯这些。无数人倒在了通往红毯的荆棘之路上，而桑远远是笑到最后的王者。她柔软的外壳之下，那颗心脏早已像钻石一样坚不可摧。

到了这地狱般的战场上，她确实有些惊骇，身躯也会微微地战栗。但她早已习惯了将一切藏在平静如水的表皮之下，不让观众察觉出任何端倪。

如今她的身躯中多了那些生机勃勃的木灵蕴，本就挺直的脊背更加笔直，加上身后还有幽无命。他是个疯子，是个杀戮机器，但在战场上也是她最坚实的靠山和后盾。

这一切让她无所畏惧。

听到韩少陵的话，她有些迷茫地眨了眨眼。韩少陵猛然意识到自己失言了，有些懊恼，挥挥手道："你们先行，我率军殿后。"

幽无命没跟他客气，带着满脸坏笑，故意贴着韩少陵从没有呕吐物的那边与他擦肩而过。

韩少陵不自觉地把余光落在了桑远远的身上。昨日在城墙上他便看见了这个女子，当时并未多想。待在那么高的地方，被大军保护着，谁都会那么淡定自若。

梦无忧在城内时也是千方百计地想要出城玩耍，昨日才闯了祸，今日又嚷着要跟他出来除魔。他觉得自己可能是脑袋被驴踢了，才会把她带出来。方才她惨白的小脸和眼角的泪珠还令他萌生过几分怜惜，但此刻他见到这个淡然的女子，心中对梦无忧的丝丝柔情顿时化为乌有。他甚至有些埋怨梦无忧，埋怨她爱逞强，丢人现眼。

他忍不住再看了一眼那道坚韧的身影，心想：凭什么？幽无命这个

疯子凭什么能找到这样好的女人？简直是暴殄天物。

虽然无法看穿易容物之下那名女子的真实样貌，但韩少陵敢肯定，此女一定是位绝世姝丽。他怎么也不会想到，这个令他二见倾心的女子竟然是桑远远。他更不会想到所谓的“二见倾心”，其实只是因为他在战场上太亢奋，突然看见那么一个气质宁静的女子时，心神受到的冲击太大，激发了同心契。

他把这种感觉错认成了爱情。

幽无命一骑当先，离开了城门。

大地隐隐地颤动，人们入目尽是一片猩红，幽、韩二州的大军在内长城下疯狂收割，城墙惊险地保住了。一排排箭矢开始疾射，冥魔的浪头被一步一步推远，一切重新变得井然有序。但此时其实是最危险的时刻，内外长城之间的冥魔并未溃败，等到“尾啸”一至，尚未稳固的防线必会遭遇灭顶般的冲击力。

幽无命和韩少陵同时做了决定——撤，依托内长城来撑过“尾啸”。

便是在这时，变故发生了。

本该开启的内城城门诡异地紧紧闭合，两州主力军被挤在了城门外，阵形微乱。

韩少陵连碎十来枚玉简，对面仍寂静无声，箭雨也停歇了。城头空无一人，好像一息之间变成了一座无人鬼城。

“怎么回事？！”被困在两道长城之间的大军拥向他们的君王，在这万丈洪峰之间，成了两座孤岛。

“尾啸”就要来临，他们若不能进入内长城，在这只有冥魔的缓冲带必定要遭遇灭顶之灾！

内长城上缓缓地立起了一面旗帜——桑。

刹那间，桑远远只觉得浑身的血液都冷了下去，一股恐怖的寒流自足底涌上来，直直地撞击着她的心脏。一行冰冷的字浮现在她的脑海里——

“桑州王与世子率军越境，奇袭幽无命，令他腹背受敌，险些将他置于死地。与幽无命同行的韩少陵也受了重伤。”

书中写的竟是这样一个时机吗？

幽无命俯身附在桑远远的耳畔，声音听起来有些兴奋：“小桑果，你的人来救你了呢。”

“不可能。”桑远远听见自己发出了僵硬的声音，“一定是哪里出了问题。”

她已经让灵姑转告桑州王千万不要乱来了。若说桑州王为了泄愤把居临关给拿下了，那她可以理解。但罔顾整个云境的安危，在背后捅刀坑害韩、幽两州的主君，随后还弃城而去引发一场大祸，这绝不可能是桑州王做的事！

桑远远的心中一片敞亮。这不可能！哪怕桑远远死了，父兄想要杀死幽盈月来替她报仇，也绝不可能做出此等卑劣的事情！他们不是书中一笔带过的小角色，而是豪气干云的真英杰！即便还未见过面，桑远远也敢拍着胸脯打包票，桑州王和世子绝不可能这般行事！

她急忙转身抓住了幽无命的前襟，眼中泪光闪动：“我必须与父亲联络。”

他意味不明地看着她，片刻，啄了一下她的额头。

桑远远：“你……”

他大笑起来，载着她离开人群，来到一处只有冥魔的清静地，把一枚玉简交给她。他跳下坐骑，在她身旁悠悠地舞着刀，替她开辟出一小块安全的、无人打扰的天地。

桑远远急忙捏碎了玉简。

“闺女！”

“爹，你在哪里？”

桑州王长长地呼了一口气，声音里带上了憨厚的笑意：“还能在哪

儿？在家干着急！你哥不让我和你联络，生怕你处境不安全反倒给你添乱。快，将你的位置告诉爹，你叔这就去接你！”

桑远远的心脏怦怦乱跳，她问：“带人入韩州的是王叔？”

“对！”桑州王回道，“你叔点了三万人，拍着胸脯给我保证，一定将你找回来。”

桑远远深吸一口气：“爹，你听着，王叔叛变了。他带着人将我与韩、幽两州的主力全部关在了长城外，‘尾啸’即将来临，我们撑不了太久！你即刻出兵平叛，救我，不要联络王叔，以免他狗急跳墙对我下毒手！”

“好好好，爹这就……”玉简里传来桑州王摔了一跤的声音，“爹这就叫上你兄长出发，你不要怕，爹爹这就来救……救你！”

他说到最后，声音中已带上了哭腔。

冥魔刺耳的哀号声通过玉简传入桑州王的耳中，由不得他不信。

“幽无命。”桑远远唤道。

幽无命走到她身后，依旧是一副无所谓的样子。

“你不是说王叔和堂兄是韩少陵的人吗？”桑远远质问道，“韩少陵的人为什么要坑他？”

幽无命无辜地眨了眨眼睛，耸耸肩道：“你问我，我问谁？”他抬起手，用食指点了点自己的额头，“或许他们的脑袋有问题？”

桑远远知道此刻不是计较这个的时候，道：“收缩防御，撑过一日半，父亲定来支援。”

即使桑州王按最快的速度行军，从桑州边境至韩州西境也需一日半。

“小桑果，”幽无命脸上的假笑淡了下去，“我为什么要把脑袋交到你的手上？”

另一边，韩少陵的人马已经动了。他们缓缓向北面移动，打算从百里外的北部城门入关。在铺天盖地的冥魔大潮中，军队举步维艰如陷泥沼，行军便会露出许多破绽，转眼之间已有无数战士被冥魔扑倒。

桑远远可以预见接下来的惨状，等到“尾啸”袭来，军队的伤亡会更加惨重。等到几乎全灭的部队好不容易挪到下一处关口，等着他们的将是兵强马壮的“收割者”。

桑州王的王弟既然已经叛变，必定不会有任何顾忌。他会率人在城墙上方优哉游哉地跟随着狼狈逃窜的猎物，等待猎物进入射程时，给予致命一击。

书中便是这样写的，只不过这个罪名最终安在了桑州王的头上。

幽无命盯着桑远远，盯得她浑身发毛。终于，他道：“夹着尾巴逃窜这种事韩少陵干得出来，我不行。既然如此，那便上去，防守。”

桑远远又喜又忧，喜的是他愿意信她，忧的是她也不确定他们能不能平安地撑过一日半。逃走尚有一线生机，留在这里，若是桑州王出了什么状况，或者防线被冲破，那他们就必死无疑。

“没事……没事，”他抓住她的肩膀，声音轻快地说道，“要是真有个好歹，我杀你祭旗再走就是了。小桑果的血这么香，祭了旗，必佑我大获全胜。”

桑远远：“……”

这个她是信的，若是真的顶不住了，这个男人一定会亲手杀了她，绝不会让她死在其他什么东西的手上。

幽无命回到军中，道：“拿下外长城。”

他的声音不大，却清晰地传遍三军。

“是！”幽州军吼声震天。

大军逆流而上，向着刚刚夺回的城门进发。

韩少陵正挥军北上，见幽无命率人反攻外长城，登时赶了过来。

“幽州王，你这是何意？！”韩少陵道，“桑州在背后捣鬼，留在这里只有死路一条，你还不随我杀出去？”

幽无命瞥了他一眼：“欺负桑王女的是你，又不是我。你去送死，桑州便会给我开门了。”

韩少陵："……"

桑远远惊讶地发现坐在韩少陵身前的梦无忧满眼是泪，嘴巴被一条白色的布带紧紧地勒住，看起来委屈到不行。

梦无忧的那双大眼睛是真的会说话，桑远远随意地瞥了两眼，心中便明白了。身处冥魔巨浪之中，人难免会粘到血污，还要直面那些恐怖的血肉，梦无忧时不时地惊声尖叫，韩少陵早已烦透了。此刻状况危急，他急得嘴角都起了燎泡，对梦无忧再无半点儿耐心，干脆用物理手段令她闭了嘴。

"到底走不走？！"韩少陵咬牙切齿地说道，"幽无命，你看清楚眼前是什么形势，你当真要拖着你的幽州军一起死吗？"

幽无命真诚地回道："谁死谁活，尚未可知。韩少陵，我若记得，会随手替你上几炷香的，你安心去吧。"

韩少陵气结，若是两支军队同行，还可以相互照应，压力要减少一半不止。但是他和一个疯子怎么说得通道理？

他瞪了幽无命一眼，临走时，忍不住又看向桑远远。

"幽州王，"韩少陵觉得这应该是他此生脸皮最厚的一刻，"桑远远说不定此刻就在桑州军中，你确定要带着别的女人见她？"

幽无命冷冷地道："你自己不是抱着个野女人吗，还管到我头上了？你想干什么？"

幽无命警惕地盯着韩少陵，桑远远更是像看白痴一样看着这个名义上的丈夫。

韩少陵以一副豁出去的架势说道："把她给我，待我平安归来，便赴天都与桑远远和离。你得到你要的桑王女，我今日必须带她走。"

韩少陵指向桑远远。

他知道留在这里必死无疑，无法眼睁睁地看着桑远远去死。

韩少陵也不知道自己到底是怎么回事，若是平时，哪怕是九天神女降临，他也不会这般失态。

幽无命笑了起来，说道："哪儿用得着这么麻烦？你死了，婚契与同心契不就自行解除了吗？有在这里说废话的工夫，你还不如赶紧去送死。”

韩少陵见跟这个疯子说不通，便盯住了桑远远，语气中满是祈求：“跟我走，好不好？”

桑远远笑了，轻轻地道：“不好。”

幽无命不再与他啰唆，扯着缰绳掉头回到军中。

韩少陵失望而归，压根没注意到自己怀中的女子已满脸心碎之色。

幽州军开始登城。

“尾啸”到了，整座外长城在冥魔狂潮的冲击之下开始如地震般晃动，嗡嗡声不绝于耳。

面对这样的攻势，就连幽无命这样的狂徒也不敢托大。他停在了城门下，身旁拱卫着亲兵，由幽州军先行登墙与冥魔拼杀。

伤亡必定是惨烈的，却也不算毫无意义，因为即便他们撤回内长城也必定要直面这一拨“尾啸”。只不过内长城有充足的补给，有强弓劲弩、火油、投石车，这里什么也没有，只有一段被冥魔占领的城墙以及自己的血肉之躯。

桑远远微微地颤抖起来。即使她竭力忍耐，眼眶还是慢慢地湿润了。

幽无命很安静，伸出双臂抱着她，毫无顾忌地当着众军的面把她的脑袋摁在怀里，用下巴蹭她的额头。

他的心跳依旧平稳。

他将身上染的血抹到她的脸上、鼻梁上。在这一刻，无人会关注这些身外之事，众人的命运紧紧地编织在一起，每一个人都是亲密依偎的战友。

终于有人来报：“主君，百丈城墙已成功拿下！”

“好。”幽无命道。

桑远远不禁想起了自己第一次听到这个人的声音时的场景。当时她像木头一样躺着，听到那染血的玉简之中飘出清润慵懒的声音，尾音仿

佛还带着一点儿笑意。

登上城墙，桑远远便不自觉地屏住了呼吸。眼前震撼的一幕，她根本无法用言语来形容。冥魔本是像浪一样卷来，在城墙下越堆越高，踏着同类的身体向上攀爬，而此刻它们已然变成了海啸。几乎与黑铁长城同样高的血肉巨浪翻腾着撞在城墙上，无数冥魔被这股巨力挟裹着径直飞跃出外长城，落向缓冲带。

整个天空都变成了晦暗的血色。

在这海啸中，幽州军就像是蚁球一般紧紧地团聚在一起，依托着彼此来求得一线生机，每时每刻都有最强大的战士和冥魔一起倒下。

冥魔撞在临时搭起的黑铁防御层上，坚不可摧的黑铁亦发出了摇摇欲坠的咯吱声。有一处防御即将被冲垮，幽无命一跃而起，轻飘飘地落向那一处，黑刀出鞘，带着灭绝的青光破开血腥的黑暗荡出十余丈，将那迎头撞来的血肉巨浪铰成碎屑。

他单手抓着黑铁架子轻轻一掠，又掠向更远处。守军的压力骤减，发出了振奋的低吼声。

“短命”不住地打着响鼻，脑袋昂得老高。桑远远拍了拍它，道：“你的主人真的很厉害啊！”

它回转过脑袋，用湿润的鼻头亲昵地蹭了蹭她的掌心。

身旁有个负了伤退下来的老兵龇牙笑道：“最难的时候还没到，主君毕竟不是神，这么耗下去至多撑得半日。‘回潮’的时候才是真正凶险的时候。”

桑远远轻轻地点着头。

冥魔是会退回冥渊的，等到它们回退之时，前方攻击内长城的大潮便会经过外长城，到时候内外夹击，这里便是两股巨浪的交汇处。她只希望桑州王能快一点儿，“回潮”慢一点儿，不要发生书中那样的人间惨剧。

桑远远已然确定，书中幽无命并没有和韩少陵一道向北撤，而是死守外长城，生生地撑了过去。书中没有描写这一战的过程，只有结局。

结局便是幽无命重伤，幽州军几乎全军覆没。

她环视四周，看着这些活生生的人。他们年轻、强壮、修为过人，眼中都燃烧着火焰，拼尽全力与冥魔厮杀。

她想起幽无命出发之前的样子，他懒懒散散地对着他们说“能活，就不要死”。

能活，就不要死。

她深吸一口气，跳落在地，从地上捡起一把失去了主人的刀。刀入手时又寒又沉，刀柄黏腻，上面不知染的是人血还是魔血。

能出一分力便出一分力，她用双手握住刀柄，将它从地上拖了起来。

黑铁防御架呈网状，冥魔密密麻麻地攀爬着，像是坠了满架的葡萄。桑远远举起刀，铆足了劲儿从网中刺了出去。刺啦一声，刀尖刺入魔躯，热血溅出来。她眯了眯眼，用力顶向外面，一只冥魔惨叫着掉了下去。她收回长刀，大口地喘着气，忍不住发出了低低的笑声，一边笑一边有热泪落下来。

有一只手重重地拍了下她的肩膀，她以为是幽无命，转头一看，却是一个完全陌生的士兵。他冲着她竖起了大拇指。她点点头，继续回身对付那些爬到黑铁防御架上的冥魔。

“当心它们的舌头！”

侧面横过一把刀，替她拦下了一击。

桑远远偏头一看，又是一张陌生的面孔。她不禁道：“多谢！”

这一刻，她已然忘记了幽无命是个疯子，也忘了幽州军的坏名声。她只知道，在她左右的人都是可以将后背交给对方的战友，而她也会竭尽全力替旁人挡住来自背后的袭击。

若是在平坦的战场上，像桑远远这样弱的人肯定活不过半分钟，幸好这里有黑铁防御架。只要躲过攻进来的长舌，她就不会受到任何伤害。这样的环境最大限度地缩小了高修为者和低修为者之间的差距，让桑远远这样的人也能做一点儿贡献。

幽无命仍然飘在黑铁防御架的顶端，时不时还会像只大蝴蝶一样掠

出去，铰灭一群狂魔，又翩然飞回来。

这就是灵耀境的实力。

桑远远抽空揉了揉酸软的胳膊，苦笑起来，心想：这差距可不是一般的大啊！

突然，一阵轰隆的震颤声传来，桑远远心中一惊。四下望去，她发现竟然不是冥魔来袭，而是韩少陵带着人回来了！

数万人登上城墙，依托着幽州军清理出的安全地带，很快拓展了安全区，稳住了脚步。

战局稍定，韩少陵便骑着云间兽走了过来。

这种时候倒无人会顾及什么恩怨情仇，有韩州军共同防守，显然是百利无害。

桑远远心中颇为惊喜，满是血污的小脸上不自觉地露出了笑容。

韩少陵再次感觉到心脏被重重一击，那样柔弱的女子吃力地拎着那么大的刀，汗水流过脸颊，一双眼睛异常明亮，唇角的小梨窝仿佛盛了蜜。

韩少陵像失了魂的木偶一样怔怔地向她走去。

只见一道黑影如蝶一般掠来，青芒闪现，逼得韩少陵倒退了七八步。

幽无命回来了！

幽无命随手将那个小小的身影搂进怀里，语气里满是嫌弃：“不是说美人清凉无汗吗？你臭死了。”

桑远远抬头看幽无命，见他的鬓发果真是干干净净的，一滴汗也无。她笑弯了眉眼：“所以你才是美人。”

幽无命：“……”

幽无命的眼神有点儿飘。

他岔开了关于美人的话题，问：“感觉如何？”

“手酸。”桑远远不客气地抱怨道，“刀太重了，不适合我。”

“回头给你弄把好的。”幽无命说道。

他慢悠悠地转过头，瞥了韩少陵一眼。韩少陵觉得自己的每一根头发丝都不自在了，深深地吸了一口气，道：“今夜子时将‘回潮’，自‘回潮’起，我们起码要撑五个时辰。你我必须勠力同心。”

桑远远轻轻地抿住了唇，这个时间桑州王差不多就赶到了。

可是即使桑州王到了，开启了内长城的城门，幽、韩二军也不可能顶着“回潮”和“尾啸”的压力穿过这十余里缓冲地带退回内长城，还是得在这里硬撑过去。所有人都清楚地意识到这一战将何等惨烈。

韩少陵恨恨地说道：“不灭桑州，绝不罢休！”

幽无命笑道：“你有命出去再放这种狠话。”

韩少陵收起阴鸷的表情，立起手中的银色长戟，冲幽无命笑道：“来，你我比赛！”

“好呀。”幽无命懒懒地应道，忽然如一道黑色的闪电般反手出刀，攻向韩少陵。

当的一声，刀与戟相撞，云境最杰出的两位青年王者肩抵着肩，相视一笑，然后分别冲向两个不同的方向，开始大肆收割冥魔的性命。

即便桑远远心里一万个看不上韩少陵，也不得不承认这个男人上了战场也是极为霸气迷人的。

只见银芒闪烁，长戟舞出清越至极的嗡鸣声，一片片冥魔如割麦般倒下，热血染红了他英俊刚毅的面庞。

她突然想明白了，其实对于这样的王者来说，女人只会是闲暇时的消遣。书中的完美结局不过是梦无忧打败了所有女人，独占韩少陵的后宫，陪他走上巅峰之路罢了。

这有什么意思呢?

说曹操曹操到，一个女人小心翼翼地来到桑远远身边。她看起来可怜巴巴的，正是梦无忧。

桑远远警惕地盯着她，虽然知道梦无忧并不是那种披着白莲皮的恶毒女人，但是在这般凶险的战场上，身边有这么一个动不动就失声尖叫的“拖油瓶”，还是很危险的。梦无忧有不死光环，自己可没有。弱的保护强的？没这个道理。

于是桑远远把刀横在身前，禁止梦无忧靠近自己。

“不要过来。”她低声威胁道，“再靠近，一刀砍了你。”

反正谁都知道她是幽疯子的人，她也没必要表现得正常。

梦无忧惊得退了两步：“你……你怎么这样！”

桑远远刀尖一挑，将她逼得更远。

梦无忧的大眼睛里飞快地溢出了泪水：“韩少陵那么喜欢的人，怎么会是这样的？他明明说最喜欢温柔善良的女子了……”

“谁要他喜欢了！”桑远远挥了挥手中的刀，“走开。”

梦无忧掩着嘴，眼里满是震惊：“这里……这里只有我们两个女孩子，为什么不能相互照应？你为什么偏要和这么多男的混在一起？！”

这些肌肉虬结的士兵给了梦无忧巨大的压力，她好似一只误入狼群的小白兔，迫不及待地要和另一只小白兔抱团取暖。

此言一出，方才与桑远远并肩战斗过的人顿时面露不屑之色。

一个壮汉咧着染了血的牙，鄙夷地道：“冥魔可不会管你身前是不是多出两团肉啊，小姑娘！”

梦无忧像是受了天大的侮辱，难以置信地摇着头，不断地往后退。

桑远远忍不住笑了起来。

在这样的战场上，哪里还有性别之分？大兵的话虽然粗鄙，却是话糙理不糙。梦无忧有那矫揉造作的工夫，不如多杀几头冥魔！

木灵蕴修复了酸痛的肌肉，桑远远很快便休息好了，拎着那把不称手的刀重新杀回了战线。

虽然桑远远修为低微，但因为从前苦练过舞蹈和武术，身形特别灵活，加上个子又小，最适合给大兵们查缺补漏。因此有她辅助的地方，士兵的压力能够减轻不少，再加上她是木系修行者，身边会自然地聚集着一些木灵蕴。这些灵蕴饱含生机，对于战场上干渴疲劳的士兵来说，舒适程度不亚于扑到沙漠旅者脸上的一阵阵细雨。

桑远远不知不觉地变成了战线上最受欢迎的小将。

韩少陵越来越频繁地把目光投向她，心想：怎么会有这样迷人的女子？

情人眼中出西施，此刻的韩少陵不管怎么看桑远远，都觉得她可爱至极。

梦无忧察觉到情郎的目光，心中更加疼痛如绞。她叫住了一个韩州士兵，向对方讨要兵器。她要让韩少陵看到，她也可以！

士兵不情不愿地把手中的长剑递给了她。

“啊，好重！”她惊呼，长剑当啷坠地。

士兵见她连剑都拿不了，便没再和她磨叽，当即捡起长剑冲杀上前。

梦无忧蹲在地上，抱着膝盖大哭了起来：“呜呜呜……我怎么那么没用！为什么那么简单的事情我都做不到，谁来教教我应该怎么办？”

她的哭声吸引了一只伏在黑铁防御架下方的冥魔。它悄悄地潜向她，猝然探出长舌卷住了她的脚踝！

“啊啊啊！”倒刺扎入皮肉，梦无忧发出了撕心裂肺的尖叫声。

附近的士兵赶紧回身替她斩断冥魔的舌，不料身后另一头冥魔探出长舌钩住了士兵的脖颈。倒刺扎入血管和气道，士兵双目暴凸，绝望地张大了嘴巴，口中鲜血暴涌。魔舌被斩断，士兵也倒下了。

梦无忧愣了一会儿，扑到士兵仍在抽搐的身体上，不住地摇晃他。

“你不要死！求求你们，快来救救他，救救他呀！”她倒是没顾上自己仍在流血的脚踝。

桑远远自然注意到了这一幕，自觉地离梦无忧远了一点儿。梦无忧这种被天道眷顾的亲闺女对于旁人来说就是个大灾星，你对她友善，必定要受她拖累；你想弄死她，那更惨！最好的办法就是离她远远的，你们老死不相往来。

桑远远手中的刀卷了刃。她正想换一把，忽然看见幽无命像一只大黑蝴蝶般翩然飞来，将一柄小巧的剑递给她。

“不许死！”他威胁道，“你若敢死，灭桑州时我就打头阵。”

“不许灭桑州！”桑远远喘着粗气，双手扶着膝盖，抬眼瞪他。

幽无命笑了：“如果你不死的话。”

“一言为定！”桑远远接过剑，拍开他的手，转身跑向战场。

他立在原地，唇角浮现出自己都不曾发现的笑容。

“幽无命！”韩少陵的喊声远远地传来，“你要输了！”

幽无命轻轻地笑了起来，为了给她寻一把适合的兵器，当真是耽搁了不少工夫。接着，他瞟向韩少陵，显出睥睨一切的气势：“那我开始认真了。”

夜幕降临了，长矛挑起一盏盏冷焰灯，照得城墙上一片惨白。

虽然冷焰会将四周的冥魔引来更多，但是士兵摸着黑作战伤亡会更加惊人。两害相权取其轻，反正士兵守着关隘，能够扑杀到近前的冥魔也就那么多，只要不让它们翻越黑铁防御架就不会出什么大乱子。

真正的危机是在“回潮”时。

占领了内长城的叛贼并没有阻拦冥魔。叛贼保存实力，一心要置韩少陵、幽无命于死地。

冥魔的前浪已翻越了内长城，冲入内陆。虽然它们迟早会被彻底消灭，但在此之前，必定会给内陆生灵带来滔天浩劫。此事已无可转圜。

子时来临，悬挂在冥渊之上的银月渐渐变成了赤月。

“尾啸”结束，“回潮”开始了。

内外长城之间的缓冲带上，冥魔纷纷掉转了头，扑向冥渊。

桑远远虽然无法看清长城的全貌，但骤然激增的压力让她明白了眼下的状况。原本只是临渊那一边压力巨大，而此刻两面城墙同时响彻着咆哮声，冥魔遮天蔽日，这天与地之间的清气仿佛已然不存在，只余邪魔外道！

虽有幽无命、韩少陵率着顶尖强者四处补漏，但仍有两处黑铁防御架被生生挤断。冥魔寻到空隙，发疯般向着漏口一拥而上。形势极度危险，冥魔只要冲了进来，他们就全完了。

幽无命的眸中闪烁着暗芒，片刻后，他与韩少陵齐声道："放兽。"

城墙之上有数万头云间兽，它们有利爪和獠牙，亦有强健的体魄。有它们冲出城墙迎着"涌潮"扑杀出去，便能大大地缓解城墙的压力。

云间兽与骑手朝夕相伴，感情亲如兄弟，军令一下，无数士兵登时泪流满面。

桑远远看着这一幕，心脏也揪了起来。

视线转动，她震惊地发现"短命"亦跟在了兽群之后，预备跳出去。

"幽无命！"她忍不住跑到他身边，问，"'短命'也要去吗？"

他挑起唇角，黑眸中全无笑意："它也是云间兽，凭什么特殊？"

桑远远不禁掩住了口。

它很特殊啊！它跑得那么快、那么通人性、那么……

可是面对周遭一双双满是悲痛的眼睛，她一句话也说不出来，亦知道说出来也无用。

"短命"纵身一跃，跳下了城墙。

"回来，要回来……"她不禁喃喃道，用力地眨着眼睛，不让泪水掉下来。

幽无命观察着她的表情，眸中闪烁着谁也不懂的光芒。

云间兽与冥魔巨浪裹在了一起，向着冥渊奔腾而去。众人目不忍视，垂着头七手八脚地重新建好了防线，疯狂地击杀面前的魔物。

云间兽的牺牲换来了近一个时辰的安宁，之后，防线再度处处告急！

守军个个精疲力竭，全线崩溃近在眼前！

第四章 入宫

桑远远知道书中的结局即将上演，只是不知这一役后身边的人能活下来几个。按书中的情节，幽无命会受重伤，若是还要分神护着自己，恐怕……

想到这儿，她只觉得心头一阵冰凉。

她短暂的异时空之旅要结束了吗？她自嘲地想：若她害死了幽无命，倒是替这个世间免去了不少灾难，也算是没有白走一遭。

她仿佛听到哪里响起了低沉的风雷之声，雷声碾动着黑铁，轰隆声渐近。

桑远远："这是……？"

只见内长城之上，一条火龙蜿蜒而来，速度奇快，"桑"字大旗迎风招展。

桑州王到了！

原来桑州王领着兵直接从内长城上奔袭而来，省了不少弯路，竟足足将行程缩短了半日！一时间，洪钟般的狮吼声穿越宽阔的缓冲地带，回荡在内外长城之间。

"桑成明已叛，尔等是要助纣为虐，还是速速归降？

"还不速速归降？！

"速速归降！"

城门开了，精气神十足的虎狼之师自城门出来，铁蹄踏过回涌的冥魔浪潮，毫不留情地将它们撕扯成万千碎块！

此刻冥魔在回撤，他们便如同追打丧家之犬一般。

桑州军很快就越过了缓冲地带。

一桶桶火油被运了过来，浇向那些堆积在外长城之下、疯狂地往城墙上扑来的冥魔，将它们烧得吱吱乱叫，滚作一团。万弩齐发，扑到半空的冥魔纷纷中箭坠落，城墙之上压力骤减！

众人的脸色并没有变得好看，谁也不知道这支桑州军是不是来杀他们的。对方弹药充足、兵强马壮，而己方个个疲惫不堪，已撑到了极限……

脸色最差的当属韩少陵。

截杀之事既已败露，韩少陵与桑州可谓是撕破了脸面。他无法想象

此刻占据了绝对优势的桑州王会对自己做什么。

幽无命像一道鬼影一般来到桑远远身边，在她的耳旁轻轻地道："小桑果，你要离开我了吗？"

桑远远回头看他，只见那对黑眸中毫不掩饰地溢满了杀气。

"我不可能放你活着离开。"他笑了笑。

血污之中，他的脸显得异常苍白。

不知道是不是错觉，桑远远竟然觉得他笑得有些脆弱，像是血雨之中一触即折的小花蕾。

"我怎么会离开你？"她笑道，"说好了等你打完胜仗，我再带你回桑州见父母的。"

"真的？我不信。"他冰冷的手慢慢地抚上她的后颈，"我受伤了。若桑成荫要抢，我不可能把你活着带走。"

他的目光变得十分空洞，手掌渐渐用力。

桑远远猛地抓住他的衣裳，上上下下地看他："走什么？我哪里都不去！你哪里受伤了？快让我看看要不要紧。"

他身体一僵。

半晌，他松开了手，神色怪异地看了她一会儿，随后笑了："真是女大不中留！小桑果，你爹若是知道你这样赖着我，恐怕要气得吐血三升吧！"

桑远远心想：还不是为了在你这个疯子的魔爪下保住小命？

"算了，我信你。"他抓住她的肩膀，盯着她的眼睛，"不要让我失望，否则你一定会后悔来到了这个世上。"

桑远远略显羞涩地笑了笑。

幽无命被她笑蒙了，眼睛缓缓地转动起来，好像在回忆自己是不是说错了什么。半晌，他很不自然地干咳一声，准备抓着她走下城墙。

此刻的桑州军正将一桶桶点燃的火油架在沉重的黑铁矮板车上，推向左右。只见火龙轰隆隆地碾过，荡开了一条近百丈的宽阔通道，冥魔一时无法逾越。

一个大胡子的健壮男人骑着一匹赤红色的云间兽，立在城门之下。

桑远远心想：这人应该是桑州王吧？

其实真要和桑州的“亲人”接触，她是有些心虚的。对着灵姑等人，她可以用“失忆”搪塞过去，可是要代替原身去和她的家人相处，她并不知道该如何自处。

“韩少陵！”大胡子男人张口便发出了雄狮般的咆哮声，“把我女儿好生交出来，否则你也不必下来了！”

韩少陵立在墙边，朗声回道：“桑州王，我与夫人只是闹了点儿误会，她不告而别，你非但不劝，还攻我居临关。此事我未同你计较，你反倒问我要人？桑州王，这样恶人先告状，可不是君子所为！”

桑成荫只觉得好笑：“我昨日才与女儿联络过，她就在这里！我不问你要人问谁要？！难道问幽无命要吗？！”

幽无命下墙的脚步一顿，脸上露出心虚的表情。他嘀咕：“千万别找我。”

韩少陵见桑成荫语气笃定，不禁有些纳闷，难不成失去联系的韩十五其实并没有出事，而是把桑远远给带到这里了？

他环视一圈，心重重地往下沉。韩十五并未归队。在这样的战场上，莫要说韩十五，就算是自己也没有能力单枪匹马地保住一个女人。

所以，桑远远已经出事了？她若出事了，他该如何应付桑成荫？

正一筹莫展时，他忽然感觉战甲被人轻轻地扯了一下。

他偏头一看，梦无忧睁着一双小鹿般的大眼睛，悄声对他说道：“我可以假扮桑王女，先帮助大伙脱身。”

她的眼睛里尽是哀求。她想尽可能地有用一点儿。

韩少陵的目光闪了闪，最后他闭了闭眼睛，咬牙道：“好。”

他除去了梦无忧脸上的易容物，将她拉到了城墙边。

城墙上，冷火灯笼的荧荧白光只能勉强照明，在这样的环境下，梦无忧那张脸足以以假乱真。

韩少陵放声道：“桑州王，我知今日之事与你无关，为免再闹出什么误会，一切等到平定魔祸之后再议，如何？”

“好！”桑州王声若洪钟：“清理道路，护送友军回城！”

“是！”

世人皆知桑州王并不是出尔反尔的阴险小人。

韩少陵重重地一挥手，被困的将士陆续撤离了城墙，顺着桑州军开辟出的通道返回了内长城。

桑州军制造的火道就像是海啸之中摇摆不定的逃生之桥，在这汹涌的巨浪之中，韩、幽二军向着内长城蜿蜒而去。他们失去了云间兽，一个个疲惫狼狈。雄赳赳的桑州军替他们开道，一个个精神抖擞，像是在押送俘虏一样。

韩少陵立在城头，心中难免生出阵阵屈辱感。幽无命倒是早已高高兴兴地携桑远远下了墙，正要往外走，被桑远远一把抓住了衣袖。

“你听，什么声音？”她紧张兮兮地问道。

幽无命侧耳倾听了片刻，摇了摇头：“没什么声音。”

“我怎么觉得有什么东西在挠外面的门，会不会是‘短命’？”她眨着眼睛，一脸期待地问道。

幽无命低头看她。城门下没什么光线，一片黑暗中，仿佛有两潭清澈的泉水，冲着他晃一下，再晃一下。

“不是。”他的嗓音有些干哑，“它们都下去了。”

这个“下去”，指的不是城墙而是冥渊。数万头云间兽与冥魔裹在一起直直地坠下了冥渊，绝无生还的道理。

幽无命看到眼前的泉水重重地一晃，女子发出了压抑的抽泣声。

“这么容易动感情吗？”他轻轻地捏着她的下巴，“喜欢我，也那么轻易？”

他的语气平淡得像是一潭死水：“轻易喜欢，轻易不喜欢。”

桑远远正要开口，心中忽然又有了感应，急急地摇了摇头：“不对，我真的感觉到了。”她抓住了他的手，双眼放光，“我觉得它就在那里，我们看一看好吗？”

幽无命轻轻地挣脱她的手，将手负到身后，冷冷地笑道：“就算是，我也不可能开门，太危险了。”

桑远远：“只开小门，开一点点！”

他笑得胸腔乱颤：“小桑果，你是真的疯了？好吧，若它不在外面，我就把你丢出去！”

他扔下她，大步走向最近的一扇铁门：“开门！”

无人敢提出异议，黑铁小门一扇接一扇地被打开。

幽无命负着手，直直向外走去。桑远远小跑着追在他身后。她心中的念头一萌生，就像那水缸中的葫芦瓢似的怎么摁也摁不下去。

万一……万一真是它呢？

那么艰难都活了下来的“短命”，跑得比任何一头云间兽都要快的“短命”……很像她，无论什么情况都努力地活下去，而且什么事都要做到最好。

最后一扇小铁门被打开。

冥魔虽在回涌，但它们的数量实在是太多了，魔挤魔，见到此地开了个缺口，又闻到了活人的血气，立刻掉头扑杀过来。

幽无命摁住了桑远远的肩膀，附在她的耳畔亲切地问道：“看清楚了吗？”

地面堆积了厚厚的冥魔尸身，足有半人高，举目望去，除了汹涌的赤潮什么也没有。哪儿有什么云间兽？任何生物在这里都会被撕成碎片。

桑远远难掩失落，正要退后，忽然听到噌噌噌的声音，很像是爪子在挠门。

这一回幽无命也听得一清二楚。他瞪着眼睛往下望去，便看见不远处的冥魔尸堆下伸出了一只毛茸茸的爪子，它被染成了赤色，正在扒拉黑铁大门。

“‘短命’？”桑远远小心地唤了一声。

一个脑袋拱了出来，又一个脑袋拱了出来，还有一个脑袋拱了出来。云间兽一头接一头从尸山底下钻了出来，打着响鼻跳进了小门。领头的那只特别得意，冲着幽无命放了一串很长很长的屁。

幽无命瞪着这一群云间兽，表情精彩至极。

死里逃生的云间兽竟有上千头，都是平日喜欢围着“短命”打转，跟着它学习奔跑技术的那些。今日它们跟着“短命”高速奔跑，甩开了追着自己的冥魔之后趁乱钻进了满地尸身底下，四肢伏地，一路爬了回来。

桑远远和幽无命跟牧羊人一样赶着这群染得黑红黑红的云间兽，追上了大部队的脚步。

幽无命紧紧地攥着她的手，不让她与桑州王相认。她只好目不斜视地与桑州王错身而过。眼见他们就要顺顺利利地返回内长城，谁也没有料到变故竟在此刻发生了。

立在城墙上假扮桑远远的梦无忧忽然扯着嗓子大喊道：“父王，杀了幽无命！否则我立刻从这里跳下去！”

梦无忧当真就爬到了墙垛子上。这位天生的正义使者，一心想替苍生铲除幽无命这个大祸害。

韩少陵目光微微一闪，旋即摆出一副作壁上观的态度。若是真的能在这里除掉幽无命，那他得想想怎么从桑成荫的手上分一杯羹。

年轻女子扯着嗓子尖叫的声音听起来都差不多，此刻局势那么乱，桑成荫又是个无脑护崽的性子，保不齐真的能叫他把事办成了。

韩少陵想到这些，眸底闪过一抹暗光。

一听这话，桑州王立刻将视线投向幽无命的后背。桑州王缓缓地抬起手，只见无数强弓劲弩拉到满弦，指向了百丈外的幽无命。

近处的幽州军急忙围拢，将主君护在正中。

桑远远不必回头也能感应到那沉重的杀气。她急忙抬起手，对幽无命道：“玉简！”

与灵姑分开时，她带了两枚传讯玉简。她和幽无命共浴之后，它们落到了幽无命的手上。昨日她向桑州王求救时用去一枚，他身上还有另一枚。

“不给。”幽无命懒懒地说道，“我这会儿不想杀你。”

周遭已经有桑州军围上来，眼看战斗一触即发，桑远远心中焦灼，道：“我不会告诉父王我和你在一起的。”

“我能信吗？”他眯起眼睛，淡淡地说道。

“我只说三个字，就三个字。”桑远远抓住他胸前的衣襟，用一双水汪汪的大眼睛凝视着他。

幽无命的表情渐渐僵硬了。他像个木偶一样取出玉简，塞进她的手心。

桑远远顾不得和他多说，急忙捏碎了玉简。

桑州王正要挥手下令攻击，忽然动作一顿，猛地垂下了脑袋，小心翼翼地从腰间取出荧荧发光的玉简。小小的玉简落在他粗糙的大掌里，显得有些滑稽。

他慢慢地转头望向城墙。城墙上，那个和女儿长得一模一样的女人正在挥着双臂，大叫大嚷。

她不是小桑果。

桑州王眸色一黯，小桑果绝对不会做出这种事。这个女人是梦无忧。

他微微地眯起眼，视线落在掌中的玉简上。玉简闪了闪，一个声音清晰地飘了出来：“让她跳。”

桑州王抚着自己那蓬巨大的胡须，哈哈大笑起来，道：“收兵！”

弓箭手齐齐地将兵器背回后背。桑州军不再理会仍留在城墙上的韩少陵，动作利落地摆出了行军阵，如潮水一般向内长城走去。

韩少陵：“……”

幸好此刻冥魔已经退得差不多了，在亲兵的保护下，他抓着一脸茫然的梦无忧狼狈地回到内长城上。此番耗时足有半个时辰，亲卫损失了近三分之一，韩少陵的眼睛都气红了。

韩少陵好不容易回到内长城，却见桑州王像是一尊怒目金刚，双臂环在身前，坐在城门正中一张黑木大椅上，挡住了自己的去路。在桑州王身后，弓箭手一字排开，弓弦满上，灵蕴荧荧放光。

“你很好，韩少陵。”桑州王假笑道，“弄这么个赝品代替我的宝贝女儿，你很有想法啊！”

韩少陵感到头皮发麻，脑袋急速运转着。

“桑州王，”他深吸一口气，道，“事关夫人的声誉，有些话我们私底下谈会更好。”

桑州王大笑出声，一身战甲铮铮作响，道：“我呸！我桑氏王女行得正，坐得端！倒是你韩少陵窝藏‘三邪’，心思歹毒，今日还想挑唆本王对幽州友人动手！”

韩少陵猛地垂下头，道：“桑州王既然知道此女是‘三邪’，当知我的无奈。”

此刻韩少陵只能示弱。

“夫人大婚之日出了事，我心如刀绞，日日借酒浇愁。”韩少陵低声道。

此言一出，桑成荫立刻感同身受。桑成荫死死地盯着韩少陵，奈何这个男人垂着头，桑成荫看不见他的表情。

“岳父也看见了，此女酷肖夫人。小婿一时意乱情迷，铸成大错，如今后悔也无用，只能尽力弥补。”

桑成荫抚须大笑，环视左右：“瞧瞧，韩州王也成夙包了，都开始打亲情牌了！”

韩少陵猛地抬起头，眸中射出两道寒光：“但是夫人不听我解释，擅自离开韩都，在此之前还与幽无命闹出流言令我颜面尽失！此事岂非岳父教女不严之过？”

男人多妻受律法保护，而女人即便被人单方面觊觎也是错，这个世界就是这样不公平。

桑成荫的嘴角微微地抽搐着。他说道：“果然人与禽兽说不通道理！既然如此，我与你无话好说！这门婚事就此作罢！”

“可以。”韩少陵不假思索地回道。

桑成荫微笑着偏了偏头：“那就劳烦韩州王先签了这份和离书。”

桑成荫身旁走出一个师爷打扮的中年男子，将绢帛递到韩少陵面前。

和离书，一式两份，桑州王都安排好了。

这半个时辰里，桑成荫优哉游哉地坐在那里，一边看韩少陵与冥魔拼杀，一边给他备下了种种“惊喜”。

面对一排蓄满灵蕴的箭手，韩少陵只能紧抿双唇，在这份无限美化桑远远和丑化自己的和离书上签下了大名。这字一签，主动权便全在桑州的手中，桑州便可以让天都强召韩少陵入京和离。

韩少陵做何感想不得而知，但脸上始终波澜不惊，唇角甚至挂着一点儿客套的笑意。

桑成荫眯着虎目定定地望着他。

云境十八州的关系错综复杂，论起亲戚关系，韩少陵其实还是自家夫人的侄儿。而且韩少陵镇守的韩州乃是冥魔攻势最猛烈的五州之一，若是主君出了事，境内势力重新洗牌需要时间，韩州防线恐怕难保。内陆可没有什么黑铁长城来阻拦魔祸，若是一州沦陷，那距离全境覆没也只是时日问题。

况且桑成明叛变一事，桑州方面可脱不了干系。这件事天都将如何处理，很大程度上取决于韩州方面的损失有多重。若是动了韩少陵，桑州恐怕承受不起天都的雷霆之怒！至于幽州，女儿既然不在韩少陵身边，那就一定是和幽无命在一起。桑州王轻轻地垂下眼，眸色逐渐变深。

而此刻韩少陵的眸中亦暗潮翻涌。他手里关于桑远远最后的消息便是她被韩十五带走了。桑成荫说昨日与她联络过，她就在这里。昨日“涌潮”尚未到来，经历这一日一夜的剧变，那个女人必定十死无生，所以一切都无所谓。对韩少陵来说，只要把桑成荫糊弄过去，不要让桑成荫趁火打劫拿走什么利益便是最好的结果。

韩少陵甚至觉得有几分好笑。这种时候，桑州王不谈利益，却逼他签什么和离书。桑州的人果然有勇无谋、感情用事。

“感情用事”的桑州王道：“暂且这样。今日之事倒是给我敲了个警钟。韩州王，你的边线防御实在太敷衍了，一个叛逆率领区区三万人便能险些铸成大错。我看那居临关还是让老夫替你守着吧！”桑州王的脸上浮现笑纹，“也不是多大的事，你每年给居临关拨多少军饷，照旧拨过来便可以了。”

韩少陵："……"

桑州王挥了挥手，将一纸协议推到韩少陵面前，正是将居临关一带割给桑州的签文。

此刻别无选择，韩少陵只能干脆利落地签了递过来的文书，心中却盘算着如何好好地参桑成荫一本，叫他连本带利地还回来。

韩少陵深吸一口气，正要带人离开，便见桑成荫再次抬起了满是厚茧的大手。

"贤侄，劳烦再将这份陈情书签了。"

韩少陵接到手中一看，几欲吐血。上面端端正正地写着，韩少陵失职，导致边境被逆贼桑成明轻易地突破，桑州王力挽狂澜，救韩州军于水火危难之中，功大于过，望帝君明鉴。落款处给韩少陵留好了地方，让他签上大名、盖下王印。

韩少陵："……"

城门下发生的事情桑远远一概不知，她被幽无命带回了幽州军的临时驻地。

幽无命见她愁眉不展，便笑问："你怕桑成荫那个老家伙吃亏？"

桑远远点点头："此事毕竟因桑州而起，父亲难脱干系。"

幽无命笑得前仰后合："少瞎操心！小桑果，这个世间最傻的就是你！"

桑远远很不服气："我哪里傻了？"

幽无命眯起了漂亮的眼睛，唇角慢慢浮现出一抹坏入骨髓的笑容，微启薄唇，略哑的声音沉沉地落下："喜欢我还不够傻吗？我可不是什么好人，小桑果。"

桑远远偏头看他，他那双眸中灼灼的烫意、唇角不加掩饰的渴意，令她不自觉地战栗了一下。

"桑成荫必定会拿到一纸和离书。"幽无命咽了咽口水，声音干哑，"所以小桑果，你还要让我忍一阵子是不是？"

桑远远："……"

“我忍不了。”他渐渐收紧手臂，将她柔软的身躯狠狠地压在他的战甲上，“我忍不了，小桑果，我想今日就……”

桑远远忍不住问道：“这样便忍不了，那这么多年你是怎么熬过来的？”

幽无命像被点了穴一样僵硬半晌，猛地把头往旁边一拧，嗤笑道：“想什么呢，小桑果，我会缺女人？”

桑远远哦了一声，垂下头，道：“是啊，你这样好的郎君，想要什么样的女人没有呢？”她的脑袋越垂越低，语气更加失落，“是我想太多了。”

幽无命眼角直跳，扯了几下唇角。憋了一会儿，他狠狠地吐出一个字：“嗯！”

“所以……”桑远远低声道，“你是故意吓我的。堂堂幽州王怎么可能像个没见过女人的毛小子一样，连几日都忍不得呢？”

幽无命隐隐觉得哪里不对，此刻却只能说：“自然是吓你的。”

桑远远不敢大意，仍一副闷闷不乐的样子，抬起头望了望远处，不动声色地岔开话题道：“有许多冥魔到了内陆，不知得酿造多少惨剧。”

幽无命道：“不会。韩少陵的援军差不多该到了，我也该撤了。”

她觉得他的声音有些缥缈，忍不住偏头看了他一眼，见他又是一副双目空洞的样子。她心里忽然生出一丝怪异的感觉，不禁打了个寒战。

谁都知道天都想要幽无命死。他就像块砖，哪儿有魔祸往哪儿搬。他若反，其余十七州便可以举起正义的旗帜讨伐他；他不反，力量将被一点点地削弱，被软刀子割尽血肉。

今日幽无命实力受损，若韩少陵铁了心要留下他……

杀了幽无命的人虽然不会得到公然的褒奖，但私底下肯定能捞到一份天大的好处。

“小桑果，”幽无命用一种怪异的眼神盯着她，手指慢慢地挑起她的下巴，“你是在同情我？想什么呢，就凭韩少陵还留不下我。”

说话的工夫，她便见幽州军悄无声息地收拾好了行装，向着南面出发了。

“幽无命，”桑远远状似不经意地说道，“你不考虑以我为筹码，让我父亲护送你回幽州吗？若韩少陵当真动了杀机，恐怕……”

幽无命挑眉道：“那我在岳丈面前岂不是一辈子抬不起头？”

他眼中骄傲的光芒险些晃花了桑远远的眼睛。一瞬间，她竟然在想：难道他是真心想娶我？

幽州军的行军速度再一次令桑远远瞠目结舌。他们表现出了惊人的战斗素质，哪怕是刚刚经历了那么惨烈的一战，带着那么多伤员，还失去了绝大部分坐骑，但行进速度竟丝毫不比韩少陵带往西境的正规军慢。

好几次，桑远远都看见地平线上扬起了一片尘土，但在幽无命的带领下，数万人的幽州军就像幽灵一般，一次又一次地与韩州的正规军错身而过。

三日后，幽无命顺利地通过了没什么防御的居临关，离开了韩州境，取道桑州，然后北上返回幽州。

桑州果然如桑远远想象中一样处处是大团的绿色，她一望便觉得生机盎然。这里盛产天蚕，桑林间处处可见忙碌的壮硕男子和纺丝的秀美女子，是一处民风淳朴的宝地。在这样的地方平静安稳地度过下半生，是她心中最理想的安排。

“想家？”幽无命淡淡地问。

桑远远点了点头。

他把下巴轻轻地搁在她的头顶，道：“迟点儿带你回去……我得养好伤，否则打不过那两个人。”

他不肯告诉她他伤在哪里。他穿着黑色的精铁战甲，桑远远也看不出来。

一个亲卫自远处来，将几枚玉简呈给幽无命。

此时大军刚刚抵达幽州边境第一座重镇上渡。

幽无命下令在此地休整，把桑远远交给几个颇有修为的粗壮婆子伺候，然后便捏着刚刚收到的玉简匆匆去了书房。

不知是不是多心了，桑远远觉得他好像有点儿亢奋，甚至有些怀疑那玉简是不是什么相好的送来的。

几个婆子沉默寡言，弄好一桶热水后，不顾桑远远抗议，把她弄进去涮得干干净净，然后替她擦干水珠用柔软的绸布裹了，吭哧吭哧地搬到了一间临时清理出来的大卧房的床榻上。

桑远远心想：说好不侍寝的呢？

等那几个婆子离开后，她小心翼翼地把自己从绸布茧子里面剥了出来，正要离开床榻找衣裳，只听吱呀一声，房间被人推开。两个女侍低着头，手捧着托盘快步走了进来。到了近前，只见那托盘下层竟藏了一套黑色的布裳。桑远远感觉不对，刚要张口，便见女侍抬起了一双饱含热泪的眼睛。

“灵姑！”桑远远不禁惊呼出声，随后赶紧捂住了嘴。

“嘘。”灵姑比了个手势，示意身边的另一人帮忙。她们快速地替桑远远换上衣裳，然后将桑远远往背上一背，从后窗溜了出去。

被凉凉的夜风一吹，桑远远的神志才迷迷糊糊地收拢。她已经被灵姑救出来了，成功逃离了大反派幽无命身边，一切就像做梦一样。

此刻，灵姑带着她穿过一扇特意开好的小门，逃出了重镇上渡。

十六匹云间兽拉着的大车早已在这里等候多时。灵姑径直把桑远远背上车，云间兽立刻奔跑起来。桑远远被安置在又长又软的云榻上。灵姑单膝跪在了榻下，道：“王女，属下救驾来迟！王女受委屈了！”

见桑远远愣愣的，灵姑轻轻地抚着她的手，安慰道：“王女不用忧心，主君与世子就驻军在十里外的山后。他们怕幽无命对王女不利，是以让属下先将王女接出来，再发起总攻。”

桑远远问：“上渡有灵姑的人？”

“是，”灵姑温柔地笑道，“所以主君故意送出玉简，将幽无命拖在此地‘商谈机要’。”

难怪幽无命拿着玉简就跑了。他会不会怀揣了一两分想要在岳丈面前好好表现的心？

桑远远也说不清此刻是什么心情，逃出生天的喜悦并不如她想象中那么强烈。她不自觉地想：幽无命发现她丢了，会不会发疯，会不会乱

杀人？

兽车很快就停了下来，桑远远缓了缓呼吸，被灵姑搀下了车。

两双红通通的眼睛一下盯住了她，两个男人不禁同时喊道：

“闺女！”

“小妹！”

桑远远深吸一口气，抬起了头。在长城下她已经见过桑州王了，近距离看，发现这个大胡子男人脸上的纹路特别深，眼角的鱼尾纹都能夹死苍蝇。桑世子则和她一样生着极漂亮的面庞，有一点儿像女生，却不会让人觉得气质阴柔。父子二人都骑着赤色的云间兽，热泪盈眶。

桑成荫先从云间兽上跳下来，慌忙之中险些跌倒。桑远远这才注意到他的手中还捏着一枚发光的玉简。在桑成荫双脚落地之时，玉简里飘出一个略哑的男声：“很好。来，战吧！”

是幽无命。

桑成荫随手把玉简一扔，然后扑到了桑远远面前。粗犷的男人近乡情怯，双手颤抖着，好像想抱她一下，又不敢。桑世子也跳了下来，疾步走来。桑远远吃惊地发现这个哥哥的个头居然比她要矮一些，是个俊美至极的小个子男人。

“不要紧，闺女！灵姑都告诉我们了，认不出人不要紧，慢慢就好了！”桑成荫万分艰难地收回了想拍她脑袋的手。

“小妹，幽无命有没有欺负你？”桑世子的眉间浮现狠意，“哥哥这就打下上渡，替你报仇！”

桑远远赶紧摇头道：“父王、兄长，千万不要冲动。幽无命并没有欺负我，是他把我从韩少陵手里救出来的。幽无命是个好人。”

闻言，父子二人的嘴角一阵抽搐。

“不好。”桑成荫僵硬地笑了起来，道，“我方才把他的祖宗十八代骂了个遍！”

“父王为何知道我在幽无命身边？”桑远远还有些回不过神。她本想问问那个逆贼王叔怎么样了，但这一刻喉咙和心口像是塞满了棉絮，实在提不起力气来关心别人。

桑成荫抬起一只蒲扇般的大手挠了挠头："也是之后才想到的。在战场上眼睛都不眨一眨的可爱小姑娘，除了我们家小桑果，还能有谁！"

这时，前方有斥候来报："主君，幽无命率一千铁骑过来了！"

桑世子："父亲，战否？儿子有七成把握可以将这狂徒留下！"

桑远远抬头一看，见桑氏父子的身后，万人铁骑已蓄势待发。

"不！不要。"桑远远脱口而出。

"小妹……"桑世子欲言又止，沉默半晌，道，"即便我们不打，那个疯子也不会善罢甘休的。"

"还有玉简吗？"她急忙问道。

桑成荫不情不愿地取出一枚玉简，桑远远一把夺过来，独自跳上马车。她的心脏怦怦乱跳，握着玉简的手抖得厉害，这一瞬间她竟然感到紧张。

玉简断开，青光闪烁。

"幽无命，"她轻轻地唤道，"我去天都解契，你迟些再来提亲可好？"

话一出口，桑远远只觉得热血涌上脑门，整个太阳穴都突突地跳着疼。但是她想要阻止幽无命发疯，好像也只有这个办法。

她知道幽无命有多厉害。受了伤、被逼到极限的凶兽，反噬起来才最骇人。他们若是打起来，必定是一场丝毫不输长城保卫战的恶战。

虽然桑远远心中很清楚自己这样说只是为了稳住幽无命，但说完那些话，心跳更加剧烈了。她紧张、忐忑，心跳如擂鼓。她想听到他说那个"好"字。

玉简对面有重蹄奔腾的轰隆声和呼呼作响的风声，桑远远却感觉到了一片死寂。她凝神听着，双手交握，不让自己颤抖。

她没有等到那个男人的声音。他会不会没有听到？她怔怔地想着，然后一把掀开车帘跳了下去。

就在这时，她身后的小山丘上出现了第一列铁骑。月光下，黑铁战

甲泛起凛凛寒光，除了当头的那人。

距离虽远，众人却能看出对面的主君只穿着一件宽大的白色袍子，头发未干，很随意地披在肩头。他单手提着刀，姿态傲慢。

这个男人实在特别，即便桑远远看不清脸，也绝不可能认错。

铁骑沉沉地压在山头，恐怖的压迫力令人汗毛倒竖，呼吸间只觉得寒冷。

借着俯冲之势，“短命”的奔跑速度一定会更快。桑远远仿佛已经看到那柄带着青光的大黑刀砍进无数具身躯，斩断桑州人头颅的场景了。

灵姑急忙搀住了桑远远：“王女，您先撤退，这里太危险了！”

桑成荫与桑世子眉眼凝重。战斗一触即发。

就在这时，山丘上领头的云间兽忽然高高地扬起了前蹄，原地旋了半圈，随后往回退了下去。那道白色的身影单手握着缰绳，在月色下成了一幅短暂的剪影。

他离开了，一次也没有回头。

他沐浴过。若灵姑没有把她带走，她此刻应该正与他在床榻上斗智斗勇。她轻轻地吐出一口气，摇了摇头，把那些令人脸颊发烫的画面逐出脑海。

“咦？”桑世子皱眉惊诧地道，“幽疯子一生还从未打过退堂鼓，小妹对他说了什么，竟能震慑此人？”

桑远远小脸一红，淡定地道：“分析利弊罢了。”

那件事，她提不得。

他会想娶她吗？方才他应该听见了，但没有答应她。

此处是桑、幽二州的交界，这一仗既然打不起来，他们便没有必要多在此停留。桑州王一行并没有南行前往桑都，而是一路向东，因为帝君已经派出了接引使者引桑州王赴天都请罪。

从桑州赶赴天都，大军需横穿姜州。到了桑、姜二州的交界处，桑州王令大军返程，自己带着一双儿女以及一百名贴身亲卫随接引使者进了姜州地界。

桑成明逃走了。在韩州的地盘上，桑氏也无法大张旗鼓地搜寻，只能托韩少陵来处理这件事。

桑州王与桑世子没把这件事当大事，只三不五时地把桑成明和韩少陵放在一起骂上几句。桑远远听着他们的话，觉得这对父子似乎更希望桑成明能从韩少陵的手中逃脱，将来落到桑州王的手上，由自家处置。

这对父子并没有贸然亲近桑远远，而是时不时小心翼翼地凑到她面前刷个脸。面对他们，桑远远又如何忍心叫他们知道他们的亲人其实已经不在了呢？一日日相处下来，她逐渐调整好心态，心想：一切顺其自然吧！

两日后，桑州王一行进入姜都。

桑世子的脸色有些难看。他一直说腿疼骑不得云间兽，然后公然上了桑远远的车，不过上了车也不怎么说话。

桑远远见他坐在一旁满脸尴尬，便凑上去轻声问："哥哥，怎么了？"

桑世子道："此番你与韩少陵和离，那姜谨真必定又要死皮赖脸地贴上来，哥哥担心你脸皮薄，不好骂他！呸，那玩意儿，配跟你说半个字吗？"

姜谨真，姜州王世子，一个正儿八经的纨绔，特别好色，无论到了哪里都从不消停。在书中，他对梦无忧一见钟情，缠得梦无忧欲哭无泪，也算是韩少陵与梦无忧之间的感情催化剂。

桑远远明白了，桑世子这是来给她做门神，挡桃花呢。她笑了笑："哥哥也别太过分了，姜氏毕竟是帝君母族，还得留几分面子。"

如今的姜州王是天都帝君姜雁姬的庶兄。姜世子姜谨真亦是帝君的侄子，与姜谨元是堂兄弟。只不过姜谨元是嫡脉，姜谨真是庶支。

桑世子不以为意："放心，他若不过火，我便放他一马。"

他的语气敷衍得很，桑远远只能苦笑着摇头。

姜谨真不敢对她太无礼，毕竟她是桑州王女，姜谨真顶多就是跑到她面前多说些话。

原本他们不必在姜都停留，但接引使者既然把人带到了这里，想必

也是姜州方面动了脑筋、使了手腕，想要尽早预定和离之后的桑远远。

马车驶入姜宫。

一落地，她便感觉到几道毫不掩饰的目光直直地定到了自己的身上。

桑世子上前一步，阻绝了那些人的视线。

姜州王是个病恹恹的瘦老头，世子姜谨真与一名庶弟跟在他身后。兄弟二人和他们的父亲一样，身材都像细竹竿。

双方行过王族见面礼之后，桑氏三人便被请入了宫宴。

本该是桑世子与姜世子对坐，但姜世子这个纨绔竟然让庶弟坐了正位，自己则坐在桑远远对面，一双眼睛直勾勾地盯着她，眨也不眨。

桑世子恼怒地干咳了几声，厚脸皮的姜谨真假装不知道。桑远远倒是根本不在意。当过明星的人，最不怵的就是旁人注视自己。

“桑王女，”姜谨真再一次举杯，“敬你！王女是在冥魔战场上甩了韩州王吗？真是巾帼不让须眉啊！我姜州还从未出过敢上战场的夫人，真叫人期待呀！来来来，与我共饮三杯！”

桑远远谦虚地笑了笑：“还好还好，得幽州王倾力相护，我倒是不曾吃过什么苦头，姜世子可与我一道遥敬幽州王。”

此言一出，整座大殿顿时沉默了，现场尴尬至极。直到桑家三人离开姜王宫，姜州王和姜谨真的脸色都没能缓过来。

桑氏一行继续东行。

“小妹蔫儿坏，竟然拿幽无命唬人，倒是以毒攻毒了。”桑世子骑着云间兽走在桑远远的车厢旁边。

桑远远轻轻地托着腮，笑得神秘莫测。

姜州虽然位于云境的中心，气候却不算很好。他们一路行来，车马都沾满了黄沙。

行了几日，她的视野之中出现了一整片玛瑙白。

天都，到了。

桑世子笑道：“小时候总赖着我，要我偷偷带你到天都看看。我原想着待你及笄便瞒着爹娘带你走一趟，谁知小妹大了些后便不知从哪儿学得端庄十足，竟埋怨我胡闹。”

桑远远饶有兴致地听他说话。

桑世子道：“这次生病后，小妹反倒恢复了从前活泼的模样！父亲，您也这样觉得吧？”

桑州王正愁插不上话，一见这台阶，立马就顺着上了，道：“对对对，我就说不该让小桑果嫁人。没定亲的时候，小桑果多可爱，一见那韩少陵，便……”

他自觉失言，一个大嘴巴扇在了自己的腮帮子上。

桑远远笑眯眯地看着他们，明白他们的心情。因为她“失忆”了，他们怕她心中郁结，便故意说现在的她像小时候，好让她更容易放松。

这样也好，她也不必演别人了。

接引使者将桑氏一行人领进了驿馆，人、车、兽全部被清洗得干干净净。

随后，桑远远他们换上朝见帝君的华贵白袍，乘上宫中派来的云间兽车，向帝宫驶去。

整座天都全是用白色的玛瑙石建成的，无比繁华，只有各州最上乘的特产才有资格出现在天都的集市上。足足走了大半日，日头西斜时，车队才抵达宫门。高逾十丈的宫门之上，嵌着蓝底金字——敬天宫。

夕阳的余晖将白玛瑙染成了淡红色，桑远远不禁想起了书中的描述：

> 幽无命一身白衣，缓步踱入燃火的天都，血与火的光芒染在他的脸上，令人想起传说中的恶鬼修罗——脸有多俏，心有多恶。

幽无命其实真的不是什么好人。

桑远远将纷乱的思绪逐出脑海，跟在桑州王身后，目不斜视，恭谨地踏入了象征着至高权势的帝城。

巨大的建筑本身便能给人极强的压迫力，加上浸在权力的光辉之下已有数千年，这座城仿佛被赋予了生命，自上而下俯视着蝼蚁般的人类，令身处其间的人感到呼吸艰难，每踏一步都要抵着无穷的压力，不得不敬畏它。

侍者将桑氏三人安排在了外殿，明日再沐浴焚香，朝见帝君。

满脸笑纹的老侍者弓身道："这处宫殿往常只安置帝君本家来客，桑州王，帝君对您真是十分爱重啊！"

桑州王礼貌地颔首，送走了帝君身边的老侍者，随后叮嘱一双儿女："好生歇息，养足精神明日觐见。"

然后几人便分头进入各自的寝殿。

桑远远走进雪白的侧殿，身后的侍者无声地退下，替她拉上了上及顶、下沾地的巨大雕花门。

桑远远坐到玉榻上。

天都乃是风水宝地，灵蕴浓郁，远非寻常之地可比，她要抓紧时间修炼。

这一路上，她断断续续地吸收了不少灵蕴，隐约觉得体内的草绿色木灵开始染上更深的颜色，距离晋阶应该不会太远了。她盘膝凝神，很快便静下心，即将入定。就在此时，她感觉脖颈旁忽然刮过一股不冷不热的风！

她打了个激灵，当即睁开眼睛。

四周什么也没有，宫殿无窗，殿门严丝合缝，白色的宫烛一晃不晃，显然不可能有风。

奇异的第六感令她觉得毛骨悚然。

她悬着心，极慢极慢地回过头。她身后只有铺设华贵整洁的玉榻。

她长舒一口气，不禁暗笑自己疑神疑鬼。这里可是天都，帝君的宫城里怎么可能有什么奇奇怪怪的东西潜进来！

一念及此，她莫名地一怔。潜意识里，她并没有觉得那股令她不安的气息是幽无命散发出来的。她方才下意识地感到排斥以及毛骨悚然，若来的人是幽无命的话，她的感觉不该是这样的。

那该是怎样的？

她把自己问住了。

如果幽无命当真趁着夜色潜进了她的房间，她该是怎样的心情？她应该会笑吟吟地陪他演戏吧！

桑远远这般想着，唇角不自觉地浮现了一丝浅浅的笑意。

正当她的心神微微松懈时，又有一股隐约带着腥味的气流拂过她的脸颊！

桑远远蓦地睁大了眼睛，头皮不由得轻微地抽搐。她很确定眼前什么也没有。

这个世界虽然玄幻，但即便修为最高的女帝君也只是灵耀境九重天的强者，并没有什么飞天遁地的隐身之能。至于鬼这种东西，和桑远远从前生活的那个世界一样，总有人说见过，但其实谁也拿不出这玩意儿真实存在的证据。

桑远远定了定神，慢慢地起身走到玉榻旁的一支宫烛边上，拈起细长的金钗拨了拨烛花。殿中当即变得更加明亮。

她缓缓地向着殿门走去，一路上并没有遇到什么阻拦。

她平复着心跳，竭力保持脸色如常，指尖落在门上时甚至稍微停留了片刻。

确定殿中的“东西”并不会阻止她离开，她才轻缓地拉开了门，视线向前一投，顿时僵在了原地。

殿外本该是十级白玉阶，阶下有一个宽敞的前庭，种着明桂。然而此刻呈现在她眼前的，竟是一片密密的黑树林，地上的泥土满是腐烂的腥味，几块墓碑歪三斜四地插在诡异地隆起的土包上，她一望便知不是什么善处。

她低头一看，那带着腐腥味的黑色泥土竟是直直地蔓延到了门槛上，

又一股气流自身后袭来，落在她的后颈处。

桑远远淡定地关上了殿门，回身自语："这么迟了，也不好打扰父亲和兄长，'茴香'的'茴'到底有几种写法呢？"

她清清楚楚地感觉到身前不远处有人仿佛重重地噎了一下。

宽大又华贵的白袍之下，她的双腿其实颤抖个不停。她知道，这种时候千万不能慌，不能自乱阵脚，否则便是死路一条。

目前这种情况只有两种可能，一是鬼，二是迷幻阵。无论是哪一种，她呼救都不可能被人听到，只会打草惊蛇。

她深吸一口气，慢慢地爬回玉榻上，双膝一盘，竟然修炼去了。

此时心绪纷乱，她根本不可能入定。她需要的也不是入定，只要可以稍微感应到灵蕴就行了。

很快就有青色的小光粒聚拢过来，这一回她"看"得清清楚楚。青色的光粒之中，一个人形的影子在她的身边晃来晃去，还时不时把脸凑到她面前。虽然她看不见五官，但只看这人的动作便知此人极为猥琐下流。而此人那瘦竹竿似的身形，桑远远不久之前才见过。

又一阵腥风扑面，"鬼影"嗅了嗅她的脖颈，餍足地直起身体，仿佛在享受餐前甜点的滋味。

桑远远眉目不动，淡声道："姜谨真。"

只见"鬼影"剧烈地晃了一下，好像被吓了一大跳。

桑远远心中一定。

老侍者曾说这几间宫殿平时只有姜家的人才能入住。安置她的寝殿平日住的必定是姜氏的小辈。像姜谨真这种酒色之徒，在常住的地方弄一些奇奇怪怪的阵法，倒也不算什么稀奇事。

就在"鬼影"以为自己已被桑远远识破之时，便听见她喃喃自语道："也不知这姜谨真是否真的想娶我，毕竟我是和离过的人，再嫁恐怕不易。

"解契之后，若他好生来求，倒也不是不可以考虑。姜氏毕竟是帝君母家，此次父王犯了事，我若是能与姜家亲近，或许能稍微消解帝君的雷霆之怒。”

这话一出，“鬼影”看起来像是十分激动，肩膀大幅度地起伏着。她的心底泛起冷意，脸上却依旧摆着那副淡淡的哀怨的模样。

姜谨真虽然是个纨绔，但自幼便开始修行。若她没记错的话，他应该是灵明境二重天。她根本打不过姜谨真。再加上这里不知被他设下了什么奇怪的阵法，一旦她睁眼，便完全捕捉不到他的踪迹。和他硬来，她必定要吃大亏。于是她故意给他画了张饼，让他把目光放长远一些，为了将来能够抱得美人归，今日便老老实实地离去，不要再动什么歪心思。

她依旧闭着眼，藏在宽袖下的手握紧了方才藏起的挑烛金钗。

“鬼影”开始颤动，仿佛在笑。

“想得美啊……”一道扭曲的声音飘了出来。

桑远远心中一惊。

“要是真的叫姜谨真娶了你，那我就更无一丝希望了！没想到桑王女如此有眼无珠，竟然连姜谨真这种废物都看得上！”

桑远远轻轻地抽了口凉气，顿觉不妙。她佯装被吓到了，喃喃自语：“什么声音？”

“弄死你，所有人都会以为是姜谨真干的，世子之位便是我的了！”

这个声音……原来“鬼影”是姜谨真的庶弟姜谨鹏，那个白天时跟在姜谨真身后的满脸阴郁的姜州王次子。

桑远远在心中狠狠地骂了句娘。

这个人一直跟在姜谨真身后，一副唯唯诺诺的样子，存在感太低了。所有人都会不自觉地忽略他，桑远远没想到他竟然是个很有想法的。所以，今夜无论她说什么、做什么，结果都不会有任何改变。

姜谨鹏穿过青色的木灵蕴光粒，直直地向她扑来。

桑远远浑身紧绷，指甲生生掐进掌心，握紧了那根挑烛金钗，蓄足了力气。

就在姜谨鹏带着腥风压到桑远远的身上，要把她往玉榻里面摁下去的时候，她猛地抬起了手，照着对方眼睛的位置狠狠地扎了下去！

“啊……”一瞬间的诡异寂静之后，撕心裂肺的哀号声响彻整间大殿。

一缕泛白的血线出现在半空，那支金钗悬在空中。

桑远远缩起身体一滚，从这鬼影的身边逃到了烛台后面。

修士虽炼体，却也有罩门，不设防的时候眼睛便是最大的弱点。姜谨鹏仗着她看不见他，压根就没有半点儿防备，所以她才这么容易便得手了。

她迅速取了另一只金钗握在手心，胸腔里的心脏在疯狂地乱跳，神经紧绷到了极点。这样的惨叫声也没有引起旁人的注意，想来和她猜测的一样，这个迷幻阵是隔音的。

只见姜谨鹏一把从身上抓下一件雨衣般的透明遮身之物，喘着粗气，狠狠地把扎入眼睛的金钗抽了出来，用独眼凶神恶煞地瞪着她。他恶狠狠地说道：“好呀，竟敢耍我，很好……”

“姜谨鹏，你冷静点儿。”桑远远的声音不轻不重地响起，“你的眼睛伤了，你根本无法再嫁祸姜谨真，不如撤了迷幻阵，我保证绝不追究今夜之事，如何？”

姜谨鹏的面孔疯狂地扭曲抽搐。他一言不发，向着桑远远大步逼近。

桑远远观察他的神色，便知道此人是要破罐子破摔了。

半脸血污之中，姜谨鹏的狞笑无比骇人：“伤了眼睛又如何？根本……根本无人会在意我，哪怕我的两只眼睛都坏了，只要我不说，谁也不会注意到！无论我多努力，从来没人看得见！而姜谨真呢？他坏事做尽，还能轻易得到世子之位，有那么多人捧着！就连这帝宫也是他的欢乐场啊！他设下这迷阵和密道，不知在这里玩死了天都多少女子！我心爱的小玉漱，她死得好惨啊！”

那双眼睛里，血和泪一起流下。

他继续说道：“是，我是拿姜谨真没什么办法，但是可以借刀杀人呀……哈哈哈，你一死，姑母必定严查，肯定能查出姜谨真犯的事！”

姜谨鹏挥舞着双臂，脚下生风，蹿到桑远远身边抓住她。他们的实力差距太大了，桑远远根本逃不掉！他把她往地面一掼，制住她，一只手掐颈，另一只手握起拳头，重重地砸向她的脑袋。她强撑着抬起手去挡他的拳头，手背撞上了他的拳头，掌心顿时感到一阵钝痛。

她悄悄地攥紧了藏在另一只袖中的金钗，咬破舌尖保持着清醒，准备挨一拳然后装晕，等到他最松懈的时候再给他致命一击！只要她拼尽全力扎进他颈侧的动脉，就能脱险了。

她的眼神看似虚弱涣散，其实心神全部集中在对方的致命弱点上。

姜谨鹏再一次扬起了铁拳，正要狠狠地砸在面前这个美丽又脆弱的脑袋上时，动作忽然一顿。

他瞪大了眼睛，缓缓地低头。只见一把巨大的黑刀压在他的颈侧，冰冰冷冷的刀锋紧贴着他的肌肤，身后鬼魅般的人影温柔地贴近，在他的耳旁轻轻吐气："放……手。"

姜谨鹏倒吸一口凉气，发了狂的脑子瞬间无比清醒。这把黑刀实在是太有辨识度了，再加上那道阴森森的嗓音，姜谨鹏想认不出都不行。

姜谨鹏一时如坠冰窟！

那个人……怎么会在这里！

姜谨鹏浑身一抖，急忙松开桑远远，被那把刀逼迫着慢慢地站直了身体，然后像个被点了穴的鹌鹑一样僵在原地发着颤，连气都不敢喘，一张脸憋得通红。

刀锋无比优雅地贴着姜谨鹏的脖颈转了半圈，身穿黑衣的男人慢悠悠地从他身后绕出来。

男人拉下面罩，长眸微斜，唇角勾起温和的弧度："真乖。"

第五章 幽州

桑远远感到颈间突然一松，大股新鲜的空气进入胸腔，呛得她满眼是泪。

她攥着金钗迅速爬起来，隔着朦胧的泪眼望向这个制住了姜谨鹏的黑衣人。他的脸比她记忆中的白了许多，白到近乎透明。他把一只手摁在了姜谨鹏的头顶，一边夸他乖，一边缓缓地拍打着。他每拍一下，姜谨鹏的身体便矮下一截，莫名有些喜感。

但当桑远远的视线落到姜谨鹏的脚下时，心中便只余骇然了。

姜谨鹏并不是被吓软了腿，而是整个身体已变成了木头一样的材质。幽无命每拍一下，姜谨鹏的一截腿脚便与玛瑙地面相撞，碎成四散的木屑。姜谨鹏那张瘦长的马脸拧成了一个极扭曲的弧度，显然是痛到了极点，却发不出任何声音。

幽无命并不看姜谨鹏，只是慢条斯理地对桑远远说道："小桑果，你说……我该如何处置你这个逃犯？"

姜谨鹏只剩眼珠还能动，单只眼珠在眼眶中疯狂地乱转，求饶之意淋漓尽致地从眼睛里溢出来。他的眼泪哗哗地淌过脸庞，他显然是骇到极点、悔到极点。

桑远远想张口说话，忽然便发出一阵惊天动地的咳嗽声。

"你活该！"幽无命咬牙笑道，眼尾微微泛红，下手却更利落了几分，直接把姜谨鹏拍成了半截儿木头桩子。

姜谨鹏只求速死，幽无命却不再动他。

幽无命随手把刀背回身后，不知碰到了什么东西，又换了个角度收刀。接着，他走了几步，站到她面前，两根冰冷的手指捏住她的下巴，狠狠地吻了下去。

方才为了保持清醒，她咬破了舌尖，此刻仍痛得火辣辣的。

幽无命循着血的味道找到了她的伤口，带着浓浓的恶意，好似要透过这小小的伤口噬尽她的血液。

她刚刚摆脱了生死危机，依旧有些蒙，呆呆地配合着他，浑身的力气好似被抽空，几乎站立不住。

她忽然发现他的呼吸比她更不稳，神志猛然收拢。这个吻分明只是他对自己的惩罚，他的呼吸不该乱成这样。旋即她听见了他的心跳声，哪怕在那铺天盖地的冥魔巨浪中七进七出，他的心跳也未乱过半分，此刻竟然跳得有一搭没一搭的。再加上时不时地飘入她鼻尖的血腥道，这一切昭示着一个信息：他受伤了。

桑远远睁大眼睛，吃力地推开他。

幽无命正要发作，却见她的眼神里满是关切之色。她正抓住他的胳膊打量他。

“哪里伤了？”她关切地道。

他怔住了，半晌，很不自在地皱眉道：“没事。”

桑远远正好绕到了他背后，便看见一支泛着红光的铁箭直直地钉在他的背上，几乎透体而过。她倒吸了一口凉气：“你……”

幽无命有些懊恼，反手用刀削断了身外的那截箭，暴躁地说道：“说了没事。”

她依旧眼泪汪汪地瞪着他，围着他转，一边察看还有没有其他的伤，一边颤抖着手想要碰他伤口附近的地方。

“你是专程来救我的吗？是为了救我而受伤的吗？箭得赶快取出来才行……”

他有些不耐烦，粗鲁地抓住她道：“别转了！”

“哦。”桑远远老实地在他面前站好。

“救你？”他冷冷地笑了一下，“若无姜谨鹏，那么此刻正在对你做那些事的人便该是我了。”

她眨着一双无辜的大眼睛，视线落在他的喉结处。

“不过此刻我毫无兴致。”他眯了眯眼，回身抓起姜谨鹏那半截儿身体和地上的断箭，轻飘飘地说道，“今夜你没有见过我。”

他跺了下脚，满地碎木屑顿时散成了肉眼看不见的粉尘。

他走到殿门口，拉开门正要踏出去，忽然顿住了。他没有回身，声音低低地飘了过来：“好。”

紧接着黑色的身影一闪，遁入那一片漆黑的迷阵密林中。

桑远远隐约看到有个很奇怪的东西在给他引路。外面一片黑暗，她看不太清楚，只看见一个半人高的轮廓，感觉有些诡异。

幽无命的身影刚刚消失，桑远远便听到耳旁响起了清晰无比的破碎声。就在幽无命消失的地方，桑州王那铁塔一样的身躯轰隆一声撞了进来，桑世子紧随其后，父子二人的眼睛里都燃烧着熊熊怒焰。

“闺女！”

“小妹！”

方才父子二人听到外面有捉拿刺客的动静，放心不下桑远远，到她的住地查看，这才发现她出了事。此刻桑氏父子一左一右地搀住了她，几名宫中高手进入殿中开始检查。

桑远远注意到其中一人的背上背着一张泛红的黑弓，箭筒中的箭明显少了几支。

不多时，这几个高阶侍卫便从宫殿四角挖出几只邪气四溢的摇铃，在东南角也发现了一条黑漆漆的密道，不知通往何处。

“是姜谨鹏，他听到动静便跑了。”桑远远镇定地告状道，“他说要杀了我，嫁祸给姜谨真，因为姜谨真曾在这里害死过很多人，查一查便能查到。”

背弓的那名侍卫紧皱浓眉，道：“我射中的刺客实力超群，不像是姜氏小辈。寻常人绝无可能受我一箭之后还有余力逃脱。”

桑远远冷笑道：“呵，我险些遇害，岂会连凶手是谁都认错？大人莫不是想息事宁人？若是这样，不妨直说，我自当配合地告诉帝君，大人们守卫的帝宫固若金汤，今夜无事发生，我谁也没有见过！”

话一出口，她不禁怔了一下。自懂事起，她从来没有用这般尖酸刻薄的语气对人说过话。她到底是在替幽无命打掩护，还是在气这个人伤了幽无命？

背弓的侍卫怔了一下，急忙垂首告罪道：“我等保护不力，稍后自会向帝君请罪。”

桑氏父子冷冰冰地注视着他们，满脸嫌弃的神情。

“走，不住在这个鬼地方！”

一家三口大步踏出了宫殿，站在宽敞的甬道上吹冷风。

帝君的贴身老侍很快便赶了过来，忙不迭地赔罪，弄得桑州王都有些不好意思。在桑远远的劝说下，父子二人偃旗息鼓，随老侍进入内廷，住进了新的寝殿。这一回，桑州王父子说什么也不肯离开桑远远的身边了。

她坐在玉榻上修炼，那对父子便把眼睛瞪得像灯笼一样，戳在她的边上守着。

桑远远其实并没有入定，幽无命离开前的模样一直在她的脑海里回荡，扰乱了她的心神。

幽无命背上那支入骨的箭是怎么回事？他伤得重吗？还有他说“好”，好什么？他该不会是回应数日前没有回应的那句话吧？

那日，战争一触即发。她藏到车厢里，悬着心捏碎了玉简，对他说：“我去天都解契，你迟些再来提亲可好？”

难道他说的是这个？

“爹，”桑世子压着嗓门对桑州王说，“小妹不是木属性的吗，怎么修炼时脸蛋发红？该不会是炼岔了吧？”

桑成荫登时急眼了：“那该如何是好！”

“回头我去一趟风州，问风白鸾讨那木灵固玉晶来给小妹用。”

“行，”桑成荫拍板道，“他若不给，抢了便是，我将兵马屯在关外接应你。”

桑远远赶紧睁开了眼睛，无力地叹息一声，道：“爹、哥哥……”

她这是进了什么盗匪窝吗？

下半夜，侍奉的侍女引桑氏三人各自沐浴，用上浓郁华贵的香熏，然后穿过一座座白玉桥，向着帝君的御殿走去。

此时天边仍挂着几粒亮星。

广场上，红布装裹的仪鼓被金装武者擂响，踏着鼓声，桑氏王族走向大殿。

云境的局势与周天子分封诸侯有些相似。面对手握重兵的各州君王，帝君并不会用强权压制。情面、礼仪上的事情，双方都会做得十分到位。

侍者引颈长声宣桑州王觐见。

桑远远跟在父兄身后缓步迈了五十级白玉阶，踏上宽阔的露台，只见左右两侧各立着一只镏金亭炉，炉中熏烟袅袅。现场气氛凝重肃穆，红日恰好探头将第一缕曙光洒向大地。青烟泛起了淡淡的紫红色，此情此景，神圣庄严。

正殿内部富丽堂皇，左右侍立着百官，桑氏三人目不斜视，踏着铺设在殿中的毯道径直来到阶下。

施过王礼之后，几人便缓缓抬头，只见殿顶垂下赤金鲛纱。

隔着纱，桑远远看见了女帝君。女帝君身穿金红的华服，头挽高髻，戴着赤金重冠，红唇如烈焰一般。

“桑州王辛苦。”

女帝君的嗓音与桑远远想象中差不多，庄严稳重、威仪十足，带着厚重的尾音，听着还有点儿耳熟。桑远远思忖半晌，还是没想起来曾在何处听过这样的声音。

桑州王收起了粗鲁狂放的气息，正儿八经地与女帝君对答了几句，之后便令侍者将几份文书奉上。

其实韩州西境发生的事情根本不可能瞒过手眼通天的帝君，这一来一回，不过是做足了情面，定下最终结果而已。

谁也没有提起昨夜之事。

这种事通常不会放到明面上来处置，况且姜谨鹏还未落网，帝君亦在等待消息。

桑氏三人面见帝君之后，有侍者上前将桑远远引出了正殿，因为女子是没有资格旁听政事的。

桑远远本来就没兴趣待在殿上听桑成荫别别扭扭地说官话，便跟在

侍者身后，穿过正殿东面的回廊，准备到偏殿等待。

她身后忽然又鸣起了仪鼓，年长侍者悠长的声音响起：“宣……韩州王觐见……”

桑远远驻足回首，遥遥望去。

韩少陵到了！

看来桑成明之事已经有结果了。

就在桑远远回眸之时，韩少陵心有所感，举目望向侧廊。隔着殿前的大露台以及大半个回廊，彼此都无法看清对方的容颜。两人的视线若有似无地相交，韩少陵忽然一震，竟撇下了引路的侍者，大步朝侧廊追了过来。

桑远远：“……”

“桑王女？”侍者轻声唤她。

桑远远赶紧转身，道：“快去偏殿，我累了。”

殿门刚合上，她便听到脚步声飞速而至，一只大手按在了雕花木门上。

殿门口的侍卫急忙拦下韩少陵：“韩州王，休得无礼！”

韩少陵好声好气地告了罪，然后冲着紧闭的殿门朗声道：“我知道是你！可否出来见我一面？”

这道身影每日萦绕在他的梦中，他只看见一个背影便能将她认出来。这样笔直的脊梁，除了她，再不可能有第二人。当日在战场上他已经把自己的脸皮和自尊扔到了这个女子的脚下任她践踏。面对她，他早已不知自控力为何物了。

桑远远无奈地回道：“韩州王，你这样未免失礼。”

在战场上遇见他的时候，她用的是假音，此刻也是，只是今日恐怕瞒不过去了。他一问门外的侍卫便会知道躲在殿中不愿意见他的女子，正是他明媒正娶的夫人。

韩少陵的声音有些低落：“我以为此生再无缘相见的，今日……确实是唐突了。”

桑远远叹息着同他商量道：“韩州王不如先把和离的事情办了。”

韩少陵的身影猛地一震，她这是在暗示什么？他的语气中染上几分轻快："我此番入京正是要处理此事。"

"那便速去。"桑远远催促道。

"好！"韩少陵当真掉头便去了。

他一时热血跑了过来，此刻已经知道不妥，又想到自己朝思暮想的人居然牵挂着和离的事，顿时觉得脚下十分轻快。他想：即便因此被帝君怪罪，亦是值当的。这种心情他从未有过。

桑远远则忐忑地等待着父兄。

日上三竿，帝君与桑州王的会面终于结束了。

桑州王父子在侍者的带领下来到偏殿，两人脸上的笑容都有些不自然。显然，桑成明的事情还是让这对父子吃了挂落。

原来桑成明走投无路，竟带心腹全部跳下了冥渊。

死无对证，这件事一时成了无头公案。

"小妹，走。"桑世子道，"那韩少陵正在后殿等你和离，咱们这便去与他了断。小妹应该没有心软吧？咱们可千万别在他面前示弱，他那人真的不是什么好东西。"

桑州王大手一挥："没事，他韩少陵再好也只有一个而已，回头爹给你张罗选婿，挑他十个八个来，以量取胜，哈哈哈哈……"

桑远远："……"

您可真开明。

她叹息道："我怎么会反悔？我只是担心他那边出什么幺蛾子。"

一提到这个，桑世子顿时竖起了两道漂亮的眉毛，道："小妹，你当真是太天真了。你以为这韩少陵对你仍有余情吗？非也！他那恨不得和你撇清关系老死不相往来的模样，真是气人！"

"走吧！"桑远远轻叹一声，道，"路上我再与哥哥细说。"

兄妹二人在侍者的引领下绕过后廊，来到帝君接见臣子、处理繁杂之事的后殿。

还未踏进殿中，他们便听到了韩少陵坚定的声音："帝君不必再劝，此事已无转圜余地。桑氏王女既然安然无恙，那还请帝君赶紧召她前来了断前缘。再拖下去，我亦不会改变心意。"

桑世子一马当先地踏入殿中，行过王礼，便冷笑道："韩州王这话说得好似我桑氏要赖着你一般，今日在帝君面前，我桑不近就把话撂下了，谁要反悔，谁猪狗不如！"

桑远远："……"

直到今日她才知道这个哥哥的大名居然叫桑不近。

桑家老两口的取名水准，她实在不敢恭维。

韩少陵被他一激，也笑了起来："桑世子不必拿畜生来说事，此事本来就是你桑州的意思。你们是欲擒故纵也好，以退为进也罢，总之和离书我已经签了，断无反悔的道理。"韩少陵轻笑一声，疏离且客套地道，"桑氏王女容颜绝世，哪怕二婚，想必也有大把王孙贵子上门求娶，无须担心下半生无着落。"

这话说出来，便是自动把桑远远降了一个档次。她本是国君之妻，再嫁便只能退而求其次。

桑世子微微眯起了眼睛："那还真的不需要你操心。"

韩少陵微笑道："桑王女怎么迟迟不……"

他向后一望，恰好看到白衣女子盈盈施礼。

桑远远："见过帝君。"

女帝君端坐在黑金大书桌之后，金红色的华服拖至左右两侧。女帝君的眼尾画着赤色飞凤，朱红的唇艳色迫人。她至美至艳，却不带半丝媚气，只见庄肃。

女帝君微启红唇，缓声道："这么一个绝世佳人，韩州王，你也舍得？"

桑远远不禁一怔，心想：一定在哪里听过这个声音。

韩少陵的视线漫不经心地落在了桑远远的身上。那一瞬间，桑远远亲眼见证了何谓如遭雷殛。

只见青年王者的腮帮子上密密麻麻地浮满了鸡皮，鬓角毛发根根倒竖，眼眶生生撑大了一圈，嘴角颤抖。他上上下下地扫视她，那道令他魂牵梦萦的身影与眼前的佳人逐渐重叠。

桑远远礼貌地笑了笑：“韩州王早已应了我，自然是不会反悔的。”

“好吧！”女帝君遗憾地说道，“既然双方心意已决，那我也不再多劝，便这般吧！”

女帝君轻轻地点了点头，侍者弓身上前，取了她点在金蔻长甲之下的婚契与同心契，奉到了韩少陵与桑远远的面前。

一把小小的火金剑放在婚契之间，他们只要用它割开婚契，婚契便会自动焚毁，了结一切。

“怎……怎么会是你？！”韩少陵简直不敢相信。

他心心念念的那个女子不是幽无命的女人吗，怎么可能是桑远远？桑远远的身上有同心契，她怎么会是幽无命的女人？

桑远远礼貌地笑道：“韩州王是真英杰。哪怕已决意与我和离，在战场之上还是屡屡相护，这份情谊我心领了。桑州与韩州，结姻不成情义在，未来必定守望相助，共护云境太平。”

韩少陵难以置信地摇着头。

桑远远微笑着走到他身边，毫无芥蒂地牵起他的手，一起放在了那柄火金小剑上。他在抗拒，不自觉地收回满是厚茧的手。但那只柔软的小手坚定地拉住他的手臂，她丝毫不容他后退。

他的心脏疯狂地抽搐。他瞪着她，根本不相信眼前看到的一切。

在他的记忆中，桑远远和梦无忧一样，都是娇弱的女子，是那种时刻需要人好生呵护的娇花。桑远远怎么会有那样柔韧笔直的脊梁？她是桑州王女，怎么会在战场上拎着刀混在一群大兵中间，砍杀一头头冥魔？她不是见了一点儿血都受惊不浅吗？

他实在没有办法把记忆中端庄柔弱的桑氏王女和那道坚韧笔直的身影联想到一起，方才甚至以为她是帝君派去行刺幽无命的女将军。

韩少陵：“我……”

不等他说什么，那只小手已牵引着他将火金小剑的剑尖抵在了婚契上。

女帝君笑了起来，道："韩州王，变心了吗？莫说是你，便连吾亦觉得这柄小剑重逾万钧，此刻反悔倒算是悬崖勒马。"

韩少陵死死地抿住了唇。

轰的一声，婚契被金火点燃。

韩少陵反客为主，反手握住了桑远远的小手，宽大的手背上青筋乍现。他带着她重重地划过婚契，将之一分为二。

她不禁偏头看他，只见青年王者紧抿薄唇，满面坚毅。

他垂着眼，盯着那张被金火点燃的婚契，依旧攥着她的手不放。

"我若此刻反悔，想必叫你看低一生。"他艰难地道，"待王女归桑，韩少陵将再度诚心求娶。"

桑远远："……"

她不得不承认，这一幕还挺浪漫的。

金火之屑浮起，映亮了对方英俊的面庞，他目光灼灼，郑重其事地向她承诺。明明两人是在离婚，却莫名有种许诺一生的错觉。

韩少陵的唇角浮现微笑。他潇洒利落地将火金小剑的剑尖抵在了同心契上。

"当日缔结同心契，我心中所求，只是貌美无双的桑氏王女。"

剑尖划过，契帛燃起火光。

"今日解契，我却知道自己是为何人心折。"

他紧紧地攥着她的手。

同心契影响的不仅仅是他，此刻契书被割开，她亦感觉到一股奇异的酸涩自心口涌出。韩少陵显然再一次把它错认成了爱情，眼底已泛起了泪光，把她的手攥得生疼。

"桑王女，请你垂怜，若是他日再嫁，给我一个与旁人公平竞争的机会。"

韩少陵不信桑远远会对幽无命有好感。在云境十八州，他韩少陵仍是女子首选的夫婿。

"韩州王，我会考虑的。"桑远远礼貌地颔首，道，"可以放手了吗？"

此刻她若说什么恩断义绝的话，倒显得她仍然挂怀旧事，与他置气。

确实，她这般从容令韩少陵的眸中又添了一重心碎之意。他清楚地意识到这个女子根本不在意他的那些事，什么旧情，什么梦无忧，对她完全没有丝毫影响。他仍抓着她的手，好似抓住了最后一根救命稻草。

桑世子走上前来，一根一根地掰开了他的手指。直到指骨发白，他仍贪恋地看着自己摁在她的手背上的几道红色指痕。

“既已和离，何必再故作姿态？”桑世子冷笑道，“欲擒故纵、以退为进这两个词，韩州王还是自己好生收着吧，免得叫人看了笑话！”

韩少陵惨笑起来，死死地盯着桑远远。

女帝君乐了：“自古英雄难过美人关。韩州王，吾实在看不懂，何必非要到失去之后才懂得珍惜呢？”

“都是我的错。”韩少陵垂首。

“罢了，”女帝那润泽饱满、点了丹脂的红唇微微翘起，“年轻的时候打打闹闹也不失为情趣。吾便看看，究竟是哪位好命的小子，终能求得美人归。”

她轻轻地用指尖点住额头，韩少陵等人便识趣地告退了。

当着韩少陵的面，桑远远并没有表现出欢欣雀悦的模样。她与桑世子说着话，只当不知道韩少陵失魂落魄地跟在自己身后。

韩少陵一厢情愿地把桑氏兄妹护送到了桑州王暂居的宫殿。

同心契已毁，但那道伤痕像是烙在了他的心上，那些空洞之处盛满了悔恨。他忍不住想，若他对她多上心几分，不去碰那个梦无忧，那么眼前这朵越飘越远的云会不会就那么清清凉凉地落入他的掌心？

回忆往昔种种，他心中的不甘如海啸般灭顶而来。这样好的女子，他怎么甘心放手？

看着雕花落地大木门在眼前合上，他慢慢地攥住了拳头，做了一个狠心的决定：“去，制半副镏金假面烙在梦无忧的脸上。事成之前，不必回来见我。”

韩少陵隐隐有种感觉，梦无忧仿佛受了某种特殊能力的庇护，想伤

她极难。面对那个女子，自己总会莫名地被蛊惑，二人不知不觉地就滚到了床榻上。所以他这次派出的是韩大，一个没有任何情感的杀人工具。

州国主君进入天都觐见，整段繁复的礼仪做下来一共耗时三天。

这三天里，桑远远时不时便会看见韩少陵的身影。他憔悴了许多，若不是要应付种种祭祀，恐怕连胡楂儿都不会刮。有时他远远地凝望着她，一旦她回视，他就会急忙别过头。

到了第三日，桑氏三人辞别帝君，离开了敬天宫。

桑氏三人踏出天都时，只见韩少陵站在道路正中，张开双臂挡住了桑州的车马。

“贤侄啊，”桑州王抚须大笑，“虽说这几日你在帝君面前说尽好话替我开脱，我也领你的情，但若是事关小女，我只能说爱莫能助啦！”

桑氏父子这几天倒是神清气爽。他们本就不舍得桑远远嫁到韩州，她与韩少陵若是过得和美也就罢了，如今闹成这样，父子二人恨不得立刻就把小桑果藏回家中，不再让这些小子多看一眼。

韩少陵的唇角噙着浅笑：“我并不是要见王女。我想找的正是二位，请看——”

他侧身让出了身后的车厢。

只见两名亲卫掀开车帘，将一个被勒住嘴巴的女子拽下车，押到桑氏父子面前。此女的脸上罩着半副金色的面具，剩下那一半的眉眼鼻唇与桑远远有八分相像。

“贤侄这是何意呀？”桑州王悠然道。

韩少陵偏了偏头，便有亲卫上前掀起面具的一角，只见面具已烙进了皮肉，再也无法摘下。

见惯了血的桑氏父子倒是没有什么大感觉，心中只叹这韩少陵果然手段狠辣，能成大事。

韩少陵挥挥手，令人将梦无忧押了回去。他温和地笑道：“他日待我与旁人竞争王女时，还望桑州王与桑世子莫念这个减分项。”

说罢，他轻轻一揖，转身离去，动作潇洒利落。

“这小子……”桑州王指着韩少陵的身影，半晌没说出一句完整的话。

桑世子皱眉道：“我感觉他是真的懊悔至极。韩少陵这种才俊当真是难找第二个，我怕小妹会心软，被他骗了去。”

桑州王笑道：“他也得有本事见着人。走，回家！”

三位接引使者已在道旁等候。

王族出入天都，帝君都会派出接引使者随行。使者总数不过十人，个个修为都在灵耀境，且身负独门奇技，除非遇上胆敢公然谋逆的正规军，否则足以将任何人平安地护送至任何地方。

桑氏一行横穿姜州，眼见即将抵达桑州的边境，忽见地平线上黑浪涌动。不多时，一支铁甲凛凛的队伍如风雷一般行到了近处，迎风而动的旗帜很是招摇——幽。

桑州王父子神色凝重。幽无命既敢挥军直闯姜州地界，恐怕是不会再有任何顾忌！

此刻灵姑正在同桑远远闲聊，说的是韩少陵如何在十八九岁时接下了亡父的重担，生生用自己稚嫩的肩膀扛起了韩州的大旗。

灵姑颇为感慨：“韩州王确实是举世无双的俊杰，只可惜在‘情’字上还是幼稚了些，不够稳重。”

桑远远笑着摇摇头：“倒也不是不稳重，只不过没把女子当回事。”

灵姑道：“他早年丧母，父亲的那两个小夫人想的便是拉下他，扶自己的庶子上位。韩少陵自小在这样的环境下成长，难免养出了一副冷硬心肠。”

“我不怪他。”桑远远探身拍了拍灵姑的手，“母亲与他的父亲是至亲血脉，桑与韩本就是兄弟之州。灵姑安心，我会劝好父兄，断不会与韩州生出嫌隙。”

灵姑感慨万千：“王女，您是真的长大了啊！如今韩州王既然已毁了妖女的容颜，王女是否考虑给他个机会？”

桑远远轻轻地摇了摇头。她已经和别人说好了。

她想到那个人，唇角浮现出一抹浅淡的笑意。可这笑意还未舒展，她便又皱起了眉头。她想起了那支箭的位置，那里似乎离那个人的心脏很近。

车帘被掀开，桑世子面色凝重地说道："灵姑，速速带小妹先走，幽州军杀过来了！"

桑远远的心脏重重地一跳，他竟然公然抢人！他不是答应过她了吗，莫非又出了变故？

她急忙下车，只见北面的铁骑已逼到了近前。

三位接引使者已迎上前去。护送桑氏王族平安归桑是他们的职责，纵然来的是千军万马，他们也必须顶在最前方。

"幽无命敢动天都使者？"

桑州王话音未落，便见那黑铁浪潮已经裹住了三位接引使者，道道灵蕴震荡着轰然爆开。三位使者就像是落入了蚁群的大昆虫一般，瞬息之间被淹没，在万军之中挣扎翻腾。

接引使者实力虽强，可以轻易地杀死那些灵明境的修者和云间兽，但蚁多咬死象，一队队铁骑不断地杀过来，三名接引使者败象渐露。

"走，幽无命这是要反了！"桑世子怒目圆睁，转头吩咐灵姑："带小妹先走！"

"不！"桑远远道，"我不能走。"

前方战斗已经接近尾声，她即便想走也走不了多远。她若是走了，桑氏父子恐怕凶多吉少！

"杀！

"杀！

"杀！"

终于，三名接引使者寡不敌众，彻底落败。而那数千人的铁骑，生生被这三名灵耀境强者拖了近一炷香的时间，折损三成！

如蝗的大军轰隆冲到近前，将桑氏的队伍团团围住。

“奉主君令，接桑氏王女入宫。”为首那人面无表情地说道，“其余的人，一个不留！”

他扬起手，只见无数铁弩直指桑氏父子！

一百名亲卫用自己铁塔般的身躯筑起防线，将桑氏王族护在正中。

“听闻桑州王爱女如命，若不想王女被误伤，便将她交出来，我保她平安无事。”幽州军将领皮笑肉不笑地说道。

桑州王怒极而笑：“幽无命这是要反了吗？”

幽州军将领淡笑：“我数三声，三……”

桑氏父子正欲上前拼命，只听身后传来了一个清朗的声音。

“幽州王要的……是活的桑王女吧？”

众人齐齐望去，便见那道娇小的身影立得笔直，手中握着一把削果子用的寻常匕首架在自己的脖颈上。她立在风中，毫不在意地把匕首往自己的肌肤上重重地压了一压，便见一道血线迅速晕染开。

“小妹！”

“女儿！”

桑远远紧紧地盯住敌方将领的眼睛：“要么放我父兄走，要么大家一起死在这里。”

对方迟疑了一下：“桑州王和桑世子至少得留下一……”

桑远远手上用力，匕首在脖颈上割出半道弧度。

她强自平静地道：“放不放人？”

为首之人眸光闪动，最终恨恨地开口道：“让他们走。”

幽州军让开了一条道。

“女儿……”

“走！”桑远远冷静地说道。

桑州王老泪纵横，被桑世子拽着一步三回头地离开了幽州军的包围。

待桑州王一行彻底地消失在地平线后，桑远远又撑了许久，才疲惫地垂下手，匕首当啷一声坠地。

“桑王女，得罪了。”

为首那人把她捉上了云间兽，率骑兵轰隆奔向北方。

她端端正正地坐着，脖颈痛得火辣辣的，血已凝固了，糊进衣领里，说不出的黏腻难受。

她的心微微地往下坠。之前她甚至有点儿希望这些幽州军是韩少陵的人假扮的，其实是要把她掳到韩州去，可惜他们直接穿越了姜州地界，挥军北上，没有半点儿要西行前往韩州的意思。

不多时，幽州军便穿过一处被彻底攻破的姜州边塞，顺利地进入了幽州境内，一路过关，畅通无阻。

看来他们真的是幽无命派来的。

她有些难过，觉得自己真是太傻了。那个男人明明一次又一次告诉她他不是好人，她却傻乎乎地觉得他只是嘴硬心软。

他哪里是什么好人!

她怎么忘记了，幽无命这个人是能把冥魔引进天都的疯子。这样一个疯子做出这种事，又有什么好奇怪的?

她暗暗想着，如今自己身上已无契约束缚，若是幽无命要对自己做什么，自己便顺着他、哄着他。他杀死了三名接引使，天都必定不会善罢甘休，自己必须静静地等待机会，父兄必会倾尽全力来救人。

心神一定，她便闭目调息，引木灵蕴来治愈身上的外伤。只是她的心底终究有点儿痛，好似伤了，又好似没伤。

这支军队穿过一处处关隘，三日后抵达了幽都。

幽州人用一种厚重的深青色石材造屋，白日里你觉得沧桑大气，到了夜间，映着泛白的月色，便有些像传说中的幽冥鬼城。

幽州全民皆兵，气氛和别处大不相同。

将领径直将她送到了王城，押着她，立在高大的深青门楼下等待。

桑远远低垂视线，盯着地面上的一缕小草根。它很顽强，从青石地砖的缝隙中探出一点儿头来。

活着，她要活下去。无论如何，活下去，她才会找到出路。她这样想着。便在这时，她看到那一缕小草根朝着她勾了勾脑袋。桑远远心想：这一定是错觉。旋即有细小的、稍显模糊的声音传进了她的耳朵里。

“督主不是吩咐过，桑氏父子必须死一个吗？如今两个都跑了，会不会坏了大事？”

另一人回道：“没办法，桑王女不能死，只有她活着，幽无命才会认下这笔烂账。”

桑远远的心猛地一惊。她提着一口气，余光瞥见站在自己身旁的将领。此人竟像是什么也没听到一样，一双眼睛直勾勾地盯着城门里侧，脸上没有任何表情。

桑远远的心脏猛烈地跳动起来，所以这是不是意味着她可以通过地上的植物听到远处的声音？

难怪隔着那么多重城门，她竟听到了“短命”挠墙的声音，连幽无命都没有听到。那是因为那片腐地上有不少血藤吧！

她按捺住微乱的呼吸声，假装不经意地回眸望去，声音传来的方向的确有两个人正远远地打量着她。她记得这两个人，一个是副将，另一个是军师。

他们刚刚说的话是什么意思？

便在此时，一道瘦长的身影骑着云间兽飞奔而来，正是幽影卫的首领。桑远远曾听幽无命叫他“阿古”。

“阿古将军，属下林天平，奉令接回桑王女，幸不辱命。”将领把桑远远往前一送，拱了拱手，回身便走。

阿古皱起了一字眉，目光迟疑地落在了桑远远的脸上。

阿古正要说话，忽然一道雪白的影子从三丈来高的屋脊上跳了下来，轻盈地落在桑远远的身前。它仰起脑袋兴奋地打了个巨大的响鼻。

桑远远摸了摸“短命”的鼻尖，疾走两步到了阿古近前。

阿古神色一凛，下意识地退了半步。

桑远远轻声问道：“真是他派人将抓我来的？”

阿古的眉头皱得更紧了。他明显缓了一下，冷声道：“主君在等，请

随我来。”

桑远远用余光瞥着周遭的守卫，没有再说话。

“短命”趴下来，示意桑远远爬上它的背。

阿古不自然地扯了下唇角，道：“桑王女与主君的战骑倒是很有缘分。”

两头云间兽一齐跑向内廷。

王城也是用那种质地坚硬的深青色巨石建成的，显得异常沧桑。

“短命”撒蹄狂奔，很快就把阿古甩在了身后。

到了一处守卫森严的宫殿外，“短命”委屈地转过脑袋，眨着眼睛郁闷地看着桑远远，这意思是它也进不去。

阿古急忙赶来，示意分列两旁的侍卫打开宫门。

一踏进前庭，桑远远便感觉到气氛异常沉重。幽影卫几乎全在这里，神色紧张得像是在防备外来的敌人，又像是在害怕殿内发生什么事情。他们聚在回廊下跳来跳去，比在外长城时更像一群猴子。

宫门合上，阿古神色肃穆地看向桑远远：“若是主君昏迷之前下令将桑王女请来，那么还请桑王女做好殉葬的准备。”

桑远远心头一凛，顿时明白了。

幽无命出了事，幽影卫封锁着消息不让外面知晓。

果然，幽无命中了那样重的一箭，怎么可能安然无恙？她把他当成神仙了。

所以那些人一定不是幽无命派来的。

她镇定地说：“阿古将军，请速速控制那支军队，他们奉的必定不是幽州王的命令。我听到他们在私下谈话时提到‘督主’，说要嫁祸幽州王。他们斩杀了三名天都接引使，还想对我父兄下手，将军请尽快动手，以免证据被销毁！”

阿古面色微变。

桑远远道：“将军当知道我听力过人。”

阿古点了点头，唇角浮现一丝感激的微笑，拍了拍座下云间兽的脑袋，道：“我这便去彻查。小五、小六，带桑王女下去歇息。”

“我想看看他！”桑远远叫住他。

阿古有些犹豫。

她的眼睛里泛起泪光：“他救过我多次，我不会伤害他。”

阿古下意识地想要拒绝。

小五咬着指甲道：“医者不是说，若是主君在意的人唤他，醒来的可能性会大些吗？”说话间，小五冲着桑远远努了努嘴。

阿古横眉思索片刻说道：“跟好了，主君出了什么事，我活剐了你。”

小五点点头，像猴子一样跳到了桑远远的面前，弓着腰摆了个店小二一样的手势：“王女，请。”

桑远远侧头看他，只见这张年轻的脸庞上挂着一个巨大的假笑。

她盯了他一会儿，他便有些绷不住了。小五死死地抿住唇，侧开了头，别扭地说道：“赶紧进去瞧瞧吧，迟一刻怕是见不上活人了！”

桑远远拎起裙摆匆匆跑上台阶：“怎么伤的？”

小五道：“中了一记毒掌，还有一箭，伤到了心脉，已昏迷九日了。”

桑远远想起那天看到的幽无命的脸，那么白。她怎么就相信他真的没事呢？他太能装了！

殿门被拉开，一股浓烈的血腥味混着药味萦绕在殿中。小五引着桑远远到了内殿。

宽大的青玉床榻上，幽无命安安静静地躺着，胸膛半露，缠着裹了药草的细布，鲜血透过药草和细布渗了出来，看着触目惊心。

“你们先下去。”小五挥了挥手。

两名面色凝重的白眉老医者退到了殿外。

“话本里都说，昏迷的人只有亲近者能唤醒。”这位身经百战的小将吸着鼻子说道，“我骗阿古哥的，其实医者根本就没有那么说过。”

“主君是累了吧？”他轻声道，“原本轻易就能走掉的，为什么他要回头呢？”

他为什么要回头呢？

桑远远已走到了床榻前。

医者探过脉之后忘了替他盖好云被，他的半只手露在了外面，白得毫无血色。她轻轻地握住了那只手，他的手很大，掌中有茧，尤其是握刀的地方。她把他的手放回了云被下面，看向他的脸。他这样安静地沉睡时，睫毛显得特别长。昏迷几日的人，竟像是没睡够一样眼下仍一片青黑。

“幽无命，你不能死。”她坐在床头，轻声道，“你要是死了，谁来打下天都啊？姜氏的江山岂不是要稳坐千年万年？”

一听这话，站在一旁抓耳挠腮的小五顿时打了个寒战。他忍不住插话道：“您和主君当真是天生一对啊！”

好一对狂人！

桑远远回头答话的工夫，手背忽然一痛。

她吓了一跳，低头去看，便见一只惨白的手从云被中探出来攥住了她，力气大得像是要活撕了她一样。那人声音沙哑，说话时有点儿喘，道：“我死？小桑果，你想都别想。”

“主君！”小五激动得差点儿蹿上了房梁。

桑远远循声望去，只见“睡美人”已睁眼，一双深不见底的黑眸中闪烁着凶狠的笑意。“带她去换洗，脏死了。”幽无命无比嫌弃地说道。

桑远远：“……”

桑远远被带到了一处软玉砌成的温泉殿中，室内一池热泉，一望便让人骨头发软，想要好好洗去一身倦意。她下了水，倚着池壁养神。她连日忧心赶路，心神和身体都有些吃不消了。

一缕细细的藤蔓执拗地钻入雕花大木窗，卡在窗棂上。它轻轻地摇晃，桑远远迷迷糊糊时忽然便听到了幽无命那独特的声音。

“几个？”

她吓了一跳，以为这个人丧心病狂，刚从昏迷中醒来便要对她做什么少儿不宜的事情。

阿古沉稳的声音响起："五个。主君，经此一事，幽影卫中应该再无内鬼了。此次主君伤势凶险，三人想要借机行刺，另外二人则想要传递消息，都已被属下控制住，等待主君发落。"

桑远远的视线落在了窗棂间那缕藤蔓上——她又开启了远距离窃听模式。

"好。"幽无命轻轻地咳了一声，道，"埋了。"

"是。"阿古道，"截杀桑氏之事与旧王余孽有关，伪造的谕令上盖的正是失踪的旧王印。多亏了桑王女提醒，属下才赶在他们销毁证据之前控制住局面。是属下大意了，这几日没有盯紧边关军才会捅出那么大一个娄子！请主君责罚！"

幽无命笑道："你掌刑多年，何必问我。"

"是，属下稍后便自领一百棍。主君，此次之事，天都尚无任何消息，是否先行备战？"

"可以。"

"几个逆贼已经拿下，正在受刑。"阿古的声音中带了一丝担忧，"那些被蒙蔽而犯下大错的将士，该如何处置？"

阿古就怕又听到那两个轻飘飘的字——埋了。

幽无命笑道："杀了接引使吗？赏。"

这人真是狂妄至极。

"是！"阿古道，"主君还请好生养伤，此番实在凶险！您自封心志疗伤九日，可把那些小废物们吓坏了，属下也吓得不轻。"

阿古犹豫了一会儿，又问："主君难道不担心属下会对您不利吗？若属下也是叛徒，那……"

"那你已身首异处。"幽无命的声音平静无波，"去吧。"

阿古道："是！"

阿古的脚步声渐渐远去。

安静片刻后，幽无命的声音缓缓地飘了出来："去不去看小桑果洗澡呢？"

桑远远："……"

她赶紧爬出池子，换上女侍为她备下的新衣，推门出去。

女侍直接把她带到了幽无命的寝殿。

他倚在温玉靠枕上，松松地披着件袍子，胸膛处的袍子敞着，箭伤处仍在渗血。见到桑远远进来，幽无命愉快地眯着眼睛，冲她招了招手："过来。"

桑远远走到他身旁坐下。

他唰的一下把一张文书递到她面前，手指斜斜地指着一行字，道："小桑果，你当真是这般寻死觅活地非要和我在一起吗？等我提亲都等不得？"

桑远远吃力地辨认着文书上的字，上面记载的便是她将匕首架在自己的脖子上，威胁幽州军放人的始末。他倒好，断章取义，说她死活要赖着他。

"你有心思取笑我，还不赶紧想办法了结此事？"她道，"你现在哪儿有实力与天都作对？"

他探出长臂把她搂到了身边，开心地说："死有什么好怕的，只要能在死前和我的小桑果共赴巫山……"

桑远远一把捂住了他的嘴，雪白的脸颊上浮现一抹红晕。

她气咻咻的样子让他心情大好。他闷笑起来，冰凉的唇动一下，再动一下，好似在亲吻她的掌心。她急忙收回了手。

幽无命愉快极了，凑上来附在她的耳畔低声道："这有什么好害羞的。小桑果，那日若不是遇到了一点儿阻碍……"

他意有所指，目光仿佛带着温度，在她的脸上扫来扫去。

他继续道："我早就进去了。"

最初她还愣愣的，不知道他在说什么，等反应过来时只觉得浑身的血液都涌到了脑门，恨不得抓起他身后的靠枕摁在这张可恶至极的俊脸上。

"韩少陵当真是没用，"他还在那里笑，"便宜我了。"

她恼羞成怒，想走，手腕却被他紧紧攥住。

幽无命一脸惊诧之色：“小桑果，你想哪里去了？我说的是闯进那邪阵救下你的事。韩少陵不是也在姜雁姬的宫中吗？这等英雄救美的好事，他竟然便宜了我。小桑果在气什么？你是不是想到什么奇怪的地方去了？”

他方才那流里流气的模样，说的分明就是……

“我要和父兄联络！”桑远远闭了闭眼，道，“他们一定担心坏了！”

幽无命松开她，抬起双手比画了一下：“我已经给岳丈送去了这么多玉简。”

桑远远稍微定了定心神。既然玉简已经送出去了，那她便只能等了。

她的视线忽然落在他敞开一半的宽袍上，他有胸肌，线条极流畅，丝毫也不显突兀，细布包扎着箭伤，距离心口不远不近的地方，赫然印着一枚紫黑的手印。她想起小五说他中了一记毒掌，又挨了一箭。这枚掌印很小巧，一看便知道出自女人之手。

幽无命低头看了看，随手拉拢了衣襟，懒洋洋地瞥着她，道：“这么馋我？”

桑远远：“我只是在想，你有多久没有洗澡了。”

幽无命：“……”

她的唇角浮现一抹得意的浅笑，弯起的眼睛里闪烁着星星点点的笑意，晃得他有些头晕。

他缓了片刻，一条胳膊重重地搭上她的肩，说道：“正好，伤患需要帮忙。”

桑远远：“……”

她被这个看着精瘦，其实沉得离谱的病患押到了温泉殿。

褪去松松垮垮的外袍，他只穿着一条中裤走进泉水中，靠着池壁坐下。他包扎伤口的细布被水浸湿，桑远远有些束手无策。他随手把它扯下来扔到一旁。

“下来。”他说道。

桑远远犹豫片刻，穿着衣裳就下去了。

池中多了一个人，温度好像高了一倍。她盯着他的伤，看见有丝丝缕缕的鲜血从那正在愈合的创口边缘渗出来，它们蜿蜒而下，散在热池中。伤口旁边，紫黑的掌印扎眼得很。她不禁想，能近距离、正面伤到他的女人……

他笑吟吟地拉住她的胳膊，说道："放心，不是相好弄上去的。"

桑远远叹了口气，用布巾蘸了水，小心地替他清洗伤口附近干涸的血迹。

她神情专注，动作轻柔，干净利落地替他清理了所有血痕，丝毫没有牵动他的痛处。

他知道她其实是紧张的。

她光洁的额头上渗出晶亮的小汗珠，滚到眼睛里，她只是随意地眨了眨，动作没有受到任何影响。

虽然她只是个灵隐境的入门修士，但还是笨拙地将木灵蕴尽量聚在掌中。阵阵浅淡的灵蕴轻拂着他的伤，极熨帖。她珍而重之的模样，就好像他真是什么了不得的宝贝。

他的双臂不知何时偷偷地环住了她。

"小桑果，"他的声音变得沙哑，"他们说，男人一旦得到了一个女人的身体，便不会再珍惜那个女人。"

她动作一顿，抬头望他，他这是犯病了？

他的脸上什么表情也没有，目光透过她不知望到了什么地方。他伸手缓缓地挑起她的下巴，目光空洞，一脸茫然地靠近她。

"所以，"血色不足的薄唇轻轻一动，他说，"让我得到你，然后将你当作一个普普通通的女人，宠你，给你最好的一切如何？"

桑远远抬眼看他，见他的唇角浮着一抹诡异的笑容。

他继续道："不要这样引诱我，不要试图走进我的心里。若是再让我为你心乱一次，我就杀了你。"

他的视线缓缓聚焦，冷冰冰地落在她的脸上。

这一瞬间，桑远远感觉周身的热汤全部结了冰，冻得她轻轻地战栗。她有种奇异的感觉，自己已经不小心触到了这个疯子真正的逆鳞。

她做了什么？她睁大眼睛回忆片刻，却不记得自己方才做过什么出格的事情。她不就是帮他洗澡吗？这不是他自己要求的吗？

她抿了抿唇，迎着他的目光委屈地说道："那若是你得到我之后，非但没有腻烦，反而更加珍惜了，该怎么办？我不想死，只想好好地和你在一起。"

"和我在一起做什么？"他低声道，"生孩子吗？不，我不会要那种东西。小桑果，总有一天你会不喜欢我了，到那时若我已经喜欢你了，那该怎么办？"

她嘴唇刚动，没来得及发出声音，便被他用一根冰冷冷的手指抵住。

"嘘！你是不是想说，你会一直喜欢我？"他的脸上浮现假笑，"若是这样，我不如现在就杀了你，以免它将来变成一句谎话。"

她凝视着他，那双冷冰冰的黑眸下仿佛深藏着一丝脆弱，有点儿穷途末路般的悲凉感。

这个人太不正常了。

"这样好不好？"她抬起双臂，轻轻地环着他的脖颈，道，"我每日醒来都会告诉你，今日对你的喜欢是否与昨日一样，一日一日。若是到我死的那一天，它都没有变化，那你便信我是一直喜欢你的。"

他的眸中浮现一丝清晰的震惊之色，漂亮的眉峰轻轻一蹙，好似接到了一记难以抵御的大杀招。

片刻之后，他闭上了眼。

桑远远并不确定他睁眼时会不会干脆一不做二不休地把她干掉。于是，她果断地倾身上前，吻住了他的唇角。

事到如今，她其实也分不清自己的心中有几分是真意，几分是做戏。

她喜欢幽无命吗？多少是有些喜欢的。

他长得好看，身材绝佳，那股邪气亦令他魅力非凡。他还救过她，那一箭恐怕正是为了回头帮她才挨的。

但是她第一次说喜欢他，那是个彻头彻尾的谎言。因为这个错误的开头，她只能一次又一次地对着他说“喜欢”，到了现在，也不知是在骗他还是在骗自己。

又有眼泪滑落下来，她侧了侧头，没让他尝到泪水的味道。

她正在汲取他那略带一丝苦涩的花香。她从来也没有想到，人的身上竟然会有这么特别的气味。

他一动不动。

她低语：“你难道不喜欢我这样吗？我死了，便再也不会有人这样亲吻你、这样对你说话。你不喜欢我的味道吗？我死了便再也没有了。”

放在她后颈上的大手渐渐卸去力气。片刻后，他反客为主，霸道地夺走她的呼吸，将她摁到水里。

桑远远猝不及防，鼻子里呛了水。她在水下咳不出来，张口时正好方便了他。他将她吻得透彻。

等到他满脸坏笑地把她从水里拎出来时，她已头昏脑涨、双目呆滞，也不知是憋的还是呛的，抑或是被他吻的。

“小桑果！”他的脸上浮现出愉快至极的笑容，“记好你今日的话，从今往后，每日醒来，我都要你的‘喜欢’还有你的‘味道’。”

她轻轻一咳，喷出一朵热腾腾的小水花。

幽无命差点儿笑裂了胸口的伤。

“浴室危机”成功化解，桑远远很累，换上干爽的衣裳，再替他重新包扎过伤口，之后便懒洋洋地躺在青玉床榻上，一动也不想动。

黑暗中，她感觉到幽无命没睡着。他抓着她的一只手，安安静静地躺在她的身边。突然，他像是猛地想起了什么一样，重重地攥她一下，发现她的小手仍被他捏在掌心，便满意地叹一下。

凶兽受了伤还不忘宣示主权。

桑远远不知什么时候沉入了梦乡。

一夜相安无事。

次日，迷迷糊糊之间，桑远远感觉到眼前忽明忽暗，时不时还有点儿冰冰凉凉的花香味扑到脸上，睫毛处也有点儿痒。

她皱了下眉，睁眼便见一双漆黑的眼睛居高临下地注视着她。他把胳膊撑在她身侧，宽袍敞着，大半个胸膛就在她的上方。那张俊脸在她面前晃来晃去，好像正在寻找攻击角度的蛇。他的脸上没有表情，一双黑眼睛深不见底，看不出任何情绪。

她弯起眉眼，轻声道："今天和昨天一样喜欢你。"

她起身啄了啄他的唇。

他挑了下长长的眉毛，眸中燃起两点雀跃的暗火，唇角勾着压不住的笑意，故作无所谓地回道："哦，知道。"

幽无命看起来心情不错，翻身下榻，十分活泼。

"今日有祭祀。"他随手拽下那松垮的袍子，从玉架上取了一件正式些的玄衣，"小桑果，过来替我更衣。"

她诧异地问："你重伤未愈，还要出门？"

"伤？什么伤？"他一本正经地回头瞪她，"我像是会受伤的人吗？"

桑远远笑了一下，下床替他系衣带。

他的玉架上并没有适合她穿的衣裳，将他打理好后，她打着哈欠又想回到床榻上。

"小桑果，"他叫住她，"你去哪里？"

"补觉啊。这里也没有我能穿出门的衣裳。"

他轻笑着拍了拍手掌。

女侍捧着托盘进来，托盘上端端正正地放置着一套玄衣，材质、纹理与他身上穿着的那件几乎没有差别。只不过他的衣服镶边上的是螭龙，她的则是乌凤。虽是便装，但这俨然是正夫人的仪制。

女侍放下衣裳便弓身退下了。

幽无命走到桑远远面前，目光沉沉，极有压迫感："要我帮你更衣吗？"

她赶紧拿起衣裳，逃到云雾山峦的屏风背后。

待她略带羞涩地走出来时，他双臂环在胸前，笑得怪模怪样的："小

桑果，那些云雾是纱，透明的。”

桑远远的脸色唰的一下变了。

幽无命满脸坏笑：“忽隐忽现，更觉曼妙。小桑果，你是在故意勾引我吧？！”

她僵硬地转头望向屏风，盯了一会儿，发现根本看不见屏风背后的宫墙。那屏风一点儿也不透！

“骗你的！”幽无命笑得前仰后合。

不等她发怒，他已经抓着她的肩膀，推着她走出了宫殿。

“短命”正在阶下蹦跶，见主人出来，高兴得连打了好几个喷嚏。

今日出行，幽无命没有带刀，终究身体还是虚了。幽影卫分两列随侍在他身后。

“你怎么一点儿都不着急？”桑远远忍不住问道，“那些人诬陷你造反啊！”

幽无命满脸无所谓：“造反就造反呗。”

“可是……”她想起书中写的桑州的覆灭，天都根本无须出手，发一纸檄文，自然有狼群猛虎一拥而上，将一个小小的州国吞并。

幽无命睨着她，见她面露忧心之色，不知不觉地勾起了唇角，难得正色地对她说道：“一时半会儿，无人敢做这只出头鸟。”

他的声音平淡冷漠，桑远远甚至听出了一点儿残忍的味道。

就在此时，有一骑自前方赶来，急急上报道：“报主君，韩州王领兵十万强攻玉门关！玉门关告急，至多再撑五日！”

桑远远：“……”

幽无命：“……”

玉门关便是幽州西线第一重镇，与韩州境相邻。幽州和别的州不一样，任何一座要塞都屯着重兵。桑远远着实没料到，韩少陵竟然做了这只出头的鸟。

此刻天都那边尚未传出任何消息，韩少陵这样做已是明晃晃地举旗了。

幽无命笑了起来，说："好。"他扯了扯缰绳，继续向城北行去，随后对桑远远道："小桑果，今日看完生人祭，明日我带你去斩下韩少陵的首级。"

桑远远只觉得空气里尽是血腥味。

前行一段，她发现这股血腥味原来并不是错觉。前方正在祭祀，血气冲天。她忽然想起了生人祭是怎么一回事。

每年惊蛰，云境十八州都要做生人祭，选毫无瑕疵的少女，给她们灌入特殊的药水，让她们活活呕血至死，用那至纯的血来祭祀九处奇异的内陆深渊口。

这是很残忍、野蛮的习俗，带着浓厚的迷信色彩。

数千年来，这块大地上的人们都相信，在惊蛰这一日做好了祭祀，便能暂时让深渊下的冥魔满足。

书中，梦无忧在做了韩少陵的正夫人之后曾破坏过一次祭祀，救下了一位少女。那一年，冥魔的"涌潮"千年难逢地同时在十二个地方出现，云境十八州差点儿就要沦为冥魔的盘中美餐了。

谁也不知道这是巧合还是必然。

幽无命敏锐地捕捉到了她紧张的情绪，当即附在她的耳畔轻声说："早就死了，不给你同情那些祭品的机会。"

她张了张口，不知该说些什么。

祭祀是在一个大坑中完成的。

桑远远站在巨坑边缘望下去，只见坑底好似绘了一个巨大的、美丽的赤色图案，血雾氤氲，一具苍白的身躯正被人抬上来，有人围上前去，又哭又笑。

幽无命道："都是心甘情愿的。被选中的祭品的家人可以摆脱奴籍。对于这些人来说，这其实是天大的好事。"

"你相信吗？"她问。

幽无命偏头看她。

"祭祀可以安抚冥魔，你相信吗？"她回头深深地望进他的眼底。

“我若相信，”他的脸上浮现邪气满溢的笑容，“便不会做了。”

她怔怔地望着他。

他的呼吸变得极沉，嗓音有些沙哑：“小桑果，你不知道这个世界有多脏，我每日都恨不得叫它灰飞烟灭！”

桑远远：“……”

这个变态恐怕是没救了。

他忽然笑了，邪气十足：“我会好好活着，亲手将它埋葬。”

桑远远：“……”

妥妥的灭世反派，他还能被救回来吗？

就在这时，围在那具少女躯体旁边的人忽然吵闹了起来。

幽无命轻扯缰绳，“短命”撒蹄跑了过去。

到了近处，他们才知道是少女的小臂上有一道指甲划破的伤口，几个白袍祭司吓得魂飞魄散，正在查验这道细伤究竟是祭祀前的旧伤还是方才他们搬运尸身时弄出的新伤。

“有一点儿瑕疵都不行！”祭司惊恐万分，“为保万无一失，最好再做一个完美的贡品！”

当即有人把另一名少女推到前面，道：“大人，看看她，没有半点儿问题！”那样子像是在推销商品。

桑远远的心悬了起来。她望了过去，少女恰好抬起头来，一双麻木的眼睛直勾勾地盯着桑远远，眸中像是有奇异的星辰在转动。

桑远远看到少女的嘴巴动了动，少女好似在说“帮帮我”。桑远远身体一颤，下意识地攥紧了幽无命的手。

幽无命动了动眼皮。

亲卫上前拨开人群，幽无命慢悠悠地到了近处，斜眼一瞧尸体，道：“死后的伤。”

见主君来了，人顿时跪了一地。

“主君！”

主君发了话，自然无人敢质疑。

既然那是死后的伤，祭司便不需要再祭祀另一名少女了。死里逃生的少女跪在地上，一直盯着桑远远，直到被人拖了下去。

桑远远说不出是什么滋味，周身不自在，空气中的血腥味道让她觉得头晕。此时分明还是清晨，她却感觉到了困意，眼皮越来越沉。她皱了下眉，忽然想起了一件很不对劲的事情——当初梦无忧是要做祭品的，若不是韩少陵把梦无忧从奴隶营中带出来的话，今日在韩州惊蛰日被放血祭祀的便该是梦无忧。可是那一日梦无忧摔倒在幽无命的桌案前，脚踝上赫然有一枚月牙儿胎记，正是这枚胎记让一名幽影卫认出梦无忧是他失散多年的妹妹，用自己的命换下了梦无忧的命。

“有胎记也可以做祭品吗？”桑远远忍不住偏头问道。

“自然不行。”幽无命坚定地说道，“有任何瑕疵都不可以。”

话音刚落，他垂下头盯住她，眼神逐渐深邃。

“我记起来了，那个赝品是个祭品。”幽无命缓声道，“一个祭品怎么可能有胎记呢？赝品真是个撒谎精。”

韩少陵是被骗了吗？他确实是被一个快要赴死的女子流下的眼泪打动的。

桑远远轻轻地摇了摇头。难道胎记也会后天长出来吗？它在适合的时机长出来，救了梦无忧的命？

桑远远凝神思索的模样落在幽无命的眼中，渐渐点燃了他的心头火。

“你在想什么？”他轻轻地问道。

她想得入神，竟没听见。

幽无命弓身附在她的耳畔，像催眠一般地说道：“发现韩少陵被人骗了，是不是很想去找他，告诉他真相？”

桑远远迷迷糊糊的，思绪被他带歪了，隐约觉得这个男人好像对她施了什么奇怪的迷惑心智的法术。

“对啊。”她呆呆地说出了心里话。

幽无命的眼神瞬间冷进了骨子里。他抬起一只大手，缓缓抚过那身象征着幽州女主人身份的玄服，扼住了她纤细的脖颈。

“然后呢？”他继续在她的耳旁轻轻地吐气，“让他厌弃那个女人，

这样你好回到他的身边？”

“什么女人？”她眼神呆滞，连呼吸受阻了都毫无感觉，喘着气道，“要告诉他，截杀父兄的人不是你。”

幽无命神色一变，急忙收手。在她回神之前，他猛地点晕了她，将人搂在怀里，眼神有些心虚。他一扯缰绳，“短命”撒蹄跑出王城，径直跑到了城郊的一片长满青草的矮坡上。他搂着她从“短命”身上下来，把她放在草地上后蹲在一旁瞪着她。

“‘短命’！”他唤道。

“短命”凑上前来，用鼻子拱了拱桑远远的胳膊。

“怎么办？”他嘀咕道，“她若是醒过来，会不会发现我错怪了她，对她动了手？”

“短命”偏头看了他一眼，眼神颇为无语。

它记起一件事，上回它的这位主子不知道为何抽风，忽然想在树上雕个花纹，结果不小心弄岔了一点儿。他没想着补救，倒是干脆利落地把那树给劈成了木柴。

还有一次，他好心帮它做了个小木屋，结果屋顶歪了一些，原本修修就完事了，他摆弄了几下之后突然不耐烦起来，又把它的窝给拆了。

他就是这么个家伙！

“要不然杀了？”他果然说出了这句话，还蹲在地上比画着找下手的位置，一副跃跃欲试的样子。

“短命”愤怒地打了个喷嚏，侧过身，一个甩尾把幽无命掀得倒在草地上。幽无命震惊了。

只见“短命”往地上一落，端端正正地坐在了桑远远的身前。它其实有点儿怂，一双乌溜溜的眼睛瞟了幽无命一下又一下。

一人一兽对上视线，它立刻摆出一副骄傲的姿态，把脑袋拧到一边，身体却寸步不让。一人一兽僵持半晌，幽无命慢悠悠地站起来道：“没带刀出门，连你都反了。”他歪着头控诉，“你成精了是吗？！”

“短命”颇为心虚，脑袋耷拉起来，自下往上地瞟自家主人。

“小桑果是我的！”幽无命叉起腰，宣示主权，“不是你的！”

“短命”的大脑袋垂得更低了些，它犹犹豫豫的，不知道该不该让开。一人一兽对峙片刻，“短命”彻底㞞了。它矮着身子，屈着四条腿挪到了一边。虽然身体很诚实，但它仍然提着最后一口气，摆出一副随时准备扑倒幽无命的姿态。

幽无命无辜地眨着眼坐到桑远远身边，把她拉起来，使她的半个身子靠在他怀里。

“短命”观察了片刻之后，蹭到他身后给他做靠枕。它了解自己的主人，他这个模样暂时不会杀人。

“小桑果是什么做的啊？”幽无命委屈地拨歪了桑远远的脑袋，盯着她颈部淡淡的瘀青，“我就轻轻碰了一下。”

“短命”直翻白眼。

他突然哦了一声，双眼一亮：“是姜谨鹏弄出的旧伤！姜谨鹏呢？我要杀了他。”幽无命回想了一下，阴森森地说道，“对，把他收在那里了，和‘它’在一起，便让他再好好‘享受’一阵。”

他眯了眯眼，叹息一声，又道：“你说我都快死了，幽影卫怎么就不叛变呢？跟着我，他们到底图什么？若是叛了，我就把他们全杀掉，省得今天死一个，明天死一个。”他摸了摸“短命”的脑袋，“你上次怎么也没死呢？死了一了百了，不死我还得操心你何时死。”

短命：“……”

它觉得它的主人其实是个非常没有安全感的家伙，只不过他自己一定不会承认这一点。

一人一兽继续大眼瞪小眼。

片刻后，幽无命慢慢低下头，只见他揽在桑远远腰间的那只手上落了一滴透亮的水珠，怀中的女子轻轻地颤抖起来，发出细细的呜咽声。她低声呢喃：“双儿……双儿……”

幽无命的眼神陡然凌厉。

“短命”及时把自己的脑袋伸到幽无命的“魔爪”下。幽无命狠狠地在它柔软的白毛上抓了两把，轻声笑道："你慌什么？这不像男人的名字。"

"短命"很想送他一个鄙视的眼神，可惜不敢。

"啊！"桑远远惊呼一声，睁开了眼睛，胸膛剧烈地起伏。

她愣愣地看着四周，许久才回神。

她做了一个极度真实的梦，一时分不清楚今夕何夕。她颤抖着抬起手，望向自己左手无名指的指甲。

"小桑果，"她身后传来幽无命的声音，"你多大了，还会做噩梦？"

桑远远慢慢地转过头，怔怔地看着他，看了一会儿，眼眶里又滚出一滴晶莹的泪珠。

幽无命别扭地安慰道："有我在，怕什么？梦有什么好怕的！"

她轻轻地攥住了他的衣襟，缓了片刻，神色平静下来。

"我方才梦见自己变成那个被祭祀的少女。"她慢慢地道，好像要把那些记忆一并逐出脑海，"梦境从昨夜开始，一直持续到今日我死去之时。每一刻，我都感同身受。"

幽无命慢慢地眯起了眼睛。

"那药把身体弄坏了，只余一个完好的壳子，我好难受。"她回忆着说道，"可是即便这样，我还是觉得死去会更好一些。"

幽无命的眼神更冷了，唇角浮现了一丝冷笑。他仿佛懂了什么。

"所以在被灌下药物的那一刻，我悄悄地用指甲割破了手臂，这样便不完美了，他们一定会再祭祀一人，双儿便不用再等到明年……"她抬起手来，再一次看了看自己干干净净的指甲缝。

片刻之后，她闭上了眼睛，快速地吸气，然后缓缓地吐出。重复七八次之后，她成功将心神从那一团令人窒息的情绪中抽离出来。

"谁是双儿？"幽无命问道。

桑远远慢慢地脱离了共情的状态，凝神回忆片刻，道："就是那个险些被替换上去的少女。"

幽无命唇角微弯，笑容温和："所以小桑果看到那一幕之后难以释怀，自己编织了一个悲情满满的梦境？"

“啊？”她也不知该点头还是摇头，梦中的细节实在是太真实了，那些遭遇，还有用指甲刮破皮肤的感觉。

她忍不住再次低头看了看自己的指甲，一种奇异的冲动不断涌上心头。她觉得自己必须确认一下，否则当真难以释怀。

“能不能再去看一眼死者的尸体？”她问。

“好。”幽无命把她拉起来，揽着她，骑着“短命”往城中赶去。

他吩咐下去，不过片刻，蒙着白布的少女的尸身便被抬进了前庭。

桑远远慢慢地掀开布匹，少女惨白的脸蛋便露了出来。桑远远深吸了两口气，视线往下，落在少女的左手上——无名指的指甲缝里赫然残留着皮屑和血渍！

桑远远倒吸了一口凉气，头皮发麻，心跳声猛烈地回荡在耳中。她僵硬地绕到另一边，轻轻地抬起死者已然僵硬的手臂——那道划痕亦与她梦中的位置分毫不差！

怎么可能？！桑远远难以置信地怔在原地，愣了好一会儿，忽然想起了什么，起身望向幽无命，道：“救一救双儿，好吗？”

幽无命：“下一次祭祀得明年。”

她轻轻地摇了摇头，神色有些怪异，但还是道：“看管祭品的那个人很坏，会对她们做一些非常坏的事情。”她抿紧了唇，继续艰难地说道，“今日祭祀之后，那个看守被血腥的场面刺激了，一定会更加变态地折磨双儿。”

幽无命勾起唇角：“可是祭品必须完美，就算真有那么一个坏人，他又能做什么呢？”

“不会弄出外伤。”桑远远一字一顿地说。

在梦境的开始，她就看见了那个大腹便便的家伙龇着黄牙要对她动手，是双儿把她藏到了身后，代替她遭受了各种折磨。

“哦？”幽无命顿时来了兴致，把她搂到怀里开心地说道，“去看看。”

在这片幽州大地上，幽无命就是主宰一切的神。片刻后，二人便到了圈养祭品的奴隶营。

人乌泱泱地跪了一地，幽无命不发话，他们便不敢起身，亦不敢发

出任何声音。

“短命”轻巧地驮着二人跃上丈来高的石阶，一头闯进了平日看管祭品的大石屋。

桑远远一眼便看见少女跪在一个不着寸缕的胖子身前，屈辱地仰着头。

幽无命愣了一瞬，视线缓缓地移开。

黄牙胖子猛地转过头来，看清了幽无命的脸，吓得僵在原地。片刻后，他生生地被吓尿了。

少女依旧麻木地跪着，像行尸走肉一般毫无知觉。

幽无命的眼角抽了两下，他垂头吩咐身后的亲卫：“埋了。”

亲卫正要动手，幽无命补充道：“埋到茅坑。”

黄牙胖子像具死尸一样被拖了下去。

少女缓缓地抬起头，看清了桑远远的模样后，眼睛里终于有了几分灵动的神色。

“双儿愿做牛做马伺候夫人，愿为夫人而死！”她扑倒在地，额头把地板砸得砰砰响。

幽无命思索片刻，道：“小桑果正缺个贴身丫鬟。”

最终名叫双儿的少女被带出了奴隶营。

桑远远把双儿叫到跟前简单地问了几句，心中已完全确定这个少女正是出现在自己梦中的那一个。

此事简直像灵异事件。桑远远昏昏沉沉地想：莫非这就是缘分？

回到王城时，桑远远更觉困倦。她强撑着精神替幽无命换了药后，便伏在青玉榻上一动也不想动。

她知道他时不时就看她一眼。这个家伙的体质实在是异于常人，他昨日才苏醒，今日便有些蠢蠢欲动，好像想对她做点儿什么。她干脆闭上了眼睛，心想：随便吧，反正他别指望她动一下。

心神慢慢飘浮起来，她正要陷入沉睡时，忽然听到自己的声音响起——

“主君今日，难道不想吗？”

第六章
大捷

听到自己的声音，桑远远一个激灵，把瞌睡都吓跑了。

她怎么会说这么羞耻的梦话！

一回神，她发现自己的嘴巴分明闭着，而且自己从未叫过他“主君”。

“嗯？”幽无命懒懒地应道，“你想？”

桑远远心想：不，我不想。

她吃力地睁了睁眼睛，感觉眼皮上好像压了座大山，挣扎半晌才勉强撑开一丝的眼缝，蒙眬中看见一个穿着白裙的娇小女人楚楚可怜地站在床榻边，正凝视着幽无命。女子的眼睛里转动着几点奇异的星光，这人正是方才悄无声息地挑好宫烛、备好温茶，又替桑远远备下一套里衣的双儿。

“主君今日在奴隶营里都看见的了吧？我愿意为主君做任何事，主君不想试试个中滋味吗？”双儿轻轻地舔了一下花瓣般娇嫩的唇。

桑远远：“……”

为何她要用我的声音说这种话？这太羞耻了，而且尺度也太大了，桑远远无法接受。

桑远远困极了，浑身上下都像烂泥一般动弹不得。此时她就像一个看客，眼睁睁地看着白日里救回的女子模仿自己的声音勾引幽无命。

原来自己老早就中招了！什么灵异事件？什么缘分？难怪这一整天她都浑浑噩噩的，好像失了魂。

桑远远的神志愈加清醒，奈何身体依旧不争气。她伸手触碰幽无命那件宽大的袍子，却连拽一拽他衣裳的力气也使不出来，只能眼睁睁地看他侧着身子，微仰着脸，懒洋洋地说道：“你自己来。”

桑远远腹诽：请不要随意降低下限！

双儿小心翼翼地靠近一步，眼睛里的星光转动得更快，似在加深控制。

“嗯。”双儿缓缓地抬起双手去解自己的衣带。

眼看那具完美无瑕的身躯就要出现在幽无命眼前，突然，她的脸色微微一变。她忽然小声惊呼，脸上的媚意更浓，那呼声中竟有种欲拒还迎的味道，就好像幽无命对她做了什么一样。

桑远远疑惑地动了动眼皮。她很确定幽无命的两只手都十分老实，并没有碰这个女人。他将右手撑在额侧，左手则放在膝盖上，姿势有点儿风流狂放。

“啊！”双儿又一次叫出了声，这一回声音更大了。

桑远远心想：虽然幽无命当真生得漂亮，半敞着胸膛十分迷人，但还不至于让人用眼睛看看就能兴奋成这样吧？

双儿短促的惊呼声愈加频繁，桑远远听得老脸通红，无比尴尬。这演技，桑远远有点儿甘拜下风。双儿站着就能无端叫成这样，着实是个人才！

由着双儿叫唤了一会儿后，幽无命缓声道：“双儿，你这是在做什么？”

桑远远心中一惊，原来他并没有被迷惑。

桑远远发现他的语调有点儿耳熟。他今天好像就用这种催眠般的语气问过她关于韩少陵的事情。

桑远远还没想明白，便听见双儿呆呆地回道：“我在勾引主君啊。”

“哦？”幽无命淡声问，“从一开始便存的这个心思吗？”

双儿摇了摇头：“开始只是想让夫人把我救出来，做她的婢女总好过在奴隶营受折磨。”

“什么时候起了坏心眼呢？”幽无命漫不经心地道。

“都说主君是个不近女色的疯子，我却见主君宠极了夫人，想必传言不实，主君其实是喜欢女人的。”

幽无命轻笑道：“继续。”

“主君只要把我错认成夫人要了我，我就可以一步登天成为人上人。事后我只说我是无辜的，是被主君强迫的，夫人这种心善的女人肯定不会为难我。他日我一定会更得主君喜爱，因为我在床榻上可比夫人厉害太多了，什么都可以做。”她老老实实地说出了心里话，“若夫人看不惯

我，我便用惑术让她一直病下去。”

“那你成功了吗？”幽无命的声音阴森森的。

“成功了，方才……”

幽无命轻笑出声，打断了她：“好好看清楚，刚才让你摆出那副样子的人，是我还是那茅坑里的死鬼啊？”

双儿的眼珠子极缓地转动着。片刻后，她发出了一声极其刺耳的尖叫。

幽无命的声音里像是淬了毒：“既然这么舍不得，便去陪着他吧。”

双儿迷蒙的眼睛里出现了一缕清明，她开始挣扎，像是溺水一样。

“血……脉……压制，怎……怎么可能……？”她断断续续地吐出几个字。

幽无命轻轻地敲了敲膝盖，道：“去。”

双儿眸中的那缕清明消失了，目光彻底变得僵直，她极慢极慢地点了点头，呆呆地说道：“好。”她退出了寝殿，轻轻关了殿门。

幽无命慢悠悠地回头，桑远远赶紧闭上了眼。

“可怜的小桑果，”他伸出一只手轻抚她的头发，“若是换一个男人，便叫这巫族女人骗去了。你喜欢的男人若是碰了别的女人，你肯定要哭，是不是？幸好你遇上的是我！”他轻快地笑了笑，“小桑果，这真是你八辈子修来的福气！”

桑远远：“……”

她捕捉到了关键词——巫族，“三邪”之一。巫族血脉天生就会惑乱之术，人在心防最薄弱时很容易被他们操纵、影响。

今日受那祭祀的血气冲击，桑远远心神大乱，便被这巫女钻了空子。再加上桑远远天生共情能力极强，在这巫女的眼中根本就是个招摇过市的大靶子。只可惜人心不足蛇吞象。这巫女脱离了奴隶营，又想爬上幽无命的床，对他使这种伎俩岂不是找死？不过血脉压制是什么意思？幽无命的身上怎么可能流淌着巫族的血？

幽无命已凑到了桑远远面前，她感觉到冰冷的花香味拂在自己的脸上。

这个男人，只有在战场上以及想对她做一些事情的时候，身上的温度才会高得惊人，平时他像蛇一样，身上冷冰冰的。

看来他今天没有什么兴致，桑远远悄悄松了一口气。

他轻轻把她拖进了怀里，下巴搁在她的头顶上，一只大手搭在她身后有一搭没一搭地拍她的背，像在哄婴儿睡觉一样。

他的箭伤已经愈合了，只留下一个骇人的疤痕，胸前的掌印也消退了，自愈能力实在惊人。桑远远埋首在他的胸口，几乎已经嗅不到血腥味。她暗想：这个男人，除非一下把他打死，否则所有的伤害恐怕都只会让他变得更强大。

没多久，她的额心忽然一阵清明。她心有所感——双儿死了。她试着动了动身体，果然再没有半点儿束缚了。

她很快便进入了梦乡，这一夜，梦境中只有花香，没有那些画面。

次日清晨，她一睁眼便见幽无命已穿好了战甲，侧着身子坐在床榻边缘，居高临下地凝视着她。

她冲他笑道："今天比昨天更要多喜欢你一点儿。"

这一点儿，是为了他不想让她哭的那一份心意。

幽无命快速把头转了回去，轻声道："一样就行了，谁要你多一点儿了？自作主张！"

桑远远偷偷抿唇笑了笑，坐起来歪着身子找到他的眼睛，便看到一抹小小的、骄傲的雀跃之色。她心头一暖，倾身上前在他的唇角印上了浅浅的吻。

幽无命道："你换衣裳，有件事我要跟你说。"

这一次，他替她准备的是行动方便、坚固却不沉重的战甲。

黑色的精致战甲配上大红的披风，桑远远感觉自己瞬间变成了英姿飒爽的女将军。

在她换装的时候，幽无命漫不经心地说："昨日你捡回来的那个女奴，半夜自己想不开，寻死去了。"

桑远远叹道："啊？幸好还未与她培养出什么感情。"

幽无命惊讶道："我以为你会难过。"

"想活的人都救不过来，寻死的……理会她作甚？"她理好了披风，从屏风后面走出来。

幽无命顿时眼前一亮，黑眸中映出一个窈窕女将的身影。

他把她拉到了长案边，得意扬扬地道："看，为你寻到了一件好兵器。"

桑远远低头一看，瞬间被眼前这把剑的颜值给征服了。它如梦似幻，透明的剑身里坠着无数丝絮状的嫩绿色灵纹，像是钻石之中镶嵌着上好的翡翠，美得叫人窒息。

"这是观赏品吧？"她难以想象用这么精美绝伦的工艺品去砍冥魔是什么样的体验。

幽无命笑了，反手抽刀，一刀斩下。

桑远远心疼得眼泪都冒了出来。这是什么霸道总裁啊？她一句不喜欢，他便要毁掉价值连城的礼物？！重点是她也没说不喜欢啊！

只见长长的黑木长案应声而碎，那柄漂亮的晶玉剑落在一地木屑中，竟毫发未损！

幽无命收回黑刀，双臂懒洋洋地抱在身前，扬了扬下巴。

桑远远扑上去，把晶玉剑拿到了手中："是我的了！"

幽无命愉快地笑道："你都不假意推托几句吗？小桑果。"

她弯起了眉毛："你人都是我的，这些身外之物我还矫情作甚？"

幽无命不屑地嗤笑一声，抬脚大步往外走去。

"我什么时候变成她的了？"他对"短命"嘀咕道。

"短命"昂着脑袋，摇头晃脑，一副待不住的样子。它喜欢上战场。

幽无命只点了三万精兵随御驾亲征，前往玉门关去会韩少陵。

幽无命临行前，阿古急匆匆地从牢狱方向过来，到近前拱手道："主君，幸不辱命！属下总算在那逆贼军师临死前得知了一个名字！"

幽无命轻挑眉梢，微启薄唇："皇甫俊。"

阿古的嘴角猛抽："主君如何知晓？！"

幽无命看起来比阿古更吃惊："我乱猜的，不会真是他吧？"

阿古："主君英明。"

桑远远的心脏猛地一跳，她震惊地睁大了眼睛："怎么会是他？"

在书中，正是这个男人斩了幽无命的首级。

"嗯？"幽无命垂下头来，漆黑的瞳仁定定地望着她，"小桑果莫不是与皇甫俊有什么交情？"

她偏头看了看他，欲言又止。

怎么说呢？天都保卫战中，皇甫俊力挽狂澜，救帝君于危难，手刃邪恶的反派幽无命，将一场滔天浩劫消弭于无形。

皇甫俊是一个传说级别的男人，极强。他以一家之力庇护了整条东境战线，生生将"皇甫州"更名为"东州"，意思便是一州之地已兜不住他皇甫家的势力了，整个东境都是他的。

坊间传言皇甫俊正是女帝君背后的男人。因为爱情，他甘心站在她的身后，做她最坚实的靠山。

皇甫俊还有另一个身份——幽无命的亲舅舅。他嫡亲的姐姐是老幽王的正夫人，也就是幽无命的母亲。所以"旧王余孽"若是和皇甫俊有关，既出人意料，又好像在情理之中。

"东州实力那么强，何必做这种事？"桑远远不解。

幽无命轻轻一哂："小桑果若是喜欢东州那块地，迟些我打下来送你。"

桑远远："……"

他嗤笑道："那儿有什么好的，不就是产金珍珠吗？若是我看得上那种东西，整个幽州早已种满七彩的了！"

这话听着实在令人头疼，桑远远觉得自己有必要科普一下："珍珠不是种出来的，而是产自蚌中。"

幽无命："……"

三万大军在一片诡异的寂静气氛中开拔了。

幽无命面无表情，好像打定了主意不和桑远远说话，也不和其他人说话。

大军行出百余里，桑远远忍不住问道：“玉简还未送到父王那里吗？东州的事……”

幽无命用手捂住了她的嘴巴，打断了她的话。他的手干燥温热，上面有厚茧，这样摁着她，竟让她有种难以言说的安全感。

“不许提珍珠。”他冷声道。

桑远远差点儿笑出声。

他交代完毕，松开她，用下巴在她的发顶上点了点，意思是她现在可以发言了。

桑远远轻咳一声，正色道：“皇甫家不可小觑。若是要和他硬碰硬，我知你不惧，但那必定是一场两败俱伤的惨烈恶战。这样的话，岂不是便宜了姜氏？”

幽无命冷冷一笑：“杀了皇甫俊，姜雁姬便少了一条狗。”

桑远远觉得他的表述不大妥当，皇甫俊是狼王，不是狗。不过此刻不宜逆着他，于是她很八卦地凑近他，低声问：“莫非坊间传言是真的？你这个皇甫舅舅当真与女帝有什么不可告人的关系？若是这样的话，你的敌人就更强大了。”

幽无命望向远方：“他们都要死。”

桑远远：“嗯嗯！”

幽无命睨着她，十分不满：“小桑果，你在敷衍我！”

她回过头冲着他笑，笑得他有些晕，他忙不迭地把她的脑袋拨了回去。

她其实很好奇幽无命到底经历了什么事情，才会变成这么一个性格扭曲的大魔王。他自小体弱，五岁时心疾发作险些撑不过去，幸得舅舅皇甫俊寻来灵药才捡回了一条小命。对这个死里逃生的宝贝独苗，老幽王夫妇当真是像眼珠子般捧着疼，还特意给他改了名字叫“无命”，意思便是他已经死过了，让老天别再来收他。夫妇二人对这个唯一的继承人极其重视，要什么给什么。照理说，这样一个人要么长成一个纨绔，要么长成一个仁君。谁知这个魔头羽翼丰满之后，第一件事便是灭了自家满门。

这些事情是在皇甫俊斩首幽无命之后，对着幽无命的尸体念叨出来的。任谁都会得出这样的评价——幽无命丧心病狂，该死！

原本桑远远也和旁人一样这般看待幽无命，但在听到记灵珠中他的母亲对他说的话之后，意识到在幽无命的成长经历中必定有不为人知且极其重要的一环。正是这一环导致他变成了今天这样。

可惜那些事，她现在还不能问也不敢问。

她轻轻地倚在他的胸前，道："这件事，桑州应当可以帮你解决。"

幽无命偏着头，一脸诧异地道："小桑果，虽然我魅力非凡，但你也不是没见过世面的小丫头，怎么就这般为我神魂颠倒？"

桑远远想着自己的事，目光有些茫然，抬眼看他时面露疑惑。

幽无命的嘴角抽了抽："叫岳丈替我去前面送死？小桑果，这种事我可干不出来。"他补充道，"我又不是韩少陵。"

"谁要死了？"她嗔道，"我们都会一起好好地活下去。"

她眼波流转，微嘬红唇，神色认真，好像在许下生生世世的诺言。

幽无命的表情僵了一瞬。他急忙把她的脑袋转了回去。

她清晰地感觉到，他的心跳突然加快了。

她抬眼看他，视线落在他线条流畅的下颌处。她犹豫了一瞬，决定冒个险，温柔地轻声说："你不是说我再让你心乱一次，你便要杀了我吗？"

幽无命僵硬地低头看她。

"现在你怎么不杀？"她将手指点在他的心上，冲他道，"你舍不得。"

他的额角清晰地跳了好几下，嘴唇抿得更紧，唇角略微向下撇。他盯着她，视线从那对蕴藏了盈盈秋水的眸子开始，缓缓滑过小巧的鼻梁，掠过红润的唇，落到颈间。那脆弱、美丽而优雅的脖颈，便这般毫不设防地暴露在他眼前。

他的呼吸重重地落到她白皙的皮肤上。然后他清楚地看到，他的呼吸拂过之处渐渐泛起一层淡淡的绯色。他微愕，心跳再度乱了。

她那张染了红霞的脸蛋上露出两个小小的梨窝："既然舍不得，就不要再放狠话了。"

"夜里看我怎么收拾你，你看我舍不舍得！"他附在她的耳畔恼火地说道。

她唇角微弯，睨着他，与他讨价还价："先成亲！"

他犹豫了半晌，道："不行。我一放手，你就会跑掉，再也不会回来。"

"我不会。"她不假思索地说道。

"别人会。"他立起身子，神色淡淡地说道，"没有人会对我放心。若他们真心为你好，必不愿把你交到我的手上。"

桑远远欲反驳，却发现他说的是事实。若是他放她回桑州，桑州那边绝对不会答应把她嫁过来。他们会把她藏起来，让幽无命一辈子找不到她。

"那成亲的事缓一缓，先解决眼下的事情。"短暂的沉默之后，她重新露出大大的笑脸，"幽无命，可不可以答应我一件事？"

"你先说。"

"在我们实力不够的时候，不要贸然对天都动手好不好？"她迟疑片刻，道，"我们可以从长计议。"

他千万不能破罐子破摔，把冥魔弄进来。

他愣住了："不是要我先别碰你吗？你这是在说什么？"

她抿唇笑了起来："我喜欢你。你若实在想碰，那便碰，我是愿意的。我们朝夕相伴，在旁人眼中，我们早已……其实也没什么要紧的。清白那种东西，哪里有你重要？"

幽无命沉下脸："谁敢议论，我会让他永远闭上嘴。"

"那你会让流言变成事实吗？"她淡淡地问他。

幽无命：“……”

这么美味可口的小果子放在眼前天天看，他却不能吃，这是什么道理？他恶声恶气地说道：“解决了韩少陵，我带你回桑州讨一纸婚契。他们答应最好，若不答应，我便直接将你带走。”

不知不觉中，他又退让了一步。

“好。”她冲他甜甜地笑了笑。

幽无命再一次感觉头晕，心想：这一定是伤势没有彻底痊愈的缘故。

他觉得短时间之内不宜再被她诱惑，抬起头来骄傲地望向远方，决定不再搭理她。“抵达玉门关之前，不要再和我说话。”他缓声道。

桑远远乐得清闲，正好可以安静地修炼一阵子。她当即沉下心，感知周遭的木灵蕴。

前几日她就有感觉了，知道自己马上要晋阶。绿莹莹的木灵蕴缓缓沁入肌体，体内那些灵蕴的颜色逐渐转变，由草绿色变得又粉又绿的，看似淡了些，其实却是把原本泛着的那一层黄色除去了，只余下纯正的绿色。

她有点儿心急。在这种状态下，她已经尝试好几次了，每次在颜色即将稳固时，又突然失败了。她知道这就是所谓的瓶颈。

当初她洗筋伐髓时远比常人洗得透彻，按照通俗的说法，便是灵根纯粹、资质上乘。修行过程中，她汲取灵蕴的速度也快于常人。但这些日子修炼下来，她却发现自己该遇到瓶颈还是遇到瓶颈，完全没有开挂的感觉。

此刻她再度冲击瓶颈，更是清晰地感觉到后力不继。眼见到了临门一脚，她的灵蕴又一次接不上了。她再次功亏一篑。很快，她周身的灵蕴变回草绿色，那层代表着晋阶的粉绿元素向四周散去，即将化成木灵本源复归天地。

桑远远暗暗叹息，决定先歇息片刻，养一养精神再尝试冲击。就在这时，一道迅猛的灵蕴旋涡突然生成，那些正在逸散的木灵毫无抵抗之力，被旋涡裹挟着冲入她的身躯。

桑远远不假思索，将它们死死地薅住不放。瞬间她的脑海一阵清明，周身荧荧放光，粉绿色的光流淌过肌体，一股力量遍布全身。

她晋阶了！

她深吸一口气，睁开了眼睛，发现已经入夜了。

她下意识地回头看了看幽无命，知道是他出手帮了自己。他身旁有一位挑灯将士，荧荧的冷光照在幽无命白得过分的脸庞上，让他看起来像一位又冷又俏的夺命阎罗。

幽无命低头瞟了她一眼，黑眸中浮现一丝骄傲之色，好似在说：对你而言难如登天的事情，对我而言不过是举手之劳，你不必谢我。

她此刻也没心思管他，于是平静地移开了视线。

幽无命："……"

她晋阶灵隐境二重天后，最显著的变化莫过于周遭细微的声音在耳中变得更加清晰了。原本在这样寂静的旷野中，凝神去听时，她只能捕捉到一整片白噪音，但此刻那些声音竟直接划分出脉络，只要她有心去听，便能分出哪些是小虫子在活动；哪些是有人在低语；哪些是草木自然生长发出的唰唰声。她能感觉到这些声音在满地草木之中传递，与她体内的粉绿色灵蕴隐隐共鸣。

她心头一阵狂喜。现在她百分之百确定了，那时而灵时而不灵的窃听的能力正是修为晋阶的附赠技能。随着修为的提高，她能够感知的范围必定会越来越大，声音越来越清晰。只要有草木的地方，没有什么事情可以瞒过她的耳朵！

桑远远深吸一口气，打算再接再厉，说不定一会儿幽无命又看不过眼再给她来一下，抵她辛苦好几日。

幽无命微微地动了下，将一枚泛光的玉简递给桑远远。

"幽无命，"玉简中传出一个发颤的声音，"你把小妹怎么样了？"

玉简送到桑都了！

桑远远正要接过玉简答话，便见幽无命嗖的一下收回了手，把玉简放到嘴边，恶意满满地说道："吃了！你奈我何？"

玉简中传出几道抽气声。

桑州王咆哮道："竖子找死！"

桑远远赶紧抓住幽无命的手腕，委屈巴巴地瞪着他。

他轻哼一声，手一合，捏碎了玉简。

她眨了下眼睛，顿时泪盈于睫。

幽无命："多着呢。"

他一连取出七八枚玉简，把它们丢到她的掌心。

"我可以单独和他们说话吗？"她望着他，面露羞涩之色，"当着你的面，有些话我实在不好意思说出口。"

幽无命不怎么高兴，道："正好，孤也听不得桑成荫这老东西的声音。"

看看，这人都称孤道寡了，心里指不定多生气呢！

桑远远害羞地笑了下，一只手握着玉简，另一只手抓着他的胳膊，从"短命"的身上下去，跑到了远处。

幽无命盯着她的背影，眼神逐渐深沉。他有一搭没一搭地拍着"短命"的脑袋，道："你看，我给她机会了，她若是要跑或是要算计我，那她将变成世间最可怜的人。我不会同情她！"

"短命"喷了喷鼻水。它觉得主人就是喜欢想太多。不过话又说回来了，若是不想太多的话，主人早就变成死人了。

幽无命轻快地说道："你说……她若要算计我，回来的时候会对我说什么？是不是说……"他学着女子的声音和腔调道，"幽无命，你放心好了，我已说服了父王，只要你跟我一起回桑州，便能解决所有问题！"

他停顿片刻，声音中染上浓重的杀意："根本不可能解决！姜雁姬不会认那些证据的！这是个可以放狗来咬我的好机会，姜雁姬怎么会错过？"

"都想要我死，"他慢慢地仰起了脑袋，"我会先让你们死。"

"这世间没有一个人会真心对我好。她喜欢我，那又怎么样？她不可能为了我与整个世间为敌。你看，一旦有机会，她便要背着我为她自

己安排后路。我要杀了她，等她回来就杀了她！除非……”他伸出舌头，缓缓地碰了碰上唇，“她过来先亲我一下，那我便让她多活一阵子。”

“短命”摇了摇毛茸茸的脑袋，长长地叹了口气。

此刻，桑远远刚刚与父母兄长商谈完毕，握着最后一枚玉简站在远处静静地听幽无命自言自语。她知道他独自一人的时候经常自言自语。

果然，他还是信不过她。这个男人太没有安全感了。

她捏了捏最后这枚玉简，在心中把方才和父兄商定的计划梳理了一遍，然后调整好呼吸，跑回幽无命身边。

他骑在云间兽上，居高临下地俯视着她，脸上看不出情绪。她也没有贸然说话，胸脯起伏得厉害，像是一时喘不过气。

刀尖上的舞者，时时都在考验演技。

她知道，在外长城寻回“短命”的事情，幽无命必定会起疑。再加上她又听到了关于“督主”的那些话，他一定猜到她在听力方面有某种异于常人的能力，所以他方才说的话既是真心的，也是在试探她。她若是真的一回来就亲吻他，那才真是完蛋了，那样他便会认定，她做的一切都只是在迎合他。

她喘了一会儿，气息终于稳了。

“我与父亲商定了一个计策。”她冲他笑道，“你过来，我悄悄说给你听。”

她的脸上满是得意的神情。

幽无命怔了一下，眼珠缓缓地转了半圈，唇角勾起一抹笑，俯身把耳朵凑到她面前。她稍微踮起脚尖，双臂环住他的颈，鼻尖抵着他的黑发，细声细气地在他耳畔低语。少顷，她松开他，用一副求夸奖的语气问他：“如何？”

他直起身体，打量她片刻。

她仰着头，坦坦荡荡地与他对视，十分骄傲自得。

幽无命细细想了想，觉得她的计策好像也没有太大的破绽，忽然笑了：“倒也只有桑成荫来闹，这事才有几分可信度。”他傲慢地看着她，话锋一转，“不过小桑果，只谈这件事的话，你何必要避着我呢？”

话音刚落，他便见她的脸蛋上泛起两团淡淡的红色，水润的大眼睛轻轻地闪了两下，少女特有的娇羞溢了出来，令他的喉咙不自觉地泛起一阵干涩。

“我怕你成亲之前情难自禁……”她把双手握在身前，无意识地抠着指甲，“便问了问母亲，初次做夫妻时有没有什么要注意的事……”

幽无命一怔，声音忽然沙哑了：“岳母怎么说？”

“母亲说，若能等到成亲之后，那是最好，她会为我备好嫁妆。若你实在等不得，可取白州特产芙蓉脂涂……涂着用，便可……可将损伤和疼痛降至最低……”她的声音越来越小，到了最后几不可闻。

幽无命愉快地扬起了唇角：“好。”

他将她抱到“短命”的背上，双臂环住她，下巴搁到她的肩膀上，睨着她通红的耳垂，心情不由得大好。

“小桑果，”他诱惑道，“你就不想亲吻我吗？”

她看了看四周，低声道：“人太多了。”

幽无命大笑起来，一扯缰绳，“短命”便远远地将大军甩在了身后。

他们的第一次亲吻就发生在荒野上，此刻仿佛情景重现。

今日无月，一点儿星光映在彼此的眼眸中，夜色弥漫，一双人只余剪影。他用指尖抬起她的下巴，垂下头，没有急于吻她，而是细细地感受她的呼吸。

“小桑果，教了你这么多次，该学会些了吧？”

她的心莫名地慌了。这个气氛不对劲，他的气息好像无处不在，钻进她的毛孔，让她有些头晕，心跳越来越快。他终于吻了下来，一阵惊悸从桑远远的心底泛起，传递至四肢百骸。

大军渐近，他松开她，轻轻地吐出一口气，哑声道：“芙蓉脂吗？斩了韩少陵，即刻带你去买！”

幽无命把事情一一安排好，然后领着先锋军提速赶往玉门关。

幽州西部满是崇山峻岭，韩少陵想要正面开战只有两个选择，一是取道桑州，二是强攻玉门关。于是幽无命来到了玉门关，很有雄性猛兽夺偶时的气魄。

“能不打吗？”桑远远忧心忡忡，“死了人，便宜的都是姜雁姬。”

幽无命：“你说得很有道理。但是韩少陵非要找死，也不能怪我呀……而且小桑果，”他附在她的耳畔低声说道，“他已攻了三日，我的人必定杀红了眼，唯有血才能浇得灭那股火……那样的火，若是留着，会噬主的。”

桑远远明白了，战争这架恐怖的机器一旦运转，根本不可能轻易停下来。若是关内守军好不容易盼来的援军不参战，而是一来就与敌方握手言和，那当真是令人心寒。所以他们只能以战止战，用最快的速度打败敌人，才能凝聚人心、振奋士气。这一仗胜得越快，损失越小，伤亡越低！

一座巍峨的关隘已在眼前。还隔着一片平原时桑远远便听到了玉门关守军的欢呼声。

他们盼了几日的援军终于到了！

幽无命的呼吸变缓了近一倍，心跳极慢、极沉。桑远远不必回头看也知道他一定压着漂亮的眉眼，抿着薄唇，面色沉着，嘴角挂着一丝冷笑。他把黑刀低低地压在身侧，“短命”开始奔跑。大军渐渐跑成三角形状，幽无命便是他们的锐角，带着他们破开一切胆敢拦路的敌人。

黑铁大门被拉开，幽无命径直穿越东北门，引军掠过关塞，自西南门杀出去！

城墙上满是战火和鲜血，守军已经疲惫不堪，但个个眼神明亮，兴奋地望着他们的王，喉中溢出低吼、欢呼。

战鼓震天响，幽无命冲出巨门，一骑绝尘。

漫天都是箭，有自城墙上射向下方的箭雨，也有韩州军整整齐齐的如蝗对射。如果听见风声呼啸，便是投石车将整块的黑铁矿石轰向敌方的阵营。

幽无命率军杀出，城墙上停止放箭，韩州军亦摆出骑兵阵，二军对冲，如蝗的箭也停歇了。两股钢铁洪流轰隆相撞。不久之前才在长城合力对抗冥魔的两支军队毫不留情地向对方亮出了自己的獠牙和利爪。

乱军之中，两位王者瞬间锁定了彼此。

身在战场，人的呼吸变得异常艰涩，周遭喊杀震天，兵刃相击，鲜血挥洒，所有的一切都变成了慢动作，然而人们倒下、死去的速度比任何时候都快。

桑远远一眼就看见了韩少陵，今日他穿着银甲，身后飞扬着金色的披风，眉浓唇红，像下凡的战神。

韩少陵的视线落在了桑远远的身上。这一刻，韩少陵心中那一串串影子总算是彻彻底底地合拢归一了。他心中的每一幅剪影都是她。若是今日能从幽无命的手中夺走她，那么他有把握能完全占有和征服这个女人。

韩少陵面露微笑，扬起手中的银戟。长戟在他身前缓缓划过半圈，桑远远吃惊地发现韩少陵晋阶了！

韩少陵本是灵明境八重天的强者，此刻戟上竟爆发出近五丈长的灵蕴光焰。他显然已经踏入灵耀境，确实与幽无命有了一战之力。

桑远远的心微微下沉。若是平时，韩少陵再怎么晋阶都不可能打得过幽无命，但此刻幽无命重伤未愈，必定发挥不出真正的实力。然而她刚想到这儿便见幽无命的黑刀之上爆发出十丈有余的青木灵蕴，幽无命也比从前更强了！

“短命”微微矮下身子，快成一道闪电，在途中胆敢阻拦它的一切瞬息之间被彻底荡平。

没多久，两位王者便各自穿越了半个战场，携万钧之力轰然对撞。

一击定胜负。

韩少陵的戟断了。

“短命”旋蹄回身，再度奔向口喷鲜血的韩少陵，眼见要将他斩于蹄

下了，韩少陵的亲卫反应迅捷，在断戟落地的刹那一拥而上，抢走韩少陵后急忙撤退。

幽无命的笑声盖过了战场上的嘶吼咆哮声。

“杀！”

幽无命的声音不大，却瞬间将所有幽州军点燃。

“杀！杀！杀！”

韩州军败退，勉强支撑十余里后彻底崩溃，狼狈地逃回韩境关中。

一轮箭雨让幽州方面停止追击。幽州军驻在韩州的关隘之下，肆意地嘲讽着敌人。幽无命由着他们闹，见韩少陵再无应战之意，便懒懒地收军、回营。这一次，幽无命押后，慢悠悠地走在大军的最后方。

“小桑果，”他用额头抵着她的后脑勺，声音低哑，“瞒不过你了。”

原来，与韩少陵全力拼杀时，幽无命亦受了重创，口吐鲜血。

他随手抓着她的披风，擦掉嘴角的血痕，道：“那小子倒是好命，连晋三阶，怕不是吃了什么了不得的药。只要再低一阶，他就已经是一具尸体了，可惜。”

桑远远掰着指头数了数，连晋三阶，那么韩少陵现在已经是灵耀境二重天了。男主角果然不一样，受到刺激后立刻便能开挂。她默默地感受了一下自己可怜巴巴的灵隐境三重天的修为，长叹了一口气。同时，经此一战，她更清晰地认识到反派大魔王的实力有多么惊人。她回过身，轻轻地揽住他，道：“回去好生休养，伤没好彻底之前，你别想离开床榻。”

幽无命挑眉坏笑，道：“小桑果，你是在暗示什么吗？有你陪我，我当然愿意不下床榻，死在上面都可以。”

她道：“那两位老医者很乐意好好地陪着你。”

两人行到半途，消息一个接一个地飞来。

天都果然发了檄文，召各州君王诛讨叛逆幽无命！

随着檄文一道发出的是三名接引使者临死之前以特殊手段传回天都的记灵珠里的画面，以证明幽无命当真叛了。天都征讨州国，必须证据确凿。

消息一出，幽州即刻多线告急。西北平州、东北章州和东南赵、周、齐、姜四州联军，同时对幽州国境发兵。正东的冀州虽未动手，却也把军马屯在了边境。西面有韩、桑二州，韩少陵刚受了重伤，虽然也调了兵，一时倒是翻不起浪来。眼看着便只有与桑州接壤的西南一线暂且算安全。

幽无命漫不经心地听完各线军情，轻轻地抚着桑远远的头发，道："小桑果，你来说，我们下一个杀谁？"

桑远远："你的伤……"

幽无命道："阿古的实力不输韩少陵，让他去便可。小桑果，你看看你从前的眼光有多差！"

这个世界的强者是可以以一敌万的。两军对冲，若是主将被斩，那队伍极可能在短时间内被对方的尖端力量冲成一盘散沙，就像玉门关的这场雷霆之战。所以一个好的将领，再加上一个正常水平的军师，便能左右大半战局。

桑远远沉吟片刻，理了理思绪，道："依方才的线报，西北平州与东北章州是最急于出兵的州国，粮草补给都没能跟上，两军还在关外撞在了一起，相互掣肘。照理说，我们此刻应当杀他们个措手不及。东南部，姜、赵、周、齐四州联军，来势汹汹，稳扎稳打，预备屯兵幽、姜二州的边境，缓步推进，会是一场旷日持久的拉锯战。正东冀州屯兵在边境，冀州王却已亲赴天都为你求情。"

幽无命轻轻地挑着眉，道："小桑果只听一遍，就记住了这么多？"

桑远远得意地挑挑眉："何止记住。"

幽无命："哦？"

她骄傲地抬起下巴："平、章二州毗邻冥渊，往日受你庇护，即使想要忘恩负义，但考虑到身后的冥渊，也绝对不敢真打。他们这是在演戏给天都看！"

幽无命微眯双眸。

桑远远继续道："姜、赵、周、齐四州联军，看似人多，来势汹汹，其实这四州的实力一个赛一个差。一群山羊合在一起是变不成猛虎的。他们也就是在边境走走看看，成不得气候。"

幽无命抿住了唇。

"而东面的冀州，"她勾了勾唇，"冀州王假模假样地到天都给你求情，边境大军却丝毫不见怠惰，只听一声令下，便会开始强攻幽渡口。这个才是真正的心腹大患！"她下结论道："若我没有料错，此刻幽渡口的幽人必定不加防备，指不定还与屯在外头的冀州军称兄道弟呢。"

幽无命面色凝重，赞叹道："小桑果，你真是个天才。"

桑远远露出了优雅谦逊的微笑。她不会告诉他，幽州覆灭那一战，她早已看过剧情了。幽无命死在天都之后，幽州很快便全境陷落，所有人都沦为战俘——与桑州落得同样的下场。在桑远远的心中，幽州与桑州简直就是难兄难弟。

"那就杀了冀乐池。"幽无命说道。

冀州王亲赴天都为幽无命求情，如今领兵的便是冀州王世子冀乐池，一个灵明境五重天的强者。

桑远远狡黠一笑："正好父王也快到天都了，不如我们这样……"

…………

不多时，幽无命将王令传了下去。

聊完了边境战事，二人就像是树上忽然停止鸣叫的蝉一样，气氛瞬间陷入凝滞。

前夜定下计划之后，幽无命便大方地让人将那几个叛逆伪造的文书送往了桑州，请桑州王依计行事。若是桑州王起心动念，把证据悄悄递到帝君的案头，那就是大功一件，等幽州被灭后必能分到最大的利益。王族为了大业牺牲儿女是很正常的事情，桑远远无法替旁人作保。片刻后，她打破了沉默，道："若是父王坑了你，那我只能尽力补偿，与你同生共死如何？"

幽无命笑了笑，没接话。

桑远远瞥着他的神色，知道这个男人的心里自有打算。

没多久，大军回了幽都。

王师凯旋，像是在沉闷的气氛之中扔进了一串鞭炮。一片阴云之上，星星点点地蹦跳着欢乐。

进入王城后，幽无命挥退左右，从侧门悄悄地离开了王宫。

桑远远：“做什么？”

“买东西。”他神秘兮兮地说道。

二人到了匾额右下方有“白”字图样的店铺前，桑远远的脸蛋一下红了。幽无命拿出面罩遮住两人的脸，大大咧咧地走了进去。

“取最好的芙蓉脂来。”他吊儿郎当地道，“钱不是问题。”

桑远远觉得他这是在掩耳盗铃，因为主君的战甲实在是太好认了。

店里的伙计的腿都在抖。

芙蓉脂装在小小的玉盒中，冰凉的盒子拿在手里却像烙铁一样烫得桑远远面红耳赤。

他们回到王宫，幽无命攥着她的手腕大步流星地走向寝殿，那架势好似迫不及待地要把她吞吃入腹一样。

她被迫小跑起来，没想到幽无命一进寝殿就倒下了。桑远远眼明手快，赶紧去接他，不料这个男人实在太沉了，带着她摔倒在地上，还压住了她。幸好她身上穿着战甲，没叫他压得闭过气去。

扑腾了半天，她终于从他的胳膊底下钻了出来。她叫来小五、小六，把幽无命扶回青玉床榻上，替他卸去了沉重的战甲。

战甲一除，她立刻发现他心口的伤口裂了，鲜血透过层层叠叠的纱布透了出来。

幽无命陷入沉睡，桑远远不确定他是不是又自封心志疗伤去了。

两位白发苍苍的医者被唤了过来好一通忙活，将幽无命的伤口清洗了好几遍，敷好治伤药，千叮咛万嘱咐，让桑远远看好他，不许他下床，

更不许做剧烈运动。

听到最后一句，桑远远莫名感到心虚。

黑暗缓缓占领了黑木雕花大窗。

桑远远留着几支宫烛，放下了深青色的幔帐，床榻上便只有一点儿昏暗的光。

这种阴森的环境好像特别适合幽无命。这般看，他更像是一尊完美的不动阎罗。即便他闭着眼睛，仍能看出这个人很不好惹。她忍不住伏到玉枕边上，伸出手指，细细描摹他眉眼的轮廓，就像他曾对她做的那样。

他生得实在是赏心悦目。桑远远忍不住遐想，若是两个人的实力对调就好了，她可以把他当小白脸来养，长长久久地养！

盯了他许久，见他当真是没有半点儿要醒的意思，她便侧身，半眯着眼，视线落在他的胸膛上，看着那漂亮的线条缓缓起伏。

桑远远静静地看了他一会儿，忽然听到角落里传来了清晰的敲打声。她吓了一跳，隔着深青色的幔帐往外望去，整个寝殿都笼罩在一种阴森森的氛围里，叫人头皮发麻。

幽无命醒着的时候她没有这种感觉，因为有他在，百鬼都要绕道。但此刻他睡得深沉。桑远远深吸一口气，决定前去确认一下，省得胡乱猜疑，自己吓自己。

她撩开幔帐下了床榻，趿了鞋，取一盏烛灯，随手拎起自己那把漂亮的晶玉剑，向声音传来的方向走去。

敲打声更加清晰了。

角落里立着一面黑纱屏风，桑远远的心跳变快了。

“不然算了。”她定了定神，理理衣摆，往回走。

敲打声再次响起。

桑远远：“……”

直觉告诉她，若是她就这样回去了，这个该死的声音就要和她杠一夜了。她猜想应该是老鼠之类的东西，把幽影卫叫进来抓老鼠，好像有点儿过分；叫女侍进来，大半夜让女孩子到这鬼屋一样的地方加班，实在缺德。

最后，桑远远决定亲自去看看。

在幽无命的地盘上，她倒是不需要考虑人身安全的问题。桑远远暗想，顶多就是受惊，反正今夜自己得守着他，把瞌睡吓跑了更好。

她深吸了一口气，绕到了屏风后面。只见地上端端正正地摆放着一只黑木箱子，有半人高，四四方方的，用料考究、做工精致，声音正是从箱子中传出来的。

“你想出来是不是？”桑远远很淡定地问道。

里面响了两下。

“不想？”

里面又响了两下。

桑远远心想：看来里面不是能听得懂人话的东西，八成是老鼠或者蟑螂。

她伸出手，摸了摸黑木箱的边缘。

人最怕的永远是未知的东西。知道声音是从箱子里发出来的之后，桑远远就不怎么怕了。她用剑尖挑开了箱盖，眯着眼睛望了进去。

看清眼前之物，桑远远当即骂了一句。

和她望了个对眼儿的正是姜谨鹏——那日在帝宫被幽无命一掌一掌地拍没了大半个身体的姜谨鹏。

此刻，姜谨鹏像一尊半身的木雕，被端端正正地摆放在这只华贵的黑木箱子里，和桑远远大眼瞪小眼。

他竟然还没死！他那只浑浊的独眼睛里充了血，变得通红，神情恐惧扭曲，身体依旧是木头般的材质。不知幽无命是怎么办到的，竟能把一个活人变成这样。

桑远远一时都有些同情他了，他是被幽无命忘在这里了吧！

“不然我给你个痛快？同意你就眨眨眼。”

姜谨鹏疯了一样地眨眼。

桑远远犹豫片刻，抬起剑，刺入他的眉心。这个家伙当初想要她的命，如今被折磨了这么久，由她来亲手了结他，倒也算是一桩善缘。

姜谨鹏的眼睛失去了光泽。

她盖上箱盖，叹了口气，把晶玉剑放在长案上，回头去看幽无命。

就在这时，那个声音再次传来！

桑远远：“……”

这回桑远远真的觉得有点儿惊悚了。她是眼睁睁地看着姜谨鹏死的。

那声音更急了。

桑远远被它挑起了火气：“我倒要看看里面究竟是个什么玩意儿！”

她把宫烛放在一旁，一只手捂着眼睛，从指缝往外瞧，另一只手拿着剑又一次把黑木箱挑开了盖。

姜谨鹏已歪歪地倒了下去，在他的尸身后方端正地盘坐着一只偶人，背对着桑远远。

若是姜谨鹏不倒，那他和这偶人便背靠着背。方才姜谨鹏的身体正好把偶人挡住了，此刻他倒了，偶人就露了出来。

桑远远屏住呼吸，从指缝间上下打量偶人，那声音便是从这偶人的身上传出来的。她绕到侧面一看，发现了玄机。原来这偶人的脖子上挂了一串长长的琥珀念珠。偶人含胸坐着，念珠前后晃动，敲击在箱壁上发出了声音，应当是刚刚姜谨鹏倒下的时候碰到了偶人。

桑远远松了口气，不再捂着眼睛，用剑尖止住了晃荡的念珠。

世界立马清静了。

桑远远收回剑，正要压上箱盖，就见这偶人直挺挺地倒向后方。她吓了一跳，电光石火间瞥见了偶人的脸，它邪气美艳，唇角勾着恶意满满的笑容，是个男偶，几岁的样子。她正要定睛细看时，它已直挺挺地倒进了阴影里。若是她想细看，便要走到箱笼正上方，直直地望下去。深青色的宫殿里鬼气森森，烛光照不进箱底……她想象了一下那个画面，打了个寒战，果断地放弃了，合上了箱盖。

解决了恼人的声音便好，她对幽无命的怪癖没有半点儿兴趣，万一不小心发现什么不该发现的就不妙了。

几条青藤垂在雕花木窗外，桑远远耳朵一动，听到“短命”很不安地在它的窝里刨着地面。

“狗也会失眠吗？‘短命’，闭眼睡觉！”她冲着青藤轻轻地喊。

“短命”还在刨。

她回到床榻上，探手试了试幽无命的温度，倒是没发烧。

默默看了一会儿幽无命的睡颜，桑远远忍不住轻轻地叹了一声，这人若不是这么个狂徒，追他的贵女恐怕能围着云境绕三圈。哪儿像现在，他都二十多岁了，连女人都没碰过。

正想得入神，她忽然有种奇异的直觉，转头看去。透过殿角的黑纱屏风，她隐隐约约能看到大开的箱盖。

桑远远：“……”

她刚才明明合上盖子了。

她立刻夙了，果断地从幽无命的身上爬了过去，睡在床榻里侧。没过几秒钟，她再一次感觉不对劲，幔帐上方仿佛有什么东西。她深吸一口气，慢慢地转头，余光瞥到一个黑影时，手腕忽然被攥住了。

“小桑果，你就是这样看护病人的？”他中气不足，语气倒是霸道得很。

幽无命醒了！

这一瞬间，桑远远就像一只被充满了勇气的皮球一样，忽然膨胀起来。

她猛然抬头盯住帐顶，却发现上面什么也没有，再看向那黑纱屏风，隐隐只见一个合得好好的箱笼。

“幽无命，”她撇着嘴望向他，“你这殿里是不是有鬼？”

他见鬼一样地瞪着她，半晌，道：“你把我看死了，便能有一只。”

“……”桑远远瞪着刚醒来的病人道，“你下次自封心志的时候，能不能知会我一声？”

“好。”他的气色看起来很差，大约是光线的缘故。

她犹豫片刻，还是开口了：“方才我无意中发现了姜谨鹏。”

幽无命眯起狭长的眼睛，懒懒地应道：“嗯。他死了吗？”

“原本我也不知道那算不算死了，不过我看到之后，他就死了。”

他轻轻笑了下，问：“被你看死的？”

她不接话，托腮看他，左看右看。

他闭了闭眼，大手捂住她的眼睛：“可还看到了别的？”

“一只漂亮的偶人，”桑远远道，“戴着一串琥珀珠子。我只看见了一眼，若是不能提，那你便不要说，反正我什么都不知道。”

幽无命好笑地盯着她：“小桑果，你脑袋里是不是又在想什么奇奇怪怪的东西？”他伸出手把她拉到身边躺下，冰冷的大手重重地压在她的侧脸上。他歪着身子，盯着她的眼睛，郑重其事地说：“别乱猜，那是兵器。”

“兵器吗？”她愣愣地点点头，“哦！”

他的唇角浮现出怪异的笑容：“这是我的秘密，只有你我两个人知道的秘密。敢说出去，你就死定了。”

桑远远：“嗯嗯！”

他眯起眼睛：“小桑果，我觉得你在敷衍我。”

她扑上去，吻住了他的嘴。出卖色相什么的，她已经信手拈来了。

亲了他几次之后，她真的有了一种归属感。她觉得只有眼前这个人能让她心无芥蒂地直接亲上去，亲着亲着就习惯了，哪怕他有病，还病得不轻。

幽无命的呼吸瞬间变得急促。他抓住她的肩膀把她推开，大口地喘着，强行忍住咳意，憋得双颊一片潮红。半晌，他恶声恶气地说：“现在就想用了芙蓉脂吗？！”

他的目光很危险。

桑远远想象了一下他趴在她的身上一边用力一边吐血的样子，嘴角一抽，快速缩回了被中，礼貌地笑道：“睡觉。”

桑远远发现自他醒来后，这殿中的阴森感便消失了，沉沉的深青色只令人觉得厚重沧桑，连“短命”也不再刨了。这真是一种神奇的安全感。

等到桑远远悄悄从云被中探出头来观察时，幽无命已经合上了眼睛。他好似睡着了，只有睫毛时不时动一动。

她定下心神，将木灵蕴聚拢。青色的光点细细密密地围绕着她，她却没有取用，而是尽力将它们推向幽无命的伤处。

她这样做有用没用不好说，倒是挺费神。

一团青色的光点中，幽无命的轮廓异常清晰。都说美人在骨不在皮，他便是这样的。他的五官生得极好，身材比例绝佳，就连他披在肩膀上的衣袍大领的布料都显得特别精致华贵。

青色的灵蕴缓缓地浸入他的伤处，桑远远盯着盯着，忍不住想，要是能把自己的灵蕴像花一样种在那里替他治伤就好了……

她正想着，忽然看见幽无命的伤口附近慢慢地开出了一朵小花，两瓣嫩绿的叶子，一枚金灿灿的大花盘。

桑远远：“……”

她猛地睁眼一看，灵蕴烟消云散。

她盯着他的睡脸发了一会儿呆，然后急忙入定。灵蕴早已散去，她聚精会神地将它们重新薅了过来，心中继续想着太阳花。不多时，又一朵金灿灿的太阳花华丽地在幽无命的伤处绽放。它并没有咕噜咕噜地往外迸灵蕴，只有细细碎碎的青色的灵蕴从花盘上渗出来，缓缓落下，进入他的伤口。

桑远远暗自琢磨，那东西看起来不像有毒，试试看有没有用吧。

她凝神，继续盯着他的伤，一朵朵太阳花出现在他的身上。幽无命的伤口附近很快就围了一圈小花，它们垂着花盘，把一团又一团灵蕴输送到他的伤口中。

她折腾了大半宿，到了天隐隐发亮时，累狠了，迷迷糊糊地睡了过去。

不知睡了多久，她又一次被他盯醒了，一睁眼便见他又穿上了战甲，坐在床榻边垂目看着她。

桑远远：“……”

他真是重伤不下火线啊！

他微笑道：“好戏还得到台前去看。”

“可是你的伤……”

幽无命笑得比太阳花更灿烂：“舍不得下榻？小桑果是想用芙蓉脂，对吧？行，满足你。”

桑远远赶紧爬了起来。

昨夜她摆弄太阳花耗费了太多心神，此刻眼下挂了两个大大的黑眼圈，一副没精神的模样。

幽无命盯着她，像是在等待什么。

她把额头轻轻地靠到他的肩上，轻声道：“和昨天一样喜欢你。”

他用手指挑起她的下巴，重重地吻了下去。

幸好修行人士体质洁净，他们不刷牙也没有口气。

一通亲吻之后，她双目迷蒙，有些恃宠而骄地问他：“你呢，喜不喜欢我？”

他盯了她片刻，移开视线，声音飘了过来：“喜欢未必是幸事啊，小桑果，你最好祈祷我永远不要喜欢你。”

桑远远一点儿也不气。男人，她早已看透。

她迅速地爬起来换上了战甲。

他的目光一直紧紧地追随着她的身影，见她当真一副毫不在意的模样，眯起了眼睛，眸色逐渐变深。

队伍上路了。

这一路，幽无命装出一副没事的样子，其实根本瞒不过桑远远。他没挂上那副愉快的假面，一整天神色不悦，还时不时发愣，很显然是重伤未愈的缘故。

幽都与冀州间只有一日的距离。

次日他们就到了幽渡口。

这个地方其实并不是渡口，只是一座普通的要塞。因为幽、冀二州历代交好，所以这座要塞没有怎么用心修葺，乍一看就像一处大山寨。城门洞开，要塞中还有冀人往来。如桑远远所说，这里当真是丝毫防备也没有。

阿古率领的五万大军没有进入幽渡口，而是故意驻扎在数十里外与北部章州交界的地方，制造准备与北面的平、章二州开战的假象。

幽无命刚抵达幽渡口，这个消息就迅速地送到了冀州王世子冀乐池的案头。

冀乐池正揽着一名特别丰腴的女子，将她压倒在满案的兵书之上。他闻讯后，动作更是粗鲁了三分。他喘着粗气大笑道：“天助我也！我定要斩了幽无命，立那不世功勋！”

“那奴家提前恭贺世子了！”丰腴女子娇声道。

“此事功成，你功不可没！你就是我的小瑞兽，回头小夫人之位，赏你一个！”冀乐池大笑道。

此女本是冀州一名寻常的女伎，因为生得特别丰满，看着有福气，楼里便弄了个噱头，说她旺男人。巧合的是，她连续接待的几名士兵都在冥魔战线上立了功，平安返回。

冀乐池出征前听闻了此女的名气，便将她带了过来。他原只想着攻占几百里地，拿下剿幽的首功，没想到幽无命竟然受了重伤，只带了数百人退到幽渡口，当真像是天上掉馅饼，正中脑门。

“这幽无命四面都被围了，必定是㞞了，想到我冀州寻求庇护！”冀乐池大笑，“这不是送羊入虎口吗？哈哈哈！听闻幽无命掳走桑王女后便一直将她带在身边，这一回可便宜我了！”

女子娇嗔地道：“听闻桑王女容颜绝世，世子爷有了她，可还会把奴家放在眼里？”

“哼，二手货哪儿配做我的正夫人！安心，她也是小夫人，与你平起平坐。至于谁高谁低，便看你们哪个合我的心意了。”

女子二话不说，将冀乐池伺候得神魂颠倒。

幽无命无论到了哪里都特别醒目。

他立在要塞的城头上，披风时不时斜斜地飘向一旁。

远远地望着幽无命，冀乐池生生地想象出了一幕孤狼到了穷途末路时的惨状。

“看看，这是狂徒，是疯子，是人人畏惧的幽无命！怎么样，还不是可怜巴巴地送到我面前来，求我庇护了？！庇护？好啊！待斩下他的脑袋，我一定会好生护着，绝不叫旁人抢走！”

冀乐池身后，三军已排列得整整齐齐，只待他一声令下。

桑远远站在幽无命身旁，有点儿紧张。

上次幽无命率军与韩少陵对抗，她还来不及紧张便身处钢铁浪潮之中。这次，她站在一座破败的要塞上，直面底下威风凛凛的正规军。枪尖和矛头反射着阳光，晃得人眼花缭乱，那沉沉的压迫力让人不禁从心底泛起一种风雨飘摇的无力感。

等待的时光总是比事情真正来临的时候更加折磨人，便如眼下。

幽渡口的防卫当真十分懈怠。幽无命一到，便下令埋了上百人，如今站在幽无命身旁的是一个临危受命的临时守备。就在一个时辰前，这个临时守备只是负责城墙十丈防御的小班长，整段城墙只有他这段还保持着当初的制式。

城墙下方，冀州王世子冀乐池率领的大军兵强马壮、利刃凛凛，一看便知不是来与幽州细述兄弟情谊的。

“主君，当真要放他们进来？”新任的守备显然业务还不娴熟，声音也抖得厉害，“若是强守，我保证能守住半日，足够主君安然撤退！”

幽无命轻轻抬了抬手，守备立刻噤声，一边紧张地吞口水，一边死死地盯住下方的冀州军。

桑远远捏了捏手中的玉简，道：“我问问父王那边的情况。”

幽无命："嗯。"

玉简被捏断，青光一闪。

桑远远道："爹……"

玉简另一头传出了极有韵律的擂鼓声，桑州王没有回话。她的心不禁微微地悬了起来。

幽无命伸手捏碎了玉简，道："岳丈已经到了大典上。"

檄文一发，各州的主君或特使便会赶赴天都，共议讨伐幽州的事。今日正是祭天大典，大约便是"暴幽无道，奉天讨伐"的意思。

桑远远深吸一口气，希望桑州王能如约在大典上闹事，而不是摧毁证据，加入"讨幽联军"。

"小桑果，不要紧张，我会带着你的。"幽无命阴森森地笑道，"死也会带你一起上路。"

说罢，他斜着眼打量她。

桑远远仰起小脸，冲他笑道："只要和你在一起，地狱我都敢闯一闯。"

幽无命倒吸一口凉气，转过头，缓缓地把那口气吐向冀州军。半晌，他好似活泼了几分，失笑道："那我们还是送他们下去吧。"

冀州军动了。忽然之间，战鼓震天，五千名先锋铁骑率先冲出大阵，杀向幽渡口洞开的城门。

幽无命身边的新官守备满头大汗，紧张地发出一道道指令，声音抖得不行，错字连连，不过没出什么大状况。烽火燃起，要塞守军匆匆往后撤。

底下已杀声震天。

"杀！"

"活捉幽无命，赏灵珠千斛！拿到脑袋，赏灵珠五百斛！"

冀乐池立在城下，兴奋得眼眶通红。

先锋军已杀入城中，幽州军节节败退，幽无命却还立在墙头。若这是空城计，那么冀乐池便是将计就计！

转眼之间，幽无命已被困在城墙上，要塞守军逃向后方，把这个主君抛弃在了这座空城中。

冀乐池眯着眼往上望，只见幽无命身边立着一个娇小的身影。她穿着黑色的战甲，披着大红的披风，身姿异常窈窕。距离太远，她的容颜有些模糊，冀乐池却已能看出她美得惊心。她端正地立在那里，像一株玉树，又像一捧新雪。冀乐池忽然觉得让桑王女给自己做正夫人好像也不是不行。

“活捉桑王女，不许伤她一根汗毛！”

冀乐池咽喉发干，重重地一挥手，下了总攻的命令。

“冲啊！”大军喊叫着，疯狂地冲上城墙。

幽州军比冀乐池想象中更加顽强。虽然守军已所剩无几，但留下来的好像个个都是以一挡百的精英。他们堵在狭小的城墙道上守株待兔，来一个杀一个。

幽无命将双手撑在墙垛上，身体微微向外探。

冀乐池下意识地缩了一下。他用双方此刻的兵力对比醒了醒脑，深吸一口气，仰着头与幽无命对视。

“冀世子，”幽无命一字一顿，嘲讽道，“我好害怕。”

冀乐池狠狠地骂了句脏话，将手上的剑握紧，跳上战骑。

“世子！”亲卫急道，“不可冒险！”

冀乐池冷笑道：“整个幽渡口都已被我攻下，不过是一个幽无命，就算他没受伤，今日也插翅难逃！”

冀乐池一扯缰绳便冲向要塞敞开的大门，亲卫只能急忙跟上。就在此时，冀乐池腰间的玉简开始疯狂地闪烁。冀乐池只能勒马停下，取出玉简。

“你那里怎样了？祭典出了状况，桑成荫那个浑蛋在中间搅和，帝君已下令停止征伐幽无命了！”冀州王的声音飘了出来。

冀乐池大笑一声，道：“父王，再给我一刻钟，我必拿下幽无命的首级！此刻说休战？迟了！”

“速度要快！”冀州王急忙叮嘱，“平、章、姜三州都已撤军，为父可以谎称联络不上你，再拖一拖。你一定要在一个时辰内杀了幽无命，否则为父不好交代。”

话毕，玉简破碎。

冀乐池眯起眼，再度瞟了瞟城墙上桑远远那笔直的身影。

“桑成荫那个老家伙当真是爱女如命啊，谋逆这等大事竟也能替幽无命求情？帝君也能应了他？看来得桑王女者，得桑州！”他偏了偏头，下令道：“全力攻下城墙，一刻钟内拿不下幽无命，所有人提头来见！”

冀州军的攻势更加凶猛了。

冀乐池领着亲卫冲进城门，勇猛无比，瞬间将一条通道中的守军杀得丢盔弃甲。冀乐池豪情万丈，噔噔噔地率先爬上了城墙。

一上城墙，他便看见面色苍白的幽无命被亲卫围在圈中，好像风一吹便要倒下。

“幽州王，对不住了！”

冀乐池行事干脆，重重地一挥手，身前排出整列强弓劲弩，直指幽无命。

幽无命轻咳一声，抬起手中的玉简：“天都已经下了撤军令，冀乐池，你这是在做什么？”

他声音不大，在这狂风中显得更虚弱了。

冀乐池本来还有些紧张，此刻发现幽无命果然是到了穷途末路，不禁松了口气：“幽无命啊幽无命，这么显而易见的事情，还需要问吗？我自然是要……”冀乐池笑道，“取你的脑袋，夺你的女人！”

“哦？”幽无命确认道，“不顾天都谕令吗？”

冀乐池不再遮掩：“没想到幽州王居然这么天真！将在外，军令有所不受。更何况，父王联络不上我，我可没有收到什么谕令！上，给我杀！”

幽渡口的守备紧张兮兮地站在一旁，瞄了瞄手中的记灵珠，连吸了好几口气平复心绪。这里和平久了，突然被这么多箭指着，他总觉得自

己的心脏都垂到了裤衩里，慌得不行。

“杀！”冀乐池一声令下，冀州军当即弯弓、搭箭。

幽无命垂下头冷冷地笑了起来，笑声虽低，却让人冷到了骨子里。

谁也没看清幽无命是怎样出刀的，只见他原本站着的地方留下了一个近半尺深的足印，一道道蛛网般的裂纹向四方蔓延，而这个看起来半死不活的病患已借力跃至半空，刀锋荡起青色的灵蕴，如泰山压顶般重重地斩下。

众人倒吸凉气的声音齐齐响起，下一瞬，整排弓弩手身首异处，倒得整整齐齐。

冀乐池的亲卫急忙将冀乐池护在身后，冀乐池有多惊慌、恐惧，自不必说。

幽无命双足落地，单手提着刀，额上溅了一溜血珠，衬着肤色惨白的脸，当真像杀神阎罗降临到世间一般。

冀乐池一面慌张地往后撤，一面难以置信地嚷道：“幽无命，你一个人难道打得过我的四万大军？！速速投降，我留你全尸！”

幽无命不紧不慢地往前走，每走一步便有新鲜的血浆汇聚到刀尖，缓缓地滴落在地，发出黏腻的声音。与此同时，好似有雷声在应和他的脚步，他每踏出一步，便有轰隆隆的雷声响起。

“报——幽州将领阿古率五万军自北方袭来！我军先锋军全灭！”一名冀人匆匆来报。

原来那整齐的擂鼓声是万蹄奔腾的声音！

那人话音未落，只见一支穿云箭射了过来，这个报信小兵刚刚站起来便被那箭羽射中，生生地被掀下了城墙。

“撤撤撤！”冀乐池只觉得大脑一片空白，下意识地挥着手，在亲兵的保护下踉踉跄跄地往后跑。

正在攻打城墙的冀州军全被杀蒙了。

阿古率的那五万军根本不是匆匆赶来的救援队伍，而是秣马厉兵等待多时！

幽无命眯起了眼睛，嘴角露出狐狸般的笑容。他抬起那只没拿刀的手，漫不经心地挥下。埋伏在甬道内的士兵冲向城门，将那精铁大门轰隆合上，一桶桶熔好的铁水浇向那一道道丈把长、尺把宽的黑铁门栓，将城门彻底封死。

瓮中捉鳖！

幽无命拎着刀走到甬道口，忽然脚步一顿，回过身来。只见那名娇俏的女子正站在原地愣愣地望着他的背影，一双黑白分明的眼睛里露出几分神往之色。

“小桑果，愣着做什么？”幽无命朗声笑道，“过来，随我一道收割人头！”

桑远远当即笑弯了眉眼。上次在冥魔战场，他杀得兴起时根本不记得身后有她这么个人。如今，他也开始懂得何为牵绊了。

冀乐池很快就被逼得走投无路。

阿古生擒了冀乐池，将其押到幽无命身前。

短短一会儿，这个冀州王世子便像是从血水里捞出来的一样，十分狼狈。

“要……要……要杀就杀！”他颤声道。

“不急。”幽无命笑容温和地说道。

冀乐池的玉简被阿古搜了出来，呈到幽无命面前。

幽无命的脸上挂起了和煦的微笑。他轻轻捏断玉简，侧耳听着。玉简对面传出一道悲痛的声音：“帝君，是我无用，当真联络不上犬子啊！底下人传信过来，说他一个时辰前已领军攻进幽渡口了！我真是心急如焚，只能祈求幽州王平安无事了！”

冀乐池脸色发白，张口想喊，却被人狠狠地卸掉了下巴。

“帝君啊！”冀州王装模作样地道，“这小子翅膀硬了，根本没把我这个父王放在眼里！我就知道幽州王干不出那等叛逆的事。”冀州王像煞有介事地继续道，“谁知犬子刚愎自用，趁我不在，自己领兵去了！回头

看我怎么教训他，必须军法处置！唉，战场上刀剑无眼，万一幽州王真的有个好歹，我真是……看我不扒了冀乐池这不孝子的皮！”

当着女帝的面，冀州王显然只能把泛光的玉简藏到腰带里，继续说着话。他故意这般大声，便是想提醒冀乐池自己正与女帝说话，让冀乐池不要出声。

幽无命笑得更加灿烂了。

冀乐池神情灰败，眼神里满是绝望之色。

玉简中传出女帝的叹息声：“唉，罢了，生死有命，希望上苍庇佑幽州王吧！冀州王，你也不必太自责。”

听到这个声音，桑远远猛地睁大了眼睛。玉简中的声音会有少许变化，此刻女帝的声音恰好与她的记忆中某个女子慵懒的声音对上号！桑远远按捺住狂跳的心，调整呼吸，缓缓转头，佯装不经意地看向幽无命。

幽无命脸上的笑容消失了。他缓缓地把玉简凑到唇边，道：“帝君，”他的脸上没有任何表情，声音中却带着笑，异常地违和，“真不幸啊，冀州王世子不知为何发了疯，领着四万人硬要与我的五万人正面拼杀，不死不休。这下可好，刀剑无眼，太遗憾了。”

没等对面反应过来，幽无命捏碎了玉简，将那玉屑的碎片洒在了冀乐池的头上。

“埋了，”幽无命的声音有几分飘忽，“用记灵珠好好录下全程，然后给冀州王送去。告诉他，孤不爱见血，他想扒他犬子的皮，便自己来挖吧。”

“是！”阿古抹了把脸上的血，“主君，这些俘虏怎么处置？”

“一个不留。”

幽无命看起来有些累，把半个身子的重量压在了桑远远的肩膀上，一语不发地扯着缰绳，带她离开了人群。

第七章 身世

幽无命带着桑远远向南行去。

行出十几里，他忽然咧嘴笑了笑，说道："小桑果，你说……岳父大闹祭典是个什么模样？"

见他终于肯吭声了，桑远远先是松了一口气，然后叹息："父亲的演技……"

那场面她想想都头疼。

幽无命眯着眼，微扬着下巴，想一会儿，笑几声，又想一会儿，再笑几声。

另一边，桑不近正在给父王捶肩膀。这老头一副痛心疾首的样子，装得像模像样的。桑不近此刻回忆起来仍是觉得太阳穴突突突地跳着疼，可当着老爷子的面，想笑也不敢笑。

当初桑成明谋逆之后跳下冥渊，死无对证，谁也不知道他究竟为何要做出那种事。此事桑州一直在查，却始终没有找到线索。幽无命送来的文书给桑州提了个醒——这幕后黑手既然能伪造文书陷害幽无命，那么当初桑成明叛变会不会也是出自同一方势力之手?

桑州王他们把前前后后的事情连起来一想，觉得好像快发现真相了。既然有人想要幽州和桑州死，那么桑州自然不能扔下幽州这个难兄难弟!

拿到幽无命送来的那份文书后，桑不近亲自操刀，依葫芦画瓢造了一份假可乱真的王令，上面写着"令桑成明率军偷袭韩少陵和幽无命"。

桑州王与桑不近带着这两份文书，挑了个最热闹的时候当众甩出证据，大喊"幽州冤枉"，搅黄了祭天大典。

"六月飞雪，幽州是冤枉的！这幕后黑手是拿帝君当刀使，想先灭幽州，再灭桑州，这是要颠覆云境数千年的基业啊！今日被冤枉的是幽州，明日那帮人不知道又要害谁！这般挑起内斗，等到下次冥魔来袭，还有谁能为人族捐躯？这幕后黑手是要灭了人族，毁了全境啊！千万年太平，祖宗留下的基业，代代传承的文明，眼见就要毁于一旦啊！"桑州王便是这么闹的。

桑不近回忆起方才女帝和各州主君、特使们的表情，不禁再次抽了抽嘴角。

这件事，确实只有桑州王来做合适。

当初桑成明率军偷袭剿魔的韩少陵与幽无命，险些置二人于死地，幸得桑州王力挽狂澜，在长城下救韩、幽二军于危难，这是举世皆知的事实。谁都知道桑州王是无辜的。所以桑州王只要将桑成明谋逆之事和幽州的叛贼截杀桑州王之事扯在一起，将两份证据联合起来，就能立刻把幽州这桩“铁案”给推翻。

被截杀的受害者亲自跳出来替幽州喊冤，又有确凿的证据，众目睽睽之下，天都想暂缓处理都不行，只能立刻颁下谕令：停止伐幽！

“想笑就笑！”桑州王一巴掌拍在桑不近的脑门上，“你小子憋笑的坏样真是气死老夫了！”

虽然桑不近生着一副女相，但桑成荫从来就没有因为他的美丽可爱而心疼过他半分。桑成荫自己就是被老桑王从小揍到大的，生了儿子之后也经常揍儿子，生生把桑不近这个粉雕玉琢的瓷娃娃揍成了一个皮实的糙汉子。

桑不近的脑门挨了一巴掌。他笑道：“爹，我哪儿是在笑你？我只是在想，咱帮了幽无命这么大的忙，他总该答应放了小妹吧？”

一提这个，桑成荫的脸色顿时难看了几分：“竖子若敢动我闺女一根手指，看老子回头不阉了他！”

桑不近若有所思道：“其实仔细想想，弑父上位这种事幽无命也不算是开先河者。此人心狠手辣，是个枭雄。我看他平时的做派，觉得他也并非一无是处。”

他说得起劲，没发现自家老头子的眼神已经越来越危险了。

“嗯？”

“此人别的不说，倒是向来不近女色，”桑不近道，“这点强过韩少陵。”

桑成荫笑道：“不近女色、弑父，近儿倒是很欣赏幽无命，嗯？”

桑不近也未娶妻，说是没有寻到意中人。

“还成吧，”桑不近没发现自己掉到坑里了，随口道，“若是小妹当真

中意他……啊——爹，你打我作甚！”

“弑父！叫你弑父！小兔崽子，毛长齐了啊！”

为了避免被揍，桑不近赶紧求饶：“爹爹饶了孩儿！”

幽无命带着桑远远一路南下，很快就到了幽州与天都的交界处。

他在一座城池中停留了一个时辰，将幽影卫分批派了出去，然后换装、易容，扮成一队运送幽州特产水灵菇前往天都交易的商人，低调地朝天都赶去。

这水灵菇其实是一种青苔，雨后便会生长在那种深青色的石头缝里，它们天然蕴含着许多水灵蕴，深受水属性强者的欢迎。只有这等上好的货品才有出现在天都集市的资格。

与他们同行的幽影卫不到二十人。桑远远发现，自从扮成商人的随从后，那些幽影卫就既不像猴子也不像战士了，一个赛一个地朴实无华。

“我们要去做什么？”桑远远有些摸不透幽无命的想法。他重伤未愈，此刻去天都作甚？

幽无命易容成了个病恹恹的商人，说话有气无力，说出来的话倒是十分凶残：“去杀皇甫俊啊。”

桑远远：“你连刀都没带。”

他乔装打扮进入天都，自然是无法带着兵器的。

幽无命得意地笑道：“小桑果，我可不是只有刀厉害。”

桑远远暗想：这人果然很狂。

皇甫俊没派特使参加伐幽祭典，而是亲自前往天都。皇甫州位于云境最东边，与天都之间隔了姜州、云州，可谓万里迢迢。幽无命要杀皇甫俊，这一路的确是最好的下手时机。只不过幽无命此刻的状况，怎么看也杀不了皇甫俊那种强者。

她开始有点儿明白为什么幽无命会英年早逝了，他根本没耐心养伤。只要不倒下，他便时时都在压榨自己的身体。再这样下去，根本不需要谁来杀他，他自己就活不了几年。

桑远远轻轻地叹了口气。

商人赶路是不骑云间兽的，得坐车。“短命”很委屈地和四头拉车的云间兽走在一起。这些很没眼色、灵智未开的畜生一开始还很排斥“短命”这个新来的，被“短命”收拾了一顿之后，老老实实地走在前方。“短命”则叼着一根长长的草鞭走在它们后面，时不时地在那些云间兽的屁股上抽一下，禁止它们偷懒。

幽无命凑到桑远远的耳边嘀咕：“你是不是也觉得‘短命’成精了？”

“嗯，”桑远远道，“估计是跟你待久了。”

幽无命转了转眼珠，一时没分辨出桑远远是不是在夸他。

“幽无命。”她忽然摆出一副委屈的样子，可怜兮兮地唤他。

他一怔，微缩着瞳仁，盯着她：“嗯？”

“你是不是一点儿都不在意自己的身体？”她问。

他的瞳仁缩得更紧，脸上却挂上了玩世不恭的笑容：“怎么，小桑果是担心我满足不了你吗？哈哈哈，到时候你只有求饶的份儿，知道吗？”

她垂下头，掉下一大颗泪珠：“你伤得这么重……我已经习惯每日都喜欢着你了。我不敢想，哪天若是对着空无一人的地方……”

他慢慢把头转向另一边。

她轻轻地拽着他的衣裳，视线落在他的肩膀上，发现他肩膀的起伏比平时稍微大了一些，呼吸也重了许多。

她已经成功地激起了他的情绪。

习惯了每日亲吻、表白的人不仅有她，还有他。

“不会有那种事情发生，小桑果。”他的声音缓缓地飘出来，“我死的时候，不会丢下你。”

她靠在他的背上，双臂轻轻地环住他：“好。”

她心中暗暗地想：从“带着你一起死”到“陪着你长久地活下去”，恐怕还有一段不短的路要走。不过，她从来都不畏惧艰难的挑战。

他忽然动了一下，捉住她的胳膊，转身把她从他的背上扒了下来。

他握住她的肩，瞪着眼睛控诉道：“小桑果，你把我的衣裳弄湿了！”他用大拇指重重地揩掉她眼角的泪，问道，“你没拿我的衣裳擦鼻涕吧？”

“那你答应我稍微爱惜自己一点儿，要不然我下次全擦在你身上。”她仰着小脸和他讨价还价。

她说前半句的时候，他下意识地想要转头逃避，等听完后半句，他忍不住垂着头笑了起来。笑了一会儿，他很敷衍地抬头对她说：“好好好。”

他一副拿她没办法的样子，眼睛亮晶晶的。

桑远远没想把他逼得太狠，这只刺猬太敏感，稍有风吹草动就会紧紧地蜷缩起来。“那我们一起修炼。”她笑吟吟地道。

幽无命笑了：“小桑果，你就是想占我便宜！”

“对呀，”她睨着他，“幽州王这么小气吗，蹭蹭也不让？”

“蹭蹭蹭！”他很不耐烦地说道，偏过头，藏起唇角的笑意。

他踢掉了靴子，盘起腿，即刻入定。

高手确实不一样。桑远远想要入定还得先调整呼吸，平复心绪，准备个大半天，有时候就像晚上失眠了一样，折腾半天也入不了定。

幽无命入定之后，空气中便开始弥漫着淡淡的木香。

桑远远觉得，如果这个男人一直在她身旁修炼的话，她只要窝在他旁边睡觉，修为就能噌噌地往上长。

桑远远坐在浓郁的木灵中入定了。不一会儿，她惊奇地发现上次给幽无命种了太阳花之后，她的修为非但没有耗损，反倒隐隐地有晋阶之兆！她肌理中的粉绿色灵蕴开始泛起翠意，蒙在上头的白雾好像在渐渐消散一般，只是暂时还不稳定。不一会儿那层白雾便会重新回来，将那点儿翠意彻底掩盖。

幽无命的灵蕴旋涡罩住了她，她这样修行确实事半功倍。顺风顺水都不足以形容她此刻的状况，她更像是被龙卷风卷向胜利的彼岸。

不一会儿，白雾消散，桑远远晋阶至灵隐境四重天，精神一振。她心念微动，立刻有一株巴掌大小的太阳花在幽无命的胸口绽放。那夜，太阳花第一次出现时，它还只有指头长，现在已经有巴掌大小了。看来她的修为提升后，能力也会随之晋阶。

她高兴了一会儿，然后继续抓紧时间汲取灵蕴，一面修行，一面又往幽无命的胸口上扔了十来朵太阳花，密密麻麻地种了他一胸脯。只见那些花盘上不断渗出青色的光团，看着十分水润，扑簌簌地沁入他的胸口。

更叫桑远远吃惊的是它们居然像真的向日葵一样随着日头缓缓地转动花盘，到了西面就不动了。

太阳花的脑袋一直朝着西面，于是桑远远知道入了夜。

过了很久，她忍不住暗暗地想，等太阳升起来后，这群太阳花是不是会唰地一下子集体来个猛回头？！

这个念头一起，她忍不住扑哧笑出了声，入定状态被打破，睁眼便看到了幽无命的侧脸。他易了容，没有了完美的容颜，但那股气质和气势一下攫住了她的心神，她忍不住多看了他两眼。

她一直明白，真正自信的人，举手投足之间会有一种超出常人的魅力。而幽无命的气质之中又多了一种毫无保留的、随时准备与全世界同归于尽的毁灭之势，像是盛放到极致，将要在眼前破灭的火花和泡沫，让人感到惋惜、心疼。

“幽无命，你真好看。”她轻声自语。

他忽然睁开了眼睛，问：“小桑果，你在勾引我对不对？”他伸出胳膊把她拽到怀里，嘴里嘀咕，“也不看看我易容成了什么样子，这么丑的脸，你勾引我有用吗？”

他嘴上嫌弃，却很自觉地向着她敞开了怀抱。

桑远远正要扑到他胸前，忽然看见一缕天光从身后照了进来。她顿住了，嘴角抽了好几下，想起种在他胸口上的那片向日葵。这会儿它们是不是该齐刷刷地猛回头，将花盘朝着她了？想想那场景，她不动了。

幽无命见她僵在原地不动，立刻眯起了眼睛：“小桑果，莫非你在嫌弃我？！”

他易了容，不好看。

他恼火地控诉道：“你是这么肤浅的人吗？！”

桑远远："对啊，我就是垂涎你的美貌，怎么样？"

闻言，幽无命垂下头，笑得全身颤抖。半晌，他抬起头道："很好。至少你喜欢的是我这个人，而非别的。"

她定定地望着他，忽然笑了笑，轻声说道："但令我心疼的是藏在躯壳中的你。你就算易了容，我还是能一眼就认出你。"

我还是能一眼就认出你强大、脆弱、敏感的灵魂。

幽无命身躯一震，还来不及说什么，她已经轻轻地趴在他的胸前了，软软的身体带着令人困倦的温度。

他慢慢将视线落在她的乌发和后颈上。

他有种不祥的预感，若是此刻不果断地杀掉这个女人的话，她一定会给他带来难以预料的影响，她会让他完好的、安全的世界变得支离破碎，她会把他拖进万劫不复的深渊。他的手和身体都在颤抖，喉结上下滚动。

"桑远远，"他哑声道，"你最好离我远一点儿。"

这是他第一次直呼她的名字，他瞳仁紧缩，眼睛自上而下地瞪着她。

"你……现在……马上走！否则，我不知道会对你做出什么事。"他的额角迸出了青筋，易容物都无法掩盖。

她从他的怀中探出头，一点儿也不害怕，依旧笑吟吟的，目光温柔。她道："那我和'短命'在附近遛一圈，它一定闷坏了。"

说罢，不等他有所反应，她便推开车门跳到了"短命"的背上。

"'短命'，我们去玩！"

"短命"早就想出去了，待桑远远坐好，像箭一般蹿了出去，眨眼就载着她消失在地平线上。

幽无命死死地盯着这两道消失的身影，半晌，无力地将手掌覆在了脸上。

"'短命'，"桑远远俯下身，搂着"短命"毛茸茸的脖颈，凑到它的耳边说道，"你的主人，真的好别扭啊！他有病！"

“短命”深以为然。

“你觉得我能治好他吗？我觉得悬！”

狂风呼呼地刮过耳畔，在这空旷的戈壁上，桑远远感到有点儿失落。

“你说，你和我怎么就遇上这么个倒霉孩子呢？偏偏这个家伙还挺叫人心疼的！‘短命’，你跑得这么快，要是想跑，谁都追不上你，可你就愿意跟着他是不是？他有什么好的？！”

她忽然想起一件事。在书中，幽无命临死前一刀斩了坐骑的尾巴，让它滚。它没滚，而是扑向重伤的女帝君，想要咬死她，结果被皇甫俊扔进了一片火海。

“‘短命’，”她忽然痛哭起来，边哭边喊，“我们都好好活着好不好？你别死，幽无命也别死，我也不死，我们一起好好地活下去！”

“短命”停了下来，高高地仰起脑袋，张开嘴巴叫了起来，算是回应。

它把她稳稳地从背上颠了下来，转头用额头上最柔软的白毛拱她的脸，擦掉她那糊了满脸的鼻涕、眼泪。刚擦完，它好像意识到什么，一双黑溜溜的眼珠子一眨不眨地盯着她的鼻子，表情渐渐变得无比嫌弃。

桑远远：“幽无命说得对，你是真的成精了！”

溜达了一会儿，一人一兽高兴地回到车队。

幽无命已经调节好了情绪，撩开车帘，懒洋洋地支着额头坐在窗边等她回来。

“你以为可以拐走我的‘短命’吗，小桑果？”他一脸骄傲地说道，“想都别想！无论跑到什么地方，它都会回来的！”

“嗯，”她坐在“短命”的背上冲他笑道，“我也一样。无论到了什么地方，我都一定会回来，回到你身边。”

幽无命错愕，猛地放下了车帘。桑远远很贴心地给他留了一点儿冷静的时间。

等到她手脚并用地爬上车时，这个男人已经恢复了慢条斯理的模样，正用两根手指拎着一只青铜壶，往青玉小杯里注入碧色的茶水。

他动了动眼皮，瞥她一眼，问：“知道这是什么吗？”不待她回答，他轻笑着继续说道，“水灵菇的汁，用木灵固玉晶炖的。”

桑远远知道水灵菇，那是他运到天都售卖的宝贝，是蕴藏着丰富的水灵蕴精华的佳品。她也知道木灵固玉晶。她在帝宫遇刺的那夜曾听桑不近对桑成荫说，要从人家风州王风白鸾的手里抢来给她用，那木灵固玉晶必定也是宝贝。幽无命就这么炖茶喝？败家！

“里面有水灵和木灵吗？”她坐到他身边道。

幽无命像看傻子一样看了她一眼：“炖成汤了，怎么可能还有灵蕴？喝的是口感，明白吗？”

桑远远：“……”

他真的太败家了！

她叹了口气，端起他的杯子抿了一口，果然口感绝佳，有点儿像蜂蜜冻，却更加清爽怡人。

“你今天是不是忘了什么？”幽无命状似无意地问道。

太阳升起时他把她赶了出去，她没来得及说那句话。

她一边喝茶，一边冲他笑道：“和昨天一样喜欢你！”

他漫不经心地问：“嗯？近日为何都没有比昨天多喜欢我一点儿？”

桑远远：“……”

幽无命一行来到了幽州东南部。

这里南临姜州，东接天都，气候无比干燥，放眼望去是大片黄沙。商队不可能走得像行军那样快，若是速度太快，很容易会被察觉到异样，所以他们只能在这片戈壁上龟速前进。

慢悠悠地走了几日后，桑远远成功晋入灵隐境六重天。如今她的灵蕴已经是碧绿色的了，像软玉一般。每次入定，看着这般通透漂亮的颜色，桑远远都会有种自己是个价值连城的翡翠雕像的错觉。

太阳花已有小臂那么高了，花盘上渗出的青色灵蕴渐渐变成了水一般的材质，像是一种贵重的精华凝露。

她把幽无命的身上种满了太阳花，只要一入定，这个男人就会被她种成一个类似于仙人球的玩意儿，只能大概看出个形状。

这一日，一路默不作声的阿古忽然来到车厢外，求见幽无命。

“主君，前方十五里便是属下恩公的埋骨地，属下想走一趟，给恩公上几炷香、添几抔土，望主君恩准！”

此地距离幽、姜两州的边境线已不足百里，阿古也知道自己的请求容易节外生枝，一张瘦长的脸上满是惭愧和纠结之色。

半晌，车厢中传来幽无命的声音。

“一起去。”

幽无命推开车厢的木门，站到辕座上。凝望远方片刻后，他朝桑远远招了招手。

“那边，”他遥指着东南方，“你别看阿古现在凶得很，他小时候就是个废物，自小在泥巴里打滚，叫人欺负得特别惨。”

阿古挠着头，站在一旁憨笑：“主君又笑话我。”

桑远远钻出车厢，踮着脚望向东南边。距离太远，她只能看见一片矮山，山间有点点绿色，像是戈壁上的一小片绿洲。她饶有兴致地看向阿古，问：“那里是阿古将军的故乡吗？”

阿古小心翼翼地看了看幽无命。

幽无命随意地挥了挥手，嘀咕道：“听了八百次，耳朵都起茧子了，小声点儿，别吵到我。”

他钻回了车厢。

阿古挠了挠头，羞涩地道：“我喝醉酒就爱叨叨，还嫌弃别人没资格听我唠叨，每次酒壮㞞人胆便跑到主君面前……”

桑远远扑哧一笑，能想象出幽无命不耐烦的样子。

阿古笑道：“其实主君就是对外人凶，我知道他不会真的嫌弃我。”

“我七岁时，生了场怪病，这里长出了另外一个脑袋。”他抬起手来指了指后脑勺，眼神变得黯淡，“我被当成怪物扔进了河里，幸好有位恩公救了我，将我带在身边。恩公是个教书先生，自从收养了我，许多学生就不到他的私塾上课了。恩公独自一人生活，带着两岁的小公子。我

的事害得他断了收入，我十分内疚。”

阿古的眸中泛起泪光，目光变得幽远：“这么多年了，我从未见过如恩公一般的人，谦谦君子，温润如玉。小公子亦像个天上下凡的小仙童。村里的人打我、骂我，我便偷他们家里的鸡鸭，拔他们菜地里的菜苗，配上从河里抓来的鱼给恩公和小公子补身子！我的运气特别好，有一日我睡觉时忽然自己洗筋伐髓了，踏入了灵隐境一重天。”

桑远远感叹道：“那可真是太好了！”

阿古的脸上露出微笑：“自那之后，我便可以吸收木灵蕴了。我想着待我修为有成，便去参军，除魔立功，给恩公挣脸面，叫恩公和小公子过上吃香喝辣的好日子！”

桑远远突然想起了方才阿古的请求——到恩公的埋骨地上香添土。

“谁知那样的日子只过了短短三年。”阿古话锋一转，脸上浮现惨笑，“失去一切后我才明白，能陪着恩公和小公子，给他们抓鱼吃，那便是最好的日子！”

桑远远的心一紧。

阿古的眼眶逐渐变红：“有一天，恩公突然被抓走了，小公子也被带走了。我等了很久很久，只等到一具尸骨。他们说恩公谋逆。笑话！一个普普通通的教书先生，谋的哪门子逆？”阿古哽咽着继续说道，“我知道自己没有能力报仇，也不知道小公子怎么样了，他只有五岁！我只能咬牙活着，一边打听小公子的消息，一边拼命修炼。直到十年之后，我得到了一个机会，到东郊国寺刺杀仇家……”

“然后呢？”桑远远见他半天不说话，忍不住追问。

“然后，我就被主君砍了脑袋。”他挠了挠头。

桑远远呆呆地望着他，旋即反应过来了，幽无命砍掉的是阿古那个多余的脑袋。她还是有点儿蒙，压低声音问：“莫非你行刺的是……老幽王？”

阿古点了点头：“对，十年前的事。我遇上了主君，没能成功。”

桑远远：“然后你就跟了幽无命？”

“对啊！”阿古认真地点头。

桑远远理了理思绪。十年前，阿古行刺老幽王失败，跟了幽无命；五年前，幽无命血洗送亲宴，也算帮阿古报了仇。

幽无命老早就计划着灭他自己满门了，所以才会把这些本就和老幽王有血海深仇的人收到麾下。

这两个人相遇的情形着实奇怪。

幽无命："你要行刺我爹？"

阿古："对！"

幽无命："跟着我，我带你杀我全家！"

阿古："好！"

桑远远的眼前浮现出团团迷雾。

记灵珠中幽无命生母的声音实在太像女帝君姜雁姬了。如果幽无命的生母是姜雁姬的话，他又怎么会变成了幽州王世子呢？幽无命的身上，到底背负着多少秘密？她摇摇头，不再多想。

"后来你找到那个小公子了吗？"桑远远问道。

阿古的眼神变得黯淡。他轻轻地摇了下头："小公子若是还在，必定和主君一样，是个风流标致的人物。"

听他这么说，桑远远的脑海里忽然浮现出一幅画面。平凡的小村庄里，一位玉树临风的先生带着个粉雕玉琢的瓷娃娃走在夕阳下的土路上，身旁还有个多长了一个脑袋的古怪少年。那个少年羞涩而景仰地凝望着这对父子。

只可惜，这幅美好的画卷突然就被人撕了。

两人说话时，一座村庄已出现在视野中。

阿古并没有进村，而是绕到村后的一座小荒山上，在角落里找到了那座毫不起眼的坟茔。

"毕竟是谋逆，连碑都不能立。"阿古双眼通红，在坟前上了香，"恩公姓明，我永记在心。"

他拜了几拜，低声道："恩公，阿古这一生都不会放弃寻找小公子，恩公若是在天有灵，还请给我指引，让我找到小公子，护他一生平安。

恩公，阿古如今已不是当初的小废物了。阿古是大将军，一定能罩着小公子，让他天天吃香的喝辣的！”

桑远远容易共情，眼眶忽然湿了。

她回到车中，发现幽无命并没有在修炼。他端正地坐着，眼神有些空洞，好像在透过车厢凝望着那座坟茔。发现她归来，他忽然笑出了声：“小桑果，别人上坟你也哭？与你何干！”

他拍着膝盖哈哈大笑。

桑远远恼怒地别开头，狠狠地抹了两把眼泪。她太容易共情了！

幽无命开心地把她拉到了怀里。

“嗯，明白了，小桑果是水做的。”他说，“我死的那天一定得带上你，要不然你天天到我的坟前哭，岂不是要把我泡烂了？”

她瞪了他一眼，轻轻地靠在他的胸膛上。

他的身体好转了不少，她也不确定自己种的那些花究竟起了多大的作用，毕竟两个人的修为差距实在太大。

“你说，阿古会找到那个小公子吗？”她轻声问道。

幽无命不屑地嗤笑了一声。

她感慨道：“阿古如今已是赫赫有名的大将军，是你麾下的第一人，幽影卫之首。若是小公子还在就好了，阿古一定能护住他，让他平安幸福地度过一生。”

他垂下眼帘看了她一眼，淡淡地问：“是吗？”

“是啊。”她轻轻地叹了口气。

阿古已经把这些事在幽无命面前念叨八百遍了。若是能找到那个小公子，幽无命肯定早就帮阿古把人找来了。这样一个笼络人心的好机会，谁也不会放过。

她算算日子，明家父子被抓走的时候，幽无命只有四五岁，身体又差，正在鬼门关附近转悠，根本不可能知道外头发生了这么一件事。

幽无命思忖了一会儿，令商队往南行，到了幽、姜二州的交界处。

“那里是天峰关，我的。”幽无命指着一处关隘，得意地说道。

“嗯，你的。”桑远远点点头。

他的手指缓缓地移向东面，道：“峡谷。”

“峡谷？”桑远远有点儿摸不着头脑。

幽无命跳下车，把她带到“短命”的背上，带着她奔向那处险峻的峡谷。

这处谷地十分狭窄，堪堪够一两头云间兽从中穿过。峡谷两侧全是风化的巨石，有风贴着地面刮，黄沙漫起尺把高。人走在峡谷间，像是踩在黄色的仙雾中一样。

“短命”很懂主人的心，不用幽无命吩咐便放缓了速度，慢悠悠地走了起来。

“小桑果，你是不是傻乎乎地信了阿古的话？”不等她回答，他继续道，“就他那资质，不用洗髓液也想洗筋伐髓？”

“啊？”桑远远疑惑地偏头看他。

“肯定是别人帮他的啊！”幽无命愉快地道，“姓明的不是普通人，明白了吗？这里，你看看这里……看见没有？”

他指向前方。

桑远远抬头望去，看见前方突兀地出现了一大块空旷的平地，四周的山石像是被人为地削过一般，呈现出光滑的弧度。她若是从高处向下看，这儿便像一粒大珠子。

桑远远更加摸不着头脑了。这个地方跟阿古的恩人是不是普通人有什么关系？

她纳闷地望向幽无命。他低头看她。

一片风沙中，有阳光直直地打在她的额头上，他鬼使神差地低头啄了一下她的额头。之后，他发现她愣愣地张开了小嘴。他无意识地凑了过去，就在双唇触碰、红舌微探的刹那，他的身体忽然一震，像触电般痉挛着向后倒去。

桑远远发现他的脸唰的一下就变成了青色，唇色惨白得吓人，豆大的汗珠滑过脸颊，瞳仁收缩得几不可见，牙齿无意识地磕在下唇上，鲜

血沁了出来。

他的眼睛里一片狂乱，像是风暴来临时黑浪翻涌的海。

他抬起一只手，轻轻地扼住她的脖颈，道："死……"

他无意识地发出低喃，破开口子的下唇上有鲜血缓缓地顺着嘴角往下流。

"短命"急得四蹄乱刨。

幽无命的眼睛睁得很大，眼白多。他摇晃着头凑到她面前，用舌尖轻轻舔去了唇角的血，病态地注视着她。落在她脖颈上的五指轻轻地颤抖着，依次松开又握紧。他的呼吸变得又急又重，唇角露出笑容，像是掠食者扼住了猎物的脖颈一样。

桑远远看出来了，这一回，他是彻彻底底地发病了，比以往任何一次都要可怕。

此刻来不及思索前因后果，她迎着他那扭曲的视线，尽量让自己的目光和声音温柔、平和下来。她轻轻地用诱哄一样的语气说道："幽无命，我是你的小桑果啊。"

"小……桑……果。"幽无命晃了晃脑袋，嗓音嘶哑地说道。

"喜欢你的小桑果，灵隐境六重天的小桑果，毫无威胁的小桑果，每一天都说喜欢你、每一天都会轻轻吻你的小桑果。"她弯起眉眼冲他笑，道，"幽无命，你说每一天都要我的'喜欢'，还有我的'味道'，你不记得了吗？我是你的小桑果。"

他的头再度晃了晃："小桑果。"

他呆呆地看了她一会儿，眸中翻涌的黑色巨浪渐渐消失。

神志收拢，他猛地松开了手，像是被烫到一样。

片刻后，他歪着身子抬起她的下巴，盯着她的脖颈左看右看，还把嘴巴凑到跟前给她吹了好几下。

"疼吗？"他神经兮兮地问道。

其实他刚才根本没有用力，但她还是委屈地反问道："你说呢？"

"一定疼坏了……"他懊恼地叹道，"小桑果是水做的，又娇又弱，随便碰一下都受不了。"

她像是受了重伤一样虚弱地依偎在他的怀里，听着他如落骤雨般的心跳声，轻声问道："为什么突然想杀了我，我做错了什么吗？"

幽无命的身体一僵。

片刻后，他嗓音干涩地说道："没有，是我的问题。"

她抬头看他，见他的眸光闪得厉害。

"这里是不是发生过很糟糕的事情？"她小心地问道。

半晌，他嗯了一声。

她靠着他，吃力地伸长脖颈，够到了他的脸，在他的唇角印上浅浅的吻，轻声说道："我想一直陪着你，陪你消灭那些敌人，和你一起好好地活下去。"

幽无命心中一惊，小心翼翼地捧住了她的脸，快速而小声地说道："这么怕死吗？活着有什么意思？"

她抿了抿唇，轻轻问道："幽无命，如果我死了，你会哭吗？"

他犹豫片刻，僵硬地说道："不会。"皱了皱眉，接着道，"我让所有人给你陪葬。"

"那你呢？"她道，"为什么你不陪我？"

幽无命不说话了，心跳渐渐平稳了。他抿着薄薄的唇，半晌，弯起唇角大笑出声，道："小桑果！你装死装得一点儿都不像！"

桑远远："……"

这下他的病是彻底好了。

他望着她假笑道："我怎么会真的伤你。"

"嗯，我信你不会伤我。"她温柔地笑着，垂下了头。

他敏锐地察觉到她眸中的失落。他知道她一点儿也不信他的话。他也知道，刚才这话连他自己都不信。

他的心底浮现一股躁意。

接着，她大声道："你扔我一身大脸花（太阳花）的事，我还没找你算账呢！"

她很勉强地抬了下眸，笑道："啊，原来你知道。"

连太阳花都没能逗她开心起来，他急忙又道："小桑果，你是不是傻子？大脸花到了夜里就会转到西面去，你连这个都不知道吗？三岁小儿都知道这个！"

"这样啊。"她笑了起来，眼睛不像平时那样弯弯的。

幽无命夸张地道："你是不是以为指挥着它们咔嚓一下回过头来，就能吓到我？！"

他笨拙地逗她，她便抬头冲他笑了笑。

他紧紧地盯着她，见她依旧没什么精神，皱起眉头。这一刻，他心中异常暴躁，却一点儿都不想杀人。他第一次意识到犯病会带来一些令他非常不愉快的后果。直觉告诉他，他此刻必须出卖自己的一些秘密才能哄好她。他得让她知道，他真的不是故意的。这样的想法令他感觉很奇怪，怪透了！

幽无命抿紧了唇，扯着缰绳走到最空旷的地方，指着两旁的山石给她看。

"看，这些都是至强者打斗留下的痕迹。他不想牵连村里的人，便老实地跟着那些人离开了村子。到这里，他们便打了起来。"

桑远远知道，这个"他"指的必定是那位姓明的教书先生，一个藏在乡村的强者。

她轻轻地点了点头，专注地听他说话，整个人看起来有了几分精神。

幽无命偷偷地观察她，见她放松了许多，紧皱的眉头也松开了一些。

"看见那个了没有？"他指着一处极为怪异、扭曲的山石，"搬山倒海——那是皇甫俊的杀技。"

皇甫俊？！桑远远的眼睛睁得更大了。

难道捉了那对父子的人不是老幽王而是皇甫俊？！

幽无命轻轻一笑，指向山石对面的凹陷处道："皇甫俊败了，使出绝招，还是打不过姓明的。"

她的目光追随着他的手指，在他的指引下观察那些痕迹，她好似真的看到了二十多年前的那场惊天大战。

"那位明先生还带着个五岁的小公子啊！"她轻轻地叹道。

“对。”幽无命毫不在意地点点头，“所以你说皇甫俊有多弱。”

“后来呢？”桑远远的眼睛里闪动着好奇的光芒。

“后来啊……”幽无命笑了笑，额角有青筋在缓慢地跳动。

桑远远心有所感，若不是刚刚才发过一次病的话，此刻他必定又要犯病了。

“后来，来了一个女人。”他睨着她，“姜雁姬。”

桑远远的心脏猛地一跳，脑子还没想清楚，脊背已开始发凉了。

“姜雁姬是个因为生过孩子而无法修炼的废物。”幽无命的眼睛里发出了毒蛇一样冰冷的光，“这样一个废物……”

他轻轻地笑了起来，拉着她大步向前走。

“喏，就是这里。”他用下巴指了指前方，“你能想象出姜雁姬哭得像个疯子的模样吗？她装模作样地扑上前，护着他们父子，说自己找了他们很久，说她想念自己的亲儿子，想得快要疯了！她就这么轻易地骗过了姓明的。在二人亲吻的时候，她对他下了毒。”

桑远远的心猛地一揪。

所以，他方才在这里亲吻她时突然犯病了。

她哑声问道：“明先生和……小公子，就这样被抓住了吗？”

她已经从阿古的口中知道了结局，明先生死了。

“是啊。”幽无命轻快地笑了起来，“所以小桑果，你说美人计有多可怕。”

他走到前方。

她凝望着他的背影，只觉得浑身冰冷。

“幽无命。”她唤道。

他脚步一顿，没有回头。

她艰难地问道：“你……你就是那个……”

幽无命回过头来，漆黑的双眸中燃烧着烈焰。他露出一抹修罗般的笑容，声音低哑地说道：“我就是那个小公子啊。”

这一瞬间，桑远远觉得这个世界忽然变得寂静无声了。

“小桑果，”幽无命微笑着走向她，像个笑面阎罗，“你又知道了我的

一个秘密。这个世间，只有你一个人知道。”

只有死人才会永远保密？桑远远下意识地想后退，但还是用全部的意志力强压下心头的恐惧，迎着幽无命踏出一步。

“是啊，”她仰起笑脸，“好荣幸，我又知道了你的一个秘密。连阿古都不知道吗？”

“他当然不知道。”幽无命盯着她的脸道，“小桑果，你明明在害怕，为什么不后退？”

她非但没退，还扑进了他的怀里。

那一瞬间，她有种清晰的感觉。他和她是磁铁的同一极，在她扑向他的时候，她克服了一股强大的斥力。

她紧紧地搂住他的腰，把脸埋在他的胸口，道：“我说过，我会陪着你。”她颤声道，“我连地狱都不怕，何况区区姜雁姬和皇甫俊。”

幽无命明显一怔：“小桑果，我说的怕不是指别的什么东西。你……不怕我吗？”

“为什么要怕你？”她抬头看他，眼里落下泪来，“你原本好好的……是那些坏人害了你们。我为什么要怕你？”

幽无命叹息：“是了，你还在姓明的的坟前哭。小桑果，你真是个奇怪的家伙。我们是死是活，与你又有什么关系？”

“我心疼。”她抽泣着低声道，“我先前想着，若是小公子还在就好了，阿古定会护他一生平安喜乐，没想到那个人竟然是你。”

她紧紧地环住他的身体，仰头亲吻他的下颌，喃喃道：“我会好好修炼，陪你杀光那些仇敌。”

“是啊，杀光他们。”幽无命低低地笑了起来。

她的目光落在他的脸上：“可是，你是怎么瞒过所有人，变成了幽州王世子的？”

幽无命盯了她片刻，忽然笑了：“这个秘密……我要你用身体来交换。”

桑远远的脸立刻红了。

幽无命大笑起来，揽着她回到“短命”的背上，一扯缰绳，带着她回到了峡谷外的商队中。

一个时辰之后，幽无命一行终于抵达了天都。

商人和王族的待遇不一样，队伍在城外排队整整一天才等到了进城的机会。

洗去一身疲惫后，众人踏上了白玛瑙制成的路面，进入贸易市场。

幽无命收到消息，皇甫俊仍留在帝宫，三日之后才会回东州。东线战事频繁，皇甫俊也是难得抽出机会到天都来陪姜雁姬几日。

当然对外并不是这样说，东州王只是有军情要事与帝君商议。

“小桑果，逛街去！”幽无命愉快地抓住桑远远的胳膊把她拖下车，“你肯定没带上芙蓉脂，是不是？！”

桑远远：“……”

他得意地笑道：“我就知道，你没有半点儿自觉！”

桑远远：“……”

她这会儿心很累，也很乱。

他拖着她找到了白州的店铺，买了十来盒芙蓉脂，用一个小包袱装了背在身上。

“可惜岳父已经回桑州去了，”他轻轻地摇着头，“否则还能找他讨一纸婚契，就地成亲。”

桑远远：“其实女孩子都很渴望盛大的婚典，真的。”

“不不不，我知道小桑果不是那么庸俗的人。”他揽住她的肩膀说道。

“不好意思，我就是那么庸俗。”

他笑得灿烂：“俗人不会看上我，没这眼光。”

她把脑袋扭到了另一边。

其实她没有期待过什么婚礼。她和幽无命又不是正常地恋爱、结婚的。她这是把脑袋拎在手里撸毒蛇玩，哪儿还有那种小女儿家的心思？她一直说成亲，不过是缓兵之计罢了。她还没做好准备和他做更亲密的事。

她悄悄地叹了口气，一眼扫过他背在身后的那包芙蓉脂，感觉双腿

有些软。

走过一条金装玉砌的街道，桑远远忽然脚步一顿。她看见了一个很眼熟的身影，对方戴着纱帽，纱幕之下能看到半副镏金面具。

梦无忧？她怎么会在这里？

桑远远感到恍若隔世。

桑远远最后一次听到这个女子的消息，便是韩少陵让人毁去她的容颜，只拿她当解毒的工具。莫非她终于大彻大悟，从韩少陵身边逃跑了？可是韩少陵身中情毒，怎么可能放她离开？

桑远远转头便看见梦无忧的身边跟着几个韩少陵的亲卫，一行人匆匆地走在一个失魂落魄的男子身边，不断地说着什么。

没走几步，男子无奈地跟随梦无忧走进了一座装饰古典的茶楼。

桑远远盯着茶楼外满墙的爬山虎出了一会儿神，转头对幽无命说道："我累了，在这里吃个茶可好？你身上还有钱吗？"

幽无命哈哈大笑道："小桑果若是看中了这座茶楼，我便把它买下来。"

她挽着他的胳膊进入茶楼，包下一间厢房，慢悠悠地烹起茶来。

爬山虎在雕花木窗间摇晃，桑远远很快便捕捉到了梦无忧的声音。

梦无忧："帮帮忙，救救韩州王好不好？他是个大英雄，为了杀掉一个很坏的人才受了重伤。他就要死了，难道你忍心让这么一个英雄死去吗？他若是出了事，韩州万万百姓将流离失所！"

桑远远心头一动，韩少陵快死了？幽无命那一击竟令他受了那么重的伤？梦无忧跑到天都是为了替韩少陵求医？莫非那个落魄男子是什么妙手神医？

梦无忧那急切的声音让桑远远感到一阵牙酸。桑远远曾见证过韩少陵和梦无忧的那些事，韩少陵待梦无忧真的很差，不仅当着梦无忧的面疯狂地对别的女子示爱，还把面具烙在梦无忧的脸上。就这样，梦无忧还能这般心急如焚地替他求医问药？

桑远远等了一会儿，终于有道难听的公鸭嗓音传入耳中。

"你跟我说这些有什么用？！我又不是医者。有病要去看医生！行了……行了，你刚才说只要进来喝杯茶就给我一锭金子，拿来！”

“我知道你是冥族的人。你想救，便能救。”梦无忧开门见山地说。

全场安静了一会儿。

“哈哈哈！你疯了吧，小姑娘，哪儿有你这样的？在街上随便拉一个人便说人家是‘三邪’？！没病吧？”男人的声线明显不稳。

“你的妻子把什么都告诉我了！宁鸿才，你醉心于赌博，把孩子的药钱都输掉了，你知道你的妻子有多着急吗？她本要把这个消息卖进帝宫，幸好被我拦住了。若非如此，此刻你早就被抓走了！”梦无忧说道。

“不……不可能！孟娘怎么可能出卖我？！我……我赌钱是为了赚更多钱给娃娃治病！我也不想输啊……”宁鸿才哭了起来。

“宁鸿才，你三十多岁了，连正经的活计都找不到，终日游手好闲只知道赌，你的人生有任何意义吗？你牺牲自己，救活韩州王，顺便还能救你的孩子，何乐而不为？”梦无忧焦急地劝道。

“韩州王的命是命，我的命就不是命吗？”宁鸿才哭得更凶了。

“还有你的孩子啊，你的孩子没钱治病就要死了啊！你一个人的命可以换两个人的命，这是多好的事情呀！只要你答应救韩州王，我保证你的孩子会得到最好的治疗！”梦无忧讲得动情极了。

宁鸿才呜呜地哭了起来，好半天才止住了哭声。

“好……好吧。把钱给我，我送回去，和他们道个别，然后就跟你走。”宁鸿才妥协了。

“韩十二，你带着钱陪他走一趟！”梦无忧欢快得像一只小鸟。

宁鸿才离开了茶楼。

桑远远皱起眉头，想了半天也想不起冥族是个什么种族。

“三邪”被清剿了千余年，世间的“三邪”族人早已所剩无几。在书中，有名有姓的“三邪”也就是情族的梦无忧，以及数年之后迷惑了韩少陵的一个巫族女子。对于冥族，书中根本没有多提。

“幽无命，”桑远远问，“你知道……”

她一抬头，却见男人的眸中早已燃着两点暗火。

他很不悦地盯着她，问：“小桑果，你在想什么？”

“你知道冥族吗？”

幽无命明显一怔：“你在想这个？”

桑远远点了点头。

“知道啊，怎么会不知道？”他斜着眼笑了，漫不经心地道，“另外两族因为太坏而被消灭，冥族因为太好，如今已死光了。”

太好？

桑远远联想到方才梦无忧和宁鸿才的对话，明白冥族是一个可以用自己的命换回旁人命的奇异种族。别说是在这个强者为尊的半奴隶制世界了，即便是在和平民主的年代，这样身负异能的种族也逃不过给权贵换命的命运。

“小桑果，”幽无命凑近了些，“你知道吗？冥族把性命给旁人时，还会把一身的修为一起送给那个人。”

“啊？”桑远远倒吸了一口凉气，“那岂不是更叫人觊觎了？”

“对啊！”幽无命冷冷地说道，“所以他们死绝了，还被扣上了邪族的帽子。”

她有些难过：“怀璧其罪。”

幽无命轻笑出声：“小桑果，你又在替古人发愁吗？”

“不是古人，隔壁就有一个。”

她将方才听到的事情原原本本地说了一遍。梦无忧带着韩少陵的亲卫在这座茶楼中说服了一个冥族遗民，让对方随她去救受了重伤的韩少陵。

“哦？”幽无命愉快地挑起眉毛，“韩少陵快死了？我只使了七分力气。若早知道他这么不顶事，我便使出八分力，岂不是当场便能斩了他？”

桑远远：“……”

“既然上次没送他下去，”幽无命笑道，“这次我可得使点儿劲。”

看着自信满满的幽无命，桑远远的脑海里忽然灵光一闪，有一些线索慢慢地连在了一起。

她的目光逐渐凝滞。

女帝姜雁姬生过孩子，曾是一个毫无修为的人。她伙同皇甫俊将明先生父子抓走，在那道峡谷中暗算了明先生。再后来，明先生死了，姜雁姬却一步踏上了通天路，变成了云境十八州至高无上的女人。

难道姜雁姬那身绝世修为……是从明先生身上夺来的？

明先生，明，冥。

他是冥族！

桑远远忽然打了个寒战，脑海中突兀地浮现出初见幽无命的那一日。当时，他意味深长地对她说了一句话——

“桑王女，我这儿的规矩便是这样，一命换一命，很简单、很公平吧？你喜欢吗？”

一命换一命，难怪他当时的语气那么奇怪。

他是那个小公子，是明先生和姜雁姬的骨血，也是冥族人！

幽无命察觉到桑远远神色有变，把一只冰冷的大手覆在她的脸上。

“小桑果，你是不是又发现了我的一个秘密？”颀长的身躯倾过茶台，他把脸伸到她面前，声音低沉地道，“想要我的这身修为吗？迷住我，让我甘心为你而死。那样我的命、我的一切，便是你的了。小桑果，你想不想要？”

桑远远抬眸，视线撞入他的眼中。他漆黑的瞳仁犹如深海，危险至极，眼底仿佛有暗星在闪烁、旋转。

这是巫族的血脉之力！

上次在那生人祭的祭坑旁边，她被巫族的血脉之力冲击，心绪不稳着了道。再后来，她看见双儿对他施这惑术时，已经在潜意识里筑起了防线。她有了防备，再加上此刻心情稳定，所以并没有被幽无命迷惑。

她呆呆地望着他。他既是冥族又是巫族，他残忍疯狂的外壳下竟然藏着这样一个秘密。

此刻，桑远远短暂地窥见了他眼底的脆弱。他看似在试探，其实是孤注一掷。如果连她也是觊觎他的女妖怪，那么他必定会和书中写的一样舍弃人性，义无反顾地踏进深渊，再也不回头。

她心中忽然浮现出悲悯的情绪。

她慢慢地抬起头，轻轻地吻上他的唇。他僵硬地躲避，她紧紧相逼。最终，他屏住呼吸，睁大眼睛，眼中的暗星消失，身体不自觉地轻轻战栗。

她这是在做什么？！

他下意识地往后躲，后颈却不知何时被她揽住了。新鲜柔软的花果香味在他的口中蔓延，带给他从未体验过的感觉。这一瞬间，他觉得自己好像中了毒，浑身上下一丝力气也使不出来。

美妙的时光转瞬即逝。双目迷蒙的女子退开少许，脸颊红红的，微微地喘着气，把额头抵在他的下巴上。

他依旧僵着身体，一动不动。

“这么多次都没能教会你吗？”她噘着红润的唇，娇嗔地道。

幽无命猛地吸了口气，大口地喘了起来。他这才发现自己憋了好久的气，肺都快炸了。半晌，他盯着她狠狠地道：“小桑果，你完了。你以为我还会放过你吗？”

她羞涩地笑了笑：“幽无命，你想要的是我，还是我身后的桑州呢？”

他不假思索地瞪着眼睛道：“想什么呢，小桑果？我又不是韩少陵，要的当然是你！”

她笑弯了眉眼：“所以我想要的也只是你啊。幽无命，你一个人难道还能有整个桑州厉害吗？你要的不是桑州而是我，我又何尝不是一样呢？”

幽无命呆呆地看着她。

虽然他并不认为自己没有整个桑州厉害，但她说的倒没有什么大问题。

如果她和他讲感情，他还能起疑心，但她这样讲道理，倒是一下子把他心头所有的疑云都给打散了。

他猛地站直了，吓了她一跳。

“小桑果，我这就去替你杀掉你讨厌的人！”他愉快地笑道。

桑远远：“啊？”

“梦无忧啊！”他眯了眯眼，道，“第一次见你，我便看出你讨厌那个赝品了。”

说着，他已轻巧地越过茶台，大步向外走。

桑远远赶紧叫住他：“她身边有韩少陵的亲卫！”

幽无命转过头，用手指点了点她身后的木椅，示意她坐回去。他道：“所以你留在这里，别拖累我。我很快回来。”

桑远远咬了咬下唇，坐了回去。

她一点儿都不同情梦无忧。这个女人十分自大，不知道害死过多少人，若是要一命换一命的话，梦无忧长几十个脑袋都不够砍。

再说，韩少陵和幽无命是死敌，梦无忧日后必定会变成射向幽无命的利箭。幽无命若能在这里杀了梦无忧，那最好不过！梦无忧一死，韩少陵即使这次能挺过去，最终也会死于情毒。

杀掉梦无忧对幽无命来说，百利无害。

桑远远只是有些担心幽无命，他毕竟带着伤。

她正暗自思忖时，只见藤蔓一动，梦无忧的声音再度传出。

梦无忧：“韩五、韩八，你们到茶楼外面守着吧，我想一个人静一静。这里很安全，不会有什么事情的。”

桑远远的心脏猛地一跳。这个时候梦无忧竟然支开了身边的护卫，莫不是天助幽无命？

桑远远的双手不自觉地攥在了一起。她有些紧张。

片刻后，梦无忧的声音清晰地传来：“多谢义父！”

“不必，”一个略带阴柔的男声道，“夜长梦多，速速回韩州去吧。其实你何必心软与宁鸿才说那些废话，抓走不就完事了？”

“那哪儿成？毕竟是一条生命，总得让他心甘情愿才好。”梦无忧的声音里满是欢快，“忧儿自小没有父母，有幸邂逅了义父，已要感激上苍的恩德了。真没想到义父这一次竟能帮我找到冥族，这份恩情我不知该如何报答。义父，忧儿真是太幸运了！”

桑远远缓缓地吸了一口凉气。

义父？书中，梦无忧确实有个义父。就像所有小说里失去双亲的女主角一样，梦无忧莫名其妙地遇到一个强大的长者，对方视她为亲女儿，无条件地呵护她、帮助她。剧情发展到中后期，这位“平平无奇”的长者暴露了身份。原来他竟然是东州王皇甫俊。

皇甫俊！梦无忧支开护卫是为了见皇甫俊！

桑远远心跳如擂鼓，急忙向门口走去。

略显阴柔的男声有些不悦地说道：“忧儿，我劝你还是考虑清楚些。我把宁鸿才是冥族的消息告诉你，是希望你用他来治你脸上的伤，而不是帮韩少陵那个臭小子！他这般待你，你还矢志不渝？”

梦无忧道：“他恨我骗了他，所以才会这样对我。他不是有意的，只是误会了我。其实，我并非有意隐瞒。我从前真的不知道自己是情族的……不过没关系，误会总会解开的，我救了他，他以后定会对我好的！义父，你不相信我的眼光吗？”

桑远远直冒冷汗，梦无忧和皇甫俊在一起。幽无命重伤未愈，根本打不过皇甫俊。她必须阻止幽无命，立刻、马上！

她感到阵阵耳鸣，脚下的地面好像变成了柔软的棉花团，踩在上面一脚深一脚浅。

她听到血液在身体中疯狂奔腾的声音，仿佛看到了书中幽无命的结局。知道了那段过往，她怎么忍心看着幽无命在皇甫俊的手中殒命？

桑远远冲出厢房。

这里是二楼，桑远远冲到走廊上，目光快速扫过全场，落在了一间洞开的雕花木门内。门内有屏风遮挡，桑远远看到一片衣角恰好绕过屏风飘入室内，那衣服正是幽无命的！

桑远远浑身颤抖，使出全部的力气跑了过去，几乎跑出一道残影。

廊上也爬着藤蔓，她听到了梦无忧惊讶的声音。

“你是谁？进来做什么？”

那一瞬间，桑远远觉得自己的心脏都停止跳动了。

第八章 离城

她离那间厢房还有小半个走廊。

皇甫俊阴柔、不悦的声音响起："这么没规矩？"

桑远远觉得头皮发麻，轻身一跃，跳上半人高的雕花木栏，凌空一翻，落到了那间敞开的厢房门口。她来不及喘气，低头看了一眼身上的衣裳，然后径直冲了进去，抢在幽无命大放厥词之前，一把抓住了他的胳膊。

她赶紧抬头，见幽无命面色平静，黑眸如同万里之下的深海。幽无命缓缓转头，盯住了她。

桑远远深吸一口气，脸上挂着谄媚的笑，视线缓缓地扫过在茶台前对坐的两个人，微微弓身，道："对不住，这小子是新来的，不懂规矩，冲撞了客官。该我来给二位奉茶。"她回过身推了幽无命一把："愣着做什么？换好衣裳，到水房帮忙去！"

她重重地捏了捏他的手，目光中流露出一点儿恳求之意。

她感觉到皇甫俊和梦无忧的视线都落在了自己的脊背上，一时头皮发麻，轻声催促幽无命："去啊。"

他抿了下唇。

"替我盯着那些小子，别叫他们偷懒。"她快速道，说完又推了他一把。她这便是暗示他不要单打独斗，既然已经知道皇甫俊在这里，不如带人过来围剿他。

幽无命深深地看了她一眼，转身绕过了屏风。

桑远远松了口气，笑吟吟地回过身，冲皇甫俊道："抱歉抱歉，这批新人不太懂规矩，冲撞了客官，我替他赔个不是。"

皇甫俊眯了眯眼睛，道："过来奉茶。"

桑远远微微错愕，本以为皇甫俊会随手赶她出去。他不着急和梦无忧说正事吗？

桑远远定了定神，疾步上前，手法娴熟地拎起烧沸的壶，利落地洗杯子、沏茶、分茶。

皇甫俊一直盯着她，她的动作丝毫不乱。

方才从走廊跑过来时，她紧张到了极点，整个人都处于崩溃的边缘。此刻成功送走幽无命，她已处于风暴后最平静的状态，甚至还有闲心低头笑了笑，道："客官，我的脸上又没有茶喝。"

说罢，她嗔怪地瞟了皇甫俊一眼，像极了一个老茶娘。她和幽无命扮作寻常的客商，一身打扮倒是看不出什么问题，考的便是演技了。

皇甫俊轻轻挑了下眉。

桑远远垂下视线，飞快地将茶具放到原位。做完整个流程，她就可以不引人起疑地退出去了。

将茶具放置好，她笑吟吟地扶着茶台，准备起身。突然，她的手被人摁住了。桑远远心头一跳，视线慢慢落下。只见皇甫俊探过一只手覆住了她的整只小手。他的手很大，食指与中指越过她的腕部将她扣住，拇指像是中医问诊那样压住了她的腕脉。

她镇定地望向皇甫俊。

皇甫俊皮肤极白，四十多岁了，模样看着不过三十出头，细长的眉直直地飞入鬓中，薄唇红得像血，高鼻梁，面貌还算英俊。他穿着一件精致的紫色长衫，一看便知用料不俗，紫色把他的皮肤衬得更白。

他轻轻地用带茧的大拇指摩挲了她的手腕两下，夸赞道："茶娘子养了一双好手！"

桑远远的心里咯噔一下。她定了定神，眼波流转，视线落在他的手背上，道："奈何老天赏了好底子之后，忘记再配上一副花容月貌，否则也不必在这里辛劳，早跟着贵客这般人物吃香的喝辣的，过好日子去了。"

她有些忐忑。虽然幽无命的易容术十分高超，足以以假乱真，但她并不确定，像皇甫俊这样的老狐狸会不会发现什么端倪。

"义父！"一直没吭声的梦无忧忽然道，"您真是为老不尊，干吗拉着人家茶娘子的手不放？！"

桑远远抬头看了看梦无忧，心中倒是有几分感激梦无忧替自己解围。

梦无忧并不看她，嘴巴委屈地噘着。桑远远知道，梦无忧这是吃

醋了。

皇甫俊哈哈大笑起来，松开了桑远远的手，冲梦无忧笑道："这是块璞石，剥开之后恐怕风光无限啊！"

桑远远的心跳猛然加速，果然，自己易容之事瞒不过皇甫俊。

她强装淡定，微笑道："身处风尘之中，自然得沾一身灰，这都是保护色罢了。客人，请用茶。"

她站起来，欠了欠身，镇定地向外走去。

"听闻我那个外甥很不懂事，强夺他人之妻，不顾外人非议，终日将人带在身侧，当真是离经叛道。"皇甫俊不疾不徐地说道。

桑远远只觉得后脊发凉，装作事不关己，继续大步往外走。

梦无忧惊奇地低呼一声，道："义父也不管管他！这样怎么得了？被夺了妻子之人该多可怜啊！"

梦无忧此时并不知道皇甫俊的身份，压根没意识到义父口中这个被夺了妻子的人正是她心爱的韩少陵。

"哼！"皇甫俊道，"可怜之人必有可恨之处，况且，还有傻乎乎的好女孩儿对他掏心掏肺，他有什么值得同情的！"

皇甫俊瞪着梦无忧这个"傻乎乎的好女孩儿"。

桑远远已走到了屏风旁边了。这一刻，她觉得自己正走在一条已经崩塌的桥上，明知道前路已被截断，却仍抱着一丝侥幸，觉得只要从这道门出去……

屏风忽然自己动了，挡住了桑远远的去路，就像一个男人在她面前张开了臂膀。

桑远远慢慢地转身，与皇甫俊对视，问："客人这是何意？"

皇甫俊倚着茶台，挑眉道："不想放你走啊。你跟了我，吃香的喝辣的，去过好日子，怎么样啊？嫁给我也不算吃亏吧？我身边向来无人。"

桑远远："对不住，我已经许人了。"

"他有什么好？"皇甫俊笑了起来，"君子不立于危墙之下，跟着一个必死之人，能有什么前程？来，来我的身边，我护你岁岁平安。"

梦无忧惊呼：“义父！”

桑远远镇定地笑道：“您这位义女好像并不想要一位义母呢，不如你们父女二人先商量商量？”

“哈哈哈！”皇甫俊大笑道，“小孩子懂什么！这种大事，哪儿轮得到小儿置喙！来我身边，我带你登上那万里河山！”

他意有所指，眸光微微地闪烁，毫不掩饰自己的野心。看来，东境已经无法填饱这头饿狼的肚子了。

桑远远知道自己一时走不了，干脆走到茶台边坐下，给自己沏了一杯茶。

皇甫俊的眼中露出欣赏之意。

桑远远喝了口茶，平静地问道：“你是如何认出我的？”

这个男人是长了透视眼吗？

“见面便知不俗，加之……”皇甫俊抬起一只手，张开五指，伸到她面前晃了晃，“摸骨，最易分辨的便是王骨。”

梦无忧吃惊不浅：“义父是说，这个茶娘子是流落民间的王女？”

皇甫俊意味深长地看了梦无忧一眼，道：“不错，与忧儿一样，都是沧海遗珠。”

“义父又说笑了，我哪里是什么遗珠！”梦无忧喃喃道，“可是义父，终身大事岂可这么随便！您独身多年，难道不是想等一位情投意合的知己吗？”

梦无忧的心里有些失落。虽然与义父认识的时间不是很长，但她心中对他着实是孺慕非凡。在她看来，义父的另一半一定得是一位非常知性、优雅的女长辈，一看便能让她心无芥蒂地喊一声“义母”，而不是眼前这位。这个茶娘子方才还朝义父抛媚眼呢，这样轻浮的女子，义父怎么就对她一见倾心了？她十分担心，怕义父傻乎乎地被风尘女子骗了。

桑远远倒不着急。既然皇甫俊明明白白地袒露了觊觎桑州之意，想必也不会把她怎么着，至多是威逼利诱，让她答应嫁去东州罢了。

他简直老不羞！他们俩隔着一辈呢！

桑远远暗暗在心中骂了皇甫俊几句，面上却丝毫不显。

皇甫俊满意地看着桑远远，笑道："忧儿年少，分不清鱼目与珍珠。能娶到这般女子，不知是多少年才能修到的福气。"

桑远远轻轻一笑，嘲讽道："尊驾既然分得清鱼目与明珠，为何还把鱼目抓在手中？"

桑远远是在说他不该将梦无忧这个赝品收为义女。

皇甫俊毫不介意地笑道："本欲鱼目混珠，如今既然得了珍珠，便也无须再强人所难，为难这鱼目扮珠。"

桑远远的心轻轻一跳。她隐约想起了书中的一段情节。

书中，大结局时，韩少陵与梦无忧大婚，皇甫俊替梦无忧抬了身份，称她是桑州王室的遗珠，并且出手替桑州翻案，从此梦无忧便有了高贵的出身。而梦无忧的义父皇甫俊则控制了桑州，成了最大的得利者，还赚取了无数美名。

不错，梦无忧在书中继承了桑远远的衣柜、床榻、男人以及身份和地位。

桑远远的唇角露出一抹嘲讽的笑。

她前后一联想，一个阴谋渐渐浮出水面。

书中，这位主持正义、深藏功与名的皇甫家族大家长皇甫俊其实就是在幕后搅动风云的真正黑手。韩少陵最后不过是变成了皇甫俊手下的一条狗而已。

桑远远托着腮，目光落在茶上，轻声道："想娶我，可得过关斩将呢。"

"黄口小辈，何足道哉！"皇甫俊豪气干云。

桑远远笑道："那您这位长辈会拿我做人质，威胁您看不上的小辈吗？那样的话，我可会看轻您许多呢。"

"自然不会。"皇甫俊自信地笑道，"小鬼还不成气候。"

皇甫俊早已捏碎玉简联络了留在宫中的亲卫，他们会请帝宫的高手以最快的速度赶过来。只要幽无命敢现身，这里就必定会是他的葬身之地！

话音刚落，他身后的雕花大木窗忽然寸寸碎裂，七八道人影从檐上倒着飞下来，数道刀风直斩皇甫俊。来者个个黑巾覆面，刀锋之上灵蕴闪烁，全是灵明境五重天之上的强者。

幽影卫来了。

桑远远并没有贸然逃跑。她镇定地坐着，脸上挂着浅浅的微笑。好像这两个男人哪一个赢哪一个输，她都无所谓一样。

在这乱世之中，柔弱的女子向来身不由己。她们被人争来抢去的时候便如同一件珍宝，自身是没有任何话语权的。所以只要她不妄动，皇甫俊就不会为难她，只会争夺她，并不会把她当成一个有血、有肉、有感情的人。

皇甫俊动了。他放在茶台上的那只手轻轻一震，便见桌上的茶水齐齐离开杯子，浮到离地三尺的地方。他一挥紫袖，碧色的茶水便像暗器一般向他的身后射去，正好正与刺客们的刀锋相撞，化解了幽影卫的第一拨攻势。

有桑远远在，幽影卫投鼠忌器，并没有使出全力来。

就在皇甫俊略微分神的瞬间，一道奇异至极的挪移声忽然响起，像是滚雷，又像是有人在头顶上方搬动巨桌。下一秒，灿烂的日光劈头盖脸地落了下来，让人不自觉地眯了下眼，心中浮现一丝茫然之意。

嗡的一声，整个屋檐忽然被数条锁链拖拽了出去，倾斜滑下，砸在了对面那条街的屋顶上。一时间土木横飞，惊叫声四起。

门前的屏风忽然一分为二，幽无命的身影自缓缓分裂的屏风间出现。他手持一柄普通的刀，青色的灵蕴自刀尖荡起一丈有余，直斩皇甫俊！

幽无命身后，两列幽影卫鱼贯而入。

机会来了！

桑远远不假思索地抄起茶台上那把沸腾的大茶壶，直直地砸向梦无忧的头。

这是最利索的姿势，最无法避让的角度，茶壶飞到一半，盖子散开，

滚沸的开水兜头盖脸地扑向梦无忧。

此刻皇甫俊正想伸手来抓桑远远，忽见她干脆利落地来了这么一下，那双琥珀色的瞳仁里清清楚楚地浮现出一丝错愕。

他被迫回身拉开了尖叫出声的梦无忧。

而桑远远掷出茶壶之后，一息停顿也无，径自一脚踢在茶台上，借着反震之力重重地摔向身后。

皇甫俊救下梦无忧后猛然回身抓桑远远！若桑远远没有当机立断直接往后摔，而是起身逃跑的话，这一下必定会被皇甫俊抓个正着！

桑远远使出全力后，任由自己摔向门口。皇甫俊的手落在了她原本所在的位置，他捞了个空，眸中的错愕变成了恼怒。

桑远远面露微笑，预备落地，一双大手稳稳地抄住了她。她回眸，便看到了幽无命那双燃着暗火的眼睛。

“我说过，无论什么情况，我都一定会回到你的身边。”她趁机煽情，附在他的耳旁说道。

幽无命怔了一下，唇角露出一抹浅笑，随手将她往身后一拨，扬起一把不知从哪儿弄来的刀，砍向皇甫俊。

幽无命在这里截杀皇甫俊，既是最好的时机，也是最危险的时机。

皇甫俊的亲卫马上就会带着从帝宫来的高手赶到，幽无命他们只能速战速决！可是皇甫俊实力惊人，幽无命想要击杀他，不是一时半刻能做到的。也正因为如此，皇甫俊才敢肆无忌惮地留下来，独自面对幽无命和幽影卫。

形势和桑远远预料的差不多。

幽无命与皇甫俊正面对战，幽无命当即喷出一口鲜血，倒退了两步，下意识地单手捂了下胸。皇甫俊反手抽出一把两尺来长的戒条，跃过茶台，乘胜追击，攻向幽无命。幸好幽影卫及时一拥而上缠住了皇甫俊，幽无命才得以喘息。

桑远远悬着心，不禁再次涌上一股后怕感——若是方才幽无命当真独自对上了皇甫俊，后果不堪设想！

战况愈加激烈。一声轰隆巨响之后，三名幽影卫撞倒在墙壁上，墙壁应声裂开。

皇甫俊的戒条上闪烁起一片黑光。

游刃有余地击退了一拨人后，皇甫俊傲慢地扬起下颌，冲桑远远喊道："如何？我早就说过，小儿不足道也！"

幽无命眸中的暗火消失。

他低声喝道："杀！"

幽影卫当即全力进攻，只听轰隆几声，四面墙壁全部破碎，十来个人将皇甫俊团团围住，立在一片废墟上，以命相搏。

皇甫俊仍然游刃有余。难怪他根本不怕幽无命去叫人，他的实力完全不输给全盛时的幽无命，面对这些连称手的兵器都无法带进来的幽影卫，自是不惧。

桑远远遥望北方，只见帝宫外的大道上已出现了数列骑着云间兽的身影。至多一炷香之后，他们便要被人包围了。再这样下去，莫说击杀皇甫俊，他们便是想走，也会被皇甫俊死死地拖在这里。

被困在蛛网中的猎物皇甫俊竟是足以撕碎蛛网，吞下蜘蛛的掠食者！

"杀了梦无忧！"桑远远福至心灵，大声喊道。

幽无命阴森森地笑了一声，当真举起刀斩向缩在一旁时不时叫两嗓子的那道纤细的身影。

大反派就是这点好，打起架来不讲什么仁义道德。

皇甫俊面色剧变，急忙上前把梦无忧护在身后。原本他只需分心帮梦无忧挡掉无意间飞向她的刀，并不费多少力气，而此刻幽无命和幽影卫齐齐攻击梦无忧，他顿时左支右绌，处处受掣肘。

桑远远退到了断壁边缘，时刻关注着从帝宫方向来的人。

在梦无忧拖后腿光环的强力作用下，皇甫俊很快就露出了败象。他对梦无忧虽然利用居多，却也不算是全无真心。这种四十好几还未娶妻的老男人最喜欢梦无忧这种青春活泼的小姑娘。在书中，他可是自始至

终都表现得像个慈父呢!

此刻，皇甫俊既要对付如附骨之疽缠得他身陷泥沼的幽影卫，又要防着幽无命。偶尔梦无忧还会尖叫一声，胡乱地挣扎两下，当真是令皇甫俊心力交瘁。

桑远远既紧张又激动，若是能在这里除掉皇甫俊，那可真是太好了。难得他只身一人，没带半个护卫。这种机会千年难逢。

“幽无命，加油啊！”她重重地攥住了手，只恨自己没早来这个世界十来年，早早修得一身好本领。

北边的兽骑渐渐近了，他们穿过街道，引得一阵鸡飞狗跳，正好方便桑远远观测他们的动向。

兽骑距离这里只有五条街了!

只听哧的一声，一名幽影卫成功砍中了皇甫俊，在他的后背上留下一道深及肋骨的伤口，鲜血浸透了紫衫，顿时洇黑了一片。与此同时，这名幽影卫被皇甫俊的戒条抽中了胸膛，当即胸骨断裂，口中涌出暗色的血，顷刻便没了命。

帝宫的援兵还有四条街!

幽无命再度与皇甫俊硬拼一记，这一回，双双吐血。

幽影卫再度一拥而上，就像群狼面对着受了伤的雄狮一般。

一道道刀风斩向梦无忧，皇甫俊的怒吼声被刀风的声音盖过，他屡次想要冲出去，却都被拖回了原地。

帝宫援兵只距离这里三条街了，其中速度最快的两位已扔下坐骑，飞上屋顶，自屋檐之上飞奔而来！桑远远看见其中一人的身后背着一张巨大的弓——是上次在帝宫中伤过幽无命的高手!

桑远远心跳如擂鼓。她控制着声音，尽量平静地通知众人：“三十息之后两个援兵就要到了，实力为灵耀境！”

一个灵耀境强者，至少得分出五名灵明境的幽影卫才能勉强拖住。只要这二人抵达战场，幽无命的势力顿时要被折去近半。

而街道下方，几十骑云间兽已踏入了最后两条街!

时间不等人！

她死死地盯住北面，抿紧了唇，没喊出那个“撤”字。他们如果此刻放弃就太可惜了，以后皇甫俊有了防备，再想刺杀他难于登天！

场中忽然传来利器扎入血肉的闷响。原来幽无命竟不避不让，受了一记重击，随后将手中的铁刃捅到了皇甫俊的腹中。与此同时，皇甫俊的戒条击断了幽无命胸前的两根肋骨。二人齐齐口吐鲜血。

两名速度最快的高手赶到了。他们以足点对面的屋檐，如燕一般掠过街面，扑向场中！

幽影卫立刻分出十人迎敌，将这二人截在了半空。

底下的兽骑已来到了最后一条街！

桑远远收回视线：“援军到了，清理现场，听我口令，准备撤退！”

她语气沉着冷酷，像是金属利刃划过寒风。

没有一丝慌乱的桑远远顿时成了众人的主心骨。幽影卫在这一刻奇迹般地没有像往日一样等着主君的命令，而是下意识地听从了这个女人的安排。

桑远远：“三。”

火属性强者掷出明焰，扔中同伴的尸身，毁尸灭迹。

桑远远：“二。”

众人向街道另一侧且战且退。

桑远远：“一。”

又有两把刀齐齐刺入皇甫俊的身体，一把来自幽无命，另一把则是阿古的。二人旋转刀，本想将皇甫俊斩断为两截，却有两支利箭破空而来，将他们逼退。

“撤！”桑远远喊道。

“撤。”幽无命沉声道。

一行人跃入背街，飞速遁向南面。两名高手紧紧地追击，云间兽奔跑的声音越来越近，恶战一触即发！

幽无命揽着她向前奔跑。他满身都是血腥味，呼吸声极重，如同拉

风箱一般。他干脆利落地挥着刀，把桑远远护在怀里。

她侧头看他，见一缕乱发有些湿，贴在他苍白的侧脸上，发梢落在唇角处。看着他坚毅的目光，她的心跳忽然漏了好几拍。

一行人的移动速度越来越慢，他们眼见就要被追上了！就在这千钧一发之际，当头那名追击高手的身上忽然有玉简闪烁，一个略带惊慌的声音传了出来——

“速速回宫！帝君遇刺！”

与帝君遇刺这等大事相比，皇甫俊自然只能靠后。两名咬得最紧的高手当即转身往帝宫的方向赶去，幽影卫的压力骤减！

直到这时，桑远远才微微松了一口气。

他们不再撤退，幽影卫中分出六个人，与兽骑正面对抗。其余人没有回头，谁都知道，六人这一去，十死无生。

其中一人大笑着说道：“最后一个，记得收尸！”

其余五人爽朗地应道：“好！”

笑声悲壮。

这是桑远远第一次对“战友”这个词有了最直观的感受。

她紧抿双唇，反手揽住幽无命的腰，尽量撑住他的身躯，让他省些力气。

追兵被成功拦下。

一行人绕过几条巷道与接应的人碰头，很快便有人将他们身后的痕迹处理干净。一行人像是游进大海的鱼儿般，悄然没入天都的人潮之中。

这次行动共出动了十九人，回来的只有八人。

众人回到了幽州在天都的一处据点。这里的环境寻常，像是一间普通民宿。

幽无命一到安全的地方就倒下了，只来得及对她说三个字：“我要自……”

桑远远呼吸一滞，上次他答应过她，自封心志疗伤之前会先告诉她一声。

他连话都未说完便倒下了，可见伤得有多重。

此刻，帝君遇刺是怎么回事、皇甫俊是死是活都不再有人关心，众人围在幽无命身边，个个额角迸出青筋，眼睛瞪得浑圆，七手八脚地搀住了幽无命。

桑远远忽然一惊："阿古将军。"

"在！"阿古凝重地望向她。

"劳烦你派人冒险走一趟，韩十二与一个冥族人在一起，此刻应当正前往那间茶楼。若有可能，将那个冥族人抢过来或者杀掉，千万别让他们利用那个冥族救了皇甫俊的命。我们的人，不能白死！"

这一瞬间，桑远远觉得自己完全是个无情的机器。这才穿越多久啊，她居然已经可以面不改色地下这样的命令了。

"是！"阿古应得郑重其事，当即点了两个没有受伤的手下，亲自带着人出去了。

幽影卫把幽无命搬到了床榻上。

桑远远用剪刀裁开了他的衣裳，露出他受伤的胸膛。他的右边锁骨下凹陷了一大块，骨头断了两根，左边的箭伤崩裂了，鲜血淋漓；胸膛上青了好几处，是与皇甫俊硬拼的时候震出的内伤。

桑远远深吸了好几口气，看着幽影卫们忙前忙后地替他接续断骨、敷上伤药。

"主君伤势太重，必须尽快治疗。"小五担忧地说道，"希望阿古哥可以顺利地把那个冥族人带回来，这样主君便……"

桑远远打断了他："他不会接受的。别考虑那个冥族人，想别的办法。"

小五错愕地望着她，问："为……为什么？"

桑远远抿了抿唇，轻轻地摇头。这是幽无命的逆鳞。幽无命绝对不会答应用一个冥族人替他续命，那会让他彻底发狂。

"那我去抓几个医者回来。"小五道。

桑远远叮嘱道："对方知道我们有伤员，必定会盯紧药房和医者。你千万小心，安全第一，不可逞强。”

“是！”

幽影卫各自去处理后续的事情，屋中忽然静了下来。

桑远远将纷乱的思绪整理好，静心入定，在幽无命的胸口上种起了太阳花。

他的轮廓有些模糊，胸口很明显有木灵蕴在向外逸散。

桑远远有种错觉，那些逸散的东西不仅是木灵蕴，还是他的生命力。

她的心忽然像是被针刺了一下。

不能再让木灵这么跑掉了。她这么想着，当即操纵太阳花下面的两片叶子，让它们像两只手一样抓住青色的木灵蕴，然后把叶尖当成细针，像织毛衣一样把攫来的灵蕴编织起来。

居然成功了，桑远远觉得自己简直就是个天才。

桑远远飞快地织起了一条围巾般的东西，青色的一小条敷在伤口上，像一条创可贴般封住了逸散的灵蕴。

她继续编织这些碧色的光带，一条又一条“绷带”缠住了幽无命的身体，将他的每一道伤口都堵得严严实实。太阳花盘不断地沁出浓浓的水质灵蕴，顺着这些“绷带”渗下去，散发出饱满的青色光芒。

她专心致志地做着这一切，不知过了多久，忽然感觉后背有些冷。

人在入定状态可以感知身后的灵蕴，用神念往身后一扫，她猛地惊出一身冷汗，险些从入定中脱离。

一片青芒之中分明多了个小小的、清晰的轮廓，只一眼，桑远远便认出了它——那具偶人。

它正摇摇晃晃、慢悠悠地向她走来，此间惊悚，难以言说！

她愣神的刹那，偶人已越过屋正中的木桌了。

桑远远倒吸了一口凉气，睁开了眼，猛地扭过身望向背后。木窗在微微地晃动，屋中空阔，并没有什么异物。

桑远远感觉到腮帮子上窜满了电流，自己都能感知到瞳仁在迅速收缩。忽然，她的手腕被攥住了。她心头一喜，前两次幽无命醒来时，都是这样闷不作声地抓住她，吓她一跳。

她惊喜地转身，身体转到一半，脑海里突然传来一声轰鸣，寒意顺着手腕向上攀爬，冰封了她的心脏。

攥在她的手腕上的那只手太小了，根本不是幽无命的大手！它是什么已经很明显了。

这一瞬间，桑远远觉得自己的心跳都停了。她像具木乃伊一样，僵硬地继续转头，看见了身后的东西。

它趴在幽无命的胸口，垂着头，那串琥珀念珠怪异地摊在幽无命的身上。它探出一只小小的、冰冷的手，攥住了她的手腕。

幽无命说这是兵器。

这是兵器？桑远远的脑海里嗡嗡乱叫。呆滞片刻，她像个木偶一样开口了："他……受伤了……胸口……压不得。"

闻言，偶人极慢极慢地抬起了头。

桑远远一时觉得头晕目眩，喉咙像是被一大团木屑堵住一样，想放声叫人，却只能发出微弱的咝咝声。

柔顺的黑色发丝顺着它的脑袋滑向两旁，偶人的脸蛋缓慢地从黑发中探了出来。

桑远远觉得自己被吓傻了，定定地盯着偶人，眼睛一眨不眨。然后她便看见了一张极度委屈、撇着小嘴的脸。

桑远远："……"

在她的记忆中，这具童偶长相美艳，嘴角咧着，笑得极为邪恶，是很典型的恐怖片里偶人道具的模样。

可这一刻，它的脸颊和腮帮都鼓着，一双大眼睛向下耷拉着。它虽然没有流泪，但谁都看得出来，它顶着一张哭包脸。

它攥着她的手腕，笨拙地从幽无命的胸口上翻下来，坐在她的身旁，两只小手平平地放在膝盖上，摆出一副与她一齐探望病人的姿态。那样子乖得不行。

桑远远觉得自己需要静静。谁能告诉她，这到底是个什么东西？！

她快速地吸了几口气，正要说话，忽见偶人面色一变，放在膝上的两只小手猛地握成了拳。

桑远远心中一惊，下意识地用自己的身体挡住了幽无命。

有人轻轻地叩响了木门："阿古求见。"

桑远远下意识地望向身旁的偶人。幽无命说过，这具偶人是他的兵器，这是只有她一个人知道的秘密。

偶人压着眉眼，抿起唇，小手摁在了床榻边缘。下一瞬，它就像是由远处的丝线牵引着、忽然被重重拽走的风筝一样，直接从敞开的窗口飞掠了出去。

桑远远调整了呼吸说道："阿古将军，请进来。"

阿古走进屋中，皱了下眉，走向窗户："主君受不得风。"

关上窗户，阿古走到床榻旁边，看了看幽无命，然后朝桑远远拱手，禀报道："桑王女，属下无能，那个冥族人宁鸿才被人截和了。"

桑远远心头一跳，定了定神，安抚道："无事，人平安回来便好。阿古将军你坐下来说，究竟发生了什么事情？"

这种时候，她与其发怒，不如理顺思路，看看还有没有补救的办法。

她暂时将偶人的事情抛到了脑后。

听她这么说，阿古一怔，目光中同时浮现了惭愧和感激之色。他继续禀报道："截走宁鸿才的是一名长相极其美艳的红衣女子。"他有些迟疑地看了桑远远一眼，纠结道，"浓妆之下，容貌与桑王女倒是有三分相似。"

桑远远十分惊讶，一个像她，又一个也像她，是她长了张大众脸，还是这些人都照着她这个第一美人整过容？

阿古继续说道："那红衣女实力相当惊人。韩十二的修为是灵明境五重天，在那女子的手下竟只撑了十个回合，便被扭了胳膊扔到一边。"

桑远远皱起了眉："是帝宫或皇甫俊的人？"

阿古摇了摇头："不像。那女子爽朗得很，倒有几分像个打马江湖的豪客。她夺过宁鸿才之后，取出金锭砸那韩十二，大笑道——'你家主子可真好笑，慷他人之慨倒是顺手得很！若真是善心人，何不直接替宁鸿才他孩儿治了病？若他知恩图报，自会愿意交托性命；若他是个白眼狼，便掳了他走，也为世间除个祸害！’”

桑远远不禁睁大了眼睛，道：“这是个奇人！”

阿古道：“属下想要上前夺人，不料刚现身就被几个实力在灵明境五重天的护卫拦住了。若是争斗起来，恐惊动帝宫，于是属下佯装撤退，让擅长追踪的小九悄悄跟在他们身后，摸清了他们的落脚之处后，便急忙回来禀报。”

桑远远微微沉吟。

灵明境五重天的强者，放在任何一个州国都是亲卫级别的大将军。这名女子身边有亲卫随行，自身实力亦是不俗，想必是哪一州国的王女或王妹。桑远远思来想去，却完全无法从记忆中找出这么个人物——这竟是个深藏不露的奇人！

“她落足何处？”桑远远问道。

“鸾梦醉。”

桑远远：“……”

一听就不是正经地方。

她犹豫片刻，起身道：“劳烦阿古将军看好幽州王，我得出去一趟。”

幽无命伤重，天都处处戒严，正在四下搜拿刺客，他们这样藏下去并不是长久之计，形势只会越拖越坏。

直觉告诉桑远远，这名奇女子或许可以给他们带来转机。

她走到侧屋，重新盘了头发，用黄颜色的胭脂点了点两颊，然后换了身衣裳。她站在镜前稍微酝酿片刻，气质顿时大变，看起来像极了一个哀怨的妇人。

阿古正在纠结，想劝桑远远不要出去冒险。

见她装扮一新从侧屋出来，他不禁瞠目结舌，有些迟疑地问：“您是……桑王女？”

桑远远点点头：“看来没有什么问题了。阿古将军，请务必看好幽州

王，屋中最好时刻留下两个人。”

说罢，她神色一敛，顷刻间又变成一个被浪子辜负的怨妇。

阿古心想：总觉得主君以后会被媳妇玩死是怎么回事？

桑远远很快就找到了鸾梦醉。

它实在醒目，二楼窗前立着一排身着彩纱的女子，正对着下方往来的客商们挥舞长袖。这些女子个个面容姣好，身上的纱衣一看便知价格不菲。然而她们并不是楼中的姑娘，只是迎客的小侍。

很显然，这是档次极高的销金窟。

桑远远到了鸾梦醉门前，被人挡下了。前来寻找丈夫的怨妇天天都有，这样的女人是绝对不会被放进去的。

桑远远低声道：“我不是来闹事的，只是来给夫君送金银。他昨日出门太急，将钱袋落在了家中。”

她拉开手中的小包袱，将金锭露了出来。

见到钱，立刻便有一名上了年纪的女子迎了出来，亲热无比地挽住了桑远远的胳膊将她往里面带。女子脸上分明涂着厚厚的脂粉，妆面却极为熨帖，一看便知化妆用的是上等品。

那女子笑道：“小娘子这样的媳妇，可真是打着灯笼也寻不着呀！不知你的夫君是……”

桑远远抿了抿唇，说道：“他是个文人，到了你们这儿，应当用的是化名。父母走后，家中产业都是夫君在管。我一个弱女子只能依靠他过活，哪里还敢多嘴去问呢？”

她看着悲伤隐忍，将一个错嫁不良人，被夺了家产还得仰人鼻息的可怜女人演绎得淋漓尽致。

中年女子顿时面露同情，虽然沦落风尘，但人心总是肉长的，看着桑远远这模样便为她不值，也替她难过。更让女子感到难得的是，面对沦落风尘的自己，桑远远竟然没有表露出丝毫鄙夷，对自己的触碰毫无芥蒂。

中年女子的神色更真挚了。她安慰道：“妹妹，若不嫌弃，你可以叫我一声凤娘。你别太难过了，日后我替你看着些。我也会交代底下的姑娘不动声色地劝着他些，让他回家好好过日子。”

桑远远感同身受，眼泪说掉就掉：“多谢凤娘了！”

凤娘心头发软，叹息着引桑远远走向楼中。

走了几步，凤娘还是忍不住劝道：“其实我们女人也未必非要靠着男人过活，对自己狠些，总能找到出路的。有些男人是靠不住的！”

桑远远“执迷不悟”，无助地摇着头。

凤娘也不好再劝，只能悄声叹息。

二人进了楼中。这帝都的销金窟果真非同凡响，金柱玉栏，装饰的都是上好的云雾绸纱，盆景用的是玉釉，朵朵鲜花娇艳欲滴，无一处不精致。泛光的玉台上有个冰山般的美人在抚琴，让人以为误进了什么高雅殿堂。

在凤娘的指引下，桑远远在楼下绕了一圈，并未找到她想找的人。

“恐怕是在包间，这可有些麻烦。”凤娘略微沉吟，“妹妹可愿意换身衣裳进去送茶水？”

桑远远自然求之不得。

凤娘寻了一身只露出一点点玉肩的白色纱衣让桑远远换上，用玉盘端了细长的瓷壶，挨间包间地送过去。

“戌时楼下有好节目，这会儿，客人们应当只会让姑娘陪着饮些酒。妹妹只管放心进去，看一眼便出来，没事的。”凤娘隐晦地安抚她。

桑远远点点头，装出一副鼓足了勇气的模样，敲门进入第一个包间。里头的场景她并不陌生。她收敛了气息，丝毫也不引人注意地换走了桌上的旧茶壶。

到了第五个包间，桑远远一眼便看到了自己要找的红衣女子。

女子描着入鬓的红眉，眉心点了朱红的花钿，唇角夸张地画出两道上挑的唇线，看着艳光四射，一身红衣上用暗线绣着金鸟，显得低调又华贵。她身上没有丝毫媚态，举止英姿勃发，颇有几分中性的美感，就

像一个火红的太阳般光芒夺目，风姿灼人。

桑远远看得一怔。阿古的说法太保守了，这名红衣女和她何止三分相似，至少也是像了五分，卸妆之后，恐怕能像七八分！更奇怪的是，她见到这个人的第一眼，心头就浮现了一种浓浓的、似曾相识的感觉。

桑远远不动声色地环视屋中，并没有看到宁鸿才和护卫们的身影。

只见一名粉纱女子正娇笑着往红衣女的杯中添酒，口中娇嗔道："女公子怎么就关心小玉漱的事，奴是哪里不好吗？老说一个死人的事情，多晦气呀！"

桑远远的动作微微一顿。"小玉漱"这个名字她曾听过。那一日，姜谨鹏潜入帝宫想杀死她嫁祸给姜谨真时，便提过他要为小玉漱报仇。所以这个红衣女子是在关心小玉漱的事情？

红衣女笑了笑，声音如流水般清润，雌雄莫辨，耳熟得很。她问道："小玉漱与那姜州王次子当真交情匪浅吗？"

粉纱女子噘着红唇，回道："哪儿能呢？不瞒女公子，姜家两兄弟满肚子都是坏水，不把姐妹们当人看。若不是因为家中急着用钱，谁都会找借口推托的，哪儿来的交情！"

桑远远心头微跳，不动声色地看了红衣女一眼，目光中疑惑更甚。

"果然！"红衣女伸出手指，叩了叩桌面，一副意料之中的模样，自语道，"我就晓得对小妹动手之事另有玄机。哼，叫我查出来，他们就等死吧！"

桑远远发现红衣女的手很大，手指极长。而且她说话的语气，桑远远实在太熟悉了。

桑远远张大了嘴巴，呆呆地盯着她，不，应该是他。

这个"女子"就是桑远远那个便宜哥哥，桑州王世子桑不近！

桑远远把视线投向他的喉部，只见一片精致的红纱上坠着彩石，将喉结挡得严严实实的。桑远远一时都不知道该怎样表达自己此刻的心情。

她深吸了几口气，缓解心中的震撼。

粉纱女子见桑远远迟迟不走，皱眉问："你是新来的？愣在这里做什么？”

闻言，桑不近抬起了头，一双画了彩凤尾的眼睛望向桑远远，见她呆呆地盯着自己，一副既像见了熟人又像见了鬼的模样。

他皱起眉，上下打量了她一圈，嘴角猛地一抽，这身形……太熟悉了！

他拍了拍粉纱女子的手臂，声音都变调了：“你先出去。”

粉纱女子气呼呼地瞪了桑远远一眼，扭着腰走出去。她们这些姑娘其实还挺喜欢接待富贵女客的，因为女客们好伺候、会疼人，而且女子最懂女子的需求，她们很容易便能赚个盆满钵满。这当口被人截和，谁心里都不痛快。

粉纱女子一走，桑不近顿时把双手捂在了脸上，声音如蚊子叫一般从指缝中溢了出来：“小妹……”

桑远远重重地坐在他身旁，叹道：“哥哥！”

半晌，他把手放下，艰难地说道：“哥哥扮成这样只是为了打探小玉漱的事。”

桑远远信他才怪。穿男装逛窑子难道不方便吗？他就是个女装大佬！

但是她仍体贴地点点头，道：“我明白的哥哥，你看我也是乔装过来的，我还易容来着。”

桑不近感激地看着她，问道：“小妹为何会在这里？你不是与幽无命在一起吗？你们何时来了天都？！今日街上闹刺客，幽无命怎么放你一个人在外面乱跑？他就不担心你遇到危险吗？！”

他说着说着就来了火气，眉毛高挑，眼睛一瞪，看上去就连鼻孔都在生气。

看来桑不近还不知道所谓的刺客正是幽人。幽州与帝都之间的恩怨，姜雁姬向来秘而不宣。

桑远远可怜兮兮地望着他：“哥哥，他们在追拿的刺客就是我呀。”

桑不近：“……”

桑不近瞪了她一会儿，扯着唇道："小妹，出息了啊。"

桑远远叹了口气："现在满城都在搜寻我们，幽无命受了伤，行动不便，哥哥有没有办法带我们出城？"

桑氏父子闹了伐幽大典，桑、幽二州已经是一条船上的了。

"小事。"桑不近眼睛都不眨就应了下来。

他扔下几枚金锭，揽着桑远远的肩膀往外走。

到了门口，凤娘的眼睛都看直了："妹……妹妹，你……你不找你夫君了？"

桑远远低声道："凤娘，我想通了，你说得对，男人有什么好的，不要他了！"

说罢，桑远远抬手挽住了桑不近的胳膊。

凤娘："……"

不是，她是告诉这个小娘子男人靠不住，但也没有说要换成女人啊？！

这桩奇事很快就传遍了整个鸾梦醉——有女子上门来给夫君送钱，结果琵琶别抱，跟个富贵的女子离开了。

不到小半刻钟，便有几个衣裳不整的书生匆匆忙忙地跑出大门，回家寻妻去了。

兄妹二人转入一条暗巷。

"是哥哥带走了宁鸿才吗？"桑远远问道。

桑不近点点头："说来也巧，我在来的路上偶遇韩十二，心中有些生疑，便尾随他们，恰好听见了宁鸿才与妻儿告别的话。我听着便觉得梦无忧那假惺惺的行径实在令人作呕，于是出手抢下那一家三口，预备带回桑州去。"

桑远远松了口气："那可真是太好了，我就怕他落到帝宫或是皇甫俊的手中！可是哥哥有把握把他们送出天都吗？"

"放心！"桑不近得意极了，"这天都处处是哥哥的人，你哥哥我……

来去自如！”

桑远远心想：不是，等等，上次同桑州王一起过来的时候，桑不近根本就不是这副如鱼得水的老油条模样啊！桑远远看着桑不近那张浓妆艳抹的靓丽面庞，心中忽然有了一个大胆的想法：难道他在天都建立人脉时用的不是桑世子的身份，而是这个美丽的女公子的？若果真如此，那他也是个深藏不露的奇人啊！

得知宁鸿才安全的消息后，桑远远紧绷的神经立刻放松下来。她忍不住轻轻地摇晃着脑袋，感慨道：“这一趟真是走得太值了！”

桑不近突然面色大变，将红袖重重地一扬，把她护到了身后。她纳闷地探头一望，只见一个满身煞气的男人正从巷子那一头直直地朝着他们走来。

这人一出现，整条巷道中的光线仿佛昏暗了许多，迎面刮来的风本来带着几分暖意，此刻也变成了阴风。

来人竟然是幽无命！

他眨眼就到了桑远远面前，脚步极重。他面色惨白，嘴唇上毫无血色，浑身煞气，令人感觉冷进了骨缝里。

桑远远愕然地望着他，脑海里一片空白。

幽无命抬了下手，只见一只偶人从屋檐上轻巧地落了下来，停在了他的肘弯。它仰起小脸，冲桑远远兄妹笑得天真无邪。

“抓到你了。”幽无命神色淡淡地说道，“小桑果，你要去哪里？”

他语气平静，杀意直指桑不近。桑不近压低眉眼，身上飘出火灵蕴。两个男人之间的火药味霎时浓得飘向半空。

只见偶人身上氤氲起一阵泛黑的青雾，颇有些艳丽的面孔隐进了青黑的雾中，散发出一阵令人毛骨悚然的森森寒意。这分明是至强者的灵蕴！

桑远远心头一跳，恍然大悟。不错，它的确是兵器，还是一件大杀器！在皇甫俊遇刺、两名绝顶高手离开帝宫、女帝君心神不宁之时暗中潜入宫廷刺杀女帝君的，恐怕正是这具偶人！唯有这么一个小东西有可能在青天白日里公然潜入帝宫，悄无声息地跑到姜雁姬身边，不叫任何人察觉。

想通了这些，桑远远倒吸了一口凉气。

就在不久之前，她看着沉睡的幽无命，心中还曾生出过心疼、怜悯，觉得他只是个普通人而已，也会受伤，也会脆弱，也会拼尽全力却功败垂成。她没想到他竟这般狠绝，只杀一个皇甫俊根本满足不了他，他要的是一箭双雕。

“小桑果，”幽无命道，“趁我睡着时偷偷联络上了旁人，想要从我身边逃走是不是？”

他脸上凄绝的笑容寸寸破裂，桑远远仿佛一眼就看见了他那颗支离破碎的心。

偶人蠢蠢欲动，一双又大又黑的眼睛在诡异的雾中若隐若现，盯紧了桑不近。

眼见偶人就要出手，桑远远猛地把桑不近往边上一推，拎起裙摆，大步冲向幽无命，差点儿把幽无命撞了个倒仰。

幽无命瞳仁收缩，将偶人挥到一旁。

“你跑出来做什么？！”桑远远一把拽住他的前襟，语气比他凶狠一万倍，“伤没好知道不知道？是不是不想要命了？好啊，你不如就这样死了吧，我也不活了，仇也不报了！我们一起死了算了！”

幽无命被她吼傻了，瞪着她，嘴唇动了动，没说出话来。她毫不心虚的样子让他觉得自己好像误会了什么。

偶人身上的青黑雾气也像退潮一般回到了它的身体中。

桑远远愤怒地吼他：“我给你种了那么多花，是要你好好卧床养着，你就这么糟蹋我的心血吗？以后都没了，我再也不给你种花了！”

她控诉的同时眼泪跟着掉下来，通红的眼睛、鼓起的脸颊表明她气坏了。

幽无命一时呼吸凝滞，喉结动了一下，却不知道该说什么。他扬手将偶人抛上屋檐，它眨眼间就消失在几人的视野中。

他抓住她的肩膀，艰难地把她推开了一尺，捂着胸喘了一下，委屈地说道："好一个身轻如燕的美人，我险些被你砸死了。"

桑远远比他更委屈："我去哪里？我能去哪里？我想尽一切办法，要带你离开这个鬼地方回家！你呢？我弄了那么久才给你敷好伤药，你就这般不珍惜！我的心血全都喂了狗了！你还要怀疑我，你怎么能怀疑我？！"

幽无命："……"

桑不近早已看得目瞪口呆。他完全无法理解眼前这一幕——小妹冲这世间最令人胆寒的疯子张牙舞爪，而这个家伙居然像个木头人一样被她吼得一愣一愣的，那双阴森森的眼睛里竟有几分心虚与狼狈。

只见幽无命低头盯着桑远远低声道："算我错怪你了，好吧？"

像他这样的人，能说出这句话已是退了十万步。

桑远远见好就收，回头冲桑不近喊道："哥，快来扶住他。"

桑不近一脸不爽地走到近前。上下一打量，他才发现幽无命当真是半只脚踏在了鬼门关里。

幽无命也在打量着他，看到他的装扮，嘴角抽了一下，又抽了一下，本想说什么，最终礼貌地忍住了。

两个"美人"一左一右，把幽无命弄回了驻地。

幽无命没舍得把重量放在自家小桑果的身上，胳膊吊着桑不近的脖颈，心安理得地把大舅子当苦力用。

这两个男人天生就对对方有敌意，肢体一接触，就忍不住暗自较起劲来。你勒一下，我抵一下，斗得有滋有味。

这边在打打闹闹，驻地里的阿古却差点儿急疯了。

见幽无命回来了，阿古三步并作二步扑到近前，半晌，抿了抿唇，语气无比哀怨："主君……"

阿古的视线左右一转，定在了桑不近身上，瞳仁顿时一缩，这不就是那个抢了宁鸿才的女子吗？！

阿古深深地皱起了眉头，目光慢慢地落向幽无命和桑不近紧挨在一

起的地方。他发现自家主君几乎把全部重量都压在了这个陌生女子的身上，二人毫不避忌，紧紧相拥，像在暗暗较劲一般，胳膊和手掌几乎要嵌到对方的皮肉里，偶尔视线交汇，你来我往，明明白白地碰撞出凌厉的火花。桑远远好似完全被排除在外。

阿古忍不住抬起头，又看了看桑不近的脸。这个美艳的红衣女子长得与桑王女当真很相似。

阿古不禁想起了韩少陵的那档子事。正是因为韩少陵找了梦无忧那个替身，桑王女才与韩少陵生分了，自家主君才能乘虚而入，将佳人揽入怀中。他们还没好上几天呢，主君居然就要重蹈韩少陵的覆辙？！

阿古好一阵牙疼，完全搞不懂这些上位者的想法。他们为啥非得找个赝品？是正主哪里不好吗？

阿古大步上前，一把拉走幽无命，狠狠地瞪了桑不近一眼。

桑不近："……"

不是，这防贼的眼神是什么意思？我还能把幽无命怎么着不成？小爷又不好龙阳！

这时，阿古身上的玉简一闪，小九的声音传了出来："阿古哥，前头的据点被端了！"

阿古神色一变："主君，两三天内，此处恐怕会被人发现！属下准备准备，护送主君强行突围出城吧！"

"不必。"幽无命眼珠一转，盯住了桑不近。

桑远远也可怜巴巴地望着桑不近。

桑不近："……"他还能怎么办，只能将这件事揽在身上啊！

安顿好幽无命后，桑不近便离开了幽州驻地，前去安排出城事宜。

阿古站在床榻边，忧心忡忡："主君是否太信任这个陌生女子了？若她前去告密……"

"他不会。"幽无命神色笃定地说道。

见他这般笃定，阿古不禁倒吸了一口凉气，提心吊胆地望了桑远远一眼，心想：主君这般偏信一个来路不明的女人，怕是会伤了桑王女的心。

阿古跟了幽无命五年多，知道这位主君和正常人不一样，缺了些人味，随时都可能滑进自我毁灭的深渊。这么多年了，主君的情况一直没有好转的迹象，直到和桑远远在一起之后，主君身上才突然有了些生机和活力。阿古觉得这世间能在悬崖边拉住主君的人唯有桑远远，主君真是糊涂啊！

阿古纠结了许久，拿出死谏的勇气，道：“主君，有句话不知当讲不当讲，但属下今日必须讲！”

桑远远和幽无命都有些吃惊地抬头看着这个皮肤涨红的马脸男人。

幽无命：“说。”

阿古咬牙道：“我还有弟兄们……只认桑王女一个夫人！”

幽无命：“……”

这都什么跟什么？

桑远远：“……”

我莫名其妙就被锁定了？

半晌，幽无命那双漆黑的眼睛直勾勾地望向桑远远：“小桑果，你什么时候收买了我的人？”

桑远远无辜地眨着眼睛，顺势问道：“那你怎么看？以后还打算再娶两个小夫人吗？”

幽无命笑道：“你一个都麻烦死了，省省吧，我还想多活几年。”

得了他的准话，阿古搓着双手，笑得有牙没眼，快速地退了出去，还替他们关上了屋门。

桑远远感觉眼眶有些发热，半晌，低声问道：“你就那么放心我哥哥？”

“不放心。”幽无命直言道，“但有它跟着。”

桑远远转头看他，见他双目放空，整个人像个空洞的木偶，显然不会再多说。她轻轻地叹了口气，柔软地倚着他，把下巴搁在他的肩上。

她问：“姜雁姬怎么样了？”

半晌，幽无命低声道：“还死不了。”

桑远远点点头，安抚地轻轻蹭他。

这也是意料之中的事，那个女人夺了明先生的修为，又在帝君的位置上整整坐了十年，实力之雄厚根本难以想象。

过了一会儿，幽无命眉毛一挑，说道：“小桑果，你不会当真不给我种大脸花了吧？我要那个海带！”

桑远远：“……”

海带是什么鬼？！

愣了一会儿，她才想起自己之前用叶针给他编织了一些糊住伤口的灵蕴条。

大脸花、海带，这个家伙可真会起名字。

她手脚并用地爬起来，又给他种了一胸脯花，顺便编织了长长的“海带”，把他生生裹成了木乃伊。

包完伤患，她惊奇地发现自己又晋阶了，体内木灵蕴的颜色变成了橄榄绿，而且明显还有加深的趋势。

她当机立断地聚来更多灵蕴，将其大肆吸入体内。不多时，灵蕴的颜色加深了。她竟连晋两阶，将修为提升到了灵隐境八重天！短短这些时日，她便已经离灵明境不远了。

灵明境和灵隐境最大的区别就是灵蕴外放。一旦晋阶灵明境，她便算真真正正地走上玄幻之路了！

正当她暗自激动时，幽无命忽然睁眼，道：“小桑果，你试着进我身体……”

桑远远吓了一大跳，惊恐地瞪着他，以为他伤糊涂了，说反了什么。

他深吸一口气：“别想那些乱七八糟的！我现在身体还不行！”

桑远远很无语，在心里吐槽：你也没行过！

她的眼神让幽无命有些气急败坏，他道：“我体内淤积了木、水、火、金之毒，伤势久久难愈。我是让你用你的办法，试试从我的身体中把它们弄出来……”

他越说越不对劲，抿住了唇，眼神跟要杀人一般。

桑远远的眼神更是复杂至极，脸上倒是一本正经。她快速地点了点头，道："我试一试，但我无法看到你身体里面的状况。"

幽无命的目光变得意味深长："那是我最后的防御。"

桑远远的心微微一跳，脸上却丝毫不显，她说："事先说好，若我办不到，你不能凶我，也不可以嘲讽我。"

幽无命颇为无语："你就只关心这个吗？"

桑远远望向他："不然呢？"

他眯起眼睛，道："我这是把命交到你手上了，小桑果。"

她笑吟吟地啄了一下他的唇角，道："你不早就是我的了吗？！"

她继续打太极，避开那些容易让他缩回硬壳中的话题。

幽无命挑着眉，揉了揉眉心，不耐烦地冲她点点头："开始吧。"

桑远远深吸几口气，快速入定。她看到幽无命的状态果然与往常不同，他的轮廓变得模糊，胸腔中一颗充满青色灵蕴的心脏在平缓而又虚弱地跳动。她凝神打量着他的身体，颇为惊讶。他当真是卸下了所有的防御，若她是个刺客的话，此刻便能径直攻击到他脆弱的心室。

她定了定神，让神念在他的体内游移，很快便找到了那些灵蕴之毒。它们隶属于其他的强者，所以像是剧毒一般腐蚀着幽无命体内的生机。左边距离心脉极近的箭伤上，附着了熔岩一般的火毒；三寸外，一团形似女子手掌印的青色的木毒隐约有扩散之象；被皇甫俊击断的两条肋骨底下，淤积了一整片黑色的水毒；整个胸腔之中，还密密地分布着另一些点状的白色金之毒和淡黑色的水之毒。这些，便该是与韩少陵、皇甫俊硬拼的时候留下的震荡灵蕴。

桑远远吸了吸气，小心翼翼地控制着一条"海带"潜入他的身体，把最小的一粒金属性的毒素包裹起来。

幽无命的这几个对手中最弱的就是韩少陵，所以桑远远选择从韩少陵留下的金毒开始，万一出现什么意外，伤害亦最小。

就在"海带"裹住那粒细砂般的金毒，将它移出身体之时，幽无命重重地一颤，一声难以抑制的闷哼声溢了出来。桑远远一惊，急忙散去灵蕴，睁眼看他，便见幽无命额头上渗满了冷汗，唇色一片煞白，眼睛里浮现血丝。

他咬牙切齿地道：“有用，继续。”

桑远远：“可是你……”

他一脸坚决地说道：“放心，我不会再出声打扰你。”

桑远远抿住了唇。她知道他此刻要的是速战速决，替他治好体内的淤毒之伤，而不是无用地安抚、怜悯他。

“好。”她道，“那你可要好好忍住，千万不能晃动身体，否则毒灵碰到内脏，后果不堪设想。”

幽无命见她一句也不劝，眼中不禁流露出一丝诧异之色，抿了抿唇，有些骄傲又有些委屈地说道：“小桑果，你太看轻我了！”

桑远远继续动手疗毒。她有种感觉，在她裹住他体内那些淤毒，将它们强行取出来时，他承受的痛苦绝不亚于刮骨疗毒。

她不知道此刻他在想什么，只知道自从二人交流过后，他当真变成了一根木桩，再也没动过一下，更未吭过半声。要不是他的心脏还在跳动，桑远远简直以为他已经活活痛死了。

清理完韩少陵留下的金毒后，她盯住了那些分布在他整个胸腔的点状水毒。那是他和皇甫俊硬拼的时候受的伤。她尝试用“海带”裹了上去，它们果然比韩少陵的金毒更加凶残，刚接触时，她的灵蕴光带便被侵蚀出一个个圆圆的黑色孔洞。她急忙将它裹住，在它烙穿她的灵蕴之前，将它扔出了幽无命的身体。

一阵虚弱感袭来，她感到眉心酸涨得很，解决这些水毒让她的心神和灵蕴损耗得极为严重。

强撑着清理完点状的水毒之后，桑远远只觉得一阵天旋地转，当即脱离了入定状态。

她抬眼一看，见幽无命的气色明显好了一些，脸颊上竟隐隐泛起了一点儿红色，像是大病初愈时焕发的第一缕生机。

眼见治疗效果明显，桑远远心中大喜，疲累感一扫而空。她当即闭上眼睛，继续静心入定。

那熔岩般的火毒看着稍弱一些，但离心脏太近，桑远远没有贸然动它们。他断裂的肋骨之下，整片水毒触目惊心，消灭它们得耗费大量“海带”，她现在有点儿力不从心。最终，她选择对那个青色的女子掌印下手。

明先生是木系强者，姜雁姬夺了他的修为，用的自然是木灵蕴。这个掌印是谁留下的，答案呼之欲出。它留在这里，带给幽无命的伤害远不止明面上这些。

“海带”卷向青色的木毒，桑远远头疼地发现木毒连成了一整片，根本无法像那些散毒一样取出来。她思忖片刻，往他的胸口上种了一朵太阳花，然后抽出一缕叶针，使其慢慢地爬向那个掌印。叶针的尖端切入木毒掌印边缘，令人牙酸的刺刺声响彻脑海，她只觉得颅中传来尖锐的刺痛感，太阳花的叶针瞬间发黑，随后破碎。她一阵眩晕，强打着精神“望”去，见那掌印边缘已被她成功地切割下了极小的一片碎屑。她咬咬牙，卷住了它，扔出了幽无命的身体。

桑远远的脑袋有点儿痛，但她见幽无命一晃也没晃，便咬紧牙关继续派出叶针去对付那木毒。

她有种在与姜雁姬战斗的错觉，这份错觉让她莫名地有些癫狂。在她的意念之中，她好像变成了一个英勇的女战士，挥着刀，朝着姜雁姬劈头盖脸地乱砍，嘴里还要啊啊啊地大喊大叫。

不知过了多久，那个掌印被桑远远恶狠狠地用凌迟的手法切光了指头，只剩下光秃秃的巴掌。看着这个有些弱小、可怜又无助的巴掌，她的心头不禁泛起一阵愉悦，就好像她当真把姜雁姬给揍了一通似的。

就在她停下来喘口气的时候，幽无命忽然动了。他倾身上前，用冰冷的唇吻住了她的嘴唇。

桑远远心中一惊，睁开了眼，只见这个男人惨白着一张脸，动作倒是强势利落，不容抗拒。他直接把她向后推倒，压在了被褥上。

桑远远："嗯？"

对方闭着眼睛，并不回应她的疑问，凶狠地亲吻她，像是要将她拆吃入腹一般。

桑远远觉得头晕，下意识地抬手，想要推开他。

他顿了顿，腾出一只大手重重地覆在她的胸上。

桑远远倒吸一口凉气，只觉得浑身的力气好像都被他夺走了，身躯发软，小腿有点儿抽筋。

幽无命粗暴地吻着她，身上的虚弱感一扫而空，整个人就像一座随时要爆发的火山。

正当桑远远以为自己"在劫难逃"时，幽无命忽然松开她，翻到一旁，喘着粗气道："桑不近到了。"

桑远远赶紧爬了起来，面红耳赤地整理好衣裳和头发。

原来已经过去一整夜了。

桑不近驾着三辆大车来到外头的街道上，幽无命率领一众幽影卫出了门，与桑不近对视了一眼，彼此都看对方十分不顺眼。

桑不近仍是女装打扮。今日他画了金色的眼线，一双眼睛简直像是随时要平地飞升变成凤凰一般。他盯着桑远远泛红的脸蛋和微肿的唇，眸色渐渐凌厉。他大步走到幽无命跟前，压低声音恨恨地道："从今往后，休想再与小妹单独过夜。"

幽无命的眉梢尽是挑衅之意。他嗤笑一声，道："那你陪我？"

桑远远叹息着把这个精气神十足的伤患拽上了车。

桑不近穿女装时果真是长袖善舞。

桑远远坐在桑不近安排的大车上，看着他恣意地靠在车上，手中拎着一只酒葫芦，一面饮酒一面熟稔地同各路人马打招呼，不多时便拿到了一张盖满印章的通行令。

到了城门口，桑远远撩开车帘，见前方的官兵检查得极为仔细，就连运送粪水的车都要被搅一搅，防着放跑了行凶者，她的心又一次高高地悬了起来。

他们这一行共有三辆大车，她、幽无命与桑不近同乘第一辆车，幽影卫藏在正中那驾装满了云帛衣裳的车厢中，宁鸿才一家三口与桑州的亲卫乘坐最后一辆。无论哪一辆车被查，都是很大的麻烦。

幽无命面色严肃，攥着桑远远的手，时刻准备带她强行突围。谁都知道，一旦需要强行突围，就是穷途末路。城墙戒备森严，大队云间兽骑在墙上巡逻，严密地监视着四方城门，一旦哪里有了异动，立刻就会出动大军。这一队伤残的幽人根本无路可逃，结局只有一个，那便是战死。

桑不近靠着无数金银插队到了前头。

只见他一锭接一锭地往官兵的身上扔金子，上挑着漂亮的眉眼，冷哼道："连我云凤雏都不认得吗？过你这城门，哪一次有人敢碰我的东西？！"

桑远远一怔，心想：原来哥哥穿女装出行的时候，借的是云家的名头。

云州位于天都东部，云氏曾是云境之主，五百年前天都的帝宫上方飘的还是"云"字旗。云氏全盛之时，权势远胜如今的姜王朝，隐隐有天下共主的势态，各州主君交出兵权俯首称臣已指日可待。遗憾的是云氏没能逃过盛极而衰的魔咒，自末代云帝上位起，云氏如同中了诅咒一般，意外接踵而至，男丁一个接一个地死去，新产下的婴孩儿也是女多男少，能平安长大的男子个顶个地不成器。短短数十年，云帝便已后继无人。再后来，云帝年老禅位，姜氏接过权柄，其中的内情早已隐没在精心装裹过的史书之中，只见一片仁义高尚。

如今的云州乃是女子当家，平素行事低调，也不知怎么就能容得桑不近这朵奇葩顶着云姓在外面蹦跶。

桑远远佩服地望着自家哥哥。

只见桑不近将那盖满了印章的通行令甩到了官兵头头的脸上："看清楚了没有？！"

他又将几枚大金锭扔了过去。

在这个世界，金子还是很管用的，就连最为宝贵的各系固玉晶也可以用黄金换到。

“走吧走吧。”官兵头头被金锭砸晕了头，挥手放行。

三辆大车缓缓驶向前方。

今日进出城门的人实在太多，官兵检查得又仔细，车辆的挪动速度便如龟爬一般。望着前方门洞，桑远远心中甚是焦灼，很有度日如年的感觉。

三辆大车刚刚来到城门下，那个官兵头头腰间的玉简忽然一闪，有军令传下——

“东州王离京出城，速速清场，所有人不得放行！”

皇甫俊要出城？这是什么情况？！

桑远远的心脏悬到了喉咙口。她不自觉地攥紧了幽无命的手。

几乎同一时间，幽无命得到消息，他们先前停留的那处据点已被姜雁姬手下的高阶侍卫端了，此刻三名高手正带人循着线索追向城门处！

他们继续被堵在这里的话，不出一刻钟，便要被人包围了。

桑远远钻出车厢。桑不近的面色也凝重了许多，他冷着脸对那个官兵头头说道：“我赶时间，一刻也耽搁不得，先让我出去！”

官兵头头收好了金锭，摆出一副公事公办的嘴脸，道：“回去，到后头等着去！上面何时传令放行，再到后面排队出城！”

桑不近气得想抽人。

那个官兵头头已经带着人挤到了前方，勒令门下的车马和百姓全部回头，回到城中等待放行的命令。

身后，帝宫的高手正向着城门赶来，他们此刻回头，只有死路一条。

城门下车马拥堵，他们想要强行突围，只能弃车冲杀出去。虽然他们一行都是强者，可是血肉之躯哪儿敌得过钢铁之器，奔跑的速度再快，也快不过墙头的箭雨，就算勉强逃出射程，活下来的人也十不足一，又用什么来抵抗正规军的铁骑？

桑不近想到这些，额上暴出了青筋。

“掉头掉头！”官兵头头已带着人挤到了城门底下，正挥着手，将挤在城门下的人驱逐回城中。

桑不近慢慢地眯起了眼睛，唇角抿成一道润泽的红线。他缓缓地抬起了一只手，预备强行突围！

众人的心弦已绷到了极限。

就在此时，身后忽然传来阵阵轰隆的蹄声，桑远远一听便知道是装备精良的铁骑。催命的兽蹄声踏在众人的心口。

桑远远回头望去，只见一队兽骑飞速逼近，领头之人身穿高阶侍卫的甲衣，威风凛凛、杀气腾腾。她倒吸了一口凉气，感到浑身冰冷，血液仿佛都凝滞了。她的心脏不自觉地跟随着兽蹄的旋律，跳动得越来越急……

站在她身旁的桑不近却微微一怔，举起的手慢慢握成拳，垂到身边。

晃眼之间，那队兽骑便抵达了城门，士兵左右一分，挥着矛将人粗暴地拨开。

带队的将领高高地昂着头，披风在身后飒飒作响，向着这一行人快速地逼近。他是个三十出头的国字脸男人，膀大腰圆，一身古铜色的皮肤被晒得微微泛起一点儿红。

“云凤雏！”将领人未到，声先至，“我来为东州王开道，正好顺路送你！”

桑远远回过神来，一瞬间整个人像是被抽掉了脊骨一样，身体既想往下沉，又想往上飘。

只见这一队兽骑干脆利落地在城门下清理出一条通道，国字脸将领御兽走到了桑不近的身边，不知从哪里摸出一只酒壶，伸过来重重地撞了下桑不近手中的酒葫芦，道：“干了！悄没声儿就走了，也不打个招呼！若我没来，你是不是就打算这么不告而别了？”

桑不近失笑，身体随着向前的车轮晃悠着，举起手中的酒葫芦，道：“行了老金，少腻歪！”

那将领笑道："是了，云凤雏与众不同，可不是那种黏黏糊糊的小娘儿们！我金吾可不会把那种又小又弱的玩意儿当朋友！"

桑不近："嗯。"

三辆大车顺顺当当地越过一半城门。

前头清场的官兵头头急忙跑回来，老远就嚷道："回去！回去，听见了没有？！好大的胆子竟敢往前冲！"到了近前，这小头目一下收了声，垂首道："见过金吾将军。金吾将军，上头有令不得放行……"

桑不近笑道："若不是你拦着我要金子，我早就出城了！"

一听这话，金吾顿时就怒了，反手从背后抽出铁鞭，将那官兵头头抽了个倒栽葱。只见几枚圆滚滚的金锭子从官兵头头的怀里跳了出来，在地上打转。

人赃并获，官兵头头吓得伏在地上连声求饶。

金吾还要再抽，桑不近赶紧劝住了他。这会儿夜长梦多，他们拖不得。

只见桑不近扬起红袖，朗声笑着用手中的酒葫芦碰了碰金吾的铁甲，道："行了，回去吧老金，下个月我再来找你吃酒！"

"那便不送了，我还得回头去迎东州王。"金吾跳下云间兽，捡起地上的金锭子扬了扬，道，"钱我替你收着，买好了酒，等你再来！"

桑不近挥挥手，三辆大车便加快速度，十几息之后，冲出了城门。他并没有放松下来，亲手拽过缰绳，小心地御兽，用快且不引起城墙上方注意的速度向前行驶。

玛瑙白的帝都渐渐脱离了他们的视线。

"说了是小事情。你看哥哥我，举重若轻、轻而易举、举手之劳。"桑不近得意扬扬地说道，还偏头冲桑远远挑了挑眉梢。

要不是汗水弄花了他的妆容，桑远远还真以为他那么泰然自若。她差点儿顺嘴给他来了个成语接龙——劳心劳力、力不从心、心惊肉跳……

兄妹二人坐在辕座上，沐浴着阳光，享受着暖风，很是心旷神怡。

到了十几里外的岔道口，他们身后忽然传出一道阴森森的声音，幽无命不容置疑地说道：“往左。”

桑远远心头一跳，回头望去，只见幽无命微微低着头，一双眼睛直直地盯着她。车厢中照不进阳光，他看起来就像是藏在阴影中的一片苔藓。

她赶紧回了车厢，坐到他身边。

桑不近转过头，迟疑地说道：“往右便可进入姜州地界。姜州境内我通行无阻，只要南下，便可从风州绕回桑州，无人会起疑。到时候你爱回幽州便自己回去，谁也不会拦你。”

“我说往左，”幽无命一字一顿地说道，“到云州冰雾谷，截杀皇甫俊。”

他的语气异常平静，静得像是一潭死水。

桑不近慢慢地眯起了眼睛，点头道：“不错。皇甫俊不惜拖着重伤之躯急急出城赶回东州，必是因为东州有能救他性命的药。既然已经撕破了脸，岂能由着他反扑回来？有亲卫和接引使同行，冰雾谷确实是唯一的暗杀机会！所以我们必须抢在皇甫俊一行之前抵达冰雾谷，布置杀局！”

桑不近也是极为果断的人，手一挥，车队径直碾进了通往云州的道路。

“云州气候寒冷，到前头先给小妹添些衣裳。”桑不近重重地一扯缰绳，拉车的云间兽们撒开四蹄飞奔起来。

桑远远关上车门，坐到幽无命身边。方才死里逃生，她和桑不近一起坐在外头的辕座上晒太阳、吹暖风，人有点儿飘，笑得太大声了，忘了照顾车厢里伤患的感受，幽无命肯定很不爽。

整个车厢里又黑又冷，与外面根本是两个不同的世界，像幽无命这种人，肯定又要想东想西。

她轻轻地倚靠着他，把头靠在他的肩膀上。

幽无命愣了一下，伸手揽住了她。他已经有点儿习惯她的亲近了，

但凡她靠近他，他总会不自觉地向她敞开怀抱。

她轻声说道："你得赶快好起来啊，只有你才有能力在那么多人的保护下杀掉皇甫俊。"

幽无命轻笑出声："小事情。"

"它跟来了吗？"她问道。

幽无命笑着应道："在车厢底下盯着你哥呢。"

桑远远："……"

桑不近正在外面愉快地哼着小曲。

桑远远暗想：若是哥哥知道那偶人娃娃伏在车底下，用那样一双阴森森的黑眸关注着他的话，怕是再也唱不出来了。

她用脸颊蹭了幽无命一会儿，然后坐直了身体，道："来，我继续替你治伤。"

幽无命不置可否。

桑远远跳到软榻上，盘膝坐好。她刚闭上眼，只觉一道冷风袭来，她被他重重地抵在了车厢壁上。

"小桑果，"他轻轻地磨着牙，一张俊脸缓缓逼近，沉声道，"桑不近说再也不让你和我单独过夜了，你说我该怎么办？"

他眸中毫不掩饰的渴意令她心弦一颤。

他眯起了眼睛，视线像蛇一样。在她红润的唇上滑来滑去："方才我忽然觉得，小桑果你天生该是在阳光下的，要是和我一起活在阴暗的地方，早晚会变成青苔。"

他用掠食者的目光盯紧了她，心道：那不如，现在就把你变成青苔。

桑远远心中一惊，吃惊地抬眼看他。

他这是萌生退意了吗？他竟然有了放手的念头？

她张了张嘴，惊恐地问道："你……怎么说这样的话？你是不是想要和皇甫俊同归于尽？不可以！"

幽无命邪气的表情乍然破裂："想什么呢？！"

桑远远纳闷地歪着头看他。他不是要同归于尽的话，为什么要说这种很煽情且一听就是要放手告别的话？

幽无命被她打乱了节奏，手一抖，衣袖中骨碌碌地滚出了一盒芙蓉脂。

桑远远慢慢地瞪圆了眼睛，看看芙蓉脂，又看看他，难以置信地问道："你不会是想在这里……我哥哥就在外头啊！"

幽无命索性破罐子破摔，反问道："那又如何？"

桑远远深吸了一口气："倒也不如何，只是，万一哥哥拉开门，岂不是把我们给看光光了？"

幽无命："……"

方才那一瞬间，他的心中当真是翻滚着无比阴暗的念头。他想要不顾一切，立刻就让这个阳光一样明丽的女子染上自己的颜色。她若是抗拒，必定会激发他的凶性，让他更加肆无忌惮。可她并没有拒绝之意，她的顾虑也很有道理，他的想法的确不妥。他恨不得将他的小桑果藏在一丝光亮也没有的地方，不叫任何人看到，怎能让旁人看到她半点儿失态的模样，听见她任何失控的声音？

那么，自己就这样放过她？不可能。他至少也得在她的身上烙上独一无二的印记，这样她才不会跑到阳光底下，让他什么也抓不住。

他扬了下衣袖，叠在车厢一侧的木屏风哗的一下将软榻隔在了狭小的空间内。他罩住了桑远远，狠狠地把她拽进怀里，声音嘶哑地说道："你是我的。"

他发狠地亲吻她。当手指碰到芙蓉脂冰凉的玉盒时，他的呼吸骤然变急。他打开盒盖，挑出一团带着花香的细润膏质，藏在掌心。

桑远远被亲得有些头晕。她不得不承认，幽无命的学习能力是极其惊人的，并且他很会举一反三。如今，他已经可以轻易地搅动她的心湖，让她颤抖、不知所措。

趁桑远远迷迷糊糊时，他那只藏了芙蓉脂的手拨开她的衣物，悄然潜到了目的地。等到她蓦地回过神时，她早已受制于他。她只来得及发出一串倒抽气的声音，就被他捂住了嘴。

他贴在她的耳畔，声音魅惑："乖，我就试试怎样涂，什么也不做。"

她惊慌地推他，却无法阻止他的动作。

"别出声，你哥会听见的。"他缓缓地挪开了捂住她嘴巴的手，薄唇印上了她的小嘴。

桑远远呆呆地看着幽无命。这个可恶的男人很贴心地替她摆了两只靠枕，轻柔地扶着她倚靠在软榻上，然后取出绸布，不紧不慢地擦掉了手上残留的透明的芙蓉脂。他并没有像往常那样，擦过手就把绸布扔掉，而是将它折起来收回原处。

她的身体仍在轻微地颤抖。

"我的小桑果，"他愉快地笑着，问她，"今日还要替我治伤吗？"

桑远远："……"

他倾身上前，眯起眼睛低声告诉她："即便没有桑不近，我也可以带你从密道离开天都，轻而易举。"

桑远远知道那条密道。它甚至可以被称为"地宫"，里面像养蛊一样养着冥魔。那是大魔王幽无命的终极秘密，连他的幽影卫都不知道。

此刻她的脑海里一片混乱。她从他的口中听到这个秘密，也就转了下眼珠，表示自己知道了。

所以他突然这样对她，是因为很介意被桑不近救了一次？或者他在意的是，她和桑不近并肩站在车厢外，一起披着阳光、一起面对疾风暴雨，却将他抛在了阴影中？

不知过了多久，她终于缓过了气，慢悠悠地爬起来。

幽无命掀开了车帘，手指抵着额头，独自坐在一旁对着车窗外发呆，也不知吹了多久的冷风。

"幽无命。"她唤他。

车帘一晃便合上了，他回转过身，笑了笑："终于想我了吗？"

这个坏坏的声音让她又想到了一些少儿不宜的场面，她忽然浑身不自在起来。

幽无命大笑着揽住了她，把她的脑袋重重地摁进怀里，附耳低语：

“小桑果，你知道我方才在想什么吗？”

“总不是什么好的。”她郁闷地说道。

他轻笑出声：“我在想，你我大婚的时候该是什么样的景象。小桑果的脑袋这么小，戴着大大的凤冠，一定很好笑。”

桑远远不接话。

他歪过身子，俊脸凑到她面前，很可恶地伸出手指捏住她的脸颊。

“别气了。”他道，“我也没做什么。”

你是没做什么，就替我里里外外地涂了个遍，还嘀咕了几句什么“如何放得下我”之类的话。桑远远不禁腹诽道。

她低声说道：“以后不要再这样了。”

幽无命应得意味深长：“自然不会。”

他微眯着眼，黑眸中清清楚楚地写着“下次，我可不会这般轻易就放过你”。

她只能自欺欺人地当他答应了。

“给你治伤。”她说道，“今夜便把那个掌印解决掉。”

幽无命歪着头盯了她好一会儿。

“小桑果，你不生气了吗？”他有些小心地问道。

她抬起水汪汪的大眼睛，认真地反问：“那你现在有安全感了吗？”

幽无命很不屑地轻嗤一声，把头转向一旁。

她径自道：“我替你疏通淤堵，你忍耐些，务必坚持住。”

他皱着眉回转过头，见她已静心入定了。

他盯了她一会儿，抿抿唇，也闭上了眼睛。

姜雁姬留下的掌印已被桑远远切了五指，显得有些可怜。今夜，桑远远的动作更加凶残。她怀抱着一股玉石俱焚的劲头，三下五除二就把这个掌印拆得干干净净，一丝残渣也不留。

经历凌迟般的折磨之后，幽无命只觉得胸口仿佛被卸掉了一座大山，一种说不出的轻快弥漫全身，身体内滚动着无数暖流。这一刻，他的心底冒出一个念头，要让小桑果永远属于他——不要死的，而要活的。

有些凶残的念头刚刚在他的脑海中闪过，他忽然察觉到一股股浓郁的木灵蕴直直地往下而去。

他还没回过神，便感觉到几股木灵蕴温柔地缠住了他，忽轻忽重，仿佛在玩闹，又仿佛在攻击。

他倒吸了一口凉气。那边没受伤啊，它们这是在做什么？！

此刻，他浑身无一丝防备，只能任凭她的灵蕴为所欲为。若是他随意动弹，难保当真被她无意之间弄出什么致命伤。

他屏住了呼吸，浑身紧绷。

灵蕴欢腾嬉戏，时而将他缠得透不过气，时而又轻轻柔柔地飘开，若即若离，他渐渐憋不住气了。

她显然觉察到了他骤急的心跳声，眸中闪过一丝狡黠，像是传说中要人性命的女妖精一样，放肆地操纵着那些灵蕴丝绦戏弄他。

幽无命一时身体僵直，倏尔，脑海一片空白，口中无意识地溢出一声闷哼。

同为男人，辕座上的桑不近一听就发现不对劲。他陡然回身，一把掀开了车门，见车厢中立着一面木屏风挡住了视线，当即气得浑身发抖，险些喷出一口老血。他纵身扑进车厢，薅开屏风，偏头回避了几息之后，猛地瞪向幽无命。

看清眼前的一幕，桑不近的双眼逐渐呆滞。只见自家小妹一本正经地在入定，周身满是清新的木灵蕴，而幽无命则狼狈至极地仰坐在车窗边，额角青筋直跳，脸色白得像鬼，目光慢吞吞地向他转来，眼神颇有点儿饥渴难耐。

桑不近：“……”

等桑远远睁开眼时，幽无命已经逃了。

青花燃 著

下册

青岛出版集团 | 青岛出版社

第九章
劫杀

幽无命狼狈逃走的这一夜，桑远远成功晋阶灵明境。

为了对付姜雁姬留下的那个木毒掌印，她抱着同归于尽的决心，与它以命相搏。从某种意义上来说，整个过程中，她与姜雁姬的灵蕴其实是“心心相印”的。她摸到了其中的玄妙之处，激发了体内所有的潜能。

消灭了木毒掌印之后，她再看灵隐境至灵明境的那层壁障，觉得简直如同儿戏。她借脑海里那股剧痛的余波，一鼓作气，直接越过灵隐境九重天，摸到晋阶屏障——破境。

那个瞬间，她当真如同脱胎换骨。她第一次洗筋伐髓时，变化发生在身体层面，而从灵隐境破境踏入灵明境后，感受到的变化却是在精神层面上的。进入灵明境之后，她体内的灵蕴便固定成了莹润的青色，再也不会随着晋阶而变化了。

此外，她脑海里多了一根青色的光弦。她拨动它，便能与周遭的木灵蕴共鸣。这种感觉很难形容，硬要比喻的话，大约像是“共震”，或者“波”。只要她心念一动，周遭的灵蕴便轻轻震荡，供她驱使。

桑远远缓缓睁开眼睛，按捺住怦怦乱跳的心脏，并指重重地向软榻前矮桌上的一只白玉杯切去！

在她看来，灵明境一重天的人应当可以发出尺把长的木灵蕴，轻易地把面前的杯子切成两半。殊不知，一阵奇异的悸动之后，她便看见一朵蠢头蠢脑的太阳花蹦了出来，把那只白玉杯压了个倒仰，让其哐当哐当地在矮桌上晃动。

桑远远僵在了原地，谁家的灵蕴是这样的啊！她瞪着眼睛，一眨不眨地盯住面前这朵可笑的花。它有她的巴掌大小，黄澄澄的花盘有气无力地耷拉着，一条碧绿的茎秆，再加上两片无精打采地翻向两侧的绿叶，怎么看都像是在嘲笑她的无能。

她伸出手指戳了戳它，发现这东西居然是实体的！

桑远远凌乱了。

只见太阳花完全无视了主人嫌弃的目光，用根须抓住了那只翻倒的白玉杯，把杯子立了起来。一滴浓郁无比的青色液体从花盘上渗出来，

拖着一道发光的线，叮咚一声落进了白玉杯里。

桑远远惊呆了，抽搐着嘴角，盯了它大约一炷香的时间。白玉杯里盛满了可疑的液体，太阳花化成青色的灵蕴，消散在空气中。

桑远远犹豫片刻，拉开了车门。

东方已经泛起了鱼肚白，桑不近愉快地哼着小曲，摇头晃脑地驱车走在渐渐被白雪覆盖的平原上。

“小妹！”他一笑，眼角的金凤好似要破体而出。

桑远远：“……”

他什么时候补了妆？！

“哥哥，幽无命呢？”她问。

桑不近抽了两下嘴角，眯起那双漂亮的大眼睛，不悦地道：“找那坏东西干什么？”

她假装一无所知，纳闷地问道：“他何时又得罪哥哥了吗？”

桑不近盯着自家天真单纯的小妹，嘴角重重地一抽，道：“你修行的时候，他在一旁……做了些很坏的事情！日后，休要再与他一道修行！”

桑远远很认真地替幽无命解释道：“哥哥，他帮我聚集了许多灵蕴，我和他一起修行事半功倍。你看，短短这么些日子，我已经晋阶至灵明境了！幽无命其实很好的，哥哥对他不要有偏见嘛。”

桑不近：“可是小妹，你不知道，他在你旁边……在你旁边……”

桑不近很想仰天咆哮，有些话他对着小妹完全说不出口！

“放心吧哥哥，他不会吵到我的！”桑远远笑得眉眼弯弯。

桑不近痛苦地长叹了一口气，心想：罢了罢了，有些事小妹还是永远不要知道比较好。

他认命地指了指后方：“他去了后面。”

桑远远点点头，跳下马车，向后走去。

阿古驾着车，见桑远远过来了，连忙一个急刹车，请她上去。

车厢里堆着绫罗绸缎，幽影卫一个个噤若寒蝉地缩在木屏风外的小小空间里，盯着那些布料发呆。看到桑远远，众人一齐起立，个个摆出如释重负的样子，像逃难一样径直从车门口跳了下去。

桑远远：“……”

她轻轻推开了能够折叠的木屏风，便看见幽无命大马金刀地坐在半人高的绸缎堆上面。他换了一身衣裳，一只手撑着膝盖，另一只手揉着额头，双眉绞在了一起，脸色阴沉。

他缓缓地抬起眼皮，看了她一眼。

“你来干什么？我在安排截杀之事，你走。”他绷着脸冷冰冰地说道。

桑远远没说话，朝他扔了一朵太阳花。

幽无命猝不及防，险些被砸了个倒仰。他像是见了鬼一样，瞪着眼睛望向胸前那朵蔫头耷脑的花。

他刚回神，就见桑远远要哭不哭地冲过来扑到了他的怀里，重重地搂住了他的腰，撇嘴道：“幽无命，我完了，我的灵蕴怎么会是这样的？我这辈子是不是就这么毁了？你不要我了是不是？你为什么要赶我走，是不是嫌弃我了？你嫌弃我和我的大脸花了是不是？”

两个人中间，大脸花艰难地挤出了脑袋。

这一幕让幽无命莫名有种怀里抱着美媳妇和丑孩子的错觉。

他莫名地被她带歪了，道：“谁嫌弃你了，我也不是第一次看见大脸花。”

“那你为什么凶我？”她抹了抹眼泪。

幽无命嘴角一抽：“我没有。”

被她这么一搅和，他不自觉地把昨夜丢人的事情抛到了脑后，饶有兴致地腾出一只手，揪了揪太阳花的叶子：“这是什么玩意儿？”

只见花盘上沁出一团青色的凝露，啪的一下甩到了他的脸上。

幽无命：“……”

他瞪着桑远远，只见她的小脸蛋皱成一团，整个人显得弱小、可怜又无助。

他缓缓地转了转黑眼珠，难得设身处地地想了想，觉得自己晋阶之后要是弄出这么一坨怪东西来，恐怕也会觉得灰心丧气。于是他憋住笑

意，绞尽脑汁地安慰她道："没关系，小桑果，这个挺好的，我觉得没有什么问题，打起架来还挺唬人。"

桑远远撇着嘴，脸色更难看了，眼看着就要哭出来了。

幽无命只好笨拙地摸了摸太阳花的叶子，艰难地给它找优点："颜色不错。"

桑远远："……"

她并没有觉得安慰。

他把她抱进绸缎堆里，在她的脸蛋上亲了好几下。他忍着笑，很凶残地说道："别难过。谁敢笑话你，我会让他死。"

"真的不嫌弃我？"她抬起水润的大眼睛。

"嗯！"他快速地回道。

"好吧，"她啄了一下他的唇角，"那我今天和昨天一样喜欢你。"

他隐约觉得哪里不对。她是不是在和他讲条件？

他低下头，见她依旧耷拉着眉眼，抿着嘴唇，整个人无精打采的样子。看着怀中委屈巴巴的女子，他忽然觉得昨夜发生的事情可能有什么误会。就这么个呆头呆脑的小东西，怎么可能对他做出那种事情来？不像，小桑果明明就是个小傻子。她想必当真以为那只是什么淤堵的经络或者残毒吧！这家伙真是笨！

这般想着，幽无命忍不住眯起了狭长的眼睛，手指轻轻地敲击着膝盖，心里的阴云渐渐散得一干二净。

心情好了，他便用下巴去蹭她的发顶。

"那我以后该怎么办？"她仰起小脸来看着他，一双眼睛清澈无比，像是林中的溪泉。

"怕什么，"幽无命失笑，"有我在，还能轮到你上阵杀敌不成？"

桑远远看起来更加郁闷了："我才不要做拖油瓶。"

幽无命无所谓地弯起唇角，继续亲她鼓起的脸蛋，语气敷衍得很："小桑果怎么会是拖油瓶。"

"嗯！"她推了推他，从他的怀中钻了出来，收起太阳花，正色道，

“那我们来商定截杀皇甫俊的计划。”

幽无命愣住了。

她一秒钟就进入了状态：“昨日听你和哥哥说要在冰雾谷动手，若是我没有猜错，那里必是一处极寒且险峻的地段，至多不超过两骑并行，对吗？”

幽无命继续发愣。

桑远远快速地说道：“所以你的计划是不是埋伏在路中，等到皇甫俊的车马经过身边时，跳出来截断前后，杀掉他？”

幽无命像木偶一样，点了点头。

“完事之后怎样撤退呢？”她问。

幽无命扑哧一声笑了，道：“险些忘了我的小桑果足智多谋，是个厉害的军师。”

他坐直了，唰的一下从身旁取出一张地图，示意她看。

“左面是十丈峭壁，右面是百丈断崖。”他道，“这段冰雪山道乃是必经之路，我们用吊索自上而下杀他个措手不及，成事之后，再顺着吊索滑至谷底，撤离冰雾谷。”

桑远远沉吟片刻：“伤亡必定惨重。”

“不错。”幽无命点头道，“接引使必定会一前一后护着皇甫俊。我对付一人，桑不近拖住一人，其余的护卫便由幽影卫来拦截。道路狭窄，我们倒不必担心被合围，速战速决的话，在这里不会有多少伤亡，关键是在撤退的时候……”

桑远远凝神看着他，思绪渐渐飘走了。

幽无命这样一本正经地说话的样子真是魅力十足，举手投足间满是王者之风，颇有种江山在手、运筹帷幄的感觉。

他指了指山，道：“往上方撤，会被射成刺猬，我们只能往下。往下，对方必会斩断吊索，我们只能自求多福，能走一个是一个。”

桑远远思忖片刻，缓声道：“我有一计，叫‘狸猫换太子’，你听听看可行不可行。”

幽无命挑起了眉毛："哦？"

过了晌午，幽无命收到了消息，皇甫俊重伤赶路，并未坐车，用的是轿辇。

幽无命乐了："真是天助小桑果！"

他把她打横抱了起来，大步流星地走向桑不近那辆车。

她不禁有些害羞："放我下去！抱着我做什么？"

他还把她轻轻地抛了一下，坏笑道："我高兴。"

幽无命高兴了，桑不近的脸色却阴沉得很。

桑不近把缰绳交给了亲卫，钻进车厢中，拉了一只杌子坐在矮桌对面，一身怒气。他嘴里说着给皇甫俊送葬的事，却用眼神把幽无命凌迟了千百遍。

在两个男人视线对撞出的火花中，桑远远再把计划说了一遍。

"就用小妹的计策！"桑不近拍了板，"幽无命，你该去安排了。"

"你去。"幽无命懒洋洋地挑眉，"我受了伤，动不得。"

桑不近气笑了："我怎么觉得你是精力过剩？"

幽无命知道他在嘲讽自己昨夜丢人的事，干脆破罐子破摔："大舅哥，你倒是当着小桑果的面说一说，我怎么精力过剩了？"

桑不近："无耻之尤！"

桑不近气呼呼地出去安排相关事宜，车厢中又只剩下了幽无命和桑远远。

她虽有一身演技，但气氛忽然冷下来之后，难免想起了昨夜在这里发生的事情，不禁有些脸热心跳。

"小桑果，"他的嗓音有些哑，"今日，试试处理那火毒。"

她快速地点了点头。

他想了想，画蛇添足般地加了一句："只清理火毒便可。"

桑远远："嗯。"

她知道，那狸猫换太子之计只是最理想的状况，情况究竟会变成什么样谁也说不准。如果发生了意料之外的状况，他们就必定要面临一场恶战。真打起来，幽无命便是己方的王牌，她一定要尽最大的力量助他复原。

她平复了心绪，缓缓入定。

实体化的太阳花虽然看起来无精打采的，但其实比从前好用得多。桑远远心念一动，三株太阳花便挥舞着叶子开始编织出又厚又密的“海带”来。

桑远远没料到的是，这火毒竟然比想象中好处理得多。

火毒遇木即燃，燃焦了几缕根须之后，她找到了对付它们的办法。她先把“海带”中的汁液挤在幽无命的伤口上，然后把没了汁液的“海带”放在太阳花的叶片上摊着晾一会儿，它们就变成了脆脆的样子，一看就易燃。她再把它们伸到火毒里，立刻便有赤红的火灵蕴吐着芯子爬到上面，她顺势一抽一甩就能将它们抛回大自然的怀抱。

车队越过冰雪平原时，幽无命体内的火毒被清理得一点儿也不剩了。

桑远远缓缓地吐出一口气，睁眼看他。如今他体内的积毒已被她治好了十之七八，就剩下皇甫俊留在右边锁骨下的那一团水毒了。他的身体其实极其强悍，自愈能力惊人。清除了火毒后，那道久久不愈的箭伤竟然在短短的几个时辰内脱了痂，只留下一块圆形的痕迹。

她有些脱力，轻轻地喘着气，倚在他的怀里。

“就剩皇甫俊的水毒了，”她微微噘着唇，“亲我一下，我便有力气一鼓作气地替你清理完。”

幽无命啼笑皆非，神色怪异地看着她。他已经不记得有多少年没有人敢和他讲条件了。他隐约觉得她好像在某种边缘试探，却又在心中断然否定——小桑果那么笨，肯定只是因为喜欢他，在向他撒娇。她喜欢他亲她！

他这般想着，心中涌出一团既像火又像水的东西。他把她拽进了怀中，一面亲她那诱人的红唇，一面把大手覆在她的胸上，搅乱她的呼吸。

她迷蒙的视线对上他暗潮翻腾的眼眸，她知道他忍得很辛苦。

“小桑果……我们成亲……回去就成亲……”他的声音哑得彻底。

赶在进入冰雾谷之前，桑远远把幽无命体内的毒素清理得一干二净。

毒素一除，他立刻恢复成他们初见时的模样，整个人精神饱满。他往软榻上一倚，唇红齿白、容色似玉，着实是风华绝代。

她却无心欣赏了。

虽然她已经晋阶至灵明境，但为了对付皇甫俊、姜雁姬和那高阶侍卫的灵毒，大大地透支了自己的灵蕴和精神力。将所有毒素驱逐完毕的那一刻，她就像断了紧绷的弦一般，立刻病倒了。

她向来不矫情。如今他们四面楚歌，强大的敌人虎视眈眈，时刻要面对生死危机。这种时刻，若幽无命还要因为顾忌她太辛苦而拖拖拉拉不肯治伤，那才是愚蠢至极。所以她倒在他怀中的时候，心中连丝毫委屈也没有，只冲着他笑。

幽无命挂上了惯用的假笑，脸上看不出情绪，只是眼尾泛着一点儿红色。他的灵蕴像刀子，不会治病，只会伤人。

他附在她的耳畔低声道："小桑果，你且看我如何杀人。"

她轻轻地点头，脑袋一阵眩晕。

他把一只大手重重地放在她的额头和眼睛上，强迫她闭上眼休息。

幽影卫和桑不近的亲卫都是万中无一的好手，效率惊人。冰雾谷中的杀局很快就布置好了。

一日之后，风雪掩盖了所有的痕迹，隐埋的吊索、大大小小的雪墙、山壁上挖出的坑洞、运送到壁中的轿辇、种种忙碌过的痕迹，尽数消失在一片白茫茫的大雪之中。

桑远远仍发着烧。

桑不近购置各式物资的时候替她买来一件兽毛大罩衣，她的身体往那白乎乎、毛茸茸的大罩衣中一钻，整个人立刻就变成了一只矮矮胖胖的小白熊。她今日身体有所好转，又有重装在身，便忍不住想跳下车来看看这异乡的奇景。

一见她的模样，幽无命就笑得直不起腰来。他只穿着一件单薄的白袍，身后背着一柄厚刃的铁刀，在这漫天飘雪的寒风中一站，更显得俊逸出尘。

云州是极寒之地，冰雾谷是通往东面三个州的必经之路。说来也奇怪，一越过这座山，气候立刻温暖了，整个云境也只有云州是这种天寒地冻的气候。而在冰雾谷，大大小小的雪花在风中飞旋，整条山道在一片白茫茫的大雪中，像是无意之中抹在了白色画布上的一道不起眼的痕迹。

桑远远刚一落地就滑了一跤。她穿得像一个球，身体又虚，根本没有半点儿抵抗之力，圆滚滚地朝地面栽了下去。

幽无命差点儿笑岔了气。他并没有扶她，而是直接垫在了她下面，让她和他摔了个对眼。

她生气地挥舞着胳膊想要爬起来，奈何穿得太厚，两条胳膊就像是雪人身上捏出来充作手臂的圆球，只能在身侧徒劳地挥着。

幽无命快笑疯了。

桑远远气了一会儿，被他感染了，忍不住也笑了起来，一面笑一面抬腿踹他。

半晌，她忽然脸色一变。

幽无命吓了一大跳，赶紧抱着她站起来，一只大手猛地按在她的脑门上，紧张地低头看她。

"大战之前这样笑太不吉利了，"桑远远道，"若我没有料错，阿古他们肯定要在后面讲一些比如'主君从未这般笑过，日后都能这般开心多好啊'这样的话。"

幽无命抓住她的肩膀："小桑果，你错了！他们只会说'主君笑得这么开心，又有人要倒大霉'。"

桑远远："……"

好吧，反派的思路她摸不透。

小九那边很快传来消息，皇甫俊一行已经踏入冰雾谷了！

幽无命捏碎了玉简，整个人气质大变。

此刻，众人藏身在十丈峭壁之上，居高临下地俯视着那一行蜿蜒而来的东州车队。

桑远远紧紧地攥住了拳头，心脏在胸腔中怦怦直跳，暗暗祈祷一切顺利！

皇甫俊乘着轿辇，位于队伍中段。先前行军之时，皇甫俊的轿辇四周被护得密不透风，他们根本没有任何刺杀之机，而这冰雾谷无法容纳多人并行，一乘轿辇便占据了整条山道，两名接引使只能走在轿辇前后，队伍被拉成了细长的一条。

眼见皇甫俊的轿辇慢慢来到他们提前做过手脚的山壁边上，桑远远紧张得屏住了呼吸，眼睛一眨不眨。

幽无命举起了手，重重地挥下！

众人齐齐发力，一堵事先准备在峭壁上的雪墙缓缓倾倒，大团小团的积雪向着山道轰隆滚落。

“雪崩！”一声惊呼后，轿夫急忙将轿辇放置在山道上，众亲卫拿出兵器，释放灵蕴，将上方砸来的雪团尽数击入崖下。

一时间飞雪弥漫，遮天蔽日。

幽无命望着下方，唇角不知不觉地浮现一丝狞笑。

不一会儿，雪就彻底遮挡了视线。桑远远有些心焦地望向幽无命。他为何还不动手？此刻难道不是最好的时机吗？

幽无命却像是定在了雪中一般，一动不动。

眼见这场人为制造的雪崩将要结束，山道上恢复了一两分能见度。幽无命终于长指一弯，玉简在指间破碎。埋伏在山壁洞窟中的亲卫收到指令，动手了！

白茫茫的大雪之中，身旁峭壁上滚落的雪层毫不引人注意。

一乘停在白雪中的轿辇从事先挖好的洞窟中猛然被推了出来，伴着一截断落的雪层，在滑脚的冰雪山道上横掠数尺，无声无息地顶替了原本放置在地上的轿辇，而原本那一乘轿辇被抵出山道，悄无声息地坠下百丈断崖！

落雪滚滚，漫天雪雾之中，谁也没有留意到这一出李代桃僵。

此刻雪崩之势渐缓，东州护卫与接引使者的注意力不自觉地投向了上方，谁也没去关注那乘停在原地的轿辇。幽无命把握时机的能力，当真是惊人至极！

“成功了！”

众人心头狂喜，交汇着激动的目光。

幽无命抓住桑远远，绕到东州人的后方，顺着隐在白雪中的吊索滑到了断崖之下。

桑不近、阿古等人紧随其后，落到谷底。

正前方，一乘质地精良的轿辇被顶下了百丈断崖，歪倒在乱雪之中，顶篷摔到了一边，一袭紫衣在皑皑白雪中异常受人瞩目。

而上方山道上的东州护卫们压根没意识到发生了什么事情，待雪崩停止，他们便抬起了那乘被替换的轿辇，向着谷外行去。

“小妹，你真是个天才！”桑不近一把搂住桑远远，把圆滚滚的她揽在胸口拍了一通。

幽无命低低地冷笑一声，反手抽刀，大步走向前方。

那穿紫衣的人挣扎着爬了起来，手脚并用地在雪地里缓慢蠕动。

“没摔死，算你倒霉。”幽无命说这句话的语气足以冻死人。

幽无命提刀上前。

桑不近趁机把自家毛绒熊妹妹揽在了怀里。风雪之中，明艳如火凤的佳人搂着瑟瑟发抖的小白熊，就像一对开在雪谷底下的姐妹花。

“敢不敢看？”桑不近问。

“当然敢！”桑远远说道。

她可是在冥魔浪潮里打过滚的女战士，可不是什么温室中的小白花。

快步走了几步，她发现不对劲。皇甫俊在茶楼中挨了数刀，分明已伤到了脏腑，这样一个重伤患者从这百丈断崖上摔下来必死无疑，如何还能挣扎着爬起来？此事必有蹊跷！

“当心有诈！”她朝幽无命的背影喊道。

她高烧未退，嗓音有些沙哑。

幽无命脚步微顿，微微地点了一下头。他的刀尖浮现灵蕴，他一挥刀，激起一道丈高的雪雾。

桑不近不屑地道：“嘚瑟个什么劲儿。”

如今桑不近看幽无命，觉得哪儿哪儿都不顺眼。这家伙分明是想在小妹面前表现自己。

桑不近不甘示弱，足尖一点，在身后扬起了一道更高的雪雾，像一只火凤般飞向不远处的破轿辇。

“幽无命必定大意轻敌，小妹，我去助他！”

桑远远：“……”

她甩着两条圆滚滚、毛茸茸的胳膊，吃力地蹦向战场。

只见幽无命的灵蕴光刃重重地斩在了轿辇上，紫衫人头发披散，狼狈无比地滚到一旁，避开了刀锋，雪地里留下了一道血污。

人从百丈之上摔下来，还能保得住性命已经是奇迹了，再强悍的躯体必定也要身受重伤。而一个本就身负重伤的人，居然还能蹦跶！

桑远远不禁眯起了眼睛，短短数日就能恢复到这个地步，要么皇甫俊已经拿冥族人续过命，要么……

只见那个紫衫人踉跄着扑向摔到了远处的玉简。

“别让他报信！”桑远远喊道。

桑不近飞掠而至，抬起脚把那斜插在雪地里的玉简踹到了几十丈之外。

幽无命在雪中高高跃起，如杀神降世般落在了紫衫人的身侧，刀一扬，再度劈下。

这一回，紫衫人避无可避，只能扬起双臂，腾起一阵土黄色的灵蕴挡下一击，一口鲜血仰天喷出，乱发被刀风拂到脑后，露出了一张年轻的脸。

这不是皇甫俊！

桑远远轻轻地叹息一声，有些失望，又觉得在情理之中。

她忧心地望向幽无命。

幽无命在笑，笑得倒是真心实意。他勾着唇，一字一顿地道："是督主啊。"

督主？桑远远眉头一挑。

那些手持假王令截杀桑州王父子的人，可不就是奉了督主的命令吗？眼前这个假冒皇甫俊的人居然就是督主？！他想必也是位大人物。

看来皇甫俊回东州这件事从头到尾就是个圈套，目的正是引幽无命铤而走险进行截杀。等幽无命拼上全力杀到轿辇边时，迎接他的将是实力全盛、守株待兔的冒牌货。到时候里外夹击，幽无命必定要吃个大亏。只可惜他们万万没想到居然有人使了一出狸猫换太子的计谋，悄无声息地瞒天过海，将这个冒牌货从一众高手的眼皮子底下换走了。

"幽无命，"紫衫年轻人吐着血，缓缓向后爬着，道，"这次我认栽，但你不能杀我！"

"哦？"幽无命勾起唇角，单手提着刀逼近，漫不经心地说道，"你倒说说看，为何不能杀你啊，皇甫渡。"

皇甫渡？一听这个名字，桑远远就立刻想起了这号人物。

皇甫氏以一己之力扛起了整条东部战线。这条战线上包括晋、屠、皇甫三个州国，其中负责晋州境内长城地段的人正是皇甫俊的义子，皇甫渡。皇甫渡是皇甫俊从远族中过继来的，自小便被皇甫俊带在身边倾力培养。皇甫俊尚未娶妻，东州王世子之位仍给他未来的儿子留着，所以皇甫俊并没有为皇甫渡请封世子，而是让皇甫渡领了大督军之职。皇甫渡在军中颇有实权和名望。

桑远远之所以对这个名字有印象，是因为在书中皇甫渡曾帮梦无忧干过一件毁三观的事情。

在幽无命死后，幽盈月也丢了性命。韩少陵怀中空虚，又宠上了一个巫族的女人。皇甫渡见不得义妹梦无忧终日以泪洗面，便出面勾引了那个巫族女人，给韩少陵送了一顶绿帽。事后那个巫族女人非要跟着皇甫渡，韩少陵终于看清了这个女人的嘴脸，醒悟过来，知道世间只有梦无忧是真心待他的，从此收了心，一心一意地对梦无忧好。

桑远远当时就记住了这位不惜出卖自己的身体替义妹解决情敌的义兄，没想到这么快就遇上真人了。

她收回思绪，望向此人。

皇甫渡生得十分漂亮，轮廓和皇甫俊极为相似，不同的是他的眉、眼、唇生得比皇甫俊浓烈。皇甫渡颇有些艳丽的五官嵌在和皇甫俊一样白皙的皮肤上，眉间还点了一粒圆圆的朱砂，更显出一种奇异的殊色。此刻他吐着血，显然是伤得不轻。

皇甫渡知道幽无命是个干脆利落的疯子，为了保命，直接说出了一个惊天秘密："幽无命，你不能杀我，我是东州王和帝君的亲生儿子！"

此言一出，在场的人个个儿目瞪口呆。

皇甫渡是皇甫俊和姜雁姬的亲生儿子？

桑远远心头一跳，担忧地望向幽无命。

方才气场全开仿若杀神降世的幽无命此刻忽然收敛了气息，整个人就像是融在了这冰天雪地中一般。幽无命淡漠地说道："是吗？"

"我没有必要骗你。"皇甫渡仰起脸来，用手抓了雪，擦掉额心的朱砂，露出一个梅花状的红色胎记，道，"这便是证据！"

世人皆知女帝君姜雁姬的额心有梅花印记，平日都会用金钿装点。皇甫渡有姜雁姬的印记，有和皇甫俊几乎一样的轮廓和皮肤，人们再想到皇甫俊与女帝君之间的关系，此事的真实性已毋庸置疑。

皇甫渡道："这一次父亲身受重伤，母亲让我假扮父亲引蛇出洞，其实也是为了替父亲打掩护。父亲已经从姜州绕道，经赵州远道返回东州。幽无命，你已经杀不了父亲，该考虑自己的后路了。"

此言一出，众人的神色不禁凝重了许多。他们击杀皇甫俊，要的就是快准狠，若是失了手，确实得考虑善后的问题。

"你几岁？"幽无命问了个叫众人摸不着头脑的问题。

皇甫渡一怔："二十四岁。怎么了？"

幽无命轻笑出声："很好……很好。"

桑远远感到心疼。幽无命今年二十五岁，皇甫渡竟然二十四岁，这就意味着姜雁姬刚生下幽无命便抛弃了明先生父子二人，悄无声息地投进了皇甫俊的怀抱，还替皇甫俊生下一个儿子。这般看来，姜雁姬恐怕从一开始便对明先生存了利用之心！

皇甫渡见幽无命神情恍惚，赶紧说道：“你大可以拿我威胁他们，得到你想要的东西。幽无命，你有野心、有本事，是个聪明人，自然知道留着我的性命将给你带来千百倍的好处。”皇甫渡的眸中似有星光在旋转。

他抬手抹去唇角的血渍，声音缥缈：“幽无命，你不会杀我的，你会带我回去，替我治伤，对不对？”

幽无命恍惚片刻，微微弓身，朝地上的皇甫渡伸出一只手。

皇甫渡的眸中浮现劫后余生的狂喜。他挣扎着抓住了幽无命递来的手。

幽无命把他从地上拉起来，搂到了怀里。

皇甫渡：“……”

皇甫渡发现幽无命这个疯子身上的温度奇低，气息像蛇一样冰冷。

幽无命缓缓地把脑袋搁到了皇甫渡的肩膀上，嘴唇凑到皇甫渡的耳边，出声道：“我怎么可能会放过你呢？”

皇甫渡心头一寒。他正要挣扎，发现一只冰冷的手已经按在了自己的后脖颈上。

皇甫渡的视线忽然歪了九十度，恐怖的撕裂感和黑暗一起袭来。皇甫渡临死之前弄明白了自己的死法——被幽无命折断颈骨，摘下了首级。

幽无命推开皇甫渡的无头身躯，任他的一腔热血洒在纯白的雪地上。

幽无命抓着皇甫渡的头发，把皇甫渡的首级放到面前，认认真真地轻声道：“我的亲弟弟啊。”

幽无命的声音极轻，只有皇甫渡一个人的残魂能听见。

幽无命拎着那颗脑袋甩了几下。

他转过身时，脸上已挂上了那副漫不经心的微笑假面。他把已经不再流血的脑袋抛向阿古，道：“好好收着！有大用。”

“是！”阿古双手一伸，接住了皇甫渡漂亮的脑袋。

桑不近皱着眉头道：“皇甫俊这只老狐狸，当真是胆大包天！”

东州一百名亲卫和接引使者都在这里护送赝品，皇甫俊身边根本就没剩什么人了。皇甫俊只带着少数几个亲信，拖着重伤之躯远道回东州，着实是胆大心细，尽显枭雄本色。

“无所谓，”幽无命道，“那就让亲儿子替他死。”

幽无命懒洋洋地向山谷外走去，看着毫不在意的模样，但桑远远知道，他此刻不好，一点儿也不好，因为他都把她忘在原地了。

直到他走到山谷，才后知后觉地想起自己忘了小桑果。他在原地停留了片刻，却没有回头。

桑远远很想追上去，遗憾的是她穿得实在太厚了，身上又带着病，头重脚轻的，稍微走快两步就感到天旋地转。

桑不近原本就恨不得拿一座山把这两个人隔开，见幽无命先走了，高高兴兴地搀着桑远远，笑得比桃花还灿烂。

桑远远扑腾了一会儿，眼见离幽无命越来越远，心中不禁焦急，张口想要喊时，忽然发现眼前飞旋的雪花中多了许多金色的小飞蛾。她吃惊地揉了揉眼睛，再一看，却发现雪仍是雪，哪里有什么金蛾子。

愣怔之时，她忽然感到眉心一凉，仿佛有翅膀在轻轻拍打她的皮肤，旋即轻微的疼痛感袭来。她清晰地感觉到一股冰冷的气息钻进了她的额心，直击颅脑。她打了个寒战，吓了一大跳，赶紧抬手摸了摸自己的额头，只摸到一片雪花化成的小水珠。她这才发现自己的额头烫得惊人。

“哥，我怕是病得厉害了。”桑远远道，“方才我感觉有只金色的飞蛾从我的额头处钻了进去，也不知是什么幺蛾子。”

她的声音很沙哑。

桑不近既心疼又好笑，微微蹲下身，干脆利落地把她打横抱了起来，一起往外走去。

三辆大车藏在谷地入口。隔着老远，桑远远就看到幽无命孤零零地坐在车顶上，仰着头，很不耐烦地等着她回来。

“小桑果！”幽无命喊道，“快点儿，我给你捉到一个好玩的家伙！”

他扬起一只手，手里拎着一个毛茸茸的东西。

这是一只大雪兔！它被他攥住了耳朵，两条肥圆的后腿悬在半空，不住地乱蹬。

桑远远见他还有闲心捉雪兔来逗她，一时既难过又欢喜，心中五味杂陈。

桑不近想直接把她抱走，被她攥住了衣领。她可怜巴巴地眨着眼睛，嘛嘴道："哥哥，我想摸雪兔！"

桑不近狠狠地瞪了幽无命两眼，视线像飞弩一样，恨不得在幽无命的身上戳几个大窟窿。臭小子，拿毛茸茸的雪兔来骗姑娘，简直不要脸！

幽无命压根儿不看桑不近，笑吟吟地看着桑远远下了地，笨手笨脚地向自己跑来。幽无命没有迎上去。这一刻，他的心情其实非常奇怪。他恨不得让时光永远停留在这一刻，不需要再有将来了。因为这一刻，他等来的只有好事，没有坏事。在这一刻，小桑果的心里、眼里只有他一个，他们之间没有任何阻碍，他只需要安静地在这里等着她，不会有任何变故，意外也不会到来。

幽无命不自觉地眯起了眼睛，歪了歪头，像是着了魔一般，贪婪地享受着她一步步靠近的时光。

不如我就这样死去。他的脑海里忽然浮现了这么一个念头。

他缓缓地垂下眼帘，望了望自己心脏的位置。它跳得更快了，好像想要破体而出。

他低着头，笑道："不，这还不是最好的，小桑果一定还会给我更多惊喜，不，是惊吓才对。"

他笑着抬起头，忽然便看见她倒了下去，栽进了雪地里。

幽无命："……"

他跳下车，抢在桑不近之前抱起了穿得圆滚滚的女子。突然，他顿住了。他看见雪地上有点点鲜红的血，像是一朵朵漂亮的小桃花。

"摔了。"她委屈巴巴地说道。

幽无命心中一惊，急忙望向她的脸，只见她的鼻唇之间沾着血和雪，小脸烧得通红，眼睛却弯弯的，正冲着他笑。他深吸一口气，抬手狠狠

地擦掉她脸上的血，刚抹掉，她的鼻子里又流出血来。

幽无命气乐了："灵明境的人还能摔出鼻血？"

他扔了雪兔，把她抱到车厢里，取出绸布捻成一条，塞进她的鼻子里。

自从她生病后，车中就一直点着炭火，整个车厢已被熏得暖融融的。桑远远脱掉了那件笨重的兽绒大罩衣，整个人都窝进了幽无命的怀里。

他的身体很冷，为了不冻着她，他抓过罩衣裹在了外面。

"方才皇甫渡对你施了巫族的惑术是不是？"桑远远问道。

"嗯。"幽无命愣了一下，垂眸看她，"小桑果，你连这个都知道？！"

他忽然有点儿心虚，眸光闪了闪，毕竟他也曾对她使过两次那样的手段。

桑远远心道：难怪书里那个巫女本来跟韩少陵相处得好好的，突然就被皇甫渡迷得神魂颠倒。原来就像幽无命对付双儿那样，皇甫渡也只是把那个倒霉女配角给催眠了。

"姜雁姬是巫族的？"桑远远虽然心中已经有了答案，却忍不住想要确认一下。

"嗯。"幽无命说道，"小桑果，我身体里流着这么脏的血，你会讨厌我，是不是？"

"不讨厌。"她轻轻地用脸蹭他，"一根头发丝都不讨厌。我喜欢你，哪儿哪儿都喜欢。"

他轻笑出声："骗子。"

她笑道："就算是骗子，能骗你一生，骗到我死的那天，那也不算是骗了。你说是不是？"

幽无命不得不承认她说得很有道理。他既有点儿高兴，又有点儿不高兴，别扭地把头转到一旁。

"可是姜雁姬怎么可能是巫族呢？"桑远远依旧想不通。

姜氏是王族，向来只与王族联姻，怎么可能混上巫族的血脉呢？

幽无命摇摇头："管她的，杀了一了百了。"

"嗯。"桑远远早就习惯他的作风了，想了想，小心翼翼地问道，"皇甫渡不知道你也是巫族？”

幽无命轻轻一笑：“除了你，谁都不知道。”

桑远远愕然：“难道姜雁姬也不知道？”

“她当然不知道。”幽无命讥讽道，“她怎么敢知道呢？午夜梦回猜到一点儿，都能叫她心魔迭生、战栗不止。”

他的黑眸中浮现了令人头皮发麻的暗光。

他似要发病了。

桑远远知道自己又碰到了他的禁区。

她探出一只焐得热乎乎的小手，抚摸他的脸颊，揉他的唇角，冲他撒娇道：“不说那些了。幽无命，我好难受！我的头疼死了！我没办法入定，连大脸花都扔不出来了！”

他定了定神，垂下头，用额头触了触她的额头，很不满地嘀咕道：“怎么病了这么久还不好？再病下去，他们定要以此为借口拖延我们的婚事。小桑果，我已经为你忍耐了这么久，不想再忍了。我要你，现在就要，病着也要。”

这几日，“海带”带来的惊吓已经逐渐被他自欺欺人地抛到脑后，他回味那一日的情景，只记得手中的温香软玉。

“小桑果，我想试试……你就让我试试……”他忍不住低头亲她。

桑远远知道他今日的情绪必定会动荡得厉害，如今这只刺猬仍旧只会自己藏着伤口不要别人触碰。她能做的便是让他感觉到这个世界仍旧温暖、柔软。她想让他愉悦，让他留恋，让他自己主动地一点点向她敞开心扉。

她微微张开嘴，迎向他。便在这时，一阵止不住的咳意涌了上来，她猛地别开了头。三声剧烈的咳嗽声后，她喉头一暖，竟喷出一口鲜血。

幽无命吓了一大跳，死死地盯紧了她，瞳仁在眼眶内不自觉地颤动。

桑远远赶紧扯唇笑了笑，道：“没事，大约是烧了些瘀血出来，吐了就好。我一点儿都不难受，真的。”

她真的没觉得难受。

他瞪了她一会儿，极慢地开口了，一字一顿地说道：“你的脸色很

差。”他看着她的额心，抬起一根手指轻轻地摁了两下，皱眉问，“你这里怎么了？疼不疼？”

她白皙饱满的额头上出现了几个小小的黄色圆点。

桑远远有些吃惊，缓了片刻，将方才感觉金色蛾子钻进额头的事情告诉了他。

幽无命把她放在软榻上，冷着脸走了出去：“定是雪中邪祟，马上就近就医。”

距离冰雾谷最近的城池正是云州的都城云都。

车队不再南下，径直北上前往云都。

桑不近把车赶得像在飞。

桑远远倚在幽无命身上，与他说话：“听说云州是女子当家，你认识摄政王云许舟吗？”

云氏男丁凋零，到了这一代，嫡系只剩下一位身体孱弱、有腿疾的男子云许洋。他继任云州王之后无力处理政事，便将权柄交给了自己的嫡亲姐姐云许舟。云许舟被封为摄政王，处理云州事务。

云许舟应当是一位了不得的奇女子，只不过在女帝君强烈的光环之下，这位女摄政王便像是烈阳之下的荧光，没那么起眼了。

幽无命勾了勾唇，盯着桑远远，笃定地道：“小桑果，你在吃醋。”

桑远远无语。

幽无命凑到她面前，眉梢高高地挑着，道：“当初我差点儿娶了云许舟。小桑果，别装了，这件事你怎么可能不知道……”

桑远远是真的不知道，书中并没有讲过大魔王黑化之前的事情。

他竟然也是有情史的吗？

也许是因为生着病，听他这么一说，她的胸腔里顿时像是塞了一团沉沉的棉絮，闷闷的。

她一眼都不想看他。

“生气了？”他歪着身子，用食指挑起她的下巴，笑道，“小桑果生气了！”

桑远远：“……”

“小桑果！”他道，“你和韩少陵连婚礼都办了，我还没有跟你生气呢！”

她抬眸看他，很无赖地说道：“我就是只许州官放火，不许百姓点灯！我就是生气！”

幽无命愣了一瞬，捂着额头笑了起来，道：“好好好！”

他看起来高兴极了，咧开的唇角半天也合不上。他把她紧紧地揽在怀里，在她的耳旁说道：“小桑果，你是不知道，当初幽老鬼自作主张替我求娶云许舟，谁知那云许舟看不上我，回绝了幽老鬼。”

桑远远忍不住偏头盯住他那张帅得惊人的脸：“她没见过你？”

他有这么好的皮囊，也会相亲失败？

“没见过。”幽无命道，“她递了好长一篇官话过来，话是说得很好听，但话中真意便是说我幽无命体弱无能，配不上她。”他笑了笑，当真是毫无芥蒂的样子，道：“再后来，等她知道幽无命是个什么样的人后，后悔也迟了。”

桑远远：“……”

她倒是觉得云许舟应该完全没有后悔。而且听这意思，人家拒绝得干脆利落，哪儿叫什么“差点儿娶了”？差了十万八千里吧。

幽无命一眼就看穿了她在想什么，不悦地道：“小桑果，你觉得云许舟拒绝与我成亲是对的？”

“当然了！”她笑弯了眉眼，“把你留给我，多好啊。”

他笑了一下：“就算她同意，我也不会娶的。”

桑远远：“骗人。”

“没骗你。”他说，“那时候我的刀已经悬在幽老鬼的头顶上，他不知道，还替我说亲呢，可笑。”

桑远远抬头看他，能感觉到他的心情很复杂。他被仇人呵护着养大，情与恨、冰与火交织在一起，将他的心缠住、割裂，将他一天一天地拖

向更黑暗的深渊。

手刃幽氏那一刻，他破茧了，化成一只纯黑的王蝶。

桑远远觉得心口发疼，搂住他的后颈，把他往下拉。她重重地亲他，一边亲一边道：“算你走运！你若是娶过妻，便没有我了。幽无命，算你运气好，等到了我！”

他克制着没敢用力亲她，怕她又咳嗽，敷衍地应道：“嗯嗯嗯。”

他低沉缱绻的声音落进她的心底。

半晌，二人慢慢地分开。他眯着眼看了她一会儿，得意地伸出手指挑了挑她的下巴，道：“等你治好病，我定要带你到云许舟面前叫她看看，这才是我幽无命喜欢的女人。”

桑远远：“……”

他确实是个幼稚鬼!

不过，他这是终于承认喜欢自己了吗?

第十章 云州

半天时间里，桑远远一共吐了三次血。她感觉自己比之前烧得厉害的时候好了些，除了有些虚弱和时不时地吐血之外，完全没什么毛病。她还偶尔安慰桑不近和幽无命一番。

这两个男人表面上若无其事，其实看她的眼神已经越来越凝重，还把会反光的东西全部藏起来了。桑远远推断自己的脸可能出了什么问题，试探着亲了幽无命好几次，发现他一丝嫌弃也无。

入夜时，三辆大车到了云都的城门外。

云都是一座看起来非常神奇的城池。此地四季都是严冬，筑城的材料用的便是冰——不是寻常的冰，而是万年玄冰的冰核。玄冰的冰核呈淡蓝色，在夜晚特别亮，整座城池都泛着蓝莹莹的光芒，不需要烛火照明。冰核之外包裹着厚厚一层普通的坚冰，将那蓝色染上一层清亮朦胧的光晕，淡蓝色的梦幻光城在眼前铺开，这般景象当真是在天上也见不着。

面对如此景象，桑远远躺不住了，倚靠着幽无命坐到窗边，掀开车帘欣赏这人间奇观。

“真好看。”她感慨道。

幽无命把头搁在她的肩膀上，道：“这有什么好……”

话没说完，他便被桑远远一巴掌捂住了嘴。狗嘴里吐不出象牙，等他说完就扫兴了。

桑不近反身进入车厢，郑重地说道：“寻常的医师怕不顶事，我已经联络了云许舟。”

桑远远纳闷地看着桑不近，不知道他为什么这般郑重其事，既然已经到了云都，向王族求医不是很正常的操作吗?

“喀喀，”桑不近清了清嗓，佯装漫不经心地说道，“我乔装在外行走，向来很仔细地隐藏身份。云许舟只知我叫凤雏，正是她替我在云氏挂了个假身份。”

桑远远明白了：“所以云许舟以为哥哥……是女子？”

桑不近红着脸点了点头。

幽无命抬起手揉了下眉心。

桑不近对桑远远道："你就叫凤果，至于幽无命……无所谓，反正云许舟也不会问起他。"

这时，忽然有声音传来。

"凤雏！"

兽皮靴踏在冰面的声音由远及近，清亮的女声穿透车厢落入三人的耳中。

桑不近挑了挑眉，道："她来了。"

他推开车门出去，扬手招呼道："摄政王！"

只见一道白色的身影一下便掠到了车上，还未站定，便和桑不近来了个结结实实的拥抱。

"想死我了，凤雏！"云许舟吧唧一口亲在桑不近的脸上。

云许舟的个头儿比桑不近稍高一些，头发盘成一个简易的髻，用玉冠束在头顶，穿着一身白衣，看着很是潇洒利落，却不会让人误认成男子。

"病人在哪儿？赶紧让我看看！"不等桑不近说话，云许舟连珠炮一般地说道。

当着小妹的面被一个女子"非礼"了一通，桑不近有些窘，扯了扯嘴角道："车里。"

桑远远只觉呼一下寒风扑面，云许舟已经钻了进来。

一股寒梅香气瞬间落满车厢，女子的发间染着雪珠，她容貌美丽，一双眼睛清澈异常，视线干干脆脆地在车厢中扫过一圈，定在了桑远远的额头上。

"果然是金冥雪蛾。"云许舟神色一凛，从白色的袖中探出一只温暖带茧的手，按住了桑远远的腕脉。

云许舟垂下了眼。她的眼睛轮廓极深，双眼皮如刀削般厚重，圆圆的鼻头，双唇微分，露出两颗小兔牙。

桑远远注意到方才云许舟的视线划过车厢时，在幽无命那张绝无仅

有的帅脸上同样只停留了一瞬，眸中连惊艳之色都不曾浮现。

桑远远心想：这是个心思纯粹，眼里只有事情的人。

因为知道车厢中有病人，所以云许舟的注意力便只放在了桑远远的病情上。

“你遇上金冥雪蛾之前必定劳累过度。”云许舟抬起头，总算抽出空来多看了幽无命一眼，张口便如老医生般谴责道，“怎么就不知节制呢？年少不知精力珍贵，上了年纪有你后悔的！”

幽无命：“……”

桑远远见幽无命的眸中浮现了一丝悲愤之色，他俨然一副咽下一口老血的样子。桑远远差点儿笑出声来。

幽无命之前还说要到云许舟面前耀武扬威，来一出经典的退婚、打脸的戏码，结果这剧情和他想象的完全不一样。

眼见幽无命要奓毛，桑远远赶紧开口解释：“摄政王误会了，我只是使用灵蕴过度，并非别的什么。”

“啊？对不住，这脉象实在太像纵欲过度了。”云许舟说话毫无顾忌，张口便来。

连桑远远都有点儿招架不住了，干巴巴地说道：“我们还未成亲，并未……”

她其实还是有几分心虚的。毕竟被他涂了一通芙蓉脂之后，她确实是感觉到了肾虚。

云许舟笑道：“喀喀，没有关系，那个并不重要。金冥雪蛾也算是百年不遇的奇毒，是冰魄寒晶中寒毒化出的幻形，中此毒者只能活三日。”

她语气轻松，就好像在说“治好这毒只需要三日”一样，桑远远等三人一时都没能反应过来。

“云许舟，”桑不近反应过来，声音都变了，“这种事，别开玩笑。”

云许舟纳闷地看他，说：“我几时与你开过玩笑？”

幽无命的脸色已经阴沉得像要杀人了。

桑远远赶紧一手一个，抓住这两个沉不住气的家伙，笑吟吟地说道：“摄政王必定知道解毒之法。”

“不错。”云许舟欣赏地点点头，随后道：“凤雏，你日日自诩潇洒豪迈不输帝君，乃是当世奇女子，可一遇事，还不如你娇弱的妹妹淡定稳重。”

桑不近听云许舟这么说，只觉得羞愤欲死。

幽无命本来满心不爽，听到有解毒之法，又见桑不近吃了瘪，忍不住弯起了唇角，讥笑道：“好一个当世奇……女子！”

云许舟瞥了幽无命一眼，说：“大丈夫在世当顶天立地，如绣花枕头一般又有何用？”

在云许舟眼里，凤雏是自己的好朋友，自己可以说凤雏，但别人不能说！

幽无命：“……”

刀呢，刀在哪里？

桑远远憋笑憋得胸腔有些疼。她也瞥了幽无命一眼，见他穿着件敞领的白袍，懒懒散散的，因为终日与她耳鬓厮磨，衣裳和头发都不怎么整齐，怎么看都像个纨绔公子哥。

桑远远赶紧打圆场，道：“摄政王有所不知，他不仅是长相漂亮，其实还有许多优点。”

云许舟看着桑远远，很不赞同地道：“漂亮有什么用？我们必须尽快带你深入万年玄冰之下，寻到生长在冰魄寒晶边上的不冻草，就地服下，方能解这金冥雪蛾之毒。”

桑远远叹道：“想来只能拜托摄政王了！”

云许舟温柔一笑，道：“小事！凤雏传讯给我时我便猜到是金冥雪蛾作祟，已令人准备了一些必要的物什。一刻钟之后，我们便可以出发了。”

桑远远认真地道了谢。

云许舟招呼桑不近：“凤雏，跟我来一趟。”

桑不近一脸生无可恋地跟着她下了车。

二人一走，桑远远就悄悄拉住了幽无命的手，对他道："云许舟佩戴了一块冰晶玉镜，我照过镜子了。"

幽无命偏头看她，有些懊恼。

他和桑不近难得在一件事上有了默契——藏起一切会反光的东西，不叫桑远远看到她自己的脸。她中毒后，额头上慢慢有了许多黄色圆点，渐渐形成了一只蛾子的形状。女子不是最在乎容貌吗？他们怕她难过。

他把她搂在怀里，低声道："反正看久了也就那样，我原本也没觉得你有多好看，如今也没觉得多难看，没什么区别。"

桑远远瞪他："骗子。你不是说要告诉云许舟我才是你心爱的女人吗，见了她为何不说？你就是嫌弃我难看。"

幽无命嘴角一抽，道："不是，我没有。"

那个女人一进来就像个刻板的老医者一样叫他节制，这叫他怎么说？他能怎么说？还有，对着云许舟那样的女人，他怎么翻陈年旧账？他还不如直接跟云许舟到外面去打一架。

幽无命觉得自己的脑袋里好似一团乱麻。平时遇到这种理不清的状况，他便拔出刀来，一刀下去就清静了。可是如今在他面前的是个宝贝病疙瘩，他纠结了半天，只觉得头痛。

桑远远没错过他脸上任何一个微小的表情，擅自把"喜欢"升级成了"心爱"。幽无命竟然丝毫没有察觉到哪里不对，丁点儿细微的抗拒神色也没有流露出来。若是桑远远早一阵子这般试探他，他肯定会翻着白眼道："心爱的女人？你疯了吧，小桑果！"

"幽无命，"她抓住他的衣领，凝望着他，"万一没找到不冻草，我就只有三天，不，两天半可以活了。"

幽无命脸色一沉，当即否定道："不可能。"

桑远远："万一呢？"

"没有万一！"他强硬地说道。

“这样好不好，这两日我说喜欢你的时候，你也说喜欢我。”她望着他说道。

幽无命明显有些慌。他急忙转过头，脸色变得古怪极了。

她不依不饶道：“答应我嘛，说不定你这一辈子就能说这么几次，几次而已。”

他猛地回过头，道：“你要是敢死，我就找一千个女人来宠幸。几次？我夜夜笙歌，我换着……”

她贴上他的唇，阻止他絮絮叨叨。

温柔地吻了他后，她微笑着道：“幽无命，我喜欢你。你喜欢我吗？”

他的表情崩裂了，脸颊不自觉地轻微抽搐，喉结快速地滚动。半晌，他干巴巴地吐出一个字：“嗯。”他顿了一下，继续道，“喜欢。”

她笑得没了眼睛，把脸颊蹭过去，和他脸贴着脸拱来拱去。

“行了，”幽无命抓住她的肩膀，把她推开一点儿，“你是想毒死我吗？”

她又笑着往他那边凑，说：“对呀！”

他们玩闹时，她不小心动作大了些，捂了下胸口，又吐出一口血。

幽无命觉得，这辈子他可能都不会再遇上第二个一边吐血一边哈哈大笑的蠢东西了。

桑不近和云许舟乘着雪橇赶了过来。

六只毛茸茸的大白狗拖着雪橇，外形有点儿像萨摩耶，不过头顶生着两只尖尖的角，眼睛是绿色的，额心还有火焰形状的蓝色印记。

红衣的桑不近与白衣的云许舟并肩坐在雪橇前头，雪橇一个飞旋滑过五丈冰雪，又稳又准地停到了云间兽车的前方。

“上来！”云许舟招了招手。

幽无命用大罩衣把桑远远一裹，抱着她出了车厢，飞到雪橇里。

“哟，看不出来你还有几分身手！”云许舟挑眉笑道。

幽无命冷笑道：“你看不出来的事情多了去了。”

云许舟大笑一声，手中的雪鞭一扬，雪橇便贴着地面飞了起来。不过十几息的时间，这辆呼呼作响的雪橇便出了云都。微蓝的光芒映照着半边天幕，地上的白雪也隐隐发光发蓝，他们像是置身于童话世界一样。

桑远远倚在幽无命的胸前，看着坐在前方的一红一白两个“佳人”，心中诡异地生出了浓浓的满足感。

“这里真好，”她喃喃道，“既漂亮，又暖和。”

听到这句话，云许舟脸色一变。

“毒性加深了！”云许舟回头一看，见桑远远脸上的黄斑果然淡了下去，小脸变得红润，眼中好像装了两汪饱满的清泉。

“我可以把这件衣裳脱了吗？”桑远远指了指身上的毛绒大罩衣。

“不可以。”云许舟严肃地道，“脱了你会冻死的。”

桑远远慢慢地张开了嘴巴，有些难以置信。她知道，被活活冻死的人在临死前其实是会觉得热的。他们会自己脱了衣裳，面带满足的笑容。

“卖火柴的小女孩儿吗？”她喃喃自语，垂下了脑袋。

幽无命紧紧地搂住了她的肩膀。

桑远远仰起红润的脸蛋，笑道：“所以我现在感觉这么幸福，其实是因为我快要死了吗？能和喜欢的人在一起，身边还有关心我的哥哥和姐姐，有梦幻一样的景色，就这么死去，其实我也没有什么遗憾。”

桑不近心如刀绞，完全没留意到自家小妹说漏了嘴，提了“哥哥”。

云许舟瞪大眼睛，极慢极慢地转向前方，取出随身佩戴的冰晶玉镜，偷偷照了照自己。她云许舟居然被风雏的妹妹错认成了男人？她哪里长得像男人！

云许舟压根儿没把“哥哥”这两个字往桑不近的头上安，因为无论从哪个角度看，桑不近都比云许舟有女人味一百倍。

云许舟抑郁了，心想：等解决了这件事，定要让风雏替我好生拾掇拾掇。

云许舟的心中着实有几分委屈。她政事繁忙，穿衣打扮自然只能怎么方便怎么来，没承想居然被认成了男人。难怪她都二十好几了，始终无人上门求亲。

一想起求亲这事儿，她不禁又记起了五年前干脆利落地回绝掉的那门亲事。当时世人皆知幽州世子体弱多病，自小养在深宫，生得像个女孩子，空有一副好相貌。老幽王替世子求娶她时，她差点儿笑晕过去。哪儿有小白兔娶大灰狼的?

谁能想到，幽无命那个男人根本就是个黑瓤的。

云许舟叹息着摇了摇头，道:“放心吧，有我在，死不了。凤果妹妹，你可是看错人了?我，云州摄政王云许舟，和你一样是女子!当初我还拒绝过大名鼎鼎的幽无命。”

桑远远忽然听见幽无命的名字，下意识地抓住了他的手。

幽无命冷笑道:“你以为幽无命看得上你吗?云州摄政王。”

云许舟大笑起来，道:“我又不喜欢他，要他看上干吗?你替旁人操什么心，你以为你是幽无命吗?”

幽无命:“……”

不好意思，幽无命正是本尊。

在幽无命发作之前，桑远远及时捂住了他的嘴，道:“不要吵架，你们都是很好的人，都会得到幸福的。”

这一碗“鸡汤”洒出去之后，无论幽无命还是云许舟都没办法往下接了。

雪橇顺顺当当地驶进雪山，停在一处望不见底的断崖前方。

“还算你们运气好!”云许舟停好雪橇，取出一圈巨大的硬索，钉进了雪下的山壁中，道，“前几日我那弟弟旧疾发作，得靠冰魄寒晶续命，我寻了一处洞窟，里头正好有两株不冻草。”

“不早说!”桑不近紧绷了许久的精神终于放松了一些，他佯怒道，“害我担忧一路!”

云许舟回眸一笑："这回该印象深刻了吧？往后啊，多信我一些。我云许舟答应你的事，哪一件不给你办得妥妥的？瞅瞅你那三天两头沉不住气的模样，啧，日后等你嫁了人，我还得替你操心！"

桑不近被她说蒙了。

"云许舟，"桑不近问，"你这辈子难道就真的不嫁人了？"

云许舟笑道："男人有什么好的，他们能做的事，哪一样我不是做得更好？"

桑不近笑道："你这性子，谁也没法把你当女人。"

云许舟自嘲地摊摊手，道："我若真是男的倒好了，娶了凤雏，彼此省心。"

桑不近假装淡定地转过头，转移话题道："怎么还没弄好？"

"嘁，还害羞。"云许舟把手中的冰镐一扔，拍拍手，"好啦！"

云许舟走上前来，从幽无命的怀里抢走了桑远远。

云许舟的胳膊很有力量。她单手揽着桑远远，另一只手抓着悬索，靴子在山壁上蹬了几下，两人便往下滑了百来丈远。

再往下，风更大了。云许舟用身体替桑远远挡了风，见桑远远毫不惊慌，忍不住笑道："你倒好，身子骨虽然弱些，却也是个外柔内刚的，像我们云家的孩儿。你叫凤果对吧？倒是比你姐姐叫人省心多了！"

桑远远不知该如何接话，果断岔开话题道："你方才说云州王有旧疾？"

云氏这一代只有一个男丁，便是如今的云州王，云许舟的亲弟弟云许洋。他体弱、有腿疾，还得靠冰魄寒晶续命，当真是最惨王者。

云许舟淡然一笑，道："云氏血脉被诅咒了，但凡是男子，不是意外夭折便是体弱多病。哪一日我这个弟弟若死了，那才叫一了百了，省得我每日提心吊胆。"

话虽这样说，桑远远却感觉到了云许舟强行压在心底的恐惧，云许舟其实非常害怕失去亲人吧。

“回头我给他看看。”桑远远道。

云许舟扑哧一笑，道：“你呀，泥菩萨过河，还惦记着普度众生。”

桑远远也笑了，没解释。现在她说替旁人看病，确实为时过早。

两人说话时，目的地到了。只见云许舟干脆利落地将手在悬索上一勒，二人立刻停止下坠。云许舟重重地蹬了一脚山壁，借着荡回来的力道，手一松，落入峭壁上的洞窟中。她从怀中取出一枚圆溜溜的五彩石，放在冰壁上敲了敲，便见这石头咔嚓咔嚓地响着，颜色由淡转深，越来越透亮，焕发出五色光芒。

桑远远看呆了。

“冰灵之心。”云许舟道，“没见过吧？我们云州的好东西都带不出去，运到外面便化了。”

不一会儿，那块冰灵之心就像个灯泡一样熠熠生辉，五色光芒在冰洞的坚冰上折射，原本乌漆墨黑的洞窟立刻就成了梦幻国度，冰凌上反射着光芒，像是冰中仙境。

“走吧！”云许舟扶着桑远远往前走，道，“我顺便再给云许洋采些冰魄寒晶备用，省得下次突然发作时又没有了。”

桑远远看着这个自信满满的女子，心中感觉安稳熨帖。这般可靠的人，谁能不喜欢呢？和她在一起，桑远远身上那要人性命的毒素仿佛也变得不值一提了。

就在桑远远心中安全感爆棚的时候，变故突然发生了。只见五彩光芒之中忽然钻出了密密麻麻的透明长蛇。它们仿佛是冰雕的，能够透过表皮看到紫红色的内脏。

云许舟倒吸了一口凉气：“你别乱动，我来处理！冥冰蛇有剧毒，沾上一丝也会有巨大的麻烦！通常它们只会藏在冰层底下，极难遇到，怎么今日扎堆出现了？”

她小心翼翼地从腰间取下盘好的雪鞭，反手一震，雪鞭上立刻燃起了赤色明焰。但那些透明的长蛇根本不惧火焰，嗞嗞地叫着，弯曲起身子，缓缓地包抄过来。

云许舟单手护着桑远远，挥动着雪鞭阻止冥冰蛇靠近，小心地寻着机会，以鞭为剑扎入冥冰蛇的七寸，渡入明火，将发黑蜷曲的蛇甩到洞壁下。

“这些东西最为狡猾。”云许舟道，“若是不能一举击杀，它们便会疯了一般地把蛇血往我们的身上洒，我们还得防着被喷吐蛇液。”

恰好有一滴雪白的冰液悄悄从上方袭来，云许舟挥动燃着明焰的雪鞭，将这滴蛇液击落。

“看见没有，这些东西！不是我吹牛，遇上这么多冥冰蛇还敢带着你往里面闯的人，整个云境就我一个！”

她呼呼地甩了几下雪鞭，将一圈透明的毒蛇逼退少许。

“只怕得耽搁些时间了。”云许舟有些懊恼。

身后忽然传来一声低笑，幽无命跟来了！

桑远远高兴地转过头，笑弯了眼睛。

只见他反手出刀，唇角浮起冷笑：“蛇而已。”

云许舟道：“切莫大意，蛇血、蛇液沾不得，还有千万不要弄碎洞壁上的冰凌，此地的寒冰牵一发而动全身，损坏一点儿也可能引发冰体崩塌！即便是我这灵明境五重天的修为，也需……”

云许舟怔住了。眨眼之间，幽无命已经走到了前方，云许舟甚至没有看清他是如何动的手，什么时候出的刀，周遭的冥冰蛇就已经死透了。每一条蛇都被刀从正中间一破为二，陈尸左右的洞壁之下。蛇血顷刻结了冰，蔓延出一尺的距离。

幽无命站在她们对面漫不经心地抬起手来，招了招。

云许舟忽然想嫁人了，问题是她上哪儿去找这样的男人？！

“凤果，”云许舟郑重其事地道，“你的夫郎可有兄弟？”

听到这句话，桑远远差点儿笑出声。她缓了缓，淡定地道：“他没有兄弟，我倒是有位兄长，长相与我有几分相似，品性上佳，很有本事，且颇懂女儿心，尚未娶亲。”

云许舟大笑出声，道：“好啊！凤雏竟然一直藏着掖着，不向我提及你们还有位好兄长！她难道是怕我觊觎人家吗？好一个凤雏，我拿她当最好的朋友，她竟然防贼般地防着我！”

桑远远：“……”

她好像好心办了坏事。

桑远远赶紧补救道：“不是这样的，他是舍不得你，对，舍不得你。你若是嫁了人，他该多寂寞啊。”

云许舟道：“既然如此，凤果你还非得给我牵个线、搭个桥不可，让我与你的兄长处处看！若是合适，我便做你们的嫂子，气死凤雏这个没心肝的！”

桑远远：“我觉得可以。”

此刻，幽无命已经走到了通道前端。

桑远远隔着满地蛇尸，微笑着望向他。他依旧一副高冷的模样，缓缓收刀，目中无人地转过身，径直走向冰窟深处。

桑远远心想：他又扮冷酷，尾巴都快翘上天了！

“来，我们走。”云许舟搀着桑远远道。

她们刚走出去两步，冰缝之中忽然又蹿出了一条透明的冥冰蛇。蛇凌空扑了过来，两粒毒牙直直地攻向云许舟的脖颈。此刻云许舟正将雪鞭盘回腰间，一时被杀了个措手不及，桑远远也只来得及惊呼一声。

就在这时，一道红光袭来，绫罗飞扬，桑不近在空中翻了一圈，一把捏住了冥冰蛇。他站定后挑眉冲云许舟得意地一笑，金凤好似要顺着眼尾飞入鬓中。

云许舟被桑不近的美貌晃得一愣，忽然觉得也未必非得与男子成亲，其实像凤雏这样的女人看起来也……云许舟及时止住了这个吓人的念头。

“小心！”桑远远睁圆了眼睛，瞪着不着调的大哥。

桑州大约没有蛇这种生物，桑不近常识不足，竟然大大咧咧地捏住了蛇的中段，被它旋过身一口咬在了手背上。他反应快，迅速调动火灵

蕴，抓住蛇头将它从手背上摘了下来，狠狠地捏碎了脑袋。

桑不近的手背上留下了两个小小的牙印，血珠涌了出来，是紫黑色的。

云许舟抓起桑不近的手，张口便要替桑不近吸出蛇毒。

桑不近微笑着拨开了她的脑袋，低下头自己吮住手背，将那些紫黑色的血液吸了出来，吐到一旁。

“小事情。”桑不近偏了偏头，“走！”

云许舟又是一怔。她觉得自己可能疯了，眼前这个该死的女人怎么看起来这么迷人？！

“凤雏，”云许舟道，“你不要再往前了，就留在此地静心入定，这冥冰蛇毒厉害得很，不容小觑。”

桑不近一扬红袖，笑得肆意，道：“云许舟，我体内的烈焰最克魑魅魍魉！”

云许舟没有再劝。此刻最要紧的是那金冥雪蛾的毒，蛇毒虽然也麻烦，但桑不近及时吮出了毒血，倒也可以稍稍延后处理。

三人紧走几步，追上前方的幽无命。幽无命安安静静地站在拐角处，不知道在想什么。

“怎么不走了？”桑不近问道。

幽无命回过头，目光有些复杂：“看不见路。”

云许舟有些想笑，强自忍住了，将冰灵之心抛给他，说：“劳烦尊驾走前面了！既然冥冰蛇扎堆出现了，那前方说不定还会遇到冰蝎、蠹蚁，请务必小心脚下。”

幽无命接过冰灵之心，饶有兴致地抛了两下，然后拎着刀，将前路清理得干干净净，连冰面上凸起的冰刺都没有放过。

四人再往前行，只见无数冰窟窿纵横交错，冰锥倒垂，处处都不似活路。

冰灵之心的光芒向前一照，满目光怪陆离的景色，阵阵凉风在冰洞中回旋，仿佛万鬼齐哭。一到这里，他们便像是踏进了一个冰霜万花筒，根本无法分辨前后左右。幸好有云许舟指路，幽无命在前方开道，将那危机四伏的冰洞轻易地碾成了坦途。

桑远远觉得热得慌，心脏怦怦直跳。她面前五色斑斓的冰光开始变成金色，她隐约看见一列漂亮的金蛾子自冰窟深处缓缓地扑扇着翅膀飞出来。金蛾子到了幽无命身边，像是避瘟神一样远远躲开。

“蛾子来了，当心！”桑远远急忙提醒。

只见那列金色的小飞蛾飘到近前，仿佛被云许舟烫到一般，斜斜地飘到一旁。

云许舟道：“无妨，金冥雪蛾其实是那冰魄寒晶的伴生毒素，只因冰川至纯至灵，催生了许多灵物，从而助这毒素幻出了金蛾的形象。只有身体极虚弱的人才会被它们乘虚而入。我常年替云许洋采集冰魄寒晶，这金冥雪蛾见了我都怕，会自觉地绕道而行。”

虽然她语气笃定，但桑不近仍然忍不住挥着两道宽大的红袖，驱赶这些看不见的东西。桑不近虽着女装，但行为举止并不妩媚，舞动起来便是英姿飒爽的模样。云许舟看着桑不近，忍不住叹道：“凤雏，你兄长若是如你这般，那我嫁定了！”

桑不近：“……”

该死，小妹对这个女人说了什么？

“再过一道弯，便能看见冰池了。”云许舟道，“此地没有旁人踏足的痕迹，两株不冻草必定还在原处。”

桑不近松了口气，眼尾泛起了红色。

“退！”幽无命的声音忽然冷冷地从前方传来。

三人心中一惊，定睛望去，只见正前方的通道上伏着一只异兽，将去路彻底堵死。

“冥龙！”云许舟倒吸一口凉气，压着声音道，“不能打，退！”

云许舟一向镇定，此时声音竟有几分发颤。

桑远远定睛一看，眼前的异兽极不寻常，与那冥冰蛇一样通身透明，骨骼与内脏是冰霜色的，与周遭嶙峋的冰刺融为一体。它生着倒三角形

状的蛇头，足有磨盘大小，头顶立着赤红的巨冠，耳旁排着两列尖角，咝咝地吐出红芯，口中四排锯齿状的獠牙清晰可见。更令人毛骨悚然的是，它并非盘踞在道路正中，它的身体整个儿沉在冰面之下，盘起的身躯和尾部正在洞窟四壁的坚冰之中缓缓游走，就像在水中游弋一般。这冥龙竟然能在冰下行动自如！

他们没办法打，一旦打起来，冥龙随意一个动作都会引发冰体倾崩！

“不要惊动它，”云许舟道，“我来想办法绕过去。”

云许舟刚退了一步，桑远远忽然感觉天旋地转，一阵咳意翻涌上来。桑远远急忙用手捂住了嘴巴，强行忍住咳意，随后觉得鼻腔一热，一串血沫自鼻子里喷了出来，喷到了三尺之外！

血腥味惊动了冥龙，它猛地向前一蹿，顿时地动山摇！

这冰川果真是牵一发而动全身。

云许舟长眉一横，厉声道：“没办法了，前面那个，尽你所能将冥龙拖在原地！凤雏，替我开道，护着凤果强行闯进去！”

她字字清晰，语气沉稳。他们既然已经惊动了冥龙，这个冰窟必定保不住了。冰窟一毁，里面的不冻草自然也会被毁。

时间不等人，她只能冒险闯进去，强行取了不冻草救桑远远的命。

幽无命身形一掠，顶了上去。

云许舟将桑远远往肋下一夹，挥舞雪鞭，圈住远处一枚巨大的冰锥，借力起身，贴着冥龙额侧的利角险险地滑了过去！

冥龙摇晃着脑袋，将耳旁的利角攻击云许舟。桑不近后一步赶到，扬起红袖，手中燃起明焰，一掌拍在了龙角上。冥龙想要回头攻击桑不近，稍薄的下颌却忽然被一柄长刀刺穿，身形略显单薄的白袍男人幽无命淡定地举着刀，强行将它的脑袋转了回去。

云许舟带桑远远轻盈地落在了冥龙脑袋的后方。足尖刚踏上实地，云许舟便见眼前坚冰横飞，一条爬满了倒刺的龙尾从脚下直直蹿出！

云许舟一荡雪鞭，卷住龙尾，借力一甩，她和桑远远便一起飞向了半空。

这里尚未被幽无命清理过，洞顶上高悬着无数闪烁着寒光的冰锥，云许舟将桑远远往怀中一揽，用自己的脊背替桑远远挡住了来不及躲避的冰锥。只听几声轻响，冰窟中弥漫出新鲜的血腥味，云许舟的背上洇开了条条血痕。

冥龙尾继续翻卷着袭来，云许舟用脚一踢，借力向前飞。桑远远感觉到云许舟的身体重重地颤了一下，必定是那龙尾扎穿了云许舟的靴子，伤到了她的足底。

桑不近到了。

他以双掌燃着明焰生生抓住了冥龙尾，回头吼道："走！"

云许舟丝毫没有耽搁，抓紧桑远远向前飞。她们一过拐角，便有一阵不知是冷是热的冰雾迎面扑来，朦胧的雾气后俨然是一汪雪泉。

桑远远一眼就看见泉底冒出的两枚尖尖的笋状物体，通体雪白，泛着莹莹的微光。一缕金色的气息自笋尖冒了出来，顺着雪泉底的气泡咕噜咕噜往上浮，一离开雪泉便幻化成了一只只金色的小蛾子，摇摇晃晃地往外飞。

"这便是冰魄寒晶？好神奇！"桑远远抽空称赞了一句。

云许舟大笑道："凤果，你当真是置生死于度外！到了此地，居然不先问不冻草在哪里！"

桑远远微笑道："有你在，我自然就不操心了。"

云许舟摇着头，带桑远远紧走几步到了雪泉边，示意她看脚下。

桑远远低头一看，只见两枚细长的青草生在雪泉边，材质跟琉璃有些像，可以清晰地看见碧色的汁液在草茎中缓缓流淌。

"不冻草无法带到外面，所以我非得带你进来。"云许舟卷了卷衣袖，蹲到不冻草旁边，示意桑远远咬破草尖，将草中的汁液吸入腹中。

桑远远不假思索地照做。

咬破草尖后，她只觉得一股清新至极的气息冲上脑门。她轻轻一吮，便有清凉至极的汁液进入口中，味道有些像薄荷，质地像是夹了冰碴儿

的果冻，异常可口。

“两株都喝掉，别浪费！”云许舟提醒道。

不冻草的汁液冲入脑门，桑远远明显地感觉到了体内的变化——淤积在眉心的疲倦感被逐出体外，眼睛霎时明亮了起来，呼吸间肺部的积热被排了出去，胸腹十分清爽，体内沉寂多时的木灵蕴重新活泛了起来。

她成功解毒了！

失去碧绿的汁液之后，不冻草变成了透明的。

“好了，速速离开。”云许舟此刻已经取了池底的两枚冰魄寒晶，将其收在腰间的大皮袋中。

四周摇晃得更加厉害，不断有冰锥自洞顶坠落，它们就像倒悬的刀，若是落在身上，非得将人的身体扎出窟窿不可。

云许舟紧抿着唇，带桑远远向外跑。

解了金冥雪蛾的毒后，桑远远只有一个感受——冷。虽然冷，她却果断地脱掉了身上那件碍事的兽绒大罩衣，替云许舟盯着前方那些将坠未坠的冰柱子。

“左。

“右。

“退。”

地面开始塌裂，云许舟用雪鞭卷着那些暂时还算稳固的冰锥，借力在破碎的冰面上飞掠。

满目冰雾，前头的冰通道中轰隆有声，云许舟放声喝道：“我们出来了，掩护我们，准备撤退！”

她们转过拐角。只见幽无命悬在半空，头发披在身后翻飞舞动，一只手按在冥龙的头顶，道道青色的灵蕴从他的身体中涌了出来，击入冥龙体内，在那坚冰般的冥龙躯体中震荡。龙头已经变成了木头一般的材质，龙躯和龙尾挣扎得更加厉害，桑不近死死地按着龙尾，将它抻直。冥龙中段在冰层内扭动，阵阵恐怖的冰川断裂声从四面八方袭来。

“灵耀境五重天以上，属木，年轻俊俏，”云许舟目光微滞，语气淡定，“幽州王幽无命，久仰大名。”

“走。”幽无命言简意赅。

云许舟甩了甩头，抛掉心头的震撼，护着桑远远掠过被木化了一半的冥龙，急忙向洞外飞去。

桑不近扔下龙尾追了上来。

冰窟晃动得更加厉害了，轰隆声不绝于耳，整座巨川仿佛要倾塌了。几人脚尖点过之处，大块小块的碎冰向底下的无尽深渊砸去。

桑远远回头一望，视野中只有一片冰雾以及冰锥坠落时闪烁的寒光。

“幽无命！”她焦急地喊道。

云许舟镇定地挥开眼前的雪，说：“还真是幽无命啊。”

她们不知在冰雾中穿行了多久，终于看到了天光。

悬索在半空中晃荡，云许舟抓紧桑远远飞出崩塌的洞口，向下飞了近一丈，才猛地攥到了悬索。云许舟踢着震颤不休的冰川山壁，迅速向上攀爬。

桑远远焦急不已，死死地盯着那正在崩塌的冰窟。

桑不近已经出来了，幽无命却始终不见踪影。

云许舟带着桑远远攀到了崖顶，二人滚到雪堆里喘气，幽无命仍不见踪影。桑远远扑到了断崖边，唤道：“幽无命！幽无命！”

“小妹当心！”

此刻冰川地震仍未停止，桑远远趴在断崖边，双手紧紧地抓住那道悬索，急得眼泛泪光。

轰隆声愈烈，只见一阵白雾从那破碎的冰窟中飘了出来。

冰窟彻底塌了！

桑远远觉得心脏都停下来了，抓着悬索，难以置信地望着下方。

就在桑远远绝望至极之时，一道白影飞了出来，黑发迎风翻飞，男人单手攥着悬索，轻巧地向上方攀爬。不过片刻，他便稳稳地站在了

崖顶。

桑远远一时没反应过来，仍旧趴在地上，只能慢慢地转过头去看。

幽无命一脸见了鬼的神情，瞪着她大声控诉道："小桑果，这么冷，你为什么要趴在地上？"他疾走两步，蹲到她面前，发现她脸上有泪后，饶有兴致地歪着头问，"小桑果，你在哭什么？"他的唇角浮现出大大的笑容。

桑远远抬手去抹眼泪。但她方才情急之下抓了满手雪，这一抹，雪全糊在了脸上。

幽无命笑得跌坐在雪地上，笑够了才抓着她的肩膀想要扶她起来，却没能成功。

"松手。"他好笑地用两根手指拎着她的袖口抖了几下。

桑远远这才发现自己仍牢牢地攥着悬索。

"小桑果！"他微微弓着身，把一张俊脸凑到她面前，"你是在担心我。你怕我死了你会做寡妇，是不是？！"

她把脸转向另一边。

"想什么呢？！"幽无命道，"我说了，死时一定会带上你！"

她又抹了下眼泪。

幽无命站到她面前，收起嬉皮笑脸的神情，伸出一根长长的手指摸了摸她的额心。

她心头一阵悸动，抬眼望过去，只见他神情专注，定定地盯着她的额头，正在仔细地检查。他那薄而红的唇微微抿着，他仿佛屏住了呼吸，手指自她的额心向下滑，漫不经心地挑起了她的下巴，一丝不苟地左右察看。

她的心忽然跳快了两拍。这一刻的他让她有点儿不好意思亲过去。他有什么地方不一样了吗？

幽无命感觉到了什么，盯着她泛红的脸蛋，眉头一挑，道："咦？"

她正要开口说话，忽然听到身后传来云许舟的声音："不好，蛇毒发作了！"

桑远远急忙回神，望向后方。只见桑不近倚在雪橇上大口喘气，脸色白得像雪。

幽无命揽住桑远远，上了雪橇。

云许舟一刻也不敢耽搁，扬起雪鞭，催动六条大白狗撒蹄飞奔起来。

“无事。”桑不近倚靠在一旁，唇角还有血渍，笑得风华绝代，“死不了，慢点儿，别摔了。”

云许舟偏头看了桑不近一眼，竟然不忍心挪开视线。这一刻的凤雏当真迷人极了，比方才幽无命杀蛇的时候更叫人心动。

云许舟心想：完了，我怕是喜欢上一个女人了。

云许舟深吸一口气，转头专心驱车。此刻她顾不上理会幽无命暴露了身份的事，只忧心凤雏的蛇毒。

雪橇贴着冰雪飞速前行，转眼间便到了云都。

此时夜深了，街上无人。淡蓝的光芒洒遍冰雪之城，只可惜谁也无心欣赏美景。

云许舟驱车进入王宫，在那冰雪之城里滑行片刻，终于唰的一声停在了一座美轮美奂的宫殿前。

云许舟：“将凤雏扶入我的寝殿，我即刻去取药来。”

幽无命上前把桑不近抓了起来，拖着他踏上冰雪台阶。

桑远远憋了一路，直到桑不近被幽无命扔进一堆银丝被褥中时，终于啪的一下扔出一朵太阳花。太阳花晃着根须，爬到桑不近的脸上，垂下蔫蔫的花盘，开始朝桑不近那张美丽的脸蛋上“吐口水”。

桑不近挣扎着睁开眼睛，然后便看见这么一个玩意儿。

非常可疑的黏液从那个东西中渗了出来，拖出黏稠的丝，滴向他的嘴巴。

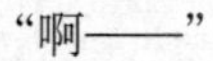

“啊——”

桑不近想要挣扎，被幽无命一把摁住了颈脉。

幽无命冰冷的声音响起：“张嘴。”

桑不近不肯，却被幽无命捏住下颌，被迫张开了嘴巴，准确地接住

了那些黏液。

云许舟取了药，回来后看见桑不近正坐在床榻边缘，脸色发绿，一声接一声地打饱嗝，唇角还时不时冒出一个小小的绿色泡泡。

云许舟倒吸了一口凉气，道："这……"

桑不近抬起眼皮，有气无力地看了她一眼，撇了撇嘴，说："你拿个解药需要那么久吗？！"

云许舟："……"

她小心翼翼地递上解药，被桑不近一把拍飞。

"用不着，我已经好了！"他一副气呼呼的模样，像是受了天大的委屈。

云许舟只能把求助的目光投向桑远远："凤雏，她这是……？"

桑远远得意地笑了，说："我治好的！"

云许舟再次倒吸一口凉气，说："所以凤果方才说替我弟弟看病……"

桑远远点点头："我先看看，不过未必能治。"

桑远远一直觉得云氏男丁灭绝这件事很不对劲，似乎有蹊跷。

云许舟呆了半晌，忽然苦笑了一下："几百年了，若能治，云氏也不会走到今天。罢了，请随我来。"

桑不近不顾蛇毒初愈，绿着脸，拖着沉重的脚步跟在他们后面。

桑远远觉得桑不近应该是想看别人也被太阳花折磨，好寻求心理平衡。

云王宫中的侍卫有男有女，好几位衣领上绣着金线的高阶侍卫是女子。照理说，姜雁姬当家十年，也该有那么一点儿女子兴起的景象，然而没有。

桑远远觉得有些奇怪。

云许舟很快把桑不近一行带到了一座朴实无华的宫殿外。

云许舟停下脚步，有些纠结地望着幽无命。里面那个毕竟是云州的继承人，若幽无命当真如传言中那样疯，难保会不会……

"无事，"桑不近绿着脸道，"小妹就是幽无命的鞘。"

话一出口，桑不近自己便发现不对劲了，恨不得甩自己两个耳光。

幽无命挑高了眉毛，嘴角的坏笑藏都藏不住。

“鞘啊。”幽无命斜眼看着桑远远，笑道。

桑远远：“……”

桑远远假装完全听不懂他们在说什么。

幸好云许舟也听不懂多余的意思，只当凤雏是替幽无命这个疯子作保，迟疑片刻便将人带进了云州王的寝宫。

看见云州王云许洋的瞬间，桑远远的眼睛微微一亮。

云许洋非常年轻，皮肤苍白，脸上没有一丝血色，眉毛和嘴唇的颜色都淡淡的，极瘦，坐在木轮椅上，披着一件绣了金线的丝质黑袍，正伏在高高的案桌上认真地看公文。

这是一个病弱的美少年！

“姐？”云许洋听到动静，抬起了头。

这对姐弟自幼失怙，长姐似母，云许舟进弟弟的寝殿是从来不打招呼的。

“小洋，来。”云许舟道，“让凤果看看你的病。”

云许洋摇头苦笑道：“姐，还没死心啊？有时间替我寻医，不如赶紧把那个虐杀女子的狂徒抓了，以免更多人受害。”

云许舟欣慰地道：“小洋近日当真是长大了。你刚开始做事，不要太劳累，顾好身体是最要紧的。”

“睡不着。”云许洋道，“又死了一个，也是一边被玷污一边被活活掐死的，身上全是锥子扎的伤，同样的手法。”

云许舟闻言，眼中染上一抹厉色。

她问：“又有新的受害者？”

云许洋叹了口气，将手上的卷宗隔着案桌递过来。云许舟立刻接过卷宗看了起来。

看完后，云许舟怒而拍桌道：“灭绝人性，丧尽天良！最可恨的是每次总有人替这个凶徒善后，将线索尽数销毁，让人寻不到任何蛛丝马

迹！这人有这般好本领，竟然为虎作伥！”

她回过身，施了个拱手礼，对桑远远道：“我有急事出去一趟，小弟就拜托凤果妹妹了。你有什么问题只管问他，不必与他讲什么虚礼，叫他小洋就行。”

她又望向云许洋道：“凤雏你认得，这位是她的妹妹凤果，通医理。凤果让你做什么，你便老实照做。”

说罢，她大步走出寝殿。

云许洋从满桌的案卷中抬起了俊秀的脸庞，视线落到桑远远的脸上。他的眼睛微微一亮，唇角不自觉地翘了起来，他后知后觉地说：“好，我一定会全力配合凤果姐姐的。”

幽无命的脸色当即冷了三分。

云许洋笑吟吟地望向桑不近，说：“凤雏姐姐好！”又转向幽无命：“这位哥哥是？”

幽无命用恶狼望向小绵羊的眼神瞪了云许洋一眼，道：“叫姐夫。”

“哦，姐夫好。”云许洋乖顺地垂下了头。

幽无命完全不把自己当外人，懒洋洋地上前两步，坐到了案桌上，拿起云许舟方才放在桌上的卷宗饶有兴致地看了起来。

桑远远上前推动木轮椅，把云许洋送到了云榻上。

少年有些害羞，垂着头，耳尖微微发红。他利落地爬上云榻，自己搬动无法动弹的双腿，端端正正地躺好，有些局促。

他忍不住看了桑远远好几次，笑得愈发羞涩了。

“果姐姐，你真好看，我从未见过像你这么好看的女子。”

桑远远一怔，望向他，见他笑弯了一双眼睛，脸上满是少年人单纯无邪的样子，便笑道：“小洋也生得十分漂亮。”

云许洋是有修为的，但修为很低，灵隐境二重天。

桑远远让他放松心神，不要下意识地做出任何抵抗的举动。

云许洋点头答应，乖乖地闭上了眼睛。

桑远远拉来一张大木椅坐下，静心入定。

云许洋属水，是水属性的修行者，灵蕴是黑色的。这与桑远远想象的有些不同。接触这个世界以前，桑远远以为水属性的灵蕴是白色或者蓝色的。

桑远远端详着云许洋的轮廓，发现仿佛有一层血雾笼罩着他。她猜测或许是这层血雾有问题。

思忖片刻，桑远远抛出一朵太阳花，让它编织了细长的“海带”。紧接着，桑远远小心地操纵“海带”，进入云许洋的身体。“海带”一进去，她的感知便随之进入了云许洋的肌理中，眼前瞬间看得分明。

只见云许洋的灵蕴中夹杂了丝丝缕缕的赤色灵蕴，跟火毒有些像，但又有挺大的差别。它们已经与云许洋的灵蕴彻底融合在一起，密密麻麻地聚在心脏处。乍一看，他的心脏就像被无数狰狞的血丝裹住了一般。这些血丝蠕动不止，不断吞噬着他的生机，很像寄生虫。

桑远远指挥“海带”靠近那些血丝，刚接触到，那些血丝便猛地蹿了起来，像蛇信般钻进“海带”中，沙沙几声将它吞噬。

见此情景，桑远远知道问题出在哪里了。云许洋得了这样的“病”，任何灵丹妙药进入他的腹中都会第一时间被这些诡异的血丝吞噬，根本起不到任何作用。难怪世人都说这是诅咒。

桑远远思忖片刻，又编织了好几条“海带”叠在一起，小心翼翼地探向云许洋的心脏附近。那些如血丝般的赤色细线立刻被吸引了，如蛇一般高高地昂起了脑袋，循着食物的味道，探向她递过去的“海带”。

云许洋的身体开始颤动，显然这些赤色细线的动作会给他带来莫大的痛苦。他不禁抓住了桑远远放在云榻边的手，把她捏得隐隐作痛。

桑远远排除干扰，聚精会神，慢慢让“海带”与那些赤色细线碰到了一起。一阵带着恶心感的灼痛当即袭入脑海，她强行忍住，等“海带”的前半段被赤线团团缠绕住时将这段被污染的“海带”往后卷，迅速把它团成一团寿司的形状，随后用一圈圈灵蕴将那密集的赤色细线包裹在“海带”的中心。

桑远远一旋、一抽，“海带”离开了云许洋的身体。她立刻再扔出一朵太阳花，接住了这团诡异无比的“海带卷”。

太阳花的花盘上立刻冒出青色的凝露。只听刺刺声不断响起，“海带卷”迅速被那赤色的细丝腐蚀、吞噬。细丝扭动着，向花盘发起了攻击。

“这是什么东西？！”桑不近的脸更绿了。

原本悠闲地坐在案桌上的幽无命扔下案卷赶过去，经过一根玄冰柱时随意地反手一抓，从冰柱上抓下一块四四方方的玄冰冰核。他的掌心上有青光闪过，木灵渗入其中，冰核立刻变成木质的，瞬间变成一个冰木盒子。

幽无命一扬手，冰木盒子干脆利落地罩住了那团蠕动的赤色细线，将它封在里面。幽无命眯起了狭长的眼睛，将这只盒子放到自己面前，歪着身子仔细打量。

云榻之上，病少年低声感叹道：“果姐姐真的好厉害！我太喜欢你了！”他突然想起了什么，猛地低下头一看，急忙松开桑远远的手，“对不起，我不是有意的，只是方才疼极了才拉了你的手。”

“无事，不必介怀。”桑远远收回手，偏头望向幽无命手中的冰木盒子。

“姐夫肯定会生气的。”云许洋低声说道，听着很沮丧，“都是我不好，我不该拉果姐姐的手。”

闻言，桑远远的心头浮现出一丝怪异的感觉。她低头看了看自己的手背和指节，只见几道指痕赫然在目。

“小事罢了，无须介怀。”她把手缩回衣袖中，上前查看冰木盒中的异物。

“从未见过这种东西。”桑不近摇头道，“交给御医看一看，说不定能有新发现。”

云许洋坐到木轮椅上，悄无声息地挪了过来。他伸出瘦弱的手轻轻地拽住了桑远远的衣袖，关切地道：“正好让御医给果姐姐看一看。”

说罢，他用一种心领神会的眼神看了看她收在袖中的手。

幽无命冷漠的视线移了过来。

云许洋有些慌，低下头道：“姐夫，对不起，我不是有意弄疼果姐姐的，你千万不要怪果姐姐。都是我的错，我不该拉果姐姐的手。你要怪就怪我，千万别生果姐姐的气。”

幽无命阴森森的目光落在桑远远的袖口上。

云许洋又道：“只是拉了拉手而已，姐夫一定不会那么小气吧！”

桑远远将自己的衣袖从云许洋的手中扯了出来，轻轻撩开袖口，把手伸给幽无命。“喏，就这么点儿小事。”她冲着他撒娇般地说道。

不待幽无命发作，她赶紧走到幽无命身前，转过头，居高临下地睨着木轮椅中的云许洋，缓声道：“我知道你身体孱弱，被摄政王宠得紧，习惯了被人捧着、围着、护着，性子娇纵，痛了便下意识地抓人，这情有可原……”

云许洋脸色微变，委屈地张了张口，准备说话。

桑远远并不给他机会说话，继续说道：“但你身为男儿，且是一方州国名义上的主君，竟为一点儿小事这般腻腻歪歪、含沙射影，这像什么样子？做男儿，大气些，学学你姐！”

幽无命眼中的杀气被她这一席话给吓得缩了回去。他转动着黑眼珠，瞟了桑远远一眼，摆出一副很大气的表情。

云许洋猛地把木轮椅旋了一圈，背过身，瘦削的肩膀起伏着，道：“我只是关心你罢了。男女授受不亲，我怕姐夫生气，所以为你解释几句。我只是……我只是……”

桑远远道：“只是火上浇油，雪上加霜。”

云许洋突然又转了回来，一双眼睛通红，狠狠地道：“我要歇息了！”

桑远远一手一个，拉着桑不近与幽无命离开了云许洋的寝宫。

桑不近一副摸不着头脑的样子，说：“小妹为何这般生气？这孩子不是在向你道歉吗？你怎么就不能原谅他？”

“我没有生气。”桑远远叹息，“我已原谅他两次了，他还要‘道歉’，那就不叫道歉，叫挑事。他没什么恶意，就是下意识地想让幽无命不痛快罢了。若是纵容着他，他后面必定还要得寸进尺。”

桑不近也不是蠢人，回想一番后皱起眉头，道：“云许舟别的都好，就是太娇惯这个弟弟了，回头我好好说说她。”

桑远远轻轻地摇头道：“这样的小事，没有必要，说出来只会惹云许舟不痛快，让她觉得我们太小心眼了。”

桑不近皱眉，觉得如鲠在喉：“虽然是小事，可是千里之堤，溃于蚁穴。”他道，“小事不教，难道要等他弄出大事后才教吗？！”

桑远远叹息道：“大事……或许已经来了。”

闻言，桑不近吃惊地望着她。

她却已经转向了幽无命，问他：“你发现了什么？”

幽无命轻轻地挑了下眉毛，神色怪异地看着她，说：“小桑果，你是不是钻进我心里面的蠹虫？我只字未提，你竟已察觉了！”

她微笑道：“我确实钻进了你的心里，但不是蠹虫。”

幽无命呼吸一滞，眼神飘忽：“当着外人的面瞎说什么！”

“大哥又不是外人，”桑远远娇嗔地道，“有什么好害羞的，幽州王的脸皮这么薄吗？”

幽无命：“……”

他觉得自己是真的栽了。

桑不近悲愤地吞下了热乎乎的狗粮，恨恨地瞪着幽无命。

幽无命有些不自在地清了清嗓子，将一直拿在手中的卷宗递到了桑氏兄妹面前。

桑不近下意识地想要伸手去接。

“别碰。”幽无命一把将卷宗移走，道，“用眼睛看，看看有什么问题。”

桑远远和桑不近对视一眼，凑上前去。

这一页上记录的正是那位受害女子被杀死的经过。仵作写得很详细，尸身上的每一道伤以及推测出的整个行凶过程，惨案发生的情景历历在目。凶徒极为残忍，将女子掳到无人的破庙中，先是将她打到动弹不得，用锥扎得她遍体鳞伤，待她奄奄一息之时将她玷污、掐死。

桑不近紧锁眉头，越看越怒，与云许舟方才的反应如出一辙。

桑远远的目光却落向了卷宗的左右两侧。卷宗都是用木刻的，便于长久保存。此地天寒地冻，翻开久了，木书上便会凝一层白霜，手指摁上去会留下清晰的指印。这页木书上已经有了厚厚一层白霜，白霜上留有几个指印。

桑远远的心猛地一跳，她道："所以在我们到来之前，云许洋手中的卷宗一直没有翻动过，而是停留在这一页。我们进殿的时候他看得十分专注，这说明他反复在看这一页。"

这一页上的每一行字都仿佛带着血。方才云许舟拿起来后，只匆匆看了几眼便愤怒地放下卷宗，出去捉拿凶徒。云许舟不忍卒读，那么云许洋是抱着怎样的心态，反复地观看这一页的呢？

桑不近倒吸了一口凉气，道："难道他就是凶手？"

身为桑州王世子，桑不近平日难免会接触一些刑事案件。他知道一些穷凶极恶的歹徒喜欢回味他们做的恶事，从中得到变态的满足感。

桑远远轻轻地摇了下头，说："他没有这个能力。"

云许洋虽然有灵隐境二重天的修为，但下肢没有知觉，行动必须依靠木轮椅，且身体孱弱，根本没有能力制住一个抵死挣扎的女子。

幽无命站在一旁抱着手冷笑，一副事不关己的样子。

桑不近知道找幽无命商量完全是扯淡，幽无命只会说"杀掉他就好了"。

桑远远思忖片刻，道："方才我见幽无命一直盯着卷宗，神色有异，便故意把话说得重了些，刺激云许洋。若他的心理当真有什么毛病的话，今夜估计坐不住。"

几人说话时，云许舟驾着雪橇回来了。她神色悲愤，郁闷地说道："线索又被毁了！到底是谁在替这凶徒打掩护？当真是可恶至极！"

桑不近与桑远远对视一眼，没有立马接话。

云许舟长吸一口气，问道："小洋怎么样？"

桑不近将冰木盒递给她，说："他已经睡了，体内的病因正是此物。你可认得？"

云许舟认真察看片刻，摇摇头，唤来侍卫统领，将这装了赤色细丝的冰木盒送至御医馆。

"那桩凶案，"桑不近看了云许舟一会儿，郑重地道，"也许已经有线索了。"

云许舟："哦？！"

一炷香后，云许舟带着一队侍卫，跟随桑不近等人隐藏在了王宫外的雪地中。

"凶徒怎么敢在我的王宫附近行凶？"云许舟纳闷不已。

桑不近目光复杂地说道："你且等待，我倒希望自己猜错了。"

云许舟慢慢皱起了眉头。

约莫到了二更天，一道影子忽然从侧门处飞了出来。那人动作敏捷，向着南面飞速行去。

云许舟仔细一看，原来是一个身强体壮的高阶侍卫背着一个腿脚有疾的孱弱男子。

桑不近及时捂住了云许舟的嘴，说："别说话。"

云许舟十分震惊，半晌，轻轻点了下头。

"小洋大半夜去哪儿？"她有些失神地喃喃道。

"看看就知道了。"幽无命一脸无所谓地说道。

云许舟一行远远地跟在云许洋后方，很快便到了一个普普通通的院子外。

云许洋的声音在夜风中显得异常阴鸷。

"云二，弄醒他。"

侍卫云二开始用脚踹门。不多时院中传出骂骂咧咧的声音，在院门被拉开之前，侍卫背着云许洋隐到了后巷。

一个健壮的中年男人拉开门，见左右无人，气得狠狠地在门上踹了好几脚。

屋檐下放着主人的行头。

幽无命眯着眼看了看，轻笑出声："是个锁匠。"

所以这个人可以轻易地闯进少女的闺房，将人掳走。

云许舟一时面寒如霜。

片刻后，云许洋又让云二踹了一次门。

锁匠终于忍不了了，不睡了，披上一件将全身遮得严严实实的蓑衣，小心翼翼地出了门。云许洋尾随着锁匠，云许舟尾随着云许洋。

半个时辰后，锁匠成功潜入一户人家，扛了个昏迷不醒的纤细女子出来。待锁匠离开，云二将云许洋放在树下，轻身进了那户人家，替锁匠清除了所有痕迹。

云许舟不自觉地落下泪来，说道："云二是我娘一手调教出来的，自小我便跟着他学习寻踪觅迹之术，我让他保护小弟、教导小弟，不是让他替小弟做这种事的！难怪我一点儿线索也查不到。"

一行人悄悄追着锁匠来到城南一间僻静废弃的空置磨坊。

云许洋让云二停在窗边，他自己则颤抖着双手抓住窗棂，一双眼睛瞪得溜圆，额角暴出兴奋的青筋。

云许洋大口喘着气，死死地盯着屋内。

"上啊！上啊……"他用气音说道，浑然不知自己的姐姐已经悄悄地到了身后。

磨坊中，锁匠取出一把铁锥，狞笑着拍醒了少女。

云许洋："打，先踹她的头，再……"

桑远远按捺不住了。她手一扬，只见一朵蔫不唧儿的太阳花直直地飞向云许洋，砸在他那张白皙漂亮的脸蛋上，将他从侍卫云二的背上砸到了雪地里。

云许洋震惊地转头，便看见云许舟正站在他身后泪流满面。

"姐！"云许洋惊呼出声。

“小……弟。”云许舟哽咽道。

侍卫云二扑通一声跪在地上，一句也不敢为自己辩解。

桑远远一个箭步跳进磨坊，将一朵太阳花砸向正要行凶的锁匠，两条“海带”立刻将锁匠的手脚捆住，让锁匠无法动弹。

花盘死死地黏住锁匠的脸，青色的凝露堵住了锁匠的口鼻。锁匠痛苦地挣扎着，很快动静就小了。

幽无命轻轻地从后方抓住桑远远的肩，附在她的耳畔，声音中带着笑，说道：“这样死太便宜他了，他做了这些事，够得上云州的冰凌迟。听说命大的能撑个三五天呢。”

桑远远撤走太阳花，回头看着幽无命，一脸无辜地说：“那我给他补了那么多灵蕴，他岂不是可以撑得更久？”

幽无命眯着眼笑了，伸出手指戳了戳她的额头，说：“小桑果，你就是个黑心果！”

云许舟带来的侍卫冲进磨坊，拖走了奄奄一息的锁匠。

瘫在地上的云许洋终于回过神来，说：“姐！我……我……我与云二成功地逮到凶徒了！今夜我忽然想到了线索，就叫上云二追了出来，现在人证、物证俱全！”

“闭嘴！”云许舟道，“我什么都看见了。”

云许洋见姐姐面如死灰，心知不妙，连忙哀求道：“姐，不关我的事！我只是……我只是心里太苦，太累了。我活得生不如死！姐，我前些日子无意间看到了一次凶案现场，发现看着那可怜的女子能让我心里舒服一些……我什么也没做，真的。我没有杀人，杀人的是那个锁匠！”

云许舟身形不稳：“云许洋，你太让我失望了！”

“姐，这并不都是我的错！你以为你就没有责任吗？”云许洋哭诉道，“我身子弱、有病，还有腿疾，你们为什么偏要我当王？我哪里像一个王？平时管事的是你，谁都只听你一个人的话，我这个王做得好生憋屈啊！”

云许舟痛苦地摇着头，道："不，小弟，当初我问过你的意见，是你自己……"

云许洋面色狰狞地打断道："是！是我自己要做云州王的！可我要做的是这样的脓包王吗？全天下都在笑话我，没有一个人瞧得起我！我的好姐姐，你明明就做着云州王的事，享受着做主君的一切，可为了不叫人说闲话，非要拿我这个弟弟做挡箭牌！你知道我的心里有多苦吗？"

云许舟深吸一口气，所有痛苦和悲愤在她美丽的面庞上隐去。她淡淡地说道："借口。父王当初亦是重病之身接掌了王位，与你有何区别？你看不起父王吗？"

云许洋的嘴颤抖起来。他道："反正你我相依为命，我的错你都有责任，是你没有好好照顾我！"

云许舟点点头，神情更加冷淡。她垂下头，吩咐左右："今日之事不得向外泄露半个字。将云州王请入天牢，一个月后，我亲自宣布主君病逝的消息。"

云许洋震惊地道："姐姐，你不能这样对我！"

"我不会杀你。"云许舟道，"日后但凡有方法可以解这血脉之疾，我都会用你来试药，你自求多福吧。带走！"

云许舟站在原地，看着云许洋和云二被押走。

锁匠已经被太阳花折腾得奄奄一息了，侍卫们拖走他，将少女送回家。

看着这些人一个个消失在视野里，云许舟吐出一口气，像被抽掉了骨头。她的身形一晃，又一晃。在她倒下之前，桑不近快步走到她身边，一把扶住了她。

云许舟趴在桑不近的肩上，终于忍不住，小声地哭了起来。

好半晌，桑不近终于低低地说了一句："别怕，日后你有我。"

桑远远也走上前，轻轻地拍着云许舟的背。

云许舟抬起头，眼眶通红，道："是我没教好小洋。他小时候把一些小动物折磨死了，我不忍心重罚他，只是不让他再碰到它们。我以为……以为他长大后就好了……如果我不那么忙，是不是小洋就不会走上歪路？”

“不，很多东西是天生的，永远不会改变。”桑不近低声道，“你救不了这种人，要么杀了他，要么将他永远关起来。”

他这般说着，却抬头盯住了不远处的幽无命。

这一次，幽无命并没有和他针锋相对，看起来有些失神，精致的唇角时不时轻轻地扯一下，似笑非笑。

桑远远悄悄地拉住了幽无命的手，轻声对他说：“你有我啊，我就是封你的鞘。”

幽无命慢慢地垂下眼帘，眸色幽深，说：“好。”

四个人沉默着回到云王宫，刚刚踏进内廷，便见一群鬓发凌乱的男女迎面扑过来，个个满脸兴奋。

领头的是一位头发灰白的女医者，女医者顾不得行礼，一把抓住了云许舟的手，一双眼睛在风雪中熠熠生辉。她高声喊道：“摄政王，有希望了，主君有希望了！病因我们已经查清了！五百年的诅咒，原来……原来……”

激动之下，她竟然晕倒在了云许舟的怀里。

云许舟一时愣怔。这一刻她已经等待许多年了，没承想竟然发生在这样一个夜里。

云许舟依旧面色淡然，缓缓地转动着眼眸，遥望天牢的方向。

“御医长太激动了。”另一位年长的男医者走上前来，冲云许舟行礼后道，“那赤色细虫乃是东州东海湖中一种盐蚌的寄生虫！主君体内的病源是带了灵蕴的蚌虫。蚌虫被制成了灵蛊，经血脉代代传递，遇阳则发，遇阴则匿！”

云许舟轻轻点头，道：“所以云氏每一个王族的血脉中都有灵蛊，包括我。一旦诞生男孩儿，灵蛊便会在他的骨血中发作。”

众御医含着热泪，齐声道：“我等定会竭尽全力，寻求祛病之法！”

目送御医离去，云许舟缓缓转头看向桑不近三人：“诸位可愿随我乔装去一趟东州？”

桑不近毫不犹豫地点头，道：“自然！”

幽无命的唇角浮现阴沉的笑意。他说：“皇甫俊等急了吧？别着急，我这就带着大礼来看你。”

第十一章 破茧

云许舟办事雷厉风行。次日一早她便将一应事务安排完毕，出发前往东州。

东州全境封锁极严，他们无法带着侍卫同行。幽无命和桑不近将亲卫遣回领地，四人乔装打扮成常年到东海湖畔收购金珍珠与鲛纱的客商。

不知出于什么目的，桑不近这回“扮”成了男人。

他在外头驱车，云许舟拿出准备好的手札，让桑远远将各类珍珠与鲛纱的品质与对应的价格一一熟记于心，以防露馅引人生疑。

桑远远看着云许舟，见她神色如常、举止沉稳，像是已经忘了昨夜的事。

“把靴子脱了。”桑远远轻轻一叹。

云许舟茫然地看她：“啊？”

“给你治伤。”桑远远平静地问，“你不痛吗？”

云许舟愣了一会儿，目光落在自己的左脚上，忽然眉头一皱，下意识地痛呼出声。直到这时云许舟才记起昨日与冥龙争斗时被龙尾扎穿了足底。当时她只顾着桑远远的毒，后来又惦记着凤雏的蛇毒，再后来发现了云许洋的秘密……

对上桑远远那双温柔而平静的眼睛，云许舟忽然感觉藏在心底的那个真实而脆弱的自己无处遁形。

云许舟痛，怎么可能不痛？只是她心中的痛已经盖过了身上的痛。

看到桑远远了然的眼神，云许舟这个独自坚强了二十多年的女子终于捂着脸，痛痛快快地哭出了声。

“烦人。”幽无命很不耐烦地一甩衣袖，出了车厢。

车厢内只剩下两个女子了。

“凤果，你说我该拿他怎么办才好？他是没有动手伤人，可若不是他替那歹徒清除痕迹，我早就将那贼人绳之以法了，哪里还会有后面的受害者？若按我云州律来办，他这样的帮凶罪不及死，只该处十年劳役。”

桑远远轻轻地拍着她的背，安抚她。

云许舟叹息道：“我罢黜他的王位是因为以他的心性，他当不得云州王。但我若真的关他一辈子，也确实算罔顾律法了。律法面前当一视同仁，没有因为他是我弟弟而重罚的道理。可是，若只罚他十年，将来他再作恶，我岂不是既害了他，又害了旁人？”云许舟目露苦楚，“他毕竟是我在世上唯一的血脉兄弟，若是有什么办法能令他改邪归正，那即便要用我的命去换，我也是甘愿的。”

桑远远明白她的痛苦。若云许洋的罪行按律当斩，那云许舟必定会直接杀了他，一了百了。可是他罪不至死，又是云许舟的血脉至亲，便成了附在她骨头上的疮癣，虽然不会变成什么祸患，却会伴随她一生，令她夜夜难眠。

桑远远思忖片刻，道：“我先替你治身上的伤，疗完伤，我说个法子，你看看可行不可行。”

“好。”云许舟当即脱下外袍，露出被冰锥划伤的后背，然后又弯下腰去脱雪靴。她这时才发现靴底竟然被血牢牢地黏在了脚上。她用力扯了两下，将鞋袜都扔到一旁，伤口被撕裂，鲜血涌了出来。

云许舟当真是个干脆利落到了极点的人，也就这个她一手带大的亲弟弟叫她踌躇难断。

桑远远凝神片刻，扔出一朵太阳花。桑远远心念一动，花盘轻轻旋转，像个花洒一样将青色凝露均匀地洒在云许舟的伤口上。花叶舞动，一条润泽饱满的“海带”编织出来，裹住云许舟足底的伤。

桑远远：“忍着，有点儿疼。”

太阳花的根须碰到伤口，拉出晶丝一般的灵蕴细线，将伤口仔细地缝合。

云许舟：“……”

这太神奇了！

一盏茶的工夫，云许舟身上的外伤便被处理完毕。

“浑身都凉凉的，很舒服。”她很快换上了新的衣裳、鞋袜。

一朵太阳花一下蹦到云许舟的手上，摇晃着花盘，仿佛在邀功。

云许舟忍不住伸手摸了摸花盘，道：“这……我活了二十多年，连听都不曾听说过这样的灵蕴，这是秘技吗？”

桑远远无奈地耸耸肩：“我也不想的。”

云许舟望了她片刻，然后抬起手，燃起一团明焰，问道：“你无法这样？”

桑远远叹息着抬起手，啪的一下，蹦出一朵太阳花。它还舒展着两片翠绿的叶子，在她的掌心伸了个懒腰。

云许舟强忍笑意，安慰道：“其实它挺好的，很有灵性，还能治伤，非常厉害。”

“你说这话的样子像极了幽无命。”桑远远沮丧地说道。

云许舟脸色微微一变，道：“我不知道他是幽无命，之前说了那些话，实在是太失礼了。”

桑远远摇摇头道：“没有关系，他不会放在心上。”

云许舟伸手敲了一下桑远远的肩，道：“很厉害啊，凤果。你这把鞘竟然封住了幽无命这把刀！”

桑远远：“……”

鞘这个梗还能不能过去了！

她无奈地看了云许舟一眼，发现这个从出生就单身的摄政王当真没有领会到别的意思，只能点点头，敷衍地道：“他其实挺好的。”

“也就是对你。”云许舟轻轻笑了一下，意味深长地说，“他对你确实是有心的，看得出来。”

见桑远远露出窘态，云许舟及时岔开话题：“方才你说有办法对付小洋的心疾？”

桑远远道：“他的心疾既然不是后天环境造就的，那便是天然的性情里带着暴戾的因子，嗜杀、嗜血。”

云许舟轻轻点头，苦涩一笑，道：“小洋是我看着长大的，确实不存在让他扭曲了心智的外因，那便是从胎中带来的，没救了。”

桑远远摇头笑道：“自古被封为‘杀神’的恐怕多半有这个毛病。”

云许舟眼睛一亮，但眼神很快又黯淡了。她道：“他这身体状况，无

法上阵杀敌。”

“何不让他处决死刑犯？”桑远远道，“既然按云州律，他的行为该罚劳役，那便给他安排些事做。日子那么长，你且看他是否执迷不悟。”

云许舟倒吸一口凉气，猛地扑上前，将桑远远死死地搂在怀里：“凤果，我觉得可以！”

云许舟总归是看到了一点儿希望和方向，眼睛里重新闪烁起光芒。

“我到外头和凤雏说会儿话！”云许舟兴冲冲地出了车厢，把幽无命赶了回来。

幽无命的头发和衣裳上都沾了雪花，他一脸不爽地对桑远远道：“什么伤要治这么久！”

他走上前来，捏住桑远远的下巴，左右看了看她的脸，然后漫不经心地坐上软榻，道：“你太弱了，随我修行吧！”

他并没有修行，而是聚集了大量的木灵蕴，将它们全都往桑远远的体内引，帮助桑远远修炼。

三日之后，四人穿过了羊肠小道冰雾谷，抵达与云州东部接壤的小姜州。

桑远远的修为被幽无命粗暴地提升到了灵明境二重天。她脑海中那根碧丝般的灵弦一分为二，变成了两根。她与木灵蕴的感应范围更大、程度更深了，召出的太阳花数量更多、颜色更亮了。她原本一次至多召出三朵太阳花，晋阶之后可以召六朵了。

“小桑果，”幽无命笑得前仰后合，“等你到了灵耀境，可以试着让一群大脸花吐口水，看能不能淹死人！”

桑远远立刻指挥六朵太阳花向他吐口水。

幽无命身形一闪，径直越过她的花逼到近前，把她抵在软榻上，抬手按住她的额头。

“检查一下可有残毒。”他的声音已经哑了几个度，手指一寸一寸地在她的额头上挪动。

随后，他的薄唇印了下来。

六朵太阳花落在他的背上，合拢了花叶，像害羞一般垂下了花盘。

她发现他的接吻技术进步了。他就像温柔又炽烈的火，动作强势霸道，却又恰到好处，把她的闪躲变成了被动的应和。他总是先她一步封住她的退路，让她无处可藏。

他的呼吸很沉，他身上独特的花香和体温将她的心神死死地禁锢在方寸之间，她很快就喘不上气了。

他的胸腔颤动起来，他不断发出低低的笑声。等到他终于松开她时，她已经瘫在了软榻上，耳尖红得像要滴血。

幽无命勾起唇，挑着眉梢，笑容坏意十足。他笃定地道："小桑果，你想要我。"

听见他的话，桑远远只觉得心尖发颤，果断地召出一朵太阳花挡住了自己的脸。

就在此时，云许舟抓着一块断开的玉简兴冲冲地踏入车厢，刚打算开口，看见眼前的景象，又顿住了。

只见男的眯着眼，像只刚刚偷过食的狐狸；女的大白天躺在软榻上，脸上还盖着一朵花。

气氛有些奇怪。

幽无命十分淡定地瞟了云许舟一眼，道："她在美容。"

云许舟点点头，在小杌子上坐下，说道："凤果，我安排云许洋执行了冰凌迟。"

幽无命愣了一下，忍不住瞪大了眼睛："真人不露相啊。摄政王心狠手辣，在下自叹弗如。"

他以为云许舟把云许洋给剐了。

桑远远取下敷在脸上的太阳花，抓着幽无命的衣袖坐了起来，问："如何？"

云许舟挑了挑眉，道："死刑犯便是那个锁匠。云许洋根本不敢相信我真的叫他做这种事。后来他被逼着动了手，没几下就又哭又笑，几欲

晕厥！我寻思着给他个下马威，便让人死死地盯着他，不许他休息片刻。行刑完毕时，他连胆汁都吐了出来，说再也不要见血了。”

“好一剂猛药。”桑远远叹道，“摄政王真是雷霆手段。看来他只是叶公好龙罢了。”

云许舟微微一笑，道：“原来也不是无药可医。明日还有更多活计等着他。如今他能接触到的人个个冷心冷性，绝无可能给他半分同情！”

桑远远道：“等到他放下屠刀时，说不定能大彻大悟，立地成佛。”

云许舟独掌朝政多年，身边能人众多，云许洋就像是万丈洪峰之下的一只小蚂蚁，根本不可能翻起任何浪花。

幽无命不屑地冷笑道：“需要那么麻烦吗？一刀下去不就清静了？”

云许舟道：“他是我的亲弟弟。幽无命，你若是有亲兄弟，便会知道……”

她猛地想起眼前这位是灭了他自己全家的狂人，急忙止住了话题。

幽无命的唇角浮现出一丝怪笑。他指了指云许舟身下的那只“小杌子”。

云许舟突然发现它并不是杌子，而是一只很精美的木匣。

幽无命挑眉，伸出一只手，晃了晃手指，道：“那儿呢。”

桑远远不由得捂住了脑门，云许舟居然坐在了皇甫渡的脑袋上！

“别碰别碰。”桑远远道，“不是什么好东西。”

幽无命将木匣放在矮案上，打开木匣，皇甫渡的脑袋保存得很好。

云许舟朝里面一看，惊呼道：“这……这不是东州王的义子皇甫渡吗？”

皇甫渡执掌的晋州与云州接壤，云许舟作为云州摄政王，与皇甫渡打过一些交道，一眼便认出来了。

云许舟揉了揉眉心，道：“我与凤雏曾谈论过他。”

桑远远与幽无命很有默契地对视一眼：“哦？”

云许舟不知不觉地把桑不近给卖了：“当初我对凤雏说，皇甫渡与我挨得近，年岁也相仿，若是我再等两年仍未找到意中人的话，便主动向皇甫渡提一提，看皇甫渡有没有那个意思。”

桑远远挑眉，问：“他怎么说？”

“凤雏说了皇甫渡的一堆坏话，说皇甫渡生了一副女相，日后我们的夫妻生活想必不和谐。”云许舟很纳闷，“为何生了女相不利于夫妻生活？”

桑远远：“……”

大哥给自己挖得一手好坑！

幽无命已经憋不住开始坏笑了。

桑远远见云许舟一副求知若渴的样子，只得帮忙圆场，道：“他就是不想你嫁人，瞎说的！”

“我也觉得。”云许舟双手一抄，道，“凤雏还说皇甫渡二十好几还未议亲，身边也不曾有红颜知己，想必有什么隐疾。”

桑远远：“……”

桑不近难道不是？

云许舟又道：“我便说桑州世子桑不近，年岁相当，也不曾有过什么流言，听说也生了女相，莫非也有隐疾？”

幽无命抽搐着嘴角，忍不住插话道：“那他怎么说？”

云许舟笑道：“她倒好，说桑世子是个好的。两人分明条件一样，为何一个就好，一个就坏？若我没料错，她是对那个桑世子有意思。为了让她放心，我便说无论皇甫渡还是桑不近，我哪个都不考虑！”

桑远远揉了揉眉心，道：“后来你们就没聊这个了，是吧？”

云许舟点点头。

幽无命大笑不止，捂着肚子出去找桑不近。桑远远觉得待会儿他们两个肯定要打起来。

幽无命离开之后，云许舟的神色凝重了许多。她挪到桑远远身边，认真地问道：“皇甫渡的首级为何在你们的手上？幽无命的行事作风我早有耳闻，可你与凤雏并不是这样的人啊！”

桑远远思忖片刻，道：“我不愿意瞒你，但有些事情我自己也云里雾

里，此刻说那些为时过早。不过，若云氏血脉被诅咒之事当真是东州的手笔，希望摄政王视我们为盟友，与我们共同进退。”

云许舟笑了，道：“那是自然。”沉默片刻，云许舟问，“皇甫渡是何时死的？为何我未听到半点儿风声？”

桑远远得意地笑道：“因为谁也不知道他在这里。”

东州用的本就是李代桃僵之计，那百人亲卫回到东州，发现轿中无人，估计错愕得不得了。亲卫与接引使必定一口咬定沿途没有遇到任何意外，绝对不可能有人在众人的眼皮子底下劫走皇甫渡。

冰雾谷中的痕迹早已被幽影卫清理得一干二净，他们没有留下任何破绽。

所以，东州方面只会得出一个结论：皇甫渡一开始便没有上轿。

那么他会在哪里呢?

桑远远微笑着望向矮桌上精致的木匣，心想：这果然是一份大礼!

车辇顺利地过了小姜州。

其实小姜州的姜王族才是姜氏的主族，当初取代云氏入主天都的正是他们。

姜氏入主天都之后，天都西南部的殷氏王族主动让出了领地，那便是如今的姜州。而姜氏的祖地小姜州因为交通不便，且被皇甫一族的势力压制，日渐衰微。小姜州干脆破罐子破摔，不再发展兵力，而是致力于发展农工商业，如今已经成了东境八个州国的贸易中心。

云许舟一行正是扮成了小姜州的客商。

越过小姜州地界，前方便是皇甫氏的老巢东州。

几人远远便感觉到东州戒备森严。

东州筑城用的是黑铁，他们从远处望过去，还以为看到了黑铁长城。东州的士兵个个神色肃杀，一看便知道是从血海里滚出来的好手。桑远远在远处打量着，心中更添了一分凝重。皇甫俊是站在巅峰的男人，像上次那样暗杀他的机会恐怕是不会再有了。

一行人跟着客商走向城门。

入关的客商被排查得十分仔细，幸好云许舟手持高级通行证，他们才得以顺利通行。

他们刚进城门便见到身着重盔的官兵急忙赶来，将客商驱向道路两侧。

“恭迎天都特使——”

桑远远眉头一挑，掀开车帘望了过去。

只见一辆飘满了鲛带、金装玉裹的大车缓缓驶进城门，车帘打开，头束金冠的特使左拥右抱，揽着两名衣裳不整的美貌女子坐在车上。

来人竟是个熟面孔，姜州王世子姜谨真。

幽无命从身后将脑袋搁在她的肩膀上，冷冷地道：“听说你上次途经姜都时与姜谨真共饮了三五杯酒，他逢人便夸小桑果海量。”

桑远远转头看他，见他微眯着眼，一副杀气腾腾的样子，便笑道：“幽州王吃醋了。”

幽无命懒洋洋地哼了一声。

她偏过头，手肘撑着车窗，纤纤玉指点在额侧，笑道：“我对他说，在那冥魔战场上，我得幽州王倾力相护，敬的是幽州王。怎么，他逢人便吹牛，居然不把你这尊大佛搬出来用吗？”

“借他一百个胆，他也不敢。”幽无命挑了下眉，拎起矮桌上的茶壶倒茶喝，眼角眉梢全是压不住的得意。

“这个时候姜雁姬为何派姜谨真过来？”桑远远觉得奇怪。

幽无命冷笑道：“皇甫俊不是受伤了吗？即便这东都养了冥族人给他续命，他少不得也要卧床月余。姜谨真属水，这么难得的求师机会，姜雁姬怎么会放过？”

听他这么一说，桑远远顿时恍然大悟。当初姜雁姬便是把灵蕴属金的姜谨元派到了韩少陵身边，让姜谨元跟着韩少陵修行。

难得绝世高手皇甫俊卧床，要蓄积灵蕴疗伤，姜雁姬自然不愿意浪费这个机会，便把另一个侄子姜谨真派来了！

姜雁姬真是精打细算，很会过日子。

“为了稍微掩饰一下难看的吃相，姜雁姬必定送来了不错的宝贝。这真的便宜我了。”幽无命笑道。

随后，幽无命取走矮桌上装了皇甫渡脑袋的木匣，拎起刀，歪着身体用刀尖慢悠悠地刻字——“幽”。

桑远远看着男人专注的侧脸，注意力很快被他吸引。

认真做事的男人总是会显得特别好看。只见他的长眉微微蹙起，修长漂亮的手指抓着工具，用力时指节极有力量感地凸起来，一双手像是一幅画。他偏着头，时不时皱一下眉或是露出一点儿笑意，好看得叫人头晕。

刻到一半，他把木匣凑到嘴边轻轻一吹。木屑飞走，他眯起眼睛，避免它们溅入眼中。随后，他单手托着木匣放到远处看了看，满意地把它端端正正地放到矮桌上，收刀，拍手道：“大功告成！”

桑远远急忙凑上前去，迫不及待地想知道幽无命这样的人刻出来的字会是什么样。都说字如其人，他的字会不会和他本人一样诡谲漂亮呢？

凑到近前一看，她愣住了。那个“幽”字竟然丑得难以用言语形容。

幽无命一直偷偷观察她的表情，见状哈哈大笑，把她搂进怀里道：“傻果子！这又不是我的字！”

“那是？哦，明白了。”桑远远恍然大悟。

幽无命把她的脸扳向自己，在她的额头上亲了好几口，道：“小桑果，别以为我专心刻字就不知道你偷看了我多久！你现在就为我神魂颠倒了吗，以后岂不是得把自己拴在我的腰带上？！”

他笑得可恶至极。

笑了一会儿，他掀开木匣的盖子，盯着皇甫渡那张面露惊愕与恐惧之色的脸，慢悠悠地取出另外一只木盒。

陈旧的木盒里装着一块火红色的带着浓烈香味的绸布，绸布上端端正正地放着一粒记灵珠。

他把记灵珠拈起来，在指尖转了片刻，然后轻轻掰开皇甫渡的嘴巴，小心翼翼地把记灵珠放到了皇甫渡的舌头下。

“借花献佛。”幽无命笑得灿烂。

这枚只有声音没有画面的记录珠中记录了姜雁姬的声音——

“可怜的儿，娘亲也是没有办法，只能舍弃你了。别难过，谁都会死，不是吗？你这样死，还能为娘亲做点儿事。娘亲日后无论到了哪里，都会记得你这个愿意为了娘亲而牺牲的好宝宝……”

桑远远猛地睁大眼睛，望向幽无命，暗叹：好一招张冠李戴！

幽无命把木匣合上，收到软榻下。

虽然他一副完全无所谓的样子，但桑远远知道他的心情很糟糕。

他分明只是轻轻地按着木盒，但指节发白，额角也有青筋，肩膀不自觉地绷着，宽袍下能看出肩胛骨的形状。

“那时候皇甫俊不在，他不会知道那珠子到底是什么时候的东西。”他没头没尾地说了一句。

桑远远慢慢地将自己的手放在他的手背上，说：“嗯，我们会成功的。”

她发现他的体温变低了，身体冷得像冰。

东州并不冷，此刻已是初夏，整个云境就只有云州一处是天寒地冻的气候。

幽无命嘀咕：“姜雁姬那种女人什么事做不出来？皇甫渡自小在皇甫俊身边长大，和她没有感情。她杀掉皇甫渡不是很正常的事情吗？她会杀了皇甫渡的，对吧？”

他的目光变得空洞。他缓缓转动眼珠，盯着她问：“你说姜雁姬会不会杀了皇甫渡？她对皇甫渡没有感情，对不对？她对自己的儿子不会有感情的，是不是？”

他的声音阴森森的，又轻又急，仿佛是从地狱中冒出来的亡灵的追问。

桑远远轻轻地抚着他的脸，道：“她会。她的心里只有权势和地位。

如果杀了皇甫渡对她有好处，她一定会杀了他。”

幽无命僵硬地扯了几下唇角，眼睛仍然没有焦点。他的心跳时而快时而慢，额角再一次暴出青筋，手指在颤抖。他仿佛抑制不住杀气，随时会抬起手来拧断她的脖颈。

她贴近他，捧住他的脸，轻轻地吻他的脸颊。

她温柔地唤他：“幽无命，我们现在还有很重要的事情没有做，你得给姜雁姬‘动机’。还有，如何献这份礼，你计划好了吗？现在不是休息的时候，幽无命，快点儿醒来。我们还有好多事要做。”

他极慢地转动着眼珠：“是，”他嗓音沙哑地说道，“有很重要的事还没做。”

他的身体重重地前倾，如泄愤一般疯狂地亲她。许久，他缓缓撑起身体，阴沉的目光落在她的衣带上。

“想知道我最后的秘密吗？”他蛊惑道。

她抬头看他。他方才自己弄散了衣襟，现在正敞着结实的胸膛，目光幽暗无比。他缓缓地喘着气，唇角勾出极为魅惑的弧度。

她知道他的神智仍未从黑暗的深渊中爬出来。

那枚记灵珠毕竟跟了他二十年，早就成了他身体的一部分。今日他决定将它送出去，那种感受不亚于生生从身上撕下一块血肉。

在对上皇甫俊与姜雁姬之前，桑远远与幽无命之间还有硬仗要打。

她搂住他，轻轻地嗅了嗅。

“闻我干吗？”他挑起她的下巴，坏坏地问道，另一只手已轻车熟路地去往他曾带着芙蓉脂去过的地方。

“喜欢你的味道。”她温柔地把脸贴着他蹭了蹭，道，“我想久久地拥有你的味道和温度，和你亲密无间，放肆地向你倾诉心事……”

幽无命呼吸骤急，瞳仁微缩，唇角不自觉地扬起来。他像一头收到了攻击讯号，预备发起进攻的狼。

“好。”他的声线彻底嘶哑，大手干脆利落地扯下了她的外衣。

她攥住他的衣领，道：“我会大声叫你的名字，告诉你我有多喜欢你，告诉你你有多厉害。整个世间就只有你和我。我们的心里、眼里只有彼此，我们要最彻底地拥有彼此，不能被任何人打扰。幽无命，你确定要在这里吗？你打算这样草草了事吗？”

她刚开口说话的时候，他已经迫不及待地扔掉了她的衣带，手忙脚乱地扯开了外袍与中衣，失控般地向她靠近。她说到一半时，他顿住了，缓缓地转动着眼珠，盯住她那鲜花般的唇，眼底浮现期待之色。待她说完，他那股冲上脑门的念头冷却了下来。

他喃喃道：“这里不行。”

她起身，离他更近了。

幽无命深吸一口气，像是被烫到一样，猛地松开她，逃到窗边。他的脊背在轻轻地颤动，耳尖通红。他许久才调匀了气息。

“小桑果，”他猛然回头瞪她，唇角是无比凶狠的笑意，“你给我等着！”

她羞涩地冲他笑。

看着眼前这双目光清澈的眼睛，幽无命觉得头晕，甚至怀疑方才听到的那些大胆热烈的话是不是自己发病时的幻觉。他的小桑果分明就是个透明的小果子，带着一点儿青涩，那般美好灵动。他难以想象她放肆地喊出他的名字时，该是何等光景，恐怕当真是叫人死而无憾了。

他觉得自己仿佛走在万丈悬索之上，正在小心翼翼地靠近一团暖融融的光。那样的光，他配吗？

他别过头，思忖片刻，道：“来，我教你雕木头人。”

桑远远：“啊？”

他将她搂进怀里，随手从桌上掰下一块木头，另一只手拿起桌上的小刀子，一刀一刀地刻了起来。

她感觉他的呼吸越来越平稳。

“脑袋。”幽无命弓着背，把下巴搁在她的肩膀上。他一说话，声音便沉沉地在她的耳旁响起。

“是脑袋。”她配合地望向圆溜溜的木球。

“你的脑袋。”他笑道。

她不假思索地道：“不像。”

“一会儿就像了。”他漫不经心地笑着，用两根手指捏住刀锋，慢慢地雕琢。

他专注地雕刻木头人。

她专注地欣赏他的盛世美颜。这是一张长得恰到好处的脸，如玉琢的一般。

圆溜溜的木球上很快就有了鼻子和嘴巴。

桑远远看得一怔：“还真有点儿像我！”

“有点儿？”幽无命勾起唇角，不屑地笑了笑，“你等着。”

大车缓缓前进，阳光透过他没有彻底合上的车帘钻了进来，恰好落在幽无命的手上。他恍若未觉，一心一意地雕刻桑远远的容颜。

车身时不时轻轻地晃一晃，二人的身体便会不经意地碰撞，一种岁月静好的气氛缓缓氤氲开。桑远远觉得恍惚，忘了此刻正驱车赶往皇甫俊的老巢。

她不知道什么时候睡了过去，他专心雕刻的时候，那种沉静的氛围和极有规律的沙沙声实在是催眠。

幽无命稍微向后靠，让她整个人窝在他身前。他雕几下，便忍不住分神看一眼她，不知不觉，唇角已露出温暖柔和的笑意。

“谁家的美人睡相这么差！”他嘀咕道。

桑不近小心地赶车跟在姜谨真一行后方，准备进入东州西境第一座城池西府。

自从偶遇天都特使，四个人就改变了计划，决定先将礼物送给皇甫俊，然后再前往东海湖探那血蚌之秘。

几人经过一片荒野，忽然听到车厢中传出桑远远的惊呼声。桑不近和云许舟齐齐面色一变，推开了车门。

只见桑远远一副睡眼蒙眬的样子，一边揉着眼睛，一边追着幽无命要抢他手中的东西。幽无命游刃有余地避着她，脸上满是坏笑。

桑不近："走了走了，没什么好看的。"

说罢，桑不近砰的一声关上车门。

云许舟笑道："你怎么就见不得自家妹妹好？这二人，我倒觉着是对神仙眷侣。你呀，对幽无命有偏见！"

桑不近很不服气："他哪里好了？！"

"哪里不好了？"云许舟道，"他年轻英俊、位高权重、修为高深、只身一人，这般夫婿上哪里去找？"

桑不近难得没与她说笑，板起了脸，认真地说道："你知道幽无命是什么样的人。"

云许舟深思片刻，道："会不会有什么隐情？这些日子你我也算是一直看着他的，你真的觉得他是那种嗜血狂徒吗？"

桑不近笑道："从前你我也未曾看出小洋有问题。"

"这倒也是。"云许舟把手肘撑在膝盖上，叹息道，"幽无命做过的那些事，件件铁证如山，没法翻案。不过凤雏，历史总是由胜利者来书写的，若是幽无命登凌绝顶，被粉饰成一代圣君，且一生善待凤果，你仍旧觉得他不行吗？！"

桑不近眼神微颤："云许舟，你怎么会有这么可怕的念头？"

云许舟道："可怕吗？当初姜氏取云氏而代之，谁觉得可怕了？这个世界本就是强者为尊，如今已经没几个人敢议论幽无命了，将来……"

桑不近抿着唇，半晌，低声道："就怕他只是一时图新鲜。小妹若是嫁给旁人，譬如韩少陵，哪怕对方将来不爱了，也会好生供着小妹。可是幽无命……"

被幽无命厌弃的话，小妹恐怕会死。再说，这个男人本身便是一个燃着火的深坑。

桑不近最终没有说出内心的担忧。

桑远远并不知道自家的便宜哥哥正在外头为她操心。此刻她的眼里只有一件事，就是抢走幽无命手中那颗木头脑袋，把它切成一千片。他

雕得实在是……太像了！任何人看一眼便能认出那个木雕是她，是睡得翻白眼、流口水的她！

桑远远绝对无法容忍这种东西和她生存在同一片天空下。

她召出了“海带条”卷向幽无命，六朵太阳花在车厢中蹦蹦跳跳，想要绊倒他。

幽无命哈哈大笑，身形快如鬼魅。桑远远还没看清他的动作，他就轻巧地避开了她的攻击，一次又一次把那栩栩如生的木雕放在她的眼前晃。

真的，自从小学毕业之后，桑远远就再也没有遇见过这么可恶的男性了。

“幽无命！”

她越气，他笑得越开怀。

二人折腾了半天，她忽然被他从身后搂住，二人滚到了软榻上。

他抓住她的“海带条”，把她的双手牢牢地缚了起来。制住她之后，他把脸埋到她的发间，贪婪地汲取她的清香。

“小桑果，”他低声呢喃，“我有二十年不曾雕过木头人，也不曾这般笑过。”

她的心脏忽然抽搐了一下。

他二十年不曾雕刻木头人？那二十年前他雕过？

她扭动着身体，拱到了他的怀里。

“我说过的，会给你许许多多的快乐。幽无命，我没骗你吧？”她仰着头，笑吟吟地望着他。

他垂眸一看，看见一张笑得娇憨的脸。他怔了一下，慢悠悠地瞟向一旁，漫不经心地应道：“嗯。”

她啄了啄他的下巴，说：“我们会一直好好的，我的小公子。”

他的身体轻轻一震。半晌，他缓缓地吐出一口气，把下巴贴在她的发顶上，道：“那一族，只有活到成年的人才可以拥有名字。”

桑远远先是不解，回过神后只觉得心底隐隐作痛。

怀璧其罪的冥族孩子很难活到成年。

“所以你从前没有名字？”她轻声问道。

“嗯！”幽无命道，“姓明的叫我‘喂’或者‘哎’，别人看我生得漂亮，都叫我小公子。小桑果，我是个天才，那时候我看他们就是一群傻子。”

她一边聆听他的心跳声，一边听他絮叨。

“出生后的事情我都记得。”他缓缓地道，“我知道姜雁姬是什么时候偷偷溜走的。那时候我刚出生两个月，她还抱着我哭了一会儿呢，好像十分舍不得的样子，但她还是走了。后来，有人来偷袭我们，被姓明的打跑了。再后来，姓明的带着我搬了家。我当时真的没想到那件事是姜雁姬做的，还挺想念她的，怕她回来后找不着我们。姓明的性子寡淡，没劲，姜雁姬还有点儿意思。我独自一人时便拿木头雕姜雁姬，雕了一个又一个。我真的很想她。”他顿了顿，继续说道，“我时常想着，她若是回心转意，回来找我们却找不到，该有多焦急。天底下哪个做娘亲的会不想念自己的儿子呢？我还记得她喂奶的样子，眼睛亮晶晶的，嘴巴上扬，整个人的身上有一层白色的光。”

他不再说了，低下头，在她的乌发间嗅来嗅去，好像她是什么镇定心神的药。

她的双手仍被他缚着。她无法拥抱他，只能往他怀中钻了钻。

想到方才他拿着木头人和她玩闹的模样，她心中一阵酸涩，却不知道该怎么样安抚他。

他的伤实在是太严重了，又伤在了最致命的地方，旁人永远无法感同身受。若他只是单纯地恨某个人的话，报了仇就好了，可偏偏恨中又有爱，有儿子对生母的依恋。没了恨，他便什么也没有了。

在原著中，幽无命攻入天都时存的是与姜雁姬同归于尽的决心。

他不单单是杀死她。

他要毁灭一切，包括他自己。

那么今日呢？

桑远远能将他从深渊里拉上来吗？

“幽无命，无论如何不要离开我，好不好？”她睁着一双水汪汪的眼睛凝视着他。

他回望她，目光逐渐深邃。

这一刻，这个男人极为罕见地露出了真实的模样，没有假笑、没有戏谑、没有伪装。

他的眸底有些动容。他缓缓地问道：“你到底喜欢我什么？你不自量力地想要拉住我，会和我一起掉下去的，尸骨无存。这值得吗？”

他什么都明白。

她没有急着回答，只是定定地望着他，等他继续说。

幽无命勾了勾唇角，说：“你不如考虑考虑我最初的提议，把你的身体给我，把心收回去。这些日子你做的已经够了，足够从我的手中换回你的性命。掉下去之前，我会放手，不拉着你一起死。”他用手指挑起她的下巴问道，“怎么样？”

这一刻，他的目光冷静且无情。

她一句话也不说，就盯着他，泪水缓缓地流了下来。

幽无命最初还十分镇定，渐渐就有些难以招架了。他抬起手，笨拙地给她抹眼泪，她的眼泪却越来越多。

他原本严肃认真的表情很快被打碎。他解掉她腕间的束缚，抓起她的手，让她自己给自己擦眼泪，一副病急乱投医的样子。

“别哭了！你不是应该高兴吗？”他皱着眉，薄薄的唇抿成一条线。

她一动不动，像个只会流泪的木偶。

“小桑果，你别想骗我。”他维持着最后的倔强，“我那时候在幽盈月的玉简中听到你说喜欢我，你知道有多假吗？你以为能骗过我吗？小桑果，我可是一个天才！还有，我刚捉到你的时候，你分明就是怕我的。因为身上的同心契，你才费尽心思与我周旋。你以为我这么傻，当真不知道你在想什么？”

她慢慢垂下了眼睛。

这层窗户纸终于被捅破了！

“你一直在等的不就是我今日的这句话吗？你知道我从不反悔，说要放你走便是要放你走。你怎么反倒不高兴了？”他皱着眉，不解地问道。

“好。”她终于开口，说了一个字。

幽无命不禁屏住呼吸，瞳仁收缩，不自觉地退开少许，紧张地盯着她。

“我明白了，”她说，“你根本就不喜欢我，只是在看戏罢了。”

她强忍着没有再让眼泪掉下来。

幽无命的心脏也悬在了她的眼睛里，随着那一汪清泉摇摇欲坠。

他急忙道：“不是……”

她抬手解掉衣带，褪去外袍，纯白的中衣显得她更加纤细窈窕。

“海带”飞旋，将车门、车窗封紧。

幽无命十分震惊。他一个字也说不出来，只是呆呆地望着她。

她继续解中衣，说：“就这样吧！今日，今时，就在这里，你拿走你想要的，然后我离开，我们再也不见了。”

他一把攥住她的手，眼底浮现惊讶之色，一字一顿地道：“你这是在做什么？！”

她眼中的清泉颤了颤。

她说：“把你要的给你，把心收回来。你不必担心，我没有问题，这很简单。”

她拨开他的手，轻轻一拉，中衣坠地。

幽无命猛地闭上眼，偏开了头。

“谁说要在这里！”他大口喘气，道，“你给我把衣裳穿起来！”

“何时何地又有什么区别？还不是都一样的？”她的声音淡淡的，“快点儿，早些完事，我早些走。”

“啊——”幽无命抓狂了，一把抓起地上的衣裳，胡乱地往她的身上套，“我不是这个意思，现在未到绝境，我……我还护得住你。你慌什么？要走也不是现在。”

他烦躁地绑她的衣带，手有些发颤。

“所以你还想再戏弄我一阵子，是不是？”她问，“很有意思吗？”

“我没有！”他立刻否认道，“没有戏弄你！”

“那是什么？”她抬眸看他，“明知我只是为了保住性命才与你虚与委蛇，你还假装一无所知，将我留在身边。这不是戏弄我是什么呢？”

他的呼吸不稳了：“若不是你如今真的喜欢我了，我又怎么会发现你当初的喜欢是假的？”

她愣了一下。

幽无命一边将她的衣带连打好几个死结，一边解释道：“你的表情、味道都变得不一样了，现在像是加了蜜糖，比从前香甜得多，所以我才发现你从前并不喜欢我。正因为你现在喜欢我了，我才不舍得让你陪我一起死，你明白了没有？”

桑远远怔住了。

她有什么地方变了吗？

他继续打结，说：“我以为你会很感动，谁知道你们女人的心思那么奇怪。小桑果，你到底在瞎想什么，我什么时候要赶你走了？我分明是为了你好，你怎么就把我的好心当驴肝肺你？”

“所以你到底喜不喜欢我？”她压着哭腔问。

“喜欢喜欢。”幽无命继续折腾她那可怜的衣带。

“认真一点儿！”她揪住他的衣领说道。

幽无命慢慢地抬起头，嘴角抽了两下，小心翼翼地扒开她的手，忍俊不禁：“小桑果，你现在的模样，不知道的还以为我把你怎么样了。其实是你差点儿把我给怎么样了……”

她盯着他，不依不饶。

幽无命无奈，颇为别扭地咳了几声，瞟到她的唇，低声道：“在云州时我不就说过吗？喜欢。”

“那你是因为喜欢我，所以才想让我走开，不想让我陷入危险对不对？”她追问道。

幽无命狡辩道：“我只是放你一条生路。”

“幽无命，你到底是不是大魔王？！”她气呼呼地抓住他，“霸气一点儿！没有生路，你就为我拼出一条生路来！跌下悬崖，你也给我长出翅膀飞起来！”

她的眼睛发着光，目光就像一个暖融融的小太阳，忽然之间便撞在了他的心上。

幽无命怔怔地望着她，俄顷，眼中仿佛有一整片黑暗的深海在破灭，旋即暗星冉冉升起。他感觉到心脏上有什么东西在破茧而出，忽然之间，身后竟是展开了两扇半人来长的青黑色光翼！

车厢仿佛已经不存在了，灵蕴生成了极为恐怖的旋涡，发了疯一样拥向幽无命新生的灵翼。

光华流转，虚幻的光翼迅速形成实体。

他真的长出了翅膀！

涌动的灵蕴惊动了桑不近和云许舟，二人冲入车厢，双双目瞪口呆。

“破……破境了……”

灵耀境之上是什么从来没有人知道，现在桑远远他们知道了。

第十二章 金雀

幽无命神情平静，微微合上双目，将桑远远揽在怀里，护在胸前，青黑的光翼亦向着她合拢。

他的下颌抵着她的发顶，是彻彻底底的庇护的姿态。

这股震荡得十分激烈的木灵将桑远远的修为冲得连晋两阶，到达灵明境四重天。当真是一人得道，鸡犬升天。

她脑海中的碧色灵弦分裂为四条。她心念一动，觉得周遭处处有太阳花在蠢蠢欲动。

桑远远：“……”

这可真是好得很！

桑不近与云许舟都属火，在这恐怖的冲击力下双双压制不住体内的灵蕴，被木灵点燃，身上浮现明焰。二人喜忧参半，望向幽无命的眼神复杂至极。

不知过了多久，灵蕴风暴终于平息。

青黑的光翼缓缓消失，幽无命垂下头来，碰了碰桑远远的额心。

幽无命望向目瞪口呆的桑不近和云许舟，偏了下头，勾起唇角：“没见过别人亲热吗？”

桑不近皱起了眉头，说：“动静太大了，怕是会惊动皇甫俊的人。”

幽无命松开桑远远，走到窗边挑起车帘一看，只见狂乱的灵蕴竟搅动了荒野的风云，半空的云被撕裂成条状，形成极光一般明亮的光影带。

这一片生长着杂草的荒原，生生变成了传说中的极地景象。

桑远远眸中的震撼渐渐平息。

满地野草随着微风舞动，她侧耳倾听片刻，道：“西面来人了，有兽骑，约两千人，距离我们三百里。东面十里，天都一行也向着此地赶来。”

先前在云州，那里天寒地冻、寸草不生，虽然她连续晋阶，但利用植株来聆听远处动静的能力却无法施展。今日天时地利，恰好她又晋阶了，已能精准地把握三四百里之外的细微动向。

“快走！”桑不近反身跳上辕座，准备驱车离开。

幽无命面色平静，一只手抓起木匣，另一只手牵着桑远远下了车。

“你们去东海。”他把木匣用一张绸布裹成一个包袱背在身后。

刚才动静这么大，出现在这附近的车辆肯定会被严密排查。

幽无命很有自知之明。他这性子被人三两句话一盘问，肯定得拔刀杀人。一旦他们闹起来，无论东海湖血蚌的事还是向皇甫俊送礼的事，全都行不通了。此刻他们最好的选择便是兵分两路，由桑不近和云许舟驾车吸引东州军的注意力，助幽无命和桑远远悄悄潜走。虽然幽无命一个人离开会更好，但谁都知道这个家伙不可能让桑远远离开自己身边。

桑不近定定地望了幽无命一眼，郑重地道：“照顾好小妹。”

“保重！”云许舟缓缓点头。

形势紧急，几人来不及说告别的话便分开了。

桑不近闭上眼，驱车向南。

荒原上只剩下幽无命和桑远远了。

他攥着她的手，四下看了看。

“再有一刻钟敌人便会到了，我们不走吗？”桑远远问，“难道你可以杀光他们？”

幽无命很不客气地瞪了她一眼，说：“小桑果，原来在你眼中我当真无所不能吗？”

她强忍笑意，很认真地冲他点了点头。

幽无命高兴得差点儿就把翅膀放出来。

他转了转眼珠，视线定在一处草木茂盛的小凹地。他反手出刀，干脆利落地掀起一块带草的地皮，刨出个棺材模样的坑，手中的灵蕴闪烁，将坑壁和坑底的泥土压实，凝成了半木半土的材质。

他揽住她，跃入坑中躺平了，扬手抓起方才掀开的那片带着草皮的“棺材盖儿”合拢。

桑远远躺在“棺材”里，心情有点儿复杂，问道：“你确定这样不会被发现？”

“发现的话就算他们倒霉。”幽无命侧身揽着她，脸上满是坏笑，手中捏了一根毛茸茸的狗尾巴草，在她的脸上扫来扫去。

坑壁上有灵蕴在闪烁，淡淡的青色微光朦胧地照在幽无命的脸上。这一刻的他竟然奇迹般地不像地狱中的阎罗，就像个玉人。

她把脸埋到他的怀里。

他扔掉狗尾巴草，重重地揉了揉她的后脑勺。

“那一日，我抓了雪兔等你回来时已令人打下了冀州都城，领军的是我的替身，如今消息还封锁着。”他的声音很平静，“到时候我们将冀都已经被幽无命拿下的消息放出来，这便是姜雁姬的动机一。”

桑远远愣了片刻，惊愕地抬头看他：“所以，你在发现那轿中的人是皇甫渡而不是皇甫俊时，已经开始计划后面的事情了？”

幽无命得意地笑了笑，继续说道：“姜雁姬的伤，便是动机二。”

那是偶人伤的。

桑远远叹道：“若是从冀都挥军南下，确实可以对天都造成很大的威胁。姜雁姬带着伤，内忧外患，这个时候若是……”

幽无命轻轻地笑了笑：“若是皇甫渡恰好暴露了一点儿取而代之的意思……”

桑远远接道：“那么姜雁姬惊怒之下，难免会生起一石三鸟之心，将杀死皇甫渡的罪名嫁祸给你，让皇甫俊与你鹬蚌相争。所以如今我们要做的，一是用最适合的方式送上礼物，二是替皇甫渡制造一点儿野心。”

“小桑果，”幽无命道，“你若是我的敌人，将会排在我必杀名单的第一位。”

她仰起脸来冲着他笑。

幽无命再一次感觉头晕。他觉得可能“棺材”里的空气不大够用，于是在指尖凝聚灵蕴，多切了几道细细的通风口。

两千兽骑赶到了。

两人身处草根之下，将上方的动静听得很清楚。

桑远远思忖片刻，扔出一朵太阳花，编织了细草一般的灵蕴线，顺着通风口探了出去。

皇甫俊的东州军果真是很不一般，铁甲凛凛，动作整齐划一，就连云间兽身上也穿着黑铁铸成的精巧铠甲，当真是资源丰富、财大气粗。再看他们的兵器，无须蓄力便有相应的灵蕴光芒隐约闪烁，件件都是上乘的神兵利器。

和这样的军队对上，哪怕是最精锐的幽州军，也必定要吃大亏！

东境本就资源丰富，皇甫氏一手遮天，周围的州国早已沦为这只巨兽的后勤基地。积年累月，东境的底蕴、身家更加丰厚，自然是西境诸国难以比拟的。

就在桑远远暗自思忖时，东面的姜谨真一行也来到了近处。

皇甫军的将领御兽上前，恭敬地向特使大人行了礼，然后便与三名接引使者一齐查看四周。

“并无任何打斗痕迹，”一名瘦弱的中年接引使拂了拂须，“当是天地灵蕴的自然杰作。”

皇甫军的将领默默颔首道：“毕竟要确认一番才好放心。”

桑远远操纵着灵蕴，缓缓地向着那辆镶金嵌玉的华贵大车爬去。

“还有那种玉珠吗？”她附在幽无命的耳边，用气音问道。

他轻轻挑了下眉，唇角浮现一丝坏笑。

一看他这眼神，她便知道他在想什么不正经的事。当初二人第一次亲吻时，他便是拿出一把玉珠握在她的掌心，与她十指相扣，一边碾珠子一边笨拙地亲她，还嫌弃她技术差。

他取出玉珠放在她的掌心，薄唇凑到近处，低声说：“要多少？”

这分明是极正常的一句话，竟然被他说得要多不正经有多不正经。

“一对。”桑远远一本正经地回道。

幽无命看起来有些失望，拿出两枚玉珠放到她的掌心。

桑远远将其中一枚卷进灵蕴细丝中，顺着通风口送了出去。

玉珠在草丛间缓缓游走，向着姜谨真的大车挪去。

姜谨真对灵蕴爆发的事情根本没有半丝兴趣，揽着那两名衣裳不整的美艳女子，左边接一口红纱女子递来的果脯，右边嘬一口紫纱女子奉上的美酒，自在得不行。

玉珠顺着那精致华美的车架向上攀爬，很快便爬进了车厢。四散飘飞的鲛纱缎带中，泛着微光的纤细灵蕴毫不起眼，一枚玉珠更是寻常得不得了。

玉珠攀到了车顶。

灵蕴一闪，抛下玉珠，让玉珠向下自由坠落。

玉珠途经姜谨真的额侧时，桑远远将另一枚对应的玉珠捏碎，放到唇边，说出情人般的絮语："西河月夜，蚌妖精专吃男子，你可敢来？"

玉珠滑过姜谨真的耳郭，碎成屑末。

姜谨真猛地打了个寒战，抬手去摸耳垂，一无所获。那道缠死人的女声却已经钻进了心底，令他从足底麻到了头顶，只觉得魂魄飞离体外，如同中了邪术一般。

接连打了五个寒战之后，姜谨真的眼睛越来越亮。他猛地揪住右边那名紫纱女子的前襟，喘着粗气问道："西河在哪里？！"

紫纱女子被他吓了好大一跳，正要答话，忽然看见左边那个红纱女子频频向她使眼色，幅度很小地不断摇头。

紫纱女子转了转眼珠，明白了。

此去往东百余里，便是一座销金的浪漫之都西府。

东州全境管控极严，唯有这西府是唯一一处享乐之所、温柔之乡。

就在半年前，西府中最负盛名的西河灯船上添了一名好女，人称"蚌女仙"，蚌女仙体态之婀娜、容色之妖艳、技巧之勾魂，实在是天上地下绝无仅有。不知多少风流子弟倾尽家财，只为与她一夕温存。

男人爱她，称其为仙；女人恨她，啐其为妖。

紫纱女子心中一个激灵，惊出了一身冷汗。要是叫这天都特使看见了那蚌妖精，哪儿还有她们姐妹二人什么事？

"是奴家哪里伺候得不好吗，大人为何要问起那等脏污之地？"紫纱女子柔若无骨地贴在了姜谨真身上，纤纤细手向不可告人之处缓缓移动。

奈何此刻的姜谨真被那道缥缈媚人的女声勾去了魂魄，对紫纱女

子根本提不起兴致。他随手将紫纱女推到一旁，冲车外喊了一声："姜十三！"

一名亲卫弓身进入车厢。

"给我去打听西河有没有什么专吃男人的蚌妖精！"

此言一出，车中的两个女人面面相觑，眸中浮起一片恨意。她们思来想去，仍不知姜谨真是从哪里听来的消息。

红纱女子反应极快，迅速地勾住姜谨真的胳膊，娇声道："大人，问奴家不就好了吗？奴家知道呀！"

她将那蚌女仙的事情说了一遍。

姜谨真差点儿就激动晕了，当即发号施令，让队伍加速赶路，前往西河。

外头三名接引使正与皇甫军的将领一起查看桑不近的车辙，听闻姜谨真嚷着要去西河，将领不禁皱起了眉头，神情颇为不悦。

中年接引使心中叹息，嘴上仍为姜谨真解释道："特使有绝密任务在身，并非好色。"

皇甫军的将领礼貌地笑了笑，拱手告辞，率人循着桑不近的踪迹追去。

桑远远在地下听着，忍不住胸腔颤动，窝在幽无命的怀中笑得全身发颤。

"特使有绝密任务，"她用气声道，"真是天助你我。"

她抬头一看，却见幽无命抿着唇角，一双眼睛一眨不眨地盯着她，眸中暗潮翻涌。

他伸出两根手指，捏住了她的下巴。

桑远远这才惊觉幽无命的气息好像已经冷了好一会儿。

他在生什么气？

"他们都走了。"她轻轻地推了推他，"我们可以出……"

她的嘴巴当即被他堵住。

他已经很久没有这样亲她了。他的牙齿磕破了她的唇。他狠狠抵住她的伤口，将她按在坑壁上好一通欺负，动作毫无章法，就是故意让她疼。

半晌，他大口喘着气，稍微离她远了点儿，笑道："这里便不错，无人打扰。"

桑远远吃惊不浅："我们得尽快赶去西河，准备对付姜谨真。"

幽无命冷冷地笑了起来："对付一个姜谨真还用你亲自上阵吗？怎么，先用那样的声音引诱他，然后呢，你还想做什么？"

他的胸脯剧烈地起伏起来，他看起来气得不轻。

桑远远呆呆地看了他一会儿，问："你又吃醋了？"

她明白了。方才她引诱姜谨真的时候拿出了百分百的演技，将短短的一句话说得如莺声燕语、媚色横生，把幽无命的醋坛子给踢翻了。

幽无命眸光一闪："没有。是我在问你。"

"我没有要做什么。"桑远远用额头蹭了蹭他的下巴，道，"西河是真的有个蚌女仙，勾魂夺魄。男人一见了她便走不动路，恨不得为她去死。幽无命，该担心的人是我，我还怕你被她勾走了魂呢！"

幽无命嗤笑一声，面露不屑之色，旋即眼珠一转，问："真的有那么个人？不是你要去扮演？"

桑远远笑了："让我为了你的大计出卖我的色相？你答应，我还不答应呢！"

幽无命愣了一会儿，也不知道自己该高兴还是不高兴。他甚至有点儿忘了自己方才是为什么不高兴。和她在一起，他总是不知不觉就被她带偏了，忘了自己的初衷。

桑远远抓住他的衣襟，噘着红唇，不依不饶地问他："见了蚌女仙，你会不会被勾了魂？"

幽无命这下是真的把自己生气的事情忘得一干二净了。他挑起眉，坏笑道："那可不一定。"

二人又笑闹了一番。

半晌，幽无命问："小桑果，东州妓子的事情，你为何知晓得这般

清楚？”

桑远远实话实说：“书中看到的。”

只不过她说的“书”和幽无命理解的“书”不是同一个东西。

那位蚌女仙便是在原著中被韩少陵收到身边的巫族女子，所以桑远远才会知道这么一档子事。

“小桑果，”幽无命道，“你都看的什么乱七八糟的书？”

“学些乱七八糟的，日后好让你神魂颠倒啊！”她凑到他耳边低声道。

幽无命倒吸一口凉气，镇定地转过头，神情愉悦地推开上方的地皮，揽着她出了“棺材”。

“你不许多看那蚌女仙，”桑远远乘胜追击，巩固战果，“把耳朵也闭上，不许听她说话！”

幽无命笑得身体乱晃。

紧接着，他揽着她的肩膀，肩后展开光翼。光翼轻轻一扇，他们便飞出十来丈，速度丝毫不比车马慢。

桑远远体验了一把飞的感觉，十分高兴！另一边，幽无命也很高兴，得意地道：“我偏要看、偏要听。小桑果，你现在讨好我已经来不及了！”

幽无命的笑声随风飘出很远。

入夜时分，幽无命与桑远远赶到了西府。

这座城，远远望着便知道不一般。

东州的城池全是用黑铁建的，西府当然也不例外。为了让这座销金窟看起来不那么冷、硬，城墙上方竟密密地挂满了灯笼。远远望去，城墙好似镶了一圈金边，城门更是个金碧辉煌的洞口，乍一看，让人误以为抵达了极乐的彼岸。

这里还有一个地方与别处不一样——进城只要金子。

幽无命牵着桑远远的手，随人流来到城门下。

门洞里挂满了五彩灯笼。灯笼的灯芯是用带着灵蕴的灵藤配着金珍珠炼制出来的，那光芒是寻常的灯笼无法比拟的。一眼望去，城内处处五彩斑斓。一般人平庸的姿色被这彩灯一照，登时添了一重彩妆，平地拔高了好几个档次。

于是进入城中的人，男的俊、女的俏，个个看着如天人一般。

他们进入城中一看，更是不得了。

道路两旁，无论房屋还是树木都用长条的纱缎裹住了，被那灯笼一照，处处都是仙境，遍地都可取景。有钱的文人墨客令小厮拉着长长的、透明的鲛纱，点着金墨，挥笔便是华丽的文章。金玉般的楼阁中处处轻歌曼舞，空气中飘着香浓的味道，人抬手一握，仿佛能握住蘸饱了繁华的珠光宝气。

这西府的夜景，无论放到哪个时代都有一战之力。

桑远远惊叹了一路。

她偏头一看，见幽无命也看得十分仔细。他微蹙着眉，目光在那雕梁画栋之上缓缓游走，嘴里还在嘀咕些什么。

她凝神一听，便听到他在说："拆了这个，购买三头上等云间兽了。这株树油脂颇丰，点上火油，应当够烧半刻钟。"

桑远远："……"

二人往最热闹的地方走去，很快便看到了传说中的西河。

这是一条流着金子的河。

河畔的灯火实在灿烂，映在河中，流淌的是金屑。那金光之间有无数画舫，画舫似乎是用玉雕出来的。水至清，没于水下的那部分船体时隐时现，金中浮着玉，玉中镶着金。画舫中的人好似天仙下凡，鲛纱飞扬，隐约能见到佳人怀抱琵琶或是坐地抚琴。

到了这样的地方，人总觉得脚步有些飘。有癫狂的富家年轻公子抓着一把把金叶往那西河里面抛。

"啧。"幽无命望着河面，若有所思。

"来了来了！"人们忽然激动起来，"蚌女仙来了！"

一时间，几个富家子更加疯狂地朝河中扔金叶。

一艘大画舫顺流而下，很快就到了众人面前，只见那画舫的船头端端正正地摆着一只巨蚌。流金的河水、满岸的炫彩都不及它耀眼，那游走于虚实之间的光芒，在蚌壳上缓慢地流淌。壳尚未打开，里头的美人已引得人浮想联翩。

“来了。”桑远远作势去捂幽无命的眼睛。

他捉住她的双手，绷着唇角，憋笑憋得十分辛苦。

姜谨真的大车早就停在了高处，朝着河里洒金叶洒得最疯狂的就是他。

蚌女仙的画舫果然停在了离姜谨真最近的地方。

那蚌壳微微一动，河岸上的人已情不自禁地屏住了呼吸，场面霎时一片寂静。

许久后，在一阵悠扬的琴音中，蚌壳终于缓缓地张开，露出一团白乎乎的东西，正是蚌女仙。岸边的彩灯也无法给她染上颜色，她柔软的躯体轻轻一动，岸边霎时响起一片抽气声。

终于，那蚌女仙伸着懒腰坐了起来。单看那体态便足以让男人辗转难眠。

距离画舫最近的人已经疯魔了，只听一阵阵扑通声，水花四溅，河里像下饺子一般落了不少年轻公子。

那巨蚌边上缓缓地行出来一个彩衣娘。她把双手合在唇边，道：“放……雀……啦……”

彩衣娘悠扬的声音飘满了整条西河，人群顿时一阵沸腾。

这蚌女仙实在太抢手了，若是单凭财力来争抢的话，到了最后便只会成为几个巨富的掌中之物。一位妓子若是到了这般田地，那么她的吸引力和身价都将大大往下跌。于是老鸨花样迭出，变着法儿地挑恩客，以招徕更多人气。

这放雀便是其中一种择客方式。

彩衣娘放出一只极通人性的小金雀，金雀若是停在了哪个风流客的肩上，那他只需要支付一斗黄金，便可以得到与蚌女仙共度良宵的机会。

那只小金雀很快被抛了出来。一时间，无数视线聚集在它的身上。

聪明的风流客在自己的肩膀上撒满了芳香扑鼻的甜点碎屑，想必是早早买通了消息。

只见那只小金雀围着画舫绕了几个圈，然后竟越过人群，飞向幽无命，端端正正地落在他的肩头，还垂下小喙，梳了梳自己金灿灿的羽毛。

幽无命："什么？"

桑远远："……"

幽无命斜眼瞪着肩膀上的小金雀。只见它生着一个毛茸茸的圆脑袋，脑袋上本有一撮毛，方才飞得急，被风吹成了两瓣，像是梳了个中分似的。它的羽毛是难得的金色，被这西河的灯照着，散发出金光。

它左右看了看，忽然蹲下了身体，长长的尾羽翘了起来。

幽无命猛地一缩瞳仁，扬起手，想拍飞它。

桑远远手疾眼快，一把将小金雀薅到手里。小金雀软软的毛，摸起来手感颇佳。

她道："它是要开屏，不是要拉鸟便！"

幽无命："……"

为什么她知道它要干什么，还知道他在想什么？

眼见小金雀选中了恩客，那艘华丽飘香的大画舫迅速顺流而下，停在了距离幽无命最近的位置。

白润的蚌女仙已伸着懒腰坐了起来，倚着五色斑斓的蚌壳内面，一只胳膊高高抬起，作势去抚蚌壳顶，另一只手顺着肩膀缓缓向下，葱般的指尖划过玲珑的弧线，落到足踝。她螓首低垂，媚人的眼波从肩臂之间飘了出来，荡向幽无命。

"噢——嗐！"岸边的人发出兴奋又遗憾的吁声。

"看我们的小金雀替蚌女仙择了何等俊俏的男儿郎！"蚌壳边上的彩衣老鸨大惊小怪地喊了起来，"这莫非就是上天注定的缘分？好郎君，您可要开开恩，千万别引得我们蚌女仙不顾一切从良私奔。这么一船的人

可是要靠她活命的呀！”

以“真情”为名骗得男人倾家荡产的妓子不在少数，这彩衣娘显然深谙此道，上来便把明码标价的“买卖”美化成了“缘分”。

入城之前，幽无命和桑远远都易了容。因为要逛这等繁华之地，所以两人没有刻意扮丑，只是稍微改变了五官，往人堆里一站，倒是十分醒目。

蚌女仙见幽无命长身玉立、相貌英俊、气质卓然，果然如远观那般出众，心中不禁一喜。这金雀蚌女仙养了数年，早已与她心意相通。她一眼扫过去，确定人群里哪一个最出众后，这雀便会如她所愿地停在那人的肩膀上。

蚌女仙早就开始为自己谋出路了。

如今她看似鲜花着锦，其实命运还不是被老鸨一手掌握？老鸨都无须如何磋磨，只要故意给她多安排几个恶心人的恩客，便够她狠狠喝一壶的。她当初入这行也只是被金银迷了眼，如今钱财挣够了，便期待有一位有钱、有貌、有势力的好郎君带她脱离苦海。

她扭动着细软的腰肢，柔若无骨地抚着蚌壳站了起来，低声惊呼道：“这位郎君，奴是不是曾在梦中见过你？为何你的容颜竟这般熟悉？！”

此言一出，岸边人的起哄声愈烈。

名妓从良可是名场面，岸边一时人声鼎沸。

“幽无命，”桑远远睨了幽无命一眼，将手中的小金雀递向他，“梦中情人哦！千里姻缘一线牵哦！去吧，见识见识勾魂夺魄的妖精是什么模样！”

桑远远偏头看了蚌女仙一眼。只见那女子摆出一副凄楚、欲言又止的模样，好似想求幽无命带她脱离苦海，却碍于身旁恶狼环伺而不敢开口，只用柔弱的眼神便把“我不要你的金子，只要你的身子”这个意思表达得明明白白。

毕竟是在原著中把韩少陵迷得晨昏不分的女人，容颜自然是生得极好。她自身的条件是足够惑乱君王的，那巫族的惑术只是起了锦上添花的作用。

桑远远忽然觉得有些不舒服，垂下头，正色道：“去吧，要‘送礼’，这便是个良机，我不会瞎吃醋的。”

说着，她将小金雀往幽无命的手中塞，同时仰起笑脸望向他。

只见幽无命神色怪异地看了她一眼，然后挑眉，像是对败家媳妇十分不满，道：“小桑果，你知道一斗金子能买多少云间兽吗？三百多头！”

桑远远：“……”

他凑近了些，对她道：“我疯了吗？为了皇甫俊多花一斗金子？在他的身上扔一文钱都是浪费好吗？小桑果，你知道我幽州一年的税赋才多少金子吗？回头我让人教一教你，大手大脚花钱可不行，你得学着管家！”

桑远远：“……”

等等，重点是这个吗？

他这是见两人确定关系了，暴露出铁公鸡的真面目了？当初是谁假模假样地拿幽灵菇炖木晶当茶喝来着？

哼，这个男人！

她不知不觉地被他带歪了。

三两句话的工夫，二人身边已围满了寻欢客。他们见到幽无命的身边站着个清水芙蓉般的丽人，忍不住挤眉弄眼，想象了一场夺爱大戏来。

“兄台，带着娇妻出游啊？这肯定不太方便吧？”一个獐头鼠目的年轻公子凑了上来，“不如我赠你些黄金，你把这雀儿让给我，如何？”

人群中顿时发出嘘声。他们都在嘲笑这个鼠目公子的脑袋里进了水。

那位公子带着妻子又怎么样？为了蚌女仙卖妻卖儿凑嫖资的大有人在，一斗黄金就能换蚌女仙一夜，这等机会谁会拱手让人？

况且，今日蚌女仙分明表现出了些不一样的意思，说不定这般奇缘当真就砸在这人的头上了呢？！

幽无命睨了鼠目青年一眼，然后慢条斯理地从桑远远的手中接过小

金雀，长指轻轻一抚，像是在抚摸一个金疙瘩。

幽无命虽然易了容，但仍然俊俏非凡，一身气度碾压一众风流客。若说蚌女仙当真看上了此人，众人倒也不觉得稀奇。他们心想：今日怕是只能眼看着娇花落入旁人的怀抱了。

众人摇着头，准备散了，却见幽无命慢吞吞地抬了抬眼皮，薄唇一勾，说："你出多少？"

人群顿时哗然。

"二斗如何？"鼠目青年一怔，随后面露狂喜之色，生怕幽无命反悔，急忙报出了惊人的高价。

幽无命沉吟不语。

"我出三斗！"立刻有人放声道。

一道公鸭嗓吼道："一口价，十斗！"

十斗黄金！一百多斤！

桑远远的脑海里闪过一串〇！

她呆呆地看了看幽无命，见他勾着唇一副得意的样子，就差在额头上刻个"钱"字了。

"十一斗！"又有人喊道。

"我出十五斗！"只听唰唰几声，一个中年富商腆着肚皮，手中扬着金灿灿的票子挤了出来，"全境通兑的金票！"

幽无命眼睛一亮，饶有兴致地看着中年富商手中的金票。

"十六！"鼠目公子气得面红耳赤，"分明是我先来的！方才不是一个个都笑话我吗？此刻又来争抢，你们还要不要脸？"

中年富商笑吟吟地道："二十。小兄弟啊，笑话你的和此刻在出价的不是同一批人，明白吗？"

开口嘲笑的是指望用一斗黄金抱得美人归的捡漏客，而不差钱的早就准备用钱砸人了。

二十斗这个高价一出，众人便开始盘算了起来。

照老鸨平日设计的那些玩法，二十斗黄金也差不多能换来春风一度了。但这二十斗黄金若是给了旁人的话，他们到了画舫上，少不得还得给蚌女仙备一份厚礼，以免她不高兴。

中年富商往前走了一步，扬了扬手中的金票，道：“大伙儿给个面子，若无人再出价，那我手中这十五斗金票便就地散给大伙儿，让大伙儿都高兴高兴。给小兄弟的二十斗，我另外出！”

这人好大的手笔！

看来这中年富商图的便是那个虚无缥缈的“从良机缘”。

价格本就有点儿高，此人还散财，这般情形下，谁再抬价未免就有点儿犯众怒了。

场间顿时安静了下来，再无人哄抬价格。

中年富商得意地笑着走向幽无命。就在这时，一道竹竿似的人影拨开人群，摇着把玉扇子踱了过来，说：“我出水灵固玉晶一匣。”

姜谨真！

此言一出，场间顿时一片寂静。

这人竟然能出一匣固玉晶！

一匣固玉晶的价值堪比黄金五十斗。而且满满一匣固玉晶并不是捧着钱就能买到的。这种稀缺物，要得越多就越难买。

临门一脚被截和了，中年富商的脸色阴沉得不行。

姜谨真一出现，桑远远便把目光从金灿灿的票子上挪开，静心凝神，留意着周围的动静。

此地灵植密布，她很快就找到了接引使者的声音。

“固玉晶虽然不是什么珍稀之物，但帝君也就赠了五匣，姜世子这么往外扔，你我回去恐怕不好交代。”一个年轻些的声音说道。

中年嗓音回道：“咸吃萝卜淡操心。东州王哪里会看得上一匣两匣固玉晶？只要将那匣万年灵髓送到东州王的手里，你我便大功告成了。说穿了，这五匣固玉晶本来就是给姜世子用的，东州王心里清楚得很，哪儿会计较这个？”

“哦……明白了。帝君是想助东州王破境，若东州王能借着万年灵髓

之力一举突破灵耀九重天的壁障，那即便姜世子再差劲，也能被带上去个四五重天，恰好用得上那固玉晶。”

桑远远莫名中枪。好吧，废物姜谨真也能被带上去个四五重天，那幽无命破境时她为什么只升了两重天？

她绝对不承认自己比姜谨真差！

年轻接引使又问道：“为何东州王人在帝宫时，帝君不就地赐给他这灵髓，还要这般折腾一趟？”

中年接引使笑了笑，低声说道：“因为药师那里刚出了结果，用了万年灵髓，只有三成概率能破境，若是失败则修为尽废！帝君信任东州王，觉得东州王破境的概率比她自己更大，所以才会将这等至宝送来。”

年轻接引使恍然大悟：“原来如此！”

二人不再说话。

桑远远收回了心神，暗暗思忖。

姜谨真已经到了近前，又重复了一遍：“我说，出一匣水灵固玉晶！”

幽无命懒洋洋地抬起眼皮，看了姜谨真一眼，道：“不要水灵，要木灵。”

姜谨真立刻吊着眼睛望向四周：“谁有木灵固玉晶？速速拿出来与我交换！”

固玉晶是何等宝贝，岂是说拿出一匣便能拿出一匣的？

中年富商冷眼看了一会儿，笑道：“小兄弟，货物再好，买主看不上，也白搭。我出六十斗黄金！”

姜谨真急了，说：“谁有木灵固玉晶？我拿两匣水灵固玉晶换！”

人群再度哗然。这是什么神仙买卖？谁要真的能带着一匣子木灵固玉晶，那当真是走在路上捡了座矿。遗憾的是谁也没有。

“三换一！”姜谨真高声喊道，“谁有？赶紧拿出来！”

此刻争抢的气氛实在狂热，姜谨真一想到那蚌中殊色，便觉着浑身的血液都在沸腾。他没把那万年灵髓拿出来，已经算是残留着最后一丝理智了。

人群顿时交头接耳。

“我有。”桑远远笑眯眯地上前，狮子大开口，“但要五换一。”

最先出价的那个鼠目青年瞪着眼睛，指着桑远远与幽无命道：“你们不是一起的吗？”

桑远远道：“我和他是一起的，难道就不配拥有木灵固玉晶吗？这位玉树临风的公子想用水灵固玉晶交换木灵固玉晶，我恰好有他要的东西，便与他交换。你情我愿的买卖，有什么问题？”说着，她还冲姜谨真这位“玉树临风的公子”挑了挑下巴。

她这么说好像没什么问题。姜谨真听了，立刻叉着腰冲那鼠目青年叫道：“人家愿意换给我，关你屁事！五换一便五换一！”姜谨真当即反身跳上那辆豪华大车，抱了五只精美的匣子跳下来，交到桑远远的手上：“给我木灵固玉晶！”

桑远远掀开匣子看了看，然后示意幽无命把小金雀交给姜谨真。

姜谨真接过雀儿，先是一喜，然后皱起眉头，隐隐觉得哪里不对，问：“木灵固玉晶呢？”

桑远远道：“木灵固玉晶不是换了这金雀吗？你用水灵与我换木灵，再用木灵从他的手上换金雀。如今金雀已到了你的手里，你还要什么木灵固玉晶？”

姜谨真：“……”

这好像没毛病的样子。

此刻，那蚌中热乎乎的白润蚌女仙都快被晾干了。

河岸上的人全围在幽无命那边看热闹，蚌女仙和彩衣老鸨站在船头抱着胳膊吹了半天冷风，既凄凉又尴尬。

这蚌女仙朝幽无命一顿搔首弄姿之后，期待的便是这男人被色相冲昏头脑的模样，谁知道他根本不多看她一眼，居然就地起价卖起了雀！

眼见那边的气氛越来越热烈，都快沸腾了，而这河上只余凉风飕飕地吹！不过短短那么一会儿，哄抬的价格都快超过她平日的身价了！

蚌女仙差点儿咬碎银牙，暗恨自己真是瞎了眼，怎么就挑到了这么个人？

越晾，蚌女仙越觉得凄凉。一时之间，她心中竟有了一股大势将去的不祥预感。

老鸨的脸色更难看。

固玉晶！固玉晶是什么宝贝？居然就叫这么个穷小子捡去了！她的一腔怒火慢慢地转向了蚌壳中的女妓。

老鸨阅人无数，自然看得出蚌女那点儿花花肠子。老鸨瞪大了眼睛，又重又冷地哼了一声，令那蚌女头皮发麻，心道不妙，白润的身体开始隐隐发颤。

终于，人群分开，竹竿般的姜谨真捧着金雀大步朝画舫走来。

“心肝儿，小爷来疼你了！”

姜谨真瘦高个子，身为王族，长相自然差不到哪里去，气质也要优于寻常富商、公子。因为多年流连花丛，他带着股油腻风流的劲儿，正是蚌女仙伺候惯了的那种高质量恩客。

蚌女仙一时觉得热泪盈眶，看着姜谨真，生生看出了几分母猪变貂蝉的滋味，笑容都比往日甜了三分：“郎君……”

姜谨真的魂儿都被勾走了一半。

他大步一跨，重重地踩在船头，把那白润无骨的女人往怀中一搂，心急如焚地冲向画舫深处。

“郎君，不在这里啦！”蚌女仙纤手一抬，指向对岸一座龙宫般的三层楼阁，“随奴回家！”

姜谨真甜到了心里，脑海中一片空白，压根儿不记得什么固玉晶了。

眼见那座画舫慢悠悠地向着对岸漂去，一众护卫与接引使者只能驱车顺着白玉拱桥追向对岸。

幽无命攥住桑远远的手，两个人就像滑溜的鱼一般遁入人潮中，顷刻便没了踪影。

二人躲到一处没什么人的背巷。

幽无命将新鲜收获的一叠匣子裹进大绸布中，背在身后，黑眼珠转个不停，显然是在盘算用这笔巨款能买多少东西。

“东州军身上的那个甲胄，”他一边说，一边抬手示意，“冥魔的爪子拍上去，力量会被分散到全身，伤不了人。我的人如果都换上那个，能少死很多。”

桑远远的心忽然就微微地疼了一下。

幽州地处内陆，但北面的秦、章、平三州以及西面的韩、桑二州，外加南面的白州、风州，但凡冥魔攻势猛烈，天都便要令幽州出兵除魔。幽无命的人都是从血海里滚出来的，虽然个个都被锻炼成了精英，但伤亡是极惨重的。

“嗯！”她冲他笑，道，“这么多固玉晶，能换好多甲胄了！”

“还得配些云间兽，”幽无命道，“上次损失太大了。若能为云间兽也装上铁甲……”

他眯着眼，若有所思。

桑远远仰着脸，一双笑吟吟的眼睛一眨不眨地盯着他。

“小桑果，”他笑道，“你且看我为你打下这片江山！”

她被他弄得有点儿想哭。

“幽无命，你真好！”她说，“那样勾人的女人对你抛媚眼，你竟然看都不看一眼。”

幽无命后知后觉，愕然道：“女人，什么女人？”

桑远远：“蚌女仙啊。”

他歪了下头，慢慢把思绪从金山银海中抽离出来，回味了片刻，轻叹：“确实还不错！哎呀，悔杀我也！”

桑远远笑着伸手拧他。

幽无命笑了一阵，攥着桑远远的手离开了巷子，走进一间挂了“白”字招牌的店铺。

“该办正事了。”

上回买芙蓉脂时，幽无命便留意过这店中的另外一件热销货——白氏神奇露。这个药是虎狼之药，效果逆天。

他们进了店里，恰好看到伙计正为顾客演示。只见那伙计手中抓着一条活蹦乱跳的长蛇，捏开蛇口，往蛇腹中滴了两滴桃花颜色的凝露。片刻之后，只见那蛇慢慢抻直了身体，就剩一双琉璃般的眼睛骨碌碌打转。

伙计抓着蛇尾，将那蛇在众人面前舞来舞去，舞得虎虎生风。那蛇像根长棍一般，乍一看，根本看不出它本来是条蛇。

“来来来，诸位客官摸一摸、看一看啦！”伙伴把那蛇唰的一下伸到众人面前。

有人小心翼翼地伸手捏了捏蛇身。

“坚如精铁！”

“啧啧，神奇！神奇！”

男人们顿时会心一笑。

“给我来一瓶！”

“我也来一瓶！”

伙计把蛇扛在肩膀上，笑嘻嘻地从柜中取出白氏神奇露，一边收钱一边叮嘱顾客不得多用，每次至多两滴，否则将危及性命。

幽无命面无表情地上前买了两瓶。

伙计见他带着女子来买这药，不由得有些牙疼，好心地掩着口提醒道：“客官下次独自来买吧，这个叫女人家知道了，终究是损了威风！”

幽无命额角的青筋直跳，他道：“不是我用。”

伙计用心领神会的语气拉长调子道：“哦……明白明白，是替旁人买的！肯定不是客官您自己用啦，我们这儿的顾客都是帮别人买的呢！”

伙计眨眨眼，表示自己很明白。

把药递过来的时候，伙计再次交代道：“客官，使用的时候请千万千万记得，一次不可超过两滴，否则将危及性命。啊，不对，是请记得提醒别人。这东西不是您用的。”

幽无命的脸都绿了。

“两滴，保证可以坚持半个时辰以上！”伙计拍着胸脯说道。

幽无命不知想到了什么，脸色更加难看了。

桑远远憋笑，从伙计的手里接过小瓶子，扔下钱，把幽无命拖到了外头。

他绷着脸，唇角下垂，眼珠时不时地转一转。憋了半天，他终于按捺不住了，正色道：“小桑果，这种东西只有姜谨真才需要，明白吗？半个时辰算什么，我幽无命……”

桑远远使出了毕生演技，一本正经地对他点了点头，道：“嗯！我懂的！”

第十三章 献礼

东海龙女宫是西府第一妓馆，蚌女仙便是这龙女宫的头牌。

为了营造幽谧的深海效果，龙女宫不像别处那般金碧辉煌。它的主色调是深蓝色，从屋檐到龙宫门口，处处都装饰着巨大的假贝、珊瑚以及海藻模样的纱带。

妓馆门外站着姜州的护卫，一名接引使坐在车辕座上，目光发直，叼着一根草嚼来嚼去。

这个接引使实在想不通，姜谨真这么一个纨绔，为何就能得了女帝的青眼？

帝宫迷魂阵的事至今还没查清楚，姜谨真是头号嫌犯，在这种时候，女帝竟给他冠了个特使的名头，派他到东州来捡这天大的机缘。就因为他姓姜？真是会什么都不如会投胎！

想到这些，接引使嚼草时的力道更大了。

接引使时不时瞟一眼妓馆，同时对另外两位同僚深表同情。那两位更惨，守在姜谨真的厢房外护他平安，也不知眼睛和耳朵要受多少折磨。堂堂接引使，竟沦落到给一个废物看门放哨的境地，也是很可悲了。

辕座上的接引使觉得，这实在是一个难熬的夜晚。

幽无命与桑远远已经到了近处，避开东海龙女宫的大门，绕到了后巷。

幽无命眯着眼抬头望了望，然后将桑远远往身前一揽，青黑的光翼缓缓展开、扇动。在一片幽蓝的建筑微光中，两个人像是在海底穿行的游鱼一般，两个呼吸间便上了房顶。

东海龙女宫顶部亦装饰着玛瑙制成的珊瑚和贝壳。

幽无命收起光翼，走出两步之后发现这琉璃瓦顶十分滑，不太好走，于是把桑远远拦腰抱了起来。他愉快地勾着唇角，带着她穿梭在一片海底景观之间。

桑远远突然被抱起来，小小地吃了一惊，下意识地抬起胳膊钩住了他的脖颈。仰面朝天，她忽然发现自己好像坠进了一个美妙的梦境里。

西府的灯火将天空映成了淡金色，有云的地方光芒散射得特别厉害，一条条金色流云在空中游弋，明明暗暗的金影之中，一轮白月显得更加皎洁。天空是明亮的，而他们身边的珊瑚、巨贝则是泛着幽幽的蓝色，身处其间，当真像是站在了海底，仰望着金色的海面以及海洋上方的明月。

幽无命抱着桑远远穿梭在海底，他的身上有她熟悉的花香和隔着衣裳也能感受到的温度。桑远远轻轻地把脸颊贴在他身上，感觉到他的心脏有力地在胸腔里跳动，让人心中安稳踏实。

他微微绷着下颌，侧脸线条流畅漂亮，一双黑得发亮的眼睛打量着四周。终于，他看中了一面躺在屋顶上的假贝，大步走过去，大马金刀地往贝壳里一坐，冲她道："找人。"

他垂头一看，恰好看见她呆呆地看着他的样子，心跳一乱，既感到得意非凡，又恨不得一巴掌拍死自己——好好的气氛，就这么被自己给破坏了！

桑远远定了定神，扔出了太阳花。

如今她的太阳花已经有半大少年那么高了，花盘冷不丁地探过来，像个磨盘似的，还真能吓人一跳。

它站在边上，看得幽无命嘴角直抽搐。

只见太阳花把那两片下垂的花叶扬了起来，叶尖抵着叶尖，飞快地开始编织灵蕴藤。一缕缕摇曳的灵蕴藤很快被织了出来，摇摇晃晃地顺着屋顶的假景观游了出去，攀向各间厢房的雕花木窗棂，再探入房中查探。

桑远远的心神也随之飘走了，红男绿女，纸醉金迷，好一派奢靡景象。一片片海洋景观之中，各类妙姿闻所未闻。这东海龙女宫果真是十分有特色，一个个妓子像鳗、像鱿鱼，动辄就是高难度体操级别的动作。桑远远看得啧啧称奇。

"小桑果，"幽无命附在她的耳畔阴森森地问道，"看得这么认真，也是为了他日令我神魂颠倒吗？"

桑远远赶紧摆出一副一本正经的模样。

桑远远很快便找到了姜谨真。

蚌女仙那白乎乎的躯体实在是太有辨识度了。她竟然生生地折成了直角，严丝合缝地配合着姜谨真。二人额头触着额头，蚌女仙的那双桃花眼里慢慢地转动着星光，把姜谨真迷得不似人样，恨不能就死在当下。

桑远远收回了灵蕴藤，指向前方，道："那一间。"

幽无命揽住她，轻轻地从两座珊瑚中间掠过，蹲下了身，挑开一片琉璃瓦。

只见巨大的扇形云榻上，蚌女仙又换了个姿态，从姜谨真的身边露出来的部分，当真像是白润柔软的蚌肉。蚌女仙那奇怪的造型，常人想都想不出来。

幽无命眯着眼往里望了望，眉毛不自觉地一挑，稍微凑近了些："啧。"

后颈处好似刮过一股凉风，他回过头，见桑远远正阴森森地望着他，似笑非笑。

他睁大了眼睛，合上琉璃瓦，偏头控诉道："小桑果！姜谨真这身材有什么好看的？你竟然看了半天！"

桑远远："……"

这是现场版恶人先告状吧！

他取出怀中的白氏神奇露，交到她的手中。

"全用掉，一滴也不要剩。"他郑重其事地叮嘱道。

桑远远嘴角一抽："也不必那么多吧，不是说超过两滴就能出人命吗？"

她旋即反应过来，他是要向她证明，他一滴也没打算留下来自己用。

她憋着笑，揭开了琉璃瓦，用细细的灵蕴藤卷住两瓶开了盖的白氏神奇露，将它们送入房中。

扇形的云榻边上放置着精致的透明酒壶，里面装的是果酒，一望色泽便知道很清爽解渴。

桑远远操纵灵蕴藤，悬空将桃花颜色的白氏神奇露顺着酒壶的嘴儿滴了进去。

两瓶，一滴没剩。

灵蕴藤一抖，两只空瓶子歪歪地落到了云榻边的丝毯上。

少时，姜谨真的鬼吼声渐渐低了下去，只剩下呼哧呼哧的喘气声。

“郎君歇一歇，奴家洗一洗再回来伺候。”蚌女仙娇声说道。

“怎么样？”姜谨真大喘着气，问，“你伺候过这么多男人，小爷是不是最厉害的那个？”

“当然是啦！奴险些就死掉了！”蚌女仙扭着腰身，用手指虚虚地点了点他，然后晃晃悠悠地走向屏风后。

姜谨真在云榻上瘫了一会儿，终于攒了点儿力气爬起来，随手抓起了床头那壶酒，对着壶嘴咕咚咚一通牛饮，喝得一滴都没剩。

桑远远弯起唇角，偏头对幽无命说道：“成了。”

幽无命看着眼前娇美的笑颜，忽然便觉得空气有些不够用。他毕竟是个年轻气盛、血气方刚的真男人！

“小桑果，”他抓住她，附在她的耳畔低声道，“你与我何日才能成了，嗯？”

她偏头看他，见那双眸中闪烁着光。

他忽然伸手扣住她的后脑勺，唇重重地落下，从唇角开始，一点点侵占她的唇舌，情态与往日很是不同。

他呼吸渐急，从唇转向了颈。

她被迫仰头望着漫天金光，像好不容易才探出水面的溺水者一样，拼命地呼吸、再呼吸。

他沙哑的声音贴着她的耳郭响起：“我的小桑果，你真要命！”

她忽然觉得，他也十分要命。

半炷香之后，姜谨真体内那过量的虎狼之药发作了！

顷刻间，他的身体像是烧红的烙铁一般，几乎冒出了白气。他的额上爆出了青筋，面色逐渐狰狞，不自觉地四肢一挣，仰在扇形云榻上抽搐了几下。

“快！快给老子滚回来……你在那里磨蹭什么！”姜谨真咬牙切齿地吼道。

屏风后的蚌女仙正在木桶中舒展四肢，闻言不禁小小地吃了一惊。她很确定，自己方才已将那人折腾得精疲力竭，下半夜前那人都只能有心无力地瘫着，怎么这么快就……

他一定用了药！

蚌女仙在心中恨恨地骂了一声，嘴上娇滴滴地应道：“来啦！”

她来到云榻边上，低头一看，便看到丝毯上的两只小空瓶。

白氏神奇露！

她看到这个东西，俏脸微微变色。她惊恐地望向姜谨真，只见他的头发丛中都在冒白气，身体红得像只熟透的虾，两行鼻血流到脸上却不自知，双眼瞪得浑圆，朝着她无意识地龇起了牙。

蚌女仙心知不妙，急忙向门外走去。

姜谨真见她想跑，发疯一般往云榻下一扑，结果头朝下、脚朝上，摔在那里，痉挛了两下便不动了。

蚌女仙慌忙拉开了厢房的门，柔弱地唤道：“不好了不好了，他多用了药，快来救命啊！”

两名守在门口的接引使立刻冲入房中。

幽无命听到下方的动静，眸中迅速恢复了清明。他把桑远远打横一抱，掠到前庭方向。

不过片刻，守在东海龙女宫门外的姜州亲卫们就得到了消息。

“出人命啦！出人命啦！”

整座楼阁乱哄哄地闹了起来。

幽无命的唇角勾着笑。他小心翼翼地将桑远远放在一块光滑平整的蚌壳装饰中，垂眸上下看了她一圈，目光中不自觉地染上了少许温柔。确认她可以独自待一会儿之后，他像一道鬼影般顺着檐角掠了下去。

姜谨真出了事，底下的姜州护卫人心大乱。留下来看车的只有五个人，且个个都紧张地关注着楼阁内的动静，不自觉地忽略了身旁的大车。

幽无命轻巧地从空中落到车顶，又从车窗掠进了车厢中。

桑远远有气无力地指挥着一朵太阳花织出灵蕴藤，跟在幽无命身后，替他放风。

只见车厢的软榻底下藏了一排暗格，暗格中端端正正地放着一只匣子。幽无命不必打开看，立刻猜到那就是万年灵髓。

嘴角噙着笑，他从身后的包袱中取出一匣水灵固玉晶，换走了万年灵髓，又将装了皇甫渡的脑袋的匣子端端正正地放在旁边。

思忖片刻，他顺手拿起矮桌上那柄镶晶石的小匕首，慢悠悠地把那日刻好的半个“幽”字又描了一遍，加深少许。之后，他随手将小匕首抛到矮桌上，慢慢转动着眼珠将这车厢打量了一遍，然后不紧不慢地从车窗飞了出去，径直展开青黑的光翼回到楼阁上。

这一切神不知鬼不觉。

幽无命急忙回到桑远远身边，见她懒洋洋地坐在贝壳里，正凝神探听着姜谨真那边的动静。

他下意识地松了一口气。

方才他总是不自觉地悬着心，就怕离开这么一会儿，回来的时候她就不见了。他也不知道为什么会有这样奇怪的念头，大约是之前幽渡口和天都那两次留下的阴影。这个果子，他少看那么一眼，就不知滴溜溜地滚到哪里去了。

他大步走回她身边，把她搂进怀里重重地亲了一口，道：“算你老实！”

桑远远不知道这个脑袋不正常的家伙又自己想了什么奇奇怪怪的东西，此刻也没心思和他计较，注意力全在底下的厢房里。

姜谨真救不回来了，死因清楚明白，根本无须花费半点儿脑力便能推测出事件的始末——

为了在这媚人的小蚌仙面前展现男人的雄风，姜谨真乱用药，自己把自己给玩死了。

三位接引使茫然地站在房中。

许久后，那名身形瘦小的中年接引使叹息着捏断了一枚玉简，联络姜雁姬。

“帝君，属下无能，姜世子……意外身亡了。”

少顷，姜雁姬略微拔高的声音传了出来：“怎么回事？！”

接引使难以启齿，慢慢地道：“用药过量，马上风。属下查过了，纯属意外。”

好一会儿，对面都只有姜雁姬的呼吸声。

“好。”半晌，姜雁姬终于说话了，“将东西送给东州王后，你们便回来吧。”

她听着十分心力交瘁。

接引使叹了口气，捏碎另一枚玉简，通知皇甫俊。

皇甫俊阴柔的声音中带着几分虚弱。

他既意外又淡定地道：“知道了，孤让王弟过去。保护好现场，三位辛苦了。”

三位接引使对视一眼，久久无言。

这是造了什么孽?

姜州的护卫如丧考妣，将消息传回姜州，个个唉声叹气。

幽无命乐呵呵地搂紧了桑远远，笑得又帅又坏。他挑着长长的眉毛，眼睛里闪烁着愉悦的光芒，道：“狗咬狗，最好看了。”

大约过了一个时辰，只见大队官兵轰隆而至，停在楼阁下方。一名雄姿英发的东州王族从兽骑上跃下，大步流星踏入东海龙女宫。

皇甫俊的人，果真是效率奇高。

幽无命有一搭没一搭地把玩着桑远远的头发，漫不经心地说道：“此人是皇甫俊的庶弟，皇甫雄，修为在灵耀境三重天上下，封镇西将军。皇甫雄虽然是庶出的弟弟，却自幼与皇甫俊交好，深得皇甫俊信任。此人没什么野心，平日就爱些什么话本故事。”

桑远远笑道：“那敢情好。”

皇甫雄很快就得出了和三名接引使一模一样的结论。

姜谨真实在是死得太明白了，任谁来看也找不到第二种可能。尤其

是结合姜谨真平日的为人，实在要挑出点儿不寻常来的话，那只能怪蚌女仙太诱人了。

皇甫雄令人将蚌女仙抓起来，送往东都，交由皇甫俊发落。老鸨哭得要死要活，连呼冤枉。

蚌女仙扑到皇甫雄身边，抓着他的手连连哀求，众人一听才知道这两个也曾有过首尾。

皇甫雄揪住她的乌发，把她拽到了身上，低下头，附在她的耳畔道："别怕，走个过场罢了，过几日我便让王兄放了你。"

"当真？"蚌女仙抿紧红唇问道。

"真！"皇甫雄笑道，"下回我还要听你说故事！那个丁三斩白龙，就你说的最有味儿！"

旁人听不见他们在说什么，桑远远倒是听了个一清二楚，心想：这皇甫雄果真是个奇人，到了蚌女仙这儿，居然就盖着被子听故事吗？真是不干正经事。

打发了蚌女仙后，皇甫雄走出妓馆，带着两名心腹亲卫踏上了那辆镶金嵌玉的大车。

桑远远小心地操纵着灵蕴藤，让其隐藏在鲛纱之间。只见皇甫雄东翻翻、西看看，不过片刻便发现了软榻下面的东西。

皇甫雄漫不经心地打开了第一只木匣，是一匣子水灵固玉晶。那是幽无命方才换回去的。

眼见是平平无奇的东西，皇甫雄面无表情地合上了盖子，将手伸向另外一只匣子。

"当是万年灵髓。"他随口对身后的亲卫说。

匣盖一掀，车厢中立刻响起三个人整整齐齐的抽气声！

皇甫雄难以置信地瞪圆了眼睛，半晌，左右扫视一眼，猛地将木匣合上，胸膛剧烈起伏。

"出去守着，不许让任何人接近，尤其是接引使。"皇甫雄声音嘶哑地吩咐道。

“是！”两名亲卫控制好情绪，离开了车厢。

皇甫雄深吸了几口气，再度揭开了盒盖，反复确认。这匣中盛放的，确实是他的亲侄子皇甫渡的脑袋！

皇甫雄揉了揉眼睛，仔细望去，很快便看到了木匣上刻到一半的“幽”字。他的上唇狠狠地抖了两下，视线扫向左右，很快就停在了那柄镶着晶石的小匕首上。他抓过匕首，眯着眼看了看，又在木匣的“幽”字上对了一对，然后将匕首收到了木匣中。

他缓缓地吸了几口气，平复心绪，沉默片刻，终于从腰间摸出一块玉简。

他捏碎玉简，道：“大哥，渡儿出事了。”

这兄弟二人果真感情极好，皇甫雄私底下竟然叫皇甫俊“大哥”。

皇甫渡阴柔的声音传来：“我收到了消息。姜谨真死了便死了，将东西送回来便可。”

皇甫雄重重地闭上眼睛，道：“大哥，出事的是渡儿！”

“什么？”皇甫俊像是突然回了神，“渡儿？！”

皇甫雄又吸了几口气：“不错。大哥，你先冷静听我说。渡儿的首级，我是在姜谨真的手里发现的，装着渡儿首级的木匣上还有个刻到一半的‘幽’字。我回忆了一下，三个接引使倒是毫无异色，想来并不知道此事。若我猜测得不错，这便是姜谨真那个所谓的‘绝密任务’了！”

半晌，皇甫俊虚弱的声音飘了出来：“难怪这几日我心中总是像挂着个秤砣一般，原……原来是渡儿……”

“大哥节哀！”皇甫雄悲痛地捶了一下脑袋，“早些时候我便收到了消息，说这姜谨真荒唐至极，将五匣子水灵固玉晶拱手送人，只为与蚌女仙一夜风流。如今看来，他恐怕不单是色迷心窍，而是为了避人耳目，想找机会将渡儿的首级扔下，好嫁祸给幽无命！只可惜人算不如天算，这狗杂碎竟然把自己给玩死了！”

“是啊，”皇甫俊轻声一笑，“姜雁姬有把柄在姜虚钧的手上，不得不让姜虚钧的儿子来跑这一趟肥差。哈哈哈，真是苍天开眼啊！若是换一个稍微顶事些的人来做这件事，还真能让她得逞！”

姜虚钧便是姜谨真的亲爹，也就是姜州王。桑远远不禁暗自思忖，姜雁姬有什么把柄落在姜州王的手上呢？难怪姜雁姬明知道姜谨真不成器，还一个劲儿地往姜谨真的身上砸资源。

皇甫雄有些迟疑地说道："大哥，渡儿毕竟是你和她的亲儿子，她怎么会这般狠心？"

皇甫俊道："必定有什么事是我们暂时不知道的。你迟些亲自走一趟晋州，将渡儿的遗物收回来，看看有无发现。"

"是！"

半晌，皇甫俊幽幽地叹息道："难怪她舍得把万年灵髓给我，敢情是心虚啊。她估计是指望我破了境后，一鼓作气替她铲除幽无命这根眼中钉。想得真美啊！"

接下来的话皇甫雄简直有些说不出口了："大……大哥，没机会破境了！这姜谨真当真是对您怠慢至极！他……他竟然把那万年灵髓当作水灵固玉晶给……给送出去了！"

"什么？！"皇甫俊发出变了嗓音的咆哮声，"好好好！姜雁姬啊姜雁姬，哈哈哈！我此刻回忆方知异常。难怪前几日我问她渡儿究竟有没有上轿时，她是那般不耐烦！原来，她并不是气我几次三番盘问、置疑她，而是根本就没把我皇甫俊放在眼里！若不是有她授意，姜谨真这个杂种岂敢这般怠慢？"

"大哥，息怒！"皇甫雄的额上渗出冷汗，他同样怒极，道，"她是以为大哥负了伤，便虎落平阳了吗？大哥，要不要小弟就地点兵，收拾她一顿？"

兄弟二人对着玉简，喘着粗气。

"小弟，先把渡儿送回来，莫要让人起疑。"皇甫俊喘了一会儿，稍微平复了心绪，轻声道，"你不必进东都，送回渡儿后即刻前往晋州整理渡儿的遗物。此事尚有疑点，我要更多的证据！"

"是！"皇甫雄答道。

"还有……拿了我东西的人，切莫放跑了。"皇甫俊阴森森地说道。

“是！我即刻传令下去，捉拿那对男女！只是大哥，你也知道西府城中的人实在太多，排查需要时间，且不知道他们会不会已经出城了。不过，大哥请放心，小弟会封好边境的，除非他们长了翅膀，否则绝对别想把东西带出东州！”

“嗯。”

西府，人山人海。

皇甫雄手下的官兵封锁了城门之后，也是十分难办。

每一辆华贵的大车他们都得仔细检查，还得赔着笑脸，不敢把贵人们得罪得太狠。毕竟他们虽然奉的是军令，但小鞋可是给自己穿的。能够出现在这里的人，个个非富即贵，扔一块金砖出去能砸回三五块金砖来，他们惹不起啊！

因为人手严重不足，城墙上方的守军尽数被抽调了下来。

到了清晨，繁华散去，西府弥漫着薄薄的白雾。无论是排查了一夜的官兵，还是等待出城的人群，都感到异常地疲惫和空虚。每个人都没什么精神，垂着头，心神尽数聚集在眼前的方寸之地上，谁也不想抬头望一眼。

如果有人还打得起精神往上方看一看，就会发现那空旷的城墙上方竟悠然行走着一对璧人。

“小桑果，”幽无命平抬起一只手，指着下方道，“将来，这些都是我的。”

“嗯嗯，都是你的！”她眯着眼，朝他笑道，“你是我的！”

他轻轻地晃着脑袋，得意地转开了头，她只来得及瞥见他止不住往上扬起的唇角。

他松开了她的手，大步走到城墙边上。白雾笼罩着他，他颀长的身影往墙边一站，天然便带了一股王者睥睨之势，好似足以惊退千军万马。

他回过身，朝她伸出手，道：“来。”

她提着裙摆跑向他。

他将她拦腰一抱，轻飘飘地从墙垛间飞了出去。

下去几丈之后，幽无命将光翼一展，滑翔出数十丈，悄无声息地落入城外的一片白树林中。

“我们要不挖个坑，先把东西藏起来，回头再来取？”桑远远打量着四周说道。

幽无命嗤笑一声，表示不屑。

桑远远心想：东州别处可不会像西府这般懈怠。单说城墙，除了西府，其余城池的城墙足有三十丈高，他们绝不可能凭空飞越。

眼下风声这么紧，他背着这些匣子如何出境？

只见幽无命抽出了刀，斩下一段树干，然后将衣摆一撩，往那树桩子上一坐，就地忙活了起来。

林子里气温低一些，幽无命专注地摆弄那截木头，额上竟悄悄地沁出了一层绒毛细汗。

桑远远看得一怔。

只见他抿着唇，眼睛紧紧跟随着刀尖在那逐渐光滑的木料上缓缓挪动。他时不时会弯下腰，凑到木料边上，眯着眼瞄一瞄。但凡这个时候，他皱起的眉毛总是特别好看。摆弄了一小会儿，他大约是感觉到热了，随手把衣襟扯开一些，然后低下头继续忙活。

她的目光不自觉地顺着敞开的衣领钻了进去。他看着瘦，其实衣裳下的躯体结实得很，这一点在她第一次与他共浴时就深有体会。她如今再看他，更是比当初多了一重滤镜。

她将目光放在那线条结实流畅的胸脯上，心忽然猛地一跳。她呼吸微乱，急忙背过身去。

本该专心致志做木工的幽无命发出了一串低低的笑声。

桑远远没好意思细想他在笑什么，走开几步，盘膝坐下，一本正经地道：“此地木灵蕴浓郁，我修行片刻，你弄好了叫我。”

她渐渐入定。

之前她连升两级，揠苗助长的弊端很快就显现了出来。她体内的灵蕴变得有些缥缈，就像是电力不足随时都可能熄灭的灯泡。难怪姜雁姬要给姜谨真备五匣子水灵固玉晶！

她心中暗忖，恐怕得尽快想办法补足这么多灵蕴，才不会留下什么后遗症。此刻倒也没有别的办法，她只能尽力吸收周遭的木灵，能补一点儿是一点儿。

她把太阳花全召了出来。晋阶灵明境四重天之后，她一次大概可以召出二十朵太阳花，根据召唤时的状态，误差不超过三朵。

只见一圈半大少年高的太阳花把桑远远团团围住，它们摇晃着巨大的花盘，一边挥舞着绿叶把别的太阳花挤开，一边飞快地将周遭的木灵蕴抓过来。随后它们将木灵蕴化成最容易吸收的云雾，朝桑远远呼呼地喷。

在太阳花的帮助下，桑远远很快就在肌理中稳住了薄薄的一层木灵蕴。

幽无命看得眼皮乱跳。

这是仙女？可省省吧！看看那些蔫不唧的太阳花，谁家仙女长这样？！

他摇着头，双手间泛起灵蕴，将手中新鲜出炉的长木匣里里外外地加工了一遍。最终，这截木头变成了一只古色古香的长条匣子。

幽无命取出绸布中的五只木匣，小心地将那些水灵固玉晶置入长匣的夹层中。暗盖一合，任谁都看不出异样。

幽无命上上下下地细看了一番，然后勾着唇角拉开匣底的暗格，将那万年灵髓也倒了进去。整个长匣看起来毫无破绽，完美！

他把长匣往身后一背，站起来，黑靴随意地碾过地上五只空荡荡的木匣。它们当即化成一地碎屑，风一吹，便不知去了哪里。

桑远远正好收起了太阳花。她正要睁眼起身，忽然有温热的气息落在了颈间。一双大手自身后环抱着她，毫不避忌地在她身前重重地揉了片刻。之后，他将她抱了起来。

“小桑果，学着点儿，下次馋我时不要只用眼睛看。”他低沉的声音贴着她的耳畔响起。

她打了个冷战，转过身，撞进他的怀抱。

他结实的胸膛随着呼吸起伏，她忍不住用脸颊贴上去轻轻地蹭了蹭。

她正要说话，手忽然摸到了他身后的木匣，问："这是？"

她松开他，绕到后面一看。

"和原来有什么区别吗？"她吃惊地偏头看着他。

他折腾了这么久，就是为了给木匣子换个款式？

幽无命得意地挑高了眉毛，将身后的长匣取下来，大大方方地往她的手中一搁。

"你看，随便看！找得出东西来算我输！"

桑远远怔了片刻，拉开了长匣，匣中空空的，什么也没有。

"咦？"她随地坐下，抱着那只木匣里里外外地检查起来，很快就找到了暗格。

幽无命："……"

桑远远垂下头，偷笑了一会儿。

其实幽无命做的这只长匣是极其完美的，换一个人来绝对看不出任何异常。只是很不巧，桑远远曾在综艺节目上给魔术师当过一次托儿，为了配合演出，对方把道具的原理给她说得明明白白。

"没有关系，"桑远远安抚道，"除了我，谁也找不到你藏起来的东西！"

幽无命的脸色仍旧不那么好。

她笑吟吟地抱住他，道："就像你的心，只有我一个人能从你身上偷走，对不对？"

幽无命呼吸一顿，只觉得这树林中的空气非常不够用。

"出发、出发。"他快速背起了长匣，带头往北走去。

桑远远则优哉游哉跟在他身后。

他绷着脊背，直到走出老远，肩膀才放松下来。他刚转过身，便见她笑容满面地补了一句："不还给你了！"

幽无命头皮一麻，僵硬地转了回去。走出一段，他终于缓了过来，回过头嫌弃地道："走这么慢，非得要人抱吗？"

她笑吟吟地疾走两步，抓住了他递向她的大手。

两个人很快就离开了白树林。

官道上人来人往，幽无命没办法敞开了飞。

行了小半日，桑远远不禁皱起了眉头，道：“照这样的速度，我们如何能赶在皇甫雄之前抵达晋州去安排‘证据’呢？”

幽无命笑得神秘莫测：“小桑果，这种小事你不用操心。”

他得意地挑眉，一副运筹帷幄的样子。

日头西沉时，二人来到了一处城池——抚陵。

这里果然不比西府，精铁筑就的城墙足有三十丈高，城墙上密密麻麻地屯着兵，他们根本不可能像离开西府那样张开翅膀飞过去。

入城的人个个都被官兵仔细地检查着。桑远远看了看幽无命身上的长匣，原本有十分的信心降到了五分。他们这一路要经过诸多关卡，难保哪一关就被卡住了。万一哪个官兵一时兴起，要劈开长匣来看一看呢？

桑远远把视线投向左右。左右都是崇山峻岭，他们如果绕道的话，恐怕要耽搁更多时间。除了硬着头皮闯关之外，他们似乎没有别的办法了。

幽无命微微扬着下巴，道：“小桑果，我考一考你。你我是分开走，还是一起走？”

桑远远不假思索地回道：“自然一起走。”

幽无命猛地垂下头看着她，眉梢微挑，叹道：“小桑果果然聪明！这般情形下，换了常人，一定会分别上路，所以独身一人的男女反倒会被盘查得特别仔细。你我反其道而行，更容易被忽略。”

“不，”桑远远认真地说道，“因为我一个人会迷路。”

幽无命：“……”

进城比他们预料的还要顺利一些。

西府与抚陵相距数百里，没有车马的话，除非长了翅膀，才有可能短短半日就到这里。所以官兵们将重心放在了那些云间兽车上。

幽无命的木匣只被草草地检查了一番，官兵便挥手放行了。

二人进入抚陵城。

抚陵虽不比西府繁华，但此地距离西府极近，也被那财富的余波惠及。城中林立着酒肆茶楼以及供富贵远客停下来休整的高端驿栈。

幽无命挑了大道旁最醒目的一家驿栈，直接走了进去。

桑远远心想：这是什么意思？吃了她再上路吗？

幽无命豪气地包下了驿栈中最大的客房，包了十天，却付了十一天的房钱，交代任何人不得打扰。

桑远远："……"

这是不去晋州了？

他攥着她的手，径直把她带进了厢房。

桑远远有些紧张，心中想着"不要脸红"，耳朵却越来越烫。

进了房中，他把长匣往榻上一放，让她坐在床榻边，在她的脑门上亲了一口，然后一本正经地说："你歇息一下，我即刻便回。"

桑远远干巴巴地开口道："你去哪里？"

幽无命神秘一笑："买东西。"

桑远远："……"

这还用猜吗？如果他不是去买芙蓉脂，她把"桑"字倒过来写！

幽无命回来得比她想象中快，好像就在楼下走了一圈。

桑远远盯住他带回来的大包袱，只觉得双腿发软，问："要……要这么多吗？"

幽无命把包袱往木桌上一放，说："未必够，毕竟是头一回做这种事，恐怕得练练才成。"

桑远远："……"

她发现他一本正经地说着这种极不正经的话时，整个人看起来性感得不得了。

她呆呆地点了下头。

不错，她空有满腹的理论知识，其实并没有实战经验。而他，恐怕连理论知识都不齐全。两个新手真的得好好磨合。

她这般想着，脸上一阵接一阵地发烫，心脏在她的胸腔中跳动得越来越厉害。

“小桑果，过来帮我。”幽无命霸道地低声说道。

谁怕谁啊。

她深吸一口气，走上前，轻轻地攥住了他的衣带。

他解开包袱，将一只冰凉的四方盒子塞到了她的手里。玉质的盒子，她根本不必低头看，便知道里面装着什么东西。

她看向他的后颈处，有些尴尬地问：“这个，要我来吗？”

话一出口，她只觉得浑身的血液都涌到了脑门上。

“嗯！”幽无命理所当然地回道，“我不会。”

他一副云淡风轻的样子，毫不郑重，毫不热情，就像在说今天中午吃什么一样。

桑远远先是一怔，然后便怒了。

上次在车厢中涂得有来有去的人是谁？如今真的要上阵了，他反倒拿乔起来了？他这般敷衍的语气，像是她求着他睡觉一般！

她气呼呼地抬起头，见他从包袱中取出一张雪白的绢布。

一时间，桑远远的心头涌起了浓浓的委屈和愤怒。

他这是什么意思？

他还没得手呢，就表现得这般敷衍，心里只惦记着劳什子喜帕？去他的！

幽无命见她半天不动，纳闷地转过身。

只见一个黑乎乎的东西朝着他的胸口飞了过来，幽无命随手一抓，落得满手黑乎乎的。

“小桑果？”他着实吃了一惊。

桑远远呆呆地望着他那只黑手，视线一转，看清他接住的是一只玉质的墨盒，视线再一转，发现那绢布足有厚厚一叠，上头还整整齐齐地捆了一小匝毛笔。

桑远远：“……”

这误会大了！他是要她帮他磨墨？

她僵住了，一时不知道该摆什么表情。

幽无命慢慢地皱起了眉头，抬起手来，按住向她的脑门。

桑远远躲闪不及，被他染了墨的手按了个正着。

冰凉的墨汁落在发烫的皮肤上，她觉得它们好像正在丝丝地往外冒白气。

“病了？脸这么红。”他盯住她通红的小脸、带泪的眼角，有些纳闷地嘀咕道，“方才不是还好好的，怎么看漏了一眼就病了呢？小桑果，你究竟是什么做的，怎那么娇弱，如今一刻也离不得我了是不是？”

“咯咯……”她佯装虚弱地说道，“好像……有点儿不舒服……”

幽无命把她打横抱了起来，放到床榻上。

他有些蒙，盯着她额头上的那块墨迹，自语：“灵明境百病不侵，难道是中了毒？”

桑远远的脸更红了：“我只是刚刚起身急了，有些晕，一会儿便好了。”

幽无命盯了她半天，见她果真精气神十足，并没有半点儿生病或是中毒的迹象。

他恍然大悟：“哦，我明白了！”

桑远远心尖一颤：“明……明白什么？”

“小桑果，你真是懒得无药可治！”幽无命眯起眼睛，笑得像只狐狸，“我三岁之后就没有装病躲懒过，磨个墨而已，看把你娇气的！”

桑远远强忍着翻白眼的冲动，说：“幽无命，你真是慧眼如炬！”

他得意地翘起了尾巴：“当然，这点儿小伎俩也想骗过我去？”

桑远远心想：我可算是保住晚节了！

这一夜，幽无命就着一盏小油灯，在绢布上端端正正地写下了一段地宫探秘的历险故事。

桑远远站在他身后看。

初时，她的注意力集中在他那手漂亮的字上。都说字如其人，但幽无命的字除了漂亮，和他本人一丝一毫相似之处也没有。他的字十分板正，乍一看，谁都以为是个端正、刻板的先生写出来的。

她很快就被他笔下的故事攫住了心神。

昏黄的地宫，种种机关陷阱、毒物怪兽，如同跃出纸张一般呈现在眼前。写到最紧要之处，地宫最后的秘密就在那扇门之后，眼见主角就要推门而入时，幽无命将笔一收，戛然而止。

桑远远："幽无命，我觉得这里可以稍微润色一二。"

他挑眉看着她。

桑远远自信地一笑，坐到他身旁，拿起了笔，在那历险记中多添了几笔。

他偏头一看，她加上了"恐怖如斯""摧枯拉朽""给我破"等词句，果真是画龙点睛！

话分两头。

另一边，皇甫雄将皇甫渡的头颅送入东都之后，一刻也没敢耽搁，带着亲卫疾速赶往晋州方向。

行到半途，皇甫雄腰间的玉简忽然亮了，是大哥皇甫俊贴身的老侍传来的消息，说是皇甫俊在皇甫渡的头颅中发现了一枚记灵珠，想必是皇甫渡临死之前藏下的证据。皇甫俊独自察看了记灵珠之后吐血不止，不说话，不愿告诉旁人究竟发生了何事。老侍十分担心，叮嘱皇甫雄千万动作快些，尽快返回东都照看皇甫俊。

皇甫雄照着自己的脑袋捶了二十来拳，心中懊悔不已。若是自己细心些，先找到这枚记灵珠替大哥把一把关，让大哥有个心理准备，大哥也不至于被气到呕血。

这般想着，皇甫雄更是心急如焚，当即快马加鞭，很快就穿过东州、屠州，抵达晋州。

晋州境内多平原、盆地，气候较冷，山石呈灰白色，植被基本上是苔藓和地衣，一眼望去，空旷的大地上白白绿绿的，处处可见巨大的矿坑。

晋州盛产的便是最宜打造甲胄的灵铁矿。这里的原住民几乎已经不从军了，都成了矿工。

皇甫氏一手遮天，晋人进了军队也会被排挤、压制，出不了头。这一片，早已沦为皇甫家的私矿。

皇甫雄看着这大好江山，心中既骄傲又痛苦，这是为谁辛苦为谁忙？

经过一大片密布矿坑的荒原之后，他眼前出现了一座半风化的灰白城池。

他进了城，将侄子皇甫渡的遗物仔细收好，装上大车，然后带上皇甫渡的夫人晋兰兰，返回东州。

晋兰兰嫁给皇甫渡不过半年，刚怀上身孕，忽然便没了丈夫，整天以泪洗面，好不可怜。皇甫雄亦叹息不止。

数日后，车队终于回到了东州境内，途经抚陵城中的主干道时，皇甫雄忽然听到道路旁的驿栈中传出一个十分清朗的声音。

"萧仲为取绝世神兵替枉死的大哥萧孟复仇，只身一人勇闯十死无生的玄人古墓。在那重如山海的兄弟情义面前，自身安危性命又何惜一顾？"

皇甫雄抬起手，停下了队伍的脚步。

这驿栈二楼传出来的故事竟然好巧不巧地契合了皇甫雄此刻的心境。想到侄子死得不明不白，大哥又卧床吐血，皇甫雄只觉得心弦被人重重地拨动，不知不觉便痴了，静静地立在驿栈下，想要听听这故事中的萧仲究竟能不能成功取得神兵，替兄报仇。

渐渐地，皇甫雄只觉得自己被带进了古墓之中，脖颈后阵阵发凉，仿佛自己也手执一点灯，行走在昏黄的墓穴之中。那墓中的尸鳖足有小牛犊大小，当萧仲发出一记独门秘技解决了尸鳖时，皇甫雄的心也随之放回了原处。他只觉得这秘技果真恐怖如斯。

"我命由我不由天！"

一句点睛之语，掷地有声。

楼下的皇甫雄闻言不禁热泪盈眶，只觉得浑身热血沸腾，共鸣不休。

越往下听，故事越是高潮迭起。眼见萧仲一路通关，就要取得最终的神秘宝藏，皇甫俊激动得无以复加，连大气都不敢出。

偏在这时，那道清朗的声音戛然而止。

皇甫雄只觉得如百爪挠心。听故事没听到结局，就像是在蚌女仙的榻上洪峰崩泄之前憋了回去，着实是要人老命。

皇甫雄纠结了半晌，没能忍住，令队伍进入驿栈休整。

他本就是个性情豪爽的人，当即令人购了二十坛抚陵最负盛名的青梅灵酿，叩开了那间厢房的大木门。他进入厢房中一问，才知《萧仲复仇记》是房中这位先生自创的传奇故事，结局尚未写出来！

皇甫雄差点儿就给幽无命跪下了。

“今夜……今夜能写得出来吗？”皇甫雄眼巴巴地望着幽无命那只握笔的手。

幽无命沉吟道：“或许可以？”

皇甫雄下了决心，转头吩咐左右，令人安排皇甫渡的夫人晋兰兰在驿栈中歇息一夜，洗去一路风尘，明日梳妆整理之后，再赶赴东都。

幽无命在桌前坐定，一只手拎着皇甫雄送来的美酒，就着坛口痛饮，另一只手挥着笔，写下漂亮的文章。

皇甫雄只觉得此人就是自己寻了一生的知己，急忙也喝起酒来。幽无命饮一坛，他便饮两坛，以示诚意。

写到一半，幽无命掷下笔，道：“没灵感了。”

“无妨无妨！来，先生请满饮一坛！”皇甫雄拍开泥封，递过一坛好酒。

幽无命有些过意不去，道：“不如先讲个莫欺少年穷的故事？”

皇甫雄的脑袋点得像鸡啄米一样。

废物逆袭、退婚的故事说到一半，幽无命话锋一转，又说起了缠绵悱恻的爱情故事。

隔壁的晋兰兰被触动了心事，也过来了，静静地坐在皇甫雄的身后听故事。

酒意渐浓，皇甫雄终于憋不住了，去了茅厕。

幽无命继续道：“可怜那云娘，等不回夫郎只言片语，守成了一块望

夫石。”

“没有只言片语吗？”晋兰兰的身形晃了一下，“我的夫郎，亦……没给我留下半句知心的话……”

幽无命面露微笑，微微弯下身体，直视着晋兰兰的眼睛，问：“你的夫郎出事之前，可曾与你联络？”

晋兰兰一怔，情不自禁地盯住了幽无命的眼睛，说：“有……有的。”

幽无命的声音更加低沉了：“他都对你说了什么呢？”

晋兰兰皱了下眉，似乎有些抗拒，却还是如实说了出来：“郎君说，义父被凶徒所伤，他奉帝君之令引那凶徒出来，杀之，便回。”

“别的呢？”幽无命的眸中转动着暗色星辰。

桑远远知道他在对皇甫渡这位夫人发动巫族的血脉惑术。

自从听闻皇甫渡出了事，晋兰兰已数日没怎么合眼，心神震动得厉害，自然没有多少抵抗之力。

桑远远有些紧张，观察着外头的动静，防着皇甫雄突然进来。

“他肯定还对你说了别的。”幽无命循循善诱，“你仔细想一想，他还说了些什么？”

晋兰兰慢慢地摇头：“没有了，郎君的话并不多。”

桑远远听到沉重的脚步声从木楼梯传来，心脏怦怦乱跳起来。她轻轻地扯了下幽无命的衣袖。

“也许还说了别的，你只是没听懂，所以并未放在心上。你仔细想想，这恐怕就是他遇害的线索。”幽无命依旧不紧不慢。

皇甫雄已踏上二层！

桑远远的心高高地悬了起来。

晋兰兰更加迷茫：“有吗？我没听懂的……什么？”

幽无命的声音更加魅惑：“你方才说，只有三成？这是什么？”

“三……成……”晋兰兰歪了歪头，“只有三成？什么三成？”

皇甫雄的身影出现在雕花木门之后。

“对啊，什么只有三成呢？”幽无命压低了声音，“没头没尾，难道不是在和你说话，而是在与旁人说话吗？之后，就再无他的音讯，再后来，他死了。”

晋兰兰痛苦地捂住了胸口：“难道和他遇害有关？三成，什么三成？”

皇甫雄高大的身影出现在厢房门口，微微皱眉道：“侄媳，什么遇害？什么三成？”

幽无命眸中的星光隐去。

桑远远收缩瞳仁，指尖不由得轻轻地颤了起来。

皇甫雄皱着眉望向幽无命。

幽无命很无辜地摊了下手：“这位夫人心中思念，提起了亡夫。”

皇甫雄立刻看向晋兰兰。

只见晋兰兰的目光渐渐聚了焦，她反手抓住皇甫雄的手，道：“义叔，我忽然想起，郎君那日说了句奇怪的话——‘只有三成’。我不知何意，是以并未放在心上！我也不确定郎君是对我说的，还是对旁人说的。”

“怎么不早说？！”皇甫雄怒道。

晋兰兰掩面啜泣道：“是我不好，因这句话没头没尾又过于寻常，是以并未当回事。”

“三成？三成？”皇甫雄皱紧了眉头，“即刻出发，返回东都！”

他站了起来，思忖片刻，取出一枚令牌交给幽无命：“先生，我有要事在身，必须走了。这枚令牌请先生收好，在这东州境内，我的令牌还是能管几分用的！先生写出萧仲结局之后，记得送我一份！”

幽无命笑着收下。

出门之时，皇甫雄状似无意地碰翻了幽无命立在门口的长木匣，只见一堆写满了漂亮字迹的绢布落了满地。他一面道歉，一面将那长木匣暗暗查看了一番。

皇甫雄此人，果真是粗中有细。

到了楼下，皇甫雄佯装替幽无命结账，顺口问起了幽无命的租金。

店家并未细说，只说幽无命已付过纹银二十二两，租期至明日，无须再付。

皇甫雄暗暗一算，付了十一日房钱，明日到期，所以此人入住抚陵驿栈的日子乃是西府出事的头一日。这样一来，皇甫雄心中便彻底确定此人与姜谨真之事无关，终于放心地率队离去。

“难怪你要多付一日的房钱，”桑远远惊奇不已，“幽无命，你到底是人是鬼！”

幽无命佯装淡定地说道：“这也值得大惊小怪吗？”

话虽如此，他的翅膀却已忍不住翘了出来。

目送皇甫雄远去，他慢条斯理地取出一枚玉简，缓声下令道：“杀了姜雁姬的药师，传出‘三成’二字。”

第十四章 灵火

皇甫雄连夜离开抚陵，带着皇甫渡的夫人晋兰兰匆匆赶往东都。

此事干系重大，皇甫雄必须与皇甫俊面谈！

晋兰兰已经数日未睡一个整觉了，今日忽然灵光乍现，记起了这么一个可大可小的细节，亦是心里发慌，整个人越来越清醒、有精神。

“侄媳，此事事关重大，你一定要回忆清楚了。”皇甫雄叮嘱道。

晋兰兰越想越觉得皇甫渡的声音仿佛就在耳旁回响。她甚至想象出他微微地喘着气的模样。当时他压低了嗓音，语气中充满了难以置信的意味。

“义叔，我十分清楚，此刻越想越觉得不对劲。郎君他当时为何要没头没尾说出‘只有三成’这四个字？他一定不是对我说的。莫非他是忽然听到了什么，或是在和旁人说话？”

皇甫雄紧皱着眉问道：“渡儿与你联络时身处帝宫？”

“对！”这一点晋兰兰十分确定，“夫郎说，他刚见过帝君，即将启程。”

“那他当是在帝宫中听到了这句话，然后便人间蒸发了？侄媳，若我所料不错，这恐怕就是渡儿出事的原因！”

晋兰兰难以置信地轻轻摇头：“为什么？分明只是一句极普通的话而已！”

“反常必有妖。哼，渡儿恐怕是不小心发现了姜雁姬什么不可告人之秘！”他越说越觉得自己靠近了真相。

两人说话之时，车队已进了东都。

皇甫雄带着晋兰兰直奔皇甫俊的寝宫。

他们一进那宫殿，便察觉到一股英雄迟暮的悲凉感笼罩下来。闻着那若有似无的，只有老人的病床周围才会出现的腐朽味道，皇甫雄只觉得如被一柄大锤击中了胸口，嘴里顿时十分苦涩。

旁人说王族无兄弟，但皇甫雄和皇甫俊偏偏就是例外。皇甫雄野心不大，一生最大的心愿就是做兄长手下最好的刀，指哪儿打哪儿，不用动脑筋，只需铆着劲儿往前冲。对皇甫雄而言，打了胜仗回来，得兄长几句夸奖，对坐痛饮一番，再叫几个说书人过来，边饮醉边听故事，人生最大的快乐莫过于此。

如今，皇甫雄见兄长去了帝都一趟，便落入这般田地，心当真像是被钝刀子切割一般痛不欲生。他恨不得让自己的儿子替皇甫渡去死，让自己替皇甫俊去痛。

皇甫雄扑到巨榻边上一看，皇甫俊陷在一堆锦被之中，异常消瘦，眼窝深深凹陷，平日穿在身上显得整个人年轻英俊、意气风发的紫色衣袍，竟生生有了一股行将就木的味道。

“大哥！”皇甫雄痛呼出声，“振作啊，大哥！”

皇甫俊缓缓转动着眼珠，盯住了自家兄弟，道：“小弟，你回来了。”

皇甫雄抬起蒲团大的手，重重地抹了两把眼泪：“大哥！小弟不负所托，找到了一条线索！”

“哦？”皇甫俊立刻坐了起来，“快说！”

锦被从皇甫俊的身上滑落，一对肩骨高高地耸了起来，更显得形销骨立。

“大哥，先把药喝了。”皇甫雄却是伸手取过了床榻旁的碗来。

这碗中盛着黑乎乎的药汤，早就凉透了。

皇甫雄并不着急说话，手中燃起了明焰，将这碗汤汁煮得沸腾起来。

皇甫俊一把夺过汤药，仰头饮尽。苍白的嘴唇上烫起了燎泡，他恍若未觉，一双深陷的眼睛死死地盯紧了皇甫雄：“快说！”

皇甫雄心疼地抿了抿唇，道：“大哥不要急，我让侄媳进来与你说。侄媳心中亦是苦痛非凡，她还怀着身孕，您可千万要镇静些，莫要吓到她，那可是渡儿留在世上唯一的骨肉啊！”

皇甫俊深深地吸了几口气，眼睛里微微焕发出一点儿光彩：“对对，渡儿有后，不能吓到侄媳妇……”

皇甫雄心中更疼了。大哥这辈子何曾这般失态过？看看，他把“儿媳”都说错成了“侄媳”，这是受了多重的打击啊！

“儿媳。”皇甫雄提醒了一句。

皇甫俊点了点头：“我知道，是你的儿媳。”

皇甫雄：“……”

算了，随便吧。

皇甫雄挥了挥手，便有宫女带着洗漱整理后的晋兰兰走了进来。

“义父……”

皇甫俊盯着她的肚子看了片刻，叹息道：“日后你便叫我父王吧。”

晋兰兰心中微微一惊，柔顺地应道：“是，父王。”

“好好。”皇甫俊脸上露出了笑容，“你别着急、别难过，把你知道的事情告诉父王，父王一定会为你们做主的！”

晋兰兰轻轻点了点头，道：“我忽然记起，夫郎出事前，曾说过‘只有三成’这四个字。他应当不是对我说，而是对旁人说的，所以我并未放在心上，下意识地忽略了。如今回忆起来，夫郎当时似乎有些诧异，之后便匆匆碎了玉简。”

“只有三成？”皇甫俊琢磨片刻，道，“渡儿匆匆碎了玉简，莫不是打算联络别人？”

其实皇甫渡平日与晋兰兰通话时也常常主动捏碎玉简，意味他并不是那种腻腻歪歪的人。只不过他再平常不过的举动放到现在，都会令人不自觉地浮想联翩。

皇甫雄恍然大悟：“恐怕渡儿正是想要联络大哥！渡儿听到了什么了不得的事情，连道别的话都没来得及对侄媳讲，一定是急着联络大哥！可惜被人发现，他再没这个机会了！”

一出惊天阴谋大戏顷刻间就被皇甫雄想象出来了。

皇甫俊吸了一口气：“渡儿啊渡儿，你究竟想对为父说什么？！究竟是什么给你招来了杀身之祸！”

思忖片刻，皇甫俊让人将晋兰兰带下去，好生养胎。

皇甫雄坐到床榻边缘，握住皇甫俊的手：“大哥，那记灵珠里到底说了什么？让你伤成了这样！”

皇甫俊长叹一口气，从枕下摸出了那枚记灵珠，姜雁姬的声音立刻飘了出来：“可怜的儿，娘亲也是没有办法，只能舍弃你了……”

听着听着，皇甫雄的眉头越锁越紧，他快被气炸了，说：“大哥，这不是已经证据确凿了吗，您还有什么好犹豫的？”

皇甫俊虚弱地抬了抬手：“我总要知道原因。如今看来，与那‘只有三成’必定脱不开干系。会是什么样的事，让渡儿连给我传个讯的机会都没有？姜雁姬这个女人啊，我虽然知道她狼心狗肺，却没想到她竟然想把我也给吃了！”

皇甫雄陪兄长坐了许久。

凌晨，忽然有消息传来，姜雁姬身边最得力的一位药师忽然遇刺身亡。临死之前，那位药师蘸着自己的血，在衣裳上写出了两个字“三成”。

这是一条没头没尾的消息，却提及“三成”。

又是“三成”！

皇甫俊双眼一亮，令人仔细去查这个药师近段日子出入帝宫的频率。

这一查，很快便查出了蛛丝马迹。

药师前阵子披星戴月，几乎住在了帝宫中，直到某一日，忽然开始歇息。而这个神奇的日子，恰好是姜雁姬联络皇甫俊，说要给他送万年灵髓助他破境的日子。

“原来如此！”皇甫俊眯起了眼睛。

这是他自己想到、查到的事。他心中再无一丝疑虑。

皇甫雄仍然有些茫然：“大哥，这究竟是怎么一回事？这与渡儿之死又有何联系？”

皇甫俊冷笑道：“三成。这药师忙碌数日，必定是在替姜雁姬测算使用万年灵髓之后破境成功的机会有几成。那日出了结果，只有三成，于是姜雁姬便把这天大的机缘让给了我！若我所料不错，破境失败，恐怕非死即废！”

闻言，皇甫雄倒吸了一口凉气。

皇甫俊的眸光更冷了：“想必渡儿正是因为不小心听到了这个秘密才被灭了口！”

“不错！”皇甫雄道，“前因后果通通对得上！若是如此，不怪姜雁姬要杀人灭口！渡儿终究是向着大哥，而不是向着她的！”

不多时，天都暗探又传回了一个消息！

原来幽无命早在数日前便领兵攻下了冀州国都，说是要报那冀乐池偷袭幽渡口之仇。姜雁姬没作声，只是往天都北部添了兵，防着幽无命当真发疯，一路打到南面。

“所以她是想借大哥之手替她解决幽无命这个祸患！”皇甫雄这下彻底明白了。

这一切根本没有可能是谁刻意安排的，那便只能是事实！

皇甫俊沉默片刻，道：“我这便与姜雁姬……聊聊。小弟，你莫要出声。”

玉简闪烁，皇甫俊联络上了姜雁姬。

“雁娘，”皇甫俊的声音虚弱而深情，“听闻你的药师出了事，你自己多注意些。”

姜雁姬的声音也十分温柔：“俊郎，我无事，你放心。你那边如何？准备什么时候用灵髓？”

皇甫俊将指甲掐进了掌心，声音依旧平静：“我等渡儿归来，让他替我护法。”

皇甫俊封锁着消息，姜雁姬并不知道他已经在姜谨真的车厢中找到了皇甫渡的脑袋，也不知道那匣万年灵髓已经被人拿走了。

姜雁姬立刻有些不悦：“渡儿怎么回事，还在外面疯吗？你也太惯着他了，二十四五岁的人还离家出走！”

“你这是在怪我没教好渡儿？”皇甫俊目眦欲裂，指甲嵌入掌心，血顺着掌纹流下。

他险些就破了功。

皇甫雄抓住了他的手，用口型说道：“大哥，莫冲动！”

别看皇甫雄动不动就喊打喊杀，其实是个粗中有细的汉子，心中明白得很。他们要收拾姜雁姬，要么杀她个措手不及，要么在背地里狠狠地坑她，绝对不能先向她宣战，给她做好准备的时间，然后再拼个两败俱伤。

皇甫俊自然知道其中利害。他公然与姜雁姬撕破脸的话，爽快是爽快了，但是后续的损失和麻烦将数也数不清。如今最有利于东州的方案，便是皇甫俊假装被蒙在鼓里，将计就计，狠狠地坑姜雁姬一把！

姜雁姬今日也很烦。那个药师死便死了，偏偏要用血写什么“三成”，莫非以为是她杀人灭口不成？若是这件事让皇甫俊起了疑心就不妙了。

她耐着性子道：“俊郎，你又多心了，我怎么会不知道你一个人带渡儿有多辛苦？我只是心疼你的伤，想着尽快破了境，也有助于你恢复身体。你何必非要等渡儿呢，让皇甫雄看着不就行了？孩子年轻贪玩，谁知道什么时候才肯回去！”

在姜雁姬看来，皇甫渡失踪的事肯定是皇甫俊用来拖延使用万年灵髓的借口。毕竟她是看着皇甫渡坐上轿辇的，一路顺利，皇甫渡怎么可能到了东州便失踪了呢？她心中认定了这一点，所以每当皇甫俊提起皇甫渡失踪的事，她便有些难以按捺心头的火气。她毕竟是做了十年帝君的人，敢这般公然敷衍搪塞她的，世间也就一个皇甫俊了。

“俊郎，你就别等渡儿了。尽快破境，我等你的好消息！”

皇甫兄弟对视一眼，目中的仇恨和怒火几乎要溢了出来——是啊，我们在等什么呢？再等，渡儿也不可能回来了啊！杀了儿子，她竟然没有半分心虚、难过吗？她这便开始算计孩子他爹了，世间怎么会有这种蛇蝎毒妇？

“这么着急让我破境吗？”皇甫俊轻佻地道，“雁娘，你是觉得，如今的我满足不了你？”

姜雁姬敷衍地道：“俊郎，你真坏！就这么说定了，你尽快把灵髓用了，别枉费我的苦心。等你破了境，我一定好好犒劳你。我们可以试试后面，或者你想要别的？”

皇甫雄在一旁听得满身冒鸡皮疙瘩。

这是帝君啊，云境十八州之主，居然说出这种话……

不过，自从数百年前皇甫氏与姜氏联手，将云氏拉下宝座以来，这十八州真正的姓氏其实一直就是皇甫。

皇甫俊淡笑道："好。对了，雁娘，那个药师死前用血写的'三成'二字，该不会与破境有关吧？"

姜雁姬明显惊了一下。

半晌，她道："不瞒俊郎，其实是有关系的，但并不是成功的概率只有三成，而是失败的概率有三成。俊郎，我没说是怕影响你的心境。你知道的，许多事情，想得越多越糟糕。你那么强，区区三成失败的概率是可以忽略不计的。相信自己，好不好？"

"好。"皇甫俊笑道，"我信你。"

姜雁姬很不自然地轻笑了一声："我还有些事情要做……"

"去吧。"皇甫俊缓缓捏碎了玉简。

"大哥，还有什么疑点吗？"皇甫雄握紧了拳头。

皇甫俊摇了摇头，脸上露出笑容，道："没有，一切都水落石出了！她心虚了，哈哈，她心虚了。她的表现已经足够证明一切了。果然，就是'三成'二字令她狠下杀手！我的渡儿，是为父对不住你啊！"

皇甫雄："大哥，节哀！"

"我不哀伤。"皇甫俊摇头道，"姜氏完了。该哀的是他们以及他们的子子孙孙。"

他咬着牙，白皙无比的脸上暴着青筋。他好似从地狱里爬出来准备复仇的恶鬼。

其实他早就知道姜雁姬是什么人了。她害死明氏父子的时候，何曾心慈手软？可笑的是当初的他只以为自己魅力非凡，将姜雁姬这个女人迷得神魂颠倒，让姜雁姬为了他不顾一切。

如今他总算清醒了，那个女人的心根本就是黑的！

他一定要亲手把她的心挖出来！

皇甫俊那边正苦大仇深，幽无命与桑远远却过得跟神仙一样。

有皇甫雄的令牌在手，幽无命没花什么钱就租到了一辆豪华大车，车行还贴心地给他配了两位车夫，轮班驾驶。这两位车夫很上道，一直抄近路，带幽无命二人一路尝遍各种美食。

东州有个巨大的咸水内陆湖，湖中多产海鲜，什么蒜蓉扇贝、酥炸生蚝、口味花甲、爆炒蛤蜊应有尽有，还能找得到刺身吃！桑远远一时都没搞懂自己到底有没有穿越，或者是不是有个擅长美食的老前辈曾经穿越到这个世界过。

她吃得双眼放光。

幽无命对此很是鄙视，嫌弃地仰着头道：“这么腥的东西你也爱吃？”

桑远远并不说话，直接往幽无命的嘴里塞了一条炭烤鱿鱼。

幽无命：“一般，可以凑合吃。”

然后他一连吃了十八条，还不想停。

二人一路通行无阻，离开抚陵的第三日清晨便到了东海湖畔。

幽无命作势要付钱，两个车夫打死也不肯收，只说能替镇西将军效劳是他们车行梦寐以求的福气。于是幽无命很自然地把钱收回了袖袋。

幽无命和桑远远一前一后走到了无人的沙滩上。桑远远一边走一边摸出玉简，道：“也不知哥哥和云许舟查得如何了，顺不顺利。”

玉简对面传来了一阵阵乱哄哄的吆喝声。

桑远远：“……”

他们这是在哪里，怎么这么热闹！

“小妹，我现在很忙，你先在东海湖畔等着，云许舟迟些会过去与你会合！”

桑远远无语地捏碎玉简，举目望向面前的巨湖。

它确实有资格被命名为“海”。浪花拍打着沙滩，正前方和左右两旁的湖水都接着天，阵阵微风带着湿而腥的海气迎面扑来，渔船从视野尽头浮出来时，先看见的是桅杆。

“它占了大半个东州。”幽无命道，“减掉这湖，东州根本没我幽州大！”

他的语气中满是炫耀之意。

桑远远：“嗯嗯，你最强、你最大。”

幽无命挑着眉，得意极了。

“拿了冀州，秦州、章州便是我的了。”他笑眯眯地说道，“我只是不想分人去管那段长城，才暂时不动他们。”

桑远远点头道：“我们需要装备。”

要是幽州军像东州军一样武装到牙齿的话，战斗力起码要翻五番！

“对，”幽无命更加愉快了，“就等皇甫俊亲手给我送装备来。”

桑远远一怔，然后缓缓地咧开了嘴笑了，道：“没错！”

他随手把她抱进怀里，低下头来亲了亲她的额头，说：“小桑果，你挑男人的眼光真好！”

桑远远：“……”

有这么自卖自夸的吗？

两个人又吃了一顿鱿鱼烧。

幽无命不知道染了什么怪癖，老爱用他那两颗有些尖的虎牙把那鱿鱼须咬得嘎吱嘎吱响，咬完了还要把光秃秃的鱿鱼身塞给她吃。

桑远远：“……”

算了，她不计较，反正这个人总得弄出点儿奇奇怪怪的事情来才叫正常。

她忽然想到了什么，掰着手指笑了起来：“话说，你给皇甫雄讲的几个故事都没说结局，太缺德了！”

退婚的故事，幽无命正好说到主角打脸势利未婚妻的前夕；逆袭的故事，主角距离突破巅峰仅一步之遥；探墓的故事，幽无命说到主角即将开启最后一扇墓门；连那个望夫石的故事都卡在了女子临死前听到门口传来熟悉的脚步声……幽无命真的是非常非常坏！

幽无命笑得像只狐狸。

她望着他的侧脸，见那弯起的眼角特别深刻，唇边露出笑容，帅得叫人头晕。这一瞬间，她短暂地窥见了他的真实年纪——这个看起来年轻英俊得像是十八九岁模样的没心没肺的男人，其实已经二十五岁了。他成熟聪明，内心沧桑。

笑容渐渐地在他的脸上隐去。他望着远处的海，开口道：“没有结局，也未必是坏事。谁知道是不是悲剧呢。”

她看着他，心脏仿佛被一只大手给揪了一把。

她曾见过他的悲剧结局。

他轻轻地扯了下唇角，说：“都以为自己会是那个独一无二的胜利者，事实上哪儿有那么多胜利者，谁都可能变成别人的垫脚石。”

她忍不住问了一句：“那你呢？”

他偏头看着她。那一瞬间，他的眼睛里明明白白地写着“我也不例外”。

他弯起眼睛，大声地笑了起来，说：“想什么呢？我？那些废物配和我相提并论吗？”

她扑进他的怀里，死死地搂住他的脖颈，把脸埋在他的肩膀上，擦掉眼角涌出的泪水。

“幽无命，遇到我真是你八辈子修来的福气！有这般绝世美人陪着你，你就算是死，那也不叫悲剧，叫绝美爱情！”她情不自禁地说道。

幽无命重重一怔，旋即笑得胸腔发颤。笑着笑着，他伸手捏住了她的肩膀，把她拉开少许，然后狠狠地亲住了她。

这是一个海鲜味的吻。

到了傍晚时，终于看到了云许舟的身影，桑远远二人各自拎着两串鱿鱼迎了上去。

云许舟的脸色有点儿不好看。她说：“凤雏被迫嫁人了。”

桑远远：“你说什么？”

“凤雏被迫嫁人了。”云许舟重复道。

桑远远需要吃口鱿鱼冷静一下。

这句话的信息量实在是太大，桑远远一时都不知道该从哪个角度开始吐槽。

幽无命则毫不客气，捂着肚子笑得肩膀乱颤。

“你笑什么？”云许舟不悦地皱起了眉头，“她就要被迫洞房了！”

幽无命：“哈哈哈哈哈！”

他笑得要多欠揍有多欠揍。

云许舟拿他没辙，便转头对桑远远说道："你们来得正好，我们一起赶在洞房之前速速救出凤雏，顺便潜入山火族的祖地，将那不灭之火盗出来。"

桑远远此时满脑袋问号。

洞房？山火族祖地？不灭之火？这都是什么？

她眨巴着眼睛，等云许舟解释。

云许舟叹了口气，道："边走边说吧，时间不等人！"

云许舟带着桑远远二人飞速掠往北面的群山。路途中，她将这些日子的发现告诉了桑远远和幽无命。

蚌中之虫的消息倒是非常好查，养蚌的人个个都知道。

东海湖血蚌中寄生的虫子被称作血线虫，一旦感染，雄蚌就会迅速衰弱、死亡，对雌蚌却没有什么影响。雌蚌会以虫卵的形式潜伏起来，继续感染下一代。血线虫伤男不伤女，与云氏的"诅咒"简直如出一辙，只不过从来也没有人会把这两件事情往一处想。

蚌民们用草药来对付血线虫，云许舟买了虫药，硬着头皮灌进自己的肚子。可惜的是，那药虽然对付寻常血线虫管用，却伤不到云许舟血脉之中被炼成灵蛊代代相传的异虫。

云许舟和桑不近找到了病因，也有了灭虫之法，却卡在了最后一步。他们猜测，既然那幕后黑手选择了这东海湖的血线虫，那么炼化之法应该多少与此地有点儿关联。

几番打听之后，他们有了收获。

东海湖北岸与小姜交界的山岭中，居住着许多不入世的山人群落，其中一族叫山火族。山火族世代保管着一种奇异的不灭之火，据说那火可以将灵蕴炼进任何一样物件之中。

其实这异火根本没什么用，因为把灵蕴炼进一件铠甲或者兵器的功夫，足够开采十处灵矿，做几千套富含灵蕴的装备了。就这么个鸡肋的火，山火族还像眼珠子一样宝贝，藏在祖地，不容外人觊觎。

说的人只当笑话随口一说，云许舟和桑不近却如获至宝。

那血线虫可不正是被炼化成了灵蛊？！真相近在眼前，只要他们取得那不灭之火，便可以如法炮制将杀虫的解药也炼制成灵药。

云许舟和桑不近于是急忙赶往山火族的聚居地。

两个人没想到的是，一个看似平平无奇的山寨竟然处处暗藏陷阱。他们刚一靠近祖地就引动了陷阱，差点儿被火活活给烧熟了，还惊动了山火族人。

山火族人崇拜火焰，在狂热的信念支撑之下，日夜与火灵为伴，修行比寻常人勤勉了千百倍。族中卧虎藏龙，拥有不少火系强者。加上那里又是他们的主场，云许舟和桑不近很快就落了下风，差点儿被俘。

桑不近拼尽全力拦住追兵，却落入了山火族的手中。

云许舟自然不可能独自逃命。她悄悄潜回来救人，结果听到了一个“好消息”——山火族族长对俘虏一见钟情，要娶她，他们今夜就成亲。

若不是桑远远和幽无命正好赶到，今夜云许舟便只能拼上性命去“闹洞房”了。

桑远远：“……”

云许舟皱着眉头，道：“但愿这狗男人不要色迷心窍，洞房前就碰她。”

桑远远也有这样的担心，只不过她担心的方向有些不同。桑远远不是怕桑不近失身，而是怕他暴露了男儿身。万一那山火族族长恼羞成怒，要伤哥哥性命怎么办？

云许舟带着桑远远、幽无命在山林中穿梭了许久，忽见茂密的草木往左右分开，知道目的地到了。

他们眼前豁然开朗！

山火族的聚居地很有特色，一眼望过去还以为山林里起了大火。

所有的建筑物都染成了深深浅浅的红色，空气里飘满了焦味，几乎每一座木屋的门边上都插着熊熊燃烧的火把。

居民光着脚，穿着红色的布衫，个个都忙碌得很，将一盆盆看起来烧得很焦的坚果送往一座建在高地的大木楼。这座大木楼占地极广，像

一座宫殿，共有四层楼，整个楼体染成了红色，每一层的承重柱上都插了火把，一眼看上去就像个立起来的烧得通红且带着明火的烧烤架。木柱和廊栏上都裹满了红色的布条，一看就是要办喜事的样子。

云许舟指着山寨周围地面上那圈淡黑色的痕迹，让桑远远二人看。

云许舟道："那个大约是火粉之类的东西，外人一靠近便会燃起十来丈高的火墙，凶猛得很。正因为它，我与凤雏才会暴露。那座木楼后面便是他们的祖地，你看，那边那样密集。"

桑远远凝神望过去，只见那座大木楼后方的矮山附近，淡黑的痕迹密密麻麻，一圈一圈辐射向四方。

山火族人都光着脚，脚底都跟黑炭一样，他们踩过地上的那些淡黑色的痕迹倒是不会激起任何反应。这倒是个集防御与警报于一身的大阵。

"看来我们只能飞进去。"桑远远暗暗琢磨。

山里的天黑得特别快，仿佛就是眨了眨眼睛的工夫，夕阳的余晖便消失在了密林后面，夜幕罩了下来。

山火族人开始往土路两旁摆火堆。

云许舟担忧极了："凤雏前些日子还中了毒，身子那么虚，我真担心她吃亏！"

幽无命在一旁阴笑："很难说到底是谁吃亏！到时候裤子一脱，不一定谁更……"

桑远远狠狠地在他的腰上掐了一下，道："不必太担心，反正那族长其实也做不了什么……"

他们怎么好像越说越不对的样子……

桑远远和幽无命对视一眼，一起闭上了嘴巴。

月亮从远山爬出来的时候，山火族族长与桑不近的婚礼开始了。

类似唢呐的悠长响亮的乐声从大木楼中飘了出来。山民们举着油汪汪的火把，乱哄哄地欢呼着，气氛热闹极了。

不一会儿，一对新人手挽着手，从大木楼那足有二层楼那么高的大门中走了出来。

隔了那么些日子，桑远远终于再一次看见了自家的便宜哥哥。

只见他穿着一身火红的衣裳，头上戴着顶插满了红色鸟毛的大银冠。他上了妆，一看就知道是新鲜出炉的妆容，用的便是山火族染色的那种渐变的红色染料。他的额心有一朵烈焰，好看得紧；眼尾画的是火烧云，眼眶亦是用红色描的，极为诡秘艳丽，有种非常野性妖冶的美感。他居然还在唇上涂了粉，上半张脸的妆容红艳艳的，下半边脸却雪白雪白的。那种强烈的冲击感让每一个将视线放在他脸上的人都再也转不动眼珠。

桑远远不禁有些无语。莫非桑不近说他忙，并不是想办法逃命什么的，而是忙着化妆？！桑远远觉得自己白替他担心了，他看起来混得非常好！

幽无命看得嘴角直抽。

"小桑果，"幽无命在桑远远的耳旁嘀咕道，"你我大婚的时候，你也得画成这样吗？别了吧，这个口味太重了，像鱿鱼。"

桑远远："……"

他这是什么审美啊？！

云许舟抿着唇，半晌，恨恨地吐出一句："还有心思描眉画眼，我看她倒是乐在其中呢！"

云许舟看起来气得不轻。

桑远远本来想替便宜哥哥解释两句，然而看那个家伙像花孔雀一般招摇，恨不得冲着山火族的族人开屏的样子，只能实事求是地说："大约是第一次尝试这种风格的妆容，想看看大家的评价……"

几人说话间，只见山火族的族人将事先放在土路两旁的柴堆全部点燃，然后把那些烧得呼呼作响的柴棒踢到了路中间。

那山火族族长笑得像个傻子，小心翼翼地带着桑不近从一根根火条上跨过去，嘴里一直提醒桑不近当心。

桑不近眼波横飞，整个人便是一朵红艳艳的云，看着十分喜庆。他那样子，哪儿有半点儿羞涩、勉强？他完全是乐在其中。

云许舟怒道：“挑挑拣拣这些年，她就看上这么个东西吗？男人就这么好吗？！不就是多长了二两肉？她疯了吧！”

桑远远：“……”

我什么也不说，说什么都是错的。

山火族人在族长的率领下开始哼唱一首很古老的曲调。没有词，只有啊啊哦哦的单音节，倒是出人意料地传情达意，一听便知道饱含了山火族对火焰的狂热与崇拜。

新婚夫妇成功地踏过了火道。

“怕是要去祖地了！”云许舟神色凝重，低声提醒道。

山火族族人簇拥着族长与桑不近走向山后。

云许舟一行小心翼翼地潜行在山林中，不远不近地跟着他们。

大木楼后方，一座没有什么植被的矮山懒洋洋地趴在月色下，众人顺着涂上了深红树脂的山道翻越了这座矮山。矮山后方，有一处暗红色的石崖。山火族人停在了石崖面前，再一次哼唱起古朴的调子。他们双臂环胸，伏在了断崖前，以额触地，低低地吟唱。

八位白发苍苍的长者走到前方，手中燃起明亮的赤色光焰，摁在了暗红色的山壁上。只见那他们手中的光焰，像是流入了水渠的水一般，在那山壁之上缓缓流淌。山火族人吟唱的声音更加响亮，一种诡异的气氛笼罩住月色下火一样的山。

桑远远望着被围在人群中的桑不近，心中有些紧张，不自觉地攥住了幽无命的衣袖。

幽无命反手抓住了她的手，不动声色地把她那五根纤细柔软的手指握在了掌心。火光之下，幽无命精致的唇角悄悄浮现出笑意。

他微眯着眼睛，这一刻，脑中放空，什么也不想，心中只觉得燃着一团温暖的火焰，足以照亮余生。

桑远远的心跳忽然乱了一拍。她转头看他，幽无命的侧脸被火光烙上了一圈朦胧的金边，嘴角骄傲地翘起一点儿，好看得不行。她愣愣地转过头，继续盯着正在流淌着火光的暗红色山壁发怔。他掌心的热度不断地侵袭她的神经，她仿佛闻到了他掌中茧的味道，这种感觉当真是不可思议。

结婚的分明是山火族长和桑不近啊，但她怎么觉得是自己正在这里无言地许诺一生？这真是太神奇了。

她正想再多看他一眼时，只见前方的山壁上忽然有了动静。

八位长者手中的流火渐渐变成了一个形状，像是一枚暗藏着玄机变幻的火焰，磨盘大小，极明亮耀眼。一瞬间，整面山壁仿佛都燃烧了起来，那暗红色不再死气沉沉，而像是那种内里正在燃烧的炭火。只要把易燃物扔上去，即刻就会被炭火点燃。

这枚映在山崖上的火焰印记成了叩开祖地之门的门环。八位长者齐齐发力，那山壁忽然左右一分，露出一个洞口。

桑远远惊奇地睁大了眼睛，这是什么奇异的机关？！

一道明亮的火道出现在众人的面前。

这是一个造型很普通的洞窟，就像那种挖得不是非常规整的防空洞，两人高，丈把来宽。与寻常洞窟不一样的是，四面洞壁都是熔岩般的暗红色，有些地方暗淡些，有些地方明亮些，总之一看就非常烫脚。

“来。”山火族族长牵住了桑不近的手，带着桑不近向洞窟中走去。

云许舟不自觉地攥紧了拳头，额头上渗出一层细密的汗珠。

桑远远也有些紧张，这个地方看起来不太好闯。如果他们在里面出了什么问题，那恐怕会非常麻烦。

云许舟猛地踏前一步。

桑远远赶紧劝阻道：“别冲动，我来！”

片刻的工夫，那两道火红的身影已经携手消失在洞窟中。

桑远远的手被幽无命紧紧地攥着，她轻轻地挣扎了一下。

幽无命松开少许。他好像有些不高兴，重重地捏了下她的小指指腹，这才不甘不愿地放手。

桑远远屏息凝神，牵动周遭的木灵蕴共鸣。尝试片刻之后，她径直把一朵太阳花扔在了洞窟的石门后方。

她低估了花盘的宽度，不小心露出一道花边，挂在了石门上。她急忙操纵那朵太阳花来了个“立正”。顿时，整只花缩在了石门后面。

幽无命看得嘴角直抽。

桑远远轻轻地吐了一口气，操纵太阳花编织出细细的灵蕴藤，顺着洞窟的边缘向里面爬去。

灵蕴藤在暗火的照耀下变得透明，人不盯着细看根本发现不了。

桑远远的心神跟随灵蕴藤迅速潜入了火窟深处。

他们不知拐了多少道弯之后，眼前豁然开朗。只见那山火族族长牵着桑不近的手，二人双双立在一块明亮的橙色石台之下。石台上，盘膝端坐着一名少女。少女身上不着寸缕，但任何人看了都不会生出一丝邪念，因为少女的身体上燃着火。少女还活着，但显然活得非常痛苦。少女每呼吸一次，鼻孔中都会冒出一朵小小的橙焰，令她疼痛战栗。她就像是一根被牢牢粘在烛台上的蜡烛，燃烧着自己。

桑远远屏住了呼吸，难以置信地向着那“烛台”靠近。越靠近“烛台”，四周的温度越高，桑远远的灵蕴细藤隐隐有点儿要被点燃的迹象。

高温是从少女的身上散发出来的，辐射向四周。

这是不灭之火？！

到了近处，桑远远发现少女的双腿已经被彻底焚尽，像是香炉中的炉灰一样堆叠在身下。

透过那片灰白，隐隐可以看见少女的心脏处燃着一团橙色的火焰，那团火焰在少女的身体中燃烧。

她正用自己的身体供养着这团火！

山火族族长牵着桑不近走到了近前。族长从怀中摸出两只深红色的小杯子和一柄同色的弯刀，用刀轻轻割开了少女的指尖，用两只杯子盛住从少女的指尖流出来的血，血上燃着橙焰，就像是用火点燃的酒。

“来，饮下神火的祝福，我们生出的孩子就有更大的机会成为不灭神火的容器！”山火族族长哈哈大笑。

桑不近皱起了眉头，指着少女问：“让我的孩子做容器？就像她这样吗？我不忍心。”

山火族族长安抚道：“不用担心，男孩子是不会被选为容器的，只有没用的女孩子才会，放心放心！”

桑不近的眸中浮现出愤怒的火光。

在桑州，从来不会有人认为女孩子低人一等，谁家软软糯糯的闺女不是捧在手心中疼着护着？

看着面前痛苦至极的少女，他不由自主地想起了自己的妹妹，眼眶渐渐湿润了。他深吸了一口气，不知想到了什么，咬了咬牙，将情绪收回腹中，伸手接过了山火族族长手中的那只深红色的小杯子。

桑远远心头一跳，急忙操纵灵蕴藤爬了过去，卷住桑不近的脚踝拉扯了一下，示意桑不近不要喝。

桑不近显然感觉到了，却不为所动，头一仰，饮下了那杯带火的血。

山火族族长满意地哈哈大笑，也喝了自己手中的那杯血，高高兴兴地揽着桑不近的肩膀往外走。

二人快速向洞口走去，桑远远及时撤掉了石门后的太阳花。

就在二人踏出火窟、石门合拢的刹那，桑远远手疾眼快，又扔了一朵太阳花进去。只见暗红崖壁之上，石门无声无息地合上，根本看不出一丝痕迹。

山火族族人紧紧地跟随族长与桑不近的脚步返回大木楼，准备闹洞房。

“得快些，凤雏拖不了很久！”云许舟紧张得双手轻颤，道，“若是取火不便，就先去救凤雏！”

桑远远将心思尽数投到了方才在石门闭合之前扔进去的那朵太阳花上。她仔细端详着石壁之后的那面墙，很快就发现了一个小小的青铜门把。原来这门从外面开启不易，从里面开启倒是不难。太阳花挪了过去，用叶子缠住门把缓缓转动，石门再一次打开。

幽无命一只手揽着桑远远，另一只手抓着云许舟的衣带，展翅从那些密布在地面上一触即燃的暗痕火线上方横空掠过，落入洞口。

太阳花蹦蹦跳跳地在前方引路，三个人很快就站在了少女的面前。

桑远远透过太阳花的灵蕴来看东西时，世界就像是蒙着一层水光，有些变形。此刻桑远远到了少女的面前，更觉得触目惊心。

少女的身体就像蜡烛一般，早已软软地熔化了。只有一层皮肉支撑着她，让她没有往下倾塌。她看起来痛苦极了，难以抑制地扭动、挣扎，然而一根烛芯般的深红色石头刺穿了她的脊骨，将她牢牢地钉在了“烛台”上。

桑远远虽然心中早已有数，此刻仍是感觉呼吸微滞，胸中燃起了一团火。云许舟已惊得一个字也说不出来。

幽无命盯着火焰少女看了一会儿之后，神色变得有些怪异。他快步上前，右手食指的指尖亮起了青色灵蕴，以指为刀，毫不迟疑地刺破了火焰少女的肩膀。血火流出，被他挑在指尖。他眯着眼睛，凑到那朵小小的血火边上，看了片刻，然后缓缓把手指放入口中。

少女死死地抿着唇，惊恐地望着这三个闯入祖地的陌生人，胸腔不住地起伏，显然不知道该如何应对面前的状况。

幽无命弯下腰，直视着她的眼睛，说：“告诉我，你在这里做什么？”

痛苦及惊恐令少女心神失守，轻易被他控制。

她道：“供养不灭神火。”

幽无命问：“如何供养？”

少女：“用我们的身躯。燃烧一年之后，传给下一个容器。”

桑远远和云许舟同时轻轻地倒吸了一口凉气。

幽无命：“怎样传？”

少女：“将我的血与火渡给继任者。”

闻言，幽无命猛地站直了，面色难看至极。半晌，他薄唇一动，重重地吐出两个字：“冥族。”

桑远远惊愕地望向他。

幽无命淡淡地道：“好一个能炼化万物的不灭之火。它炼化了冥族的血脉，将血脉与火焰融为一体，全部传给下一个人，一代一代传下去，如此来维持永恒不灭。”

冥族血脉可以将自己的一切送给另一个人。

山火族人炼化了冥族血脉，在一个“容器”死亡之前，将火连着血脉一起渡给下一个人，每年都要换一个新“容器”。

他们低头一看，发现石台边的地面上早已沉积了厚厚的一层灰白。

桑远远不由得打了个寒战。

幽无命再一次微微弯下了腰，直视少女的眼睛，低沉的声音中满是蛊惑。

“我就是下一个容器，来，把不灭之火传给我。”

少女缓缓地点头。

桑远远倒吸了一口凉气，一把攥住了幽无命的胳膊。她的指尖难以抑制地微微颤抖，因为焦急，她的眼角泛起了一点儿水光。

“你要做什么？”她低声问道。

他缓缓地转动眼珠，看了她一眼。

桑远远心中顿时浮现出很糟糕的感觉，这一刻的幽无命让她感觉到陌生。

不，其实她并不陌生，他每次把自己禁锢在毁灭的烈焰中时便是此刻的模样。她有种清晰的感觉——他是要带着这不灭的火，把那些令他愤恨的东西通通烧成灰烬！

在原著中，被幽无命豢养在天都地宫中的那些冥魔身上正是带着一种难以扑灭的火焰。疼痛令它们更加疯狂。被幽无命释放到地面之后，它们瞬间就攻占了帝都。帝都里处处都是血，处处都是火。

难怪在即将击杀姜雁姬的时候，幽无命这个纵火者竟然“不小心”被自己放的火给点燃了，导致功亏一篑。其实幽无命能撑到那个时候已经极为不易了，激烈的战斗令他再也无法压制住体内的火焰。

“幽无命，不要！”她哀求道。

没想到她改写了剧情之后，竟然意外地让幽无命比书中更早地遇到了这不灭之火！

“小桑果，我没事，”幽无命声音嘶哑地说道，“你不要担心。”

她死死地攥住他的衣裳，冲他摇头，道：“我们不是已经成功离间了皇甫俊和姜雁姬吗？”她按捺下心中的焦急，放缓了声音，柔和地劝说道，“幽无命，我们没必要那么着急的。一点点消灭他们其实用不了太久，好不好？不要同归于尽啊！我好想看你老了是什么样子，看你会不会变成个英俊的小老头儿。”

她露出了极为勉强的笑容。

这一刻，她甚至忘记了自己曾是一个演员。

他凝视着她，黑眸微微地闪烁。

她把他抓得更紧：“我们一定会胜利的，相信我，我们的结局一定不会是悲剧。还有，你难道真的不想碰我了吗？”她踮起脚，凑到他的耳边，声音隐隐发颤，“别引火烧身啊，那样你还怎么碰我？我答应你，你什么时候想要我都可以，好不好？”

他转了转黑眸，神色怪异地盯着她。

片刻之后，他扑哧笑出了声。

“好。”他说。

她心头一松，脸上露出了发自内心的喜悦笑容。

她眸中乍然绽放的喜悦令幽无命重重地怔了一下。他把视线别开，笑道：“小桑果，记住你自己的话。”

她方才情急之下也顾不得那么多，此刻略一回味自己说的话，不禁羞红了脸，松开他的衣袖，捂着脸背过了身去。

便在这时，她忽然听到云许舟低低地惊呼了一声。她的心重重地一沉。

她猛地回头，便看见幽无命已经割破了他自己和火焰少女的手腕，将正在流血的伤口贴在一起。

带着火的橙色血液流向他，少女则像一块彻底熔化的蜡一般软软地瘫在了“烛台”上。眨眼的时间里，少女的全部身躯都化成了灰白的碎末。

电光石火的一瞥间，桑远远看见少女变形的脸上露出了解脱的笑容。

少女的嘴唇轻轻地翕动。

她说："太好了……终于结束了……娘亲……我来了……"

那团橙色的火焰流入了幽无命的身体。

桑远远将视线从那摊灰烬上挪向幽无命。

幽无命的眸中燃起了火，额角有青筋暴出。他紧握着双拳，唇角挂着狞笑，身体有一点儿颤抖。

他不是答应她了吗？桑远远只觉得心神一阵恍惚。这一刻，她好似浮到了半空，呆呆愣愣的，有些茫然地环顾左右，想找找哪里有后退或者是重来的按键。一切都那么不真实，让她难以置信。

少顷，她恍然回神，意识到一切已经无可挽回。此刻的幽无命好像一团火，她的视线和心神放在他身上都会被他灼伤。

桑远远愣了片刻，转身朝洞外走去。

他这样反反复复的，她其实也有点儿累了。这样也好，往后她再也不需要担心最坏的结果突然到来，再也不需要为这个男人提心吊胆了。

她有些茫然，眼前不自觉地浮现他咬鱿鱼的模样、雕木头的模样、偏头在烛光下写小说的模样，以及他倚在车窗上唇角噙着浅笑的模样……

泪水涌了出来，她想，果然那些最平凡的瞬间才真正令人心如刀绞。

她心里只剩下一个念头：去救哥哥，然后回桑州！

她没走出几步，肩膀忽然被一双大手牢牢捉住。

"傻果子，你真当我死了吗？"男人有些嘶哑的声音贴着她的耳畔响起。

她没回头，也没挣扎，继续像木偶一样往前走，只是没能移动。

"我没事。"他的手环住她的肩膀，把她揽进了怀里，"傻果子，我没事，听见了没有？"

她没说话，身体轻轻地颤抖，好似浑身的力气都离开了她，整个人透露出一股心灰意冷的气息。

他看着她的模样，心脏像是被人用手狠狠地攥住了一样。他轻声哄她："先去救人，好不好？"

她轻声道："我本来就是要去救人。"

云许舟已经回过神了，疾步赶了上来，道："先走吧，再迟我怕凤雏出事……幽无命，你真的没事吗？你也太冲动了！"

幽无命轻轻地笑了笑，道："你们都忘记我已经破境了吗？"

他身后的光翼缓缓展开，青黑的光翼被烈火点燃，变成了一双火翼。

原来他是把不灭之火封在了翅翼里。

橙色的火焰在他的身后熊熊燃烧。他有些无奈地捉住了桑远远，看着她的眼睛向她解释："刚进来的时候，我不是已经试过这血了吗？我有把握才会这么做。傻果子，如今我的命已不再是我一个人的，我不会轻易冒险的。"

烈焰双翼在他的身后振动，他看起来就像传说中从天而降的，带着怒火的复仇之神。

桑远远轻轻地叹了口气，道："先救人再说。"

幽无命有些心虚，没有再抓着她们直接飞出去，而是独自掠向前方，潇洒利落地踩过地上那密密麻麻的暗色火线，落地的模样无比帅气。

只见他落足之处，地面有火焰燃烧，却不像云许舟形容的那样直接燎起十丈，驱逐入侵者，而是老老实实地汇入幽无命身后的火翼之中。

地面像是被幽无命点燃，火焰顺着那一圈圈火道熊熊地燃烧了起来，流动着聚向幽无命，仿佛在向君主臣服。

幽无命站在满地火光之中回过身，微笑道："来。"

他的下巴微微扬着，神情有点儿骄傲、有点儿讨好，眼睛闪烁着明亮的光芒，好似在说"看到我的厉害了吧"。

桑远远忽然意识到，男人就是这样的。他们是天生的狩猎者，热爱进攻和冒险，虽然有时会让人恨到牙痒，但不可否认，这也是很有魅力的特质。

三人离开了火焰防御圈，轻易便潜到了那座四层大木楼外。山火族习惯了依靠不灭之火来防御，夜间并不会留人放哨。

闹洞房的山火族族民早已散去，一间火红的大屋里透出明亮的烛光。透过窗棂，他们隐约看见一个人被缚在床榻上，另一个人手中高高地扬起了鞭子。

幽无命饶有兴致地挑高了眉毛。

云许舟倒吸了一口凉气，顾不上什么策略，当即一脚踹倒木门，跳入洞房。

听到声响，站着的男人缓缓回过头来。他身上的喜袍已被撕了个半碎，胸脯袒着，头发披散着，像是刚和野兽搏斗了一通。他扬着鞭子，正要往床上那人的身上挥。

而被缚在床榻上那个看起来比他要惨些——嘴巴被一条红布紧紧勒住，身上的喜服破破烂烂的，四肢被分别捆在了四根床柱上。

被缚在床榻上的男人看见云许舟，瞪着眼睛，一边挣扎一边呜呜直叫唤。

云许舟愣了半天，都不知道该揍哪一个。这两个男人的脸上都抹满了大红的染料，一看就知道方才斗得有多激烈。她的视线落在他们胸膛上，看看这个，又看看那个．

这两个人都是男的，如假包换。

两个男人都喘得很厉害。扬着鞭子的那个呆呆地看了桑远远三人一会儿，忽然把鞭子一扔，捂住了额头。

“凤……凤……凤雏？”云许舟艰难地说道。

桑不近一脸生无可恋的表情，把脸从手掌里探了出来，说：“谁要你来救，我自己难道解决不了吗？你还把小妹他们带来！云许舟，你……你……你很好！”

云许舟假装无辜地回道：“我怎么能眼睁睁看着你被祸害？”

她这般说着，视线再次落在了这两个衣裳不整的男人身上。她仔细看了看被缚在榻上，身上还有许多道鞭痕的山火族族长，嘴角不禁狠狠地抽了几下，补充道：“让你这般祸害别人，也不对啊。”

床榻上那个倒霉的族长呜呜地叫唤个不停。

桑不近喘着气说道："我曾听到他们说，火属性的人喝下那所谓的神火祝福之血，体内的火灵蕴便会暂时被压制，施展不出修为，且还有催情的效果，喘得厉害，没办法大声喊叫，于是我便计划好了如何收拾他。"他斜眼望了望被捆得呜呜乱叫的族长，摊摊手，说，"这种小事我一个人就能轻易解决，哪儿用得着你来救？"

若不是他顶着一头鸟窝般的乱发，身上的衣裳也烂得像是被蹂躏了一夜的话，桑远远三人还真信了他的话。

仔细一看，他们发现山火族族长的头发里还渗着血，床榻边上扔了个沾着血迹的烛台。桑不近必定是把这族长忽悠得找不着北，然后忽然从身后偷袭。山火族族长以为桑不近是个女人，心中大意了，所以才着了道。

云许舟听得一愣一愣的，显然一时半会儿是回不了神了。

桑不近曾着女装被妹妹发现过，这次，在最初的尴尬过后，便迅速认命了。

被妹妹看见自己穿着女装，和被云许舟发现男儿身，似乎、好像、大概也没什么区别吧？这么想着，他干脆利落地从床榻上跳了下来，从木柜中取出一套正常些的衣裳套在了外面，偏头说道："走！"

走出两步，他不知想到了什么，眼睛里闪过一道凶光，回身捡起烛台，在山火族族长的下身处狠狠地捶了下去，像捣药那般连续捣了十几下。

山火族族长这下彻底晕了。

"断子绝孙吧！"桑不近啐了一口，"撞到我的手上，算你倒霉。"

四个人走出寨子。

月色下，红色的山寨像是山林中的一把火。

幽无命的身后燃起了火翼。他用修长的手指缓缓地向地上的暗火痕迹抚去，即将落指的刹那，不知想到了什么，慢慢地蜷起了手指。

"算了。"他立直了身体，狡黠地坏笑道，"反正火已经没了，就留着你们慢慢哭去吧。"

看来他原本是想用不灭之火灭了这个寨子，但不知为什么最后又改变主意放过了他们。

桑远远望向这处火红的山寨，地上满是那种暗色火道，家家户户的木屋上都插了火把，处处看起来都十分易燃。若是幽无命当真一把火下去，恐怕是无人生还。她并不觉得幽无命会考虑这些人中有没有无辜者的问题，那是什么让他改变了主意？

他捉住了她的肩膀，走出一段路，忽然眯着眼睛笑了笑，没头没尾地道：“有个圆脑袋的小娃儿，和你像极了，长大后肯定和你一样傻。”

原来是她让他心软了。

走出十余里山路，桑不近喘得越来越厉害，忽然身体一歪，靠在一株树干上不动了。他这一下撞得很用力，撞得整株老树枝叶乱颤。

“小妹，药，那个‘大嘴花’，给我解毒试试。”桑不近喘着粗气说道。

桑远远：“……”

他们把太阳花叫大脸花已经很过分了，大嘴花又是什么东西？

今夜每个人都有些不在状态，是以桑远远直到现在才反应过来，桑不近似乎说过，那个血，火属性的修行者喝了会抑制修为且催情。

桑远远赶紧召出了太阳花，旋转着花盘把碧绿的凝露洒向桑不近。

没想到的是，灵蕴喷洒上去竟像是烈火遇到了干柴一般。桑不近猛然一颤，瞪圆了眼睛，脸上没涂到红染料的地方也迅速变成了绯色，一对耳朵更是红得要滴血。

他反手抓破了一大片树皮，艰难至极地开口道：“你……你们走开！我自行处……处理一下！”

幽无命：“啧。”

半晌，云许舟说道：“方才，我看见那边有个山洞，我来帮你，别落下什么病根了。”

桑不近想要挣扎一下，却被云许舟轻轻松松地抓住胳膊，整个人被她强行扶着向山洞的方向走去。

桑远远：“……”

幽无命："……"

桑不近和云许舟很快就消失在桑远远他们的视野中。

桑远远呆呆地望着二人离开的方向，想着云许舟到底有没有反应过来桑不近是个男人？云许舟的表现未免太淡定了吧！

这里满是树木。桑远远愣了片刻，听到云许舟的声音传来："见到你和别人成亲那一刻，我就想好了，这辈子我都不可能让你和别人成亲。你若不答应我，我便将你抓回去关起来。其实我对你已经是这样的心意了，所以你是男的还是女的，又有什么区别？！"

桑不近艰难地咳了几下。

"喂，我不在意你是男是女，听见了没有？"云许舟霸气无比地说道。

桑不近："听见了。但是我很在意。"

"嗯？！"

"所以，"桑不近的声音忽然哑了下去，他低吼道，"你给我在下面！"

桑远远赶紧关闭了心神，不敢再听那边的动静。

幽无命已经偷看她好一会儿了，见她终于回过神来，便弓着腰、偏着头，把那张帅脸凑到了她的面前，说："小桑果，傻果子！"

她把身体转向另一边，然后突然意识到自己这样十分矫情，于是又转头面无表情地看着他，没好气地道："你叫狗呢？"

幽无命差点儿笑出声来，旋即想起此刻该是他逗她笑，而不是她逗他笑。于是，他很辛苦地绷住了脸，说："别生气了，我真的有把握。"

她掀起眼皮看了看他，说："一半是吧？"

他略显心虚地说道："不止。"

"幽无命，我累了。"她说，"我好不容易才从你的手中捡回了自己的脑袋，还没安稳几天，又要开始操心你的脑袋了吗？今日只是一个火，明日呢？等你真正对上姜雁姬的时候，你会为自己考虑半分吗？你会为我考虑半分吗？"

他张了张口，干巴巴地说道："我不会让你陷入危险的境地。"

她垂下了头。

幽无命来回踱了几步。

“算了，”她苦笑着，抬起头来看他，“随便你吧，想拼命便去，大不了一起死。但愿在死的那一刻，我在你心中的分量能抵得上你的仇恨。”

“不是！”幽无命暴躁地抓住她的肩膀，漂亮的眉峰紧紧地蹙了起来，“小桑果，你错了，我这么做不全是因为仇恨。”他皱了皱眉头，不情不愿地说道，“你知道吗？当初姓明的一直有个心愿，想解决掉冥魔。他想了很久，也没想出什么斩草除根的办法。”

桑远远心中微微一惊，诧异地看着他。

幽无命别扭地道：“你不要瞎想，我并不是想要完成他的遗愿，只是看那些恶心的东西很不顺眼。”

桑远远说道：“嗯，我明白的。”

她是真的明白。

幽无命点点头：“明白就好。总之，我思来想去，能够将冥魔带到冥渊下面，然后相互传染、蔓延的，无外乎几种，火、毒、病。”

桑远远收拢神智，道：“不错。冥魔大约是不会得病的，而毒很难通过它们自身来大面积传播。火，确实是一个很好的办法。”

听到这些，她的心脏怦怦地跳了起来。她望着他，眼眶慢慢地湿润了。

这么说来，书中的幽无命不仅是因为仇恨才制造了那些燃着不灭火焰的冥魔，他真正的目的，其实是要将火放到冥渊底下。只不过这个别扭的家伙绝对不愿意面对自己心中“正义”的想法。

他真是个合格的大反派啊！

所以，他方才那坚毅决绝的表现，不是为了对姜雁姬复仇，而是发现了灭绝冥魔的希望！

她突然扑进了他的怀里，幽无命猝不及防地被她砸了个倒仰。

“小……小桑果……”他瞪着眼睛，惊恐地看着她。

她堵住了他的嘴，主动得令他有些难以招架。

她好像想把他吃掉一样，不放过他的一丝气息。他很快便感觉到自己干枯了，嘴里干，喉咙里也有些冒火，一股痒意直直地钻进了他的心

窝，掌心好像被毛茸茸的草球一直挠、一直挠。他下意识地把脑袋往后稍稍一仰，却立刻被她那双柔软的小手抓住了后脑勺的头发。

幽无命：“……”

要命。

他感觉到自己全身的血液和力气仿佛都聚到了一处，快要炸了。

他睁开了眼睛，带着强烈的目的性，四下扫视一圈——这里，实在是有点儿糟糕。

就在他处于失控的边缘时，她终于放开了他，把额头抵在了他的下巴上，喘着气，很认真地说道：“带我一个。我们一起，一统天下，解决掉冥魔之患，然后，一起到冥渊外面去看一看！”

说完，她仰起了脸，一双黑白分明的眼睛在夜色下仿佛盛满了甜蜜的泉水。幽无命觉得自己可能会醉死在里面。

“小桑果，”他郑重其事地说道，“无论去哪里，我都会带上你。”

他紧紧地抓住了她的手，把她抵在一棵树上，低头亲了下去。

第十五章 终身

远处隐约有蝉鸣，清新的山间夜风中，两个人的呼吸渐渐交织在了一起。

他用指尖挑起了她的下巴，双唇若即若离，细细地汲取她的气息。二人的鼻尖相触时，他总会低低地笑，将她搂得更紧。

终于，他尝够了甜蜜期待的滋味，重重地亲了下去。

这个吻，仿佛又与以往有些不同。

她看到了另外一面的幽无命，那个藏在冷血暴戾的壳下的，带着一点儿救世英雄情结的他，有点儿幼稚，又有点儿叫人感动。

她假装不知道他的手悄悄地潜进了她的衣裳里。

两个人都有些忘情，不知不觉，她的身体顺着树干软了下去。

幽无命及时把她捞进了怀里，倚坐在树下，捧住她的脸蛋反反复复地亲，呼吸越来越急。

"小桑果，你怎么这么软？"他的唇碾过她的唇角，低低地笑道，"你就像块糖，随便一亲就要化了。"

她瞪他，眸光潋滟。她的身体确实很软。

她提不起力气来，但那又怎么样？不过就是生物特性罢了。他的腿没软，这很了不起吗？不到彻底得手、最后的那一刻，他能软、敢软吗？！她在心中碎碎念着，脸上却露出了更加甜蜜的微笑。

"因为我喜欢你啊。"她的声音软软的，像藤蔓一样爬入他的耳朵，钻进他的心。

"小桑果，"他的声音更哑了，"你真是要了我的命。"

他低下头，亲得更重了。

许久，他不舍地松开了她，盯着她看了片刻，又忍不住在她的额头上亲了好几下，道："天一亮，我随你回桑州提亲，他们不答应，我就抢。"

他还想亲，忽然听到了什么声音，动作一顿，扶着她站了起来。

两道交错的脚步声渐渐接近。

桑远远急忙用手背捂了捂脸，顺了顺鬓发，然后摆出一本正经的模样看着桑不近与云许舟二人从树丛后面走出来。

幽无命愣了片刻，嘀咕道：“还以为要等到天亮，居然这么快。哪怕是第一次没什么经验，也不应该是这般表现吧。”

桑不近的脸唰的一下绿了，云许舟的脸正好相反，红得像个苹果。

桑远远只当无事发生，淡定地打了声招呼。

四个人快速离开了山林。

到了东海湖畔，桑不近租了一辆大车，又购入一大包杀血线虫的草药，然后像是松了一口气般将其余三人赶进了车厢。

桑不近独自坐在辕座上，驱车上路了。

不一会儿，大车平稳地驶上了官道。

车门一闭，云许舟也像松了一口气，趴在车窗上。云许舟的头发上沾着几根枯草，桑远远偷偷伸手帮她摘掉了。

回来的路上，桑远远便发现云许舟走路的样子很不自然，应该是忍着疼。桑远远便不动声色地召了朵太阳花，帮云许舟喷了点儿疗养喷雾，免得云许舟尴尬。

幽无命一直在入定。

桑远远知道，他在设法彻底降服体内的不灭之火。虽然他确实比书中强大了许多，还长了翅膀，但这火焰毕竟凶残得很，不容小觑。她能做的便是悄悄将灵蕴藤覆在车辙和车轮上，最大限度地减少行驶时的颠簸和震荡，尽力给他提供一些帮助。

一路平安无事。

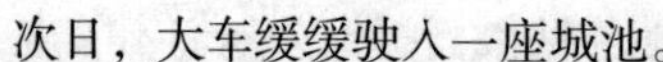

次日，大车缓缓驶入一座城池。

桑不近寻了一间驿栈，租了四间客房，供四人分别洗漱、换装。

幽无命根本不顾桑不近的明示和暗示，死皮赖脸地跟桑远远进了同一间厢房。不过幽无命也没做什么过分的事，桑远远在木桶中沐浴，他便坐在床榻上，屈着一条腿，眯着眼，透过屏风看那个极模糊的轮廓。

这当真是稀奇得很！

那么一个看不清模样脑袋，时不时轻轻地动一下，他也能隔着屏风认出她来。

过了一会儿，她从木桶中爬了出来，他竟不自觉地转开视线回避了一下。很快，他又懊恼地拍了下膝盖。他什么都看不见，有什么好避开的？！

她很快便擦着湿发从屏风后面走了出来，整个人散发出温暖的香气，让他忍不住把这暖融融、软乎乎的一团抱进了怀里，嗅个不停。

这味道和温度，他都要。

“该你了。”她歪着头，笑眯眯地说道。

幽无命目光一沉：“你帮我。”

“你是三岁的小娃吗？洗澡还要人帮忙！”她一边说，一边把他从床榻上拖了起来，推着他往外走。

幽无命的眸中满是坏笑。他紧紧地攥着她的手腕，带她进了另一间房，把她抱进怀里，轻吻着她的额头，道：“是谁说我什么时候想要都可以的？现在可以吗？”

她轻轻地颤了一下，垂下头，额头抵着他的肩，声音低低地飘了出来：“可以啊。”

幽无命愉快地笑了起来：“想要？我偏不给！你就馋着吧。”

他哈哈大笑，把她往屏风后面一推，然后三下五除二地脱掉衣裳，跳进了木桶。

“别偷看！”他一本正经地道。

桑远远：“……”

这么讨人厌的男人，她真的没见过第二个。

气了片刻后，她忽然笑了，隐约有种感觉，幽无命会先给她一个盛大的婚礼。

四个人很快整理完毕。

桑不近不知出于什么考量，又换上了女装，画的是偏英气的妆面。

云许舟反正是一眼也不看他，也不和他说话。一上车，云许舟便趴在车窗上看风景，幽无命则盘起腿来入定，桑远远瞬间有种在跟团旅游的感觉。

有皇甫雄的令牌在手，几人出入各大城池倒是十分方便，一路相安无事，很快就到了东州西境。

再过两座城，他们便能离开东州，抵达小姜。一旦到了小姜，便是天高任鸟飞，海阔任鱼游，他们无须再提心吊胆，生怕暴露。

桑不近驱着车通过城门。

桑远远发现幽无命好像遇到了一点儿障碍。他闭着眼，眼皮上透出了火光，整个人看上去十分妖异，额角渗出了薄薄一层冷汗，看着十分辛苦。

桑远远屏住了呼吸，更加仔细地操纵着一朵卷在车底横杠上的太阳花，用灵蕴藤及时填补道路上的小坑洼，确保车厢一晃也不晃。

这几日桑远远虽然没有修行，但专心做这件事，却让她感觉到对灵蕴的控制力又强了一些，不用花费多少心神，就能精准地操纵好它们。

她一边给幽无命减震，一边紧张地留意着他的动静。他的呼吸中隐约带上了丝丝火意，身后的光翼若隐若现——一旦有什么不对劲，他就会把火气渡到翅膀里面去。这当口，他自然是禁不得任何打扰。

她深吸了一口气，召出更多的灵蕴藤覆在车轮外面。

就在这时，桑远远忽然听砰的一声巨响，车厢猛烈一晃！她一半的心神在车底，一半的心神在暗中观察幽无命，猝不及防之下，头重脚轻地向着软榻下面栽去。

幽无命睁开眼，用一双大手稳稳地托住了她，唇角微勾，嗔怪道：“毛手毛脚。”

话一出口，两个人都怔了一下，然后一起笑了起来。原来，两人第一次在韩王宫见面，他开口对她说的话正是这一句。

正在这时，外头传来了吵闹声。

原来有一辆大车急速驶来，那车夫没留神，和桑不近的车子重重地撞在了一起。两辆车的车辕卡住了，一时竟拆不开。

对面的车夫是个士兵，骂骂咧咧地跳下车，抬脚踹桑不近的车轮。两辆车里的人同时撩起了车帘，探头一望，齐齐呆住了。

当真是无巧不成书，对面车中坐着的是皇甫雄与蚌女仙。

皇甫雄还没来得及说话，那蚌女仙已经指着幽无命娇声叫了起来："哈！竟然是你这个穷鬼！"

只见蚌女仙那饱满的胸脯上下起伏，白润的脸蛋上还挂着泪痕。她双眼发红，显然方才正楚楚可怜地向皇甫雄倾诉委屈，此刻突然看见了幽无命，激动之下，脸上不自觉地露出了狰狞的神色。

这个男人，她一辈子都忘不了！

她犹记得，她一眼就在人群中相中了他，放出了自己的金雀。等到看清他的面容时，她是真的起过从良的心思——若是这人家境好的话。谁知，这个穷酸鬼居然当众把她的雀儿给卖了！他卖了也就卖了，偏偏还卖给了一个死鬼。那人死在了她的床榻上，既毁了她的声名，又害她被抓到东都战战兢兢地等候东州王发落。这么多天，她吓得都瘦了好几斤！

她好不容易才盼到皇甫雄归来，从王宫里出来了，正在哭哭啼啼地向皇甫雄倾诉委屈，想要捞回些好处，好巧不巧，居然在这个时候又撞上了这个该死的穷酸鬼！蚌女仙一时都不知道该先从哪一句开始控诉。

这一刻，桑远远的脑海中亦有片刻空白。

这未免也太巧了！

他们针对皇甫俊与姜雁姬的种种设计，可以说是十分完美，她闲暇时无数次回想都寻不出任何破绽，没想到最大的破绽居然这么巧就撞了上来。

只要蚌女仙开口说出幽无命就是那一日用金雀从姜谨真的手中"换"去了五匣水灵固玉晶的人，皇甫雄必定就会想到之后他们的"偶遇"根本就是幽无命的安排、设计。

再往下深想，那原本牢不可破的“真相”便要一点点地出现破绽。

早知道我就该重新易个容。这个念头刚刚浮现，就被桑远远果断掐死。

世间最没用的就是“早知道”。

弱者和强者最大的区别，便是遇上问题弱者的脑中都是懊悔、自怨自艾、往别人的身上找理由，而强者只会做一件事——想办法解决面前的问题。

从很早之前，桑远远就学会了强迫自己用强者的思维方式来面对任何事情。

她瞬间确定了问题的关键：绝对不能让蚌女仙说出那晚的事！

此刻，蚌女仙刚说完了“穷鬼”二字。

“嗯？”皇甫雄略带不解，皱眉望向蚌女仙，“你也认得先生？”

蚌女仙刚要说话，便被桑远远高声打断。

“好啊！”桑远远的眼睛里唰的一下就流下泪水，她指着幽无命控诉道，“路过一座城，你认一个旧情人；再路过一座城，你再认一个旧情人。你到底是有多少个相好流落在外？！”

皇甫雄被桑远远这煽情的演技抓住了心神，一听是这等风流韵事，顿时把蚌女仙抛到了脑后，目光顺着桑远远的手指望向车厢中的云许舟以及车辕座上的桑不近。

今日的云许舟没施脂粉，只简单地易了容，秀丽的面庞颇有几分苍白，像朵开在车厢中的寒梅。而桑不近画了英气的妆，抿着唇坐在辕座上，像烈焰，却是拒人千里的那一种。两人当真是各有千秋。

皇甫雄看呆了，心说：厉害、厉害，不愧是能写出那么好看的故事的先生！看看他身边这些新收的女人，竟然个个都是上乘品质！不过数日未见，散落在民间的金珠子都要被先生一网打尽了。

桑远远跳下车，继续控诉道：“前日一个，是你难以忘情的小青梅；昨日一个，又是对你有恩的好知己！”她指向蚌女仙，“这个呢？！这个又是什么？！”

幽无命极配合地低下头，摆出一副标准的渣男姿态，说："夫人别闹了，这位乃是廊中之仙。我身无长物，又怎么攀得上人家？别说了，我们走吧。镇西将军，叫你看笑话了。"

听了这话，蚌女仙也是无语得很。他身无长物，便拿她的雀儿换钱？

她抓住皇甫雄的衣袖，娇滴滴地说道："就是这个穷鬼……"

桑远远陡然打断了蚌女仙："哦——我知道了！这个女人就是《莫欺少年穷》的故事里那个为了金银弃你而去的女人对不对？！你迟迟写不出结局，不愿让那无情无义、贪慕虚荣的女人打脸，就是因为心中仍惦记着她对不对？！"

蚌女仙忍不住想说话，只见皇甫雄重重一挥手，把她掀到一旁，道："你闭嘴！"

皇甫雄爱听故事，共情能力极强，听着蚌女仙一口一个"穷鬼"，只觉得心中烦躁，推开她，匆匆投身回那个故事之中。

那一日没能听到结局，他已是百爪挠心，今日发现戏中的原型竟然活生生地出现在眼前，哪里还按捺得住心中的激动？他仔细一想，蚌女仙平日对着那些穷酸书生的嘴脸，可不活脱脱就是故事里面的那个退婚女？

皇甫雄的心中一时百感交集。

忽然，他摸着下巴笑了，心想：此时此刻的自己，岂不就是一根金灿灿的金手指，可以轻易地帮助主角翻身打脸这个恶毒的女人吗？

皇甫雄跳下了车，恭恭敬敬地站到了幽无命的车窗边上，道："先生啊先生，有这难处怎不早些与我说呢？！"他大手一挥，道，"先生，今日我皇甫雄便做主把这个女人赠给你啦！你想让她当牛做马也好，想写个双飞燕也罢，都随先生高兴！只是写出结局之后，还请先生第一时间给我送一份来！先生，我可是靠着你的故事续命啊！"

蚌女仙惊呼道："将军！"

皇甫雄冷冰冰地回头瞥了蚌女仙一眼，说："去，服侍先生。先生可是我皇甫雄在这世上最敬重的人之一，你算什么东西，也敢这般侮辱先生？！我留你一条贱命，不过是看在先生的分儿上！”

他虎目一瞪，蚌女仙惊得一个字都不敢再说，心中一时惊悸、恐惧交织，苦不堪言。

她被关了这些日子，根本就不知道那件事干系重大。在她看来，那就是一件损了她的颜面，又害得她倒霉的小事。她本想借着皇甫雄之手出口恶气，没想到皇甫雄竟然与此人有那么深的渊源，真是一脚踢在了铁板上！

蚌女仙顿时㞞了，摆出一副柔弱为难的样子，道：“将军，我还欠楼里的妈妈许多银钱……”

皇甫雄挑眉，道：“少跟老子废话！滚过去伺候先生！”

事情到了这个地步，蚌女仙哪里还有机会说出那日的事情？她抿着唇，可怜兮兮地拎着裙摆，挪向幽无命的车厢。

皇甫雄送佛送到西，那张凶神恶煞的脸上生生地挤出了谄媚的笑容，冲着车厢里的幽无命揖了又揖，恭敬无比地站在路边，目送幽无命的大车驶向前方。

主角爽了，皇甫雄心里也爽歪歪，只觉得被姜雁姬搞出的那些怨怒与愤懑一扫而空，整个人神清气爽、精神百倍，一身热血哗哗地奔腾。

蚌女仙呆呆地跪坐在车厢里，半晌才回过神来，忽然觉得自己真是蠢得无药可医——此人被皇甫雄这般看重，又岂是什么无能之辈？！那一日他换得五匣水灵固玉晶，如今却也未见换身华贵的衣裳，所以这分明就是个扮猪吃虎的厉害人物！

她抬起头瞄了瞄云许舟和桑远远，心道：这几个女人虽然个个是绝色，然而要论伺候男人的功夫，又岂能与我相提并论？此人生得风流英俊，又是个连皇甫雄都要恭敬以待的人，我跟了他，其实是捡了大便宜才对！哪怕先前有些不愉快，可是只要在床榻之上让他愉快了，我以后的日子还不照样美滋滋的？

想通了这一层之后，蚌女仙的脸上迅速浮现一丝羞涩。她不住地用那双勾魂夺魄的眼睛去瞄幽无命。

幽无命方才炼化那不灭之火正值要紧处，应付完皇甫雄之后，便立刻闭上眼睛处理火焰去了。

此刻他们距离皇甫雄不过一射之地，桑远远心知人设暂时还崩不得。她挡住了蚌女仙的视线，冷声道："少来那套狐媚的伎俩，这里没人吃你那套。"

蚌女仙委屈巴巴地说道："姐姐，我并非狐媚，只是天生便生成了这样，惹得姐姐不愉快，都是我的错。若是能选，我也愿像姐姐般生得普普通通，也少许多事端。"

勾搭异性，倾轧同性，这已是烟花女子刻入骨髓的本领。

桑远远："……"

我生得普普通通？

"郎君，"蚌女仙望向幽无命，"你可知道，我上次本就要跟了你的，结果你却负了我，把我这副心肝气得疼了多少日子！我方才说的都是气话，是因爱生恨的气话，你一定不会放在心上吧？能与郎君这般玉人双宿双栖，奴真是做梦都能笑醒，哪儿还看得上什么钱财！郎君，奴的心里都是你呢！"

闭目中的幽无命："……"

其实幽无命心中很疑惑，为什么差不多的话从果子的嘴里说出来就可以假得很可爱，从这女人的嘴里说出来就叫人浑身起鸡皮疙瘩？

云许舟把视线从车窗外转了回来，结结实实地打了三个冷战。

"喂！"云许舟冲桑远远扯了扯嘴角，大声道，"这玩意儿得一直带着？"

桑远远淡声道："先带出去吧。"

蚌女仙根本没有意识到两人话里的刀光剑影，又把矛头转向了云许舟，道："这位大姐说话可真伤人，大家都是平起平坐的姐妹，奴不过也就是生了张祸水的脸，在大姐的口中怎么就成了玩意儿？奴若是玩意儿，那你又是什么东西？”

方才蚌女仙可是听得清清楚楚，这白衣女人和辕座上的红衣女人不过就来了一两日，和自己是一路货色，谁也没比谁矮。

云许舟揉了揉眉心，道：“到冰雾谷就扔下去。”

眼见皇甫雄已消失在视野中，再也追不上来了，云许舟三下五除二地把蚌女仙的手脚一捆，嘴巴一塞，然后淡定地坐回窗边。

皇甫雄告别之后就再没出现过，一路上没出任何幺蛾子，四人一蚌顺顺当当地离开了东州。

进入小姜地界，幽无命总算是睁眼看了看被绑成了粽子的蚌女仙。

“我有一位至交好友，”他眯着眼睛笑了笑，“生辰将近，便将你送给他做贺礼吧。”

桑远远一怔，心想：幽无命有至交好友，我怎么不知道？

他见她一脸纳闷，也不解释，只懒懒地盘着膝盖，继续炼化体内的不灭之火。

冰雾谷外，幽、桑、云三州的亲卫站在那里。

桑远远一眼就在人群中看到了一个熟悉的身影——“短命”！虽然“短命”身上罩着一件毛茸茸的大雪袄，被裹得像个球，就露出了一张脸，但她还是一眼就认出了它。

一队幽影卫迎了上来，垂头立在幽无命的身前。

幽无命低声吩咐几句之后，幽影卫像拎一只小鸡崽一样把蚌女仙拎上另一辆车，径直往北行去。

云许舟的人也前来接驾了。云许舟一句话也没有对桑不近说，得到幽无命“会尽快炼化解药”的承诺之后，径直上了雪橇，绝尘而去。

这会儿桑远远可没心思理会别的，早就蹦下车和“短命”搂在了一起。

人不如狗，就是那么真实。

“短命”又胖了！它的身体比原先更加圆润。

它见到她亦非常开心，一眼都没看幽无命，把额头放在桑远远的身上拱，两只前脚还抬起来，缩着利爪，不停地用掌中的肉垫扒拉她。

桑远远："'短命''短命''短命''短命'……"

"短命"："嗷呜呜呜……"

辕座上，幽无命和桑不近并肩坐着，两个男人很诡异地共情了。

他们都是被抛弃的可怜人。

趁桑远远在雪地里和"短命"玩闹，桑不近忽然凑近，低声问幽无命："你和小妹第一次那个之后，她有不理你吗？"

幽无命："……"

幽无命缓缓地转动眼珠子，半晌，眸光微闪，掩饰心虚，轻笑出声："怎么可能？她爱死我了！"

桑不近看起来更加抑郁了，脑袋垂到了两膝之间，双手抱在脑后。

幽无命也没比他好多少，弯起一条腿，手肘撑着膝盖，斜斜地揉着额角，眼珠左右转动，不知在打什么主意。

桑不近并没有发现幽无命的异常，望着在雪堆里和"短命"滚成了一团的亲妹妹，道："如今我也懂得为何你与小妹无法分开了。你且放心地向父王提亲，我会替你说好话的。事情既然已经到了这个地步，我们男人就得负起责任来。"

幽无命慢慢把眼珠转向他。

桑不近叹了口气："云许舟上面没有长辈，她也没有什么朋友，到时候我要求亲，你也帮衬着我些。"

敢情桑不近是打算互利互惠。

幽无命忍俊不禁："小事。"他凑上前去，探出长臂，圈住了桑不近的脖颈，恬不知耻地道，"给我说说你是怎么回事，太快了？那样肯定不行。告诉我，出了什么问题？我教你啊！"

可惜桑远远和"短命"正玩得开心，没听到幽无命在套路自己的哥哥，否则她肯定把幽无命从辕座上抓下来，把那张可恶的俊脸按到雪堆里面好生地摩擦一通！

桑不近犹豫了一会儿，道：“就……太激动了吧。我也没想那么多，那个时候，哪儿顾得上什么时间长短的。”

幽无命转了转眼珠，一一记下，心道：到时候我千万要多想一想，莫要激动，有什么好激动的。哼，那种事罢了。

“你这样可不行。”幽无命大言不惭，“不到半个时辰，还叫男人吗？”

桑不近：“半个时辰，怎么可能！”

桑不近万分震惊，当时的他觉得半炷香的时间都是那么遥不可及。

“有什么不可能的？”幽无命不屑地道，“我……”

桑远远恰好骑着“短命”过来了。她着实吃了好大一惊——便宜大哥居然和幽无命头凑着头、眼对着眼，一副亲密无间的样子。太阳这是打西边出来了吗？平时这两个人见面不是跟两只斗鸡似的吗？

“你们在说什么？”她好奇地问道。

只见桑不近的那张脸唰的一下就涨成了猪肝色。

幽无命满脸坏笑，道：“说娶你的事。”

桑远远不太信，偏头望向桑不近。

桑不近尴尬地圈起手放在唇边轻轻一咳，道：“不错。小妹，我虽说不是那么满意幽无命，但既然事情已经到了这一步，我自然明白你非他不嫁的心思，回头自然会替你向父亲解释的，你不必忧虑。”

桑远远：“……”

她心想：我就陪狗玩了一会儿，怎么感觉好像错过了几集连续剧？

她不禁望向幽无命，直觉告诉她，这个男人肯定对桑不近说了些奇怪的话。

“出发！”幽无命愉快地从车上跳下来，落到“短命”的背上，一扯缰绳，带头向前奔跑。

“短命”撒蹄狂奔。冰雪路滑，它时不时四肢朝前，一下在冰面上滑出老远，歪斜着圆滚滚的身躯艰难地漂移过弯。

幽无命笑得开心极了。

到了无人的道上，幽无命将身上的火翼一展，便从“短命”的背

上飞起来，掠到它的前方，扑扇着那对翼翅，得意扬扬地拿下巴朝着“短命”。

“短命”四肢前倾，一双眼睛瞪得滚圆：“嗷呜？”

谁能告诉它，主人啥时候变成了一只扑棱蛾子？

疯够了，他们回到了桑不近的队伍中。幽无命老老实实地坐上车，继续处理体内的不灭之火，“短命”则规规矩矩地走在大车边上，努力在桑不近的面前表现出它是一头专业战骑的样子。

几人一路无话。

他们自小姜往西，经赵州，取道风州，然后顺利抵达了桑州，耗时九日。

这九日里，幽无命眸中的橙焰发作的次数越来越少。他展开光翼时，明火已转变成了暗火。

桑远远知道，再给他一些时间，他就可以彻底“消化”这团不灭之火了。

幽无命，是我给了你新生，明白吗？没有我，哪儿有你的今天！偶尔看着他专注地修行的脸，她便会这般在心里嘀咕，然后又忍不住独自窝在一旁偷偷地笑。

这九日，桑远远虽然没有提升修为，仍是灵明境四重天，但对木灵蕴的驾驭能力又上了一层楼，更加炉火纯青。

之前她突然连升两级，体内灵蕴空虚，现在这些灵蕴也尽数被她补足了。

幽无命身上带了火之后，火烧掉他许多木灵，这些精纯至极的木灵蕴像雾气般氤氲出来，都便宜了她。

一切都在变好。

众人终于踏入桑州地界，满目都是郁郁葱葱的绿色。

桑州有两种桑树：一种是很寻常的桑，结着红红紫紫的桑葚；另一种却矮矮地伏在地面上，就像土豆藤，一亩一亩栽种得整齐，人工养的淡蓝色冰蚕在矮桑里爬来爬去，一眼望去，万亩绿中闪烁着点点冰蓝的光芒，像是误入了蚕丝仙境。

桑远远从来没听说过有桑树会像土豆一样趴在地上。但奇怪的是，她第一次看见这一幕，心头竟然浮现浓浓的熟悉感，有一种似曾相识的感觉。

上一次路过桑州地界时，她只是远远地从边境上一掠而过，那时她的小命还悬在幽无命的手里。她只大概地瞟了几眼，知道这儿是个绿绿的地方。今日更近距离地接触桑州的土地，她心中竟是泛起了奇异的乡情。

漫山遍野都是这样的矮桑，秀美的桑州织女坐在高桑下面纺丝，口中哼唱着悠扬的调子，桑远远不自觉地随着她们唱起来。

不知什么时候，桑不近偷偷换了个人驾车。

桑不近偷偷进了车厢，静静地坐在一旁，看着自家这个面露茫然之色、不自觉地唱着桑曲的妹妹，眼眶渐渐湿润了。

一曲终了，桑远远恍然回神，见桑不近和幽无命都盯着她。

桑远远：“怎么了？”

幽无命扑哧一笑：“小桑果，你走调了！”

桑不近却赶紧别开头，低声笑道：“许多年不曾听小妹唱过曲了……小妹你可知道，你这调子跑得简直不像话，自从听你这般唱过后，大哥我就再也找不着真正的调子了！”

桑远远愣住了。所以她和原身连跑调都跑成一样的款式吗？

她再度看了看车窗外的桑田，依然感觉十分熟悉。

莫非来到故地激发了这具身体残留的记忆？她暗暗思忖。

想到很快就要见到桑州王的夫人，桑远远不禁有些忐忑。女儿大了，与爹爹和哥哥都不会太亲近，再加上男人们粗心，她用失忆做借口还可以勉强蒙混过去。可是做娘的哪个会认不出自己的孩子？到时候情形会怎么样呢？

事到如今，她也只能顺其自然。

就在她胡思乱想时，车队进了桑都。

桑州的城和别处又有不同。筑城用的是一种灰白色的砖石，城中处处栽满了高桑，而那些灰白的砖石上，则像爬山虎一样爬了许多矮桑。

这些矮桑可以从那种灰白的砖中汲取养分，而冰蚕留下的虫蜕和虫便，又凝成了坚固的琥珀状，填补了砖石的空隙。

这真是很奇异的共生关系。

桑夫人早就迎了出来，熊一样的桑州王小心翼翼地扶着她。

大老远看到车队驶入城中，桑夫人娇小的身躯就开始摇晃。到了近前，桑夫人更是激动得失了声，颤抖着身体，眼珠直勾勾地盯着桑远远。

看清桑夫人的模样时，桑远远心中的忐忑立刻不翼而飞。

桑远远怔住了，熟悉的感觉在心头涌动。她不自觉地开口唤了一句："阿娘。"

眼泪掉了下来，桑远远丝毫不知，呆呆地向那个瘦小的中年女子走去。

母女二人长得有几分相似，走到一处，桑夫人颤抖着手抓住了桑远远。

这一刻，桑远远的脑海里一片空白。什么演技、什么心虚、什么冒牌、什么被拆穿，通通飞到了九霄云外，她就像在外地待了大半年之后，终于休假回家看到了正忙碌着的父母，感觉跟父母好像很久没见面了，又感觉与他们分别也不过是昨日的事情。

许久，桑夫人忽然掩住嘴，呜咽了一声，道："我的小桑果！"

桑州王抓住了夫人的肩膀，道："就知道哭哭啼啼，是谁说闺女不惦记你，见面得抽她一顿消气的？！怎么一见面就叫起闺女的小名来了？多少年没这么叫过了，你也不嫌腻歪！"

桑夫人柳眉一竖，一记杀人的眼刀阴阴地飞了过去，桑州王顿时㞞成了鹌鹑。

桑不近在路途中已悄悄恢复了男装，气宇轩昂地走过来，道："阿爹、阿娘，回去再说话吧！幽无命也在呢。"

桑州王与桑夫人听到这个名字，面色不禁微微一变，望向桑不近的身后。

幽无命笑得像春风般和煦。这次，他没有口无遮拦地直接叫人家岳父、岳母，而是施了个王族标准的见面礼，笑着温声道：“桑州王、桑夫人，幽无命有礼了。”

桑氏夫妇正色回礼。

虽然在路上时，桑不近已经将事情大概告诉二老了，但桑州王与桑夫人眼睁睁地看见这云境十八州最骇人的疯子这般像个老实女婿一样走在身边时，一时之间还真是有点儿无法接受。

桑远远走在桑夫人身边，余光偷偷瞥了幽无命一眼。幽无命走得像模像样，那一身风度气质，既有王者的气派，又谦逊温和、斯文有礼。桑远远在心中感慨，幽无命实在是个影帝。

桑夫人时不时握一握桑远远的手，好似怕她丢了一般。

“小桑果，”桑夫人低声地说道，“分明送你出嫁也不过是三个月前的事情，可不知为何，阿娘总觉着你已经离开许多年了。”

桑远远觉得心弦颤抖，说不出话来。

理智告诉她，她桑远远，生长在现代文明之下，有自己的人生。可是感情上，她不自觉地依恋面前这个熟悉的人。

其实此刻想想，见到桑州王与桑世子的时候，她也曾有过血脉相连的熟悉感，只不过他们一直小心翼翼的，不敢靠她太近，生怕吓着她，而她当时心中装着幽无命以及与韩少陵和离的事，也无暇去体会那本不属于她的亲情。直到这时，她才忽然想起桑不近曾经说过这样的话——

“小时候总赖着我，要我偷偷带你到天都看看，我原想着待你及笄便瞒着爹娘走一趟。谁知小妹稍大一些，便不知从哪儿学得端庄十足，竟埋怨我胡闹。这次病过之后，小妹反倒是恢复了从前活泼的模样！”

而当时桑成荫是这样回答的——

“对对，我就说不该让小桑果嫁人、不该让小桑果嫁人，当初没定亲的时候多可爱的小桑果，一见那韩少陵，便和外头那些闺秀一样变成了

木头人！”

桑远远皱了下眉头。

五年前，幽盈月是以小夫人的身份嫁给韩少陵的。幽盈月是幽州王嫡女，若不是当时韩少陵已经定了亲，正夫人位置已经被人占了的话，幽盈月不可能是小夫人，所以桑远远和韩少陵定亲是更早的事情了。

他们定亲之后，原身就变了吗？她从前就是现在这般模样，而遇到韩少陵之后就变成了一个规矩的待嫁王女？桑远远总觉得这事有点儿怪。能培养出桑不近这种女装大佬的桑氏水土怎么会养出个木偶般的王女来？那个木头一样的桑远远，一言一行照着“女德”刻出来的桑远远，活着就好像只是为了替梦无忧铺路的桑远远，她是谁？

桑远远愣了一会儿，脑海里不禁浮现出最哲学的疑问——我是谁？

她从来没料到与桑夫人相认时竟然没有半分勉强，她们就像是久别重逢的母女一样。她心中渐渐生出一个令她有些惊骇的念头：该不会我才是真正的桑远远吧？

她轻轻地吸了几口气，凝望左右，桑王宫的宫城和道路，既陌生，又熟悉。

桑州王带幽无命去了书房，桑不近看了看桑氏母女，欣慰地笑了，转身追了上去。他们要谈的事情着实有点儿多。

桑远远被桑夫人带到了桑远远曾经的寝宫。

一刻钟后，桑夫人总算是哭够了，收了眼泪，高高地挑起了眉梢，得意非凡：“那父子两个有什么用？！他们分明是自己照顾不好你，还给我打马虎眼，说你谁都不记得了，没用的东西！你以后也不认他们！”

桑远远：“阿娘，我确实是忘记了许多事。我可以看看这里吗？”

“当然！”桑夫人道，“想添什么只管对我说！”

桑远远环视大殿，来到这里，熟悉的感觉更加浓郁了。

她走到大木柱的边上，木柱子上刻着一道道痕迹。她仿佛看见一个小女孩儿，每年长高一些，父母兄长围在身边，开开心心地在木柱上刻上一刀，然后一家人快快乐乐地去庆祝生日。

她盯着木柱发了会儿呆，然后径直走到宫殿一角，墙角歪歪斜斜地刻着一行小字：“桑不近是乌龟大王八！还要从台阶上掉下去！”

字迹虽然稚嫩，但桑远远看了一眼就认出了这正是她的字。破碎零散的画面在眼前一晃而过，她忽然便记起了当时的心境——具体发生了什么事她完全不记得了，就只记得桑不近年少顽皮，把她气得够呛。那一瞬间的情绪涌上心头，她与往昔的自己共情了，恨不得把桑不近摁在地上一顿摩擦。

这绝对不可能是别人的记忆，她和桑不近绝对曾经一起长大过！

她站了起来，脑袋一阵眩晕，脊背处寒气直蹿。桑夫人急忙上前搀住了她。

“阿娘，离家太久，女儿不孝！”千头万绪涌到心中，她捂住了嘴巴，哭得像个不知在哪里受尽了委屈的孩子。

她一哭，桑夫人哪里还抑制得住，两人当即手执着手哭成了大花脸。

许久，两人断断续续地歇了下来。

“阿娘，”看着桑夫人肿成了桃子一般的眼睛，桑远远压下情绪，手一招，抛出一朵太阳花，“来来来，试试这个！”

桑夫人瞪着太阳花，柳眉倒竖：“桑不近这个鳖孙！这么好看的向日葵，他居然给我说妹妹放的是大脸花，我这心里还愁了好几天哟！”

桑远远喜极而泣。这都多久了，她终于听到一个人正确地称呼她的太阳花了。

不过桑夫人这个骂法是不是出了点儿问题？桑不近若是鳖孙，那桑夫人自己……算了，随便吧，她高兴就好。

桑远远笑着指挥太阳花往桑夫人的脸上喷洒养颜灵雾。等到母女二人护完肤，正殿中的晚宴也准备妥当了。

毕竟是幽州主君驾临，该少的礼仪还是少不得的。

侍女鱼贯而入，助桑远远洗漱、更衣。

这一回桑远远穿的是月白色的丝袍，缀满了繁复的暗织花样，头上

戴着不大不小的华冠，如缎一般的长发披散在脑后，对镜一照，当真是人间绝色。

侍女搀着她步入设宴的大殿。

灯火辉煌，上首两位王者行礼之后，端正对坐。

桑远远感觉得到，桑州的文武百官亦是个个绷着脊背，紧张得不行。坐在幽无命下首的是桑州首相，他真是如坐针毡，朝着幽无命的那半张脸上居然浮现出细小的鸡皮疙瘩。

桑远远落座之后忍了又忍，才没把笑容挂在脸上。这一回，她与幽无命之间隔了好几个座次。幽无命要看她，便得侧过大半个身体，视线擦着身边首相的鼻子经过。这样一来，坐在他身边的那个首相更是浑身难受，一张刻板的方脸上生生挤出了几分哭相。

桑远远憋着笑，感觉到幽无命在看她，便朝着他的方向不动声色地举一举杯，饮了一口果酒。他立刻满饮一杯，然后故意把杯子重重地落在案桌上，示意他喝光了。

这些日子两人都是朝夕相伴，今日却忽然这么隔着大半个宫殿，便心照不宣地做着一点儿小动作，悄悄往来。桑远远很快就喝到微醺，心中只觉得喜悦。

宽敞威严的殿堂之中，他见她坐在灯火下，身上罩了一层朦胧的光，仿佛偶然降临尘世的仙子一般。她的光芒那么明亮，点亮了满身黑暗的他。

他轻笑着举杯，向桑州王敬酒。

终于，桑成荫不甘不愿地清了清嗓子："众卿，幽州王今日亲赴桑州诚意求娶，孤决定与幽州联姻，将小女远儿嫁给幽州王。众卿以为如何？"

众大臣："……"

你自己都决定了，又把幽无命这尊罗刹供在这里，大伙儿还能如何想？

"恭喜主君，贺喜主君！恭贺幽州王。"

众人齐齐发声。

桑远远抿住唇，垂眸望着桌面，心中一时有些恍惚。

她就这么嫁了？这么顺利？

桑州的一切都让她感到如坠梦中。手中的玉杯里盛着紫色的桑果酒，晃一晃，她只觉得周遭的一切都变得那样不真实，好像随时会弃她而去。她不自觉地把果酒一杯杯饮下，时不时偏头看一看身旁的父母、兄长以及斜对面的幽无命。每个人看起来都很开心……不对，父亲和兄长的脸其实臭得很呢！

她感到笑意从心底咕噜咕噜地冒了出来，止也止不住。她觉得自己徜徉在一条甜蜜的河流中，周遭的所有都像梦境一般完美。她贪婪地、珍惜地享受着面前的一切。哪怕看不见的前方有断崖瀑布，这一刻，她仍觉得心满意足。

她喝得迷迷糊糊的，也不知宴席何时散了。

侍女帮喝得晕乎乎的桑远远洗去一身酒气，换上了舒适的桑蚕丝中衣，然后把她搀回寝殿，恭敬地退下。

桑远远卧在云榻上，身体像是浮在云中，又轻又软。她不禁想起了穿越那一日，也是这般躺着，隔着鲛纱帐茫然地注视着殿中景象。她望向帐顶，想起那一日为了活命，不住地刺激幽盈月，说要做幽盈月的王嫂。

谁知，她竟一语成谶。

她恶作剧般地想：大婚时，定要让幽无命把幽盈月叫过来，看幽盈月会不会当场吓到尿裙子。

她乐呵呵地揽住云被，咯咯咯地笑个不停，比任何时候都开怀。

“什么事这么开心？”殿中忽然响起男人低沉的声音。

她根本不必过脑子就知道是谁。

“我曾对幽盈月说，要做她的王嫂。”她笑道。

男人轻笑一声，走到云榻边上，撩开鲛纱帐，坐了进来。

她斜着眼瞥去，见他亦洗漱了，披着一件黑色的宽袍，胸膛半敞，

脸颊有一点儿红，是酒意。她笑吟吟地伸手抓住他的衣衫，进而搂住他精瘦的腰身。

她凑上前轻轻一嗅，是很清爽的花香。

“幽无命，你真香！”她大大方方地夸奖他。

幽无命：“从来无人这么说。”

她今日喝得有些晕，把下巴软软地搁在了他宽阔的肩膀上，坏笑道：“哦？你不是有过许多女人吗，她们都没长鼻子吗？噫，莫非从前陪你睡觉的都是无面美人？”

她笑得眼睛都快没了，一边说一边用纤纤玉指拽住了他半敞的衣裳，照着他那线条流畅的胸膛点了过去。

“我猜，这里肯定无人碰过。”她醉眼蒙眬，微仰着小脸睨着他。

幽无命：“……”

她的小手无力地往下滑，他倒吸了一口凉气。

“这里、这里、这里，都没有人碰过，我是第一个。”她的声音轻轻软软的，缠住了他的心。

恼羞成怒的男人抓住她的手，翻身把她按在了云枕上。

“小桑果，你已经是我的了。你以为，我就非得等到大婚吗？”他冲着这只自投罗网的猎物，狠狠地亮出了他的獠牙。

桑远远看着近在咫尺的男人，他年轻英俊、自信强大、攻击性十足，身上还有好闻的味道。

酒意有些上头，头有点儿晕，她感觉自己的呼吸里带着温热的果酒香。

“我知道你不会等。”她道，“你得回幽州筹备婚事，我却要留在桑州待嫁。我们一个多月见不着呢，你不吃了我再走，如何能放心？”

他明显有些心虚，嘴硬道：“我有什么不放心？”

他放心才怪了。即便是普通人都难免会患得患失，更遑论他这个极度缺乏安全感的家伙。

而此刻，生怕夜长梦多的人，不止他一个。这一切实在太完美了，完美得让她心生恐惧，生怕像一个泡沫般啪一下就碎了。

“嗯，”她像狐狸一样眯起了眼睛，甜甜地说道，“那就是不动我？既然你放心，那我就睡了，明天见。”

说罢，她当真闭上了眼睛。

幽无命还没回过神，她的呼吸已变得均匀悠长，眼看着她就要睡熟了。幽无命呆呆地看着她红扑扑的小脸，一时不知道该怎么办。

她睡得这么香甜，任谁也不忍打扰。

黑眸中闪过一丝懊恼，他恨不得一巴掌拍死刚刚那个嘴硬的自己。脑袋和身体都突突地跳着疼，他深吸了一口气，打算回去洗个冷水澡冷静冷静。

他正要起身，忽然见她眼睫一颤。

她笑吟吟地睁开了眼，噘着红唇道：“再给你一次重来的机会——你不吃了我再走，如何能放心？”

幽无命一怔，旋即一阵狂喜，一时之间只觉得大脑一片空白，浑身的血液都在乱涌。他笑着喘了一口气，二话不说，低头就亲。

今日她穿着桑州特有的桑蚕丝中衣，冰冰凉凉的，手感极好。他身上的袍子是绸质的，布料相触，在烛光下泛起了微光。

毕竟是有过用芙蓉脂经验的人，幽无命颇有几分熟稔的样子，在她的耳旁笑道：“没带着芙蓉脂呢。”

她偏过脸，亲他的脸颊：“没关系。”

他感受片刻，道：“似乎并不需要，小桑果，你是芙蓉做的吗？”

事到临头，再无任何变卦的可能，这会儿哪怕是桑成荫提着刀冲进来，他也不会再放过他的小果子。

千钧一发之时，他忽然想起了桑不近的前车之鉴——太激动的时候不行，要坏事。

他强迫自己冷静了一些，带着坏意把她亲来亲去。

她羞恼地想跑，被他牢牢地制住。

她道：“我要睡觉了！”

说完，她气呼呼地闭上了眼睛。

幽无命笑得胸脯乱颤："你睡你的，不妨事。"

桑远远："……"

他用额头触着她的额头，唇角的笑容越来越坏。终于，他捧住了她的脸，很有技术地亲，攫住了她全部的注意力。在她不自觉地回应他时，他陡然发力，攻破防线，一步到位。

"呃……"

两个人的额上立刻都渗出了冷汗。

"你不要那么紧张。"他咬着牙说道。

桑远远："……"

她的眼角不自觉地渗出了星星点点的泪水。

"这样你更受罪。"他的额角暴出了青筋。

她委屈地看着他："我也不想的，这么难受，要不算了？"

她的脑海中有一瞬间闪现召出太阳花来治疗的念头，但她稍微想象了一下，让磨盘大的花盘立在一旁围观，实在是无法接受！

"乖，很快就好了。"他低头亲着她，心中一团乱麻，觉得自己可能要步桑不近的后尘，怎么办？他真的没经验啊！

谁知道会这样？他也很难受啊！

幽无命心中暴走，脸上还得装出一副温柔老练的模样来轻轻地亲着她、安慰她，把她搂在怀里，用脑门蹭她的脑门，身体却一动也不敢动。

"小桑果，我给你讲个笑话吧。"他绞尽脑汁地分散她的注意力，"上次我到章州，在宴席上，见他们一个个紧张得跟鹌鹑似的。我心中好笑，便随便指了个人，说他的脑袋生得好看，结果你猜怎么着？"

她轻轻地喘着气，抬眼看他。

"他慌得吞了个丸子，噎死了。哈哈哈！"幽无命很卖力地说着一点儿也不好笑的笑话。

桑远远扯了下唇角。他一直在触碰她的伤口，存在感实在是太强了，她想忽略都不行。而且他看起来也难受得很，额角的青筋直跳，还要笨手笨脚地安抚她。

“幽无命，不如……”她犹豫了下，心一横，“长痛不如短痛？”

她的本意是让他无须顾忌，幽无命却会错了意。

黑眼珠慢慢地转动着，他心想：难怪人家都说女人的话信不得，口是心非。若是听信了她的鬼话，真的短了时间，明日必定要遭她嫌弃。桑不近那前车之鉴还摆着呢，再怎样我也得撑过半个时辰！

于是他又伤精费神地给她讲了两个“笑话”。

桑远远：“……”

不知道别人家的新手是不是这样。

不过她心中其实挺感动的，没想到幽无命居然这般体贴，并非只顾着他自己快活。

她试着轻轻动了一下，幽无命倒吸了一口凉气，险些破了功。他狭长的眼睛都瞪圆了，惊恐地道：“小桑果，你做什么？！别乱动！”

桑远远茫然地看着他，为什么他要摆出贞洁烈妇一样的表情？

这一刻，“男人的尊严”这个极其严肃的问题已让幽无命无暇顾及其他。他能感觉到她已经不那么紧张了，但自己的事情自己心中有数，这般甜蜜、要人命的小桑果，随便吃上两口，他必定得投降。无论如何，他绝对不能堕了威风，被她嫌弃。

若是她明日也像云许舟那般不理人的话，桑不近必定能猜到真相，那自己的这张脸还要不要了？！

半个时辰还没到，他咬紧了牙关，道：“小桑果，我再给你讲个笑话！”

桑远远：“……”

这男人到底是什么奇葩品种？！

之后，他时不时便偏过头看看殿中的烛。

“幽无命，我一点儿都不疼了。”她揽住他的脖颈，冲着他轻轻地吐气。

“等我讲完秦州这事……”他最后瞄了一眼蜡烛。

桑远远："什么？"

终于，蜡烛燃到了他估算的位置。

幽无命恶狠狠地吐出一口长气，垂下头盯住她。他的黑眸中闪烁着进攻的凶光，唇角略微狰狞地坏笑着，长臂死死地将她揽在怀中。

"小桑果，忍耐些。"

两息之后，她见识到了他的全部狂浪。

她惊呼出声，不自觉地抓住了他。

方才那个尴尬地讲故事的幽无命已经彻底消失了，这一刻的他强势得要命，呼吸沉沉地落在她的耳际。他就像凶猛无比的掠食者，正在夺取口中猎物的性命。

她的大脑很快变得一片空白，双眼失去了焦距，无意识地捉住他，口中喃喃地唤着他的名字。

这一瞬间，看着她彻底失控的模样，幽无命竟不知自己是满足、狂喜，还是松了一口气。

"这么弱，放过你了。"他得意扬扬地附在她的耳旁说道，旋即缴械投降。

他把她捉到怀里，垂头碰她的脸颊和额头，装出一副游刃有余的样子："半个时辰而已，小桑果，下次可不会这么容易就算了。"

神智缓缓收拢的桑远远："……"

敢情他讲故事是为了拖延时间？这是什么神奇的操作？欺负她不懂行？半个时辰而已？她真的不想吐槽了。

歇息了片刻，他意识到自己做得可能还不够好，于是把她抱起来走到偏殿的热汤池中洗刷了一通，嘴里还嫌弃地道："小桑果，你真是不会伺候人，还得我来伺候你。不过看你也没什么力气，就不勉强你了。"他坏笑着拨她的手指，"手指都动不了了吗？！"

他得意到翘翅膀。

桑远远："……"

沐浴完，他披上黑袍，把染上血迹的云被带到殿外放火给烧了，然后懒洋洋地踱回来，唇角噙着坏坏的笑容，把她揽到身前，斜倚在云枕上。

他有一搭没一搭地抚着她的头发。

两人都不说话，只静静地一起待着便觉得无限甜蜜满足。

歇息了一会儿，他有些蠢蠢欲动，但一想到她的伤，又不舍地打消了念头，心想：还是别把她欺负太狠了，难得她这么乖，看起来也没有要生气、不理人的样子。

果然，他比桑不近强了一万倍。

"小桑果，"他道，"我没打算把你留在桑州。"

她缓缓抬头看他，面带疑惑。

所以两个人并没有要分开一个多月？

他刚才不说，顺水推舟就把她给吃了？

他道："筹备婚事哪儿用得着我？我们去一趟冀州，收了皇甫俊的礼再赶回来，时间刚好。大婚后，我便陪你回桑州待一阵子。我知道你舍不得他们。"

一听这话，桑远远心中顿时溢满了喜悦。

她真的舍不得家乡和亲人。虽然她暂时还想不通这其中究竟发生了什么事情，但可以确定的是，这里真的是她的家。

心情一好，她就有点儿皮。

"大婚的时候把幽盈月叫来，我要吓死她！"桑远远仰起脸来冲他撒娇，道，"当初她可把我吓得够呛！"

幽无命缓缓地挑了下眉："不必等到大婚，明日你我便要先去一趟韩州。"

桑远远："嗯？"

幽无命懒洋洋地把她往身上紧了紧，手肘落在云枕上，支着额，漫不经心地说："韩少陵生辰，向岳父递了帖子，邀你与大舅哥同去，明日便要出发。"

桑远远愣了一会儿，茫然地道："他的生辰为何要让我和大哥去？若

是葬礼的话，出于礼貌，倒是该吊唁一番。”

幽无命的声音隐隐有些发空：“小桑果，对旧日的情郎就那么绝情吗？”

桑远远的心脏轻轻一颤。她知道他并不会怀疑她对他的心，但是她对韩少陵的态度与姜雁姬对明先生的态度实在太相似了。

先前对韩少陵死心塌地，肯为韩少陵挡刀的人是她；如今琵琶别抱，跟了幽无命，盼着韩少陵死的还是她。

幽无命虽然自大狂妄，却绝对不会像皇甫俊一样，以为一个女人能为他抛夫弃子是因为他自己魅力非凡。幽无命不愿怀疑她，但她也知道，自己这样“反复无常”，着实有些说不过去。

她犹豫了一会儿，决定实话实说。事已至此，她不希望他对她有什么误解。

“幽无命，我若是告诉你，和韩少陵定亲的那个根本就不是我，你信吗？”

他慢慢地垂下眼睛，用手指挑起了她的下巴：“再说一次。”

“我失去了从前的记忆，”她看着他，“但我知道，我没有喜欢过韩少陵，也不是什么端庄的桑王女。父母都说我见到韩少陵之后就变了，变得像个木头人，而如今的我才是那个改变之前的我。”

幽无命的神色渐渐凝重。

她说：“那时候的我做了一个很长的梦。梦中，我在别处过完了自己短暂但真实的一生。梦醒时，我便已经躺在了韩王宫中。今日回到这里，我记起了许多幼年时的事，更加确定曾有过那么一段时间，我，不是我。”她这般说着，身体不禁轻轻地颤抖起来，“你知道吗？今日回到这里，我心中既欢喜又害怕，只觉得眼前的一切都如镜花水月一般随时可能弃我而去。若是再来一次呢？我会不会再一次被扔到哪里……”

带茧的大手捂住了她的嘴。

“不会。”他死死地盯住她的眼睛，“有我看着。”

他发现自己的胸口闷闷地坠着，一阵阵地疼。难怪她今日会喝那么多酒，难怪她要故意引诱他。她是不是在担心，这一别，再见时已物是人非？

“我绝不会让你出事。”他郑重其事地说道。

桑远远并不像他那么乐观：“可是我们并不知道其中的原因，又如何防范？”

“有心去查，总会查到的。”他更用力地揽住她，恨不得把她嵌到他的身体中，“小桑果，不要怕，你有我。”

“好。”她仰起脸来冲着他笑。

片刻，她纳闷地问：“韩少陵生辰，为何要给哥哥发帖子？”

幽无命道：“三十定妻宴啊。”

桑远远恍然大悟。

她看书时实在是太不走心了。

这么说也不对，准确地说，她对那些男主角宠女主角的桥段完全没有兴趣，都是匆匆掠过。她爱看的部分全是女主角梦无忧被虐、被各路女配角欺负的桥段。所以她完全忘记了这件事。

“三十定妻”是云境十八州王族特有的习俗，也算是一种大型的传统相亲习俗。一国主君若是三十岁生辰时身边没有正妻，那么其余州国适龄的王族女子便会尽数收到邀请，出席他的生辰宴，通常由兄长或是兄弟作陪。没有人会在这样的盛会上生事，否则便是与数千年传统作对、与云境所有王族作对，桑不近并不担心韩少陵会对桑远远做什么。

原著中，韩少陵办三十定妻宴时，梦无忧吃醋闹腾，离家出走。梦无忧的离去让韩少陵意识到自己的行为给心爱的女人造成了多大的伤害，于是扔下一众王女，寻回了她，带着她正大光明地踏入设宴的宫殿，狠狠地打脸了几个对他的正妻之位有非分之想的女人。

对于这件事，桑远远实在是无力吐槽。

桑远远道：“也不知是谁救了韩少陵的命，他居然还有力气摆宴席。”

幽无命很不屑地笑了一下，道：“将来他会后悔没有早死。”

她犹豫了片刻，道：“虽然这等盛会都守着规矩，可若是你出现的

话，韩少陵恐怕不会顾忌什么传统。”

幽无命笑道：“我扮你的侍卫吧。”

桑远远看他笑得狡黠，便知道这个男人又在打坏主意了。

“好。”她轻轻地倚着他。半晌，她不经意地说：“幽无命，我记得你曾说过，得到我之后便不打算珍惜了。”

幽无命：“……”

这句话是哪张狗嘴说的？！

“你会把我当成一个普普通通的女人宠着，给我买贵的东西，把我们之间的感情当成一场单纯的、你情我愿的交易，对吗？”

幽无命：“……”

“你现在是不是已经对我没兴趣了？腻了？”她不依不饶，紧挨着他，伸手去捏他的鼻子。

他捉住了她的手，恨恨地道：“食髓知味，满意了吗？！”

她笑得打滚。

他盯着她，十分头痛。说好的娇羞呢？这个果子怎么就生了一张厚皮？

她笑了一会儿，又盯住了他，道：“幽无命，你说过，你的最后一个秘密要我用身体交换的。现在该你履行承诺了！”

他没想到她竟然会说这个，表情逐渐凝滞。他忽然意识到，今天她这么主动，其实还有这个原因。

她是多没安全感啊，已经在考虑不想留下遗憾这样的问题了吗？

幽无命再次感觉心脏深处被狠狠地扎了一下，有些疼。他的双手不自觉地收紧，再收紧，摁着她的头重重地放在自己的心口上。

“那一日，你看见了我是如何拿到的不灭之火。”他说。

桑远远轻轻地嗯了一声。

他道：“冥族以命换命就是那样，割破腕脉，传血。当时，姜雁姬用我的性命威胁姓明的，叫姓明的心甘情愿地把命和修为都给了她——冥族传血必须心甘情愿。但小桑果，你知道这世间有太多太多方法让人不得不‘心甘情愿’。”

她轻轻地点了点头。

“姜雁姬骗姓明的说会将我当成亲儿子好好养大……不对，我本来就是她的亲儿子……她说她会给我最好的一切，将我养在身边。如果她拿了姓明的全部的修为，又有家族撑腰，那将来必会给我一个好前程。于是，姓明的上当了。虽然他其实也没有别的选择……”

桑远远的心脏抽着疼。她用自己柔软的胳膊环住了他，用脸颊轻轻地蹭他，安抚他。

“结果你也知道了。”他胸腔颤动，笑了笑，“幽世子要死了。皇甫俊那人虽然不是东西，但很重亲情。他心疼侄子，又正好可以借此机会除去我这根眼中钉，何乐而不为？他告诉姜雁姬，若是愿意牺牲我去救活幽世子，他就废了姜雁姬的哥哥，扶她做女帝君。”

桑远远轻轻地吸了一口凉气。

“后来……”幽无命抬起手，在桑远远的眼前比了个握珠子的动作，“我就被带到了病榻前割破了手腕。但是姜雁姬忘记了，我身上也流着她的巫族之血。我是天才，我的血脉之力甚至比她更强大。而幽世子只是一个意志全无的病痨鬼，见到那么多血已吓得半死，拿什么与我抗衡？我便控制了他，将血、命、魂全部渡到他的身体内，占据了这具身躯。”他挑起她的下巴，示意她看自己，“你看，我现在这么强。就在那时，我藏下了记灵珠，谁也猜不到。”

“难道那个偶人……”她有些惊讶。

“对，那便是我从前的身体。”他抚着她的头发，“我与它一直有着感应，于是我便将它制成了偶人，给它注入灵蕴，它就是我的秘密杀器。”

桑远远满目震惊地看着他。

他笑了笑：“刚占据这具身体的时候，我与原本的身躯仍然五感相通，所以，我知道被埋在地里是什么滋味。后来，我便喜欢埋别人。”

桑远远看着露出些狰狞神色的男人，心中只觉疼痛。

“小桑果，”他垂下眼睛来看着她，“知道了我的秘密，你还喜欢我

吗？我……这么黑暗、邪恶，”他轻轻地笑了笑，“我本没想活着。我这样的东西，会弄脏身边的一切。但我又不能死。仇人还活得好好的，我怎么能死呢？小桑果，我便是这样一个东西。你确定……要喜欢我吗？”

她的眼泪落在了他的胸膛上。结实的胸膛里，心脏在有力地跳动。

他，的确是从地狱中爬出来的复仇之魂。

她看了他许久，久到幽无命再也绷不住漫不经心的假表情，眼底渐渐有绝望漫上来。

终于，她噘起了红唇，嗔道：“难怪要我用身体来交换。生米已煮成了熟饭，你就是没想给我机会后悔。男人，哼，我早已看透！”

幽无命怔了一怔，然后愉快地大笑起来，将她紧紧地搂在怀中。

从今往后，她就是他的命。

第十六章 邪王

桑远远和幽无命搂在一起笑闹了一会儿。

她忽然想起了什么，仰起小脸看着他：“父王怎会这么干脆就答应把我嫁给你？”

她原以为这件事得好好地磨上一些日子。

说起这个，幽无命立刻唰一下坐直了身体，将她从怀中拽出来，一本正经地道：“小桑果，你可知道我花了多少钱做聘？日后你得想办法给我挣钱。我别的都行，就是赚的没有花的多。”

桑远远：“所以你是用钱砸到父亲点头的？”

这和她想象中的一点儿也不一样，原来这种事也能用钱解决吗？！

“对啊，”幽无命轻飘飘地说道，“一直加码，加啊加啊，他就同意了。”

桑远远：“所以你到底花了多少钱？”

他凑近了些，低声地说道：“全部家当，加上未来五年内的赋税。”

桑远远：“……”

这男人很可以，都学会超前消费、分期付款了。

所以她即将嫁给一个家徒四壁的月光族？他这样一点儿也不像霸道总裁！

他的眼睛里闪烁着金钱的光辉：“这么贵的小果子，自然得好好护着，掉了一根头发都得损失不少金子。”

桑远远：“……”

天明时，桑不近率了一千名亲卫，向着韩州的方向出发了。

韩少陵的生辰是三日之后，帖子老早就送到了各州国，白、风二州各有两位待嫁王女前往韩州赴宴，车马途经桑州，刚出城便遇上了桑不近一行。

桑不近下车，与白、风二州的世子说话。桑远远也只能下车应酬一二。

白州两位王女都生得白皙丰腴，是那种喜气媚人的相貌。风州以狂风闻名，多沙漠戈壁，两位王女肤色偏黑，像西域美人。

见到桑远远，四个女子心照不宣，对视一眼，眸中都浮现失望之色。

韩州王既然邀请了这位“前妻”，那必定是存着与她复合的心思，还有自己什么事？

王女们相互行了礼，不动声色地把桑远远打量了一番。只见桑远远身穿冰蓝的蚕纱，更衬得肤若初降的霜雪，色若春晓的花蕾。桑远远的乌发松松地绾着，坠在纤细的颈间，显得她气质有些慵懒，却又高贵得令人不敢直视。

王族讲究礼仪身份，就算心中发酸，也绝不会当面说出不合时宜的话来。王女们说了几句场面话，然后端庄地各自回到车厢中，缓缓驶上通往韩州的路。

白州姐妹一进车里就忍不住抱怨起来。

“韩州王真没意思！他既然邀了桑远远，还请我们作甚！给他们做见证吗？”

“是啊！有她在，谁还抢得了风头？不如打道回府算了！”

“此刻掉头离开，岂不是要被人笑死？哼，无所谓了，反正倒霉的也不止你我二人。”

“话说，桑远远不是曾经被……那个人掳走了一阵子吗？韩州王不介意？当真是胸襟广阔啊！”

两人正抱怨得起劲，忽见兄长弓着腰上了车。

姐妹俩委屈地瞪着他。

白世子喜气洋洋地说道：“别摆出一副丧气的样子！方才桑不近已经给我交底了，他妹妹重新定下了亲事，不和你们抢韩少陵！”

姐妹二人异口同声地问道：“和谁？”

白世子摇了摇头：“不知道。桑州方面的口风紧得很，竟然无一丝消息传出来。”

“不会是幽……吧？前些日子，不是说桑远远被那个人掳走，日夜不离身吗？”妹妹悄悄问道。

“怎么可能！”姐姐道，“那个人像是会娶妻的模样吗？肯定是随便许了个人啊，毕竟已是经了两次手的女人，但凡有点儿身份的男人，谁

愿意当这王八啊？多掉价。”

得知桑远远不会和韩少陵复合，白州姐妹立刻忘记了方才还把桑远远当作不可战胜的劲敌，此刻噼里啪啦把她贬到了最低处。

人的心理，往往就是这么奇异而微妙。

“别瞎猜了，”白世子高兴地道，“我已经打听清楚，此次赴宴的众女中，要论容颜出众的话，除了云州云许舟和秦州的秦无双，便能排到你们两个。云许舟性子强势，韩少陵恐怕不喜欢，而秦无双身体孱弱，恐怕难有子嗣，你们两个的希望最大！我真为你们高兴啊！”

姐妹二人立刻欣喜起来。

其中一人道：“那太好了！既然这样，不如宴席之后，借着酒意摸到他的寝宫去，把生米做成熟饭，这男人可不就是掌中之物了？！”

“咱们姐妹一起上吧，到时候谁做大谁做小无所谓！不过……他能吃得消我们两个一起吗？”

“带上神奇露不就好了？”

姐妹二人咯咯咯笑作一团。

白世子道：“要真成了事，日后可要记得多帮衬着我一些！”

风州那边气氛又有些不同。

两个黑瘦的女子执着手，两张脸都红扑扑的，满是激动的笑容。

“许久未见，桑世子还是那么迷人！”

“是哟！姐姐，我方才都激动得差点儿失态了呢！他怎么能那么好看！”

“是呀！比女人还美丽的男人，能娶回家就好了，将来的孩子不知得多美！”

风世子坐在一旁直翻白眼：“行了行了，你们两个花痴，给我收着些！在外面别丢了我风州的脸！话说……桑世子真的长得好好看啊，我若是女的，也想嫁。”

“哥，你可以娶桑王女啊，这样咱不就亲上加亲啦？”妹妹凑上前，“桑王女那么好看，哥哥你真的不动心？”

“桑王女已经许人啦！”风世子道，“我估摸着桑州此刻已经后悔死了，谁想得到韩少陵居然有意复合呢？不过也难说，若是韩少陵有破镜重圆的意思，桑州说不定会毁了定下的亲事，与韩州再续前缘。嗐嗐嗐，别说我了！总之，你们两个在人家桑不近面前都给我好好端着，听见了没有！”

“听——见——啦！”

桑州满地都是矮桑，桑远远端坐车中，把白、风二州世子与王女的对话听了个一字不落。她心中暗忖：日后不管避不避着人，讲话都不可以像她们这般肆无忌惮，指不定就被谁给听去了呢。

白州这些家伙……难怪白州盛产那种东西，原来女的如狼似虎，男的软弱无用！桑远远幸灾乐祸地想。

至于风州，风州姐妹的性子其实还不错，只可惜她们和桑不近是没什么缘分了。

“小妹，幽无命去哪里了？”桑不近问道。

桑远远也不知道。

幽无命让她跟着桑不近先走，说是换换装扮就跟上来，谁知到了现在还不见人影。

桑不近一想到三日后就要见着云许舟，心中着实没底，只想拉着妹夫好好探讨一番，争取下次表现得好一些，把丢掉的分数给补回来。

见幽无命迟迟不出现，桑不近不免有些焦心。

“大哥，你和幽无命怎么突然这般要好了？”

桑不近圈起手来咳了咳，道：“都要做一家人了，自然得相亲相爱些。”

桑远远狐疑地望着他。

她隐约猜到桑不近是为了云许舟的事情找幽无命，可无论怎么看，这种事他不是该和她这个妹妹商量吗？幽无命难道还能替他去找云许舟谈心不成？

一想到这件事，桑远远不禁又有些头大。

云许舟对桑不近的情意毋庸置疑，可是桑不近好像根本就没搞明白他自己对云许舟的心意。那一日人家不惜毁了清白替他解毒，他倒好，说是要负责，却扶也没扶人家一下，甜言蜜语更是半句都没有，就那么把人给晾在车里，真是太凉薄了。桑远远设身处地地想想，若幽无命也这样对自己，她不知该有多伤心。

她皱起了眉头，心想：该不会，桑不近已经不想负责了吧？要不然他干吗一直抓着幽无命商量呢？他是觉得幽无命心狠绝情吗？那他还真看错人了！

这般想着，桑远远不忿地替幽无命发声了："哥，你是不是还对幽无命有偏见呢？我告诉你，他就是天上地下最好的男人！他和我……这辈子都不会分开的！"

桑不近震惊了！

幽无命果然厉害，看看把小妹给迷成什么样子了！

桑不近更加坚定了抱幽无命的大腿的决心。

他要拜师，必须拜师！

此刻，桑都的白字号店铺中，偷偷摸摸地潜入了一个蒙着脸的客人。他身材高挑，有些瘦。他随意地往柜台前一站，那股气势便让店家不自觉地收敛了心神，屏住呼吸，上前招待。

此人虽然蒙着脸看不见神色，但却莫名让人心头有些发毛。

他身上的杀气太重了！

终于，他开口了："芙蓉脂，二十盒。"

"哎……哎。"店家松了口气，弓身去取。

神秘客人快速地补了一句："神奇露一瓶。替我大舅哥买。"

店家绷了半天心神，忽然听到这么一句，乍然放松，想笑没敢，生生憋了个屁出来。

神秘客人："……"

东西到手，他一个箭步离开了白字号店铺，匆匆溜进了一旁的小巷子。

半刻钟之后，一个相貌平平、侍卫打扮的人骑着一头速度极快的云间兽，向着北方追去。

“小桑果，”他磨着牙，掂了掂手中沉沉的包袱，“下回有了芙蓉脂，你看我还会不会轻饶了你！”

他骄傲地扬着下巴，努力把藏在包袱最底下的那一瓶神奇露从脑海里驱逐了出去。

“短命”跑得飞快，不多时就追上了车队。

它见到桑远远总是特别开心，急吼吼地立起半个毛茸茸的大身体，把两只前爪搁在了车窗边，脑袋吊在车窗上，开心得想要喷鼻水。它知道对着桑远远喷鼻水很不礼貌，于是很客气地转向一边，对着桑不近连打了三个湿漉漉的大喷嚏。

幽无命差点儿笑抽了。

安抚完“短命”，桑远远伏在车窗上，唤幽无命上车，道：“我好像快要晋阶了，上来带我一带。”

她丝毫不觉得被幽无命带着升级有什么问题。

原著中，梦无忧后来也修行了，就像每一个“独立自强”的女主角一样，梦无忧很有自尊，一身傲骨，绝对不要韩少陵帮忙，结果升级就跟龟爬似的，到了结局时还是个“拖油瓶”。

在桑远远看来，这就是脑子里进了水的傻瓜。用最快的速度提升自己的实力，不拖累旁人，甚至可以独当一面，成为一名真正的强者，难道不比维持那矫情的“自尊”更有价值千万倍吗?

幽无命最喜欢她这么理直气壮地抱他的大腿，偏生嘴上还要嫌弃：“蜗牛一样，跟你一起修行，我都懒怠了许多！”

两个人打情骂俏，开心得很，一旁的桑不近更加郁闷了，道：“小妹，你先自己修炼，我有要事与幽无命相商。”

桑远远：“……”

此刻，幽无命刚好跳进了车厢，而桑不近正好急匆匆地站起来往外走，二人砰一下撞了个满怀。这下可好，幽无命拎在手中的那只大包袱一下被撞到了厢壁上。

幽无命愣了一下，旋即黑眸中溢满了惊恐，尽力地伸手去抓。

但是，一切已经太迟了。

只见包袱哗一下散了，一堆堆四四方方、装着芙蓉脂的玉盒四散横飞。一堆玉盒子中，那只白色的小玉瓶显得异常醒目。

桑不近根本不知道这是什么东西，一边随口说抱歉，一边弯下腰替他去捡。

幽无命抢救不及，眼睁睁地看着桑不近把那只小白玉瓶抓在了手里。

“白氏神奇露。”一无所知的桑不近就这么念出了贴在瓶上的小红字条上的黑字。

有那么一瞬间，车厢里静极了。

桑远远呆呆地望着幽无命，看着他那张易容过的脸一阵阵发白发青。

桑不近立直了身子，把手中的白氏神奇露递给幽无命。

他急着向幽无命请教问题，根本没把这种小事放在眼里。递了两下，发现幽无命不接，他不禁有些纳闷，又低头看了看散落满地的芙蓉脂，心想：这么点儿小事也值得生气吗？

桑不近又想：罢了，此刻不是计较这个的时候。

他随手把神奇露搁在了桑远远面前的矮桌上，弯腰去替幽无命捡那些芙蓉脂。

“白州芙蓉脂。”桑不近念出了玉盒上的刻字，很努力地活跃气氛，“幽无命，你对小妹倒是真上心，买这么多面脂，用得完吗？那个神奇露，也是配在一起用的？效果挺好的吧？”

他还偏头看了看桑远远：“嗯，气色确实比从前好了许多！”

幽无命：“……”

他有点儿想死一死。

桑远远的脸也红成了桃子。

这真是亲哥啊！

幽无命那对黑白分明的眼珠子终于缓缓地转动了几下。

“桑不近，”他的声音很飘，“这些是给你买的。”

这句话一出口，幽无命的脸上立刻恢复了不少血色，狭长的双眼微微地眯了起来，唇角勾起一丝坏笑。

桑不近：“给我买的？”

幽无命快速地点了点头，眉毛挑得老高，精致的唇开启：“对呀，应你所求，替你买的。”

桑不近愣了一会儿，白皙的俊脸极慢极慢地涨成了猪肝色。

半晌，仗着妹妹完全不懂，桑不近艰难无比地问道：“就是……半个时辰？”

“对！”幽无命挑着眉点了点头，“只能用两滴，超过两滴会出人命。芙蓉脂不是涂脸的，明白吗？神奇露，你的；芙蓉脂，云许舟的。懂了吗？”

桑不近重重地点了点头，飞快地把那一堆芙蓉脂和那瓶神奇露收回了散落在地的包袱里面，匆匆往软榻下一塞，尴尬地冲着桑远远笑道：“忘记了，我托幽无命买些小礼物送给云许舟。是普通女孩子用的，你用不上。”

桑远远揉了揉额头：“嗯，你开心就好。”

幽无命解决了危机，偷偷地吐出一口长气，装出一副漫不经心的样子走向软榻。他坏笑着揽住了桑远远的肩：“来，带你修炼。”

她正在发愣，他的气息猝然袭来，她的心中不禁微微一悸，身体一颤，眼底浮起了少许羞意，呼吸也乱了片刻。

昨日他们那般亲密过后，终究还是有什么东西变得不一样了。他一靠近，她的胸腔里便像多了一团什么东西，酥酥的、麻麻的，牵动到指尖。

这副模样落在幽无命的眼中，他只觉得心脏泡在了暖融融的热水里，就快要化了。

“小桑果……”他的声音哑了下去。

“咯咯咯！”桑不近恼怒地打岔。

桑远远双耳发烫，急忙盘膝入定。但是好半天她都静不下来，幽无命离得太近，气息又强势，聚来的木灵仿佛都染上了他那独特的花香。

他一边把木灵聚到她的身边，一边在静中观察着她的轮廓，单一个轮廓，就好看得无以复加。她看起来小小的、软软的，好似一碰就会在掌中化去，光看外表，根本看不出她有那样一颗坚强的心脏。

他知道，他的小桑果其实非常坚强。即便没有他，她也会这样昂着头往前走。她就像水，看似柔弱，其实可凿壁、可穿石，没有什么能够阻挡她的脚步。

他何德何能，遇到了这么一个小果子！

入定的时光飞速流逝。

车队进入韩都城时，桑远远成功晋级灵明境五重天。她睁开眼睛，随手一召，整个车厢中立刻塞满了太阳花。

如今她升级后，可召的太阳花的数量呈几何级数上涨，四重天能召二十朵，如今升到五重天，她可以召出四十来朵花。花盘又大了一圈，一个个花盘塞满了整个车厢，有些花无处安放被挤到了地上，委屈巴巴地瘫着。

被挤到厢壁上的桑不近：“……”

幽无命强忍着没有笑：“小桑果，要不你试试让它们长牙？虽然有我在，不需要你上阵打仗，但有点儿唬人的本事总是更好些。”

桑远远悲愤地瞪了他一眼，思忖了片刻，觉得脑海中的五根碧色的灵弦有些蠢蠢欲动。

“攻击！”心念一转，她反手收掉了太阳花，然后猛地向车厢正中掷去。

只见一根细细长长的褐色茎秆立在了车厢中，茎秆顶部迅速冒出一朵鲜红灿烂的大花，合着花瓣，像个郁金花苞。

桑不近面带惊喜地凑上去：“看着像会喷火的样子。”

桑远远来不及阻止，只见那鲜花的大花蕾猛然往上一蹿，然后居高临下兜头罩向桑不近，花瓣呼地分开。它像是巨蛇吞物一般，照着桑不近一口就吃了下去。眨个眼的工夫，花苞已吞到了桑不近的脚踝处，将他的身躯困在了褐色的茎秆中。

桑远远吓了好大一跳，急忙挥手撤掉了这朵大红花。

桑不近瞪着眼睛，狼狈无比地站在车厢正中。他的衣裳被划成了一件褴褛的破布袍，满身都裹了褐色的黏液，三个呼吸之后，才彻底散了个干净。

幽无命笑得直不起腰来。

桑远远抢在幽无命给花取名字之前，急忙说道："食人花！"

桑不近抹了把脸，半晌才平复了心绪。

"我的修为是灵明境六重天。"他道，"这花足以困我半刻钟，大约还能让我受轻伤。也就是说，灵明境三重天以下的修行者恐怕会命丧其中。小妹，这是凶物，切记不要遍地乱扔！"

桑远远郑重地点点头。

傍晚时，桑、白、风三州的车队顺利抵达韩王宫。

三十定妻是十分盛大的仪典，韩王宫中已布置得无比喜庆，装红点绿。天色未黑，宫中已燃起了华灯，黑石大城中，红绿二色交相辉映，一望便知要办的是喜宴。

桑不近搀着桑远远优雅地踏下了兽车。好巧不巧，她刚好看到梦无忧打扮成小侍女的模样，双目通红地离家出走了——梦无忧脸上的面具不知何时取了下来，一张脸十分光滑，看不出毁过容的痕迹。

桑远远半点儿都不觉得惊奇，哪个女主角毁容还能真就毁了？

"那不是赝品吗？"幽无命坏笑道，"不如我跟上去……"

他抬起手，在脖颈处比画了一下。

桑远远赶紧摇头："别！不理她。"

她百分之百确定，梦无忧的身上绝对藏着什么不为人知的秘密。如

今发现自己就是桑远远的她，已经开始隐隐摸到了一丝不寻常的脉络。直觉告诉她，发生在自己的身上的事情，多多少少和梦无忧有关联。在摸清对方的底细之前，他们贸然动手肯定要吃亏，先看看再说吧。

正前方，韩少陵已亲自迎了出来。他大步流星地迎向桑远远，气色看起来好极了。距离他们一丈远时，他重重站定，俊脸上浮现出自信的笑容："来了。"

他的眼神意味深长，似有许多许多的话想要对她说。

双方互施了王族见面礼。

白、风二州的王族也到了，走上前来施了礼。

礼毕，韩少陵目光灼灼地盯住了桑远远。

这段日子发生的事情，外界并不知道详情。幽无命入京刺杀皇甫俊之后，便令替身率军攻打冀州都城，替身的身边并没有女人。外界猜测必定是桑成荫与幽无命达成了协议，桑州闹了伐幽大典，作为交换，幽无命把桑远远还给了桑成荫。在世人的眼中，幽无命和桑远远早已经没有什么交集了。若非如此，韩少陵也不会眼巴巴地往桑州递帖子。

不过，令桑远远感到意外的是，幽无命现身桑都与她定下了婚期之事，竟然直到今日还未传到外头！想来上回出了叛徒之后，桑州王是下了狠手清理过桑州的高层了。

"桑王女仿佛憔悴了些，"韩少陵靠近两步，用充满磁性的声音道，"离开我之后，过得不好吗？"

桑远远纳闷地抬头瞥了他一下，这不是信口雌黄吗？她今日的面色可十分红润哦！

她轻轻地笑了下，道："是有一点儿忧虑。今日的盛典毕竟是大事，来到此地的都是十八州未来的砥柱，可千万不要出什么差池，否则云境危矣。"

韩少陵："……"

他说的是男女之情，她倒给他心怀天下来了？！

他正要开口，却被桑远远温柔又坚定地打断道："方才入城时，还看到一个侍女鬼鬼祟祟地贴着墙根出去了，我怎么看都觉得有问题。韩州王，你的王宫，防卫就那么疏忽懈怠吗？我真是有些担心啊！"

韩少陵失笑道："韩宫怎么可能让人随意出入……"

话说到一半，他猛地意识到不对了——是有那么一位"侍女"可以随意出入的。

韩少陵脸色微变，不再纠缠桑远远，匆匆施了礼，吩咐左右将桑、风、白三州的贵客好生安置，然后便追向了外头。

桑远远回眸一看，见幽无命抱着手，似笑非笑地站在身后。

她冲他调皮地眨了下眼睛，朝着韩少陵的背影低声笑道："下次要不要写一个《韩宫宠榻——邪王的九十九次小逃妻》？"

他微微倾身，声音极低、极暧昧："不，我要写《邪王与娇妻在韩宫的九十九次榻戏》。"

桑远远："……"

进了韩宫，各州国的王族分别被安置到早已预备好的待客宫殿中。

他们带入王城的侍卫不过十余人，侍卫们不动声色地分散开，把正殿和偏殿里里外外都检查了一遍，然后整整齐齐地侍立在两旁，请桑远远三人入内。

韩少陵也算是有心，给桑氏兄妹安排的这间宫殿明显与别处规格不同，而且殿名也很有意思——凤回殿。

幽无命从看见匾额的那一刻开始，唇角的冷笑就没断过。若不是此刻还不想暴露身份的话，他肯定已经在肆意嘲讽了。

桑远远刚踏进殿中，便听到身后传来了急促的脚步声，回头一看，只见金灿灿的幽盈月大步流星地闯了进来。她的头上戴了个巨大的金冠，像是开屏的孔雀。

桑远远下意识地偏头看了看立在自己身旁的幽无命。他环着胳膊，眉尾微挑，唇角勾起若有似无的笑意。

“还真是你！你来做什么？！”幽盈月气势汹汹地杀上前来兴师问罪，“你不是都跟着王……王兄跑了吗，怎么还有脸回来？！你别这么不要脸啊，韩郎给桑州发请柬不过是意思意思，你还真上赶着来了？你以为韩郎会要一个跟过别人睡觉的女人吗？！”

桑不近上前一步拦住幽盈月，冷下脸来正要说话，却见桑远远笑吟吟地拨开他，冲着幽盈月道：“你既然知道我和幽无命要好，见了我还不好好喊一声‘王嫂’？在这里对我大呼小叫，像话吗？”

幽盈月笑了：“你若不是被王……王兄甩了，又怎么会回来想吃回头草？我告诉你桑远远，无论你怀着什么目的来的，你都一定会失望而归的！”

桑远远挑眉：“是吗？”

“当然！”幽盈月色厉内荏地挺了挺胸膛。

桑远远微笑：“其实我是特意来看看你的。幽无命想知道你在这里过得好不好，便让我顺路过来看一眼。他说你若是不开心的话，只需要说一声，他立刻就接你回幽州去。”

幽盈月僵住了：“什……什……什么？”

桑远远叹息：“我来这里，怀揣的心愿就是希望你过得好啊。唉，今日看着小妹你的模样，仿佛也过得不是很好。你放宽心，我必会让幽无命尽快接你回去的！”

幽盈月那张美艳的脸唰一下就变得惨白。

她重重地打了两个哆嗦，抖着唇道：“我……我……我好得很！我和韩郎好得很！你……你……你别给我多事！”

桑远远关切地上前一步：“真的好吗？千万不要勉强自己。来，王嫂这儿有玉简，和你哥说说话？”

幽盈月像是见了鬼一样胡乱地摆了两下手，踉踉跄跄地跑了，路过宫门的门槛时还绊了一跤。

桑远远：“……”

我怎么有种在欺负小朋友的感觉？

“哎，大婚的时候一定要来观礼啊！”她冲着幽盈月的背影喊道。

闻言，刚爬起来的幽盈月又摔了一跤。

幽无命环起胳膊，眯着眼坏笑道：“我这王妹真是礼仪周全，跪安礼行一次还不够。”

桑不近在一旁看着，只觉得十分无语。一想到当初是这幽盈月对自家小妹下的手，桑不近就恨不得活活剐了她，如今看她这副狼狈模样，心中也不知是好气还是好笑。

他偏过头看了桑远远一眼。这些日子，妹妹已经成长起来了，虽然灵蕴怪模怪样的，但其实已变成了一名真正的强者。

这般想着，桑不近心中只觉得十分欣慰。

幽盈月落荒而逃之后，很快便有个清秀美丽的白裳女子来见桑远远，正是白州姐妹提过的秦州王女秦无双。

桑远远虽然没有半点儿与人抱团取暖的意思，但人家都寻上门来了，也不好避而不见，只能将人迎进了殿中。

“受气了吧？”秦无双同情地看着桑远远，“我午时到的，也被幽盈月阴阳怪气地嘲讽了一通，小半日过去了，殿中连热水都没送来。你更不必说了，你与韩州王曾是夫妻，她把你当眼中钉，必定非常怠慢。你别在意，不必跟那种人计较，反正也就走个过场，明日寿宴结束一别两宽，再不用见面的。”

桑远远觉得秦无双好像话里有话，只不过她心大，有些特别细腻的女孩子心思她捉摸得不是很准确，只是大概知道对方另有深意。

她礼貌地点了点头：“我无事，幽盈月待我挺客气的。”

秦无双见她一副不开窍的样子，为难地皱了皱眉头，苦笑道：“客气？幽盈月什么性子，谁还不知道啊？如今幽州王借机拿了冀州，她的气焰更是冲上了天！我其实根本不想来这儿触霉头，奈何父王不知与韩州王如何说的，我也是身不由己。唉，日后少不得还要与她针锋相对，也不知这日子该怎么熬下去。”

桑远远明白了，这位便是此次“内定”的韩夫人。

韩少陵虽然有些恋爱脑，但却不是那种非谁不可的人。两州联姻，以利益为重。秦州的实力在十八州中属于中等偏下，但这个地方有个天然的巨大优势，那便是盛产富含灵蕴的灵铁矿。

晋州位于秦州东面，只是吃到了几条灵铁矿的尾翼，便被皇甫家看中，收到麾下成了他家的私矿。

秦州更不必说。

秦州矿脉丰盛到流油，盯住这块地域的眼睛不知有多少双。也正因为各方势力都盯得紧，相互牵制，秦州才得以在夹缝中保全了自身，与多方签署了贸易协定，在与众多力量的博弈中找到了平衡点。

娶秦女为妻，是上上之选。实力不强但是富庶的岳家，对于一位野心勃勃的王者来说，实在是意义非凡。

所以这次盛会中，桑远远和秦无双当是韩少陵的首选，若有可能，最好一个给他做正夫人，另一个也留下来做他的小夫人，美事成双。

桑远远想起白州兄妹在车中的对话，唇角不禁露出讽刺的笑容。

白州人连这一点都没看透，也不怪只能卖保健用品了。可惜人家韩少陵根本用不上他们家的东西。

这般想着，她忍不住偏头望了望幽无命，心下暗忖：得想个办法让他知道半个时辰什么的根本就不科学。而且对女人来说，有情就是最烈的药，他的气息便能令她心跳加速，更不必说在那样的时候，彻底地占有彼此、交换爱意，这件事情本身已经足够让人身心愉悦了。

桑远远这般想着，渐渐便有些痴了。

秦无双盯着桑远远，有些紧张地等她答话，谁知她竟然开始神游天外，显然根本没把秦无双的话当回事。

秦无双心头浮起愠怒，克制着说道：“其实破镜难重圆、覆水难收回，这些道理都是历经了无数次检验的。这人啊，有些事情发生过，终究是有了疙瘩，与其带着裂痕难受一辈子，还不如抛下过往重获新生，桑王女你说对吗？”

秦无双这便是在暗指桑远远曾被幽无命掳走，与他孤男寡女朝夕共度之事。

桑远远笑了："你是说你与幽盈月相处得难受？这倒也是，第一日就给你下脸子，连热水都不供，往后这裂痕必定是一天比一天大，是挺难受的。你既然心中都决定了不要韩州王，那便不用管你父王和他是否有过约定，明日盛宴上适龄的世子那么多，只管挑个合心意的重获新生，多好啊！"

"你！"秦无双瞪着桑远远，发现对方依旧笑吟吟的，绝美的小脸上满是天真娇憨，像是非常真诚地在给她建议，而不是在嘲讽她一般。

秦无双深吸了几口气，起身告辞，不愿再和这个不知是真傻还是假傻的情敌多说废话。

目送秦无双离去，桑不近摇着头笑了："小妹自小便是这么个性子，最不爱跟这些心眼儿多又假惺惺的人打交道，往往一句话堵得他们想跳河。许多年不曾见她这般说话，倒是十分怀念。"

幽无命想到她身上失去的这"许多年"，不由得冷下了脸，心中疼痛不已。他把大手放在她的肩上，安抚地拍了两下。

桑远远正晃着脑袋笑得欢："自以为聪明的傻子才是真傻子。像哥哥就不一样——哥哥从内到外，哪儿都透着傻气！"

桑不近："……"

有那么一瞬间，他还以为她是要夸他来着！

桑远远笑眯眯地仰起头来看幽无命："你说是吧？"

她忽然撞进了他的眼睛里。

两个人都像是被烫到了一样，急急转开头，心脏突兀地多跳了好几拍。

幽无命惊愕地想，从前究竟是谁在自己的面前说了那般瞎话？什么叫男人一旦得手便不会再珍惜的？如今的小桑果更像是带了火焰一般，他多看一眼，心便被烫得发疼，再往深想，只恨不能将自己的魂魄也给了她，这能叫不珍惜吗？

桑远远的心头亦是翻腾着巨浪。

原来恋爱的感觉，当真是摧枯拉朽、恐怖如斯！

见这殿中的气氛越来越不对，桑不近难受得直想抓头发，烦躁地踱来踱去。

“也不知摄政王到了没有。”桑远远给他递了个台阶。

桑不近立刻像被点了穴一样立在了原地。

桑远远建议道：“不如你们两个出去看看？”

这会儿，她着实是有些心慌。

这段日子她明明和幽无命朝夕腻在一起，却忽然有种少女情窦初开、见到他就羞怯到不行的窘意。她觉得自己需要一个人静静。

幽无命显然也和她有同样的想法。他上前环住了桑不近的脖颈，大步向殿外走去。踏出殿门，他扯了下衣裳，后退半步，像模像样地装成了一个侍卫。

目送二人离去，桑远远立在殿门边上笑了片刻，缓缓环视四周。

这间凤回殿与她当初住过的那间回云殿布置得一模一样。韩少陵也算是用了几分心思，明明白白地向她表示，他想要与她重温旧梦。

只可惜对于她来说，那只是一场噩梦。幸好有人把她从噩梦中拉了出来。她咬了下唇，垂下头，不经意间露出了甜蜜的笑容。她是什么时候真正喜欢上幽无命的？她也说不清。

她倚着雕花大木门框，歪着脑袋，目光愈加悠然。

“桑儿。”忽然，一道极低沉、有磁性的声音传来。

桑远远冷不丁地被吓了一跳，一回头便见韩少陵一身玄衣立在殿中，凝望着她。

桑远远：“……”

她拍了拍胸口压惊，直呼正常正常，男主角突然出现在女主角的闺房这种事情当真是再正常不过了——她并不认为自己是“女配角”。她这个角色若是死了，那确实是女配角无疑，但若是活了下来，绝对比梦无忧更有资格做女主角。

“来了多久了？”她很自然地招呼他。

韩少陵愣了一下，想好的节奏完全被打乱：“刚到，看见桑世子离开，便进来见你一面。”

“我们其实也不怎么熟。”桑远远真诚地说道，“你那样叫我，太亲近、油腻了，容易引发不必要的误会。”

她的态度实在是太自然、诚恳，韩少陵一时竟无言以对。

“方才是在想我吗？”他走近了两步。

他其实已偷偷看了她一会儿了，见她倚着雕花门，脸上的笑容缥缈如云，却是沁出丝丝清凉的甜意，令他心头发甘。这里是他的王宫，她在这里这样笑，心中除了他之外，还能想谁？

“想我未婚的夫郎。”桑远远大方地答道。

韩少陵呼吸一滞，心脏怦怦乱跳，瞬间就决定抛弃与秦州王之间的协定。

他知道眼前这个是只小醋坛子，若是想把她与秦无双一起收用的话，她必定又会跟他鱼死网破。他垂下头，笑得自信又迷人。

桑远远正色补充道：“不是说你。我已经订了婚，这次是陪哥哥过来看媳妇的。”

韩少陵：“……”

她的话信息量太大，他的脑袋一时有点儿反应不过来。

“你和谁订了婚？无名之辈吗？”韩少陵浓眉紧皱，“桑远远，你这是破罐子破摔吗？何必在意世人眼光，即便你跟过幽无命，那又如何，我不在意。你怎能随随便便就打发了自己？”

桑远远不禁再次感慨，看来父王清剿得十分干净，桑州如今是当真没有内鬼了。这都几日过去了，她和幽无命订婚的消息居然一丁点儿都没漏出来。

“是我喜欢的人。”她笑道，“方才，我就是在想他。”

韩少陵不屑地笑了笑，道：“我已经晋阶灵耀境七重天了，这世间鲜有敌手。我知道你很介意被幽无命玷污之事，一定会杀了他替你报仇的。他死了，你便不用觉得对不住我。桑远远，睁开眼睛好好看看，站在你面前的男人，将登上巅峰，成为云境十八州的真正主宰。这样的机会，你确定要因为置气而拱手让人吗？”

桑远远明白了。

原来他大难不死，又连跳了好几阶，所以气焰这般嚣张。霸道王爷果然是十分自负啊！他的思路永远是“她失了身，没脸和我在一起”或者“她故意找别的男人是为了和我置气、让我吃醋”。

桑远远笑道：“没那么复杂，我只是不喜欢你而已。”

韩少陵轻笑出声：“我不信。我哪里不好吗？”

“你都不会飞。”她笑吟吟地说道。

韩少陵的额角直跳。他发现自己是真的完全看不懂面前这个女人了。同心契的效果彻底消失之后，他曾清醒过一阵子，觉得自己像是中了邪，其实根本没有那么迷恋桑远远。但渐渐地，他又开始不自觉地拿身边的女人和记忆中的桑远远比较，越比越觉得这个女人是天上地下独一无二的。再加上她还弃他而去，更是叫他意难平。

他见过她假模假样的端庄，见过她在烈火与血海中笔直的脊梁，见过她握着一把不称手的刀砍杀冥魔的飒爽英姿，却忘了她还有这般天真娇憨的一面。她穿着冰蓝色的蚕纱，像一块清凉甜蜜的糖。这块糖，还这般胡搅蛮缠。

他不会飞？笑话，难道她所谓的未婚夫郎就会飞不成？她怕是看上了一只扑棱蛾子！

这般想着，他忍不住恨恨地磨了磨牙：“你这个磨人的小妖精！”

这会儿的韩少陵也不知道自己的脑子里在想些什么了，就像每一个自信心爆棚的霸道总裁一样，他坚信这个女人心中必定是爱着他的，只不过因为吃醋、生气才故意这般对他使性子，若非如此，她又怎会说出蛾子这般荒诞不经的话来？

听到这句话，桑远远打了个冷战，惊恐地瞪着他。这人不愧是男主角，经典台词张口就来，厉害了！

她瞪着他，不动声色地把一只脚退到了大殿外。

桑州的亲卫都守在回廊下，众目睽睽，韩少陵应该无法干出什么脑残的事情来。

见她这副模样，韩少陵更是心痒难耐。面前这个人，无论容颜、气质，还是性格、脾气，哪里都恰到好处、可爱至极。和她一比，梦无忧真是处处落了下乘，就像幽无命说的那样，是个赝品，还是品质不怎么样的赝品。

他苦笑了一下："你别担心，我不会动你的。我就问你一句话——若是没有梦无忧，你当初会离开我身边吗？桑远远，我真不明白，当初既然一见倾心，为何你非要坚持将婚期定在六年之后？那一年，我已二十四岁了，是一国之君，怎可能一直空着房等你到三十？"

桑远远抿住唇，看着他。

韩少陵继续苦笑："若是当初你直接嫁过来，我定愿意与你一生一世一双人。我不会再娶幽盈月，自然也不可能去碰梦无忧那个赝品。我会给你最好的一切，与你携手白头。可是你为什么非要考验我，为什么非要我等你六年呢？桑远远，人性是禁不起考验的，你明不明白？"

她蹙起眉，慢慢思索。如果是那个按着"女德"雕刻出来的木头人桑王女的话，她有什么理由要韩少陵多等六年呢？没有。这么任性无礼的要求，就算是自己，恐怕也说不出口。

除非有什么极为特殊的原因。比如，她知道自己会离开六年。

想到这种可能，桑远远头皮发麻，急忙吸了几口气，平复心绪。

"我不记得了，"她茫然地抬头看他，"你知道，我从昏迷中醒来后，忘记了许多事情。我不记得当初与你订婚的事情，更不记得我曾提出过这么不近人情的要求。你能与我仔细说一说吗？"

韩少陵宠溺地笑了笑，道："那时，我刚刚平息了韩州内乱，忽然空闲下来，颇觉无聊，恰好听闻桑州有好女，将办及笄礼，于是我便去了。初见你，你在一地冰蚕之间抬头看了我一眼，我不由得停了下来，问你不怕那虫子吗？你便捉了一只到我面前，让我看那冰蓝通透的蚕体，如水晶一般，可爱极了。矮桑中的你也一样可爱，我忽然便想娶妻了。"

桑远远轻轻地点头，心道：如他所说，这确实是像我，而且也非父兄所言——见到韩少陵我就变了。那么问题出在什么时候？

“真可惜，”她偏了头冲他笑道，“本来相遇还挺美好的。”

他的神色有一瞬间恍惚：“是啊。当时，我心中没有算计、没有利益，便想着将这采蚕女娶回家，腾一间宫殿让她养蚕，好像也挺有意思的。于是我打算入宫赴宴之后便来打听这位采蚕女。”

“然后呢？”她好奇地问道。

“然后我便在及笄礼上看到了你。”韩少陵目露追思，“那一刻，你可知我心中有多么狂喜？这么好的女子，像是天上掉下来的蚕仙子，竟是与我门当户对的桑州王女。这当真是天赐的良缘。”

桑远远安静地望着他，心中隐隐约约地感觉到一些情绪。

“再然后呢？”她问。

“再然后你看见了我。你愣了片刻，又冲我笑了笑。桑儿，那一瞬间，我便在心中想，这是我的桑儿，我要宠她一辈子！礼毕，你便去了后殿。我当即向桑州王提亲，他询问过你之后，告诉我你可以答应，但大婚却必须等到六年之后。我不解，想办法找到了你，可你却不愿对我多说话，只摆出一副公事公办的贤淑面孔。”

桑远远心想：这个时候显然已不再是我了！问题就出在及笄礼之后短短的一点儿时间内，若是人为，那么这个人必然就是参加及笄礼的某一个！回头得让父母亲把当时的情形细细回忆一遍，看看能不能寻出什么线索。

她抬眸看了看韩少陵，又想：当时我只有十五岁，乍然看见了韩少陵这般英俊非凡、气质过人的男子，对他有些好感也很正常，但无论如何，都不可能贸然让一个只有一面之缘的男人等待六年。

“你竟然答应了。”她的眸光有些复杂。

“我答应了。”韩少陵苦涩地笑了笑，“我答应了，让正妻之位空悬六年，等你。第二年，出于各方面的考量，我娶了幽盈月。若是早知今日，我想我一定会等你的。”

桑远远摇头道："为一个根本不知底细的人，不值得做到那一步。韩州王，你能答应那样不近人情的要求，已是十分有心了。我理解你，你不必自责。你与我……只不过是没有缘分罢了。"

韩少陵却不愿放手："可是我后悔了，再给我一次机会好不好？你是我心中最特别的存在，是我此生第一次心动，也是我余生最挚爱的女人。我会征服这江山，将它送你做聘礼，如何？这世上，唯我一人可以给你这样的承诺。"

桑远远："……"

他们难得正常交流了一会儿，这人怎么又被霸道总裁附身了。

"韩州王，好大的口气，也不怕噎了自己！"一道极清脆爽朗的女声传来。

桑远远心头一喜，回头去望。只见云许舟身穿厚重的白袍，袖口和裙角坠着深蓝的波纹，像是携着巨浪一般，大步流星踏了过来。桑不近耳尖微红，站在云许舟身旁。

幽无命眯着眼睛挑起唇角，身形如鬼魅一般掠到桑远远身前，懒洋洋地抬起一只胳膊将她护在身后。

韩少陵面色不变，微笑着施礼："只是与桑王女叙些旧情罢了。晃眼六年有余，桑王女天真纯粹，仍如初见一般，不免令孤十分感慨。孤还有事在身，不多留了，诸位请自便。"

说罢，他广袖轻拂，大步走出了凤回殿。

幽无命慢慢转身，盯住桑远远。他目光灼灼，盯得她有些心慌气短。

他捉住她的肩膀，像拎一只小鸡崽一样把她捉到了内殿。

"小桑果，"他磨了磨牙，语气危险地问道，"与他如初见一般？你对他说了什么天真纯粹的话，嗯？"

桑远远瞟了他一下，低声回道："我告诉他说，我喜欢的人会飞，他大约以为我在说笑吧。"

"别想糊弄我！"幽无命强行绷着脸，道，"小桑果，我可不是韩少陵那种蠢货！"

他总觉得她还和那个韩州蠢货聊了别的！

只见她小嘴一撇，眼眶立刻红了。幽无命登时慌了，手忙脚乱地把她拢进了怀里，垂下头来不断吻她的眼角，就怕她真的哭出来。

“刚不是还好好的吗，怎说哭就哭？你别哭，我没有不信你。从前那些一听就假得离谱的话我都信了好吗？”他嘀咕道。

“那，”她破涕为笑，“我要和你说一些我从前的事情了，还要叫哥哥进来一起听，你不许生气。”

“嗯嗯嗯。”他很敷衍地应道。

黑眼珠一转一转的，他心中在琢磨，至于听完了生气不生气嘛……他自己说了算，大不了换个方法收拾她就是了。

她牵着他走到大殿中。云许舟和桑不近两人尴尬地戳在那里，像两根木桩子。桑不近也不招呼人家坐一坐！

桑远远头疼无比，上前一手拉一个，把这对别扭的家伙拖进了内殿。

四人坐在了窗边的榻上。

桑远远犹豫片刻，道：“不知哥哥还记不记得我及笄礼那一天发生的事情？”

桑不近见她神色郑重，便仔仔细细地思量了一番，斟酌着回道：“有些细节可能会有出入。印象较深的有几件，一件是典礼快开始了，你却跑到外头去捉蚕玩，叫人一通好找。还有一件是好几个州同时向爹提亲，其中便有韩少陵。再有一件便是自那之后，你就不再疯闹了，收敛了性子，从此规行矩步。”

信息对上了。

桑远远叹息一声：“当年我在外头捉蚕的时候，便已见过韩少陵了。他提及此事时，我记起了一些当时的心情，应该不会有假。爹爹曾说，我一见韩少陵就像变了个人。其实不是，及笄礼时我已是第二次看见他了，至多算是有些许好感，别的谈不上。”

桑不近慢慢地皱起了眉头：“所以什么少女怀春、性情大变，为了某人而温婉贤淑，其实根本就不是这么一回事？”

“不错。”桑远远偷眼望了望脸色渐渐变臭的幽无命，轻轻地拉住了他的衣袖，对桑不近说道，“哥哥你看，我如今对幽无命已是生死相许的情意，你可曾见我的性子有半分变化？”

幽无命抖了一下肩膀，旋即漫不经心地望向窗外，摆出一副“他们聊的天十分无趣”的样子，却恰好暴露了渐渐红起来的耳尖。

桑不近有些无奈地看了桑远远一眼：“小妹啊，你真是口无遮拦！”

云许舟冷眼瞟了他一下，哼笑道：“你若有小果一半爽快就好了。”

桑不近：“……”

桑远远可算是总结出了她这个哥哥的特点。

桑不近扮成女人的时候爽朗大方，什么都敢说敢做；一恢复男儿身就束手束脚像只鹌鹑，也不知道这奇葩的毛病该怎么治。

桑远远摇摇头，摁下了老母亲般的愁绪，继续说方才的事：“当时我答应韩少陵的求婚，却要将婚期推迟到六年之后，这般无礼的要求，为何父母和哥哥都没有异议呢？”

这件事，桑远远着实不解。

桑不近有些不好意思：“因为当时谁也没把它当回事，还以为你是推托搪塞。我正好拿这个做挡箭牌，把那些上门提亲的苍蝇一个一个都给轰出去。那时候谁能想得到你竟是真要嫁给韩少陵呢？”

桑远远：“……”

这是把她往天上宠啊！所以这六年之约，说穿了只是韩少陵单方面的事，桑州就没当真过。

“后来你便把自己关在房中，再不与我玩耍。”桑不近道，“我生气，父亲还把我揍了一顿。后头那几年，我极少能看见你，送你的东西也都被你收去库房。我偷偷看过，你连拆都不拆。”

说起往事，桑不近有些发蔫。

桑远远心中也十分难受。前一日还在柱上刻“桑不近是乌龟大王八！还要从台阶上掉下去！”的妹妹，后一日便生分成了那样，换了谁都得郁闷死。

桑不近偷偷用小指点了下眼角："今年开春韩少陵上门提亲，说起那六年之约，父母亲与我都不是很满意。因为他早已在五年前迎娶了幽盈月，我们怕你嫁过去要吃亏。奈何你一定要嫁，我们只得让你嫁了。谁能想到差一点儿就天人永隔。小妹，你若真走了，我与阿爹、阿娘，不知得多难过。"

最后一句他说得悲恸，桑远远亦是身体一颤，悲从中来。若是她没有回来，这一切是不是就要走上书中的轨迹？桑州覆灭，她的一切都被梦无忧取代，九泉之下的亡灵又如何闭得上眼睛？！若是当时在看那本书的她，知道那些都是发生在自己的父母、兄长身上的事情，哪怕是身在地狱，她也一定会爬回来吧！

这其中到底发生了什么？！想到这些，她的呼吸变得有些不稳，心绪震荡难安。

一只大手忽然攥住她，带着茧的掌心和长指将她纤细柔软的手指牢牢捉住。

令她心安的温度和气息包围了她，她迅速平静了下来。她偏头一看，这傲娇的家伙依旧望着窗外，下巴微扬，那模样跩得很。

她忍不住扬起了唇角，情绪彻底平复。

她并不打算贸然告诉桑不近她身上发生的那些事情。一来，她自己也没弄明白是怎么回事，说出来徒增烦恼，让他们再多担一份心；二来，那件事难说是人为还是某种未知的力量，在自己力有未逮之前，尽量不要牵扯更多人进来才好；三来，知道的人多了，便容易打草惊蛇。

思忖片刻，她问道："哥哥记不记得及笄礼之后，我曾单独见过什么人吗？"

桑不近回忆片刻，缓缓地摇头："礼毕，你们女眷便去了后殿接受祝福。不知娘会不会记得——小妹，你是不是记起了什么事情？有人害你吗？"

他皱起了眉头，目光渐渐凌厉。

桑远远摇了摇头："我不记得发生过什么事情了，但我知道，我肯定不会平白无故地让一个初次见面的人等我六年。我先问问阿娘。"

桑不近点点头，取出与桑夫人联络的玉简，交到桑远远的手中。

玉简很快就接通了。

说起及笄礼后的事情，桑夫人大约还记得。她道：“当时观礼的女眷一起到了后殿，接受天坛圣子的祝福。阿娘一直看着，并没有发生过什么特别的事情。若说单独相处的话，倒只有天坛圣子曾与你说过几句话。再后来你爹便寻了过来，说起有人向我们提亲的事情。”

桑远远：“只是这么短短一点儿时间吗？”

“对，”桑夫人道，“前后也不过一炷香的工夫吧。我记得你爹进来时，你的神色有些恍惚，提到韩少陵，你当时是这么说的——‘若他当真有意，还请等我六年’。我看你像是累极了在说梦话一般，其实也并未当真。”

桑远远定了定神：“阿娘帮我查一查，当时在后殿的人究竟都有谁，还有当日那位天坛圣子的身份。”

桑夫人一一应下，碎了玉简。

天坛差不多算是钦天监，位于帝都，主要负责祭祀祝福、卜算吉凶这些玄学事务。天坛圣子一向深居简出，王族成人礼以及大婚时，天坛会派出圣子前来观礼祝福，若是大婚，婚契与同心契也是交由圣子，由他们送至天都珍存。这般来看，最可疑的人莫过于那日身在桑州的天坛圣子了。

此刻再无其他头绪，她只能先等待桑夫人那边的消息。

殿中静默了片刻，忽然有桑不近的贴身亲卫求见。

桑不近有些纳闷：“进来。”

只见一个铁塔般的壮汉眉开眼笑地小跑着进来，将一只包袱递到了榻中的小矮桌上。

“世子，这是您千叮咛、万嘱咐，让属下保管的，给云州摄政王准备的礼物！”

桑不近震惊。下车的时候他就随口一说，让亲卫替他把东西带进来，可没说要拿到云许舟的面前啊！

亲卫朝着他挤了挤眼睛，然后一溜烟地跑出去了，这意思便是“世子，俺只能帮你到这里了，勇敢地表白吧”！

桑不近僵成了一座木雕，伸手要去抢，结果云许舟先他一步将东西夺到了怀里。

她挑高了眉毛：“嚯！送人的东西，还有反悔的道理？”

桑不近：“不……不是，我……”

云许舟了然一笑：“行了，我知道你脸皮薄，我自己回去看！”

她抱着包袱乐呵呵地走了。

桑不近：“……”

他用弱小、可怜又无助的目光瞅着幽无命。

幽无命满脸坏笑，彻底无视了桑不近的求救，径直拉住桑远远的手，将她带到了殿外。石阶下方有一处极大的庭院，他攥着她的手，将她带到了一株巨大的菩提树下。

“哥哥那东西……”桑远远踮着脚去望云许舟离去的背影。

“无事，”幽无命坏笑道，“反正早晚要用。”

桑远远：“……”

她竟然无言以对。

他盯着她看了一会儿，忽然凑上前将她抵在了树干上，用额头触着她的额头。

“小桑果，”他紧紧地盯住她，继续道，“若是我，只要应了你，便一定会做到。莫说六年，便是六十年也一样。无论多少年，只要你开口。”

她愣了一会儿。最初她以为他还在吃韩少陵的醋，故意要把韩少陵比下去，旋即反应了过来，依桑夫人和桑不近所说的及笄日的情形来看，她出事之前，其实是有些先兆的。她知道六年之后还能回来。所以幽无命此刻是在给她一个承诺，万一她再次不幸地遇上那样的事，他会一直等她，一直守着自己的承诺。她的视线忽然一片模糊，心口和鼻子都酸得发痛，眼泪像断了线的珠子一样往下掉。

这个话题，她不敢接。

“骗子，”她扑进他怀里，带着哭腔冲他嚷道，“你不是说一定会看紧我，绝对不会让我出事吗？为什么又要说这些不吉利的话？！”

幽无命：“……”

他手忙脚乱地拍她的背，笨拙地哄着她。

她狠狠地攥住了他的衣裳，道：“牛皮糖见过没？我会像牛皮糖一样粘住你，谁也别想把我撕开！我不会离开你，打死都不放！你听见了没有？”

“好好好。”幽无命故意装出愁眉苦脸的样子，眼底却笑意十足。

“如今只能等阿娘的消息。”桑远远蹭了幽无命一会儿，把脑袋往后仰了一点儿，看着他的眼睛道，“答应我一件事，拿到名单之后，不可以不分青红皂白就把名单上的人全部杀掉。”

幽无命露出一副心思被看穿的懊恼模样，说：“小桑果，你什么时候学会了读心术？”

她把额头抵在他的身上，一边擦眼泪，一边咯咯地笑个不停。

他本来就是个行事肆无忌惮的人，这些年早已习惯了用杀戮来解决问题。面对这样一个大威胁，他若心慈手软，那就不配做灭世魔王幽无命了。

笑了一会儿，她仰起小脸看他，道：“会出现在那里的都是亲近、重要的人，你若是杀掉了他们，阿娘会恨你一辈子。”

“知道了知道了。”他傲娇地别开了脸，“这么一点儿小事罢了，我定给你查个水落石出，不冤枉一个无辜者。”

“嗯，你最厉害了！”她毫不吝啬自己的夸奖。

幽无命缓缓地把眼珠转向她：“待会儿我要听你再说一遍。”

桑远远：“嗯？”

他坏笑着把她打横抱了起来，大步走向内殿。

“幽无命，哥哥看着呢！”

“管他的！”

但他们一抬头便见桑不近像个鬼影似的立在台阶上方，正幽幽地看

着他们。

幽无命一脸吃惊，道："桑不近，你怎么还在这里？"

桑不近："嗯？"

幽无命道："你就不担心云许舟的生命安全吗？神奇露用多了要出人命，你就不怕她瞎用？"

闻言，桑不近倒吸了一口凉气，撩起衣摆，拔足往外飞奔。

幽无命得意地挑挑眉，大步流星地把桑远远抱进内殿，反身一脚踢上了殿门。

桑远远紧张得喘不上气，双手拉着他的衣襟，被他抱到了云榻上。

他垂头吻她的额，又用长指点了点她的鼻尖，感觉到她僵硬地缩起身体，不由得闷闷地笑了起来。

"傻果子，"他啄了下她的唇，"我怎么会在外面动你。在这种地方留下你的味道、你的气息，岂不是便宜了韩少陵？"

她愣愣地看着他："那你刚才说什么让我夸你厉害？"

幽无命得意地笑出了声："小桑果，你的脑子里都在想些什么不正经的东西？我让你夸我厉害，当然指的是修炼咯！我要带你修炼，你想到哪里去了？"

桑远远："……"

"行行行，"他把靴子一踢，盘膝上榻，道，"回头一定会好好满足你的，别急别急，等离开韩州吧。"

随后他伸出一根手指点了点她的额头，道："是你自己要求的哦，到时候可别求饶！"

桑远远："……"

无耻之徒，有本事你别买神奇露！

这一夜，桑不近还是回来了。他带回了那瓶白氏神奇露，一张脸又蔫又红，像个熟过头的柿子一样。他们不知他是怎样厚着脸皮把送出的礼给收回来的，更不敢想象他是如何交代云许舟不要把芙蓉脂往脸上抹的。

一夜无话。

次日天明，外头响起了悠扬的号角声，金鼓被擂出了阵阵闷响，气氛既隆重，又喜庆。

早晨的祭礼旁人不必参加，有兴趣的客人倒可以前往祭坛观礼。桑远远一行自然没有兴趣，听着外头热闹的声音，晃眼便到了中午。

大宴正式开始，侍者恭恭敬敬地引了各州国的贵客前往设宴处。

韩少陵从祭坛返回王城，身边跟着一群美丽的女子，就像飘了一堆五彩的云。

白氏姐妹、秦州王女，再加上赵、周、齐三州各有一至二人——这几位王女便是对韩少陵的大、小夫人之位最有兴趣的人。她们大半夜就爬起来，跟随韩少陵到祭坛去观礼。

桑远远一眼扫去，心中不禁微微一怔。按着原著的剧情，韩少陵捉回小逃妻之后便将她牢牢地拴在身边，祭天时让她站在了正夫人的位置上，打脸了一众贵女。可今日韩少陵的左边站着幽盈月，右边站着秦无双，根本看不见梦无忧的身影，想来小逃妻又被关进了小黑屋。

桑远远有点儿明白了，“白月光”的力量果然不容小觑。韩少陵爱上的，其实就是当初在桑田之中初见这张脸的感觉。他爱上的是他自己那一刹那最单纯、最诚挚的心动的感觉。而他爱上的这张皮囊之下装着什么样的魂魄，根本无关紧要。

所以若有桑远远，那桑远远自然是韩少陵的首选，若是世上已经没了桑远远，那韩少陵就要梦无忧。

正因为他爱的是那一瞬间的天真无邪，所以梦无忧越闹，他越能从中汲取到他需要的那种感觉，才会宠着她、纵着她，鼓励她像个小女孩儿一样无忧无虑地闹。

其实他要找的，不过是当初他自己初心萌动的感觉。那短短一瞬间的单纯美好，没有利益、没有计较，成为他记忆中被无限美化过的一束光芒。

他不过就是个缺爱的人罢了。

想清楚了这些，桑远远摇了摇头，与众人一道前往殿中赴宴。

她很幸运。她懂得什么是爱，也遇到了那个值得的人。

桑远远偏头一看，扮成侍卫模样的幽无命正懒洋洋地插着手，一脸得意，好像在说：小桑果，你随便来，发生任何事，我都给你兜着！